Das Buch

8. März 2012. Tief in der Antarktis wird eine weltbewegende Entdeckung gemacht: Atlantis ist aufgetaucht! Dort findet man mysteriöse kristallartige Artefakte mit hieroglyphenartigen Beschriftungen. Auch an anderen sagenumwobenen Orten tauchen diese rätselhaften Steine auf. Zwischen den Fundorten zirkuliert ein merkwürdiges Signal über die Meere hinweg. Ein Team internationaler Wissenschaftler stellt fest, dass es sich bei den Steinen um eine der Menschheit bis dato unbekannte Energiemasse handelt – eine so wertvolle Energiequelle, dass sich zwei der mächtigsten Staaten der Welt, China und Amerika, dafür bekämpfen würden. Das Team gibt alles, um den Schriftcode zu entschlüsseln, bevor sich eine katastrophale Prophezeiung erfüllt. Die Menschheit hatte dafür 12000 Jahre Zeit, jetzt jedoch bleibt ihnen nur noch eine Woche …

Der Autor

Stel Pavlou wurde 1970 in Kent, England, geboren. Er schrieb das Drehbuch zu *The 51st State*, das erfolgreich mit Samuel L. Jackson verfilmt wurde. Er lebt in England.

Stel Pavlou

# CODE ZERO

Thriller

Aus dem Englischen von
Johannes Sabinski

Ullstein

Besuchen Sie uns im Internet:
www.ullstein-taschenbuch.de

Umwelthinweis:
Dieses Buch wurde auf chlor- und säurefreiem Papier gedruckt.

Deutsche Erstausgabe im Ullstein Taschenbuch
1. Auflage Dezember 2006
2. Auflage 2007

Titel der englischen Originalausgabe: *Decipher* (Simon & Schuster Ltd)
Umschlaggestaltung: Büro Hamburg
Titelabbildung: © AKIRA/Getty Images
Gesetzt aus der Times bei Pinkuin Satz und Datentechnik, Berlin
Druck und Bindearbeiten: Ebner & Spiegel, Ulm
Printed in Germany
ISBN 978-3-548-26495-0

Für Camille

# 1. Antarktis

## 67°20' südlicher Breite, 180°16' westlicher Länge Ross-Meer, vor dem Ross-Schelfeis Neuseeländisches Ross-Schutzgebiet

Ralph Matheson war speiübel. So sehr, dass er gerade sein Frühstück von sich gegeben hatte, das nun als glitzernder gelber Streifen seitlich am rostfarbenen Rumpf der *Red Osprey* festgefroren war.

Er hatte schrecklichen Schüttelfrost. Wie immer, wenn ihm schlecht wurde. Er wischte sich rasch mit dem Jackenärmel den Mund ab, ehe er sich an die Reling klammerte und sich erneut übergab. Unter ihm klatschten gefrorene Brocken in die Dünung, aber das Geräusch verlor sich im Sturmgetöse.

»He, Arschloch!«, erklang eine barsche Stimme. »Auf Ozeane vollkotzen stehen zehntausend Dollar Bußgeld ans Umweltamt.«

Jack Bulger war ein ruppiger alter Dreckskerl. Fünfzig Jahre alt und stämmig gebaut. Seine Stimme klang nach Kehlkopfkrebs und das graue Haar trug er kurz geschoren wie ein Marine. Ein scharfer Gegensatz zu Mathesons nussbraunen Locken, die er stets fest unter seine Kapuze stopfte. Matheson war sicher, dass Bulger sich nur den Kopf schor, um einen auf Macho zu machen. Nicht dass sich Matheson darum scherte. Aber er wollte es einfach warm haben. Schon allein deshalb hatte er sich als Erstes den Bart stehen lassen.

Zum Teufel mit Bulger. Matheson hatte eh nicht im Freien sein und Uplinks am Bohrturm überprüfen wollen. Dem war er bereits den ganzen Morgen lang ausgewichen. Hatte sich in die Kombüse verkrochen, den Ausdruck der Reuters-Nachrichten aus dem Web gelesen und sich mit Kaffee und Doughnuts gestärkt.

Soweit er es beurteilen konnte, waren die am Fuße des riesigen, sturmgepeitschten Bohrturms angebrachten Sensoren völlig in Ordnung. Der zeitweilige Signalausfall ging auf einen fehlerhaften Anschluss zurück, den er binnen Sekunden repariert hatte. Völlig ausgeschlossen, dass seine Ausrüstung den Bohrvorgang gefährden könnte. Auf das Wetter jedoch hatte er nicht den geringsten Einfluss.

Er musterte das massige, in knapp drei Meter lange Stahlrohrsektionen unterteilte Bohrgestänge, während es im Käfig des Bohrturms hoch- und runterschoss. Kein guter Einfall. Wieder griff er nach dem Handlauf und legte die andere Hand auf seinen Magen.

Bulger klopfte seinem Kollegen auf den Rücken. Außenstehenden mochte dies scherzhaft erschienen sein, aber Matheson wusste es besser. Bulger versuchte, ihn wieder zum Speien zu bringen.

Matheson sah zu, wie sich der Rauch von Bulgers Zigarre mit Atem mischte und auf ihn zutrieb. Ihn fröstelte. Um eine langsame und deutliche Aussprache bemüht, um die Nerven und sein restliches Frühstück bei sich zu behalten, sagte er: »*Sieben* Tiefdruckgebiete ziehen sich zusammen – alle im Umkreis von achtzig Kilometern. Das ist *kein* gewöhnliches antarktisches Wetter. Ich sollte mich auf vier, vielleicht sogar fünf Tiefs einstellen – furchtbare Wetterbedingungen, welchen Maßstab man auch anlegt. Aber sieben sind unerhört! Der Gedanke schmeckt mir gar nicht, ein Teil der Wetterbildungsgeschichte zu werden!«

Bulger paffte an seiner Zigarre. »Ziemlich frisch, was?«

»Frisch würde ich das keinesfalls nennen!«, schrie Matheson. »Die Hölle auf Erden vielleicht. Oder der Schlussgesang aus Dantes *Inferno*, wenn Sie verdammt noch mal wüssten, was das ist! Wenn Sie noch was anderes als *Penthouse* lesen würden!«

Die Wetterfronten näherten sich schnell und verheerend. Tauchten aus dem Nirgendwo auf. Matheson war sich völlig bewusst, dass er hier draußen gute Aussichten hatte, ums Leben zu kommen. Und das akademische Gequatsche vom McMurdo-Stützpunkt mitzuhören, war keine Hilfe gewesen. Die Wissenschaftler hatten nicht die geringste Erklärung für derart übles Wetter.

Antarktisches Wetter. Gewiss war lediglich, dass es schlimm werden würde. Auf ungefähr sechzig Grad südlicher Breite donnerten die Winde jedes namhaften Ozeans heran, ohne dass ihnen etwas im Weg stünde. Nicht eine Insel. Nicht ein Berg. Ein Schiff könnte Kurs auf genau 58 Grad südlicher Breite halten, den Erdball auf diese Weise umschiffen und nirgends auf Festland stoßen. Die Antarktis war der unwirtlichste Ort der Welt und Matheson sich einer Sache sicher: Er wollte nach Hause.

»Was wollen Sie denn überhaupt?«, fragte er Bulger schaudernd und wischte sich erneut den Mund ab. Bulger machte sich nicht die Mühe zu antworten, stützte sich nur ab, als eine flache Wasserwand über den Bug krachte und sich über die Mannschaft ergoss. Mit Genugtuung sah er zu, wie es Matheson unvorbereitet erwischte.

Matheson wischte sich das Gesicht ab.

Beide waren sie Ingenieure. Matheson normalerweise ein Schreibtischarbeiter, der Anlagen an seiner Workstation entwarf und dem Ölfeld nie auch nur nahe kam. Bulger war das genaue Gegenteil. Ein echter Zupacker, der seine Tage zumeist bis zu den Ellbogen in Schmierfett verbrachte und Probleme mit gesundem Menschenverstand, Tricks und einem Schraubenschlüssel behob. Natürlich beherrschten beide ihr Fach. Druck pro Quadratmillimeter und Quadratzoll. Wie man einen Dehnungsbruch verursacht und ihn vermeidet. Beide wussten, was im Lehrbuch stand und noch einiges mehr. Aber Bulger kannte sich aus mit Bauarbeitern und Ölbohrarbeitern. Er wusste, wie sie tickten und arbeiteten. Nach Bulgers Ansicht wusste Matheson einen Dreck. Und das wusste auch Matheson selbst.

Bulger stieg aufs Oberdeck und erklärte: »Ihr Knotenpunkt hat ein Problem.«

Matheson machte ein langes Gesicht. »Welches?«

Das Bohrschiff schlingerte und bäumte sich auf einer weiteren hohen Welle auf. Sie werden größer, dachte Matheson. Diese hier war mindestens zehn Meter hoch. Er merkte, wie seine Knie zitterten, als er den türkisfarbenen Ozean auf sich zupreschen und dann wieder wegsacken sah. Eiskaltes blaues Wasser und Eis zerbarsten mit einem Donnern am Bug und überschwemmten das Deck. In der kurzen Zeit, die er brauchte, um sich umzudrehen, hatte der gewaltige gelbe Bohrturm die Hauptlast des Aufpralls bereits geschluckt, und die Fünfzig-Knoten-Winde peitschten das Wasser erneut auf. Ehe er wusste, wie ihm geschah, schlug Matheson mit dem Arsch auf und wurde nach hinten geknallt.

Ruckartig kam er zum Halten, und seine Nylon-Sicherheitsleine knarrte unter der Last. Er konnte nicht viel mehr tun als sitzen bleiben, bis das Salzwasser über ihn hinweggeschwappt war. Er würgte, als er endlich wieder atmen konnte, und ihm schauderte vor Kälte, trotz seines gummierten, leuchtend orangefarbenen Survival-Anzugs und mehrerer Schichten Thermounterwäsche.

Gott sei Dank hatte er daran gedacht, sich einzuklinken, obwohl er es nicht gewohnt war. Schließlich bestand keine große Aussicht, in San Francisco, auf der Fahrt zur Arbeit, über Bord gespült zu werden.

Als Matheson torkelnd auf die Beine kam, wollte er seinen nasskalten Kopfschützer wieder zurechtziehen, doch der stank dermaßen nach Galle, dass er ihn stattdessen bei – Windabkühlungsfaktor einbegriffen – minus achtzig Grad Celsius abstreifte. Es hatte zur Folge, dass er fühlte, wie seine Nasenhaare einfroren. Das Atmen durch den Mund löste Husten aus. Durch die Nase zu atmen war nicht viel besser, aber lebenswichtig. Ungeachtet seiner Nebenhöhlen musste er die Luft aufwärmen. Bekanntermaßen starben Leute an Kälteschock, nachdem sie zu eisige Luft eingeatmet hatten.

Er musste aus der Kälte heraus. Er spürte, wie das Meerwasser auf seinem Gesicht gefror. Was für einen Empfang ihm Wendy wohl bereiten würde, kam er mit seinem Heiratswunsch und der Gesichtshaut in Fetzen zu ihr nach Hause?

Bulger beobachtete ihn vom Oberdeck. »Was gibt's für ein Problem?«, wollte Matheson wissen und war sich nur zu bewusst, dass seine Stimme in ein schwaches Krächzen umschlug. »Was stimmt nicht mit dem Knotenpunkt?«

»Checken Sie's doch selbst«, schnauzte Bulger zurück. »Sie könnten doch nicht mal 'nen verdammten Parkscheinautomaten konstruieren.«

Matheson wollte ihm etwas hinterherschreien, aber Bulger war verschwunden. Ralph hielt sich nur deshalb hier draußen in der Antarktis auf, weil Bulger darauf bestanden hatte, er solle mitkommen und das Ding einem Praxistest unterziehen. Der Kerl würde noch sein Magengeschwür vergrößern, falls er weiter so auf ihm herumhackte.

Er wollte nach der Leiter greifen, änderte dann aber die Richtung. Sein Kopf machte einen neuerlichen Satz über die Reling; wieder hing er mit dem Oberkörper über den Wellen. Durch die Thermohandschuhe fühlte er die Eiseskälte des nassen Metalls. Schon begann das Meerwasser rings um seine Hand zu gefrieren und er konnte seine Finger nur noch mit Mühe ablösen. Er würgte, hatte aber nichts mehr zum Herausbringen.

Die Ölbohrarbeiter sahen zu. Das war das Peinlichste dabei. Matheson versuchte, sich zu beherrschen; er hatte seinen Stolz. Er wollte sie anschauen und einen eleganten Abgang hinkriegen, aber er wusste natürlich, dass er wieder kotzen müsste, sobald er den Blick vom Horizont nehmen würde. Also klammerte er sich an allem hinreichend Stabilen fest, was er finden konnte, um sich zentimeterweise auf die Leiter zuzubewegen.

Er klinkte seine Sicherheitsleine an einer Sprosse ein und hatte genug Mut zum Klettern gesammelt, als ihm eine zarte, bloße Hand einen kleinen silbernen Flachmann zwischen die Finger schob. Überrascht blickte er sich um und traf auf die kühlen blauen Augen von Ilana Petrowa, eine der russischen Ölbohrarbeiterinnen. Ihr strohblondes Haar konnte er nicht sehen. Genau wie er versteckte sie ihre Haare unter der warmen Kapuze ihres Survival-Anzugs. An Deck trugen ihn alle. Aber er bemerkte ihr verkniffenes Lächeln. Ihre schmalen, rosafarbenen Lippen. »Danke«, sagte er kleinlaut. »Was ist es?«

»Ist gut«, antwortete sie in ihrem kräftigen Moskauer Akzent. »Rum. Und essen Sie trocken Brot. Wenn Sie wieder brechen, brauchen Sie was zum … zum …«

»Zum Erbrechen«, Matheson lächelte verlegen. »Ja.«

Ilana nickte ermunternd zum Flachmann. Matheson nahm einen großen Schluck. Wischte den Hals ab und reichte ihn zurück. »Danke«, sagte er.

Sie verstaute die Taschenflasche, zog sich wieder den Handschuh an und nickte auf ihre komische russische Art. Sie musterten einander und für einen kurzen Augenblick fühlte Matheson sich tatsächlich gar nicht mehr so schlecht. Es hielt aber nicht lange vor.

»Was gibt es für ein Problem mit dem Knotenpunkt?«, fragte er erneut.

Ilana hob die Brauen. »Nichts«, sagte sie.

»Nichts?« Matheson begann zu grübeln. Er sah ihr hinterher, ihrem vertrauten, zur Schau gestellten Gewackele, während sie über die Decksplatten aus rostigem Metall ging. Er sah ihr zu, wie sie den Kran hochkletterte, einen Klaps auf den Hintern bekam und dem Typen ins Gesicht trat, während eine weitere Welle den Bug traf und kristallisierte Tropfen über seine Haut liefen. Erneut drehte sich sein Magen um, während er nach oben stieg, raus aus der klirrenden Kälte. Ein reißender Strudel von Fragen wirbelte durch seinen Kopf. Wieso schlugen seine Tabletten gegen Seekrankheit nicht an? Welchen Sinn hatte es, einen Survival-Anzug an einem Ort zu tragen, an dem es unwahrscheinlich war zu überleben?

Und was spielte Bulger für ein Spiel?

Der Kontrollraum war verdunkelt und in sattes rötliches Licht getaucht. Aus Reihen von Bildschirmen blinkten Datenströme in die Gesichter der davorhockenden Ingenieure. Im Raum stank es nach Zigarettenrauch und immer wieder konnte er Bulgers Zigarre herausriechen. Er lauerte hier irgendwo. Es herrschte angeregtes Gemurmel, während Informationen ausgetauscht und der Vortrieb des Bohrkopfs verfolgt wurden. Er warf einen Blick auf eine Reihe von Monitoren, die den Bohrturm draußen zeigten, und sah dem Gestänge einen Moment lang dabei zu, scheinbar wie ein Kolben im Turm auf und nieder zu stampfen, während das Schiff sich gegen die Wellen auflehnte. Es war beeindruckend. Natürlich hatte es Versuche oben in Alaska gegeben, aber dies war die erste wirkliche Probebohrung nach Öl im Polargebiet. Dummerweise in der Antarktis, wo es illegal war.

Andererseits war das Konzept der Illegalität den großen Ölgesellschaften nicht fremd. Nie würde Matheson seine Collegezeit vergessen, als ein Schiff namens *Exxon Valdez* an die vierzig Millionen Liter Öl direkt ins Ökosystem goss. Das mag zwar ein Unfall gewesen sein, aber der plumpe Versuch von Exxon, sich vorm Beseitigen des eigenen Drecks zu drücken, war keiner.

Nur gab es in der Antarktis keine nationale Schutzbehörde für Meer und Atmosphäre wie in den Staaten, um die Rola Corporation in die Pflicht zu nehmen, sollte sie etwas vermasseln. Die Firma konnte faktisch tun, was sie wollte. Ja, eine Aufenthaltserlaubnis war erforderlich, doch sollte die *Red Osprey* unterdessen klammheimlich auf Öl stoßen, war sich die Gesellschaft sicher, alles schon irgendwie regeln zu können. Rola Corp. hatte etwas mit dem antarktischen Öl im Sinn, ob mit oder ohne Ralph Matheson. Also sagte er sich, es könne ebenso gut mit ihm und somit jemandem geschehen, der als Lückenbüßer einspringen und dafür sorgen würde, dass sich hier draußen niemals etwas wie mit der *Exxon Valdez* zutrug.

Das Dumme war nur, dass man ihm den Boden unter den Füßen weggezogen hatte. Sie hätten eigentlich erst in sechs Monaten vor Ort sein sollen. Sie waren einfach noch nicht bereit.

»Was ist los? Bulger hat was von einem Problem mit dem Knotenpunkt gesagt.« Matheson zog den Reißverschluss am Oberteil seines Survival-Anzugs auf und ging zielstrebig auf Charlie Harper zu, einen schwarzen Systemspezialisten aus Wisconsin. Sie waren befreundet und hatten ein paar Jahre zuvor bereits in Saudi-Arabien zusammengearbeitet. Er war so ziemlich der einzige Mensch auf diesem Schiff, dem Matheson vertraute. Zähneklappernd ließ er sich in einen bequemen Sessel sinken.

Charlie antwortete: »Nich viel. Bloß der ewig gleiche Trott.« Was bedeutete: Die Kacke ist am Dampfen.

Charlie klebte regelrecht an seinen Bildschirmen. Klickte zweimal mit der Maus. Als sein Blick dem von Matheson begegnete, wirkte er besorgt. »Wir haben ein Kriegsschiff. Chinesen.«

Charlie war online mit dem GPS-Navigationssystem verbunden und dabei, den Luft- und Seeverkehr zu überwachen. Das GPS verfolgte den Weg sämtlicher Fahrzeuge, die in sein Satellitennetzwerk eingebunden waren. Diese Fahrzeuge hatten jederzeit und überall auf der Welt Zugriff zu allen möglichen Navigationsdaten einschließlich genauer Verortung aller anderen angeschlossenen Fahrzeuge. Es war irgendwann im vorigen Jahrhundert vom US-Militär entwickelt worden. Heute gehörte es zum zivilen Alltag.

Ein chinesisches Kriegsschiff war eindeutig eine schlechte

Nachricht. Nun bestand alle Aussicht, dass sie den Bohrstrang abwerfen und das Weite suchen müssten. Einen entscheidenden Vorteil hatte die *Red Osprey* gegenüber dem Kriegsschiff, nämlich den, dank eines gescheiten jungen Computerprogrammierers tatsächlich von keinem GPS-System erfasst zu werden. Aus der Ferne war die *Red Osprey* praktisch unsichtbar. Entdeckte man sie dennoch, würde sie geentert werden.

Matheson hatte die Nachrichten gesehen. Er wusste, was gerade los war, und zwar nichts Gutes. Die *Red Osprey* fuhr unter US-Flagge. Derzeit für die Chinesen ein rotes Tuch. »Ist Bulger deshalb zu mir runtergekommen?«, schnauzte Matheson erregt. Das konnte er gerade gar nicht gebrauchen.

»Ja. Er meinte, sie könnten vielleicht hören, was wir im Wasser treiben.«

»Und, können sie? Charlie, ich muss das wissen. Mein Arsch hängt davon ab.«

»Nein, Mann! Ausgeschlossen, dass sie uns hören könnten. Hast gute Arbeit geleistet.«

»Gute Arbeit? *Gute* Arbeit? Ich habe ein verdammtes Wunder vollbracht, Charlie. Gleich nach der Speisung der Fünftausend war das Vorziehen dieses Projekts um sechs Monate ein gottverdammtes echtes Wunder. Woher *weißt* du, dass sie uns nicht hören können?« Matheson geriet ins Schwitzen.

»Ich weiß, dass sie uns nicht hören können, weil ich eine halbe Stunde lang *ihren* Funk abgehört habe. Mann, die sind viel zu sehr mit ihrem Privatvergnügen beschäftigt, um sich die Mühe zu machen, uns hinterherzuschnüffeln. Den lieben langen Morgen haben sie nur rumgehangen und unsere Jungs in McMurdo beim Bau einer neuen Landebahn überwacht. Sie sind zu abgelenkt. Scheiße, jetzt singt doch einer da drüben was von Abba – auf Chinesisch.«

Matheson hob überrascht die Augenbrauen.

»Was soll ich sagen?« Charlie zuckte mit den Schultern. »Der Knotenpunkt hat große Ohren.«

»Welchen Song?«

»*Supertrooper.*«

Sollte die *Red Osprey* aufgespürt werden, würde das die ganze Lage zum Kippen bringen. Eine Beinaheberührung mit einer Staffel chinesischer Jäger auf Patrouille hatten sie bereits hinter sich. Sie waren unentdeckt geblieben, doch in einer Welt mit chinesischen und US-amerikanischen Truppen, die sich über Schürfrechte die Stirn boten, und astronomischen Preisen für schwindende fossile Brennstoffe konnte das klammheimliche Ölabzapfen der *Red Osprey* den zündenden Funken ins Pulverfass bedeuten.

Bulger war ihm bereits seit Wochen wegen Reibungsvibrationen auf den Wecker gegangen. Darüber hatten sie sich am meisten Sorgen gemacht. Zum Henker damit, ob es tatsächlich funktionierte. Hauptsache, das verdammte Ding machte garantiert keinerlei Geräusche.

Das »verdammte Ding« war das Herz von Mathesons Erfindung, die sich Tiefsee-Knotenpunkt nannte. Vergangenen Winter war es im Schutz der Dunkelheit hinaus auf das Ross-Meer geschafft und unmittelbar unter ihnen versenkt worden. Per Fernsteuerung hatte es sich dann in den Meeresboden eingegraben. Es war Kernstück zur Verkapselung des Bohrlochs und Heizung des unterirdischen Röhrensystems. Der Knotenpunkt erst machte eine polare Ölsuche möglich, und die Firma beabsichtigte, überall entlang der antarktischen Küste Knotenpunkte einzurichten. Bohren, auf Öl stoßen, abkapseln und nur dann zum Knotenpunkt zurückkehren, wenn ein Tanker zu füllen war. Das Schiff diente zugleich als Raffinerie. Der Knotenpunkt sollte sich um alles Übrige kümmern. Seine Stromerzeugung beruhte auf Wasserstoff und Sauerstoff – im Grunde also auf Wasser – und war auf eine zwanzigjährige Lebensdauer ausgelegt. Doch der Prototyp war erst seit neun Monaten unter dem Meeresboden. Eigentlich sollte er geräuschlos arbeiten. Und wenn er nun versagt *hatte*? Wenn es ein Problem mit dem wassergetriebenen Teil des Knotenpunkts gab, das Mathesons Vorhersagevermögen überstieg, und die Chinesen es aufgespürt hatten? Dann wären sie leichte Beute.

Charlie reichte Matheson einen Becher Kaffee, während dieser auf die Bildschirme starrte, als wäre er in ein Computerspiel versunken. »Was ist das?«, fragte Matheson und zeigte auf eine Reihe von Signalzacken.

»Der rote ist das chinesische U-Boot. Der andere ein US-Flugzeugträger. War irgendwie am Herummanövrieren. Die bereiten sich gegenseitig viel zu viele Sorgen, um sich einen Dreck um uns zu scheren. Aber hey, Scheiß drauf. Frankie hat nämlich auf einem Datenspeicher 'ne Simulation durchlaufen lassen. Wir sind hier vom Acker, ehe sie uns dicht genug auf den Pelz rücken können.«

Matheson nickte und schenkte sich Kaffee nach. Auf seinem Bildschirm zeigte eine Schnittgrafik den Fortschritt der Bohrung. Ein Rohrstrang aus legiertem Stahl lief von der *Red Osprey* zum Knotenpunkt. Dieser verfügte im Anschluss über seine eigene, fünfhundert Meter lange senkrechte Rohrstrecke. Nun erst änderte die Pipeline entschieden die Richtung und war um schwierige Felsformationen herumgeführt worden. Sie näherte sich in leicht abfallendem Winkel der vermuteten Lagerstätte des schwarzen Goldes.

Das Richtbohrverfahren war Anfang der 1990er-Jahre von der staatlichen norwegischen Erdölgesellschaft auf den Weg gebracht worden, als ein Bohrloch von einem Ausgangspunkt 2700 Meter tief in der Nordsee gut sieben Kilometer waagerecht getrieben wurde. Mit solchem Erfolg, dass die neue Technologie überall schnell angewandt wurde, da sie eine bessere Ausbeute als herkömmliche Verfahren brachte.

»Thorne war wieder am Sat-Telefon«, ließ Charlie beiläufig fallen.

Matheson verschluckte sich beinahe an seinem Kaffee. »Was wollte er denn?«

»Testergebnisse. Komm schon, Ralph, er will wissen, wie sich dein Baby so macht. Kannst deinem Schöpfer danken, dass er nicht schon im Flieger hierher unterwegs ist.«

Matheson stürzte einen weiteren Schluck Kaffee hinunter. Nicht wegen des Geschmacks, sondern seiner tröstlichen Wärme wegen. Doch ihm zitterten die Hände und diesmal hatte es nichts mit Seekrankheit zu tun.

Rip Thorne, Direktor der Explorations-Abteilung der Rola Corporation. Ein Arschloch. Die bloße Erwähnung seines Namens genügte und Matheson kriegte Zustände. Allen voran war es Thorne, dem er sein Geschwür verdankte. Rip Thorne und Bulger. Gemeinsam waren die beiden dafür verantwortlich, dass es ihn hierher verschlagen hatte. Sechs volle Monate. Wie zur Hölle konnte Thorne dieses Projekt volle sechs Monate vorziehen wollen und erwarten, dass es dann noch klappen würde? Und was war überhaupt mit Bulger? Thornes persönlicher kleiner Rottweiler. Er hatte bereits die ursprünglich vorgesehene Probebohrung abgeblasen, weil er andernorts bohren wollte. Und diesen Ort hatte er selbst auswählen wollen.

Matheson überprüfte die Daten. »Charlie, sag mir bitte, dass du ihm nicht geantwortet hast.«

Charlie funkelte seinen Freund an. »Ohne vorige Rücksprache mit dir? Willst du mich verarschen? Natürlich nicht! Hab ihm gesagt, er müsse schon auf deinen verdammten Bericht warten.«

Matheson nickte. Versuchte, sein Stimmungstief abzuschütteln. Er überprüfte erneut die Daten. »Ferngesteuerter Bohrkopf läuft sauber«, gab er wachsam weiter. »Geosteuerungs-Sensor … Hmm. Interessante Gesteinszusammensetzung … kristallin? Öh … BVM, BVM, wo steckst du? Ah, hab dich.« Er klickte das Icon für Bohrvorgangs-Messungen an und überprüfte Drehmoment und Vortriebsdruck des Bohrmeißels. Beide Werte lagen hoch. Zwar unterhalb der Belastungsgrenzen, aber dennoch hoch.

Sie waren am Morgen auf eine harte Gesteinsschicht gestoßen und versuchten durchzubrechen, also war die Anweisung erteilt worden, auf volle Kraft zu gehen. Das würde zwar den Bohrmeißel doppelt so schnell verschleißen, aber da er bereits einen Tag lang gelaufen war und Bohrköpfe üblicherweise alle vierundzwanzig bis achtundvierzig Stunden ausgewechselt wurden, konnte man ihn ebenso gut verheizen.

Doch Geologie war eine komische Sache. Keiner wusste ganz genau, auf welche Art Gestein sie gestoßen waren. Und die letzten sechs Stunden über waren sie lediglich weit genug vorangekommen, um ein weiteres Drei-Meter-Segment des Bohrgestänges aufzusetzen. Falls der Bohrer also zu einer unterirdischen, mit weichem, kleinteiligem Material wie Sand angefüllten Höhle durchbräche, sollte eine am oberen Ende des Rohrs angebrachte Fangklaue verhindern, dass der Bohrkopf mit einem plötzlichen Satz vorwärts den gesamten Gestängestrang mit sich reißen würde. Falls das passierte, und das wollte keiner, würde es die ganze Arbeit zunichtemachen, denn kilometerweise Rohr vom Meeresboden einzusammeln war einfach nicht drin. Dann müssten sie wieder ganz von vorn anfangen.

Sein Blick streifte den Sekundärmonitor, und Matheson hielt über den drei Datenicons inne. Das eine bezeichnete eine Datenfernleitung über Satellit auf seine heimische Workstation. Ein zweites stand für den Download unmittelbar auf den Systemkern des Schiffs. Und das dritte war – gelb. *Gelb*? Was hatte das zu bedeuten?

»Das ist mein Schiff! Was haben Sie sich dabei gedacht?«

Er wandte sich vom Bildschirm ab, als die Tür aufflog und der Kapitän der *Red Osprey* hereinstürmte. Jaffna war ein kleiner Mann mit indischen Gesichtszügen und westlichem Temperament. Er schaltete die Beleuchtung ein und alle verdrehten für eine Sekunde die Augen. Flüche wurden ausgestoßen, was ihn einen Dreck scherte. Er hatte es auf Bulger abgesehen.

»Sie verdammter Vollidiot!«, schrie Bulger.

»Ich habe klaren Befehl gegeben und Sie haben ihn außer Kraft gesetzt. Versuchen Sie das noch mal, dann reiße ich Ihnen den Kopf ab!«

»Sind Sie ein Idiot, Jaffna? Liegt's daran?« Bulger stellte sich ihm in den Weg. Alle Übrigen wussten es besser und traten zurück. »Welcher besengte Schwachkopf hisst den Wimpel? Jeder mit einem beschissenen besseren Fernglas konnte ihn sehen, gottverdammt!«

Matheson beugte sich rasch vor und flüsterte: »Welchen Wimpel?«

»Jaffna hat das Licht eingeschaltet«, raunte Charlie. »Hat das Signal an vorbeiziehenden Verkehr gesetzt, dass wir Unterwasserarbeiten vornehmen. Bulger hat 'nem Matrosen gesagt, das Licht abzuschalten.«

Matheson schüttelte erstaunt den Kopf. »Nach internationalem Recht müsste das Signal eigentlich sein.« Er schnitt eine Grimasse und lehnte sich zurück. Beobachtete die beiden Männer und genoss deren Unterhaltung sogar, bis es ihn plötzlich durchfuhr.

Gelb bedeutete Sperrwiderstand. Rückstoßkräfte und inwendigen Pumpdruck.

Matheson wirbelte herum. »Scheiße!« Er griff nach der Maus, klickte das gelbe Icon an, rief die Daten auf. »Scheiße! Scheiße! Scheiße!« Er drehte sich wieder um. Der Rückstoß war gewaltig. Auf Öl waren sie hier ganz und gar nicht gestoßen. »Wer sitzt am Vortriebswiderstand?«

Während Bulger und Jaffna miteinander stritten und Jaffna schrie, sein Patent nicht verlieren und eines Tages noch ein anderes Schiff führen zu wollen, schoss Matheson hoch. Zum Teufel mit den beiden. Zum Teufel mit der chinesischen Marine. Das hier war ernster. Sie steckten bis über die Ohren in der Scheiße und wussten es nicht mal.

Rasch schaute er sich im Raum um. Zeigte mit einem anklagenden Finger auf Frankie, einen fetten, nervös aussehenden jungen Burschen. »Du!«, knurrte er. »Du hast den Vortriebswiderstand überwacht. Wieso hast du nicht reagiert?!«

»Ich – ich war kurz mal pinkeln«, stotterte Frankie.

Matheson stieß ihn beiseite und setzte sich vor seinen Monitor. »Der Meißel ist durchgebrochen. Jetzt pumpt er unter Überdruck stehendes Meereswasser!« Das war noch nie vorgekommen. Er schnellte herum und brüllte allen im Raum entgegen: »Sofort das Rohr abwerfen! Wir haben einen Code Zero!«

Alle wussten, was das bedeutete. Erschrockenes Schweigen trat ein. Code Zero war eine theoretische Situation, die sie drüben in den Staaten am Rechner simuliert hatten. Sie waren unter Wasser zu einer Senkgrube durchgebrochen. Bei den vorherrschenden Temperaturen hätte das Wasser eigentlich festes Eis sein müssen, doch das schiere Gewicht des darüberliegenden glazialen Schelfeises sorgte dafür, dass es unter ungeheurem Druck stand und flüssig blieb. Bekam es eine Möglichkeit zu entweichen, würde es natürlich den Weg des geringsten Widerstands nehmen. Rückstoßeffekte würden das Gestänge verwerfen. Bei dieser Kälte hätte das Rohr auseinanderbrechen müssen, doch das konnte es nicht, da es eine auf Biegsamkeit ausgelegte Stahllegierung war. Damit der Knotenpunkt arbeiten konnte, bestand der Rohrstrang aus einer inneren und einer äußeren Röhre. Das innere Rohr war es, das völlig überschnappte, und mit diesem Zentralrohr war die *Red Osprey* unmittelbar verbunden. Der Rückschlag würde wellenförmig das Rohr emporrasen. Zu irgendeinem Zeitpunkt würde er das Schiff erreichen. Bei ruhigem Wetter würden sie einfach das Deck räumen, bis der Spaß vorbei wäre. Aber bei diesem Sturm – könnte es sie versenken.

Alle rannten an ihre Schalttafeln. Bulger drückte den Alarmknopf und war in null Komma nichts an der Gegensprechanlage.

Sirenen heulten. Warnlichter blinkten. »Das ist ein Notfall. Alles unter Deck, sofort! Runter vom Deck! Alles stehen und liegen lassen! Das ist keine Übung! Los!«

Keiner vertrödelte seine Zeit damit, Fragen zu stellen. Aber es war schon zu spät. Der erste Ausschlag traf die *Red Osprey*, als sie sich bereits in den Fängen einer weiteren zehn Meter hohen Eiswelle befand. Die Arbeiter torkelten alle in eine Richtung, während sie begannen, ihre Sicherheitsleinen auszuklinken, um zur Reling des Hauptdecks hinüberzuwechseln. Doch das Rohr teilte einen derart kräftigen Peitschenhieb aus, dass er das Schiff auf dem Wellenkamm aufrichtete, und als die *Red Osprey* schließlich nach Backbord schlingerte, hatte es drei Arbeiter ins Meer geschleudert. Sie waren sofort tot.

Matheson verfolgte das Geschehen auf den Überwachungsmonitoren, während er sich auf seine Messergebnisse hätte konzentrieren sollen. Er sah Ilana den Kran herunterklettern, als sich eine Strebe des Bohrturms lossprengte und glatt durch ihren Unterleib schoss. Sie platzte ihr zum Rücken heraus und riss ihre Eingeweide mit sich. Blut spritzte wie ein Bündel zuckender Blitze am Himmel und verschwand im Aufprall einer weiteren Welle. Einen Augenblick lang blieb ihr Körper an die Leiter geklettet – dann fiel er ab. Sie hatte nicht einmal Zeit gehabt, den Gesichtsausdruck zu wechseln.

Matheson hörte, wie Charlie der Atem stockte. Ein rascher Seitenblick zeigte ihm, dass auch sein Freund am Bildschirm hing. Er machte die Miene eines Mannes, der soeben seine Geliebte verloren hatte. Was hatten die beiden miteinander gehabt? Das Schiff schlingerte und richtete sich wieder auf. Scheiß auf Charlies Liebesleben! Matheson stürzte quer durch den Raum. Alle waren in Panik. Er warf die Plexiglashaube über dem Hauptschaltpult hoch und hämmerte auf den leuchtend roten Abbruch-Schalter.

Weitere Sirenen heulten auf. Der Computer bestätigte, dass der Knotenpunkt seine Verkapselung vorgenommen und sich vom Schiff abgenabelt habe. Nur die internen Druckwerte änderten sich nicht. Irgendetwas war angepumpt worden und raste nun das Innere der Rohrleitung hoch. Wenn sie jetzt nicht die »Nabelschnur« abstießen, könnte sie sich auf dem Meeresboden verfangen und sie müssten vielleicht für immer dortbleiben.

Matheson wirbelte herum und suchte nach den Schaltern für einen Notabwurf. Er hörte, wie Kapitän Jaffna der Brücke »volle Kraft voraus« über die Sprechanlage zubrüllte. Seine Finger flogen über die Tasten. Nur noch Sekunden, bis die »Nabelschnur« abgestoßen sein würde.

Wieder warf Matheson prüfende Blicke auf den Monitor und auf den Kapitän. Sah dem Bohrgestänge zu, wie es durch das Loch im Deck ins Wasser zu sacken begann.

Die verbliebenen Ölbohrarbeiter suchten verzweifelt Unterschlupf. Einige schafften es, andere nicht.

Die »Nabelschnur« ließ sich einfach nicht loswerden. Kaum dass sie in den Ozean glitt, verkantete sie an weiteren ausgerissenen Streben. Nun hing ein Kilometer totes, völlig außer Kontrolle geratenes Gewicht schlaff am dräuenden Bohrturm und war Spielball der Unterströmungen.

Das Knirschen wurde lauter. Der Bohrturm verbog sich, ging krachend zu Boden und zermalmte einen weiteren Arbeiter. Matheson konnte den dicken, buschigen Schnurrbart des Kerls sehen. Er hieß Pete. Er lebte noch, war jedoch unter einer Pipeline eingeklemmt, die nun geradewegs auf Brücke und Unterkünfte zeigte. Geradezu auf sie gerichtet war. Wie eine Kanone.

Matheson erstarrte, als er Pete sich unter Tonnen verbogenen Stahls winden sah, bis die Ausströmöffnung unausweichlich explodierte. Gefrierender Schlamm schoss heraus und zerschmetterte alles in seinem Weg. Faustgroße Gesteinsbrocken schlugen wie Gewehrkugeln durch die Bullaugen. Der Schwefelgeruch war stechend. Und die Kälte …

Jaffna zögerte keine Sekunde. Stets überlegt, stets auf Lösungen bedacht. Er drückte weitere Steuerungstasten, und das ganze Schiff erzitterte, als eine Druckwelle durch den Gestängekanal raste. Jaffna hatte einen Notabwurf ausgelöst. Der Rohrstrang war weg und sie waren frei. Doch die Verwüstungen waren verheerend.

Einige Male warf es die *Red Osprey* vor und zurück, ehe Jaffnas Kommandos endlich griffen und das Schiff volle Fahrt machte. Aber es war schwer angeschlagen und aus seinem Maschinenraum drang Qualm.

Bulger stellte die Sirenen ab. Alles verharrte regungslos und versuchte, das Ganze in sich aufzunehmen. Auf Charlies Gesicht waren Tränen zu sehen. Er rieb sich zornig die Wangen und versuchte sich auf die GPS-Systeme zu konzentrieren.

»Das U-Boot?«, hakte Matheson nach.

Charlie schüttelte den Kopf und warf Jaffna einen raschen Blick zu. »Uns kommt ein Zerstörer entgegen. Nordnordwest. Volldampf. Sendet Registrierung *USS Ingersoll DD-990* aus … das sind die Marines.«

Jaffna nickte. Höchste Zeit zu verschwinden. Mit einem Ruck riss er die Tür auf und ein Brei aus Schlamm und Gesteinsbrocken schwappte in den Raum. Er ging weiter in Richtung Brücke. Das jenseitige große Aussichts-Bullauge war zertrümmert und eisige Windböen trieben den ganzen Dreck über den Fußboden. Ein großer, verdreckter Gesteinsklumpen schlidderte Matheson vor die Füße.

Matheson drehte sich zu Charlie um. Einen Augenblick lang musterten sie einander, ehe er vorsichtig auf das Oberdeck hinaustrat, ohne sich um die Böen zu scheren, die ihm Eisnadeln ins Gesicht bliesen. Der verkrümmte Bohrturm hatte das Deck auf ganzer Länge unter sich begraben. Leichen lagen herum. Von vorn bis achtern hatte es riesige Ausrüstungskisten zu Schrott gequetscht.

»Klinken Sie sich ein«, wies Bulger Matheson tonlos an. Er besah sich angewidert seine Zigarre. Dann warf er sie über Bord, klinkte seine eigene Sicherheitsleine an die Reling und stieg die Leiter hinunter. Alles, was Matheson ihn immer wieder sagen hörte, war: »Herrje, was für eine verdammte Schweinerei. O Gott, ist das furchtbar.«

Benommen kletterte Matheson zum Hauptdeck hinunter, um beim Aufräumen mit anzupacken. Am liebsten wäre er wieder ins Bett gegangen, um noch mal auf den Tag zurückzublicken. Selbst ein Sonnenuntergang hätte ihm jetzt ein Gefühl der Entspannung beschert. Aber dies hier war die Antarktis und der nächste Sonnenuntergang erst in sechs Wochen fällig.

Er machte sich daran, die Opfer zu erfassen. Es waren insgesamt dreizehn Tote. Während er sie auf einem Klemmbrett abhakte und nach Kräften versuchte, keiner neuen Übelkeit zu erliegen, wurde er von einem Arbeiter namens Pico unterbrochen. Er hielt einen großen, undefinierbaren Brocken in Händen, der schwer zu sein schien. »Hey, das gehört bestimmt euch. Was für Zeugs hattet ihr Jungs denn auf Deck? Sieht ziemlich teuer aus.« Er reichte ihn weiter.

»Wüsste nicht, dass wir überhaupt was auf Deck hatten«, bemerkte Matheson. Er runzelte die Stirn und untersuchte den Gegenstand, drehte ihn in den Händen. Auch Bulger hatte so ein Stück in der Hand und Frankie griff sich einen weiteren Klumpen. Diese Brocken lagen überall auf Deck herum. »Das hat nichts mit unserer Ausrüstung zu tun.«

Matheson trug den felsartigen Gegenstand zu einer Pfütze und begann, den Dreck abzuwaschen. Es war Kristall und nahm das Licht wirkungsvoll genug auf, um blassblau zu glitzern. Nahezu lupenrein. Er tauschte einen Blick mit Bulger aus und in diesem kurzen Moment vergaßen beide ihre Meinungsverschiedenheiten. »Das ist ein Edelstein …«

»Was für 'ne Sorte denn?«, fragte Frankie. Seine Haut schälte sich. Auch er hatte keinen Kopfschützer getragen und sah fürchterlich aus.

Matheson drehte den Brocken wieder herum. »Sieht wie Diamant aus.«

»So 'n Diamanten hab ich aber noch nie gesehen«, meinte Frankie. »Ist schwer, aber bei weitem nicht schwer genug. Ist der durch die Pipeline gekommen?«

Charlie trat auf sie zu. »Muss wohl«, sagte er.

Langsam, ganz langsam begann Bulger zu lächeln, bis er die Zähne wie ein Hai bleckte. »Hab's doch gewusst.« Mehr sagte er nicht.

Unvermittelt hielt Matheson sein Stück ins Licht. »Ist ja nicht zu fassen!« Er stellte sich so hin, dass es alle sehen konnten. »Schaut doch mal«, sagte er ungläubig. »Da steht was drauf geschrieben.«

Was da im Licht blitzte, waren fein geätzte, vollendet geformte Glypten – altertümlich anmutende Symbole, deren Bedeutung sich ihnen entzog. Die Hieroglyphen waren so klar gezeichnet, dass es aussah, als sei die Schrift in die natürliche Struktur des Diamanten selbst eingegangen.

Es war verblüffend.

»Was soll das wohl heißen?«, fragte jemand.

»Sieht ägyptisch aus.«

»Ägyptisch?« Matheson wies mit dem Daumen auf einen entfernten Eisberg. »Hier draußen? Mann, ich bitte dich!«

Frankie machte sich daran, alle Stücke einzusammeln, die er finden konnte. »Wir müssen uns mehr von dem Zeug besorgen«, meinte er. »Jemand muss es sich ansehen. Das wird uns alle reich machen!« Aber seine Hand fand sich unter der Sohle von Bulgers dickem schwerem Stiefel wieder.

»Dieser ganze Scheiß hier ist Firmeneigentum, Dickerchen. Das hebst du alles hübsch für deinen Arbeitgeber auf.«

Matheson fuhr mit den Fingern argwöhnisch über die auf dem

Stein eingeätzten Schriftzeichen. Wegen dieses Zeugs waren gerade dreizehn Menschen gestorben. Er schloss fest die Hand darum. Es würde sie reich machen? Irgendwie war er sich da nicht so sicher. Erneut hielt er den Stein ins Licht. Schaute noch einmal genau darauf. Und da bemerkte er am Horizont den schwarzen, rasch herannahenden Fleck. Schwarze Gewitterwolken vor einem grünen Himmel ... einem *grünen* Himmel?

Bevor er irgendetwas sagen konnte, heulten auf Deck erneut die Sirenen los. Während sich steile Wellenklippen am Bug brachen und der Zerstörer von Norden her einschwenkte, sah Matheson, wie ein schnittiger grauer Sea-Hawk-Kampfhubschrauber vom Himmel herabstieß. Seine kreischenden Triebwerke konnten kaum etwas gegen das Getöse des Sturms ausrichten. Nun schwebte er dicht über Mitteldeck und zusammengedrücktem Bohrturm, dort, wo die *Red Osprey* noch am ruhigsten lag. Seine Türen glitten schlagartig zurück. Seile wurden herausgeworfen. Und während sich von oben ein Dutzend Marines herunterschwangen, erwachte ein Lautsprecher, angebracht unter den Stummelflügeln des Sea-Hawk gleich neben den Raketen, jäh zum Leben.

»Hier spricht das United States Marine Corps! Sie bleiben da an Deck, wo sie sind! Sie werden geentert!«

Maschinengewehrbolzen wurden gespannt. Hände erhoben. Ein tressengeschmückter Offizier übernahm die Hauptrolle. Machte eine finstere Miene und schätzte mit einem einzigen, entschlossenen Blick die Mannschaft ein. Dann schaute er mit einem bohrenden Blick auf Matheson und steuerte schnurstracks auf ihn zu.

Den Stein noch immer in der Hand, lief Matheson ein wahnwitziges Grinsen über das ganze Gesicht.

Die Marines waren hier.

Endlich hatte man sie erwischt. Gott sei Dank, dachte er.

# 2. Der achte Tag

Fulton-Konferenzzentrum
Magnolia University, Nord-Mississippi
16. März 2012

»Im Anfang war das Wort«, verkündete Dr. Richard Scott, fummelte am Schalter herum und drückte ihn versehentlich zweimal. Der digitale Projektor arbeitete sich rasend schnell durch eine Folge von Abbildungen, die keine Einzelheit mehr erkennen ließen. Scott gab ein leises Stöhnen von sich und versuchte nochmals, das gewünschte Dia aufzurufen, konnte aber die Eingabenummer nicht finden. Er richtete den Blick auf das Publikum, ließ die Schultern sinken. »Und dieses Wort ist derzeit öffentlich nicht wiederholbar«, fuhr er fort.

Die Zuhörer gaben ihrer Erheiterung lauter als erwartet Ausdruck, aber Scott traute ihnen nicht recht über den Weg. Hauptsächlich Akademiker, vereinzelt Studenten. Alle gekommen, um den Mann zu hören, dessen kleine Rundreise in gewissen Kreisen einigen Wirbel ausgelöst hatte. Selbst der Präsident, ein frommer und eifriger Baptist, hatte dem Drang nachgegeben, sich öffentlich zu bekennen und Scotts Arbeit infrage zu stellen. Ein ganz kleiner irischer Gastprofessor an der Uni von Seattle. Es war lächerlich. Wo war die religiöse Freiheit in diesem Land abgeblieben? War sie von vornherein nur ein Trugbild gewesen?

Sein erboster Blick fiel auf die Ausrüstung, und Scott nahm flüchtig sein eigenes Spiegelbild wahr. Säuberlich gestutztes Haar. Kantiger Kiefer. Er fingerte an den Schaltern herum, aber es war zwecklos. Hilflos schaute er auf die studentische Hilfskraft, die ihm für ebensolche Notfälle zugeteilt worden war. »Äh, könnten Sie – äh? Hallo?«

Ein Bursche von Federal Express ließ sie gerade für ein Paket unterschreiben. Scott staunte nicht schlecht. »Äh, Verzeihung, Sir? Ich versuche hier, eine Vorlesung zu halten.«

»Wenn wir halb elf sagen, Sir, meinen wir das auch so.« Scott wusste sich nicht zu helfen. Ein Schmunzeln breitete sich auf seinem Gesicht aus, ehe sein Gelächter unter kreischenden Rückkopplungen aus der Lautsprecheranlage drang. Das Publikum fiel in sein Lachen ein.

»Eine Runde Beifall für unsere Freunde von FedEx«, gluckste Scott.

Der Bote zog auf seinem Weg nach draußen die Mütze und verbeugte sich zum Entzücken der Zuschauer. Inzwischen hatte Scotts Hilfskraft das Paket abgestellt und stürzte auf die Bühne.

Scott beschirmte mit beiden Händen das Mikro. »Danke.«

November Dryden war eine gescheite junge Frau. Sehr attraktiv. Aber wichtiger noch – sehr geduldig. »Jetzt heizen Sie denen ein«, sagte sie mit einem Lächeln, als sie wieder ihren Platz einnahm.

Während seines Vortrags genoss Scott eine amüsierte Komplizenschaft mit dem Publikum. »Unterm Strich sind altertümliche Manuskripte weit einfacher zu handhaben«, sagte er.

Noch einmal machte ein Lachen die Runde bei den Zuhörern, während man sich zurücklehnte und das erste Dia auf der Leinwand erschien.

Scott war von Beruf Linguist und Kulturanthropologe. Er erforschte soziale Strukturen, Recht, Politik, Religion und Technologie, aber sein Spezialgebiet waren Sprachen. Er war ein Epigraphiker, der Jahre mit der Entschlüsselung einer frühgeschichtlichen Inschrift zubringen konnte. Doch trotz seines Vertrauens in die eigene Arbeit bereitete ihm diese Vorlesung größere Sorgen, als jemals sonst eine es getan hatte. Sie könnte seiner Gesundheit schaden, denn er war hier im so genannten Bibelgürtel. Ein Vortrag über unlängst entdeckte antike Handschriften, die das Buch der Bücher infrage stellten, würde keine lebhafte Erörterung auslösen, sondern eher wutentbrannten Widerspruch. Und dann war da noch dieser andere strittige Punkt …

»Noch mal von Anfang an«, fuhr Scott fort. »Im Anfang war das Wort. Und dieses Wort lautet ›Ungläubiger‹. Ich will mich zu Beginn meiner heutigen Vorlesung ganz offen zu meinen Glaubensansichten äußern.« Er holte tief Luft. »Ich glaube nicht an Jesus Christus.«

Es gab verblüffte Mienen im Publikum. Scott ordnete seine Papiere.

»Das Evangelium«, erläuterte er, »wurde auf Griechisch abgefasst. Wo es bei uns ›Wort‹ heißt, dazu sagen die Griechen *logos*. Aber *logos* bedeutet mehr als bloß ›Wort‹. Es bedeutet Gedanke, Tat, Handlung. Es bedeutet ›tätiges Wort‹. Dasselbe gilt für das Hebräische und Aramäische. Einige haben das Dilemma erkannt und sich für den Begriff ›Tat‹ ausgesprochen. Im Anfang war die Tat. Aber auch das vermittelt nicht die volle Bedeutung von *logos*. Die Christen wollten die Juden für ihren Glauben gewinnen; letzten Endes war Jesus schließlich selbst ein Jude. Folglich entlieh sich das Christentum – wie alle großen Religionen – von seinen Vorläufern sowohl die Sprache als auch die Vorstellungsbilder vom Vergangenen. Daher war im Anfang *logos*, denn für die Hebräer war das nichts Neues. In den Sprüchen Salomonis ist es das Motiv der Weisheit.

Um die Heiden anzulocken, zogen sie einfach in ein paar alte Kirchen und machten sich gar nicht erst die Mühe eines Tapetenwechsels. Die vielen Großmosaike von Christus als bärtigem Erlöser – das sind Porträts von Zeus und Jupiter. Die Kirchen sind graeco-romanisch. Folglich ist das seinerzeitige Christentum das früheste bekannte Beispiel für religiöses Recycling. Wie *viel* allerdings ausgeborgt war, ist stets umstritten geblieben. Doch heute habe ich die Antwort mitgebracht. Und würde sie gern, wenn ich darf, mit Ihnen teilen.«

Scott trank einen Schluck Wasser. Teils um seinen Durst zu löschen, vor allem aber, um gleichzeitig seine Zuhörer einzuschätzen.

Altertumstexte. Seit nunmehr einigen Jahrzehnten stellten sie das Christentum infrage. Der erste Text war 1947 aufgetaucht. Ein Schäferjunge vom Beduinenstamm der Ta'amireh namens Mohammed adh-Dhib, Mohammed der Wolf, war durch die antike Siedlung Qumran am Toten Meer gezogen und in einer Höhle auf Tonkrüge voll altertümlicher Schriftrollen gestoßen. Der jüngste Fund, die *Istanbuler Genizah*, war in einer Truhe im Dach einer Moschee gemacht worden. Eine *Genizah* stellte eine Sammlung von Gebetsschriften dar – zwar eingelagert, aber verschlissen und nicht länger in Gebrauch. Solche Dinge hatten mindestens 1500 Jahre lang kein Tageslicht mehr gesehen.

Während dieser ganzen Zeit hatten die christlichen Führungsschichten alle Hinweise unterdrückt, die ihren Glauben infrage stellten. Ab Mitte der 1980er-Jahre jedoch hatte es eine kleine akademische Randgruppe als ihre Pflicht angesehen, Christus als bloßen Sterblichen zu enthüllen. Diese Ansicht hatte Scott zunächst nur eingeschränkt geteilt, aber seither hatte sich einiges getan.

»Also«, setzte er nun seine Rede fort, »wenn uns bereits ein einziges Wort Schwierigkeiten macht, dann stellen Sie sich doch mal unsere Schwierigkeiten mit der Bibel vor, die hunderttausende Wörter enthält, und das zumeist aus toten Sprachen. Wir müssen einräumen, dass unsere Auslegungen, gleich welchen Standpunkt man einnimmt, allzu leicht in die Irre führen können. Wie viele unter Ihnen kennen beispielsweise jemanden, der fließend Aramäisch spricht und es im Alltag verwendet?« Er ließ ein Lächeln aufblitzen. Hier und da war nervöses Getuschel unter den Akademikern zu vernehmen.

Das Dia auf der Leinwand zeigte ein Stückchen Papyrus.

»Er wurde 1920 im ägyptischen Nag Hammadi gefunden«, teilte Scott seinen Zuhörern mit. »Er stammt etwa aus dem Jahre 100 bis 150 unserer Zeitrechnung. Ich bevorzuge diese neutrale Zuordnung anstelle von ›nach Christus‹, verwende also vor unserer Zeit statt ›vor Christus‹. Ich finde, Zeitangaben sollten nicht an der Geburt Christi festgemacht werden.« Das missfiel dem Publikum eindeutig. »Was sagt uns also dieser Papyrus? Kurz gefasst, dass das Johannes-Evangelium mindestens fünfzig Jahre *nach* dem Tod Jesu geschrieben wurde. Infolgedessen ist es kein Augenzeugenbericht und somit zwingend fragwürdig.

Denken Sie nur ... das alles. Aus einem winzigen Stück Papyrus.«

Für Scott belegte es auch, dass Johannes zu einer Zeit geschrieben wurde, als das Römische Reich bereits die Übernahme des Christentums erwog, um sich durch diese massenwirksame Anverwandlung seine Macht zu erhalten. Mithin wurde Johannes wahrscheinlich von einem Römer geschrieben, da der Text grundlegend für die Beschreibung der Rolle Jesu und der Vorschriften war, die den Katholizismus prägten – eine nach Rom ausgerichtete Institution. Für eine Religion schien sie Scott ausgesprochen wenig mit Gott und eine ganze Menge mit Politik zu tun zu haben.

»Die Nag-Hammadi-Schriftrollen sind interessant, weil sich darunter ein vollständiges Thomas-Evangelium fand, das aus einhundert Aussprüchen Jesu besteht – ein gnostischer Text, der den Evangelien vorausgeht, und doch hat ihn die katholische Kirche als häretisch gebrandmarkt. Historische Tatsachen sind *häretische*?

Okay, da wir Erstsemester im Saal haben, wollen Sie mir bitte verzeihen, wenn ich übermäßig viel Begriffsklärung betreiben sollte. ›Gnostisch‹ ist griechisch und bedeutet ›verborgenes Wissen‹ – gewöhnlich verborgenes Wissen über Gott. Woher wissen wir, dass ein Wissen verborgen liegt? Weil die Sprache des Textes ziemlich eindeutig manipuliert wurde. Sie macht die Bilder zu ihren Waffen. Schließlich handelte es sich um eine neue Religion. Um neue Gläubige zu ködern, musste für deren Wohlgefühl gesorgt werden. Wenn also beispielsweise Jesus Christus – Christus kommt aus dem Griechischen und bedeutet einfach ›Messias‹, und Jesus ist die griechische Form des Namens Joshua –, wenn *Joshua* in die Wüste oder auf dem Wasser geht … es gibt nur einen einzigen anderen Burschen, der je so was gemacht hat, und das war auch ein Prophet. Man hat ihn nie zur übernatürlichen Figur hochgespielt, obwohl er von Charlton Heston dargestellt wurde. Ich beziehe mich natürlich auf Moses. Was gibt es also Besseres zur Steigerung der eigenen Macht, als sich den Besten anzugleichen – die vor einem selbst da waren?«

Scott trank einen weiteren Schluck Wasser und beobachtete das Publikum. Zwei, drei Leute gingen. Das überraschte ihn nicht. Er war allerdings überrascht, dass es nicht mehr waren. Er wartete ab, bis sich die Tür leise hinter ihnen schloss. Die Menschen haben die eigentümliche Gewohnheit, selbst die allgemein gültigsten Tatsachen bei Bedarf zu vergessen. Hatte denn nicht schon die ägyptische Göttin Isis ein Leben nach dem Tode verheißen, ein besseres als das diesseitige, und das Jahrtausende vor Christus?

Scott lächelte einnehmend. Jetzt ging der Spaß erst richtig los. »Die Nag-Hammadi-Schriftrollen sind außerdem interessant, weil sie koptisch, in der Spätform des Ägyptischen geschrieben sind, die griechische Buchstaben verwendet. Aber Joshua und seine Zeitgenossen sprachen Aramäisch. War es also für Aramäischsprechende ungewöhnlich, alles auf Griechisch zu schreiben? Tja, in der Tat nicht. Denken wir nur an das heutige Belgien, wo kaum holländischsprachige oder flämische Literatur entsteht, sie vielmehr auf Französisch, Deutsch und häufig genug Englisch verfasst wird.

Zwar ist keines der Evangelien auf Aramäisch geschrieben, doch die Autoren müssen es gesprochen haben, weil sich aramäische Grammatik in den Texten verbirgt.«

Er drückte eine Taste, und ein weiteres Bild war zu sehen – von einer antiken Rolle, die mit säuberlichen braunen Schriftzeilen bedeckt war. »Dies nun«, sagte er, »ist die erste Seite eines verschollenen Buches. Von dem ich glaube, dass Sie es alle ziemlich fesselnd finden werden.

Jahrelang gab es Mutmaßungen über ein verschollenes *Buch Q* oder Quelle, dem John Kloppenborg Mitte der 1980er-Jahre umfangreiche Nachforschungen gewidmet hatte. Kloppenborg glaubte, es müsse irgendwo den ursprünglichen Bericht aus erster Hand über Jesus gegeben haben, ehe die Autoren der Evangelien das Wort ergriffen. Man war sich einig, dieses *Buch Q*, das unsere Kultur geformt haben würde, sei eine *mündliche* Überlieferung und zu Anfang vielleicht auf Aramäisch niedergeschrieben gewesen.

Doch diese Seite«, er zeigte auf die Leinwand, »beweist etwas gänzlich anderes. Ich betone, dass es sich *nicht* um das *Buch Q* handelt. Es ist viel älter, wie Chlor-36-Isotopentests anzeigen. Dem genetischen Zerfall zufolge wurde es auf der Haut einer sehr alten Ziege geschrieben. Und es belegt zum ersten Mal, dass Christus seine Ideen dem *Mithraskult* entlieh. Dieses Buch entstand vier bis fünf Jahrhunderte vor der Geburt eines Jesus Christus. Und doch decken sich Bildersprache und Symbolismus des Neuen Testaments beinahe vollkommen, fast Wort für Wort damit. Es ist *kein* mithraischer Text und *kein* christlicher. Es ist eine Verbindung aus beidem. Es ist das sprichwörtliche fehlende Glied. Und es wurde auf Aramäisch geschrieben.«

Scott grinste ein bisschen selbstgefällig. Er beendete seinen Vortrag, indem er sein Publikum leise fragte: »Will hier noch jemand Christ sein?«

Einige Zeit später fand sich Scott in einem Beichtstuhl wieder. Ganz anders als die düsteren Beichtstühle der Alten Welt, war dies eine saubere, weiße und luftige Holzkiste. Fast schon schuljungenhaft glucksend verkündete er: »Segne mich, Fergus, denn ich habe gesündigt.«

Die kleine Luke hinter dem Gitter glitt mit einem Klacken zurück. »Ja, ja. Spar dir den Mist.«

Ein Seufzen, gefolgt von gedämpftem Fingertappen. Einen Augenblick lang setzte das Geräusch aus, dann war es erneut zu hören. Scott schob sich nach vorn und spähte durch das Gitter nach dem Priester. Er konnte ihn mit den Augen rollen und in seiner schwarzen Soutane nach einem Feuerzeug angeln sehen. Unter einer himmelwärts gemurmelten Art Entschuldigung schnippte er eine Zigarette aus einer Packung.

»Was tust du da?«, fragte Scott. Ein erstes Rauchwölkchen wehte herüber. Er roch die gute Marke. Mit Sicherheit eine europäische.

»Meine Nerven beruhigen. Ich kann's nicht fassen, in welchem Hornissennest du da herumgestochert hast, Richie, mein Junge.« Er wollte einen Tabakkrümel ausspucken, der jedoch an seiner Zunge kleben blieb. Er strich über seine Soutane. »Was ist das für eine verdammte Riesenschweinerei.«

Sie schauten sich an. »Lass uns was essen gehen«, sagte Scott.

Sie schlenderten über die sauber gemähte Lichtung in der Mitte des Grove-Wäldchens auf das Gebäude der Vereinigten Studentenschaft zu, wo es die besseren Cafeterias gab und die Atmosphäre lebhafter war.

Das Grove-Wäldchen war ein herrliches Parkgelände im Herzen der Magnolia-Universität. Mochte es März gewesen sein, aber in Mississippi fühlte er sich wie Sommer an. Die Sonne schien hell durchs Laub und warf wunderschön gescheckte Muster auf den

Erdboden. Zumeist trugen die Studierenden Shorts und T-Shirts. In seinem priesterlichen Aufzug schien Fergus das alles mit der gelassenen Würde eines guten Katholiken, der er im Wesentlichen war, auf sich wirken zu lassen.

Aber Scott kannte ihn besser; schließlich waren sie zusammen aufgewachsen. Scott kannte Datum und Uhrzeit, an denen Fergus seine Jungfräulichkeit verloren hatte, und die Telefonnummer des betreffenden Mädchens. Fünfzehn Jahre waren vergangen, und Scott konnte noch immer nicht hinnehmen, dass sein bester Freund Priester geworden war. Und jetzt diese junge Frau, die da an den Sorority-Häusern vorbeijoggte, trug sie überhaupt Unterwäsche?

»Du bist ein verheirateter Mann, Richard, hör auf, dich in Verlegenheit zu bringen.«

»Getrennt lebend«, grummelte Scott, trat in schlaksig ausholenden Schritten nach dem Rasen und vergrub die Hände in den Taschen seiner Khakihose. »Was ist mit uns geschehen, Fergus?«

»Dir und mir? Oder dir und Jessica?«

Scott zuckte zusammen, als der Name seiner Frau fiel. Sein Freund beherrschte diese Priesternummer wirklich bis in die Fingerspitzen. Nur seines Vortrags wegen war Fergus aus der Vatikanstadt eingeflogen und würde am Morgen wieder zurückreisen, aber irgendwie hatte Scott den Eindruck, dass ihrer beider Freundschaft nichts mit Fergus' Entschluss zu kommen zu tun hatte.

Fergus langte nach einer weiteren Zigarette und kratzte sich am Kopf. »Schau her, Richie, du hast da eine interessante Vorlesung gehalten, aber willst du ernsthaft behaupten, die katholische Kirche sei in eine sechzig Jahre währende Verschwörung verwickelt, um die Schriftrollen vom Toten Meer zurückzuhalten?«

»Und andere.«

»Absurd. Wir können ja nicht mal unsere eigene Geistlichkeit im Zaum halten, wer sollte also vertrauenswürdig genug gewesen sein, um auf dieser speziellen Zeitbombe zu hocken? 1994 stürzte die Regierung von Irland darüber, dass sich einige Priester als Pädophile erwiesen. Ich *weiß*, dass die Kirche fehlbar ist.« Er hielt inne, dann fuhr er fort: »Ja, es gab eine Verschwörung, aber eine akademische. Ich stimme zu, dass sie unvertretbar ist. Eine Bande aufgeblasener alter Männer hat sich geweigert, die Dokumente freizugeben, ehe sie sich selbst an einer ersten Übersetzung versuchen konnten. Aber was du heute aufgeboten hast … darüber dürfte die Kirche kaum in sich zusammenstürzen. Du weißt ja, wie die Leute sind, wenn sie eine neue durchgeknallte Theorie hören – sie scheren sich nicht drum. Wie bei der, dass Jesus nach Britannien gegangen sei und eine Schule eröffnet habe, oder der, er habe Maria Magdalena geheiratet und sie nach Gallien mitgenommen –«

»Die hat mir übrigens gut gefallen.«

»Und dann war da diese bescheuerte Theorie, wie er in die Geheimnisse ägyptischer Zauberkunst eingeweiht worden sei. Die Leuten glauben doch immer, was sie glauben wollen. Und sie glauben an Jesus Christus. Unseren Herrn. *Ich* glaube. Richie, du vergeudest deine Karriere an einen Haufen Mist!«

»Du wechselst das Thema.«

»Offensichtlich bedeutet dir die Kirche eine Menge, sonst würdest du dir nicht so viel Mühe mit ihr geben.«

Sie standen einander auf dem Rasen gegenüber. Scotts Hände waren noch immer tief in den Hosentaschen vergraben. Ein leichter Windstoß ließ seinen Schlips auf der steifen, himmelblauen Hemdbrust flattern. Er grinste. »Religion, Fergus, ist wie eine Krankheit des menschlichen Geistes. Wie Tollwut. Du wirst gebissen und auf einmal hast du massenhaft Schaum vorm Mund und schlägst alle Vernunft in den Wind. Es wird viel gebrüllt und dann beißt du inmitten dieses ganzen Irrsinns jemand anderen, und so wird es über Generationen und Landesgrenzen weitergereicht. Vergiss Aids. Dieses Zeug tötet Millionen.«

Fergus nahm einen langen Zug von seiner Zigarette.

»Schon mal von der ›Kirche von Simon Kimbangu‹ gehört?«, fragte Scott. Der Priester schüttelte den Kopf. »Es gibt sie an der Westküste von Afrika. Simon Kimbangu war ein militanter Verfechter der Demokratie. Seine Regierung sah einen Revolutionär in ihm und sperrte ihn ein, aber seine Anhänger errichteten im Glauben, er sei in den Himmel gefahren, eine Kirche zu seinen Ehren. Flehten ihn im Gebet um Erlösung an. Jeden gottverdammten Blödsinn machten sie, außer den zwanzigminütigen Gang zum Ortsgefängnis auf sich nehmen, wo man Kimbangu verhungern ließ. Und nicht genug des Wahnsinns – diese Kirche gibt es noch heute! Musst du dir mal vorstellen! Weshalb haben die Kreuzritter eine Burg in Hosen-Al-Akre volle drei Tage belagert, bevor sie begriffen, dass dort nur Schafe wohnten?«, fragte Scott nun ganz unschuldig. »Religion war der Grund.«

Fergus schaute finster drein. »Religion«, berichtigte er, »ist die bestmögliche Annäherung an die Ursprünge. An das Wissen, woher wir stammen. Und warum wir hier sind.«

»Warum bist du hier?«

Die Frage klang spitz und verbittert zugleich. Ebenso war Fergus' Stimmung. »Um dich wissen zu lassen, dass der Vatikan seit heute Morgen Hauptgeldgeber der anthropologischen Abteilung an der Washington-State-Universität ist. Um den Handel abzuschließen, bedurfte es gewisser Voraussetzungen. Darunter Umwälzungen im Epigraphie-Bereich.«

Die Farbe wich aus Scotts Gesicht.

Fergus schluckte. »Sie lassen dich gehen. In deinem Hotelzimmer wartet bereits ein Brief auf dich. Es tut mir leid.« Er zog ein letztes Mal an seiner Zigarette, bevor er sie mit dem Fuß austrat.

Sie ließen ihn gehen. Das kam nicht völlig unerwartet, aber die Art und Weise der Benachrichtigung war ein Schock. Fergus zu schicken war ein Geniestreich.

»Dr. Scott! Dr. Scott!«

Scott wirbelte auf dem Absatz herum und sah November Dryden über den Rasen auf sie beide zurennen. Ihre Haut leuchtete in der Sonne wie feines Porzellan und ihr Körper bewegte sich in einem ganz eigenen Rhythmus. Er versuchte, eine etwas bessere Laune zu bekommen, aber es klappte nicht. »November«, sagte Scott. »Was kann ich für Sie tun?«

Ihre Brust hob und senkte sich, während sie versuchte, wieder zu Atem zu kommen. Sie warf einen unsicheren Blick auf Fergus, der sich beflissen der frischen Luft erfreute, und versuchte ein Lächeln. Dies war ein Vertreter des geistlichen Standes, dem Ehrerbietung gebührte. Scott registrierte dies. November war eine aufgeweckte junge Frau. Er musste sichergehen, dass er nach Ende der Vortragsreise etwas Geld beiseitelegte, um ihr einen Studienplatz fernab von ihrem Heimatstaat zu sponsern. Sie hatte erwähnt, dass sie sich gern als Forschungsassistentin versuchen würde. Vielleicht könnte er ja etwas arrangieren.

»Sie haben Ihr Paket vergessen«, sagte sie. »Sie wissen schon – das aus Ihrer Vorlesung?«

November gab ihm die große, in Packpapier eingewickelte Sendung, die Scott sofort aufriss. Sie enthielt einen Satz Schriftstücke, Fotos, Artikelausschnitte – einen ganzen geologischen Bericht über weltweite Überschwemmungen von einer Frau namens Sarah Kelsey. Doch dann entdeckte er den Begleitbrief.

»Was ist es?«, fragte Fergus wachsam, als er Scotts Gesichtsausdruck bemerkte.

Aber Scott antwortete nicht. Sein Hirn arbeitete auf Hochtouren, als er den Zettel herauszog. Es war eine Reisebeschreibung. Einzelheiten zu Hotels und Flügen. Aber der wirklich wichtige Teil war die handschriftliche Notiz auf der Rückseite. Für jeden anderen bedeutete sie nicht das Geringste, aber für Richard Scott bedeutete sie die Welt. Und dass dieser Welt ein ausgesprochen unsanftes Erwachen bevorstand.

Gedankenverloren ging er los und war schon halb über den

Rasen, ehe er begriff, dass er Fergus einfach hatte stehen lassen. Er wandte sich um und begegnete dem starren Blick des Priesters. »Sag dem Verwaltungsrat, dass sie mich gar nicht gefeuert haben«, rief er zurück. »Ich hab gekündigt.«

Dann lief er schneller, las die Notiz noch einmal.

Die Anfänge der Zivilisation wurden auf das dritte Jahrtausend vor unserer Zeitrechnung oder vor Christus datiert, als die Keilschrift aufkam. Vor diesem Zeitpunkt entstandene Schriften galten als Zusammentreffen von grober Kratzerei und wenig brauchbaren Piktogrammen. Jeglicher Beweis für ein komplexes, der Keilschrift *vorausgehendes* System von Sprache und Schrift würde daher die Vorstellung vom Anbruch der Zivilisation entscheidend verändern. Sämtliche Geschichtsbücher müssten aus dem Fenster geschmissen werden.

Es würde die Welt erschüttern.

Die Notiz besagte lediglich: *Bin im Besitz eines vorkeilschriftlichen Textes. Erbitte Ihre umgehende Einschätzung. Hochachtungsvoll, Ralph Matheson.*

Scott winkte November herbei, während er wieder zurückging. »Wollen Sie noch immer die Assistentenstelle?«

»Und ob!«, entgegnete sie begeistert. »Warum?«

Scott griff in das Paket und zog zwei Flugtickets hervor. »Packen Sie Ihre Sachen. Wir fahren nach Genf.«

## Beresowka-Fluss
## Bundesrepublik Sibirien
## 7 Uhr 32

Es war noch dunkel, als sie den Anruf bekam. Etwa fünfzehn Minuten später schwang sie sich aus dem Bett und duschte heiß. Zum Frühstück stürzte sie einen Schluck Kwass hinunter und zog zwei Schichten Unterwäsche übereinander. Ihr Pullover war dick und schwer und ihr Parka spannte sich beim Zuziehen.

Sie schaute sich im Spiegel an. Langes dunkles Haar, dunkle Augen. Leichte Sonnenbräune und am Kinn ein Grübchen. Sie fühlte sich ausgelaugt; dieser Auftrag brachte sie noch um. »Mein Gott, siehst du beschissen aus, Sarah«, fauchte sie sich an. »Na, besten Dank, Sarah«, grummelte sie zurück. Sie versuchte, die Jacke etwas lockerer aussehen zu lassen. Etwas weniger ausgefüllt. Es war blöd, das wusste sie auch. Unter all dem Zeug blieb eh nicht viel von ihr übrig. »Komm schon, Sarah, lächle.« Sie zwang sich zu einem Grinsen. Es tat weh. Wie zur Hölle war sie nur hier in Sibirien gelandet? Zu ihren Jugendträumen hatte das bestimmt nicht gehört.

Sie knallte die Holztür ihres Hotels zu.

Der Geländewagen, den sie ihr für den Job zur Verfügung gestellt hatten, hatte schon bessere Zeiten gesehen, aber die Scheinwerfer waren in Ordnung und die Aufhängung verkraftete die zerfurchten, schlammigen Wege. Es dauerte vierzig Minuten, um vom Hotel flussaufwärts zum Gelände hinauszufahren. Als sie dort eintraf, sah sie, wie im Randbereich der Schutt noch immer auf Kipplaster geladen und herausgeschafft wurde. Doch im Zentrum ruhte die Arbeit. Die Kräne standen still. Flutlicht erhellte das Gelände, aber sie konnte keine Arbeiter sehen. Als sie aus dem Geländewagen kletterte, hörte sie Stimmen in Russisch Anweisungen rufen und schrille Pfiffe, mit denen die Belegschaft versuchte, die verschiedenen Tätigkeiten aufeinander abzustimmen.

Sie stapfte über den Schlammhügel, vorbei am *Rola-Corp.*-Schild und hinunter zur Hauptbaustelle. Eilig waren zusätzliche Lichtmasten aufgestellt worden. Aus der Ferne sah es aus, als wäre ein Ufo gelandet – aber Sarah hoffte den Marsianern zuliebe, dass dem nicht so war. Dieses Vorhaben lag so weit im Zeitplan zurück, dass sie ohne Weiteres zu ihnen gegangen wäre, um ihnen die kleinen grünen Fressen einzuschlagen. Sie wollte von keinen weiteren Verzögerungen hören. Sie wollte nur noch ihren Job erledigen und dann in die Staaten zurück.

Unten in der Grube, jenseits der Fundamente aus Stahl und Beton, stand ein Bulldozer, dessen Motor weiter im Leerlauf lief. Einen gelben Plastikschutzhelm auf dem Kopf, drängte sie an zwei Arbeitern vorbei und bahnte sich ihren Weg nach vorn, zum Zentrum des Geschehens. Als sie schließlich vor Ort anlangte, blieb ihr der Mund offen stehen.

»He, Sarah. Wie geht's?«, begrüßte sie Steve Lustgarten, der Vorarbeiter, mit breitem Grinsen. Er kämpfte mit einem Stahlkabel, wollte es in einer Schlaufe um einen mächtigen Rumpf aus gefrorenem Fell legen.

Die ganze Szene nahm langsam urzeitliche Seiten an, während sich der Atem der Umstehenden in der Luft kringelte. Sie waren alle um ein riesiges, prächtiges Lebewesen versammelt, das vor langer Zeit einmal die Tundra durchstreift hatte. Über vier Meter hoch, starrte es sie mit seinen schwarzen Augen glasig an, als stünde es den Tränen nahe. Das Geschöpf befand sich in einer sitzenden Stellung und stützte sich auf die Vorderbeine. Seine Züge hatten etwas Erhabenes, Würdevolles. Sein verfilztes Fell war lang und zottig. Steif gefroren sah es fast königlich aus. Die elfenbeinfarbenen Stoßzähne ragten wie das letzte Nachklingen eines Hilferufs hervor. Sein Rumpf war eingerollt und verfaulte Butterblumen hingen ihm aus dem Maul. Es hatte Butterblumen gefressen, als es gestorben war.

»Das ist ein Mammut«, verkündete Sarah überrascht. Sie trat nach links und bemerkte, dass ein Teil des Körpers fehlte. Es sah aus, als sei er herausgerissen worden statt verrottet. Jetzt war dort eine Höhle, bis auf die Überreste eines Fötus. Es war ein schwangeres Weibchen gewesen. Es roch nach Schlamm und dem Fluss.

Sarah drehte sich um.

Sie hörte jemanden ihren Namen rufen, konnte aber das Woher nicht bestimmen. Sekunden später fuchtelten zwei Typen in Schutzhelmen und großen grünen Gummistiefeln mit den Armen, um aufrecht zu bleiben, während sie die Böschung aus schwarzem Schlamm herunterschlidderten. Als die beiden näher kamen, sah sie, dass der Kleinere, Schmächtigere einen Anzug und einen grauen englischen Crombie-Mantel trug. »Sarah Kelsey? Miss Kelsey, sind Sie das?«, rief der Mann im Anzug und bemühte sich, seinen Hut aufzubehalten.

»Ja, ich bin's«, antwortete sie frostig.

»Die Geologin, richtig?«

»Ja.« Sie wirbelte herum, als sie eine Kettensäge loskreischen hörte. Ihr Blick fiel auf zwei Russen, die sich damit in den Kadaver fraßen, dann wandte sie sich wieder den Männern zu. »Haben Sie mich angerufen?«

»Ja.« Er streckte seine Hand aus, die sie nur widerwillig musterte. »Jay Houghton.« Zerstreut rieb er sich die Hand am Mantel. Vielleicht war sie ja schmutzig gewesen. Sein Auge erspähte etwas Eigenartiges. »Wow, ist das ein Mammut?«, fragte er neugierig wie ein Kind.

»Keine Ahnung. Was meinen Sie denn?«, fragte sie gespielt freundlich.

»Sieht auf jeden Fall wie ein Mammut aus.«

»Tja, dann wird's wohl eins sein.«

Weitere Rufe erschallten, als einige Russen mit einem Ölfass auf Rädern, in dem ein Feuer loderte, über den Hügel gestürmt kamen. Ein anderer brachte Ketchup und Grillsauce. Der Bursche mit der Kettensäge begann, Steaks zurechtzufräsen und auf den Maschendraht zu klatschen, den sie über das Ölfass gespannt hatten. Lustgarten war entsetzt.

»Was treiben die denn da?«

Houghton war sichtlich schlecht. Er hielt sich einen Handschuh vor die Nase, als Gestank und Rauch herüberwehten. »Du meine Güte!«

»Ich dachte, es wären Leute vom Museum!«, jammerte Lustgarten. »Die können das doch nicht essen!«

»Ach, komm schon runter«, schnauzte ihn Sarah mit finsterem Blick an. »Das ist mehr Steak, als diese Leute je gesehen haben. Natürlich werden sie es essen!«

Der Bursche neben Houghton lachte. Er paffte an seiner Zigarre und sah mit einiger Belustigung zu. Lustgarten versuchte, die Russen aufzuhalten, doch die schoben ihn einfach mit den Ellbogen beiseite. Sie boten ihm ein Stück gegrilltes Mammut an, aber er wollte nichts davon. Also ließen sie ihn links liegen. Er mochte zwar ihr Boss sein, aber der Typ wusste ihre Leckereien offensichtlich nicht zu schätzen.

Houghton hustete vom Rauch. »Wie lange war das Ding im Boden?«

Sarah erklomm die Böschung. Sie drehte sich um. »Zwölf-, vielleicht vierzehntausend Jahre. Mindestens.«

»Und das werden die essen? Die müssen verrückt sein. Es wird sie umbringen.«

Sarah schüttelte den Kopf. Dieser Houghton war ein Idiot, so viel wusste sie jetzt schon. »Das bezweifle ich«, sagte sie. Sie lief weiter, aber die beiden folgten ihr nicht. Hatten sie den Bericht über diesen Ort nicht gelesen? Mammuts tauchten hier überall in der Gegend auf. Es gab einen berühmten Fall aus dem Jahre 1902, als eins ein Stückchen flussabwärts gefunden worden war. Am selben Fluss. »Es war schockgefroren«, erläuterte sie.

»Häh? Es war was?«

»Die Arktis ist nicht kalt genug, um etwas von der Größe eines Mammuts einzufrieren, ohne dass sich Eiskristalle im Blut bilden und das Fleisch verderben. Aber dieses Mammut war supergekühlt. Die Temperatur muss um die minus 100 Grad Celsius betragen haben. Es war binnen dreißig Minuten tot und wurde in etwa derselben Spanne in permagefrosteten Schlamm eingepackt.

Perfekte Konservierung. Das Fleisch ist gut. Es ist lediglich … sehr alt.«

Houghton war verblüfft. »Wie ist das möglich? Was konnte eine solche Tötung bewirken?«

»Und vor der Erfindung des Kühlschranks …«, steuerte der Kerl mit der Zigarre bei.

»Zum Teufel, woher soll ich das wissen?«, Sarah zuckte mit den Schultern.

»Nun, äh, Sie als Geologin müssten doch irgendeine Vorstellung haben.«

Sarah hörte nicht hin. Sie kletterte die Böschung hinauf. Houghton musterte erneut das Mammut. »Wie das wohl schmecken mag?«, dachte er laut nach.

»Nach Huhn«, der andere Bursche grinste und paffte an seiner Zigarre.

Houghton warf ihm einen schnellen Blick zu. Er schien sich nicht im Klaren zu sein, ob er auf den Arm genommen wurde oder nicht. Er schaute nach Sarah. Sie ging auf ihren Geländewagen zu. Die beiden kletterten weiter nach oben. Aber Houghton konnte nicht anders als kurz innehalten und einen weiteren Blick auf das Mammut werfen.

Lustgarten hob eine Faust und wies den Fahrer in der Kabine des Bulldozers an, den Rückwärtsgang einzulegen. Sie begannen, das Tier herauszuziehen. Houghton musste zweimal hinschauen, bis er begriff, dass sie Sarah aus den Augen verloren. Er rannte ihr hinterher.

»Miss Kelsey! Bitte warten Sie doch! Es ist wichtig. Eine Firmenangelegenheit.« Er rutschte auf dem Schlamm aus. Gab sich Mühe, nicht auf dem Hintern zu landen. »Miss Kelsey!«

Beim Aufreißen der Fahrertür sagte sie: »Ich hole nur meinen Beutel, okay?« Sie knallte die Tür wieder zu; langte nach einer Zigarette. Der andere Typ gab ihr Feuer. Sie betrachtete ihn misstrauisch. Kein Wunder, dass sie ihn nicht erkannte – er trug eine Skimaske. Sie konnte sein Gesicht nicht sehen. »Wer sind Sie?«, wollte sie wissen.

»Bulger«, gab er zurück. »Jack Bulger. Chefingenieur im Außendienst bei Rola Corp. Wir sind praktisch eine Familie.«

Sie sog den Rauch in die Lungen und nickte. »Oh.«

»Donnerwetter, Miss Kelsey, ich würde es wirklich begrüßen, wenn Sie mir diese Schockgefrier-Geschichte näher erläutern könnten«, sagte Houghton. Er benahm sich wie ein Volltrottel, war aber weit davon entfernt, tatsächlich einer zu sein. Er war zu schleimig. Sarah fing erst langsam an, dies zu begreifen. Er musterte sie mit steinernem Blick. »Ich würde es *überaus* begrüßen. Schließlich gelten Sie als der Star der Firma, aber wie gut kennen Sie sich wirklich in Geologie aus? Es ist ja nur, weil die Firma ans Verschlanken denkt, und ich bin auf Anordnung von höchster Stelle hier.«

Sie blies Rauch aus. Jetzt war ihre Aufmerksamkeit geweckt. »Wie hoch?«, fragte sie.

»Die höchste.«

Ein billiger Test. Vielleicht war er ja doch nicht so blöd. Zum Henker! »Okay«, sagte sie und lehnte sich ans Auto. »Überall in der arktischen Tundra, von Sibirien bis Alaska, wurden gefrorene Tiere zu hunderttausenden gefunden, die es alle mitten in irgendeinem Geschehen erwischt hat, völlig überraschend. Sie rannten gerade oder fraßen oder was auch immer. Auf jeden Fall ging ihr Tod nicht langsam vonstatten. Er trat plötzlich ein, binnen Minuten. Sie sind in Schlamm eingepackt, nicht in Eis. Sie sind keine Flüsse hinuntergespült worden, sie waren in ein Gewirr aus Bäumen, Pflanzen und Geröll verheddert. Richtig nach dem Zorn Gottes. Jemals die Bibel gelesen?« Houghton nickte. »Nun, das Einzige, was dazu in der Lage wäre und worauf die Beschreibung passt, ist Noahs Sintflut. Aber es musste mehr als eine Flut sein, denn die meisten Mammuts in dieser Gegend wurden mit

Butterblumen und Gräsern im Maul gefunden – Zeug, das nur in warmen Regionen wächst. Nicht in der arktischen Tundra, was nahelegt, dass Sibirien gewandert ist, sich seine gesamte Lage verschoben hat. Aber wir wissen, dass das unmöglich ist. Allerdings wissen wir auch, dass der Schlamm Asche enthielt, es also Brände gab. Möglicherweise vulkanischen Ursprungs, was die extreme Kälte erklären würde, sollte genug Staub in die oberen Atmosphäreschichten geschleudert und die Sonne in hinreichend weltumfassendem Maßstab verschleiert worden sein. Das, Mr Houghton, verrät mir meine Geologie.« Sie zog erneut an ihrer Zigarette. »Es steht alles in meinem Bericht«, sagte sie. »Sie sollten die Hauptverwaltung anrufen und ein Exemplar anfordern.«

Houghton warf einen kurzen Blick auf Bulger und zuckte mit den Schultern. »Sie ist geeignet«, sagte er. »Gehen wir rein. Nehmen Sie Ihre Ausrüstung mit.« Er strebte auf die Behelfshütte am anderen Ende der Baustelle zu.

Bulger machte eine leichte Verbeugung und meinte: »Nach Ihnen.«

Die Hütte wurde aus Gasflaschen beheizt und hatte elektrisches Licht. Houghton schaltete alles ein und rieb sich die Hände an der Wärmequelle. Karten und Pläne waren überall an die Wände geheftet und Papierstöße über die Tische verteilt. Es war das 21. Jahrhundert, aber viel geändert hatte sich nicht. Rola Corp. steckte mitten im Bau einer neuen Ölraffinerie, und das Mammut hatte genau dort gelegen, wo die Pipeline nach draußen verlegt werden sollte. Das ganze Vorhaben war bislang eine Kette geologischer Kopfschmerzen gewesen.

Sarah warf ihren Behälter auf einen der Schreibtische. Möglicherweise arbeiteten alle drei für dieselbe Gesellschaft, trotzdem waren es noch immer zwei fremde Männer und eine einzelne Frau. Es gab keinen Grund für Sarah, den beiden zu trauen.

»Verzeihung«, sagte sie. »Es ist mir leider entfallen. Was, sagten Sie, machen Sie in der Firma?«

»Ich erwähnte es noch gar nicht«, gab Houghton zurück. »Aber zu Ihrer Information: Ich bin Anwalt.«

»*Anwalt*? Was zur Hölle haben Sie dann hier draußen verloren?«

Houghton warf Bulger einen Blick zu, drehte dabei aber den Kopf in Sarahs Richtung. Bulger wühlte in seiner Tasche, zog einen durchsichtigen Plastikbeutel hervor und schüttelte einen kleinen Kristall auf seine Handfläche. Dann warf er ihn Sarah zu. Sie fing ihn mit einer Hand und hielt ihn ins Licht. Irgendetwas stand darauf geschrieben.

»Was ist es?«

Houghton stieß ein enttäuschtes »Pff« aus.

Sarah seufzte und setzte sich an den Schreibtisch. Sie klappte ihren Behälter auf und machte sich ans Werk. In das Oberteil waren ein Notebook, einige kleine elektronische Sonden, die Widerstände und andere Eigenschaften maßen, eine elektronische Waage und die üblichen Werkzeuge wie ein kleiner Edelsteinpickel, eine Feile und einige Pinzetten eingebaut. Ein Mikroskop lag in einer Schachtel. Sarah wählte die altehrwürdige Methode und sie nahm für eine eingehende Betrachtung ihr Okular in die Hand.

Die beiden Männer schienen mit ihren Gedanken ganz woanders zu sein, während sie sich lebhaft austauschten. Höchstwahrscheinlich wussten sie bereits, was es war. Und das irritierte Sarah noch mehr.

Immer wieder drehte sie den Stein, war dabei, einen Schluss zu ziehen, und überlegte es sich dann noch einmal. Was für eine Gitterstruktur *war* das? Sie ging sämtliche infrage kommenden Strukturen durch und landete stets in einer Sackgasse. Folglich nahm sie ein, zwei schnelle Versuche mit der anderen Ausrüstung vor, ehe sie theoretische Modelle abrief. Irgendwo hatte sie diese Struktur schon einmal gesehen.

»Das ist irgendeine Art von Diamant«, verkündete sie.

Houghton holte tief Luft. Er richtete sich auf. »Das wissen wir«, entgegnete er entschieden, als wolle er damit ausdrücken: Mit mehr können Sie nicht aufwarten?

»Aber er ist anders als alle Diamanten, die ich jemals gesehen habe«, fuhr sie fort. »Er ist nicht natürlich. Dieser wurde künstlich hergestellt. Seine Molekülstruktur ist die eines Bucky-Balls. Sie wissen, was ein Bucky-Ball ist, oder?« Das waren umwerfende Aussagen. Ihre Blicke ruhten unverwandt auf Houghtons Hinterkopf. Schließlich drehte er sich zu ihr um. Er schaute grimmig drein.

»Ja«, sagte er. »Unsere Leute im Forschungszentrum zu Hause in Dallas waren freundlich genug, es mir zu erklären. Es ist eine theoretische molekulare Anordnung von Kohlenstoffatomen. Drei davon gibt es in der Natur – gewöhnlichen Kohlenstoff, der uns Kohle schenkt und dem wir alle unser Leben verdanken. Die anderen beiden sind Graphit und Diamant. Den Bucky-Ball, Buckminster Fullers Buckminsterfulleren, dürfte es nicht geben. Es ist härter und widerstandsfähiger; fände man welches, könnte man einen Fahrstuhl zum Mond bauen.«

»Richtig«, sagte sie. »Aber es ist bloß ... na ja, Kroto und Smalley trug es den Nobelpreis ein, dass sie gerade genug für die Oberfläche eines Stecknadelkopfs hergestellt haben. Ansonsten gilt das Ganze als reine Theorie.«

»Nicht länger.«

»Ich gehe davon aus, dass Sie es nicht hergestellt haben, sonst wären Sie nicht zu mir gekommen.« Sie warf Bulger einen Blick zu und fragte unumwunden: »Wo haben Sie das gefunden?«

»Antarktis.«

Diese Antwort hatte sie nicht erwartet. Sie stutzte. »Entschuldigung?«

Houghton langte in seine Tasche und zog ein weiteres Stück Stein hervor. Er warf es ihr zu.

»Nächste Überraschung«, sagte er.

Sie verglich ihn mit dem anderen. Dieselben Schriftzeichen. Dieselbe Struktur. »Stammt der auch aus der Antarktis?«, fragte sie.

Houghton schüttelte den Kopf. »Nein«, antwortete er. »Ein anderer Fundort. Sie haben zwei Stunden Zeit zum Kofferpacken.«

»Ein anderer Fundort? Ein zweiter? Welcher? Wo?«

»Ein wärmerer Ort als dieser.«

Sarah stand auf und machte ihren Behälter zu. Die Männer waren schon halb zur Tür hinaus. Sie dachte noch nach. Wärmer als hier? Das war gut. Jeder heiße Ort war besser als das hier.

Sie besah sich den Stein. Es war Kohlenstoff-60. Und soweit sie feststellen konnte, war er mit einer anderen, noch härteren Sorte Diamant integriert, die Mitte der 1990er-Jahre von einigen Harvard-Professoren ausgeklügelt und Diamonit getauft worden war. Es war eine Verbindung aus Kohlenstoff- und Stickstoffatomen. β-C3-N4. Der Bucky-Ball-Klumpen aus Diamant bestand aus Molekülen, die von sechzig Kohlenstoffatomen in sphärischer geodätischer Anordnung gebildet wurden: bekannt als C-60 und hart. Und Diamonit war theoretisch sogar noch härter. Zusammen ergaben sie eine ungeheure Verbindung – zehn-, vielleicht hundertmal härter als gewöhnlicher Diamant. So etwas konnte unmöglich in der Natur vorkommen. Seit sich Mitte der 1950er-Jahre General Electric daran versucht hatte, bemühte man sich um die Synthetisierung von Diamanten. Ein minderwertiger Film zur Beschichtung von Werkzeugspitzen war noch das beste dabei erzielte Ergebnis. Dies hier war nun der Beweis für eine viel weiter fortgeschrittene Technologie.

»Um das Zeug zu schneiden, bräuchte man leistungsstarke Laser«, sagte Sarah, vor Erregung zitternd. Diamonit *und* C-60? Das war nicht nur der Fund des Jahrhunderts, das war auch ihre Fahrkarte nach draußen. Endlich ein Vorstoß in die reine Forschung, vielleicht sogar eine grundlegende. »Es müssen weitere Versuche angestellt werden«, stellte sie fest und reichte die Proben zurück.

»Wir machen weitere Versuche«, erwiderte Houghton. »In Genf.«

»Dahin fahren Sie jetzt?«

Houghton nickte, während er die Tür aufhielt. Der Wind pfiff durch den Raum. Bulger begann das Vorhaben darzulegen. »Die stärksten Laser der Welt befinden sich in Genf. Seit dieser Sache im Ross-Meer steht Rola Corp. unter genauer Beobachtung. Thorne ist diese Woche öfter im Weißen Haus gewesen als der Vizepräsident. Wir haben die volle Unterstützung von Regierung und Militär, sofern die Versuche in Genf gut verlaufen. Am Ende werden wir die Alleinlieferanten von C-60 an die gesamte westliche Welt sein.«

Houghton schlug seinen Mantelkragen hoch. »Ich muss Sie nicht daran erinnern, Miss Kelsey, dass die Chinesen beim Rennen bereits die Nase vorn haben könnten. Wir möchten, dass Sie an der zweiten Fundstelle die geologischen Untersuchungen leiten. Bringen Sie alles in Erfahrung, was Sie nur können. Sobald wir in Genf fertig sind, werden wir Sie auf der Durchfahrt mitnehmen. Sie haben einige Tage Zeit, Ihren Auftrag durchzuführen.«

Sarah war wie betäubt. Sie fröstelte. »Durchfahrt wohin?«, fragte sie beunruhigt.

»Wir kehren in die Antarktis zurück«, fügte er hinzu.

Aber da hatte er die Tür bereits hinter sich zugeknallt.

# 3. Beziehungen

## 12800 Meter
## Irgendwo über dem Nordatlantik
## Club Class

Unter ihnen wütete der Sturm. Heftige Böen trieben starken Regen vor sich her. Gewaltige, gefrierende Ströme davon leuchteten strahlend weiß vor einem furchtbar schwarzen Himmel auf, als Blitze durch dichte, aufgetürmte Wolken zuckten.

Diesmal erwischte das Rütteln des Flugzeugs November Dryden, die den Gang entlangging, völlig unvorbereitet. Sie griff nach der nächstbesten Kopfstütze und zwang damit Richard Scott, sein Getränk vom Klapptisch an sich zu reißen, sonst wäre es quer durch die Kabine geschossen.

Er warf einen Blick auf die Studentin. »Sind Sie okay?«, fragte er besorgt.

November wischte sich über den Mund. Sie war blass; Schweißperlen standen ihr auf der Stirn. »Professor, sehe ich okay für Sie aus?«, fragte sie flüsternd.

»Nein. Beschissen.«

»Dann lassen Sie die dummen Fragen«, grummelte sie und setzte ihren mühseligen Weg zur Toilette fort.

Der Mann neben Scott nickte beifällig. »Sie gefällt mir.«

Scott lächelte kurz aus Höflichkeit und nahm die Lektüre von Sarah Kelseys außerordentlichem geologischem Bericht wieder auf. Es war ein beunruhigender Lesestoff, und eine Weile konnte Scott nicht einmal begreifen, weshalb er ihm überhaupt zugeschickt worden war. Doch dann besann er sich auf das sumerische *Gilgamesch-Epos*, das älteste bekannte literarische Werk überhaupt. Auf Grundlage dieser Geschichte hatte sich die biblische Erzählung von der Arche Noah herausgebildet und sie war in Keilschrift abgefasst worden. Vielleicht vermutete dieser Ralph Matheson, jener neue, vorkeilschriftliche Text sei eine noch ältere Fassung derselben Geschichte. Sarahs Bericht war ihm womöglich geschickt worden, um ihn einzustimmen. *Das* wäre allerdings auch etwas Besonderes …

»Sagen Sie, Dr. Scott, was empfinden Sie wirklich angesichts möglicher archäologischer Arbeit in der Antarktis?«

Scotts Kopf schnellte hoch. »Verzeihung?«

Das Flugzeug vibrierte erneut, als der Bursche auf einen übereinstimmenden Satz Schriftstücke auf seinem eigenen Klapptisch deutete, vollständig bis hin zu Sarahs geologischem Bericht. »Gleich hier steht alles drin«, entgegnete er.

Scott betrachtete den Mann neben sich mit einigem Misstrauen. Er hatte sonnengebräunte südländische Züge, kräftiges schwarzes Haar, lehnte mit dem Kopf am Fenster und hätte gelangweilt dreingeschaut, wäre da nicht ein rätselhafter Anflug von Belustigung an seinen Mundwinkeln gewesen.

»Ich, äh, bin noch nicht bis zu der Stelle gekommen. Verzeihung. Woher wissen Sie, wer ich bin?«, wollte Scott wissen.

Der Mann hielt die wissenschaftliche Abhandlung hoch, in der er gelesen hatte. *Die Sagen der Sintflut: Ein globaler Bericht über kulturelle, autoreproduktive Entstehungsmythen* von Dr. Richard Scott. Sogar Scotts Foto prangte auf der Rückseite.

»Ich achte auf die Feinheiten, Sie nicht?«, entgegnete der Mann. »Ich lese Ihre Schrift; Sie lesen ihre.« Er seufzte. »Nur meine scheint keiner zu lesen … Auf alle Fälle«, fügte er hinzu, »halte ich das für einen verrückten Einfall. Haben Sie gelesen, wie kalt es da unten in der Antarktis ist? Erst einmal müsste ich mich fragen, wer zur Hölle da unten gelebt haben soll. Und zweitens müsste ich fragen, wer tatsächlich zäh genug wäre, um bei diesen Temperaturen Archäologie zu betreiben.« Der Kerl lächelte, drückte in aller Ruhe den Knopf an seiner Armlehne, schloss die Augen und kippte seinen Sitz nach hinten.

»Da muss ein Irrtum vorliegen. Ich habe mich zu keinerlei Grabung verpflichtet. Jemand wollte meine Meinung zu gewissen Texten hören, das ist alles. Und überhaupt, wer sind Sie?«, beharrte Scott.

Der Typ öffnete die Augen, als das Flugzeug plötzlich absackte. Er hielt Scott die Hand hin, der jedoch nicht in Stimmung war, sie zu schütteln. »Tut mir leid«, sagte er. »Wie unhöflich von mir. Da stehen wir kurz davor, in den Ozean zu stürzen, und haben einander noch nicht mal korrekt vorgestellt. Ich bin Jon Hackett. Ich glaube, dass wir in Genf zusammenarbeiten werden.«

Scott war verwirrt. »In welcher Eigenschaft? Und was lässt Sie glauben, wir seien im Begriff, in den Ozean zu stürzen?«

Auf einmal wurde die Kabinenbeleuchtung schwächer. Das gesamte Flugzeug vibrierte, während das Licht flackernd aus- und wieder anging. Hinten schrie jemand auf. Von überall in der Kabine wurde nach einer Flugbegleiterin gerufen. Die Sicherheitsgurtanzeigen leuchteten auf.

Scott und Hackett kamen hastig der Aufforderung nach. Wer gestanden hatte, hatte sich bereits auf den nächstgelegenen freien Platz gesetzt. Beim Anschnallen beäugte Hackett seinen Sicherheitsgurt. »Oh, das wird sicher helfen«, meinte er trocken.

Scott musterte ihn wachsam und versuchte zugleich, das stärker werdende Gerüttel zu ignorieren. »Jetzt erzählen Sie mal, woher Sie wussten, dass es hierzu kommen würde. Ich glaube nicht an Zufall.«

Hackett antwortete nicht sofort. Und als er es dann tat, schaute er Scott dabei nicht an. Vielmehr blickte er auf die ringsum herrschende Panik. Immer noch dieses eigentümliche Lächeln im Gesicht, erwiderte er: »Kenntnisreich geraten.«

Scott kannte diesen Gesichtsausdruck. Eine solche Miene

setzte der Akademiker nur dann auf, wenn er eine Gelegenheit sah, seine theoretische Arbeit im Praxistest zu erleben. Hackett betrachtete diese Leute, als wären es seine Versuchskaninchen. Scott machte das wütend. »Dies dürfte wohl kaum der rechte Moment für Experimente sein.«

»Im Gegenteil, dies ist sehr wohl Teil eines umfassenden Experiments«, entgegnete Hackett. »Schauen Sie, ich kannte mal ein Mädchen, das forschte daran, mit welcher Seite eine mit Butter bestrichene Toastscheibe auf dem Boden landen würde. Sie ließ einen Monat lang immer wieder eine fallen. Fand heraus, dass es blanker Zufall sei. Fifty-fifty.« Er lehnte sich in seinem Sitz zurück. »Natürlich war ihre Methode fehlerhaft. Sie zog nicht annähernd genügend Variablen in Betracht. Eine Toastscheibe fallen lassen, meinte ich zu ihr, ist kein willkürliches Geschehen. Weiß doch jeder, dass sie mit der Butterseite auftreffen wird.«

»Dies ist auch nicht die Zeit für Statistik!«

»Ich bin Physiker«, fuhr Hackett fort, als würde das alles entschuldigen. »Ich habe die Leute am Boden gewarnt, dass wir unter diesen Umständen nicht fliegen sollten, aber sie wollten nicht auf mich hören. Unterstellten mir letztlich Flugangst.«

»Und, haben Sie welche?«

Jetzt entschied sich Hackett, ihn anzusehen. »Du meine Güte, nein. Fliegen ist kein Problem«, sagte er bestimmt. »Fallen …« Er dachte einen Augenblick lang darüber nach. »Nun, *das* ist ein Problem.«

»Na, wieso haben Sie denn diesen Flug genommen, wenn Sie mit Ärger rechnen mussten?« Erneut fühlte Scott, wie sein Magen rebellierte. Er bemühte sich um innere Ruhe, aber die Adrenalinschübe mit jedem neuen Rütteln der Maschine waren kaum zu meistern.

Hackett wandte sich ihm zu. »Es war der einzige Anschlussflug nach Genf. Und ich muss nach Genf.«

»Was *ist* in Genf?«, wollte Scott wissen.

»Die Schweizer?«, Hackett zwinkerte.

* * *

»Es heißt CERN«, erläuterte Hackett. »Die größte Kernforschungsorganisation Europas. Dorthin schicken sie uns.«

»Ich blicke da nicht ganz durch«, entgegnete Scott geistesabwesend. Gegenwärtig machte er sich eher um die Sicherheit von November Sorgen. Hoffentlich kam sie auf der Toilette klar.

»Da gibt's nichts ›zu durchblicken‹. Na kommen Sie, wie stehen die Wahrscheinlichkeiten? Zwei professorale Schwergewichte auf unterschiedlichen Gebieten sitzen nebeneinander in einem Flugzeug auf dem Weg zur CERN. Eben haben Sie doch selbst gesagt, Sie glaubten nicht an Zufälle. Wir wissen beide, dass die Welt dafür viel zu komplex ist. Komplexität ... ist der Schlüssel zu allem.

Wir sind die Vorzeigejungs fürs Militär, Dr. Scott. Die Entschuldigung für unsere Regierung, in diesen chinesischen Stützpunkt in der Antarktis einzumarschieren, um rauszufinden, was da unten vor sich geht. Gemäß dem Antarktis-Vertrag muss das ein wissenschaftliches Team sein. Das sind wir. Ich hab mal bei der CERN gearbeitet und daher einen alten Freund angerufen. Es wimmelt dort von US-Militär. Ein Oberst persönlich hat uns beide auf diesen Flug gebucht.«

»Das Militär? Von Militär habe ich nichts gehört. Ich wurde nach Genf eingeladen, um an einem Text aus dem Altertum zu arbeiten. Ich habe nicht –«

»Was haben die gemacht? Ihr edleres Selbst angerufen? Ach, wie süß. Zufällig verfüge ich über kein edleres Selbst, also wurde mir ein Haufen Geld bezahlt. Gucken Sie keine Nachrichten? Haben Sie gar nichts mitbekommen? Dass chinesische Wissenschaftler auf einmal in der Antarktis sonnenbaden? Nun hält man keine Fackel an eine Kraftquelle von der Gewalt einer Minisonne, wenn man sie nicht erfunden oder entdeckt hat. Hat man sie erfunden, macht man, dass man raus aus der Antarktis kommt. Hat man sie entdeckt, dann will unsere Seite sie haben. Um jeden Preis. Wir sind der Vorwand für einen Krieg.«

Richard Scott schwante mit einem Mal, dass er über all sein Hochgefühl darüber, Fergus und der Universität eins ausgewischt zu haben, nicht recht ermessen hatte, in was für eine Lage er sich begab. Wie schlimm könnte es werden?

Das Geflacker der Kabinenbeleuchtung war höchst beunruhigend.

»Was ist mit dieser Maschine los?«, rief Scott.

Hackett kritzelte verzwickte Berechnungen auf eine schmuddlige Seite seines Notizbuchs. »Grob gesagt, schießt die Sonne alle zweiundzwanzig Jahre mit Fleckentätigkeit um sich. Mit Protuberanzen.« Er fuchtelte melodramatisch mit den Händen. »Strahlung – *das* stimmt nicht mit dieser Maschine.«

Scott kniff die Augen zu, während das Flugzeug heftig wackelte. »Wir stecken mitten in einem Sturm«, sagte er mit dünner Stimme.

»Schon, aber was verursacht diesen Sturm?«

»Mir egal«, gab Scott zurück.

»Die Sonne, Dr. Scott, verursacht diesen Sturm. Die Sonne löst all das hier aus. Eigentlich stürmt es auch gar nicht um uns herum, sondern mehrere tausend Meter unter uns. Aber die Sonne beeinflusst den Computer, der diese Maschine fliegt. Die Magnetosphäre der Erde zieht alle diese hochgradig geladenen Teilchen in die Atmosphäre herunter. Sie haben Fotos von der *Aurora borealis* gesehen, von den Nordlichtern. Diese Farben, die als Streifen über den Himmel wandern, sind die magnetischen Feldlinien der Erde, die aufleuchten, weil das ganze ›Zeug‹ von der Sonne darin gefangen ist und verglüht.«

»Und der springende Punkt dabei wäre?«

»Der *springende* Punkt wäre, dass all dies gerade auf die Atmosphäre der Erde getroffen ist. Und wenn meine Berechnungen stimmen, ist das ein Vorspiel zu etwas Größerem. Etwas viel Größerem.«

Scott bemühte sich, flach und gleichmäßig zu atmen.

»Sie scheinen das Ungeheuerliche der Lage nicht an sich heranzulassen«, stichelte Hackett.

Scott schwieg.

»Wollen Sie wissen, was eine Sonnenfleckenperiode anrichten kann? Wenn Ihr Fernseher verrückt spielt, liegt das an der Sonne. Wenn Ihr Radio keinen Sender findet, liegt das an der Sonne. Im März 1989 war die Fleckentätigkeit derart heftig, dass es im Stromnetz von Quebec zu Spannungsschwankungen kam. Das Licht fiel aus. Mikrowellenherde funktionierten nicht mehr. Sechs *Millionen* Menschen waren *neun* Stunden lang ohne Strom. Die NASA verlor Raumfahrzeuge aus den Augen. Die Aurora war auf Key West auszumachen. Fernmeldenetze und Computer schnappten über. Technisch ausgereifte Flugzeuge fielen vom Himmel. Schon mal davon gehört?«

Scott funkelte ihn nur an, als oben am Gang dic Toilettentür mit einem Knall zurückschnappte und November mit gehässiger Miene heraustrat.

»Dass da keiner reingeht«, verkündete sie und ließ sich auf ihren Sitz plumpsen.

In diesem Augenblick brach ringsum alle Stabilisierung zusammen. Die Turbinen jaulten laut auf und vibrierten merklich beim Versuch, noch genug Leistung abzugeben. Hackett griff sich seinen Drink, der sich sonst in seinen Schoß ergossen hätte. Es piepste unregelmäßig aus den Bordlautsprechern, als sich der Kapitän einschaltete, um die Lage zu erklären. Aber man brauchte kein Genie zu sein, um darauf zu kommen: Sie gingen runter.

Gebete wurden in der Kabine laut. Im Hintergrund hämmerte etwas. Auf der anderen Seite des Gangs hatte eine fettleibige Frau die Augen geschlossen und bekreuzigte sich. Sie machte es verkehrt herum, und Scott schloss daraus, dass sie so was schon lange nicht mehr getan haben dürfte, falls überhaupt je. Andere stützten sich bereits für den Aufprall ab. Im Hintergrund hämmerte etwas.

Hackett rutschte neugierig auf seinem Sitz nach vorn. »Wo kommt denn das Gehämmere her?«

Ein junger Mann stand da und schlug über sich auf die Deckenverkleidung ein, um an seine Sauerstoffmaske zu gelangen.

Hackett beugte sich vor, zeigte mit seinem Drink auf das Geschehen, bevor er einen weiteren Schluck nahm. »Also das ist schlichtweg albern.« Eine Flugbegleiterin eilte herbei, um den Passagier zurück auf seinen Sitz zu drücken. »Wüsste nicht, dass wir an Innendruck verloren hätten, Sie etwa? Wie in aller Welt kommt er darauf, er bräuchte Sauerstoff?«

»Er verliert den Kopf«, schnauzte Scott. »Er weiß nicht mehr, was er tut.«

Hackett schaute aus dem Fenster und wieder auf seine Armbanduhr. »Würde sagen, wir haben noch etwa drei, vielleicht vier Minuten.«

Endlich riss Scott der Geduldsfaden. »Halten Sie doch Ihre Klappe!«, blaffte er.

Hackett missachtete Scotts Aufforderung. »Das Problem mit der heutigen Gesellschaft«, fuhr er seelenruhig fort, »ist ihr einzigartiger Mangel an Gedankenaustausch. Wir leben im Informationszeitalter. Ständig reden wir miteinander – im Netz, am Telefon. Wir haben TV, HV, VR. Aber wir tauschen uns *nicht* miteinander aus. Jede Menge Schrott scheinen wir anzuhäufen, aber wirklich Wichtiges übermitteln wir nicht.«

Scott sah nach vorn und versuchte, Hackett nicht zu beachten. Lieber hätte er Musik gehört oder ferngesehen, aber die Geräte waren abgeschaltet worden und hatten ohnehin nicht mehr funktioniert. Sein Schädel prallte von der Kopfstütze ab, als das Flugzeug ein weiteres Mal durchgeschüttelt wurde. Er spürte, dass ihr Sinkflugwinkel steiler wurde.

»Und das Problem ist im akademischen Milieu sogar noch brennender.« Hackett leerte sein Glas, fragte sich, was er nun damit anfangen solle, und beschloss, sich daran festzuhalten. »Sie sind irgendwo Professor, ich bin Professor der Physik. Was würden Sie wetten, dass sich unsere jeweiligen Abteilungen noch nie miteinander ausgetauscht haben?« Hackett schien nicht zu bemerken, dass Scott andere Dinge durch den Kopf gingen.

»Genau!«, Hackett nickte, so als hätte Scott etwas geantwortet. »Noch nie. Wie in dem alten chinesischen Sprichwort von den drei Weisen, denen die Augen verbunden werden, weil sie den geheimnisvollen Gast allein mittels ihres Tastsinns erkennen sollen. Der Erste beharrt darauf, es sei eine Schlange, da sie lang und muskulös sei. Der Zweite glaubt an einen Baumstamm. Schließlich sagt der Dritte, es müsse ein Vogel sein – seine Flügel schlügen.« Er stopfte sein Glas in die Sitztasche vor sich und leckte sich die Lippen. »Wie töricht müssen sie sich vorgekommen sein, als sie ihre Augenbinden abnahmen und einen Elefanten erblickten.« Er lächelte wissend.

»Ich will darauf hinaus, dass es sich genauso in der modernen Gesellschaft arbeitet. Für alles gibt es Schubladen. Keiner teilt sein Wissen mit anderen. Drei verschiedene Wissenschaften könnten dieselbe Sache erforschen und nie voneinander erfahren. Sieht ganz so aus, als behielten unsere Vorfahren Recht – die Erde *wird* auf dem Rücken einer riesigen Schildkröte durchs All getragen. Nur ist die Schildkröte so groß, dass sie uns nie auffiel, weil wir lediglich winzige Einzelheiten erforschen.«

Sehr langsam drehte sich Scott zu Hackett um. Er schwitzte stark. Es fehlte nicht viel und er hätte sich über ihn erbrochen. »Wovon – reden – Sie – da?«

Plötzlich kippte die Sitzlehne vor ihnen zurück und gab ein

Pärchen preis, das es miteinander trieb. Scott hatte zuvor den Eindruck gehabt, die beiden würden sich gar nicht kennen.

Hackett unterstrich seine Feststellung mit einer Handbewegung. »Käme *das* in einem Film vor, würde es keiner glauben.« Er warf einen Blick auf die goldene Rolex an seinem Handgelenk und erklärte: »Dreißig Sekunden.«

»Dreißig Sekunden bis was?!«

»Wir werden sterben! O mein Gott, wir werden sterben!«, fing der Mann auf dem Platz neben November zu kreischen an. Er stöhnte wie eine alte Dampfmaschine.

November schnappte sich die Tüte aus der Sitztasche vor sich und warf sie ihm ins Gesicht. »Sie hyperventilieren«, knurrte sie. »Atmen Sie in das verdammte Ding und seien Sie still!«

Hackett zählte methodisch die Sekunden ab, wurde mit jeder Zahl lauter, bis er zuversichtlich verkündete: »Und wir sollten in eine Linkskurve gehen ungefähr … jetzt.«

Das Flugzeug ging in eine Linkskurve.

Das Gerüttel ließ nach. Die Triebwerke hörten sich etwas ruhiger an. Nach ein, zwei Minuten konnte Scott spüren, wie sich alle in der Kabine wieder fingen. Das erleichterte Stoßseufzen war regelrecht greifbar und den meisten Fluggästen stand nun der Sinn nach ungehemmtem Weinen.

Hackett lehnte sich zurück und schaute selbstgefällig drein. »Ein Pilot«, ließ er erhaben wissen, »redet eigentlich nur mit anderen Piloten. Sagt ihm jemand Berufsfremder, dass eine Erscheinung von gleichermaßen bezugsloser Herkunft seinem wunderbar integrierten Transportsystem wirklich übel mitspielen wird, ist seine Aufmerksamkeit gleich null. Natürlich nur, bis die Hölle losbricht. In diesem Fall wird der Pilot verdammt noch mal alles daransetzen, jeden nur möglichen Ausweg zu finden. Einschließlich Lektüre der Botschaft, die der berufsfremde Jemand unbedingt in des Piloten Jackentasche wissen wollte. Sehen Sie, was wir gerade erleben, ist ein komplexes adaptives System in Aktion. Komplexität. Ordnung in vermeintlich unendlichem Chaos.«

Trotz Hacketts belustigtem Gekicher schwieg Scott. Sein Gesichtsausdruck war versteinert.

»Mit anderen Worten, Dr. Scott: Ist Fleckentätigkeit nicht was Scheußliches? Wer hätte geahnt, dass wir so ein Wetter bekommen?« Hackett war aufgestanden und strich unwillkürlich seine Hose glatt. »Sie entschuldigen mich, ich muss mal auf die Toilette.« Sehr zu Novembers Unwillen trat er auf den Gang hinaus.

»Ich sagte doch, keiner geht aufs –«

Scott warf ihr einen Seitenblick zu und wedelte mit der Hand. Soll es der Idiot doch selbst herausfinden.

Hackett zog die Falttür auf und gestattete Scott einen flüchtigen Blick ins WC-Innere. Überall war fauliger gelber Schleim verspritzt. Klumpige Bröckchen sauren Mageninhalts klebten an der Alu-Trennwand. Trotz größter Mühe wich Hackett vor dem Gestank zurück. Und langsam, ganz langsam begann Scott zu lächeln.

»Übrigens war es Buddha«, sagte er beiläufig.

Hackett schien verwirrt. »Was war Buddha?«, schnarrte er. Er musste Luft holen und dabei schnürte es ihm die Kehle zu.

»Der das Gleichnis von den Weisen und dem Elefanten erzählt hat. Und es waren vier Weise.«

»Oh. Danke«, entgegnete Hackett abwesend, während er äußerst vorsichtig die WC-Kabine betrat.

Scott blätterte sich müßig durch den unleserlichen Zahlenwust in Hacketts Notizbuch, wünschte aber sofort, es unterlassen zu haben, denn zur Ausschmückung der Beweiskette hatte Hackett kleine Zeichnungen an den Rand seiner Berechnungen gekritzelt. Eine explodierende Sonne. Eine Erde in größter Not. Und ganz unten auf der Seite stand: *Es hat begonnen!*

Scott legte das Notizbuch beiseite. »Ach, du Scheiße«, sagte er.

# 4. CERN

## Zugangsberechtigungsstufe 3

In der Schweiz war es kalt im März. Das war das Erste, was November Dryden auffiel. Dann die vielen Sprachen hier – Französisch, Italienisch, Deutsch und Englisch. Und wie klein die Schweiz doch war, eingekeilt zwischen Frankreich, Italien, Liechtenstein, Deutschland und Österreich. Wie in Mississippi war es hier nicht.

Die CERN lag gleich hinter Genf, am Ufer des Genfer Sees, unmittelbar an der Grenze zu Frankreich und nahe dem Mont Blanc. Es war eine ganze Stadt für wissenschaftliche Spitzenleistungen, ohne Mauern und Tore, vielmehr mit Hauptachsen und Schnellstraßen. Sie fuhren bereits seit zehn Minuten durch den Ort, ehe November begriff, dass sie bereits angekommen waren.

»Willkommen im großen Hadronen-Beschleuniger«, verkündete Hackett stolz, während er November und Scott durch eine Sicherheitsschleuse in die Eingangshalle geleitete. »Der Hauptring hat einen Durchmesser von siebenundzwanzig Kilometern und liegt hundert Meter tief im Erdboden. Die Elektromagneten sind jeder doppelt so groß wie ein Schwerlaster und beschleunigen ein Partikel fast auf Lichtgeschwindigkeit. Das sind fünfzig*tausend* Umrundungen des gesamten Rings – pro Sekunde! Willkommen im größten Wunder der Moderne.«

»Ich dachte, sie würden in Arizona einen größeren bauen?«, wandte November ein.

Hackett musterte sie von Kopf bis Fuß, ehe er sich nahe zu ihr rüberbeugte. »Partikelneid«, sagte er trocken und des durchschaubaren Effekts wegen mit überbetontem »P«.

»Ich sehe keinen bedeutsamen Zusammenhang. Teilchenphysik?«, zweifelte Scott.

»Bedeutsam? Subatomare Teilchen, Quantenmechanik, die Bausteine des Universums! Das Zeug ist gefährlich, aufregend. Nicht wie Botanik studieren. Elementarteilchen sind nicht normal.«

»So was wie Sie also«, merkte November an.

Hackett lächelte. »Süß«, sagte er, wurde dann jedoch ernst. »Schmettert man Elementarteilchen aufeinander, gehen sie nicht kaputt, sondern vermehren sich. Es verhält sich damit anders als alles, was Sie bislang kennen. Stellen Sie sich vor, Sie haben eine Erdbeere und beschließen, sie auf eine andere Erdbeere zu schmettern. Und dabei kommen dann keine zermanschten Erdbeeren heraus, sondern ein ganzer Fruchtsalat, und manchmal sind die einzelnen Früchte größer als die Erdbeere, mit der alles angefangen hat. Früchte wie ausdehnungslose und trotzdem wahrnehmbare Elektronen. Ganze Haufen größenloser Teilchen. Gluonen, Mesonen, Antiup-Quarks, Antidown-Quarks, Beauty-Quarks. Die Wirklichkeit ist *weit* fremdartiger als alle Dichtung.«

November taxierte ihn. »Suchen Sie nach irgendwas Bestimmtem? Wie einem Apfel?«

»Das Graviton«, fuhr er fort. »Finde das Graviton und du beherrschst die Schwerkraft. Beherrschst du die Schwerkraft, beherrschst du das All. Beherrschst du das All, dann …«

»Wärest du Gott«, beendete Scott den Satz.

Hackett zuckte mit den Schultern. »Das einzig verbliebene große und noch unerforschte Feld. Das finde ich schon *ziemlich* bedeutsam.«

»Ich meinte bedeutsam für den Grund unseres Hierseins.« Scott warf einen Blick auf seine Armbanduhr. »Wollten sie sich hier nicht um sieben mit uns treffen?«

»Die Doktoren Scott und Hackett, nehme ich an?«

Alle drehten sich um und sahen drei Männer auf sich zukommen. Zwei waren Zivilisten, der dritte jedoch nicht. Kein Zweifel, das Militär war beteiligt, genau wie Hackett gewarnt hatte. Tatsächlich konnte der dem Drang nicht widerstehen, Scott zuzuflüstern: »Ich hab's Ihnen ja gesagt.«

Von den beiden Zivilisten trug einer Bart, der andere das dünne Haar lang und eine Goldrandbrille mit kleinen runden Gläsern. Sein graues Sweatshirt war zwei Nummern zu groß, und er sah aus, als würde er schrecklich viel nachdenken und darüber Dinge wie Haareschneiden und ein Sozialleben völlig vergessen. Er stürmte mit ausgestreckter Rechter vor, grinste dabei bis über beide Ohren und gab mit ganz unnötig in die Länge gezogenem Geschüttel allen nacheinander die Hand. Als Scott an der Reihe war, nahm er seine andere Hand noch verstärkend hinzu und vergaß vor lauter Dank völlig, wieder loszulassen.

»Bob Pearce. Ich freue mich so, Sie kennen zu lernen, Dr. Scott. Seit langem schon verfolge ich Ihre Arbeit.«

»Danke«, entgegnete Scott und hatte Schwierigkeiten, seine Hand wieder zurückzuziehen. »Darf ich?« Er riss sich regelrecht los.

Pearce' Züge änderten sich schlagartig und blitzschnell löste er seinen Griff. »Oh, tut mir leid. Tut mir so leid. Hier, äh, darf ich, äh …«

Die beiden anderen stellten sich vor: »Major Lawrence Gant, Marineexpeditionsstreitkräfte, und Ralph Matheson von Rola Corp.«

Jetzt wurde Scott hellhörig. »Ich habe Ihre Nachricht bekommen«, sagte er überflüssigerweise.

Gant bedeutete allen, dass sie sich in Bewegung setzen sollten. »Wollen wir? Hier entlang.«

Sie bogen nach links ab. Die Wände waren durchweg von einem keimfreien Weiß, es gab wenige Fenster, alles lag in hellem Licht. Ob gerade Tag oder Nacht war, hier würde es keiner merken. Wahrscheinlich gefiel es den hier arbeitenden Wissenschaftlern so, dachte sich November, während sie einige bei ihrer Arbeit sah, ruhig, in Messwertausdrucke vertieft. Die Flure waren breit und länger, als sie je welche gesehen hatte.

Schweigsam nahm sie jede möglicherweise wichtige Einzelheit in sich auf, was den knackigen Hintern von Major Gant einschloss, der in seiner exakt gebügelten blauen Marineuniform vorausmarschierte.

Matheson beschloss als Erster, eine Unterhaltung zu beginnen, und wandte sich an Hackett. »Hab gehört, Sie haben letzte Nacht allen den Arsch gerettet.«

»Och, das war wirklich nichts weiter. Nur eine unbedeutende Laune der Physik«, antwortete Hackett bescheiden, wobei November nicht wusste, ob aus selbstgefälligen Motiven oder nicht. Hackett … da sie nun Zeit zum Nachdenken hatte, ließ der Name ein Glöckchen bei ihr läuten.

»Die Fleckentätigkeit hatte sich übel auf die Bordelektrik der Maschine ausgewirkt«, fuhr er fort. »Der Sturm diente schlicht als Pufferzone, in die wir uns flüchten konnten.«

Dann fiel es November plötzlich ein. »Hackett? Dr. Jon Hackett? Vom Santa-Fe-Institut?«

»Ich bin Gastprofessor in Santa Fe. Im Moment, wie Sie sehen können – dort nicht, äh, zu Gast.«

Scott war überrascht. »Sie kennen ihn?«, fragte er November.

»Ich weiß von ihm. Er ist brillant – ein Vordenker der Komplexitätstheorie in der modernen Physik. Ich hab im Grundkurs Naturwissenschaften von ihm gelesen.«

»Sie sind sehr freundlich.« Hackett zuckte in falscher Demut mit den Schultern.

Schließlich erreichten sie ihr Ziel, eine Tür, auf deren Schild stand: MOLEKULARPHYSIK. QUANTENTUNNELANLAGE, JFOT & NMRS. Der Raum dahinter diente als Aussichtstribüne, die das Hauptlabor darunter überblickte. Ein Tisch aus Onyx stand vor den riesigen Fenstern aus dickem Glas, die sich im 45-Grad-Winkel neigten. Wer hindurchblickte, sah über dreißig

Meter unter sich Wissenschaftler an Maschinen von solchen Ausmaßen arbeiten, dass die Techniker auf Leitern klettern mussten, um Geräteteile aus poliertem Stahl einzurichten oder zu eichen.

Am Ende des Raums legte Matheson Papierstöße auf dem Tisch aus und entrollte Karten, als habe er dies seit Wochen für diesen Augenblick geübt. An der Wand hing ein Bildschirm, auf dem bereits digitale Bilder gezeigt wurden.

Pearce führte sie zum Tisch hinüber und zog wie ein übereifriger Kellner Stühle hervor. Er beugte sich nahe zu Scott herüber. »Tut mir leid wegen Ihrer Hand. Ich, äh …« Seine Stimme verlor sich, als habe sein Hirn soeben auf ein anderes Thema umgeschaltet. Seine Blicke wanderten umher, blieben aber nie auf Scott haften. Er drehte sich um und ging zu seinen Papieren.

Als Scott sich umwandte, um November zu sprechen, saß sie fast auf Tuchfühlung neben ihm. Erschrocken zuckte er zurück und versuchte ein Lächeln. »Sorry«, murmelte er. Sie schenkte ihm ein Lächeln, über dessen Bedeutung er sich aber nicht ganz im Klaren wurde.

Inzwischen war der Tisch von mehreren Lagen Papier bedeckt. Viel mehr, als wahrscheinlich nötig sein würde. Pearce strahlte Scott an. »Hach, ist das aufregend.«

Hacketts Blick ruhte jedoch auf Matheson. Er betrachtete auf dem Bildschirm ein Foto mit Eisbergen, kehrte zu Matheson zurück. Dann machte es »klick« bei ihm.

»Sie waren auf diesem Schiff«, sagte Hackett – und der Ton, in dem er es sagte, ließ die Übrigen gespannt aufhorchen. Scott und November wussten genau, was er meinte. Es hatte die ganze Woche lang die Nachrichten beherrscht. Amerika stand an der Schwelle zu einem Krieg mit China über Schürfrechte in der Antarktis. Die amerikanische Position war geschwächt worden, als man ein amerikanisches Ölschiff beim klammheimlichen Verlassen des Gebiets erwischt hatte. Die US-Regierung hatte Unkenntnis beteuert. Seit die Geschichte in der vergangenen Woche herausgekommen war, war die New Yorker Hauptverwaltung der Rola Corp. dem Trommelfeuer der Medien ausgesetzt.

Deshalb erkannten sie ihn. Ralph Matheson hatte das Pech gehabt, beim Ausschiffen am Kai gefilmt zu werden. Er war auf diesem Schiff gewesen.

Matheson nickte schweigend.

»Was haben Sie da draußen gemacht?«, fragte Scott geradeheraus.

Pearce mischte sich ein, um von seinem Kollegen abzulenken. »Ich habe großes Gefallen an Ihrer Arbeit, Dr. Scott«, warf er ein. »Ich habe selbst recht ausführliche Forschungen über den Zoroastrismus betrieben. Soll nicht, soweit ich mich an meine Studien erinnere, Zoroaster Pythagoras unterwiesen haben?«

»Ja«, pflichtete Scott bei. »Zoroaster übte großen Einfluss auf das antike Griechenland aus.«

»Verzeihung«, warf November unruhig ein, »aber was hat dieser – Zoroaster? Richtig so? –, was hat er mit Dr. Scotts Arbeit zu tun?«

»Mithras«, antwortete Pearce ungeduldig, aber gut gelaunt.

Gant und Hackett tauschten einen Blick. Auch sie schienen nicht schlau daraus geworden zu sein.

»Soll ich es erklären?«, erbot sich Scott.

Pearce grinste und zuckte verlegen mit den Schultern. »Oh, ja doch. Klar. Nur zu.« Er fuhr sich durchs Haar und lehnte sich zurück. Er bemühte sich, wissbegierig zu erscheinen, während er, einen Füller zwischen Daumen und Zeigefinger geklemmt, beifällig alles abnickte, was Scott zu sagen hatte.

»Zoroaster alias Zarathustra kam aus dem Gebiet des heutigen Iran.«

»Dann war er Muslim?«

»Nein. Es liegt viel länger zurück. Mindestens tausend Jahre. Der ganze Mittlere Osten hat zahllose Kulturen erlebt. Babylon. Die Chaldäer. Die früheste Kultur, die dort sesshaft wurde, tatsächlich die älteste bekannte Zivilisation der Welt, das waren die Sumerer –«

»Die ihre Sprache in Keilschrift abfassten«, warf Pearce freundlich ein.

»Richtig. In Hellas wurden Babylon und das alte Ägypten als der Ursprung des Wissens betrachtet. Es ist ein Mythos, dass die Griechen die Mathematik erfunden haben. Sie ist ihnen von den Babyloniern und Ägyptern *beigebracht* worden. Und neben der Mathematik lehrten sie zugleich Philosophie, Astrologie und Alchemie. Plato selbst zollt dem Rechnung, was gewisse Akademiker aus blanker Überheblichkeit gern übersehen.«

»Zoroasters Lehre kreiste um einen Gott namens Ormazd«, fügte Pearce hinzu. »Und es dauerte bis zum Auszug der Juden aus Ägypten, dass allerlei zoroastrische Traditionen in ihrer eigenen Religion auftauchten, während sie weiter gen Osten und zurück nach Israel zogen. Das hat Moses wahrscheinlich so in Rage gebracht. Die Vorstellung von Schutzengeln war eine zoroastrische.«

Scott sah ihn streng an. »Ja. Ebenso galt das für die Auferstehung, an die man schon Jahrhunderte vor den Juden *oder* den Christen glaubte.«

»Wer war dieser Mithras?«, erkundigte sich Hackett.

»Die Anhänger des Mithraskults bildeten einen Zweig des Zoroastrismus. So wie halt die Baptisten ein Zweig der Christenheit sind. Mithras war aber auch der Hauptgott, den sie verehrten. Er hing eng mit der Sonne zusammen. Untergang und Aufgang der Sonne bezogen sich auf Tod und Auferstehung. Und ihr Sinnbild für die Sonne war ein Kreuz. In ihren Schriften war es tatsächlich ein Ring. Das Kreuz war architektonischer Zweckmäßigkeit geschuldet.«

»Sie waren damit nicht die Einzigen«, griff Pearce den Gedanken auf. »Überall auf der Welt gibt es Kulturen, die das Kreuz als Sinnbild der Sonne verwenden.«

Hackett hob eine Braue. »Der Sonne?«

November funkelte ihn vorwurfsvoll an. »Stimmt das?«

Pearce war von ihrer Reaktion verblüfft. Er rutschte auf seinem Stuhl hin und her. »Ja«, sagte er vorsichtig.

»Ein richtiges Kreuzigungsgerüst«, fuhr Scott fort, »hat keine Kreuzform. Es ist buchstäblich ein Gerüst. Jede Menge Querbalken. Es gab kein Kreuz. Zumindest bis die frühen Meister den Gedanken aufgriffen und einen strahlenden, sonnenartigen Ring um das Haupt Christi hinzufügten –«

»Der unmittelbar den Standbildern Helios', des griechischen Sonnengottes, entlehnt war.« Pearce nickte.

»Was uns zurück zu den Sumerern führt«, schloss Scott. Die im Raum Anwesenden begegneten ihm mit Schweigen, während sie alle über die Folgerungen des Gesagten nachdachten.

»Ich habe den geologischen Bericht gelesen«, sagte Scott. »Der Mithraskult hat die Vorstellung von Himmel und Hölle, das Abendmahl, von einem Opfer und einer Himmelfahrt beigesteuert. Mithras hat seine Wurzeln in der Überlieferung der Sumerer. Uralte Sagen erzählen von einem ganzen Volk, das sich zur Rettung der Welt geopfert habe. Die älteste Geschichte von einer weltweiten Flut, und Noah stammte aus Sumer. Glauben Sie denn, hier ein noch früheres *Gilgamesch-Epos* zu haben?«

»Äh, nicht ganz, Dr. Scott«, entgegnete Gant.

»Tut mir leid, wenn ich nerve, aber …« November war streng christlich erzogen worden und hatte offensichtlich Schwierigkeiten mit den geäußerten Auffassungen, doch es sprach für sie, dass sie diese nicht einfach kurzerhand verwarf. »Dr. Scott – Sie haben gesagt, jede bedeutende Religion in der Geschichte habe sich etwas von ihren Vorläufern geborgt. Nun, wenn das so ist, woher hatten dann die Sumerer *ihre* Einfälle? Und wo sind sie hergekommen?«

Scott zögerte, aber Pearce war nur zu gern bereit einzuspringen. Er beugte sich vor und zeichnete mit seinem Füller Kreise in die Luft. »Das weiß keiner!«, er grinste, dann wurde seine Miene ernst. »Bis jetzt.« Er drückte auf die Fernbedienung des Digitalbildschirms und stellte sicher, dass der Ton leise gestellt war.

»Tja, hier komme ich ins Spiel«, teilte Matheson allen mit. »Sie kennen die Aufnahmen vielleicht bereits aus den Nachrichten. Was Sie sehen, ist das Bohrschiff *Red Osprey*. Ich bin Ingenieur. Wir waren draußen in der Antarktis bei einer Suchbohrung, als wir auf ein Problem stießen ...«

Der Bildschirm zeigte, wie die Hölle losbrach. Das Aufbäumen des Rohrs. Das Sterben und schließlich den Schlammausbruch in die Brücke. Jeder im Raum fuhr unwillkürlich zusammen. Worauf das Bildmaterial plötzlich ein Labor mit weißbekittelten Wissenschaftlern präsentierte, die große Diamanten reinigten und untersuchten. Als Nächstes erschien die Nahaufnahme eines der Diamanten, die Matheson als Standbild ließ. Der Diamant war sichtbar außergewöhnlich. Allein schon deshalb, dass er – beschriftet war.

Scott beugte sich ruckartig nach vorn.

»Für welche Sprache würden Sie das auf den ersten Blick halten, Dr. Scott?«, fragte Gant.

Scott wandte sich dem Offizier zu. »Es sieht ... nun, bei flüchtigem Blick sieht es nach Keilschrift aus. Kann es aber nicht sein!«

»Und warum kann es das nicht sein?«

»Nun, sie steckt voller Symbole, die ich nie zuvor gesehen habe. Die Zeichnung ist zu fein. Sie sieht aus wie eine vielschichtigere, moderne Schriftsprache. Zumindest wirkt es auf dem Filmbild so.«

Der Begriff Keilschrift bezog sich lediglich auf ihre keilförmige Machart. Sie wurde von den alten Persern, Assyrern, Chaldäern, Akkadiern, Babyloniern und natürlich Sumerern verwandt. Sie entstand etwa 3000 bis 3500 v. u. Z. Die Sprache war schwierig zu übersetzen, da ihre Symbole sowohl für ganze Wörter als auch für Silben standen und ein jedes aus einer Ansammlung von bis zu dreißig Keilen bestand.

»Ist es möglich, sich die Sache mal in echt anzuschauen?«, fragte Scott auf gut Glück. Dass er für einen Blick darauf sein Leben gegeben hätte, wäre eine Untertreibung. »Ich könnte mich dann besser hineinfühlen, verstehen Sie?«

Pearce und Gant tauschten fragende Blicke. »Können Sie es lesen?«

»Das würde ich ungern behaupten«, sagte Scott freiweg. »Bruchstücke vielleicht. Aber diese Art Job kostet Fleiß und sehr viel Zeit.«

Major Gant schaute nachdenklich drein. »Das ist ein Problem. Zeit ist etwas, was wir nicht haben.«

»Wie meinen Sie das?«

»Die große Frage ist doch wohl, ob Sie zustimmen, dass es sich um *vor*keilschriftliche und keine *nach*keilschriftlichen Zeichen handelt«, warf Pearce ein.

Scott wusste, worauf Pearce hinauswollte, und ihm wurde es dabei ziemlich unbehaglich. Keilschrift galt als frühestes Beispiel für das aufgezeichnete Wort, und das Merkwürdige dabei war, dass ihre älteren Formen die komplexeren waren. Die sumerischen und babylonischen Alphabete hatten anfangs wenigstens sechshundert Schriftzeichen. Später hundert, und zur Zeit der alten Ägypter hatte sich das geschriebene Wort zu hieroglyphischen Piktogrammen gewandelt, ehe die Schrift wieder zum Buchstaben fand und die heute gebräuchliche Form annahm. Einer Theorie nach hatte sich die sumerische Schrift aus Piktogrammen entwickelt, aber dafür gab es kaum Belege. Tonscheiben und dergleichen, doch darin war eher eine frühe Münze zu sehen.

Tatsächlich gab es mehr Anhaltspunkte für eine umgekehrte Annahme – dass Keilschrift zunächst komplex war und mit der Zeit, durch allmählichen kulturellen Gedächtnisverlust, einfacher wurde. Dies legte eine fortgeschrittene vorsumerische Zivilisation nahe. Und Scott neigte dieser Annahme zu. Keiner wusste eigentlich, woher die Sumerer gekommen waren. Es gab allen Grund, zu vermuten, dass sie ihre Schrift mitgebracht hatten.

Scott nickte. Es kam einem Erdbeben gleich. Ein *vor*keilschriftlicher Text, endlich. Pearce schien sich über die Antwort zu freuen, aber die Kardinalfrage blieb davon unberührt. Was in aller Welt hatte der Text in der Antarktis verloren? Das lief jeglicher Logik zuwider. Es musste sich um einen Schwindel handeln. Es gab Theorien, wonach viele der Zivilisationen des Altertums weit leistungsfähigere Seefahrt betrieben hatten als zunächst angenommen. Zusehends verdichteten sich die Anzeichen dafür, dass viele, wie die Phönizier, minoischen Kreter und Ägypter, bis nach Amerika gesegelt waren.

In Brasilien lag eine Bucht, die als Bucht der Krüge bekannt war, weil dort regelmäßig römische Krüge und andere Töpferwaren auftauchten, mutmaßlich von einem untergegangenen römischen Schiff. Ebenfalls in Brasilien war eine unbekannte mediterrane Sprache auf Toninschriften gefunden worden. Das Bild einer Ananas, eine amerikanische Frucht, hatte man in Pompeji entdeckt. Bärtige Statuetten waren in Mexiko aufgefunden worden, dessen indianische Urbevölkerung jedoch keine nennenswerte Gesichts- und Körperbehaarung aufwies. In China hatte man über zweitausend Jahre alte Süßkartoffeln und Erdnüsse ausgegraben – andere amerikanische Feldfrüchte. Und in Indien gab es Zeichnungen von Frauen mit Maiskolben in den Händen.

Haarproben von ägyptischen Mumien hatten ergeben, dass sie zu Lebzeiten Hanf, Tabak und Koka geraucht hatten. Dummerweise kommen Tabak und Koka nur von einem Ort, nämlich Südamerika. Gleichfalls in Mumienhaar gefundene chinesische Seide von 1000 v. u. Z. wies eindeutig auf Handel mit China hin. Dies ging mit der Tatsache einher, dass drachenköpfige Magneteisensteine, die altertümlichen Segelschiffen als Ballast dienten, vor der Küste Chiles aus dem Pazifik geborgen worden waren.

Drachen traten im Sagenschatz südamerikanischer präkolonialer Kulturen auf, die somit sehr wahrscheinlich Handel mit China getrieben hatten.

Merkwürdig auch, dass vor Kolumbus eine europäische Überlieferung von einem Land namens Hi-Brasil westlich des Atlantiks, wusste. Als dann die neuen Siedler in Südamerika eintrafen, nannten sie das Land nach der Legende Brasilien. Das Merkwürdige lag darin, dass *brsl* einst ein hebräisches und aramäisches Wort für Eisen war. Einige Zeit später wurde in Brasilien mit das reichste Vorkommen an Eisenerz weltweit entdeckt.

Doch wie Scott annahm, deuteten alle diese Hinweise auf ein weltumspannendes Netz zwischen Handelszonen hin. Altertümlicher Einfallsreichtum gewährleistete einen Güteraustausch über viele tausende Kilometer zwischen diesen Zonen. Die Chinesen könnten so Koka in Südamerika gekauft, es an die Ägypter oder einen Zwischenhändler veräußert und sich selbst nie daran gütlich getan haben. Es war also nicht notwendig zu meinen, dass die Ägypter je nach Südamerika gelangt waren. Könnten aber einige von ihnen nach Süden bis in die Antarktis gesegelt sein? Da war sich Scott nicht so sicher.

Pearce und Matheson fingen nun an, ihre Papierbögen auszubreiten. Das brauchte eine Weile und die Übrigen mussten warten. Bald war der Tisch voller Karten – vorwiegend von der Antarktis – und geologischer Lagepläne von Rola Corp. Manches war eine Kopie historischer Quellen, anderes jedoch militärische Satellitenaufklärung.

Scott wollte es jetzt wissen. Er sah jeden am Tisch an. Dies war mehr als nur ein Übersetzungsauftrag. Viel mehr.

»Verzeihen Sie«, fragte er ganz ruhig, »aber was genau glauben Sie denn nun gefunden zu haben?«

»Atlantis«, antwortete Gant ganz offen.

Scott versteifte sich in den Schultern. Nacheinander schaute er Hackett und dann November an. Ja, er *hatte* soeben richtig gehört.

Zum Teufel mit Atlantis! Unterbelichtete Theorien über die Existenz von Atlantis geisterten durch die Weltgeschichte, seit Plato erstmals vom Treffen Solons mit den mystischen ägyptischen Hohepriestern berichtet hatte. Es war im Atlantik in Stücke gerissen worden. Es lag in den Bahamas. Im Mittelmeer. In Südamerika. Es war überall und nirgendwo und nichts ließ sich beweisen. Für Atlantis waren die Spinner, Astrologen und Kaffeesatzleser zuständig. Aber hier hatte er es mit Militärs zu tun. Nicht mit Schwachköpfen. Was wussten sie mehr als er?

Matheson deutete auf den Tisch. »Die Antarktis wurde 1818 entdeckt, richtig?«

Scott musste einen Moment nachdenken, doch dann nickte er. »Ja.«

»Hier ist die Kopie einer Karte, die 1513 für einen türkischen Admiral namens Piri Reis gezeichnet wurde. Auf der Karte gibt er ausdrücklich an, sie beruhe auf einer Vorlage, die anderenorts aufbewahrt werde. Seine Steuermänner hätten die Karte nie nachgeprüft, weil seine anderen Karten auf dieselben älteren Quellen zurückgingen und sich stets als genau erwiesen hätten. Diese Karte zeigt die Küstenlinien von Westafrika, Südamerika *und*, wichtiger noch, von Königin-Maud-Land und anderen Teilen der Antarktis. Die Wiedergabe ist dermaßen genau, dass die US-Luftwaffe Einzelheiten anhand von Satellitenbildern bestätigt hat, denn die Karte zeigt den tatsächlichen Küstenverlauf der Antarktis – keine Eisschollen. Sind Sie schon mal in der Antarktis gewesen, Dr. Scott?«

»Nein.«

»Nein? Nun, da ich gerade von dort zurückgekommen bin,

werde ich Ihnen sagen, warum das so unglaublich ist. Weil wir erst seit sechzig Jahren über die Technologie verfügen, um einen Blick durch das Eis hindurch auf die eigentliche Küstenlinie zu werfen. Und dieser bestimmte Strandabschnitt ist seit mindestens sechstausend Jahren nicht mehr eisfrei gewesen. Wie soll also jemand davon eine Karte gezeichnet haben, sofern er nicht ein Schiff hatte, das ihn dort hinbringen konnte – was zwangsläufig Zivilisation bedeutet und eingedenk der Genauigkeit eine zwangsläufig fortgeschrittene Zivilisation?«

Pearce nickte heftig. »Die Karten von Piri Reis beruhten auf Vorlagen, die aus der großen Bibliothek von Alexandria geraubt und nach Konstantinopel geschafft worden waren«, sagte er. »Aber er war nicht der Einzige. Oronteus Finaeus zeichnete 1531 eine, die auf alten Seekarten beruhte und die ganze Antarktis mit Bergen und Flüssen zeigte. Dafür musste man das Landesinnere kennen, nicht nur die Küste, und es musste eisfrei sein.«

»Wissen Sie, wie groß die Antarktis ist, Dr. Scott?«, fragte Matheson. Scott schüttelte den Kopf. »Groß. Doppelt so groß wie die Vereinigten Staaten. Da kann man nicht einfach mal so hin und innerhalb von zwei Tagen Floßfahrt säuberlich die Flüsse und Berge kartographieren. Ich lebe davon, Ausrüstungen zu entwerfen, mit denen andere an entfernten Orten auf Ölsuche gehen und danach bohren können. Ohne Karte und geologisches Gutachten bin ich aufgeschmissen. Und jetzt diese alten Karten – da ist einfach alles erfasst!

Mitte des sechzehnten Jahrhunderts«, fuhr Matheson fort, »hatte Belgien diesen Mercator, sein richtiger Name war Gerard Kremer. Ausgezeichneter Kartograph. Der fertigt eine genaue Karte der Antarktis nach altertümlichen Vorlagen an und entwickelt ein plötzliches Bedürfnis, Land zu gewinnen und die großen Pyramiden zu besuchen. 1737 dann kommt der französische Geograph Philippe Buache mit einer derart genauen Karte daher, welche die Antarktis ohne *irgendwelches* Eis zeigt. Wie sie zuletzt vor etwa fünfzehntausend Jahren ausgesehen haben mag! Und noch fehlen hundert Jahre, ehe sie überhaupt als entdeckt gilt, Dr. Scott! Dann haben wir Hadji Achmeds Weltkarte von 1559. Auch er war Türke und seine Seekarte weist außerdem eine Landbrücke zwischen Sibirien und Alaska aus.

Ich habe mit Sarah Kelsey telefoniert, der besten Geologin unserer Firma. Sie haben ihren Bericht gelesen. Sie sagt, dort war vor etwa zwölf- bis vierzehntausend Jahren eine Landbrücke. Dafür gibt es unzählige wissenschaftliche Beweise. Auch von all diesen Karten liegen Kopien auf dem Tisch, falls Sie sich das mal ansehen wollen.«

Scott blieb unbeirrt. So leicht ließ er sich nicht verunsichern. »Ich habe von den meisten dieser Karten gehört, Mr Matheson. Sie sind mir nicht neu. Aber – und das ist ein riesengroßes Aber – sie beweisen nicht die Existenz von Atlantis. Sie beweisen lediglich, dass unsere Vorfahren verdammt gute Kartographen waren und wir sehr vergesslich sind. Dieser Punkt ist zwischen uns unstrittig. Aber denken Sie doch, worum Sie mich bitten. Sie bitten um einen Glaubenssprung in einem derartigen Ausmaß, dass dies jeglicher Vernunft widerspricht.« Scott sah ihn traurig an. »Es tut mir leid.«

Pearce schüttelte den Kopf. »Sind Sie nicht derselbe, der von mehr als fünfhundert Völkern der Welt Mythen und Sagen gesammelt hat, die alle von einer lange zurückliegenden Flut erzählen – dem Mythos der Sintflut? Sind Sie das? Sie *sind* doch Dr. Richard Scott, oder nicht?«

»*Sagen der Sintflut*. Ja. Aber das sind *Mythen*. Legenden. Tolle Gutenachtgeschichten. Der sumerische *Gilgamesch-Epos* stammt von etwa 5000 v. u. Z. Er enthält dieselbe Flutgeschichte wie die Bibel – deckt sich ganz genau mit Noahs Geschichte. Aber es ist nur Literatur … Eine Erzählung.«

»Schliemann ist einer Erzählung gefolgt und hat das verschollene Troja gefunden.«

Pearce lief um den Tisch, griff erneut nach der Fernbedienung und drückte den Abspielknopf. Das Bild war etwas verschwommen und von weit schlechterer Qualität als die zuvor, sein Inhalt aber klar ersichtlich. Eine winzige Kamera bewegte sich das Innere einer langen dunklen Röhre hinunter. In der Mitte verlief eine weitere, kleinere Röhre von etwa fünf Zoll Durchmesser, durch die das Öl geleitet worden wäre. Offensichtlich steckte die Kamera dazwischen.

»Das ist eine Kontrollkamera«, erläuterte Matheson, »mit der die Pipeline vom Knotenpunkt am Meeresboden bis hinunter zur Bohrspitze geprüft werden sollte. Sichtprüfung war eigentlich unnötig, aber da es ein Prototyp war, hatte ich die Kamera einfach mal draufgepfropft. Hätte nie gedacht, dass wir sie je brauchen würden.«

Die Kamera sank immer tiefer. Stellenweise waren die Beschädigungen an der Rohrleitung zu sehen und die Stahllegierung wies Risse auf. Schließlich kam das Ziel hinter einem Schleier aus Bohrschlamm in Sicht.

»Wir sind auf kein Gestein am Meeresboden gestoßen, Dr. Scott. Auch nicht auf ein versandetes Schiffswrack. Die Stelle hier liegt gut dreitausend Meter unter der Meeresoberfläche. Und achthundert Meter unter dem Meeresboden. Wir sind auf eine Mauer gestoßen. Eine richtige Mauer. Wie die eines Hauses. Eine *Mauer*. Können Sie mir folgen?«

»Ja«, kam die knappe Antwort.

»Nur wurde diese Mauer nicht aus Ziegeln und Mörtel errichtet, sondern aus Diamanten. Aus einem einzigen, riesigen Diamantklotz. Und keiner weiß, wie gewaltig er wirklich ist.«

Im Licht des eingebauten Punktstrahlers wurde ein Feld aus blauem Kristall sichtbar. Am unteren Bildrand war der zerstörte Bohrkopf zu sehen. In der Wand befand sich ein Krater, wo Diamantbrocken herausgeplatzt und ein Loch mitten hindurchgebrochen worden waren. Dahinter hatte offensichtlich Wasser durch das Gewicht der darüberliegenden Eisschichten unter enormem Druck gestanden, um dann die Pipeline im Moment ihres Berstens emporzuschießen. Insgesamt schien die Mauer jedoch weit weniger mitgenommen als die Bohrausrüstung.

Ansonsten war sie völlig unversehrt und mit fein gestrichelter Schrift überzogen. Das war der fehlende Beweis.

»Nun sagen Sie mir, Dr. Scott: Wer zur Hölle ist raus in diesen Frost und hat in dreitausend Meter Tiefe eine Mauer gebaut – in einer unterirdischen Grotte? Bei meiner ganzen Erfahrung als Ingenieur, der überall auf der Welt nach Öl gebohrt hat, ist mir so etwas noch nie untergekommen. Ich weiß von keinem Land, ich betone *keinem*, das heute technisch dazu in der Lage wäre. Und diese Menge Diamant? Weiß der Kuckuck, damit brächen über Nacht die halben Weltfinanzen zusammen.«

Scott konnte nicht glauben, was ihm da gezeigt wurde. »Und das soll ich alles übersetzen?«

November betrachtete nachdenklich die Karten, versuchte, aus dem Ganzen schlau zu werden. »Dr. Scott«, sagte sie heiser. »Das alles hier scheint mir der volle Ernst zu sein.«

Hackett blieb nachdenklich.

»Wissen Sie, wie lange die Übersetzung eines archaischen Textes dauert?«, warf Scott ein.

»Ja.«

»Nein, das glaube ich Ihnen nicht. Die geballte Verstandeskraft keines geringen Teils der wissenschaftlichen Welt brauchte hundert Jahre, um die Handschrift der Maya zu entziffern, und deren Sprache wurde auf der südmexikanischen Halbinsel Yukatan noch gesprochen. Eine vorkeilschriftliche ist eine tote Sprache, ist vergessen. Ich wüsste nicht, wo ich anfangen sollte.«

»Dann sollten Sie sich lieber schnell etwas ausdenken, Dr. Sott«, verkündete der Admiral, der durch die Tür am anderen Ende des Raums marschiert kam. »Denn davon hängen Menschenleben ab.«

Auf seinem Namensschildchen stand: *Dower*, was Begabung bedeutet. Seine Miene besagte: *Lies mein Namensschildchen.* Admiral Dower war eine einschüchternde Erscheinung. Groß gewachsen, schlank und schwarz. Der Kopf unter seiner Mütze war rasiert. Die Ordensleiste auf seiner Brust war nur eine kleine Auswahl seiner vielen militärischen Auszeichnungen. In jungen Jahren hatte Konteradmiral Thomas C. Dower die Hitze des Gefechts gründlich kennen gelernt. Es stand ihm zu, seinen Namen für sich sprechen zu lassen.

Ihm folgten ein Zivilist und ein ganzer Schwarm weiterer Militärs. Aber nur Dower und der Zivilist nahmen Platz. Matheson stellte den anderen Mann als Jay Houghton und Justitiar der Rola Corp. vor.

Houghton überflog seinen gelben Notizblock und knurrte unwillkürlich, als sei das ein Trick für den Gerichtssaal, den er einst als Jurastudent aufgeschnappt hatte. Um die Sache noch schlimmer erscheinen zu lassen, damit es anschließend so aussah, als werde das Kaninchen von einem Genie aus dem Hut gezaubert. Wenngleich Scott bezweifelte, dass der Mann heutzutage auch nur in die Nähe eines Gerichtssaals kam. Firmenanwälte seines Kalibers taten das nie. Die wiesen nur jeden Montagvormittag ihre Sekretärinnen an, Todesdrohungen rauszuschicken.

»Wir sind soeben mit den Vertretern Chinas im Palais des Nations zusammengetroffen«, erklärte er. »Nicht mal in ihren wildesten Albträumen würden die Chinesen einfach irgendwen auf ihre Basis in der Antarktis lassen.«

»Bedauerlich«, murmelte Gant.

»Darauf waren wir gefasst«, erinnerte ihn Dower.

»Es ist trotzdem bedauerlich«, entgegnete Gant. »Ich will keinen Suchtrupp aus Zivilisten dabeihaben. Sie wären nicht darauf gedrillt, weder körperlich noch seelisch, Sir.«

»Die Chinesen haben im Prinzip keine Einwände gegen ein Inspektionsteam der Vereinten Nationen«, fügte Houghton munter hinzu. »Aber sie werden alles gründlich auf jeglichen militärischen Bezug durchleuchten.«

»Da nehm ich Gift drauf«, sagte Gant schroff. Gerade noch im letzten Moment setzte er ein ehrerbietiges »Sir« für den Konteradmiral hinzu.

Scott und November tauschten besorgte Blicke. Inspektionsteams? Was hatten sie vor?

»Sind das da unten Anlagen für Spektroskopie?«, fragte Hackett. Er hatte sich beim Eintreten Dowers erhoben, stand nun am Fenster und betrachtete die Umgebung. Er zeigte den Versammelten sein vertrautes schwaches Lächeln. »Kernmagnetresonanz, wenn ich mich nicht täusche. Bestimmt waren die Physikerjungs begeistert, als ihnen ein Chemiespielzeug ins kostbare Labor gerollt wurde.«

»Sie haben gejault, wie üblich. Hallo, Jon. Wie war die Reise?«

»Holprig.«

Dower schürzte die Lippen, ehe er reagierte. »Es wird schlimmer, nicht wahr?«

Hackett schien nicht antworten zu wollen, aber Pearce tat es. »Viel schlimmer«, warf er ein. »Dieser Planet wird meines Erachtens einer Sonnenstrahlung ausgesetzt, wie wir sie seit zwölftausend Jahren nicht mehr hatten. Zwölftausendundzwölf – um genau zu sein.«

Papiere wurden zurechtgeschoben. Zwei Offiziere besprachen sich mit Dower und reichten Notizen weiter. »Nun, das war vielleicht ein wenig melodramatisch. Aber am Kern der Sache vorbei? Nein«, merkte Hackett an.

Scott saß ahnungsvoll da und fing Hacketts Blick auf.

Ein weiteres rätselhaftes Lächeln umspielte die Lippen des Physikers. An das Fenster gelehnt, knabberte er kurz an seinem Daumennagel. »Sie sehen die vereinten Köpfe des United States Space Command vor sich, Dr. Scott«, sagte er. »Ich weiß schon gar nicht mehr, wie viele Male ich Tom Dower zu physikalischen

Fragen beraten habe. Das erste Mal als Diplomanwärter in Los Alamos, oder, Tom?«

Scott war nicht schlau daraus geworden. »Space was?«

»Space Command«, sagte Dower schroff. »Wir beraten die Regierung bei ihren Verhandlungen mit den Chinesen. Wir sind die letzte Verteidigungslinie zwischen Frieden und Drittem Weltkrieg.«

Unter fünfeinhalb Kilometern Granit des Cheyenne-Gebirges in Colorado liegt eine sechs Meter breite und einen Meter zwanzig starke Tür begraben, ließ Dower sie wissen, die darauf ausgelegt ist, einem Atomschlag zu widerstehen. Dahinter befindet sich das nachrichtendienstliche Nervenzentrum des US-Militärs, bekannt als NORAD. Und ein Teil dieses Nervenzentrums ist an das United States Space Command übertragen.

»Wir spüren Weltraummüll auf, Dr. Scott. Schätzungsweise sind derzeit mehr als neunzehntausend Objekte in Erdumlauf. Von Farbsplittern bis zu ausgedienten Satelliten. Mehr als achttausend dieser Objekte sind größer als ein Baseball und werden rund um die Uhr verfolgt. Wenn aber die Sonne einen Anfall von Sonnenwind bekommt und Plasma verschießt, kann das unser Überwachungsnetz bis zu sechsundneunzig Stunden lang ausschalten – für vier volle Tage und Nächte.«

»Und das ist schlimm?«

»Oh, das ist ziemlich schlimm«, warf Hackett ein. »Wenn das Plasma von einem Sonnenwind auf die Erde trifft, dehnt sich die Atmosphäre aus. Die Reibung vergrößert sich und verzögert umlaufende Objekte. Einige fallen auf die Erde zurück. Und die Kennzeichen eines solchen Wiedereintritts pflegen der Annäherung einer Rakete zu ähneln.«

»Auf alle Fälle ist Sonnenwind ein guter Anlass, um unerkannt einen Angriff vom Zaun zu brechen. Die Sonne steht kurz vor einem Anfall und die Chinesen wissen das«, ließ Gant sich vernehmen.

»Sorry, aber hat die Sonne nicht gerade einen gehabt?«, Scott schüttelte den Kopf. »Und wie können Sie so sicher sein, dass sich das bald wiederholt? Die Sonne ist chaotisch, oder? Unvorhersehbar?«

»Sie ist komplex, nicht chaotisch«, meinte Hackett gereizt.

»Wir können Vorhersagen über die Sonne treffen«, steuerte Pearce bei. »Sie durchläuft elf Jahre währende Kleinstperioden.«

Hackett schnappte sich einen Filzstift vom Tisch und zeichnete auf einer Tafel am Ende des Raums einen Kreis.

»Ich will jetzt nicht Ihren Verstand beleidigen und allen einen Vortrag über solar- und magnetphysikalische Fragen halten. Aber es gibt ein paar wichtige Gesichtspunkte, an die Sie denken sollten. Natürlich ist die Sonne der Erde keineswegs vergleichbar. Sie ist so riesig, dass ein durchschnittlicher Sonnenfleck auf ihrer Oberfläche zwei oder drei Erden schlucken könnte. Sie setzt sich aus ständigen, wandernden Kernexplosionen zusammen, die sich aufgrund ihrer Masse zu einer Kugel ballen. Sie ist groß. Sie ist schwer. Sie ist gewalttätig. Zumal hat sie – und das ist der wichtigste Punkt – mehr als zwei magnetische Pole.

Wir haben Norden und Süden. Die Sonne hat *sechs* Pole. Es spielt keine Rolle, wie wir diese nennen – wichtig ist, dass sie höchst komplexe magnetische Strukturen aufweist, die wir gerade erst zu verstehen beginnen. Sie hat einen Nord- und einen Südpol, wie wir ihn uns vorstellen, aber da sie eine Kugel aus superheißem Plasma ist, gibt es noch vier weitere, gleichmäßig voneinander entfernte Pole rings um ihren Äquator. Und *weil* sie eine Plasmakugel ist, dreht sie sich ungleichmäßig. Am Äquator ist der Tag kürzer als weiter nördlich oder südlich.«

Drei Admirale befanden sich im Raum, wurde Scott klar. Halt, nein, zwei Admirale und ein General. Dann Major Gant. Dazu fünf Leutnants, die als Beistand fungierten. Zwei von ihnen viel älter als die Übrigen und offensichtlich bedeutend. Man war einander nicht vorgestellt worden. Sie verfügten über scharfen

Verstand und schienen Hackett leicht folgen zu können, was zumindest beunruhigend war. Schlimmstenfalls regelrecht peinlich. Wie auch immer, in seinem Kopf schwirrten Fragen, die wahrscheinlich noch eine Weile unbeantwortet bleiben würden. Hackett war noch nicht fertig.

Der Physiker klopfte mit dem Filzstift an die Tafel. »Im kleinteiligsten Maßstab wiederholt sich die Periode alle siebenundachtzigeinhalb Tage. Eine Ereignisperiode, die Spanne zwischen ähnlich intensiven Ereignissen, beläuft sich auf zweiundzwanzig Jahre. Leider muss ich insofern Ihrer Beschreibung wiedersprechen, Bob, als es sich dabei nur um eine halbe Periode handelte, da alle elf Jahre statistisch vergleichbare Ereignisse aufgetreten sind. Eine vollständige Sonnenfleckenperiode – bis die Fleckentätigkeit zum Ausgangspunkt zurückgekehrt zu sein scheint – währt tatsächlich hundertsiebenundachtzig Jahre. Und die von Bob angesprochene Periode ist ausgesprochen theoretischer Natur, beruht aber auf gewissen Bewegungen, die sich in der Theorie nur etwa alle dreitausend Jahre wiederholen.«

»Was geschieht nach Ablauf einer solchen Periode?«, fragte Scott.

»Theoretisch etwas so Verheerendes, dass Sie wünschten, woanders zu sein.«

»Und das bedeutet?«, warf November ein. »Ich bin keine Physikstudentin.«

Scott verschränkte die Arme und sagte: »Schauen Sie, ich habe auch keinen Abschluss in Physik. Ich bin Linguist. Was zum Henker hat das alles mit mir zu tun? Ich bin hier, um mir ein paar Steine anzusehen. Hier *sind* doch Steine, oder nicht?«

»Sie müssen nur wissen, dass sich alle elf Jahre Schreckliches auf der Sonne ereignet«, sagte Pearce knapp und warf einen schnellen Blick auf Hackett, der die Zahl 22 auf die Tafel schrieb und nachdrücklich unterstrich. »Addieren Sie einfach elf und elf und elf, bis Sie bei dreitausend angekommen sind. Geologische

Untersuchungen zeigen deutlich an, dass sich das Klima auf der Erde alle dreitausend Jahre drastisch ändert. Vor sechstausend Jahren war dieser Umbruch derart einschneidend, dass viele Zivilisationen jener Zeit ihre Kalender danach stellten. Die Maya hießen ihn Jahr eins; nach unseren Begriffen ist das 3113 v. Chr., genauer der zwölfte August, als ein Mann mit weißem Bart von der Sonne herabstieg. Das ägyptische Jahr eins lag um 3141 v. Chr. und wurde Zeitalter des Horus genannt. Horus war der Sohn des Re – und dieser wiederum die Sonne. Der hebräische Kalender legt die Erschaffung der Welt auf den September 3761 v. Chr. Sie waren derart von Mond- und Sonnenperioden beeinflusst, dass sie eine Sonne in Form eines sechszackigen Sterns in ihr Banner aufnahmen. Tatsache ist, dass alle vier Perioden etwas *richtig* Schlimmes passiert. Sodass begründeter Anlass zu Panik besteht. Das geologische Gedächtnis verrät uns, dass es vor vier Perioden – oder zwölftausend Jahren – eine Überschwemmung gegeben hat. Und raten Sie mal. Die Zeit ist wieder um.«

»Wir glauben, dass die Sonne im Begriff steht, ihre Magnetpole umzukehren, Dr. Scott«, sagte Konteradmiral Dower mit ernster Stimme. »Wir glauben, dass sie gerade den Gipfel einer Periode von zwölftausend Jahren erreicht hat und dies eine Kettenreaktion von Vorkommnissen auslösen wird, die unseren Planeten in große Gefahr bringen.«

»Augenblick mal«, rief Scott. »Reden wir hier vom Ende der Welt?«

Hackett zuckte mit den Schultern. »O nein, nein, nein.« Die anderen seufzten erleichtert auf. »Sagen Sie mir, Admiral, wie wird sich das Ende der Welt anfühlen?«

Gant stellte sich neben den Digitalbildschirm an die Wand. »Admiral, Sie gestatten?«

Dower nickte knapp.

Das Licht wurde gedämpft. Auf dem Bildschirm rotierte eine

fotorealistische Darstellung der Erde durchs All. Aus ständig wechselndem Blickwinkel wurde ihre Umlaufbahn um die Sonne gezeigt, dann wurden in kurzer Folge Länder herangezoomt, die sich dank ihrer Lage besonders als Beobachtungsposten eigneten.

»Es gibt sechs bedeutende Sternwarten auf der Erde, die sich ausschließlich ununterbrochener Sonnenbeobachtung widmen«, erläuterte Gant. »Wird ein Ereignis festgestellt, so werden wir normalerweise umgehend unterrichtet und die Auswirkungen auf uns werden nach ungefähr achtundvierzig bis zweiundsiebzig Stunden wahrnehmbar.«

Unwillkürlich suchten Scott und November bei Hackett nach Bestätigung. Er nickte und sagte: »Die Sonne besteht vorwiegend aus Wasserstoff im Zustand beständiger Kernfusion, wodurch sich die Temperatur der Oberfläche bei zwei Millionen Grad Celsius hält. Bei einem Auswurf koronaler Masse werden hochgradig geladene Teilchen abgestoßen und formen sich zu einer Kugel mit eigenem Magnetfeld – Plasma genannt. Von der ungefähren Größe Jupiters, enthält diese Plasmawolke genug Energie, um das Mittelmeer zu verdampfen. Sie bewegt sich mit etwa drei Millionen Stundenkilometern, sodass …« Hackett rechnete seine Zahlen kurz zusammen. »Doch, ich würde sagen, dass sie ungefähr drei Tage bis zu uns braucht.«

November schluckte. »Und das soll kurz bevorstehen?«

Hackett grinste. »Och, so was passiert jede Woche. Was uns Major Gant vermutlich gleich erklären wird, ist viel schlimmer.«

»Vor genau neun Tagen, am achten März, wurden Sonnenflecken in noch nie dagewesener Zahl auf der Oberfläche der Sonne beobachtet. Die Sonnenwindtätigkeit war intensiv und die Freigabe von Plasma ebenso schnell wie gewaltig. Dergestalt war der magnetische Aufruhr innerhalb der Sonne, dass um sieben Uhr neun Minuten Ortszeit und genau acht Minuten nach mehreren gleichzeitigen explosiven Auswurfereignissen rings um den Sonnenäquator die Auswirkungen hier an der CERN wahrgenommen wurden.«

Hackett war plötzlich hellwach. »Wie?«, fragte er. »Sie sprechen von einer für uns wahrnehmbaren Auswirkung, die sich mit Lichtgeschwindigkeit fortbewegt.«

»Um die Erde verstreut, laufen gegenwärtig fünf Experimente, die mit der uns anlangenden Physik zu tun haben. Eines in Japan am ISAS. Eines in Russland. Zwei in den Staaten, am Caltech und in Stanford. Und eines hier in der Schweiz. Die ersten vier wurden eichtechnisch justiert, waren außer Betrieb und einzig dieses hier an der CERN im Einsatz, und es war das Einzige, das – *eine Gravitationswelle* entdeckte.«

* * *

Es war an der Zeit, sich hinzusetzen, beschloss Hackett. Er fuhr mit den Fingern über die Tischplatte aus kaltem schwarzem Onyx. »Gütiger Himmel … endlich haben sie's.« Sonst schien niemand so überglücklich zu sein. »Das Graviton«, sagte Hackett mit eitler Selbstsicherheit, »ist der Schlüssel zu allem.«

Scott rutschte auf seinem Stuhl nach vorn und murmelte: »Bedaure, Sie enttäuschen zu müssen, aber es war nicht der Schlüssel beim Scheitern meiner Ehe.«

»Wie lange hat sie gedauert?«

Scott musste kurz überlegen, ehe er begriff, dass Hackett nicht von seiner Ehe sprach, als Gant verkündete: »Vier Komma drei Mikrosekunden. Glückwunsch, Dr. Hackett. Die Physik hat eine weitere Theorie bewiesen.«

Hackett kratzte sich im Nacken. »Bin mir nicht sicher, ob ich mich darüber freuen soll.«

Gant atmete tief ein. »Das bei ELIGO eingesetzte Laserlicht-Interferometer war nicht das Einzige, was auf die Gravitationswelle angeschlagen hat.«

Scott schüttelte verständnislos den Kopf. »ELIGO?«

»Erklärungen folgen später«, beharrte Konteradmiral Dower barsch. Er wollte endlich auf den Punkt kommen.

Gant drückte einen weiteren Knopf. Bilder von Treibeis und dem antarktischen Becken erschienen. Am Rand des Bildschirms wurden technische Einzelheiten, ein Gewirr aus Begriffen und Zahlen, abgespult. Verworren und für Laien ohne Sinn.

Plötzlich stellte sich eine Nahaufnahme auf chinesische gepanzerte Kolonnen scharf, die langsam ihren Weg über das Eis nahmen. Schwarze Flecken vor reinem Weiß, wie Ameisen auf Eiskrem. Gebäude tauchten auf. Befestigungen wurden errichtet. Der chinesische Stützpunkt *Jungchang* war gut gerüstet.

»Unnötig zu erwähnen, meine Dame, meine Herren, dass dies Verschlusssachen –«

»Aber schwerlich Geheimnisse sind«, unterbrach November kess. Gant warf ihr einen raschen Blick zu. »Kürzlich mal CNN eingeschaltet?«

»Glauben Sie mir, Miss Dryden«, hob der Major an, »auf dieses Band hat CNN keinen Zugriff.« Er wandte sich den Übrigen zu. »Wir hatten die Chinesen bereits einige Zeit unter Beobachtung. Ihr Streben nach fossilen Brennstoffen und Erzen war zuletzt unermüdlich, nicht minder ihre Versuche mit Hightech-Waffen. Ungefähr vor drei Monaten begannen sie auf ihrem antarktischen Stützpunkt mit aufwändigen Bohrungen.

Vor zwei Wochen fingen wir ein Signal auf, das die Inbetriebnahme einer gewaltigen Kraftquelle anzeigte. Die Leistung dieser verborgenen Kraftquelle nahm ebenso zu wie die solare Fleckentätigkeit und Protuberanzen. Natürlich wollen wir wissen, was sie gefunden haben. Schalten wir nun um auf Bodendurchdringungsradar …«, das Bild wurde geradezu psychedelisch, »… sehen Sie ein farbverfälschtes Bild dessen, was das bloße Auge nicht erfassen kann.«

Scott blinzelte. »Und was *sehen* wir denn genau?«

Hackett trat vor, um sich das Ganze aus der Nähe anzuschauen.

»Wir haben die Abtastung vorgenommen, um die du gebeten hast, Jon«, erklärte Dower.

»Und?«

»Du hattest Recht.«

»Recht? Recht womit?«, wollte Scott wissen.

Gant nickte zum Bildschirm. »Abwarten.«

Die Zeiger einer Uhr kreisten. Das Datum lautete 8. März 2012. Plötzlich weiteten sich purpurfarbene Wellen rasant zu riesigen Kreisen und verebbten in beträchtlicher Ferne.

Pearce hatte das Material bereits gesehen, war aber dennoch beeindruckt. »Wow!«

Hackett machte einen langen Hals. »Können wir das noch mal sehen – in größerem Maßstab?«

Gant gab das Gewünschte ein. Wieder breiteten sich gewaltige farbverfälschte Wellen über das Eis aus, als sei ein Kieselstein in einen Teich geworfen worden.

»Sie sehen ein Gebiet ungefähr von der Größe Manhattans.«

Scott war verwirrt. »Zum Teufel, was war das?«

»Was Sie sehen, ist eine Art Energiewelle«, erklärte Dower. »Sie wandert gut drei Kilometer unter dem Eis durch etwas, das dieselben geologischen Merkmale wie ein Material namens Kohlenstoff-60 aufzuweisen scheint.«

Das Kinn aufgestützt, betrachtete Hackett aufmerksam das Bild und fragte schließlich leise: »Können Sie den Film für mich etwas langsamer laufen lassen?«

Gant und Dower tauschten wissende Blicke. Dower schien erfreut. »Wir dachten uns schon, dass es Ihnen auffallen würde.«

»Was würde auffallen?«, erkundigte sich Matheson.

Hackett schaute die ganze Zeit auf den Bildschirm. »Da scheint eine Struktur im Wellenmuster auf.«

»Wovon reden Sie? Struktur? Ich verstehe das nicht.«

»Major Gant, können Sie diejenigen Einzelbilder aussondern, auf denen die Energiewellen vom Epizentrum nach außen gewandert sind?«, bat Hackett. »Und sie dann übereinanderlegen?« Gant bejahte und machte sich daran, während sich Hackett an die Übrigen wandte. »Ich lasse ihn Schnappschüsse von der Ausdehnung der Welle machen. Stapelt man sie dann wie Eierkuchen übereinander, müsste sich das Gesamtbild dessen, was ich zu sehen glaube, äh … darbieten.«

Wie ein Puzzle aus konzentrischen Kreisen nahm das Bild allmählich Form an, bis der Bildschirm purpurfarben von Überblendungen wurde. Und zusehends wurde allen klar, dass die Energiewellen tatsächlich eine Struktur enthüllt hatten. Alle im Raum wurden von Erregung und Ungläubigkeit erfasst, außer die Militärs. Würfel. Rechtecke. Gekrümmte Oberflächen. Die Schlieren im Purpur trugen das vollständige Gefüge einer Konstruktion. Sie war verschlungen. Ein ausuferndes, dichtes Gedränge. Wie die Anlage einer –

»Das ist eine Stadt«, flüsterte Scott. »Unter dem gottverdammten Eis … eine verschollene Stadt!«

»Und irgendwie«, sagte Dower, »scheint sie mit der Sonne verbunden zu sein.«

Pearce war fasziniert. »Nicht *eine* verschollene Stadt. *Die* verschollene Stadt. Meine Dame, meine Herren – willkommen in Atlantis!«

»Mein Gott … wir reden hier von einem komplexen adaptiven System in einer Größenordnung, wie ich sie höchstens theoretisch erwogen habe«, murmelte Hackett düster vor sich hin.

Gant öffnete auf dem Bildschirm ein gesondertes Textfenster. *Die Sagen der Sintflut. Ein globaler Bericht über kulturelle, autoreproduktive Entstehungsmythen* von Dr. Richard Scott. In der Hand hielt er einen Ausdruck. Zwischendurch kratzte er sich an der Wange, während er das Schriftstück durchblätterte.

»Dr. Scott«, sagte er, »Ihren Forschungen in Kolumbien zufolge, und ich zitiere, ›brachte Bochia, ein bärtiger Mann von fremder Rasse, dem wilden Stamm der Chibcas Gesetz, Landwirtschaft und Religion. Eines Tages aber erschien seine böse Frau Chia, um seine Pläne zu vereiteln, flutete das Land und tötete fast alle. Bochia verbannte seine Frau in den Himmel, wo sie zum Mond wurde, und führte die Überlebenden vom Berg hinunter, um neu zu beginnen.‹«

Scott war erregt, fühlte den Adrenalinstoß in den Adern. Er wusste, worauf der Major hinauswollte. Gant schlug eine andere Seite auf.

»Oder, was ist hiermit? In China löste der Wassergott Gong Gong eine zweiundzwanzig Jahre andauernde Flut aus. Die Menschen flohen auf Bäume und Berge. Indes die Welt nach den Cickasaw-Indianern von Wasser zerstört wurde und nur eine Familie und von allen Tieren je ein Paar überlebten.«

»Wie wär's mit einem anderen Buchstaben?«, schlug Scott aufgekratzt vor. »Nehmen wir ›I‹. Die Inkas berichten, dass sintflutartiger Regen und Vulkanausbrüche die Erde überschwemmt und verbrannt haben. Als Himmel und Erde miteinander im Krieg lagen, so ihr Glaube, brachen die Anden auseinander. Während die Inuit an eine furchtbare Flut und in ihrer Folge ein Erdbeben glaubten, die sich derart plötzlich ereigneten, dass nur die Cleversten noch rechtzeitig Zuflucht in den Bergen oder auf ihren Booten nehmen konnten.

Es gibt weltweit mehr als fünfhundert Sagen der Sintflut«, fasste Scott zusammen. »Ich habe auf der Arbeit von Richard Abdree aufgebaut, der Mitte der 1980er-Jahre sechsundachtzig dieser Legenden erforschte. Drei aus Europa, sieben aus Afrika, zwanzig aus Asien, sechsundvierzig aus Amerika und zehn aus Australien oder dem Pazifikgürtel. Er fand heraus, dass zweiundsechzig dieser Kulturen niemals mit der hebräischen oder mesopotamischen Legende in Berührung gekommen waren – der wir Noah verdanken. Was bedeutet, dass sie unabhängig entstanden sind. Sie sind eigenständig – und einzigartig.«

Als Scott die Arbeit an dem Projekt aufnahm, stieß er auf eine ungeahnte Vielfalt an Informationen. Wo er auch suchte, fand er eine archaische Kultur, die an die Verheerung der Erde irgendwann durch eine reißende Flut glaubte.

Für Scott ergab sich bereits die Verbindung zwischen Atlantis und der Sonne. Widerstrebend sagte er: »Viele der alten Mythen sprechen zugleich vom zyklischen Wesen dieser weltumspannenden Verheerung.«

»Von wie vielen Mythen reden wir hier, Dr. Scott?«, fragte der Admiral.

»Müsste ich eine Vermutung wagen«, erwiderte Scott und rieb sich dabei nervös die Hände, »würde ich mehr als hundert sagen. Unser eigener christlicher Glaube birgt ja eine gewisse Furcht vor der Jahrtausendwende. Bezeichnenderweise ist 2010 das Zeitalter des Wassermanns angebrochen. Die Maya sagten für den 24. Dezember 2011 eine katastrophale Überschwemmung voraus. Das ist gerade mal drei, vier Monate her.«

Scott schaute jeden am Tisch an. Sein Blick war zutiefst besorgt.

»Der Stamm der Dusan im westlichen Borneo oder Kalimantan hatte die Vorstellung, dass die Sonne sich zurückzog, nachdem sechs der sieben ursprünglichen Sonnen getötet wurden«, erläuterte er. »Die mexikanischen Ureinwohner glaubten, dass unterschiedliche vergangene Zeitalter durch gewaltsame Umbrüche ihr Ende fanden. In den alten *Jahrbüchern von Cuauhtitlan* der Maya, die 1570 geschrieben wurden, aber auf Jahrtausende alten Texten beruhen, heißen diese Zeitalter *Chicon-Tonatiuh*, ›Sonnen‹. Selbst bei einigen indianischen Völkern Nordamerikas und abgeschieden lebenden Stämmen am Amazonas findet sich der Glaube, die Welt sei immer wieder von Feuer, anhaltender Dunkelheit und einer Sintflut vernichtet worden.

Die sibirischen Wogulen glaubten, dass wiederkehrende Zerstörung von furchtbarem Donner begleitet werde. Die walisischen Triaden verweisen auf die drei Katastrophen Sintflut, Feuer und Trockenheit. Anaximenes und Anaximander aus dem sechsten und Diogenes von Allollonia aus dem fünften Jahrhundert v. u. Z. sprechen von einer periodisch zerstörten und wiedergeborenen Welt. Zweihundert Jahre später meinte Aristachus von Samos, die Erde erfahre alle 2489 Jahre Vernichtung durch Feuer und Wasser. Den Völkern auf Hawaii, im Golf von Bengalen, frühen Isländern und hebräischen Überlieferungen sind allesamt ähnliche Mythen gemein. Die *Visuddi-Magga*, das uralte Buch der Buddhisten, erwähnt ein älteres Buch namens *Rede der sieben Sonnen* und spricht von gleichartiger periodischer Zerstörung.

Für das malaysische Volk der Chwong ist diese Erde die Erde sieben und alles werde in bestimmten Abständen auf den Kopf gestellt und vernichtet. Die Ägypter glaubten an *Tep Zepi*, eine erste Zeit vor der gegenwärtigen, als die Götter die Erde bevölkerten. Auch die Griechen und Römer hatten diese Vorstellung. Im Hinduismus wird es etwas genauer. Dieser Glaube sieht vier Zeitalter vor, die das menschliche Vorhandensein als Spanne von fünftausend Jahren umfassen. Das Goldene Zeitalter war rein. Im Silbernen Zeitalter entsannen sich die verstreuten Völker nicht länger ihrer Wurzeln und Abstammung und nahmen einander als verschieden wahr. Es folgte das Kupferne Zeitalter und der Beginn des Handels. Gefolgt von unserem, dem Eisernen und Zeitalter Kalis, in dem sich die Sünde entfaltet. Die Reichen werden reicher, Ehen zerbrechen, die Leute stehlen. Krieg, Technik und Wissenschaft werden zum bösen Fluch, bis ein Zeitalter kosmischer Erneuerung kurzerhand die Erde durch Feuer und Flut zerstört.«

»Hört sich toll an«, meinte Hackett.

»Die Hindus sagen, diese Zeit sei gekommen«, fügte Scott an.

»Und wussten Sie«, setzte Pearce hinzu, »dass die Chinesen das erste Volk waren, das die Fleckentätigkeit aufgezeichnet hat?«

»Nein, das wusste ich nicht.«

»O ja. Das machen sie bereits seit über zweitausend Jahren. Sie sind das erste Volk, das die Periode wissenschaftlich erfasst hat. Sie haben zwölf astrologische Jahre. Das Jahr des Hahns und so weiter. Das kommt schon sehr nahe an die Sonnenfleckenperioden heran.«

Lastendes Schweigen lag im Raum. Gant drückte verschiedene Bildschirmtasten. Bildmaterial der internationalen Nachrichtensender lief nebeneinander her und erzeugte eine dramatische Wirkung. Es waren schreckliche, angsteinflößende Aufnahmen.

*»Gleichzeitig traf die Gravitationswelle auf Malaysia. Tausendfünfhundert Tote bei einer Serie von Taifunen. Tokio wurde von einem Tsunami getroffen. Zweihundert Tote bei Erdbeben in Kalifornien. Eine Reihe von Vorbeben wurde in London registriert …«*

»London?«, wunderte sich Scott. »London liegt auf keiner Verwerfung, oder?«

»Die britische Vermessungsbehörde meint, doch. Und soeben hat sie erstmals Aktivität an einigen ungewöhnlich tief liegenden Verwerfungen gemessen, die sich bis nach Frankreich erstrecken. Schwere Erdbeben treffen London alle zwei-, dreihundert Jahre. Das letzte ereignete sich 1776. Somit ist das nächste überfällig«, gab Gant zu bedenken. »Und London wurde, wie weite Teile Europas, ohne Berücksichtigung auf Erdbeben erbaut. Kommt es also zum großen Knall …« Er musste nicht weiter ausholen.

»Zudem registrieren wir seit einiger Zeit Fleckentätigkeit, die mit *El Niño* einhergeht, und die Anzeichen sehen nicht gut aus.«

*El Niño* war ein Wetterphänomen, bei dem sich ein Bereich des Pazifiks von der Größe Europas etwa alle zehn Jahre stärker als üblich erwärmte. Die Folge war, dass die Passatwinde nach Osten umschlugen. Die mitgeführte Wärme ließ die Temperaturen um mehrere Grad ansteigen. Das bedeutete Überschwemmungen auf beiden Teilen des amerikanischen Kontinents und Dürren im westlichen Pazifikraum und in Afrika.

»1983 war ein *El-Niño*-Jahr. Es kam zu Sandstürmen, die zehntausend Tonnen Staub mit achtzig Stundenkilometern über Melbourne hereinbrechen ließen und eine acht Kilometer breite Staubwand aufwarfen. In der Stadt war es vierzig, in der Wüste fast fünfzig Grad heiß. 1998, zum Zeitpunkt des darauf folgenden *El Niño*, stand fast der gesamte Rand des pazifischen Beckens infolge schwerer Trockenheiten in Flammen, während Amerika und China von den schlimmsten je verzeichneten Überflutungen betroffen waren. An einigen Orten fiel binnen sechs Stunden die Regenmenge von drei Monaten. Weltweit gesehen, ging der Juli 1998 als heißester je festgehaltener Monat in die Annalen ein. Das ist einige Jahre her, und nun schickt sich 2012 an, zum Jahr der schlimmsten Klimaveränderungen und Naturkatastrophen der Weltgeschichte zu werden.«

Hackett saß auf der Stuhlkante. Wie ein Schüler hob er den Arm. »Und das hängt mit der Stadt unter dem Eis zusammen … wie?«

Gant tauschte einen unruhigen Blick mit Dower. Der Admiral nickte ihm zu fortzufahren. Ein Knopfdruck – und Videoeinspielungen aus der Arktis erschienen auf dem Bildschirm. Leuchtend rosafarbene Gase wallten in riesigen Schwaden über einen dunklen Himmel und verschwanden hinter dem Horizont.

»Das ist die *Aurora borealis* am Nordpol – die Nordlichter, die entstehen, wenn das von der Sonne abgefeuerte Plasma auf die Atmosphäre trifft. Rosa ist gut. Rosa heißt, dass die Tätigkeit gering ausfällt und das Plasma vom Magnetfeld der Erde abgelenkt wird. Grün … Grün ist schlecht. Bei Grün durchdringt das Plasma das Magnetfeld der Erde und bombardiert die Atmosphäre. Nun *wissen* wir, dass die Tätigkeit erheblich ist – mit so schlimmen Folgen, dass wir die höchste Alarmstufe ausgerufen haben. Wo ist also das viele Grün hin?«

»Tippen Sie auf die Antarktis?«, fragte Hackett vorsichtig.

»Ich tippe nicht«, wies ihn Gant zurecht, »ich teile mit. Sehen Sie.«

Gewaltige Bänder grüner Energie wirbelten am Nachthimmel über einer hell erleuchteten Stadt.

»Melbourne in Australien. So weit nach Norden zieht es sich«, sagte er. Das Bild wechselte hinüber zu Tageslicht und Eis. Die Unterzeile besagte: *Liveeinspielung McMurdo-Stützpunkt*. Trotz des Tageslichts stand die grüne Erscheinung noch immer am Himmel.

»Das ist nichts Ungewöhnliches«, warf Hackett ein. »Das passiert von Zeit zu Zeit. Eine Plasmawolke hat ihr eigenes Magnetfeld, das auf das Feld der Erde reagieren wird. Ist der Plasmasturm positiv, zieht ihn die irdische Negativität an. Saugt ihn regelrecht ein. Und daher *wird* die Wolke zum Südpol wandern. Gegensätze ziehen sich an.«

»Nur ist *diese* Plasmawolke selbst negativ«, sagte Gant.

Hackett verschluckte sich fast. »Das … d-das *ist* ungewöhnlich.«

»Ungewöhnlich? Sie wissen, dass es unmöglich ist, Professor. Gleich und Gleich stoßen einander *ab*.« Zahlen und Tabellen erschienen auf dem Bildschirm. »Nach unseren Berechnungen genügen drei aufeinander folgende Plasmastürme, die auf die Atmosphäre treffen und absorbiert werden, um eine weltweite Umweltkatastrophe hervorzurufen. Wir reden hier von Unwettern derartigen Umfangs, dass sie ganze Kontinente verschlingen. Die Meere werden regelrecht kochen. Höherer atmosphärischer Druck und stärkere Ionisierung lösen Erdbeben aus, die wiederum zu Flutwellen in den Ozeanen führen. Um aber eine Plasmawolke anzusaugen, bedarf es einer Kraftquelle von unvorstellbaren Ausmaßen. Jenseits unserer derzeitigen technischen Möglichkeiten. Irgendetwas irgendwo dort, wo wir nun Atlantis vermuten, bleibt als einzige geeignete Erklärung für das gegenwärtige Geschehen.

Irgendeine Vorrichtung, die von den Chinesen entdeckt und beeinflusst worden sein könnte.«

»In der Sage heißt es«, unterbrach Dower, »dass Atlantis aus sich heraus auferstehen werde. Trotz zahlreicher Umweltschutzmaßnahmen zieht sich die Ozonschicht über der Antarktis seit fünfzig Jahren zurück und hat ein Loch entstehen lassen, das diesen Ort wie keinen anderen auf der Welt kosmischen Strahlen aussetzt. Mittlerweile schmilzt das Eis ab. Wir können also die Möglichkeit nicht ausschließen, dass irgendetwas in Atlantis von selbst erwacht – auf die Vorgänge ringsum anschlägt. London hat nicht reagiert. New York hat sich den Teufel um eine Gravitationswelle geschert. Aber Atlantis … schon.

Was mit der Sonne geschieht, können wir nicht verhindern. Der bloße Vorschlag wäre lachhaft. Aber täuschen Sie sich nicht: Die Menschheit steht mit dem Rücken zur Wand. Eine Vorrichtung, die soeben im Sicherheitsnetz einer Supermacht hektisches Blinken ausgelöst hat, ist überaus ernst zu nehmen. Alles weist darauf hin, dass sie die derzeitigen Veränderungen in unserer Atmosphäre beschleunigt. Sie hilft mit – ob gewollt oder ungewollt –, uns zu vernichten.«

Matheson schaute ungläubig drein. »Dann stehen wir einer Wahnsinnsmaschine gegenüber«, bemerkte er, »die da vom Satelliten erfasst wird und macht, was sie will. Wir reden von einer Maschine, die so groß wie Atlantis selbst sein könnte.«

»Das wissen wir nicht. Aber wir werden nicht Däumchen drehen, während unser Planet klimatisch zerstört wird. Was auch immer unter dem Eis liegt, es scheint uns keinesfalls freundlich gesinnt. Wir wollen es ausgeschaltet wissen. Und zwar – jetzt.«

»Und was genau schlagen Sie vor?«, fragte Scott.

»Die Schrift an der Wand«, erklärte Dower.

»Wie bitte?«

»Dort ist altertümliche Schrift – an den Wänden, Dr. Scott. Die Existenz von Atlantis ist nunmehr Tatsache und Beweis für all die

Sagen und Legenden, die Sie so gut kennen. Wer es auch erbaut hat, sie haben eine Menge Unverständliches überallhin gekritzelt. Das geschah nicht ohne Grund. Wir mutmaßen, dass uns ein Fingerzeig gegeben wird, was sie eigentlich bezweckt haben. Irgendein Hinweis, wie man das verdammte Ding abschaltet.«

»Admiral, bei allem gebührenden Respekt«, sagte Scott verblüfft, »wenn wahr ist, was Sie da sagen, wird es kaum so sein, als würde man einen dämlichen Videorecorder programmieren.«

Dower holte tief Luft. »Falls all das, was uns zustößt, ganz und gar auf Mutter Natur zurückgeht, geben wir auf. Dann können wir nicht das Geringste daran ändern. Wie die Dinosaurier können wir uns dann verabschieden, weil Gott sich anschickt, reinen Tisch zu machen. Aber … und das ist ein ungewisses Aber … sollte die geringste Aussicht bestehen, dass dieses Gebilde in der Antarktis Ursache für den gerade einsetzenden Umwelthorror ist, dann haben wir keine Wahl, als in diese Stadt einzudringen und es auszuschalten. Und das können wir auf zweierlei Weise tun. Sie können herausfinden, was da geschrieben steht. Oder wir bringen eine thermonukleare Vorrichtung in Stellung – und jagen den ganzen Scheißladen in die Luft.

Meine Dame, meine Herren, mag Gott würfeln, wir tun es nicht. Wir werden alle Mittel in Betracht ziehen, die unsere Überlebenschancen vergrößern. Und wenn davon die Menschheit in Gefahr ist – *werden wir Atlantis zerstören.*«

Die Wissenschaftler am Tisch machten bestürzte Gesichter. Keiner wusste so recht, wie er sich verhalten sollte. Es war aus zwei Gründen schwierig, einen Atomsprengkopf in die Antarktis zu schaffen. Erstens war es laut internationalem Antarktis-Vertrag verboten, zweitens hatten die Chinesen einen Stützpunkt unmittelbar über der Stelle, wo nunmehr Atlantis die Karte zierte.

Dower trommelte mit den Fingern auf den Tisch. »Noch eins«, fügte er mit ruhiger Stimme hinzu. »Vielleicht haben wir einen

Probelauf frei. Es besteht die vage Möglichkeit, dass wir eine zweite Vorrichtung von ähnlicher Größe gefunden haben.«

Scott wurde hellhörig. »Wie meinen Sie das?«

»Durch die von Dr. Hackett vorgeschlagenen Suchparameter gelang es uns, Atlantis zu entdecken. Und mit Hilfe der Fähigkeiten von Bob Pearce und anderen bei Rola Corp. haben wir einen zweiten Standort auf diesem Planeten ausfindig gemacht, der ähnliche Messwerte wie Atlantis aufweist. Sollte er zugänglich sein, könnten wir einigen Aufschluss darüber gewinnen, was uns in der Antarktis erwartet.«

Scott schnellte nach vorn. »Und wo ist das?«

# 5. El-Quahira

## Hochebene von Gizeh
## Kairo

»Für mich? Wie reizend. Hoffentlich ist in dem Ding Kaffee drin!«, schrie Sarah Kelsey und hielt ihre marineblaue Baseballmütze fest. Der geschundene alte EH-101-Hubschrauber schwang sich hinter ihnen wieder in die Luft und peitschte dabei den Sand hoch.

Der Rola-Mitarbeiter in grauem Overall und roter Firmenmütze hatte eine steinerne Kanne mit einem langen Hals in der Hand. »Ich fürchte, nein! Sie *sollen* aber einen Blick drauf werfen. Was halten Sie davon?« Er spuckte beim Husten Sand aus und überreichte das Fundstück. Zögerte, sich wieder aufzurichten, nachdem er sich unter die Rotorblätter geduckt hatte. Dann stellte er sich vor. »Ich bin Eric. Eric Clemmens.« Er versuchte, gleichzeitig Hände zu schütteln und seine Mütze festzuhalten. Sein Gesicht war voller Staub. »Wir haben einen kurzen Fußweg vor uns«, erklärte er. »Hubschrauber dürfen in der Nähe der Denkmäler nicht landen. Sandschäden, wissen Sie?« Sarah begriff, als Clemmens ihr die Richtung anzeigte. »Und, was denken Sie?«

»Granit«, sagte sie und drehte die Kanne in ihren Händen. »Ein Hals von vielleicht zwölf Millimetern Durchmesser, der sich am Schnabel zu rund fünfzehn Zentimetern verbreitert. Keine Riefungen, wie zu erwarten. Dies ist Stein, kein Ton, sie stand also auf keiner Töpferscheibe. Sie wurde auf einer Drehbank gedrechselt und der Hohlraum aufgebohrt.«

Clemmens war begeistert. »*Genau* das hab ich auch gemeint!«

»Das könnte Ihnen jeder Geologe oder Ingenieur sagen. Warum? Wo liegt das Problem?«

»Das Problem? Ich glaube, die Ägyptologen hier haben noch nie richtige Ingenieure oder Geologen einen genauen Blick auf die Artefakte und Monumente werfen lassen.«

»Wieso sagen Sie das?«

»Weil sie alles abgetan haben, was ihrer Sicht auf das alte Ägypten widerspricht. Wie diese Kanne.«

»Wir sind keine Archäologen, Eric.«

»Uns sagen sie aber, wir würden uns irren, weil es keinen Anhaltspunkt für Drehbänke im alten Ägypten gebe.«

»Ohne Drehbank kann man so eine Kanne nicht herstellen.«

»Genau, aber stichfeste Beweise scheinen denen ja nicht zu genügen.« Sie durchquerten eine kleinere Außenanlage und schlugen dann einen langen Schotterpfad ein. »Handelte es sich um eine einzelne Kanne, dann hätten sie ja womöglich Recht. Aber nein, wir haben elf weitere davon. Dazu sechzehn Schalen aus Diorit, acht aus Quarz und eine aus Feldspat und Quarz. Und alle weisen die gleichen Merkmale auf. Wollen Sie noch was ganz Abgedrehtes hören?«

Sarah bejahte, während sie ins Lager spähte und sich so im Vorbeigehen mit der Anlage vertraut machte. Sich zu verlaufen, danach stand ihr nun wirklich nicht der Sinn.

»Wie schnell arbeitet ein moderner Bohrer?«, fragte Clemmens. »Aus Wolframkarbid.«

Das war einfach zu beantworten. Schließlich arbeiteten sie für eine Ölgesellschaft. »Für feine Steinbearbeitung? Mit rund neunhundert Umdrehungen pro Minute. Schleift etwa ein zweihundertfünfzigstel Millimeter pro Umdrehung aus dem Stein.«

»Gar nicht schlecht getroffen. Aber die Innenfläche der Kanne besitzt alle Anzeichen dafür, dass sie bei fünfundzwanzig Millimetern pro Umdrehung ausgehöhlt wurde. Bei der Geschwindigkeit müsste der Gegendruck eine Tonne betragen. Bei einer so kleinen Kanne? Sie wäre sofort zerplatzt. Nach meiner Schätzung wurde diese Kanne mit einem Bohrer gefertigt, der fünfhundertmal schneller arbeitete als unsere firmeneigenen.«

»Ist das Ihr Ernst?«

»Sarah, bei der Schale aus Feldspat und Quarz wird es noch verrückter. Der Bohrer scheint den Quarzanteil schneller als den aus Feldspat geschliffen zu haben.«

»Das ergibt keinerlei Sinn«, widersprach sie. »Quarz ist härter als Feldspat.«

»Wir arbeiten viel mit Schwingungen, um unsere Bohrköpfe zu beschleunigen«, erklärte Clemmens. »Um einen dichteren, härteren Stein schneller durchschneiden zu können, dürften die Ägypter Schwingungen wie eine Kunstform angewandt haben. Ich vermute irgendeine Art von Oszillationsverfahren. Vielleicht sogar ein schallgestütztes.«

»Schallwellen?«

Clemmens zuckte mit den Schultern. Natürlich war das reine Vermutung. »Wir haben einen Fachmann für eine vorläufige Altersbestimmung der Schalen hinzugezogen. Er hat die Erdschichten an der Fundstelle untersucht. Es war ein Tunnel von Grabräubern. Und so schätzte er auf über 4000 v. Chr.«

»Und wo liegt nun das Problem?«

»Der Tunnel ist zwar verschüttet, scheint aber zu den Pyramiden zu führen. Wenn ihn Grabräuber nun 4000 v. Chr. gegraben haben, was haben sie da geraubt? Die Pyramiden gibt es erst seit 2500 v. Chr.«

In einigen Bereichen arbeiteten bereits arabische Arbeiter in langen weißen Baumwollkitteln an Betonbrocken. Schweres Gerät räumte emsig Schutt weg. Generatoren und Flutlichter standen neben Maschendrahtzäunen und Lagerschuppen. Chemieklos und Wohnanhänger kennzeichneten das Zentrum. Und dann waren da die Pyramiden.

»Erzählen Sie mir vom Kohlenstoff-60. Was hat es damit auf sich?«

»Wir haben ein paar Splitter davon in einem Stoffsäckchen gefunden, zusammen mit den Tiegeln. Da unten finden sich Anzeichen für ein Feuer und so was wie einen Nahkampf. Brandspuren. Äußerst heftig. Bisher aber keine Leichen.«

»Vielleicht wurden die Grabräuber entdeckt?«

»Es gibt Hinweise für den Ausbruch des Feuers irgendwo weiter hinten im Tunnel – aus Richtung der Pyramiden. Wer sie auch immer erwischt hat, muss in einem Grabmal gewesen sein und sie auf ihrem Rückweg verfolgt haben.«

Sie kamen beim Eingangstor an. Sarah verlangsamte ihren Schritt, als sie eine aufgebrachte Menge erblickte. Militärpolizisten bewachten den Zugang zum Gelände und schienen nicht besonders erfreut über die Situation. Einer von ihnen ging etwas zu eifrig mit seinem Gewehrkolben vor.

Sarah trat näher und spürte, wie ihr Herz einen Moment aussetzte. Eine Frau mittleren Alters mit einem langen, silbrigen Pferdeschwanz löste sich aus der Menge und stellte sich ihr in den Weg. Sie war nicht die Wortführerin, schien aber sichtlichen Einfluss zu haben. Die Menge wich zurück, begehrte aber weiterhin lautstark Einlass. Die Augen der Frau blickten durchdringend. Solche Augen hatte Sarah noch niemals zuvor gesehen.

»Sie werden uns helfen«, sagte sie. Ihre Stimme zerschnitt wie ein Messer den Lärm.

Sarah versuchte vergeblich, sie zu ignorieren.

»Cayce hatte Recht«, fügte die Frau hinzu.

Sarah hob die Brauen, wollte etwas erwidern, wusste aber nicht, wie.

»Sie werden es sehen«, schloss die Frau.

Sarah stand weiterhin wie angewurzelt da, wurde aber plötzlich fortgedrängt. Die Soldaten hatten eine Gasse in die Menge getrieben und Clemmens bugsierte sie ins Lager. »Kommen Sie!«, schrie er, und binnen Sekunden waren sie durch.

Sarah drehte sich kurz um, konnte einen flüchtigen Blick auf die Frau erhaschen. Clemmens hatte ihren Arm fest im Griff und marschierte mit ihr weit ins Gelände der Rola Corp. hinein. Dann ließ er sie los. »Wer ist Cayce?«, fragte sie.

Clemmens zuckte mit den Schultern.

»Was wollen die?«

»Keine Ahnung«, brummte er. »Was kümmert Sie's? Das sind Knallköpfe. Verschwörungstheoretiker. Weltuntergangsfreaks. Sie sind irre. Nervensägen.«

Clemmens führte sie weiter und wies auf eine Reihe von Gruben und planierten Flächen gegenüber der Sphinx. Es waren die Fundamente zahlreicher abgerissener Gebäude. Hier und da ragten noch verbogene Leitungsrohre aus dem Erdboden. Seitlich lagen Betonbrocken aufgeschichtet.

»Dort haben wir den Tunnel der Grabräuber gefunden. Jetzt ist er natürlich leer.« Er holte eine Postkarte hervor und reichte sie ihr. »Das war mal eine Ansammlung aus Restaurants und anderem Touristenmüll. Haben wir plattgemacht. Ungefähr dort wollen sie das Museum bauen. Hey, kennen Sie die Bilder, wie es mal aussehen soll?«

»O ja. Sehr schön. Wie das am Fuße des Parthenons in Athen.«

»Es wird mehr als schön. Atemberaubend wird es sein – in den Boden abgesenkt, um von unten auf die Sphinx und die Pyramiden zu schauen. Jedenfalls haben wir ein geophysisches Gutachten für das gesamte Gebiet erstellt, wie Sie es bei Ihrem Anruf gestern Abend gewünscht haben. Mit Grabmälern und allem.«

Sarah sah beiläufig auf die Postkarte. Ein Araber stand neben einem rostigen »Coke«-Schild und einem 7-Up-Automaten. Sie gab die Karte zurück. »Gut. Und was haben Sie gefunden?«

Clemmens atmete ein. »Granit unter der Sphinx.«

Sarah stockte. Sie warf einen Blick zurück auf die Menge, die immer noch am Eingangstor stand, ehe sie wieder zu Clemmens schaute. Ihre Blicke trafen sich, und beide waren sie sich im Klaren: Ließ man mal allen Quatsch beiseite, dann ging hier etwas

Seltsames vor sich. Sarah hing diesem Gedanken kurz nach. Er bedurfte eingehender Überlegung und keiner unausgegorenen Theorien. Zwei arabische Arbeiter kamen vorbeigeschlendert. Sie schwatzten fröhlich vor sich hin, bis sie Sarah erblickten. Erst wirkten sie leicht erschrocken, dann machten sie finstere Mienen und wechselten ein paar Worte. Clemmens winkte sie weiter, während Sarah die Sache mit einem Achselzucken abzutun versuchte.

»Viel heraus kommen die hier nicht, hm?«, sagte sie. Clemmens schwieg. Und dann hörte sie ihn – den Gebetsruf. Die Muezzins riefen hoch oben in ihren Minaretten.

»Willkommen in Kairo«, warf Clemmens ein.

Mit zwölf Jahren war Sarah schon einmal in Ägypten gewesen. Es war im Winter gewesen, erinnerte sie sich, und dass sie auf einem Kreuzfahrtschiff in Alexandria angekommen war. Die Leute hielten sich Schafe und Ziegen in baufälligen Mietshäusern aus der britischen Kolonialzeit. Damals war sie entsetzt darüber, dass Tier und Mensch zusammenwohnten.

Woran sie sich noch entsann, hatte ebenfalls mit Tieren zu tun und war nicht minder schockierend gewesen. Sie hatte einigen Kindern beim Fußballspielen auf einem Stückchen Brachland zugesehen. Eine Moschee war in der Nähe, und sie erinnerte sich noch immer an den schwachen Duft von Rosenwasser, der vom Karren eines lederhäutigen alten Verkäufers herüberwehte. Sie schlenderte umher, während ihre Eltern um den Preis eines billigen Papyrus für Touristen feilschten, als die Jungs sie bemerkten. Sie grinsten und schossen den Ball zu ihr. Als Westlerin müsste sie Fußball spielen können, hatten sie sich gedacht. Sie war Amerikanerin, die das noch nicht konnte. Sie grinste zurück und wollte wenigstens nach dem Ball treten. Lange brauchte sie nicht, um zu begreifen, was sie da sah: Der abgetrennte Kopf eines Labradorwelpen diente als Fußball. Das Zahnfleisch war weggefault und die verbliebenen Zähne waren wie ein weißes Blecken. Natürlich schrie sie auf. Der Schlamm war auch zäh, das wusste sie noch. Schwarz. Sarah hatte noch viele Erinnerungen an Ägypten.

In ihrem Nacken fühlte sie Schweiß. Es waren bereits dreißig Grad und noch nicht einmal acht Uhr morgens. Und das schon im März.

Sie bogen auf offenes Gelände ab, kamen an weiteren Abrissgrundstücken vorbei und kamen zu den Pyramiden. Die gewaltigen, schartigen Megalithen schienen den Himmel selbst zu durchstoßen. Dahinter erstreckte sich endlose Wüste, während die ewig rätselhafte Sphinx in einer riesigen, unsteten Masse bernsteinfarbenen Sands ausharrte, von dem jedem Körnchen ein Hauch Geschichte anhaftete.

Sarah war beeindruckt. »Cool.«

Das geophysische Team war bereits bei der Arbeit.

Zwei Techniker trugen ein Paar einen Meter lange Elektroden über die Stätte. Sarah erkannte darin sofort die Vermessung anhand spezifischen Widerstands, wie sie vor ein paar Jahren entwickelt worden war, um Sand zu durchdringen. Vordem hatte er sich wie massives Gestein verhalten und der Boden feucht sein müssen, damit die Sonden richtig funktionierten. Bei diesem Verfahren nun wurde Strom unmittelbar in den Boden geleitet und die elektrische Leistung an den Elektroden gemessen. Auf diese Weise entstand eine Karte der unterirdischen geologischen Verhältnisse, ohne ein einziges Mal zur Schaufel greifen zu müssen.

Sarah sah, wie die Techniker gegen Hitze und Staub kämpften. »Eine seismische Vermessung haben Sie verworfen?«, fragte sie.

»Machen Sie Witze?« Clemmens musste zweimal hinsehen, ehe er begriff, dass man ihn hochnahm. Er schüttelte den Kopf. »Na klar. Mit Dynamit überall Löcher reinsprengen und dann über Geofone den Echos lauschen, das kommt bestimmt richtig gut an in diesem Viertel.«

»Vermutlich wollen die hiesigen Archäologen Zugang zu den Daten. Sie wissen ja, wie gern die Geld sparen.«

»Das ist, äh, tja ...« Clemmens kratzte sich am Kopf. »Da reden Sie lieber gleich mit Douglas drüber.«

Sarah betrachtete ihn kühl, war keinesfalls überrascht. Douglas war sozusagen ein Firmenklon, der die Bauabteilung von Rola Corp. leitete, ein kleiner Nebenzweig, der Dritte-Welt-Regierungen kleine Gefälligkeiten erwies. Stellte man ihnen etwas unmittelbar Greifbares hin, hier einen Palast, da ein Hotel, rechnete man sich aus, dafür nach Herzenlust graben oder bohren zu dürfen.

Sie fand Douglas im Behelfszelt der Geophysiker. Im Schatten von staubigen grünen Leinwandbahnen, inmitten eines Gewirrs aus Kabeln und Drähten, gab er ein Bild der Ordnungsliebe ab. Das pomadisierte Haar zurückgekämmt, trug er ein dünnes Baumwollhemd und eine dunkle Brille. Er trank Orangensaft aus einem Einwegkarton und kritzelte etwas auf einen Notizblock. Neben ihm auf einem wackligen Tisch lagen säuberlich gestapelte Papierstöße. Er sah von seinen Notizen auf. Er schien keineswegs erfreut zu sein.

»Tragen Sie bitte das nächste Mal etwas Langärmeliges«, sagte er streng zu Sarah.

Sarah warf einen flüchtigen Blick auf ihre nackten Arme. Sie trug eine Khakihose und ein weißes Baumwoll-T-Shirt. Die Luftfeuchtigkeit war gering. Die von der Sahara hereinwehende Brise fühlte sich staubig und rau auf der Haut an, aber immer noch besser als Erfrierungen. Außerdem würde sie den Teufel tun, sich für diese Leute zu vermummen.

»Scheiß drauf«, sagte sie zornig und schleuderte ihre Tasche auf den Tisch.

Clemmens zuckte zusammen und zog sich vor einen der Monitore zurück. Douglas schaute sich nach Einheimischen in der Nähe um. Er seufzte erleichtert, als er keine sah.

»Hören Sie mal, Doug. Werden diese ganzen Islamvorschriften meinen gesamten Aufenthalt bestimmen?«, Sarah funkelte ihn erbost an. »Wie der Ramadan, wo die Leute ganz wirr im Kopf werden, weil sie sich einen Monat lang von morgens bis abends halb zu Tode hungern und wie die Fliegen umfallen. Soll ich mir auch den Sex verkneifen? Läuft's darauf hinaus?«

Douglas gab sich Mühe, es einfach nur über sich ergehen zu lassen. Schaffte es aber nicht, knallte dann das Schriftstück, mit dem er gerade beschäftigt war, auf den Tisch. »Sehen Sie einfach zu, dass Sie sich keinen Ärger einhandeln. Ich hab noch nicht alle Ihre Visa beisammen.«

»Vielleicht ist es Ihrer Aufmerksamkeit entgangen, aber ich bin keine Muslimin und habe auch nicht die Absicht, eine zu werden. Ihre Kleiderordnung können Sie sich also in den –«

»Hab's geschnallt. Ich gebe lediglich Informationen weiter. Damit kann man sich die Arbeit hier mächtig erleichtern. Seit die Extremisten auf dem Vormarsch sind, hat sich das Land verändert.«

Sarah schaute ihn weiter unverwandt an. »Ohne Scheiß«, sagte sie. »Die Schreihälse am Tor wollen Ihr Blut sehen.« Douglas senkte den Kopf und gab sich für diesmal geschlagen.

Clemmens sah Douglas spöttisch an, während er Sarah einen umfangreichen Ausdruck reichte, über den auf ganzer Länge graue Skalenlinien verliefen. Sie flüsterte ein Dankeschön. Sie überflog per Schnelllesemethode das Ergebnis der ersten geophysikalischen Abtastung. Eine Unmenge an Zahlen.

»Die Reichweite liegt bei rund fünfzehn Metern Tiefe«, fügte Clemmens hinzu.

»Sie haben die Fundamentmesswerte für das ganze Gebiet?«

Clemmens bestätigte dies, doch Sarah schüttelte den Kopf. »Das kann nicht stimmen.« Sie hielt den Ausdruck hoch, damit alle ihn sehen konnten. »Das ist ein einwandfreies Heptagon. Da liegt ein siebenseitiges Gebilde – *unmittelbar unter der Sphinx.*«

Für Douglas und Clemmens war das offensichtlich keine Offenbarung mehr.

»Eine erste Bohrprobe hat ergeben, dass es ein dicker Klotz Granit aus Assuan ist«, stimmte Clemmens zu. »Wie von dieser Vermessung vorhergesagt.«

»Granit aus Assuan?«, fragte Sarah.

Clemmens zuckte mit den Schultern. »Schon gut, wir wissen es beide – Assuan liegt fünfhundert Kilometer südlich von hier.«

»Wir wissen beide, dass es nirgendwo im Nildelta natürliche Granitvorkommen gibt, schon gar nicht hier in Gizeh. Nichts als ausstreichender Sandstein.« Sie überprüfte noch einmal die geophysikalische Vermessung. »Und es kann zum Teufel keine Rede davon sein, dieses siebeneckige ... Granitding sei von Mutter Natur erschaffen worden.« Ihr Blick ruhte auf Douglas. Für einen Moment trafen sich ihre Blicke.

»Und was halten Sie also davon?«, fragte Clemmens sie.

»Ich glaube«, sagte Sarah zögerlich und behielt den Blick auf Douglas gerichtet, »ein guter Archäologe wird Ihnen sagen, dass die alten Ägypter ihren gesamten Granitbedarf den Fluss hinuntergeschifft haben. Wer wollte bestreiten, dass sie einfach etwas unter der Hochebene von Gizeh gebaut haben?«

Clemmens war verblüfft. »Wie?«

»Wer weiß. Wen schert's. Ist nicht unsere Sorge«, meinte Sarah nachdenklich.

»Es ist eine natürliche Formation«, behauptete Douglas.

»Na, hören Sie mal!«, höhnte Sarah.

»Sie ist natürlich.«

»Wer ist hier die Geologin?«

Einer der Rechner piepste und öffnete ein Datenfenster. »Volltreffer«, rief Sarah, als sich ein stetiger Strom von Zacken über die Geo-Vermessung ergoss.

Ägypten besaß mineralische Lagerstätten. Doch nichts so Ausgefallenes wie die Messwerte, die sie nun vor sich hatte. Gold fand sich zumeist im Osten, im Niltal und dem Sinaigebirge. Granit unter der Sphinx war interessant, aber völlig unerheblich für die Rola Corp.

Von allergrößter Bedeutung *waren* hingegen die winzigen Datenzacken, die über die gesamte Geländekarte von Gizeh hinweg ein unterirdisches Muster bildeten. Zweifellos waren sie auf weiteren Kohlenstoff-60 gestoßen, genau wie Houghton gesagt hatte.

Sarah schaute Douglas erneut an. »Was ist das für ein Museum, das wir hier bauen?«

»Die Rola Corp. ist nun schon zehn Jahre hier draußen, Sarah. Hat vielen Leuten eine Menge Geld eingebracht. Hat sich viele Freunde gemacht.« Er trank seinen letzten Schluck Saft. »Doch es gibt in diesem Land nur zwei Gewissheiten. Armut und Sonnenstich. Also was tun? Das Bildungssystem ist Schrott. Die Industrie – tja, kann man getrost vergessen. Im Roten Meer stehen ein paar Bohrinseln, aber das war's dann auch schon. Die Hälfte der Bevölkerung arbeitet für andere Länder und schickt ein bisschen Geld nach Hause. Aber es gibt Mineralien und die sind bekanntlich Macht.«

»Ägypten ist ein tolles Ziel für diese Firma«, stichelte Sarah mit geheuchelter Begeisterung.

»Denken Sie mal nach. Auf einmal findet sich die Lösung. Kohlenstoff-60. Alle Fachleute sagen, er sei die Zukunft der Datenverarbeitung und im Maschinenbau. Er werde die Welt über Nacht verändern. Das Blöde ist nur, dass jemand eine hübsche kleine Statue aus dem Zeug gemacht hat. Also was tun? Wenn das die Moralisten spitzkriegen, schreien sie nach Vitrinen. Stellt man ihn also wirklich aus und hofft, dass genügend fette Amis in ihren Karohosen vorbeiwatscheln und mit Fünfdollarscheinen wedeln? Setzt man auf Tourismus – wieder mal? Oder sprengt man ihn in Stücke und verhökert die Brocken? Wird man schnell reich und schenkt den Leuten ein lebenswertes Dasein? Was würden Sie tun, Sarah? Was also?«

Sarah tat, was sie immer tat. Sie griff in ihre Tasche und holte eine Packung Zigaretten hervor. Camel Lights. Ihr Mut sank rasch und langsam wurde ihr übel. Sie war in einen Hinterhalt geraten. Was hier lief, hatte sie weder erwartet noch erhofft. Sie wollte ein bisschen Abenteuer und wieder Gelegenheit zu reiner Forschung und Entdeckung. Doch das lief hier nicht. Sie hatte sich einen Ruf als wirklich erstklassige Geologin aufgebaut, selbst bei dieser Drecksfirma, aber ihr war klar, dass es hier weder um Forschung *noch* um Entdeckung ging. Sie wurde benutzt. Ihre Arbeitgeber benutzten sie, um die Lieblingsprojekte der Firma besser aussehen zu lassen.

Sie blies Rauchringe in die Luft, die irritieren sollten, aber Douglas tat so, als hätte er sie nicht gesehen. Clemmens und Frankie, ein bärtiger, untersetzter Typ, der am Rechner gesessen hatte, schauten zu.

»Ich bin begeistert«, sagte sie schließlich mit einem angedeuteten Lächeln. Sie bemühte sich, ihre Wut zu verbergen, hatte aber das Gefühl, sich durch ihre Blicke zu verraten. »Ich war noch nie bei den Pyramiden. Als ich als Kind hier war, hatte der Bus eine Panne. Wir sind nie aus dem Hafen herausgekommen.«

Douglas' Miene war unergründlich, er reagierte nicht.

»Was Sie vorschlagen, ist ethisch gesehen das Letzte. Ganz zu schweigen davon, dass es höchstwahrscheinlich illegal ist. Völlig ausgeschlossen, dass ich mich in Verbindung mit –«

Douglas begann, seinen Papierkram einzusammeln und in eine schäbige lederne Aktenmappe zu stopfen. Er musterte Sarah erneut. »Ihre Meinung ist nicht gefragt. Sie arbeiten für die Firma – vergessen Sie das nicht. Woher kommt also plötzlich dieser moralische Zug bei Ihnen, Sarah? Fangen Sie auf Ihre alten Tage an zu grübeln? Wollen Sie eine bessere Zukunft für Ihre nicht vorhandenen Kinder?« Auf einmal war sein Tonfall laut und angriffslustig. »Na dann, vergessen Sie's! Die Firma hat Ihnen das College nicht umsonst bezahlt! Wahrscheinlich steht genug über

Sie in den Akten, dass Sie nie wieder Arbeit finden werden. Sie haben bereits genügend stinkende Kacke für diese Firma abgesegnet – Sie werden erledigt sein. Aber im Augenblick haben Sie einen guten Ruf.«

Sarahs Gesicht war aschfahl. »Was ist geplant?«, fragte sie.

Douglas ging hinüber an den Monitor und zeigte darauf. »Ganz einfach. Sie graben. Eric hier arbeitet die strategischen Grundlagen aus, um da unten reinzukommen. Wenn Sie den Fundort erreichen, haben Sie ein paar Stunden, um zu entscheiden. Ist es Kohlenstoff-60 – oder nicht? Falls ja, schmuggeln Sie ihn heraus – schnell. In der offiziellen Lesart heißt es dann, dass wir ein kleines mineralisches Vorkommen entdeckt haben und noch abwägen, ob der Abbau sich lohnt. Falls nein, vermelde ich der Welt morgen früh live auf CNN, dass die Rola Corp., ich zitiere: ›voller Stolz die Entdeckung eines bedeutenden neuen archäologischen Fundes verkündet‹. So einfach ist das.«

Sarah war misstrauisch. So einfach waren die Dinge nie.

Douglas schaute auf seine Armbanduhr. »Ich muss mittags im Handelsministerium sein.« Er gab Sarah einen Kugelschreiber und wies auf den Tisch. »Wenn Sie so nett sein würden. Zeichnen Sie diese befristete Arbeitserlaubnis ab und ihr habt freie Bahn.«

Verstört folgte Sarah seiner Aufforderung. Als dann aber ihr Blick die übrigen noch über den Tisch verstreuten Papiere streifte, fiel ihr die Titelseite der *Egyptian Gazette* ins Auge. Sie hob sie hoch, überflog die Schlagzeilen und erfuhr den Grund für die Menschenansammlung vor dem Tor.

»Thorne kommt hierher?« Sie sagte dies zu sich selbst.

»Ja«, antwortete Douglas. »Wird das Schwierigkeiten bereiten?«

»Nein.«

Douglas zögerte. »Haben Sie Thorne schon mal getroffen?«

»Sind aber auch kein richtiger Firmenheini, was? Wer ist Ihr Zuträger?« Sarah paffte ihre Zigarette und schmunzelte. »Ja, ich hab ihn schon mal getroffen. Eine Bettbekanntschaft.« Sie blies Rauch aus. »Wie zum Henker glauben Sie denn, bin ich zu diesem Job gekommen?«

Douglas wippte auf den Fersen und rieb sich das Kinn. Ein reuevolles Lächeln war zu sehen.

Ein- oder zweimal wurde Gekicher laut, dann unterdrücktes Lachen. Clemmens kratzte sich wieder am Kopf. Frankie stellte ein schiefes Grinsen zur Schau. »Allmählich gefällt mir die Schnecke.« Fast umgehend wünschte er sich, den Mund gehalten zu haben, denn Sarah verpasste ihm eine Kopfnuss.

»Spar dir den sexistischen Mist, Dickerchen.« Mit finsterer Miene ging sie nach draußen, um die nächste Vermessungsrunde zu überwachen. Der Trick war gut, denn in Wirklichkeit war ihr zum Heulen zumute. Thorne kam hierher. Nun schloss sich schließlich doch der Kreis. Schlimmer konnte es nicht mehr werden.

Sie lief über den Sand. Sie bemerkte, dass die Geophysiker die Köpfe über irgendwelchen Messwerten zusammensteckten. Für Geophysiker kam das einem Aufruhr gleich. Sie wollte gerade zu ihnen hinübergehen und nachsehen, worum dieses Aufhebens gemacht wurde, als alle plötzlich in Jauchzen und Freudengeschrei ausbrachen. Sarah rannte los. »Wir haben einen weiteren Tunnel! Einen gottverdammten Tunnel!«

Sarah war erstaunt, als sie einen Blick auf die Messwerte warf. »Wo ist er?«, fragte sie.

»Direkt unter unseren Füßen!«

»Aber diese Werte«, meinte Sarah verwirrt, »sind die zeitnah? Seid ihr noch drauf?«

»Hmhm.«

»Sie schlagen aus. Sie verändern sich ständig. Was geht da unten vor sich?«

»Genau das, worauf sie uns vorbereitet haben.«

»Sie? Wer sie?«

»Die Leute in Genf. Diese Messwerte zeigen Strom an. Unterirdisch fließende Elektrizität. Wüssten wir nicht, wonach wir suchen sollten, hätten wir nie etwas davon mitbekommen. Als würde man auf eine Art Maschine blicken.«

## CERN
## Expeditionsplanung

»Ich kann nur sagen, dass ich total entsetzt bin«, gab Hackett wie erstarrt von sich. »Es ist niederschmetternd. Dass die Komplexität der Lage nicht vollständig erfasst wurde.«

»Was übersehen wir denn?«, wollte Dower wissen, während Scott und Matheson auf eine Karte der Pyramiden von Gizeh schauten.

»Schwerkraft. Die kann man nicht auf die leichte Schulter nehmen. Sie ist die maßgebende Richtschnur für alles Leben. Ehe sich irgendetwas fortpflanzen kann, muss es der Schwerkraft widerstehen.« Hackett schlug mit der Faust in seine Handfläche. »Sie ist der Leim, der uns mit diesem Planeten *verbindet.* Sie sorgt dafür, dass wir weiterhin um die Sonne zischen. Sie hat einen Apfel auf Newtons Kopf geklatscht. Wir können ihr vorübergehend trotzen. Wir können ihr kurzfristig *entkommen.* Niemals aber können wir uns vor ihr verbergen. Sie wirkt sich auf alles, auf das gesamte Weltall aus. Und das ist riesig.

Wir reden hier über die Auswirkungen einer richtiggehenden Gravitationswelle und Sie ziehen nicht einmal das komplexe Ganze der Folgerungen in Betracht. Vielmehr sitzen wir hier und *erörtern* eine Stadt, von deren bloßer Existenz vor gerade mal zwanzig, dreißig Minuten noch keiner wusste. Und Ihr erster Gedanke ist es, bis zur Mitte eines tiefgekühlten Kontinents durchzumarschieren und sie in die Luft zu jagen. Es könnte wohl noch andere Wege geben, unseren Verstand zu gebrauchen. Und zwar bedeutende. Doch stattdessen, bei aller gebührenden Achtung vor Dr. Scott, haben Sie einen Linguisten, der Ihnen die Schrift auf ein paar Gesteinsbrocken übersetzt. Ihre Strategen pusseln daran herum, wie man am besten einen Krieg vermeidet – und trotzdem Sachen in die Luft jagen kann. Ich dürfte nicht der Einzige mit diesem Einwand sein. Doch selbst als Theoretiker der Komplexität, dessen Job es ist, die verborgenen Beziehungen zwischen scheinbar beziehungslosen Dingen zu entdecken, sehe ich einfach keinen Bezug. Das alles klingt nach jeder Menge panikgesteuertem Unsinn.«

Alle um den Tisch Sitzenden schienen unbehaglich auf ihren Stühlen hin und her zu rutschen. »Jon, was meinst du?«, fragte Dower.

»Dies ist die falsche Zeit, um sich wie eine Horde Strauße aufzuführen und die Köpfe in den Schnee zu stecken. Begreifen Sie, was eine Gravitationswelle anrichten kann? Sie könnte aus einer Laune heraus die Umlaufbahn dieses Planeten verschieben, ein paar zusätzliche Tage einführen oder welche streichen – falls wir überhaupt auf einer Umlaufbahn zu bleiben vermögen.«

Jon Hackett betrachtete die Gesichter der Anwesenden. Sie schienen wie erstarrt. Es war, als hätte er am Mittagstisch mit lauter Vegetariern um ein blutiges Steak gebeten. Begriffen sie denn nicht?

»Meine Frage lautet: Was werden Sie *daran* ausrichten?«, beharrte er. »Bauen Sie eine Arche und retten so die Menschheit? Haben Sie solche Möglichkeiten?«

»Es gibt nichts, was wir an der Sonne ausrichten *können*«, sagte Dower stumpf.

»Können wir jetzt Verbindung mit Ägypten aufnehmen?«, fragte Scott mit Nachdruck.

Hackett lege einen Finger an die Lippen. »Dr. Scott, äh, wenn ich noch darf. Admiral, ist Ihnen je in den Sinn gekommen, dass die Auferstehung von Atlantis etwas Gutes sein könnte?« Dower zog die Stirn kraus. »Abgesehen von der neuesten bahnbrechenden Technologie hier an der CERN, ist Atlantis das Einzige, was in beispielloser Größenordnung auf die Sonne reagiert. Hatten Sie jemals Zeit zu der Überlegung, dass es über die derzeitigen Vorgänge genauer als wir im Bilde sein könnte?«

»Das hört sich an, als hielten Sie es für lebendig«, entgegnete Pearce.

»Es lag zwölftausend Jahre in einem eisigen Dornröschenschlaf und ist nun wach geworden. Das könnte eine automatische Reaktion sein, bleibt dennoch eine Reaktion. Ja.«

»Bei der letzten Sintflut hat es nichts genützt«, erklärte Scott. »Deshalb liegt es ja unter so viel Eis.«

»Die Auferstehung von Atlantis etwas Gutes?« Dower dachte kurz nach. Dann sagte er: »Nein.«

»Hier McMurdo-Stützpunkt. Meldung durch Leutnant Roebuck.«

Die Stimme klang blechern. Hohl, als käme sie aus einer langen Metallröhre. Plötzlich zerrissen Überreichweiten das Bild. Er war nicht in Uniform, dieser Leutnant Roebuck. Er trug ein graues T-Shirt mit dem Abzeichen seiner Einheit. Über seiner Schulter hing ein Handtuch, als sei er gerade aus der Turnhalle gekommen. Und im Hintergrund, neben Seekarten und Bildschirmen, hing das Abzeichen der Marineexpeditionsstreitkräfte, Antarktiseinheit: Pinguine, die einen Anker umarmen.

Scott stand vor einem Rätsel. T-Shirts in der Antarktis? Nun, wenigstens keine dünnen Nylonzelte und Erfrierungen. Sollte dies ein Vorgeschmack auf das Bevorstehende sein, so fühlte Scott sich dem gewachsen.

Der US-Stützpunkt am McMurdo-Sund war die größte ständig bemannte Basis in der gesamten Antarktis. Mit einer Besatzung von über zwölfhundert Männern und Frauen war er von Gant als Kleinstadt beschrieben worden, in der Wissenschaftler,

Militär und Zivilisten gemeinsam wohnten und arbeiteten. Unterkünfte und Forschungseinrichtungen stünden bezugsfertig für sie bereit.

Roebuck wartete auf die Einsatzbesprechung, und Gant versuchte, den Monitor nachzustellen und das Bildrauschen zu beheben. Houghton kam in diesem Moment in den Raum zurück. Beiläufig ließ er sein Stifttelefon in seine Jackentasche gleiten. »Nur die Vereinten Nationen«, sagte er beim Hinsetzen und nahm gar nicht wahr, dass Pearce ihn genau beobachtete.

»Und?«, fragte Dower.

»Alles geregelt für morgen früh um zehn«, erklärte Houghton. »Wir treffen uns mit der Kommission im Palais des Nations, um den Besuch eines Inspektionsteams auf der chinesischen Basis zu besprechen.«

»Hat lange genug gedauert«, brummte Dower.

»Ein geordnetes Vorgehen, Admiral, und ein geordnetes Verfahren, sonst riecht die UNO Lunte.«

Dower wies mit einem Finger in Richtung Bildschirm, um Roebuck anzuzeigen, dass dieser fortfahren könne.

»Ja, Sir. Danke, Sir.« Roebuck räusperte sich, während Matheson, die Hände aufgestützt, über schematischen Darstellungen brütete, die man ihm vorgelegt hatte. Mehrere Militärfachleute hatten sich zu ihm gesellt und tauschten Notizen aus, als Roebuck zu sprechen begann.

»Um vierzehn Uhr westeuropäischer Zeit haben wir ein Warnsignal an die Flotte gesendet, Admiral«, sagte er zögerlich. »Zuvor hat die britische Antarktis-Überwachung an den gesamten Schiffsverkehr auf Höhe des Larsen-Schelfeises durchgegeben, dass Ausschau nach einem achtzig Kilometer breiten Eisberg zu halten sei, der gekalbt ist und sich auf das offene Meer zubewegt.«

Houghton war entgeistert. »Achtzig Kilometer! Ist das möglich?« Aber ihm wurde keine Beachtung geschenkt.

»Wo befindet sich die siebente Trägergruppe gerade?«, fragte Dower.

»Die *Nimitz* ist weiter draußen. Aber die *Sacramento* und die *Ingersoll* haben die ganze Woche lang Jagd auf ein chinesisches U-Boot gemacht«, erklärte Roebuck. Er wirkte besorgt.

Matheson blickte auf und sah, dass Gant angespannt war. Er wusste von der *Ingersoll*. Dieses Schiff hatte Gant unterstanden, als er die Mannschaft zum Entern der *Red Osprey* führte. Es war ein Zerstörer der Marineexpeditionsstreitkräfte und der siebenten Trägergruppe der Pazifikflotte angeschlossen.

»Welches U-Boot?«, wollte Dower wissen.

»Die *Quingdao*, glauben wir.«

»*Quingdao*? Angriffsboot der Han-Klasse. Typ 92. Das ist riesig.«

»So groß wie zwei Fußballfelder, Sir. Sollten wir die Chinesen warnen?«

»Nein«, sagte er. »Zur Hölle mit den Chinesen.«

»Die Chinesen«, bemerkte Matheson, der sichtlich verwirrt von den Plänen aufsah, »haben hier einiges an echter Spezialbohrausrüstung. Wüsste ich es nicht besser, würde ich sagen, sie haben bei alledem einen ernsthaften Vorsprung. Kommt mir bald so vor, als wüssten sie bereits von dem C-60.«

Ihm entging Houghtons merkwürdiger Gesichtsausdruck.

»Interessante Annahme«, wagte sich Hackett vor. »Woher aber sollten die Chinesen schon von der Stadt da unten wissen?«

»Tun sie nicht«, blaffte Dower. Doch Houghton schwieg beharrlich.

»Sie *könnten*, Sir«, widersprach Gant. »Die Chinesen sind seit mehr als einem Jahrzehnt in einem Technologierausch und zeigen keinerlei Nachlassen. Unmöglich zu sagen, was die Chinesen wissen … Sir.«

»Dann steht uns das Wettrennen unseres Lebens bevor, Major. Sind Sie bereit dafür?«, fragte der Admiral forschend.

»Sir, jawohl, *Sir*!«, bellte Gant.

Matheson rieb sich den Bart, er war peinlich berührt. »O bitte ...«

Roebuck wurde unruhig auf dem Bildschirm. »Der Amundsen-Scott-Stützpunkt am Südpol meldet keine gesteigerte Aktivität in *Jungchang*«, berichtete er, »aber wir haben ein Paar SaRGE-Sonden rausgeschickt. Ich glaube, Sie sollten sich unbedingt ansehen, was wir da reinbekommen. Falls Sie es möchten, kann ich die Signalführung an Sie übergeben.«

»Ich möchte es«, bestätigte Dower.

Ein steter Datenfluss begann über den Bildschirm zu gleiten. Gant tippte Befehle ein und ein Raster entstand, gefolgt von einer Video-Direktübertragung.

»Hier ist die Aussicht vom SaRGE«, verkündete er.

Matheson warf ihm einen schnellen Blick zu.

»Steht für ›*Surveillance and Reconnaissance Ground Equipment*‹.«

Matheson versuchte vergebens, wissend dreinzuschauen. »Und das wäre?«, fragte er.

»Würden wir Ihnen auch das noch sagen«, meinte Dower trocken, »müssten wir Sie nach draußen bringen und erschießen.«

»Wer steht denn hinter der Kamera?«

»Im Moment? Nur Major Gant. Wir haben SaRGE sozusagen hinter der feindlichen Linie abgesetzt.«

»Dann ist es ein Roboter?«

»Gewissermaßen.« Er sah zu Gant. »Position?«

»Höhe: tausendsiebenhundertfünfundfünfzig Meter über dem Meeresspiegel. Geschätzte siebenundsechzig Kilometer von der Blue-One-Rollbahn und der Küste von Königin-Maud-Land.«

Sie blickten auf Eis und Schnee mit Zinnen aus dunklem Granit, die wie die gefrorenen Finger eines längst verstorbenen Riesen in die Höhe ragten. Ohne irgendwelche vertraute Dinge auf dem Bild war es kompliziert, die wirklichen Größenverhältnisse zu ermessen. Dower zeigte auf eine der Felsformationen.

»Was ist das?« Sie sah aus wie ein gewaltiger Wolkenkratzer aus Granit.

Gant prüfte zunächst die Einzelheiten der Datenausgabe neben dem Bild. Die Qualität war gut, trotz gelegentlicher Aussetzer bei der Übertragung. Vermutlich aus dem Grunde, dass sie nicht unmittelbar aus der Antarktis, sondern über zahllose militärische Spionagesatelliten erfolgte.

»Das ist Rakenkniven«, sagte er. »Das Rasiermesser. Noch mal halb so hoch wie der Sears Tower. Auftakt zum Filchner-Gebirge und den Eingang zu zwei Tälern, die geradewegs ins Innere des Kontinents führen: die Kubusdalen- und Djupedalen-Pässe.«

»Wer hat die verdammten Dinger benannt?«

»Die Norweger, Sir.«

Dower betrachtete sorgfältig das Bild. Kleine rote Fadenkreuze blinkten auf dem Monitor, wo das SaRGE Feindbewegungen entdeckt hatte.

»Zoomen Sie das mal heran«, bat er. »Am Fuß des Rasiermessers.«

Die Vergrößerung wurde mehrmals verstärkt, ehe das Gewünschte vollständig zu sehen war. Es waren schwere Kettenfahrzeuge. Gepanzerte Mannschaftswagen. Truppen auf Motorschlitten, die Schneewolken hinter sich aufwirbelten und scheinbar Nachschub im Schlepp hatten. Ihre Gegenwart führte auf einmal deutlich die enormen Ausmaße des Rasiermessers vor Augen.

Gant schüttelte respektvoll den Kopf. »Gottverdammt, Mr Pearce. Sie hatten wieder mal Recht.«

»Dafür bezahlen wir ihn«, sagte der Admiral leise.

Diese Bemerkung hörten auch die Übrigen im Raum. Scott schaute ihn scharf an, während Hackett eine Braue hob. Was genau tat Bob Pearce eigentlich für diese Leute?

Es waren insgesamt dreißig schwarz lackierte Fahrzeuge mit

leuchtend orangefarbenen Markierungen. Gant brauchte nicht lange, um sie zu begutachten und mit gedämpfter Stimme eine knappe Zusammenfassung zu geben.

»Das sind drei, nein, halt … vier UNIPOWER 20 000-Liter-Gefechtstankwagen auf umgebauten vierachsigen, allradgetriebenen Fahrgestellen der alten M-Serie. Hmm … Sie haben sie auf Ketten umgerüstet. Alles läuft auf Ketten. Keine halben Sachen bei denen. Sie haben alles an Langzeitnutzung bei Kälte angepasst.«

»Was würde andernfalls passieren?«, fragte Scott.

»Bei minus fünfzig Grad«, erklärte Matheson, »würden Gummireifen wie Glas zerspringen. Ein gewöhnliches Stahlchassis würde wie ein dünner Ast zerbrechen. Bei solchen Temperaturen ändern sich sämtliche Regeln. Werkstoffe verhalten sich plötzlich anders. Ein normales Gewehr würde beim Abfeuern sofort explodieren. Bei minus fünfzig Grad«, fügte er hinzu, »wird das Laufen unmöglich. Der Boden ist zweieinhalb Meter tief gefroren. Bei minus sechzig Grad und unbedecktem Gesicht wird das Atmen unmöglich. Und wenn der Atem an die Außenluft tritt, friert er auf der Stelle zu Eiskristallen – was die Sibirier ›Sternenflüstern‹ nennen.«

Scott schaute Dower besorgt an. »Dafür sind Sie gerüstet, oder?«

»Die Marineexpeditionsstreitkräfte haben alles erforderliche Material, Professor. Bei Seeunterstützung über Langstrecken und Luftüberlegenheit sollte es kein Problem sein.«

Gants Finger fuhr über die Fahrzeuge auf dem Bildschirm. Der Himmel war taubenblau, die Sonne strahlte kräftig.

Hackett saß aufrecht. »Der Himmel – er ist blau. Die Aurora muss in einer stabilen Phase sein.«

Aber Gant interessierte sich für etwas anderes auf dem Bildschirm. Etwas viel Unmittelbareres. »Ich glaube, sie sind noch beim Aufmarsch.«

»Und wie kommen Sie darauf?«, hakte der Admiral nach.

»Zu große Vielfalt bei den Fahrzeugen. Geht eins von diesen Dingern kaputt, werden Ersatzteile nötig. Bei einer kleinen Operation würde man auf Einheitlichkeit setzen.«

»Das leuchtet ein.«

»Mein Gott«, sagte er. »Da drüben ist ja tatsächlich Kriegsgebiet.«

»Das erwartet Sie, wenn Sie dort ankommen, Dr. Scott«, bestätigte der Admiral.

Scott rutschte unbehaglich auf seinem Stuhl hin und her. Ein hartnäckig blinkender roter Pfeil auf dem Monitor hatte Mathesons Aufmerksamkeit geweckt. Doch er sagte nichts, bis Gant schließlich darauf einging.

Er wies das SaRGE an, das fragliche Ziel heranzuzoomen. Es stellte sich als siebenhundert Meter hoch gelegen heraus. Die Chinesen hatten einen Befehlsstand auf dem Gipfel des Rasiermessers errichtet.

»Offensichtlich soll ihnen niemand über den Pass folgen«, bemerkte Matheson. »Himmel, die haben totale Rundumsicht.«

»Gehen Sie näher ran«, brummte Dower. »Schaun wir mal, welche Art Radar und EW-Systeme sie haben.«

Das klarere Bild offerierte ihnen Satellitenschüsseln und Radarmasten, an Karbonfaserkabeln verankerte und Sonnenkollektoren angeschlossene Luftabwehrkanonen und weit reichende Geschütze. Da war eine Baracke. Windschutzplanen. Und da waren zwei chinesische Soldaten einer Kommandoeinheit oder von irgendwelchen Sondereinsatztruppen zu sehen, von denen einer seine Ausrüstung etwas zu gut bediente, denn sein Blick war auf SaRGE gerichtet. Er lächelte und winkte in die Kamera.

Dower blinzelte voller Zorn und Enttäuschung.

»Arschloch«, sagte er.

Es war nicht unbedingt das, was man von einem Admiral zu hören erwartet hatte.

## Papierkram
## 14 Uhr 01

Dower war aufgestanden. Rings um den Tisch wurden mit Namen versehene Schriftstücke verteilt, die unterschrieben werden sollten. Es waren Verzichtsurkunden, die besagten, dass man sich vorübergehend in den Dienst der Regierung der Vereinigten Staaten stellte.

»Meine Dame, meine Herren«, verkündete Dower, »ich rate Ihnen dringend, sich über Ihr Vorhaben genauestens im Klaren zu werden. Sie sind im Begriff, eine Reise anzutreten, die Sie in die wildeste und unwirtlichste Gegend der Erde führen wird. In nichts gleicht sie irgendeinem Ihnen bereits bekannten Teil der Welt. Kein einziger Baum oder Strauch. Kein Grashalm. Ganz bestimmt kein 7-Eleven-Spätverkauf gleich um die Ecke, denn es *gibt* keine Ecken. Man wird von Ihnen erwarten, dass Sie strengste Vorschriften einhalten. Und Ihr Handeln wird schwerwiegende Folgen haben. Wir legen es auf keinen Krieg mit den Chinesen an, und ganz gleich was Sie denken mögen, wir werden ihn führen, falls nötig. Und Krieg in der Antarktis wäre wohl die schlimmste Hölle auf Erden.

Sie alle sind aufgrund Ihrer Erfahrung, Ihres Wissens und Ihrer jeweiligen Fachkenntnisse ausgewählt worden. Also bitte ich Sie nun als Beamter der Vereinigten Staaten von Amerika, genau zu überlegen, ehe Sie Ihre Unterschrift leisten. Denn die bevorstehende Aufgabe ist keine leichte.«

Nicht einer zögerte.

Alle unterschrieben.

## Geschäftsgrundlagen
## 14 Uhr 17

Es war ein polierter, eckiger Stahlbehälter. Es zischte, als die Schlösser aufschnappten und der Innendruck sich anglich. Während Gant den Behälter zum Tisch hinübertrug, hob er vorsichtig den Deckel und zeigte die säuberlich angeordneten Bruchstücke aus Kohlenstoff-60. Die Edelsteine bargen ein schillerndes Glühen, das sich von der Raumbeleuchtung zu nähren schien. Scott schaute hinein und konnte deutlich die auf ihrer Oberfläche eingeätzte Schrift erkennen.

»Das ist der Grund für die ganze Aufregung«, sagte Dower.

Scott kicherte fast kindlich, als er behutsam einen der Steine aus dem Behältnis nahm. »Meine Finger – sie prickeln. Das Zeug fühlt sich ja irre an.«

»Die größte und neueste Erfindung der Menschheit im letzten Jahrzehnt war die Herstellung des Kohlenstoff-60-Fullerens. Sie wird vom Verteidigungsministerium finanziert, doch selbst unsere genialsten Köpfe können es nur grammweise erzeugen. Das Stück in Ihrer Hand ist eine Viertelmillion Dollar wert. Atlantis steht für Abermilliarden Tonnen von dem Zeug.«

»Sollten Sie also die meistbegehrte archäologische Fundstätte, die wir kennen, in Klump hauen müssen, wäre der Umstand tröstlich, dass die Trümmer Millionen wert sind?«, stichelte Hackett.

Dower ignorierte ihn. »Dr. Scott, Sie sind in einer unvergleichlichen Lage. Ihre Kenntnis von Flutmythologien und Fähigkeit, altertümliche Schriften zu entziffern, sucht ihresgleichen. Dass die fähigsten Köpfe des einundzwanzigsten Jahrhunderts sich zu leisten schwertun, was unsere Vorfahren vermochten – Kohlenstoff-60 herzustellen und zu verarbeiten –, kann als ungewöhnliche Situation bezeichnet werden. Eine, in der Naturwissenschaft, Sprach- und Geschichtsforschung zusammenwirken müssen.«

Gant wurde von einem Summer unterbrochen. Er drückte

einen Wandschalter neben dem Bildschirm und gab ein knappes »Was?« von sich.

»Meine Herren, wir können den Test jetzt wiederholen«, vermeldete eine blechern klingende Stimme. »Wenn Sie sich an die Fenster bemühen wollen. Und bitte die Schutzbrillen aufsetzen.«

Eilig wurden getönte Schutzbrillen weitergereicht, während alle Folge leisteten und sich gute Fensterplätze für einen Blick auf das Experiment darunter suchten. Scott nahm den Brocken C-60 mit, und Matheson bemerkte, wie seine Finger über die Rillen wanderten, so als würden sie Blindenschrift lesen.

»Was tut sich da?«, fragte November leise und rückte an Major Gant heran.

»Reiner Kohlenstoff-60 ist gelblich braun. Dieses Zeug ist hellblau, also muss noch etwas anderes dabei sein«, ließ Gant sie wissen. »Vielleicht reiner Diamant – der ist blau.«

»Was werden Sie also tun?« Sie kämpfte mit ihrer Schutzbrille. Gant nahm sie ihr aus der Hand, stellte das Gummiband weiter und setzte sie November auf.

»Gut so?«, fragte er höflich. Sie nickte.

»Sie werden einen Splitter davon in eine Kammer schließen, den stärksten Laser der Welt anwerfen, den Krümel zu Atomen verdampfen und die Reste untersuchen. Danach werden sie wissen, woraus er gemacht ist«, sagte Hackett, die Hände in den Hosentaschen vergraben.

Auf einmal blinkten grellgelbe Warnlichter. Sirenen heulten und der Countdown begann. Aber Scott machte sich keine Sorgen über das Geschehen hinter der Scheibe, sondern über den Inhalt seiner Hand. Konnte es wahr sein? Er drehte sich wieder zum Bildschirm um. Die Stadt unter dem Eis. Ihre Gesamtanlage ließ sich auf zwei Grundformen zurückführen. Konzentrische Kreise, die von einem großen Kreuz gevierteilt wurden. Es war ein archaisches Sinnbild, das Scott gut kannte. Und als er das Kristall damit verglich, stellte er ebendieses Symbol auch unter den Einkerbungen darauf fest. Konzentrische Kreise und ein Kreuz.

Sein Gefühl sagte ihm, dass er richtig lag. Doch war das möglich? Dies war eine unbekannte Sprache. War es wirklich so einfach? Er merkte, dass er beobachtet wurde, blickte sich um und erwiderte Mathesons nervöses Lächeln, der vor lauter Erwartung herumzappelte, als warte er auf das Ergebnis einer Blutuntersuchung.

»Dies ist das Sinnbild der Sonne«, sagte Scott.

»Das Sinnbild der Sonne?«, wiederholte Ralph voller Erstaunen.

Die Sirenen ertönten ein letztes Mal. Und der gesamte Raum wurde von Licht überflutet.

# 6. Wie oben, so auch unten

## Symbole
## 14 Uhr 35

»Kreuz und Kreis als Stellvertreter der Sonne sind die ältesten uns bekannten Symbole überhaupt«, erläuterte Scott, während das Team weiße Overalls anzog, um einen Abstecher hinunter zu den Kristallen aus Kohlenstoff-60 inmitten hochempfindlicher Forschungsapparaturen zu machen.

Scott griff sich einen Kugelschreiber und fing an zu kritzeln. »Sie treten überall auf der Welt auf. Dies sind steinzeitliche Glypten aus Indien: . Das ist das Sonnensymbol in Rongorongo-Schrift der Osterinsel: . Dieses Zeichen taucht in Venezuela auf: . Dieses Sinnbild der Maya für die Sonne stand zugleich für den Laut ›kin‹: . In Südamerika war das Quincunx oder Kreuz ebenfalls Symbol für das menschliche Dasein am Schnittpunkt der physischen Welt als waagerechter und ewigen Welt als senkrechter Ebene. Wenn man es sich überlegt, vertritt das ägyptische Ankh das ewige Leben in nur leicht abgewandelter Form von Kreuz und Kreis: †. Im Tempel der Malereien von Bonampak bei Palenque in Mexiko gibt es sogar Bilder von Fischmenschen, die Kreuze in Kreisen tragen.«

November hob die Brauen. »Fischmenschen?«

»Fremde Besucher mit Bärten und Fischen auf dem Kopf. Machen Sie sich selbst einen Reim drauf.« Scott klopfte auf seine Zeichnungen. »In Palenque steht der Tempel der Sonne und des Blätterkreuzes.« Bei diesen Worten kam ihm plötzlich ein Gedanke und er lenkte Gants Aufmerksamkeit auf sich. »He, hat irgendwer einen Satelliten auf den Ort ausgerichtet und nach C-60 gesucht?«

»Hmhm. Die Rola Corp. hat ihn durchgeharkt. Kam nichts dabei raus.«

Scott wirkte ernüchtert. »Na dann. In der südamerikanischen Kultur war die Kreuzsymbolik eine richtig große Sache. Quetzalcoatl, der große, weißbärtige Erlöser, der den Inkas die Zivilisation brachte, trug einen mit weißen Kreuzen gesäumten Umhang. Okay, er war kein Maya, aber –«

»Kam trotzdem nichts dabei raus.«

Pearce zog den Reißverschluss seines Overalls bis zum Hals hoch und kam zu Scott, um die Glypten in Augenschein zu nehmen. »Ich meine, irgendwo gelesen zu haben, dass Linear B, die entfernte Verwandte des Altgriechischen, auch ein Symbol aus Kreuz und Kreis verwendet.«

»Oh, meinen Sie dieses? ⊕ Genau. Daran ist nun interessant, dass Linear B und ein weiterer griechischer Vetter, die Phaistosscheibe, die dieses Zeichen aufwies: ✥ beide phonetisch waren. Diese Zeichen bedeuteten nicht die Sonne, sondern standen für den Laut ›Ka‹.«

»Ka?«, fragte Pearce. »Im alten Ägypten war Ka das Wesen des Göttlichen. Bei der Geburt wurde ein Double erschaffen, ein Ka, und verblieb in der Götterwelt. Um zu beschützen und zu geleiten, bis man starb und sich wieder mit seinem Ka vereinte.«

»Nun, nichts überstürzen«, mahnte Scott. »Dieses Symbol ⊕ wird auch in früher sumerischer Keilschrift benutzt und bedeutet ›Schaf‹.«

»Schaf …?«

Jetzt wurde November aufmerksam. »Dr. Scott, Sie sagten doch, Jesus seien Kreuzsymbol und Glorienschein nach seinem Tod von anderen Religionen zugekommen. Was ist mit dem Schaf? Schließlich wurde er regelmäßig ein Lamm genannt.

Dachte immer, es habe mit dem jüdischen Pessachfest zu tun. Sie wissen schon, als sinnbildliches Opfer.«

Scott zog es in Betracht, doch Hackett wandte ein: »Na, kommen Sie, soll das heißen, die Auferstehung von Atlantis sei eigentlich die Wiederkunft Christi?«

»Nein, das soll es ganz und gar nicht heißen«, erwiderte November abwehrend und erzürnt. »Wir reden von Symbolen. Mythologie –«

Scott hob die Hand. »Still jetzt!«, blaffte er. »Sehen Sie, was Religion mit den Leuten anrichtet?« Er widmete sich wieder seinem Skizzenblock, kritzelte eine weitere Glypte und winkte alle zu sich. »Schauen Sie her«, sagte er. »Dieses Zeichen ist auch altägyptisch. Bedeutet aber nichts von alledem.«

»Bislang kommt dieses Symbol dem Grundriss von Atlantis am nächsten«, bemerkte Matheson. »Zusammen mit dem indischen. Was bedeutet es?«

»Es ist eine ägyptische Hieroglyphe«, erklärte Scott, »und bezeichnet eine Stadt.«

Alle blickten auf den Bildschirm, der die Umrisse von Atlantis unter dem Eis zeigte. »Plato gab an, seine Geschichte von Atlantis stamme aus Ägypten«, führte Scott aus. »Er beschrieb die Stadt als Abfolge konzentrischer Ringe aus Land und Wasser, die durch Landbrücken geviertelt wurden. Aus der Luft hätte sie wie eine Reihe von Kreisen und ein Kreuz ausgesehen.«

»Dann wussten die Ägypter also von Atlantis?«, fragte Matheson.

»Schon möglich. Andernfalls wussten sie von der Stadt, die heute Mexico City heißt.«

Pearce blinzelte. »Na gut, jetzt bin ich aber durcheinandergekommen. Wo liegt denn der Zusammenhang?«

»Die aztekische Sage will es, dass Coxcoxtli und seine Frau nach der Flut in Antlan an Land gingen und schließlich nach Mexiko zogen, um das Land urbar zu machen und die Stadt Tenochtitlan zu bauen. Als die Europäer eintrafen, stand sie noch und war größer und eindrucksvoller als alles in ihrer Heimat. Sie hatte Tempel, Pyramiden, Kanäle, Aquädukte, Märkte. Sie deckte sich mit dem Grundriss, den Plato Atlantis zuschrieb, wurde jedoch von den Azteken als Nachbau zu Ehren ihres eigenen untergegangenen ›Aztlan‹ ausgegeben, der Wiege ihrer Zivilisation, die von einer Flut fortgespült worden war. Heute steht Mexico City an ihrer Stelle.«

»Gaben sie an, wo dieses Aztlan lag?«

»Irgendwo im Süden.«

Major Gant machte seinen Overall zu und war im Begriff, alle zur Tür zu geleiten, hinter der es hinunter zum Hauptgeschoss des Forschungslabors ging, drehte sich aber noch einmal um. »Rein aus Neugier«, sagte er, »kennen Sie zufällig das chinesische Zeichen für die Sonne?«

»Dies ist das früheste aus der Shang-Dynastie«, sagte Scott, während er es aufzeichnete. »Aus Gründen, die nur die Chinesen kennen, wurde es zum Schluss eckig. Wie Sie sehen, ist es ein Ausreißer. Es hat kein Kreuz.«

Alle betrachteten das Symbol.

»Eigenartig«, war Hacketts Reaktion. »Es ist als Einziges wissenschaftlich genau.«

Scott zog die Stirn kraus. »Wie meinen Sie das?«

»Positiv und negativ«, erläuterte Hackett. »Grundschulwissen vom Magnetismus. Norden ist positiv und bekommt ein Kreuz. Süden ist negativ und bekommt ein Minuszeichen. Atlantis liegt am *Süd*pol. Die Chinesen lassen uns nicht nur wissen, dass die

Sonne wichtig ist – sie zeigen uns, wo wir die Antworten finden.«

Alle, in ihren weißen Overalls, folgten Gant hinaus auf eine Kranbrücke, die den riesigen Forschungsbereich überblickte, in dem unzählige Bündel aus Kabeln in Rohrmänteln über dem Röhrenwerk von Flüssiggaskühlanlagen, Rechnerwänden, Skalenschaltern und Druckknöpfen hingen.

Während sie die Treppe nahmen, stieg ihnen Plastik- und Metallgeruch in die Nase. Das klinische Aroma von Technologie. Unten angekommen, fanden sie einen langen Tisch. Und über seine ganze Länge hinweg lagen reihenweise blaue Kristalle aufgehäuft. Die aus der Antarktis herangeschafften Bruchstücke aus Kohlenstoff-60.

»Das ist Ihr Forschungsauftrag, Dr. Scott«, verkündete Gant, als der seufzte und die Blicke über das Dargebotene gleiten ließ.

Scott wollte gerade weitere Fragen stellen, als ein aufgeregter Wissenschaftler herbeigeeilt kam und Houghton ein Blatt Papier reichte. »Dieses Fax ist soeben für Sie angekommen«, sagte er. »Es ist fantastisch!«

Houghton las es schnell durch, bevor er es an die anderen weitergab.

Es löste ein erregtes Stimmengewirr aus, das es mit dem Summen der elektrischen Hochspannung in den Apparaturen und im Raum aufnehmen konnte. Das Schreiben trug den Briefkopf der Rola Corp., war als streng vertraulich gekennzeichnet und stammte von Sarah Kelsey:

*Zu Ihrer Kenntnisnahme: Heute um 11:03 wurde eine Ausschachtung im Bereich der Sphinx eingeleitet, um zu einem in neun Metern Tiefe entdeckten Hohlraum vorzudringen. Zudem wurde eine Anzahl ähnlicher Hohlräume im Umkreis der Pyramiden entdeckt.*

*Zu Ihrer weiteren gef. Kenntnisnahme: Kohlenstoff-60* wurde *eindeutig nachgewiesen. Werde Sie über alles Weitere auf dem Laufenden halten.*

*Zweite bemerkenswerte Tatsache: Erosionsschäden an der Sphinx als Rinnen senkrecht durch die waagerechten Sandsteinschichten. Eindeutige Anzeichen für Flutschäden. Analyse der Tiefenverwitterung zeigt weit fortgeschrittene Erosion in mikroskopischem Maßstab. Belastung durch Hitze, Kälte und Feuchtigkeit, deren Auswirkungen sich etwa dreißig Zentimeter tief je 1–2000 Jahre fortsetzen. 120 Zentimeter an der hinteren, 240 Zentimeter an der vorderen Hälfte lassen vermuten, dass die Sphinx in zwei 4000 Jahre auseinanderliegenden Abschnitten erbaut wurde. Damit ist die Sphinx mindestens 8000 Jahre alt! Als ich das den hiesigen Archäologen gegenüber erwähnte, wurden sie regelrecht ausfallend. Beharrten darauf, die Sphinx sei 2500 v. Chr. von Pharao Kafra erbaut worden. Ich glaube, da täuschen sie sich gewaltig.*

## Abul-Hol
## Vater des Schreckens
## Rosetau

Clemmens deutete auf beide Enden einer freigelegten Treppenstufe. »Schätze, sie reicht noch dreißig bis sechzig Zentimeter weiter in die Schachtwände.«

»Damit wäre eine Frage beantwortet«, flüsterte Sarah, sodass es nur Clemmens hören konnte. »Das sind von Menschen *in aller Form* gegrabene Tunnel. Unmöglich, sie noch als Laune der Natur auszugeben.«

Clemmens grinste. »Junge, wird Douglas sauer sein, sollten die Medien Wind davon bekommen.«

Sarah sah sich fragend nach den übrigen Ausgrabenden um.

»Können wir weitere Arbeiter für da unten bekommen? Um diese Treppe auszugraben?«

Die Ägypter ließen einen der kleineren Männer nach unten, obwohl sein Kollege, der gerade herausgeklettert war, offensichtlich nie wieder in den Schacht wollte. Das Ganze kam Sarah ein wenig vor wie Howard Carters berühmte Ausgrabung der Ruhestätte Tutenchamuns 1922. Wie so viele altägyptische Gräber hatte sie als verflucht gegolten. Doch bei Carters Grabung *hatte* es Tote gegeben.

Den Finger im Ohr und das Funkgerät vor dem Mund, begutachtete Clemmens eingehend den Fund, während er Douglas am anderen Ende der Leitung Bericht erstattete.

»Wir brauchen irgendeine Art Schirmdach. Ein großes, standsicheres für den sperrigen Teil der Ausrüstung. Wir müssen uns vor neugierigen Blicken und Kameras schützen. Wir brauchen Generatoren und Bogenlicht. Eine Rund-um-die-Uhr-Betreuung. Ja, Sir, wir sind nahe dran, glaube ich. Und noch näher, sobald wir diesen Leuten doppelten Lohn zahlen.«

Sarahs Funkgerät meldete sich: »Also, Sarah, wir machen jetzt draußen im Testgebiet den zweiten Durchgang. Ende.« Es war das geophysikalische Team mit einem Bodendurchdringungsradar, das genauer arbeitete als die vorherige Widerstandsmessung.

Sarah drückte auf den schwarzen Sender-Empfänger. »Weidmannsheil. Ende.«

Ein Rauschen war zu hören, dann ein knappes »Danke«.

»Was ist bloß mit diesem Wetter los?«, stöhnte Clemmens, schaute zum wolkenlosen Himmel hoch und wischte sich mit einem Lappen über die Stirn.

»Hier ist Wüste«, meinte Sarah. »Und die ist nun mal so heiß.«

»Im März? Wir haben vierundvierzig Grad im Schatten«, stöhnte Clemmens. »Das wäre höchstens im Juli normal.« Während unter ihnen in gleichmäßigem Takt das Geräusch von Spitzhacken und Schaufeln ertönte, lenkte Sarah Clemmens' Aufmerksamkeit zurück auf die Karte, in die sie zwölf rote Kreuzchen überall dort eingetragen hatte, wo Hohlräume unter dem Muttergestein entdeckt worden waren. Und ebenfalls Anzeichen von Kohlenstoff-60. Offensichtlich ergab sich ein Muster.

»Ich sag's Ihnen, das ist ein Kreis.«

»Ist das 'ne Wette?«

»Und ob.«

»Wie viel?«

»Wie viel haben Sie?«

Clemmens schaute in seinen Taschen nach. Er hatte nur Essensgeld – eine Fünfzigdollarnote.

Indem sie die Kreuzchen miteinander verband, schlug Sarah einen Bogen. Und sie war sich sicher, dass dieser Bogen nicht etwa Teil einer Ellipse oder sonstigen Kurvenform war, sondern eines Kreises. Um dies zu bestätigen, musste sie exakt seinen vermutlichen Mittelpunkt bestimmen. Mathematik war hier nutzlos und hätte lediglich eine Annäherung ergeben, aber ein einfacher Zirkel und ein alter Ingenieurs-Trick machten das wett. Zwischen zwei Punkten des Bogens zog sie eine gerade Linie und setzte an ihren Enden den Zirkel an, um jeweils einen Bogen so weit zu schlagen, dass er oberhalb und unterhalb der Geraden auf den anderen Bogen traf. Dabei entstanden zwei neue Kreuzchen. Indem sie diese miteinander verband, schuf sie eine senkrechte Linie, die im Winkel von 90 Grad den natürlichen Mittelpunkt der Ausgangslinie kreuzte. Die Wiederholung des Vorgangs bei zwei anderen Punkten des Bogens und anschließende Verlängerung der beiden Senkrechten bis zu ihrem Aufeinandertreffen ergaben den tatsächlichen Mittelpunkt des Kreises, den Sarah zu ihrer Überraschung unmittelbar unter der Sphinx verortete.

Clemmens warf ihr einen Blick zu. »Nicht übel für eine Geologin. Und wenn Sie sich irren?«

»Mein Dad war Ingenieur«, erklärte sie. »Bei ihm durfte keiner das Haus verlassen, ehe er nicht dessen Bauweise erklären konnte. Ich irre mich nicht.«

»Mal sehen.«

Da die Zeichnung im selben Maßstab wie die Karte ausgeführt war und der Abstand vom Kreismittelpunkt zu einem der ursprünglichen Messpunkte den tatsächlichen Radius darstellte, konnte Sarah den vollständigen Kreis einzeichnen. Darauf fußend, gab sie den Geophysikern Bezugspunkte auf der Karte an, unter denen sie weitere Fundstellen vorhersagte. Den Testgebieten gaben sie die Namen Alpha, Beta und Gamma.

»Eric an Beta«, sagte Clemmens in sein Funkgerät. »Frankie, wie sieht's aus?«

Lang anhaltendes zischendes, weißes Rauschen, bis Frankie keuchend antwortete: »Gerade mit einem Durchgang fertig.«

»Und?«

Stille. Eric und Sarah tauschten Blicke. Sarah knabberte an einem Daumennagel und tappte unruhig mit dem Fuß. Warten war nicht ihre Stärke.

»Frankie?«, rief Clemmens ungeduldig. »Wie sieht's aus? Ende.«

Zischen, dann erwiderte er hastig: »Positiv. Ganz deutlich und ein Volltreffer. Wir müssen einen zweiten Durchgang machen, aber hak uns als positiv ab. Ende.«

»Wir haben's«, sagte Eric und wirbelte aufgeregt herum. »Wir haben's!« Doch Sarah kritzelte bereits auf ihrer Karte. Ihr Funkgerät meldete sich erneut.

»Hier Gamma. Alle Durchgänge erfolgt – wir haben ein positives, wiederhole, positives Ergebnis. Ende und aus.«

»Testgebiet Alpha bestätigt zweiten Durchgang. Auch bei uns positiv … Leute, wisst ihr, was das bedeutet?«

Sarah wusste, zwei mal Pi mal Kreisradius ergaben den Umfang. Und jetzt wusste sie, dass es einen Kreis von 1018 Metern

Radius *gab*. Noch eine schnelle Berechnung, und sie wusste genau, was *das* bedeutete.

»Wir haben einen Tunnel von ungefähr fünf Kilometern Umfang, Eric. Mein Gott!«

»Fünf Kilometer? Das ist die Größe eines verfluchten Teilchenbeschleunigers! Und unser Schacht trifft auf einen Nebentunnel, der damit verbunden ist!«

Sarah war vollkommen außer sich. »Wer zur Hölle konnte vor tausenden Jahren mit dieser Genauigkeit Tunnel graben? Dazu muss man Pi kennen. Dazu braucht man Trigonometrie, Geometrie –«

Eric schüttelte den Kopf. »Ich habe eine bessere Frage: Wieso zur Hölle sollte es jemand gewollt haben?«

»Keinen Schimmer.« Sie grinste. »Aber ich hab dir gesagt, es ist ein Kreis. Du schuldest mir einen Fünfziger.«

Clemmens suchte nach dem Geld in seiner Tasche.

Das Schirmdach traf auf einem Lastwagen ein, der Teil eines Versorgungskonvois war. Die Spitze bildeten das Goldmetallic und die getönten Scheiben von Toyota Landcruisern, Wahrzeichen des ägyptischen Staatsschutzes. Um dem Schacht irgendwie nahe kommen zu dürfen, war plötzlich eine Erlaubnis erforderlich, mit der es zwei Kontrollposten und die Tore zweier eiligst errichteter Maschendrahtzäune rings um das große blaue Zelt zu passieren galt.

Sarah betrachtete die inzwischen freigelegten Erdschichten. Die ersten zwei Meter unter der Erdoberfläche waren solides Muttergestein. Ein weiterer guter Meter durchsetzt von Füllung. Anschließend erneut ein Meter Muttergestein. Dann nur noch Füllung bis hinunter zu den Treppenstufen. Es bedeutete, dass jemand vor sehr langer Zeit diesen Tunnel sorgsam bis zum Rand zugeschüttet hatte. Dort sollte keiner mehr durchkommen.

Spitzhacken wurden in den Erdboden gerammt. Einerseits half

die Feuchtigkeit in der Tiefe, denn sie verband die Körner miteinander und erleichterte das Graben, ohne Angst vor einem Einsturz haben zu müssen. Andererseits erschwerte sie das Arbeiten, denn jede Schaufel Sand wurde durch das Wasser schwerer.

Es dauerte mehrere Stunden, um drei Meter voranzukommen. Als es jedoch geschafft war, enthüllten die Ausmaße des Tunnels die enormen Ausmaße der ganzen unterirdischen Anlage. Und was einst kennzeichnend für die Erforschung der Cheopspyramide gewesen war, traf nun auch auf die Tunnel zu. Was alle nun vor sich hatten, war ein dermaßen gewaltiger Steinstotzen, dass es kaum zu glauben war.

»Verdammte Scheiße! Sie graben unter der Sphinx!«, sagte Scott begeistert.

Nur wenige Nettigkeiten waren bei dem Gespräch ausgetauscht worden. Diese Sarah Kelsey klang nach einer ausgesprochen zielstrebigen, entschlossenen Frau. Da sie schwer arbeitete und vermutlich unter der drückenden Wüstenhitze litt, konnte ihr Scott das meiste verzeihen. Aber durch ihre sprunghafte Art wirkten ihre Telefonmanieren grob. »Was müssen Sie wissen?«, fragte er rasch.

»Fürs Erste, wie ich in diesen Tunnel komme. Gibt es Beispiele für so etwas? Einen Tunnel erst graben und dann ohne ersichtlichen Grund zuschütten?«

»Oh, sicher«, sagte Scott. Er musterte die Übrigen am Tisch. Sie alle saßen wie auf glühenden Kohlen und hörten über den Lautsprecher mit. Mangels Fotos zeichnete Matheson tapfer alles auf, was Sarah über die Fundstätte mitteilte. Gant war unterwegs, um irgendjemandem in den Arsch zu treten und eine Bildtelefonverbindung herauszuschinden, bis jetzt aber ohne Erfolg.

»Als Abdullah Al-Mamun, der Kalif von Bagdad, im Jahre 820 die Cheopspyramide untersuchte, durchbrach er die zweieinhalb Meter starke Umbauung, um ins Innere zu gelangen«, rief Scott in

Erinnerung. »Er stieß auf einen Durchgang, der jedoch von einer Abfolge fast zwei Meter langer Granitstopfen versperrt wurde, die beim Bau der Pyramide eingefügt worden waren.«

»Sagten Sie gerade, beim *Bau* der Pyramide?«

»Ja.«

»Warum?«, fuhr Sarah verwirrt hoch. »Welchen Sinn hätte das?«

»Da bin ich überfragt«, erwiderte Scott. Er bemerkte ratsuchende Blicke ringsum am Tisch, insbesondere den von Hackett. Woher zum Henker hätte er das wissen sollen? Er konnte nicht alles wissen.

»Was tat er dann, dieser Al-Mamun?«

»Er hat sich um die Stopfen herum durch den weicheren Kalkstein gegraben, aus dem die Pyramide errichtet wurde.«

Sarah stöhnte. Irgendein Geräusch war zu vernehmen, so als würde sie etwas überprüfen. Dann hörten sie: »Schade, so geht's nicht. Bin mir nicht sicher, ob das darüberliegende Erdreich halten würde. Wir müssen versuchen, ihn herauszuziehen.«

»Was genau haben Sie da?«, erkundigte sich Ralph.

»Wer ist das?«, fragte Sarah.

»Ralph Matheson, Ingenieur.«

»Ist da noch jemand in der Leitung, von dem ich wissen sollte?«, fragte die Geologin argwöhnisch.

Widerwillig gaben alle am Tisch müde Grußworte von sich. Wie Kinder, die sich beim Versteckspielen hatten erwischen lassen.

»Gott sei Dank hab ich keine schmutzigen Witze gerissen«, meinte Sarah. »Na schön, ich habe einen Granitstotzen. Hundertzwanzig Zentimeter breit. Nach Richards Detailangaben zur Pyramide muss ich knapp zwei Meter Länge vermuten. Hoffe inständig, dass es nur eins von den Dingern gibt. Und rings um den Rand des Stotzens scheint es eine Schicht zu geben, die ich nur beschreiben kann als … Salz.«

»Salz?«

Scott war aufgeregt. »Als Al-Mamun die Stotzen schließlich hinter sich gelassen hatte und in die Grabkammer gelangte, fand er sie von anderthalb Zentimetern Salz verkrustet vor. Warum, weiß keiner.«

»Okay, der Tunnel scheint ursprünglich aus dem Muttergestein gehauen und dann mit riesigen Kalksteinringen eingefasst worden zu sein, von denen ein jeder um die hundert Tonnen wiegen dürfte. Ihre handwerkliche Bearbeitung entspricht jener an den beiden Schläfen der Sphinx, nur wiegen die Blöcke dort jeweils etwa zweihundert Tonnen«, fuhr Sarah fort.

»Das ist unglaublich«, sagte Matheson verblüfft. Niemand sonst schien ihn zu beachten. »Selbst heutzutage gibt es auf der ganzen Welt nur vier Kräne, die solche Lasten heben können.«

»Und das nur *über* dem Erdboden«, warf Sarah am anderen Ende der Leitung ein. »Wie wurden diese einhundert Tonnen schweren Steinringe unter die Erdoberfläche geschafft?«

Gute Frage.

Scott dachte darüber nach, während er eines der unzähligen Kohlenstoff-60-Kristalle vor sich auf dem Tisch ergriff. Dieses Stück trug keine Keilschrift. Sicher, Keile waren zu sehen. Und gewiss ließen sich viele der Formen als Piktogramme bezeichnen und erinnerten an Hieroglyphen. Doch die Schrift wies vielfach eine Zierlichkeit und einen flüssigen Schwung auf, der man als säbelförmig, mondsichelhaft bezeichnen konnte. Sie ähnelten steilen Bögen mit kleinsten Einzelheiten, die sich darunter drängten, als kämen ganze Inhaltsfelder und Gedanken möglichst kurz und bündig zum Ausdruck. Was dies aber für Gedanken sein könnten, blieb ihm völlig schleierhaft.

Kabel und Drähte wurden zusammen mit Halogenlampen, Ständern und allerlei sonstiger Ausrüstung herbeigeschleppt. Douglas kratzte sich vollkommen verzweifelt am Kopf und brüllte von seinem Aussichtspunkt oben am Schacht nach unten: »Wo ist der verflixte Kohlenstoff-60, Sarah?«

Sarah zuckte mit den Schultern. »Ziehen Sie den Stotzen raus und sehen Sie nach.«

»Das kann die ganze Nacht dauern.«

»Dann sollten Sie besser loslegen«, gab sie zurück. »Rufen Sie, wenn Sie fertig sind.« Sie band sich ein Seil um und kletterte die Leiter nach oben, holte ihr Telefon hervor und entfernte sich zögerlich von der hektischen Betriebsamkeit. »Hallo? Rip, bist du noch dran?«, fragte sie nervös.

»Sarah!«, kam die Antwort.

Die Stimme war kräftig. Vertraut, obwohl Sarah einen Augenblick gebraucht hatte, sie wiederzuerkennen. Die Stimme war tief. Irgendwie tröstlich. Doch die Erfahrung hatte sie bereits gelehrt, dass diese Stimme einem gefährlichen Mann gehörte. An manchen Nächten hatten sie wach im Bett gelegen und stundenlang geredet, nachdem sie miteinander geschlafen hatten. Sie hatte ihr Ohr auf seine Brust gedrückt, dem Widerhall seiner Stimme überall in seinem Körper gelauscht. Dem Geräusch seines Atems. Sie hatte sich davor gewappnet, auf jenen Augenblick, an dem sie ihn wiedersehen würde. Sie hatte nicht damit gerechnet, mit Rip Thorne am Telefon zu sprechen.

»Wie geht's dir?«

Der ganze Rummel um sie herum: die neue archäologische Entdeckung, die neue Form von Kohlenstoff irgendwo unter ihr, ein bekannter linguistischer Anthropologe, der sich in Genf die Haare raufte, Männer mit Waffen und Proteste. Und das war alles, woran sie sich gerade klammerte, um nicht mehr an ihn denken zu müssen. An den Mann, der ihr das Herz aus der Brust gerissen hatte und darauf herumgetrampelt war. Wie, glaubte er, sollte es ihr wohl gehen?

»Gut«, sagte sie einfach. Arschloch!, dachte sie. »Seit wann bist du hier?«, fragte sie. »Du bist doch hier in Kairo, oder?«

»Ja, bin ich«, erwiderte er. »Unten im AOI-Hauptquartier, einen Deal aushandeln.«

Aushandeln? Also war noch jemand im Spiel. Neben der Rola Corp. und der ägyptischen Regierung … Wer?

»Ich dachte, du würdest raus zum Gelände kommen.« Es sollte keinesfalls hoffnungsvoll klingen.

»Geschäfte, Süße. Du weißt doch, wie so was läuft.«

Ja, sie wusste, wie Geschäfte liefen. Vor allem, wenn sie Thorne betrafen. Und vor allem, wenn sie die AOI betrafen, die Arabische Organisation für Industrialisierung. Der Ort, wo nachts Armeepanzerwagen und Kampfflugzeuge unheilvoll im Flutlicht glänzten. Der Ort, der dem Begriff »militärisch-industrieller Komplex« eine sinnfällige Gestalt verlieh.

»Hör mal, Sarah«, meinte Rip. »Wollen wir uns treffen, ja?«

»Ich halte das für keinen guten Einfall.«

»Aber sicher. Ich bin hier so weit fertig. Was hältst du von einem gemeinsamen Abendessen?«

»Abendessen?« Sie warf einen Blick auf ihre Armbanduhr. Achtzehn Uhr dreißig.

»Du bist im Nile-Hilton abgestiegen, nicht wahr? Ich hol dich, sagen wir, um acht ab?«

»Okay.«

»In der Eingangshalle.«

»Gut.«

»Und, Sarah … ich bin froh, dass du hier bist.«

Sie hörte das Blut in ihren Ohren rauschen. Eine Empfindung, die sämtliche anderen Geräusche wirksam aussperrte. Warum konnte sie nicht einfach Nein zu ihm sagen? Sie kam sich so töricht vor. So hilflos. Als fiele sie in Trance.

Sie legte auf, trat unter dem Zeltdach hervor, um die verlöschende Glut der Sonne ein letztes Mal rötlich schimmern zu sehen. Auf der uralten Hochebene von Gizeh, einst bekannt als Rosetau, war die Sphinx, einst bekannt als Abul-Hol, Vater des

Schreckens, König – und Wächter über etwas tief im Erdboden Vergrabenes.

Sarah betrachtete unverwandt den Löwenmenschen. Vorläufige Anzeichen wiesen also darauf hin, dass dieses Ding tausende Jahre älter war als bisher angenommen. Mit seinem Steingesicht sah es aus wie Thorne. Was verbargen die beiden?

## Kernmagnetresonanzspektroskopie
## Erste Ergebnisse
## 17 Uhr 32

Der Begriff Alchemie war auf das griechische Wort »Kemi« für Ägypten zurückzuführen.

Als linguistischer Anthropologe war Richard Scott mit einer verwirrenden Vielfalt wissenschaftlicher Zweige in Berührung gekommen. Nie aber mit der Chemie. Erwartungsvoll harrte er aus, während Hackett sich durch die Datenflut der chemischen Analyse des Kohlenstoff-60-Kristalls kämpfte.

Abseits steckte November einen frischen Filter in die Kaffeemaschine und aß ein Sandwich in der kleinen Kochnische, die in gehöriger Entfernung von dem leistungsstarken Laser lag, der den Kristall immer noch in Scheiben für die anschließende atomare Untersuchung schnitt.

Klar war, dass echter Kohlenstoff-60 eine gelblich braune Färbung aufwies. Dieses Zeug aber war blau. Warum?

»Es ist nicht rein.« Hackett schlug eine weitere Seite um und studierte konzentriert die Zahlen.

»Ist es nicht?«, fragte Pearce und schaute mit scharfem Blick auf das Tablett gleich neben November. Durch die Glastür der Kochnische konnte er die Sandwiches gerade noch ausmachen.

Hackett grüßte einen der merkwürdig ausstaffierten Chemiker, als dieser vorbeiging. Hawkes, Liu, Ridley und Morgan wurden die »Rußgemeinde« genannt. Die vier organischen Chemiker, die für die Rola Corp. arbeiteten, veröffentlichten regelmäßig in der Zeitschrift der *American Carbon Society*. Diese Leute lebten und atmeten Kohlenstoff. Sie kamen von dem MIT und dem Quantum Institute an der texanischen Rice University – da, wo Kroto und Smalley 1985 erstmals C-60 erzeugt hatten.

»Wir reden hier nicht einfach über Verunreinigungen«, sagte Hackett. »Wir reden von spezifischen Kohlenstoff-Verbindungen, die vorsätzlich in die Kristallstruktur eingetragen wurden. Wir reden von einer Entwicklungsstufe, die über unsere gegenwärtigen Fähigkeiten hinausreicht. Da sind Graphitadern. Diamant. Da sind, äh – Ribidium-Fullerene, ein Superleiter. Ribidium mit C-60 verschmolzen – das wäre, mal schauen, Rb-2-Cs-C-60. Gewöhnlich zerfällt es an der Luft. Arbeitet bei Temperaturen im Bereich von 30 Grad Kelvin. Stickstoff ist bei 18 Grad Kelvin flüssig. Das sind minus 225 Grad Celsius.«

»Wieso haben die Ribidium-Fullerene überdauert?«, fragte November, während sie ihren leeren Teller in die Küche zurückbrachte.

»Sie sind mit Diamant überzogen. Somit nicht der Luft ausgesetzt und superleitfähig.«

»Erklärt sich daraus, dass ich ein Prickeln spüre, sobald ich das Zeug berühre?«, fragte Scott trocken. »Oder freue ich mich bloß, es zu sehen?«

»C-60«, erklärte ihm Hackett, »ist ein fotoelektrischer Leiter. Es lässt Strom fließen, sobald Licht darauf fällt. Ideal für Lichtschaltungen in der künftigen Generation lichtgestützter Rechner. Wahrscheinlich spricht es auf die helle Beleuchtung im Labor an, und da Sie über den Fußboden geerdet sind … Hey, vielleicht sollten wir Ihnen eine Schutzmatte besorgen. Ist ja unglaublich.« Er schwenkte den Bogen Papier. »Die Atome in diesem Zeug sind mit einem bestimmten Muster in ihren Energiezuständen angeordnet.«

»Und das bedeutet?«

»Ich habe nicht die leiseste Ahnung«, meinte Hackett fröhlich, »aber es hängt wieder mit den Lichtcomputern zusammen. Kohlenstoff-60 ist in einer Weise angeordnet, die Elektronen um die Ecke flitzen lässt.«

»Und das ist gut?«

»Es ist schnell.« Er klopfte mit einem Finger auf das Papier. »Ich sollte vielleicht Michaela anrufen.«

Scott wusste nicht, wer Michaela war. Trotzdem sah er sich um. »Wo ist Ralph?«

Pearce kratzte sich an seinem Hinterteil, strebte den Sandwiches entgegen und wies himmelwärts. »Oben bei Dower. Die Expedition planen«, sagte er. Scott griff sich einen Lappen und einen schwarzen Filzstift und putzte die große weiße Tafel gleich neben der Kaffeemaschine. Zahlen und Zeichen waren im Handumdrehen verschwunden.

»Das braucht doch keiner, oder?«, murmelte Scott zu niemand Bestimmtem.

»Jetzt nicht mehr«, beschied ihm Hackett und wandte sich wieder den Ergebnissen der Spektroskopie zu. »Kernmagnetresonanzspektroskopie arbeitet im untersten Hochfrequenzbereich. Weder biegt, dehnt, schleudert noch verwirbelt sie Moleküle, um Informationen zu erzielen. Sie beschäftigt sich mit einzelnen Atomen *innerhalb* des Moleküls und tut dies, weil ein Atom vom Verhalten seines Nachbarn beeinflusst wird. Und durch dieses Beeinflusstsein enthüllt es seine wahre Identität. KMRS kann genau bestimmen, welches Atom in einem Molekül enthalten ist und welche weiteren Atome zu ihm in Beziehung stehen.«

»Verstehe«, gab November zurück. So ganz klar war ihr das Ganze allerdings nicht.

»Der Schlüssel«, fügte Hackett hinzu, »liegt in den ›Spin‹ getauften Eigenschaften der Atomkerne. Dieser ›Spin‹ verfügt über eine bestimmte Zahl von Energiezuständen. Jedem wird eine

Kernspin-Quantenzahl verliehen. KMRS deckt die Übergänge zwischen Zuständen auf, indem eine Probe einem Magnetfeld ausgesetzt wird. Die Schwierigkeit bei Kohlenstoff liegt jedoch darin, dass seine Kernspin-Quantenzahl Null ist. Er weist keine Übergänge zwischen Energiezuständen auf.«

»Wie kann man ihn also nachweisen?«

»Nun, es gibt eine Ausnahme von der Regel. Wie immer. Kohlenstoff-13 ist ein bestimmtes Isotop, ein aus der Art geschlagener Onkel von Kohlenstoff sozusagen, und weist Übergänge zwischen Energiezuständen auf. Er hat eine KSQZ von anderthalb. Ganz gleich wer C-60 herstellen wollte, er würde Kohlenstoff als C-13-Isotop benötigen, um den Überblick zu behalten. Dieses C-60 … *ist* Kohlenstoff-13.«

»Leuchtet ein«, stimmte Scott zu.

»Sie verstehen, was ich da beschreibe?«

»Sicher«, sagte Scott. »Isotop – aus dem Griechischen. Das bedeutet ›gleicher Ort‹. Kohlenstoff-13 ist genau wie jeder andere Kohlenstoff. Es ist immer noch Kohlenstoff.«

»Der springende Punkt«, erklärte Hackett ungeduldig, »ist der, dass wer immer auch dieses C-60 erzeugt hat, zuerst die richtige Sorte Kohlenstoff erzeugen musste. Das bedeutet ein hoch entwickeltes Herstellungswerk. Das bedeutet, dieses Zeug ist nicht in der Natur vorgekommen. Es bedeutet, es wurde niemals abgebaut, sondern entwickelt.«

»Prima«, bemerkte November ohne rechte Begeisterung.

»Prima …? *Prima?* Das ist nicht prima, das ist gigantisch! Die Tatsache, dass diese Steine mit Schrift überzogen sind, anderthalb Kilometer unter dem Meeresboden gefunden wurden und integraler Bestandteil eines Gebildes waren, macht sie für mich nicht nur zur Spur einer fortgeschrittenen Zivilisation«, sagte Hackett erregt. »Wir haben es hier nicht mit irgendeiner untergegangenen Kultur auf Höhe der alten Römer oder Ägypter zu tun. Wir reden von einer Zivilisation, die Quantenphysik und Moleküldesign beherrschte. Die unserer eigenen Zivilisation weit überlegen war – und vernichtet wurde. Das ist eine beängstigende, fürchterliche Aussicht.«

Er hatte einen Blick in das riesige KMR-Spektrometer geworfen. Die Probenkammer war so groß wie ein Jeep und besaß gewaltige, leistungsstarke Magneten mit veränderlichen Feldern. Spulen waren so angeordnet, dass sie das C-60 einer Hochfrequenzstrahlung aussetzten. Und Detektoren, die aussahen wie Metallfäuste, registrierten die Ergebnisse des elektromagnetischen Trommelfeuers.

»Um dieses Zeug zu verstehen«, verkündete Hackett, »müssen wir eine Ausrüstung verwenden, die eine unserer größten wissenschaftlichen Errungenschaften ist. Dieser Kohlenstoff-60 ist nicht zufällig entstanden.«

»Und Gott sprach: *Es werde Licht*«, ließ Pearce sich vernehmen.

Scott dachte einen Augenblick lang darüber nach. »Sprache«, sagte er. »Um *Es werde Licht* sagen zu können, musste Gott die Sprache erfinden. Dann erst kam das Licht hinzu. Im Anfang war das *Wort.*«

Hackett war verdutzt. »Was reden Sie da bloß?«

»Licht – und Sprache. Sie sind das Erste, wovon die Bibel überhaupt handelt. Das Erste, wovon viele altertümliche Sagen handeln. Und was haben wir hier? Die Sonne – und die Sprache von Atlantis. Die früheste uns bekannte Sprache.« Scott seufzte und richtete seine Aufmerksamkeit wieder auf die Edelsteine. »Diese Sprache sollte von Menschen der Zukunft verstanden werden.«

Die Übrigen schienen da nicht mitzukommen.

»Thomas A. Sebeok wurde 1984 von der Atommüllentsorgungsbehörde bevollmächtigt, eine Frage vor dem US-Atomregulierungsausschuss zu beantworten«, führte Scott aus.

»Und die war?«

»Mehrere Wüstengebiete waren in die Endauswahl von Lagerstätten für Atommüll gelangt, der für die nächsten zehntausend Jahre radioaktiv bleiben würde. Ein Zeitrahmen wie der, über den wir uns hier unterhalten, da Plato die Zerstörung von Atlantis auf 9500 v. u. Z. gelegt hat. Das Problem war nun unser nicht gänzlich auszuschließender Rückfall in die Barbarei – wie sollten wir unsere Nachkommen oder Besuch von fremden Sternen vor dem Gefahrenbereich warnen? Als Hinweismittel verwarf Sebeok umgehend Bandaufzeichnungen und sprachliche Mitteilung – alles, was eine Kraftquelle voraussetzte. Ebenso lehnte er jede Form eines auf heutigen Gewohnheiten beruhenden Ideogramms ab. Wir sehen einen kleinen Mann oder eine kleine Frau auf einer Tür und *wissen*, dass ist eine Toilette. Aber in zehntausend Jahren würden wir wahrscheinlich noch die Person erkennen – aber rätseln, was zur Hölle sie auf der Tür zu suchen hat.«

»Dann hat er sich eine bessere Sprache ausgedacht?«, fragte Pearce.

»Weit gefehlt. Sprachen verändern sich mit der Zeit und eine gewaltige Katastrophe könnte die gegenwärtige Gesellschaft vernichten. Daher setzte er darauf, entsprechende Mythen und Tabus in die menschliche Kultur einzuspeisen.«

»Was?«

»Religion«, sagte Scott knapp. »Sprache allein ist nutzlos, aber soziale Tabus bleiben selbst unter künftigen barbarischen Verhältnissen bestehen. Die Lösung lautete, aus Atomwissenschaftlern, Anthropologen, Linguisten und Psychologen eine Art Priesterschaft zu schmieden, die das Wissen um die Gefahr durch Bildung von Mythen und Legenden lebendig erhalten würde. Und sich durch regelmäßige Zuwahl neuer Mitglieder aufrechterhalten könnte …«

»Begreifen Sie, was Sie da gerade gesagt haben?«, warf Pearce erregt ein.

»Ich glaube schon«, entgegnete Scott.

»Die ältesten bekannten Zivilisationen mit einer Schriftsprache erschufen auch die kompliziertesten Zeichensysteme. Und jede dieser Sprachen wurde von der Priesterschaft verwaltet. Die Chinesen, die Maya, die Babylonier … die Ägypter. Stets unterstand das geschriebene Wort den Priestern.«

»Für mich liegt die Schwierigkeit darin, festzustellen, wie *diese* Leute gedacht haben«, richtete Scott das Wort an die Runde. »Scheitere ich, dann bleibt diese Sprache so geheimnisvoll und unentzifferbar wie die Schrift aus dem Tal des Indus. Das Gefüge ihrer Sprache verrät viel über das Denken einer Zivilisation. Wie Farben angeordnet sind. Hell bei dunkel? Rot bei violett? Wir verwenden semantische Gegensätze. Liebe gegenüber Hass. Hoch gegenüber tief. In Kisuaheli werden die Begriffe nach Eigenschaften des Bezeichneten wie Länge gruppiert. Es kann aber auch ganz anderes sein. Diese Schriftzeichen hier könnten Teil einer ganzheitlichen Sprache sein.«

»Einer was?«

»Nehmen wir das Englische – das Wort ›Dogs‹, Hunde, zum Beispiel. Das ›s‹ bedeutet die Mehrzahl. Weiter nichts. Für sich genommen ist ›S‹ keine Mehrzahl. ›Sorrow‹, Kummer, bedeutet nicht etwa eine Menge ›Orrows‹, und das ›D‹ von ›Dog‹ ist kein Teil eines Hundes wie sein Bein. ›God‹, Gott, ist etwas völlig anderes, besteht aber aus denselben Buchstaben. ›God‹ ist ›Dog‹ rückwärts. Aber ›God‹ ist kein umgedrehter Hund. *Diese* Sprache hingegen könnte auf einer solchen Logik fußen. Sodass die ganzheitliche ›Hundhaftigkeit‹ durch ein einziges Symbol vertreten sein würde. Das somit ein vollkommenes Ideogramm wäre. Manche Schriften sind ein genauer Spiegel von Sprechgewohnheiten.« Er griff nach einem Kugelschreiber und Papier. »Sollte dies hier aber dem Englischen irgendwie ähnlich sein, dann wäre es furchtbarer Murks. Ich meine, wie begründet man, dass ›sch‹ in *Ocean* ›ce‹, in *Nation* ›ti‹ und in *Tissue* ›ss‹ geschrieben wird? Und auch wir verwenden Logogramme für Zahlen und Funktionszeichen. Sieben schreiben wir als 7 und nicht als *///////*. Obwohl wir genauso S-I-E-B-E-N schreiben. Betrachtet man jedoch die Linear B-Schrift aus dem mykenischen Griechenland, fallen die Silbenzeichen auf – jede Silbe hat ihr Zeichen. Somit würden ›fa‹, ›mi‹ und ›ly‹ *Family* bedeuten.«

Er trat für einen Augenblick zurück und betrachtete die auf dem Tisch ausgelegten Kristalle. »Sprachfamilien«, sagte er. »Das ist es. Vielleicht sollte ich herausfinden, mit welcher Sprachfamilie sie verwandt ist.«

»Was tun Sie da?«, fragte Hackett, der Scott nun dabei zusah, wie er mit farbigen Filzstiften Ablaufdiagramme auf die Tafel malte. »Dem komplexen adaptiven System auf frischer Tat nachstellen?« Er hatte die Füße auf dem Tisch und spielte mit einem Gesteinsbrocken, als wäre er ein Baseball.

Scott zeichnete eine Reihe von Kästchen und trug, zur offenkundigen Verwirrung Novembers, allerlei Namen darin ein. Beinahe schon künstlerisch vollendete er das letzte Viereck.

»Ch… Chukotko-was?«, fragte November und fuhr mit dem Finger unter einem der sonderbaren Namen auf der Tafel entlang.

»Chukotko-Kamchatkan«, sagte Scott. »Das ist eine Sprachfamilie. Bestimmte Sprachen ähneln einander und werden zu so genannten Sprachfamilien zusammengefasst. Im Kern neigen sie zu struktureller Übereinstimmung, aber Sprachen verändern sich mit der Zeit; sie entwickeln und passen sich auf vielerlei subtile Weise an.«

»Wie sich Sprachen eben verbessern und verfeinern«, vermutete November.

»Nein, eigentlich nicht«, widersprach Hackett leise, aber bestimmt.

Es genügte, um Scotts Neugier zu wecken. Er hielt an der Tafel inne und schaute den Physiker an. »Sie haben Recht. Aber wie kommen Sie darauf?«

Hackett fing sein Kristallstück mitten im Wurf auf und legte es auf den Tisch zurück. »Als Sie noch Kind waren, was war da besser: Betamax oder VHS?«

»Betamax«, antwortete Scott sofort.

»Wovon reden die bloß alle?«, fragte November beunruhigt.

»Videobandformate«, erläuterte Pearce, nicht weniger ratlos.

»Was ist Videoband?«

Pearce sah zweimal hin, bevor er es begriff. Immerhin betrauerte er noch immer das Ableben der DVD und die war dem Videoband um Lichtjahre voraus gewesen.

»Schön«, sagte Hackett. »Und warum war es besser?«

»Besseres Bild, reinerer Klang –«

»Welchen Recordertyp hatten Sie also zu Hause?«

»VHS«, räumte Scott finster ein und war sich bewusst, in eine Falle gelockt worden zu sein.

»Warum?«

»Weil es billiger war.«

»Welches Format hat also den Markt beherrscht?«

»VHS.«

»*Genau* das«, sagte Hackett grinsend, »wollte ich herausstellen. Besser bedeutet nicht notwendig evolutionär gewiss.«

»Das sind Videorecorder«, brummte Pearce. »Was zum Teufel hat das mit Sprache zu tun?«

»Dass beides ihrem Wesen nach komplexe adaptive Systeme sind.«

»Es ging also kompliziert zu, bis wir bei VHS gelandet waren? Bestens.«

»Nein, nein, nein!«, blieb Hackett hartnäckig. »Nicht kompliziert. Es gibt einen Unterschied zwischen etwas Kompliziertem und etwas Komplexem und Adaptivem. Der Schlüssel liegt in der Anpassungsfähigkeit. Wie verhält sich ein Bestandteil unter vorgegebenen Bedingungen? Betamax versus VHS war eine wirtschaftliche Frage. Die Gesellschaft passte sich über den Preis an.«

»Na gut«, sagte Hackett. »Ein weiteres Beispiel wäre der Siegeszug der Benzinkutsche zu einem Zeitpunkt, als Benzin teuer und schmutzig war, Dampfkraft aber schon seit fünfzig Jahren Züge angetrieben hatte und genauso gut in Autos funktionierte. Diesmal lag es nicht am Preis, stimmt's? Antwort: Maul- und Klauenseuche. Dampfwagen konnten nur an Pferdetränken nachfüllen, doch da die Maul- und Klauenseuche wütete, wurden in allen amerikanischen Ortschaften die Tränken entfernt. Keine Tränken, kein Wasser. Kein Wasser, keine Dampfautos – oder Pferde. Somit lag der Gedanke ans Auto für jedermann nahe und übrig blieb einzig noch der benzingetriebene Wagen. Also passte sich die Gesellschaft an und entschied sich für Benzin. Für sich genommen ist eine Schneeflocke kompliziert. Schön, aber kompliziert. Sobald sie mit anderen Schneeflocken zusammenwirkt, wird sie komplex. Wie sagt man eine Lawine vorher? Welchen Weg den Berg hinunter wird sie nehmen?«

»Das können Sie vorhersagen?«

»Aussichtslos. Da begibt man sich ins Reich des Chaos. Was ich vorhersage, ist jene Ordnung, die aus dem Chaos erwächst, Bob. Denn Ordnung muss aus Chaos folgen, sonst wäre keiner von uns hier. In der chaotischen Ursuppe mussten zwei Aminosäuren beschlossen haben, sich zusammenzutun. Wird eine Suppe oder Wasser erhitzt, tritt in einem bestimmten Moment ihres Siedepunkts stets ein sechseckiges Muster in der Flüssigkeit auf, das aufsteigt und wieder absinkt. Das ist Komplexität in Aktion. Ordnung aus dem Chaos.«

Hackett setzte sich auf. »Bob«, sagte er streng, »gehen wir hunderttausend Jahre zurück und Sie haben die perfekte Sprache entwickelt. Sie wollen, dass unsere November sie verwendet. Und Sie haben beschlossen, dass –«, er sah sich rasch nach einem geeigneten Beispiel um, »– dass ein Stuhl ›Stuhl‹ genannt werden soll. Nur nennt November ihn nicht Stuhl. Für sie ist es ein ›Ug‹ … Wieso?«

»Weil sie dumm ist?«

»Wie bitte?«, November spielte die Beleidigte.

»Nein, sie ist nicht dumm. Sie ist verliebt.«

»Bin ich das?«

»Aber nicht in Sie.«

»Nicht?«

»November ist in einen riesengroßen Affen verliebt«, führte Hackett aus. »Keinen schlaksigen Schlaumeier. Er ist stark. Er sieht gut aus. Der Affe wird viel eher für sie und ihre Familie sorgen können. Und dann dieser *süße* Knackarsch! Sie pflanzt sich also mit ihm fort. Will sich mit *ihm* austauschen. Und der Affe nennt einen Stuhl eben ›Ug‹. Hauptsächlich, weil *er* – der Dumme ist.«

»Oh, toll.«

»Wird noch besser. Jetzt sagen also beide ›Ug‹ dazu. Damit steht es zwei zu eins. Und in Kürze gründen sie eine Familie. Ihre Kinder sagen ›Ug‹ dazu, und nach einer Weile sagen alle ›Ug‹ dazu, was einfach nur blöd ist, weil doch jeder, der nicht gerade auf den Kopf gefallen ist, das perfekte Wort für dieses Ding kennt – nämlich Stuhl.«

Scott vollendete sein Tafelbild und schenkte Pearce einen mitfühlenden Blick.

»Und das nennen Sie Fortschritt?«, hakte Hackett nach.

»Gut gemacht, Professor«, sagte Scott wohlwollend.

»Danke«, murmelte Hackett ohne den leisesten Anflug von Demut. »Komplexität«, er fuhr sich mit den Fingern durchs Haar. »Sie ist der Schlüssel – zu allem.« Sein Blick schweifte über das Durcheinander aus Steinen auf dem Tisch. »Ordnung aus dem Chaos.« Er strahlte.

Ordnung aus dem Chaos hatte Sir William Jones, ein britischer Richter, der 1786 in Kalkutta lebte, zu erzielen vermocht, als er Sprachen studierte und feststellte, dass Griechisch, Latein, Sanskrit, Persisch, Gotisch und Altirisch ähnliche Wörter und Grammatik besaßen. In einer Gruppe zusammengefasst, wurden sie als die indogermanische Sprachfamilie bekannt.

Seither hatten linguistische Anthropologen die Entwicklung der Sprache weltweit aufgezeichnet und sich dabei vielfältiger Hilfswissenschaften bedient.

1991 dann hatte Luigi Luca Cavalli-Sforza in Stanford den weltweiten Stammbaum molekularer Gendaten mit jenem linguistischer Daten verglichen und eine unglaubliche Ähnlichkeit in der Verbreitung von Mustern entdeckt. Seither halfen Genhäufigkeiten und Bevölkerungsstreuung mit, die Sprachentwicklung nachzuverfolgen.

Ja, in gewisser Hinsicht mochte Hackett Recht haben. Vielleicht erforschte Scott *wirklich* die Komplexität. Und vielleicht *war* sie der Schlüssel.

»Sprache hat sich aufgrund von vier wesentlichen Faktoren entfaltet«, fuhr Scott fort. »Zunächst wäre da die ursprüngliche Wanderung des Menschen von Afrika aus in den Rest der Welt, die früher als 12000 v. u. Z. erfolgte.

Zweitens die Sprachverbreitung durch Landwirtschaft. Sie wissen schon, Bob, der Bauer, hat seinen Hof und seine Familie. Irgendwann stellt sich Erfolg ein. Sein Hof wird größer. Seine Familie ebenso. Nach zweihundert Jahren ist das Ganze ein Dorf und wird zu groß, um sich selbst zu tragen. Also zieht die halbe Einwohnerschaft weiter und verliert schließlich den Kontakt zum Großvater. Das nennt man auch *Demic Fusion*. So ging es mit den afrikanischen Bantusprachen los. Sie gehören zur Sprachfamilie des Niger-Kordofanian. Nomadentum und Reiterei beförderten die Ausbreitung in Gegenden wie der Türkei und dem Bereich der Turksprachen. Kurdistan und so weiter.

Drittens gibt es Sprachen, die sich infolge des letzten Klimawandels um 8000 v. u. Z. und der Nachwirkungen der letzten Eiszeit entwickelten. Sie stellen die uralo-jukagirische Familie dar, also Chukotko-Kamchatkan, Eskimo-Aleut und das Na-Dene beider Amerikas. Sie dürften uns aber nicht betreffen, da sie sich auf Gegenden beschränken, die von glazialem Schmelzwasser der Arktis betroffen sind. Es sind Sprachen rein nordischer Verbreitung ...« Er dachte kurz nach und trat von der Tafel zurück. Dann zog er einen dicken schwarzen Strich durch diese Sprachgruppe. »Okay«, sagte er entschlossen. »Dann bleiben bloß die dominanten Herrschaftssprachen wie das Altaische im mittelalterlichen Zentralasien. Sprachen, die sich durch Eroberung durchsetzten. Wie das Englische in den Staaten oder das Chinesische in China. Chinesisch wurde erst in historiographisch belegbaren Zeiten durch kriegerische Ausdehnung übernommen. Dasselbe galt für das Lateinische in Europa. Wohingegen vor der Ansiedlung von Strafgefangenen in Australien die Pama-Nyungan-Sprachfamilie der Aborigines infolge Wanderung und landwirtschaftlicher Ausbreitung entstand.«

»Sprachen haben sich also zu unterschiedlichen Zeiten und aus unterschiedlichen Gründen entwickelt«, fasste November zusammen.

»Tja, nur habe ich hier eine Sprache vor mir, die auf einem Satz Steine aus der Antarktis geschrieben steht. Wo niemand lebt. Niemand hingewandert ist. Ein Ort, von dem wir – mal Satellitenbilder außer Acht gelassen – glaubten, dass niemand dort irgendetwas gebaut habe. Ich muss also herausfinden, mit welchen Sprachen sie physisch verwandt sein könnte. Und darin liegt die Schwierigkeit.

Die erste Quelle für die Geschichte von Atlantis ist Plato in Griechenland. Im Mittelmeerraum – alles andere als nahe der Antarktis. Wo ist somit das verbindende Glied im Hinblick auf Sprachen? *Gibt* es überhaupt so ein Glied?«

Pearce nickte erwartungsvoll. »Was ist also Ihre Theorie?«

»Ich habe keine Theorie«, räumte Scott finster ein. »Ich habe lediglich eine Ahnung, wie ich zu einer Theorie gelangen könnte.«

»Schön, Chukotko-Kamchatkan als Sprachfamilie haben wir damit ausgeschlossen. Und die arktischen Sprachen. Weg sind folglich Uralo-Jukagirisch und auch Finnisch und Ungarisch. Außerdem können wir Eskimo-Aleut und Na-Dene streichen. Damit sind alle Sprachfamilien weg, die als Folge der jüngsten klimabedingten Ausbreitung nach 8000 v. u. Z. entstanden sind –«

»Nach der letzten Eiszeit und Flut?«, fragte Pearce und verglich sorgfältig mit seinen Notizen.

»Richtig. Wir sind doch einer Meinung, dass Atlantis eine vorsintflutliche, eine Art eiszeitliche Zivilisation sei. Richtig?«

November war ganz aufgeregt. »Dann können wir die Eroberungssprachen vergessen – Latein und so'n Zeugs.«

»Richtig«, bestätigte Scott, nickte und zog einen Strich durch das Kästchen, wo Namen wie Dschingis Khan und Wilhelm der Eroberer standen. »Jetzt stoßen wir auf eine Grauzone«, meinte er.

Er zog eine dicke Linie unter die letzten beiden Gruppen: die Sprachen, die von der ursprünglichen Wanderungsbewegung vor 12000 v. u. Z. und von landwirtschaftlicher Ausbreitung rührten.

»Die ältesten von uns bestimmbaren Sprachen verteilen sich bruchstückhaft rings um den Erdball«, erklärte er. »Sie fügen sich nicht ohne Weiteres in die Wanderungsmuster der letzten zehntausend Jahre ein. Als Folge sehen sie für den Linguisten aus wie ein wunder Daumen. Die Khosian- und südkaukasischen Sprachen. Die australischen Sprachen. Die als indopazifisch bekannten Sprachen von Neuguinea, wo jede Sprache für sich genommen keinerlei Bezug zu ihren Nachbarn zu haben scheint – weshalb sie zusammengefasst wurden. Dann wären da Amerikanisch-Indianisch und die Nilo-Sahara-Sprachen einschließlich des Baskischen –«

»Das ist doch die spanische Provinz mit den vielen Terroristen«, warf November eilig ein.

Scott nickte bloß, weil er nicht weiter abschweifen wollte, und lenkte die Aufmerksamkeit auf die durch landwirtschaftliche Ausbreitung entstandenen Sprachen.

»Das Indogermanische umfasst Altgriechisch und damit Plato. Das sollte dann wohl bleiben. Sinotibetisch … na ja, dass ist ganz woanders als Griechenland oder die Antarktis, kann also weg. Niger-Kordofanian, die zentralafrikanischen Staaten, äh …« Er zuckte unsicher mit den Schultern. »Wenn ich nicht noch mehr Familien durchstreiche, wird die Liste zu untersuchender Vergleichssprachen so lang wie mein Arm sein.«

»Also weg damit«, meinte Hackett. »Sie können jederzeit darauf zurückkommen.« Scott stimmte zögernd zu. »Damit bliebe Austronesisch –«

»Aber die Völker, die diese Sprachen verwandten, sind nicht als Baumeister riesiger Anlagen bekannt. Oder überhaupt welcher«, sagte Scott. »Im Übrigen sind ihre Flutsagen am unbestimmtesten.«

»Sie wollen Ihre Auswahl auch auf einen ingenieurstechnischen Vergleich stützen?«

»Wäre sinnvoll. Da draußen liegt eine ganze Stadt unter dem Eis. Und irgendetwas unter der Sphinx.« Hackett nickte. »Also, die Elamo-Dravidian-Sprachen decken Kleinasien ab. Sie könnten ein Bindeglied enthalten, was ich aber nicht glaube. Und schließlich hätten wir da das gute alte Afroasiatisch. Deckt vorwiegend die semitischen Sprachen ab. Hebräisch, Altägyptisch. Das kann bleiben.« Scott strich weitere Gruppierungen durch, die er nicht einschließen wollte. »Dann fangen wir mit einer, zwei … neun verschiedenen Sprachfamilien zu arbeiten an.«

»Könnte schlimmer sein«, meinte November.

»Was bedeutet, dreißig oder vierzig eigentliche Sprachen durchzuackern«, rechnete Scott aus.

Hackett stand auf und stopfte sich das Hemd in die Hose. »Es ist ein Anfang«, sagte er. »Aber aus der Zeit vor 12000 v.u.Z.

neige ich dazu, die indopazifischen Sprachen wegzulassen. In erster Linie, weil diejenigen, die sie sprachen, wie sie bereits erwähnten, nichts gebaut haben. Und auf dieser Grundlage können Sie auch alles Australische, Khosian und das Nord- und Südkaukasische abhaken.«

»Damit bleiben mir nur noch die Nilo-Sahara-Sprachen und amerikanisches Indianisch.«

»Wir haben aber keine Zeit, systematischer vorzugehen.«

»Damit sind insgesamt vier Sprachfamilien übrig. Die Nilo-Sahara-Sprachen, amerikanisches Indianisch, Indogermanisch und Afroasiatisch.« Scott trat zurück und betrachtete die Tafel. »Tja – es ist ein Anfang.«

Sie waren gerade bei der nächsten Analysestufe, als Morgan, einer der Chemiker, hereinkam. »Dr. Hackett?«

»Ja?«

»Sie werden oben gebraucht. Sie sollen an das Sternwartennetz überstellt werden. Eben sind die neuesten Solardaten eingegangen … es sieht nicht gut aus.«

## Café Ibis
## 20 Uhr 15

Er war spät dran. Nun, das war nichts Neues. Thorne kam immer zu spät.

Im Nile-Hilton duschte Sarah am Ende doch nicht, nahm stattdessen ein Vollbad. Sie ließ sich in den Schaum gleiten, entspannte sich. Wusch sich den Sand aus allen Poren. Rasierte sich die Beine und tat alles das, was sie eigentlich nicht hatte tun wollen. Sarah machte sich für Rip Thorne zurecht und hasste sich dafür. Während sie am Tisch beim Fenster gleich neben der Bar Limonade trank, fragte sie sich, ob er wohl noch verheiratet sei.

Limonade? Verdammte Fundamentalisten. Was würde sie nicht alles für einen richtigen Drink tun.

Da war ein Bursche in cremefarbenem Jackett auf der anderen Seite des Raums, der immer wieder herüberlächelte und ihren Blick einzufangen versuchte, aber Sarah war einfach nicht in der Stimmung. Mehr hatte sie nicht tun können, um sich für dieses kleine Treffen aufzupeppen. Wie lange war es her? Fünf, sechs Jahre? Vielleicht länger. In Anbetracht ihrer beider Arbeit für dieselbe Firma war es eine Leistung, sich so lange nicht gesehen zu haben.

»Miss Kelsey?« Die Stimme war sanft, beruhigend.

Als Sarah aufschaute, erkannte sie sofort die Frau wieder, von draußen vor dem Haupttor zum Gizeh-Lager. Die Kundgebung. Die bewaffneten Soldaten. Diese Frau mit dem langen grauen Haar und dem durchdringenden Blick. »Sie *sind* Sarah Kelsey, oder?«

Auf einmal wurde sich Sarah bewusst, dass irgendwo im Hintergrund Klavier gespielt wurde. Sie schüttelte den Kopf und versuchte, klar zu denken. »Äh, ja«, entgegnete sie. »Ja, ich bin Sarah. Tut mir leid, ich –« Sie stand auf und schüttelte die Hand der Frau. Beide lachten verlegen.

»Ellen«, stellte sie sich vor. »Ellen Paris. Nein, *mir* tut es leid«, betonte sie. »Ich störe doch nicht etwa, oder?«

Sarah schaute über den Tisch hinweg auf den leeren Stuhl. »Nun, äh …«

»Oh«, seufzte Ellen Paris. »Hoffentlich sind Sie nicht versetzt worden.«

Sarah wusste nicht recht, was sie dazu sagen sollte. War sie versetzt worden? Es konnte glatt sein, dass diese Ellen Recht hatte. Sie neigte den Kopf und kniff die Augen zusammen. »Hätten Sie gern etwas zu trinken? Keine Sorge, nichts Alkoholisches. Ich möchte nicht, dass die Mullahs zum Handabhacken kommen.« Ellen schaute nachdenklich drein. Sarah schenkte ihr ein ermutigendes Lächeln. »Geht auf die Firma.«

Ellen entspannte sich. »Ich nehme eine Limonade.«

Sarah bestellte zwei weitere Limonaden. Sie setzten sich. »'ne schöne kleine Demo war das heute Morgen, Ellen.« Die andere Frau hielt noch immer ihre einfache schwarze Handtasche unter den Arm geklemmt. Sie stellte sie auf den Tisch und zuckte bloß mit den Schultern. »Weshalb haben Sie's getan?«, fragte Sarah neugierig. »Und noch dazu als Ausländerin. Nicht ganz ungefährlich.«

»Man sollte immer für das kämpfen, woran man glaubt.« Ellen faltete die Hände im Schoß. »Sie scheinen nicht überrascht zu sein, mich zu sehen.«

»Heute früh haben Sie etwas gesagt«, gab Sarah als Erklärung zurück, »was bei mir hängen geblieben ist. Sie sagten: ›Cayce hatte Recht.‹ Was meinten Sie damit? Wer ist Cayce? Gehört er zu Ihrer Gruppe, die gegen unsere Ausgrabungen an den Denkmälern ist?«

»Er ist der Grund, weshalb ich hier bin«, gestand Ellen ein.

»Hat er Sie geschickt?«

»Schwerlich.« Ellen hielt inne. »Er ist tot.«

Sarah rutschte betroffen auf ihrem Stuhl zurück. »Tut mir leid«, sagte sie.

»Schon gut. Er ist seit 1945 tot.«

Die Limonaden wurden gebracht. Sarah ergriff rasch ihr Glas und trank einen Schluck. Dann fischte sie den Zitronenschnitz heraus und biss hinein. »Dann haben Sie wirklich geweissagt. Ich hab's mir nicht nur eingebildet.«

»Cayce war der Weissager«, erklärte Ellen.

»Sind Sie ihm je begegnet?«

»So alt bin ich nun auch nicht«, entgegnete Ellen schroff, dennoch nicht humorlos. »Ich bin hier, weil ich glaube, dass Sie wissen sollten, worauf Sie sich gerade einlassen.«

Sarah schlürfte ihre Limonade. »Erzählen Sie mir von Cayce.«

Edgar Cayce wurde 1877 auf einer Farm in Kentucky geboren. Es hieß, er sei mit einem Buch unter dem Kopf zu Bett gegangen und habe beim Aufwachen dessen Inhalt gewusst. Abgesehen von Osmoselegenden, hinterließ er ein merkwürdiges Vermächtnis aus Prophezeiungen, das eine Stiftung mit seinem Namen und Kopfschmerzen bei ernsthaften Akademikern zur Folge hatte.

Cayce' Geschäft war es, wie vor ihm das von Nostradamus, die Zukunft vorherzusagen. Er weissagte, dass der Nil einst nach Westen geflossen und in den Tschadsee gemündet sei. In den 1990er-Jahren bestätigte sich dies, als Archäologen mit satellitengestütztem Bodendurchdringungsradar unter den Wüstensand spähten. Schon bald entdeckten sie das ausgetrocknete Flussbett.

Cayce weissagte auch, dass eine Gruppe frühchristlicher Sektierer namens Essener am Toten Meer gelebt habe. Er sagte voraus, dass zwei US-Präsidenten während ihrer Amtszeit sterben würden. 1945 war nicht nur Cayce tot, sondern auch Roosevelt. Kurz darauf waren die Schriftrollen der Essener vom Toten Meer von einem arabischen Hütejungen gefunden worden, und es dauerte nicht allzu lange, bis Kennedy ermordet wurde.

Edgar Cayce sagte vieles voraus. Und oft lag er damit richtig.

»Oft lag er auch falsch«, fuhr Ellen fort. »Er war nur ein Mensch. Aber ehe Sie alles in Zweifel ziehen, vergessen Sie nicht, dass die CIA über zwanzig Jahre lang ihr Unternehmen Tiefsee durchgezogen hat.«

»Was war das denn? Hab ich noch nie von gehört.«

»Die CIA beschäftigte Medien, um feindliche Festungen allein mit geistiger Kraft zu durchdringen. Mittels einer psychischen Technik namens Fernsichtung drangen sie in diese Festungen vor und kartierten sie. Sie konnten sehen, wer an diesen Stätten arbeitete und was es da gab. Sämtliche Erkenntnisse wurden vor Ort von Spionen bestätigt. Anfang der 1990er-Jahre wurde das Ganze eingestellt und vor ungefähr fünf Jahren wieder aufgenommen.«

»Meinen Sie das im Ernst?«

Ellen schien eine Antwort darauf nicht für nötig zu halten. »Für Sie ist an Cayce' Vorhersagen wichtig, dass er ungefähr für die Jahrtausendwende die Entdeckung einer verborgenen Kammer unter der Sphinx weissagte. Er nannte sie ›Halle der Aufzeichnungen‹, einen Ort, an dem die verschollene Geschichte des Menschen gemeinsam mit Werkzeugen der Macht zusammengetragen worden sei. Außerdem prophezeite er, das Volk von Atlantis habe eine Art Kristall besessen, mit dem es die Strahlung der Sonne einfangen konnte.«

Sarah schlürfte ihre Limonade. Sie wollte nichts preisgeben, hatte aber das Gefühl, dass es dafür wahrscheinlich bereits zu spät war. »Verstehe« war alles, was sie sagte.

»Es gibt eine lange Geschichte von aufgefundenen Geheimkammern«, fügte Ellen hinzu. »Der Westcar-Papyrus aus der vierten Dynastie erzählt von Djedi, einem Zauberer am Hof von Pharao Khufu, bekannt als Cheops. Djedi behauptete, Einzelheiten über die Geheimkammern zu kennen, die das *Buch Thoth* enthielten. Er sagte, die Schlüssel zu diesen Kammern seien in der Stadt Ani versteckt. Ani hat noch einen anderen Namen – Heliopolis, was wortwörtlich ›Stadt der Sonne‹ bedeutet.«

»Heute ist Heliopolis ein moderner Vorort mit einem Flughafen«, sagte Sarah.

»Ja, und viel vom alten Heliopolis liegt noch immer darunter verborgen. Einschließlich jenes Hauses, von dem es heißt, Pharao Septi, der fünfte Pharao der ersten Dynastie, der etwa um 3000 v. Chr. regierte, habe dort in einem Kasten aus Feuerstein oder Schleifstein die Ipwt-Siegel oder Schlüssel zum verborgenen Ort aufbewahrt.«

»Glauben Sie, es gibt die Schlüssel wirklich?«

»Möglicherweise. Glauben Sie, Schlüssel zu brauchen?« Sarah blieb verschlossen. »Falls Sie sich bei diesem Thema besonders unwohl in der Gesellschaft fühlen, die Sie haben«, gab Ellen zu bedenken, »können Sie sich stets vergegenwärtigen, dass die Rätsel der Pyramiden von einigen der genialsten Köpfe der Menschheit erforscht wurden – Sir Isaac Newton zum Beispiel. Er hat einen beträchtlichen Teil seines Lebens ihrer Entschlüsselung gewidmet. Und Thomas Young, der nicht nur bahnbrechende Arbeit bei der Übersetzung ägyptischer Hieroglyphen geleistet hat, sondern auch Physiker war. Von ihm stammt die Wellentheorie des Lichts. Und wenn ich nicht irre, ist das noch immer ein Grundbaustein der modernen Physik.«

»Sie sagten, ich müsse wissen, worauf ich mich einlasse«, sagte Sarah in einem scharfen Ton. »Ist es das hier? Etwas, wofür ich nicht einmal ausgebildet bin?«

Ellen lächelte fast so breit, als müsse sie ein Lachen unterdrücken. »Dies? Oh, es geht weit darüber hinaus. Die Untersuchung, an der Ihre Firma beteiligt ist, stößt mitten ins Herz organisierter Religion und somit westlicher Machtgrundlagen.«

»Ich verstehe das nicht.«

»Das werden Sie. Beizeiten werden Sie verstehen. Seien Sie sich aber folgender Tatsachen bewusst: Weshalb lässt die Rola Corp. in der Schweiz gewisse Kristalle von einem Team von Wissenschaftlern untersuchen? Weshalb lässt sie ein anderes Team ähnliche Arbeiten hier durchführen – und hatte sie ein Team in China *vor* der antarktischen Frontverhärtung? Weshalb ist ein weiteres Team in die Urwälder Südamerikas aufgebrochen? Weshalb ist die NASA auf einmal so sehr an Erzlagern auf der Erde statt am Weltraum interessiert? Und weshalb hat der Vatikan für nächste Woche ein weltweites geologisches Symposion anberaumt?

Meinen Sie, die Pyramiden seien das einzige Bauwerk des Menschen, das ein Muster am Sternenhimmel widerspiegelt? Oder dass die alten Ägypter als einziges Volk den Nil für einen Spiegel gehalten hatten, der einen Fluss von Sternen wiedergibt – die Milchstraße? Der erste Kaiser von China, Tsin oder Qin Xen

Xuan Di, ließ die Paläste von Xiang Yang und Erpang den Sternen nachbilden mit dem Gipfel des Schungnan Schan als Himmelstor und dem Wei-Fluss als Spiegel der Milchstraße. Genauso wie hier in Kairo. Selbst heute noch führen Taoisten den Sternentanz nach dem Sternbild des Großen Bären auf.

Sie glauben an Chi oder Qi – eine Lebenskraft ähnlich der ägyptischen Vorstellung vom Ka. Der wirkliche Knüller aber ist, dass Kaiser Tsin ebenfalls von einem geheimen unterirdischen Ort wusste, über dem er seine quadratisch angelegte Grabpyramide baute. Wurde seine Pyramide auch aus Erdreich errichtet, dann ist sie gewaltiger als irgendetwas in Ägypten. Bis zum heutigen Tag warten in ihrem Inneren schussbereite Armbrüste auf den Eindringling und werfen Seen aus giftigem Quecksilber das Licht zurück. Die Decke ist mit Perlen und Jade besetzt. Aber die Chinesen wollen das Grab nicht öffnen und genau das wollte die Rola Corp.«

Ellen trank einen Schluck, ehe sie fortfuhr: »Die Chinesen glauben an die Bösartigkeit der Seelen ihrer Vorfahren. Stört man sie, werden sie zu Störenfrieden. Tsin war ein Tyrann, der Millionen umbringen ließ. Würden sie ihn stören, könnte er wiederkehren und China zerstören, ein Land, das schließlich immer noch nach ihm benannt ist. Er ist der Herrscher, der Hochöfen fünfzehnhundert Jahre früher als die Europäer besaß. Der Kohlenstoff zu beeinflussen und dessen Gehalt in Eisen zu verringern verstand, wodurch es formbar wurde und seine Heere ihre Waffen mit Potassiumdichromat beschichten und Korrosion verhüten konnten, was Archäologen selbst heute noch verblüfft. Er ließ die Große Mauer bauen und sich zusammen mit achttausend Terrakottasoldaten bestatten, um im Jenseits eine Armee befehligen zu können. Ironie der Geschichte: Er rüstete sie mit echten Waffen aus, die später von den Bauern benutzt wurden, um seinen Sohn zu besiegen.«

Ellen trank einen weiteren Schluck Limonade. Sie hatte erregt geklungen, aber keinesfalls fanatisch. Was für Sarah beunruhigend war.

»Aber Edelsteine sind auch der Fokus chinesischer Kultur. Jade. Sie soll die Unsterblichkeit befördern. Totenkleider wurden aus dem Zeug gemacht. Taoisten haben es buchstäblich pulverisiert und gegessen. Und vor zwei Wochen gab die NASA unter anderem bekannt, Anzeichen für Jade in der Antarktis gefunden zu haben. Die Pressemitteilung sprach von ›Erzlagerstätten‹, sieht man sich aber den offiziellen Bericht an, steht da Jade.«

Ellens Glas war leer. Sie stellte es ab und lehnte ein weiteres ab. »Und das alles deswegen, was sie in der Wüste Takla-Makan begonnen haben.«

»Von der Wüste habe ich gehört«, sagte Sarah, »kenne aber ihre Bedeutung nicht.«

»Ursprünglich ging die Rola Corp. auf Ölsuche in die Wüste Takla-Makan im Westen Chinas. Doch ihre Suche führte sie immer näher an Altertümer wie Wupu heran.«

Sarah war nicht klüger als zuvor.

»Die Tokarier waren die Ureinwohner des Takla-Makan-Gebiets und Erbauer der Großen Seidenstraße, der ersten Ost und West verbindenden Handelsstraße. Vor etwa zweitausendfünfhundert Jahren starben sie aus. Nicht lange bevor der erste Kaiser, Tsin, an die Macht kam.

Sie errichteten ganze Städte. Mitunter riesengroße Bauwerke. Sie trugen wollene Tartans, die genauso gewebt waren wie jene der Kelten. Sie führten in ihrem Siedlungsgebiet die Landwirtschaft ein – und bis heute weiß niemand, woher sie stammten. Auf der historischen Landkarte tauchten sie zur selben Zeit wie die Sumerer auf, deren Herkunft *auch* keiner kennt.

Ihre Sprache war zumal am ehesten dem Italokeltischen und Germanischen verwandt statt den näher liegenden indoiranischen Sprachen. Und anders als sonstwer in China waren sie groß gewachsen, blond oder rothaarig. Der Erscheinung nach waren es Fremde, aber sie gingen China voraus. Wir glauben, dass die Rola Corp. auf gewisse Hinweise gestoßen ist, die zu Tsins Pyramide und in die Antarktis führten.«

Ellen reichte Sarah einen braunen Umschlag und stand auf.

»Was ist das?«

»Ein kleiner Abriss dessen, was nach unserer Meinung vonstattengeht.«

Sie hatte sich ihre Handtasche wieder unter den Arm geklemmt. »Sarah, ich möchte Ihnen nur gern begreiflich machen, dass nichts so ist, wie es scheint. Seien Sie sehr vorsichtig. Sie stehen ganz schön an vorderster Front und wissen es nicht einmal. Und seien Sie bei China auf der Hut. Vielleicht ist es nicht der Gegner, als der es gezeichnet wird.«

»Tut mir leid, bin spät dran«, ertönte die tiefe, sanfte Stimme.

Unwillkürlich stopfte Sarah den Umschlag in ihre Handtasche, ehe sie sich zu ihm umwandte.

Er war nirgends dicker geworden. Hatte keine Haare verloren. Hatte noch immer alle Zähne. Er wirkte kein bisschen gealtert. Rip Thorne war immer noch ein eindrucksvoller Mittvierziger. Nichts hatte sich verändert. Immer noch hatte er diesen bohrenden Blick, der die Schwachstelle sucht. Sondierend. Er war immer noch ein Miststück.

»Rip … Oh, hi«, antwortete Sarah und bedauerte ihr Zögern. In ihrem Kopf braute sich einiges zusammen, aber sie sagte sich, dass sie es in Schach halten könne.

Thorne gab ihr einen Kuss auf die Wange, musterte Ellen aufmerksam. »Wer ist deine Freundin?«

»Ich wollte gerade gehen«, erklärte Ellen. Sie wechselte noch einen Blick mit Sarah, der dazu aufforderte, sich das Gesagte zu merken, dann war sie verschwunden.

Thorne nahm Sarah beim Arm. »Wollen wir?«, fragte er. »Ich

hab dich in der Eingangshalle gesucht. Hätte mir denken können, dass du in der Bar sein würdest.«

Draußen wartete ein Wagen.

## Zentrales Sternwartennetz
## 19 Uhr 15

»Was zum Henker ist das?«, fragte Ralph Matheson erstaunt, während er die Monitore überwachte.

Sie befanden sich zwei Forschungsabteilungen weiter, von der Kernmagnetresonanzspektroskopie fünf Minuten den Flur hinunter. Von Sonnenobservatorien rund um den Erdball und darüber hinaus kam eine Datenflut herein, und mancher Absender hatte keine Ahnung, wie dringend sie erwartet wurde.

Hackett passte die Rechnereinstellungen an. Dies war das Signalübertragungszentrum. Hier gab es keine anderen Wissenschaftler für einen Theoriestreit, nur Techniker mit finsteren Gesichtern. »Sie sehen das atemberaubende Phänomen thermischer Konvektion im Inneren der Sonne«, erläuterte er.

Auf dem Bildschirm der Workstation zeigte eine Grafik kreisförmige Bewegungen, die zwischen Kern und Korona der Sonne pulsten. Es waren viele und insgesamt ähnelte das Muster einer halben Orange.

»Ganz schön«, meinte Matheson.

»Sie wollen wohl ›ganz schön wichtig‹ sagen«, berichtigte Hackett. »Thermische Konvektion steuert die Kreisläufe von Lufthülle und Weltmeeren. Bestimmt die kurz- und mittelfristigen Wetterveränderungen auf der Erde. Trägt zur Verschiebung der Kontinentalplatten bei, indem sie Magmabewegungen im Mantel, dem Erdkern, auslöst. Außerdem kocht sie Suppen. Sie ist der Vorgang, bei dem Hitze aufsteigt.«

»Prima.«

»Wie kommt denn eigentlich unsere kleine Expedition voran?«

»Großartig in Anbetracht dessen, dass ihr Ziel mitten in einem Kriegsgebiet liegt. Heute Nacht fliegen sie unsere halbe Ausrüstung ein. Den Rest nehmen wir selbst mit. Schon mal mit 'ner Kanone geballert?«

»Zählt die Photonenkanone in einer Bildröhre?«

»Nein.«

»Dann nicht.«

»Ich auch nicht. Aber sie wollen uns mit Waffen ausstatten. Zu unserem eigenen Schutz, verstehen Sie? Sie schon, oder, Admiral?«

Dower überging den Ingenieur.

»Nein, verstehe ich nicht. Ach, hol's der Teufel. Solange ich mir nicht den eigenen Zeh wegschieße, ist es mir egal«, erwiderte Hackett ganz auf die Rohdaten konzentriert, die über die Monitore rauschten.

Matheson schaute erst auf den Bildschirm, dann auf den Ingenieur. Gant und Dower standen daneben. Gant fragte dann leise: »Wonach suchen Sie?«

»Nach dem Perturbationsereignis. Dem Initialauslöser. Jenem Ereignis, das sich auf ein System auswirkt und Unruhe hervorruft. Liegt es verhältnismäßig kurze Zeit zurück und verebbt die Perturbation zügig, nennen wir dieses System asymptotisch stabil.«

»Und für Normalsterbliche?«

»Bedeutet es, dass ich auf der Sonne nach dem Anzeichen suche, das für eine kurzzeitige Schwankung spricht, die sich bald verlieren wird. Dass diese ungeheuren Sonnenwinde abklingen.«

»Und?«

»Und ich habe keins gefunden«, räumte Hackett ein. »*Werde* ich wohl auch nie. Denn es ist nicht da.«

»Nun, irgendwas muss dies ja verursachen. Es kann ja nicht alles von selbst geschehen.«

»In der Tat«, meinte Hackett, »kann es doch.«

»Die Sonne ist als Gegenstand einer Nichtgleichgewichts-Physik klassifiziert, weil wir diese wilden Schwankungen wahrnehmen. Sonnenflecken treten als Paarungen gegensätzlicher magnetischer Polarität auf. Protuberanzen. Wirbelstürme von der Größe der Erde, die mit vielen tausend Stundenkilometern dahinrasen. Gewaltige Sonnenbeben mit Wellen von der vierzigtausendfachen Gewalt des Erdbebens von San Francisco 1906, mit einem drei Kilometer hohen Kamm, der sich mit bis zu 400 000 Kilometer pro Stunde fortpflanzt. Ihre übliche Stärke beträgt 11,3 und mehr. So etwas passiert auf der Erde nie. Das größte jemals bei uns aufgezeichnete Erdbeben betrug 8,6. Das war 1920 im chinesischen Gansu.

Dies sind atemberaubende Ereignisse. Aber eben nur Ereignisse. Die Sonne ist zugleich ein System von Regelmäßigkeit in großem Maßstab. Ihre Hauptmasse ist hunderttausenden Schallwellen unterschiedlicher Frequenz ausgesetzt, die sie unablässig durchpulsen. Stellen Sie sich tausend Trommler vor, die jeder mit einem anderen Rhythmus auf ein und dasselbe Trommelfell schlagen. Sie hat eine Sonnenflecken*periode* von rund elf Jahren. Sie ist ein geordnetes System.«

»Sie ist eine Ballung von Kernexplosionen«, wandte Matheson ein. »Das haben Sie selbst gesagt. Daran ist nichts Geordnetes.«

»Aber da hätten wir's doch«, erwiderte Hackett. »Sehen Sie es mal so: Ordnung und Unordnung sind relative Größen. Eine Kernexplosion hier auf der Erde fällt dermaßen aus dem Rahmen, dass sie nur vernichtend sein *kann*. Doch auf der Sonne, wo es nichts als beständige Kernfusionen gibt, wären Sie und ich außergewöhnlich. Auf der Sonne ist die *einzelne* Kernexplosion gleichbedeutend mit, sagen wir, einer der Zellen, die den menschlichen Körper ausmachen. Ihr Milieu hat rein gar nichts mit dem zu tun, was wir gewohnt sind, und seine eigene Ordnung. Wirkliche Ordnung. Immerhin stehen wir jeden Morgen auf und sie ist noch immer da. Tut, was Sonnen so tun. Ist bereits seit Jahrmillionen dabei. Wird noch viele weitere Jahrmillionen da sein. Das nennen wir einen stabilen Zustand. Sie haben von Entropie gehört? Dem zweiten thermodynamischen Gesetz?«

»Doch, ja. Das Ausmaß an Unordnung in einem System. Alles muss zerfallen. Deshalb zerbricht eine Tasse, wenn sie zu Boden fällt. Und setzt sich nicht wieder zusammen.«

»Richtig. Alles zerfällt also. Wissenschaftler nennen es Unordnung. Der Rest der Bevölkerung sagt ›in Arsch gehen‹.«

»Tja.«

»Warum sind *wir* also da?«

»Hä?«

»Leben. Bäume. Uns. Weiß der Geier, sogar Wolken. Wenn es so viel Unordnung gibt und es der natürliche Gang der Dinge ist, in den Arsch zu gehen, wieso haben wir's dann geschafft? Chaos muss Ordnung gebären. Es ist eine Schwingung. Ordnung-Chaos-Ordnung-Chaos.«

»Deshalb bilden sich Kristalle aus einer chaotischen Flüssigkeit. Etwas verändert sich und gebiert Ordnung?«, fragte Matheson.

»Dem Wesen nach, ja.«

Matheson trat für einen Augenblick zurück und begriff, dass Hackett gar nicht so begeistert von dem Ganzen war. »Und wieso gucken Sie dann so, als hätten Sie ein Gespenst gesehen, Jon?«

»Was geschieht, wenn ein gewalttätiges, aber geordnetes System plötzlich chaotisch wird? Was geschieht, wenn Gewalt auf Chaos trifft?«

Matheson schluckte. »Scheiße, keine Ahnung.«

»Es gibt eine mathematische Bedingung namens Hopf'sche Verzweigung, benannt nach dem deutschen Mathematiker Eberhard Hopf, der sie entdeckt hat. Sie garantiert das Auftreten von Schwingungen in stabilen Zuständen. Es fängt ganz klein an, wird aber immer größer. Im Kern gibt es keinerlei auslösenden

Einfluss und doch wird ein stabiler Zustand ohne ersichtlichen Grund instabil werden und zu schwanken anfangen.«

»Danach fällt er in die Stabilität zurück?«

»Letzten Endes. Ja. Aber es gibt da noch diese physikochemische Reaktion, die Belousov-Zhabotinsky- oder BZR, die in bestimmten Flüssigkeiten unter bestimmten Umständen auftritt. Auf eine ursprüngliche und nicht wahrnehmbare Unregelmäßigkeit im atomaren Bereich hin, die den Auslöser darstellt, wird die Flüssigkeit zur chemischen Uhr. Sie wechselt die Farbe in vollkommenem Gleichtakt von gelb zu farblos zu gelb. Die Schwingung ist ein innewohnender Antrieb. Sie hat nichts mit äußeren Kräften zu tun. Diese Vorgänge sind die Grundbausteine der Komplexitätstheorie.«

»Also …?«

»Bestimmte Sterne weisen genau diese Eigenschaften auf. Man nennt sie Pulsare, Ralph. Pulsare. Sie stoßen Materie in unterschiedlicher Taktung aus, aber es sind allesamt gewalttätige Sterne. Einige pulsen jede Sekunde, andere einmal alle paar Wochen. Wer in den Himmel schaut, kann jede Nacht einen finden. Nun«, er biss sich auf die Unterlippe, »ich glaube, dass unsere Sonne ein Pulsar ist.«

»Was?«

»Was ich sehe, passt auf die Hopf'sche Verzweigung und die BZ-Reaktion. Die Sonne könnte viel älter, als wir dachten, und ein langsam brennender Pulsar sein. So langsam, dass er nur alle zwölftausend Jahre pulst. Diese Gravitationswellen könnten die Vorboten einer gewaltigen, vollständigen koronalen Absprengung sein.«

Dower wollte es noch klarer haben. »Reden wir hier von größeren als den bislang absehbaren Protuberanzen?«

»Stellen Sie sich vor«, erklärte Hackett, »die gesamte Oberfläche der Sonne würde zu einer Wolke verdampfen. Wie eine Schale. Es wäre die Mutter aller Protuberanzen, was da glatt weggeblasen würde. Aber auch *alles* im Sonnensystem wäre betroffen. Nichts könnte dem entgehen.« Er wandte sich an Matheson. »Hatte Richard nicht etwas von Bränden in diesen alten Legenden erzählt? Dass es da nicht nur Erdbeben und Sintfluten gebe, sondern die Erde brenne? Admiral, die magnetische Polarität einer Plasmawolke solchen Ausmaßes ist ganz unerheblich. Sie wird beide Pole gleichzeitig treffen. Und einer davon wird das Ding ruck, zuck einsaugen. Ob nun Norden oder Süden.«

»Das ist schlecht«, sagte Matheson, der sich der Problematik des Ganzen allzu bewusst war.

»Das ist oberbeschissen.« Hackett verlagerte das Gewicht, während er sich vorbeugte und eine Taste drückte. »Letztlich würde es alles Leben auslöschen.« Das Bild begann, in Chaos zu versinken. »In beiden Fällen sind die Schwingungen mathematisch vorhersagbar. Ich kann nicht sagen, welcher davon eintritt, Ihnen aber hier und jetzt genau angeben, wann das Ganze losgeht.«

Dower war niedergeschmettert. »Sie können *was*? Wie viel Zeit haben wir?«

»Das solare ›Ereignis‹ beginnt um achtzehn Uhr – an diesem Donnerstag. Und wird gegen Mitternacht am Sonnabend seinen Höhepunkt erreichen«, verkündete Hackett. »Am Sonntag … ruhte der Herr.«

»Um Himmels willen.«

Hackett warf einen Blick nach oben und sah Gant, einen Kaffeebecher in der Hand, an der anderen Seite seines Monitors stehen. »Sind noch irgendwelche anderen Schwankungen zu erwarten?«, fragte der Admiral.

»Noch zwei«, antwortete Hackett. »Etwas unzeitig zwar, aber heute Nacht könnte es eine geben. Eine große. Diesmal werden wir sie spüren.«

# 19 Uhr 49

»Was für eine Art Maschine, glauben Sie, würde man aus reinen Kohlenstoffkristallen bauen wollen?«, sagte Scott laut vor sich hin, während er methodisch jedes einzelne Bruchstück auf dem Tisch untersuchte. Wo er konnte, fügte er die Steine wie ein Puzzle zusammen. Er zeichnete die Glypten ab, notierte sich ihre Eigenschaften und staunte über die filigranen Einzelheiten. »Welche Maschine hat keine beweglichen Teile?«

»Dass sie keine hat, wissen wir nicht«, bemerkte November. »Im Übrigen haben Sonnenkollektoren keine beweglichen Teile.« Irgendetwas beunruhigte sie, das erkannte Scott.

Scott sagte: »Treffend bemerkt«, und richtete seine Aufmerksamkeit auf eines seiner vielen abgenutzten Notizbücher. Er machte sich daran, eine Liste von Wörtern aufzustellen. November wollte wissen, was er gefunden hatte. »Mir ist der Gedanke an Wortähnlichkeiten zwischen verschiedenen Sprachen gekommen«, weihte er sie ein. »Gemeinsame Bezeichnende. Ich dachte, sollte ich beim Vergleich ein Muster feststellen, dann könnte ich auch ein Muster aus den Steinen lesen.«

Sie bat ihn fortzufahren.

»Die Azteken sprachen Nahuatl«, sagte Scott. »Und wenn sie ›Haus Gottes‹ sagen wollten, sagten sie ›teocalli‹. Wohingegen es diesseits des Atlantiks, im Griechischen, ›theou kalia‹ heißt, ›Gottes Haus‹. Die Ketschua sagten zum Reiher ›llake llake‹ und nannten die Lüge ›llu llu‹. Während die Sumerer ›lak lak‹ für ›Reiher‹ und ›lul‹ für ›Lüge‹ gebrauchten.«

»Sie sind sich praktisch gleich.«

»Praktisch. Leider ist das nicht sehr wissenschaftlich. Mein linguistischer Verstand sagt mir, *eine* Sprache mit einer anderen zu vergleichen und keine ganzen Erdteile. Über verstreute Ähnlichkeiten wird die Nase gerümpft, aber ein paar Eigentümlichkeiten tauchen eben immer wieder auf. So wie ›atl‹.«

»Atl?«

»Oder einfach ›tl‹.« Diese Verbindung von Konsonanten ist in vielen europäischen Sprachen ziemlich selten. Wir gebrauchen sie in den Wörtern Atlantik, Atlas und Atlantis. Aber in Süd- und Mittelamerika ist sie recht geläufig. ›Atl‹ ist Nahuatl für ›Wasser‹. Altaua war Gott und Beherrscher des Wassers. Aztlan war das sagenhafte Heimatland, aus dem angeblich die Azteken stammten. Es bedeutete ›Land der Sonne‹, aber mit ›tl‹ als Wortteil hatte es einen Bezug zu Wasser. Was allerdings das Wort ›atlatl‹ mit Wasser zu tun hatte, weiß ich nicht recht.« Er kaute an einem Daumennagel. November zog einen Stuhl heran. »Atlatl bedeutet ›Pfeil‹.«

»Pfeil? Das ist interessant. Auf Karten sind es doch immer Pfeile, die nach Norden weisen. Da Atlantis am Südpol liegt, könnte das doch wichtig sein«, gab sie zu bedenken.

Scotts Augen verengten sich. »Ich habe keine Ahnung, weshalb das wichtig wäre, aber behalten Sie's im Kopf.«

»Na klar.« November strahlte zufrieden. »Und ist nun ›atlatl‹ mit irgendeiner europäischen Sprache verkoppelt?«

»Nun«, entgegnete Scott, »da wäre das englische ›arrow‹, ansonsten aber eigentlich nicht. Außer vielleicht mit dem Althochdeutschen. ›Tulli‹ bedeutete ›Pfeilspitze‹. Und Thule war eine sagenumwobene Insel im Nordatlantik, die das erste Mal im vierten Jahrhundert v. u. Z. von Pytheas erwähnt wurde.« Er trommelte mit den Fingern auf den Tisch, sein Bein zuckte einträchtig mit. »Obwohl … Obwohl!« Ein Durchwühlen seiner Papiere und er zog einen Notizblock hervor, blätterte ihn durch und fand die richtige Seite. »Aha … Tlalocan war die südliche Heimat von Tlaloc, dem Regengott. Bekannt war er auch als, einen Augenblick … Tlahuizpantechutli – der Gott des Eises. Und seine Braut war Chalchiuitlicue, Göttin des Wassers.«

»Sie hatten Wettergötter?«

»Oh, sicher. Ehacatl zum Beispiel war der Gott des Windes.

Eine bemerkenswerte Figur, denn als Quetzalcoatl soll sie Mittel- und Südamerika die Zivilisation gebracht haben. Er war die gefiederte Schlange. Der gute Gott, Erfinder der Schrift, Malerei und des Kalenders.«

»Genau wie Thoth.«

»Ja, und in den altertümlichen mexikanischen *pinturas* oder Gemälden war Quetzalcoatl, von dem ich bereits sagte, dass er den langen schwarzen, mit weißen Kreuzen gesäumten Umhang trug. Er war Gott des Westens, einer der vier Tezcatlipocas …«

»Und die anderen waren Osten, Norden und Süden, hm?«, fragte November. »Er hat Kreuze überall auf seiner Kleidung *und* mit den Kompassstrichen zu tun?«

»Es ergibt auf jeden Fall ein Muster. Eine Logik.« Er blickte sie an. »Das ist einfach nicht mehr lustig.«

Jetzt musste November grinsen. »Es ist komplex … nicht wahr?«

»Fangen *Sie* nicht auch noch damit an.«

»Wie sind Sie überhaupt darauf gekommen, sich südamerikanische Sprachen anzusehen? Ich dachte, Sie seien auf Keilschrift aus. Das ist Mittlerer Osten.«

»Mir fiel ein«, erklärte Scott, »dass es gar keinen Fluchtweg gab, als die Flut über die Antarktis hereinbrach. Die drei nächstgelegenen Landmassen waren Südamerika, Südafrika und der indische Subkontinent. Da es sich aber um eine Flut handelte, wäre alles Land auf selber Höhe unter Wasser gewesen. Also musste man weiter nach Norden ziehen, bis man auf Berge und somit trockenen Boden stieß. Die peruanischen Anden. Den Berg Ararat in der Türkei, nahe bei Ägypten. Und den Himalaya in Nordindien und an der chinesischen Grenze. Ebenjene drei Gegenden, in denen Religion und Schrift aus der Taufe gehoben wurden.«

»Mein Gott, das ist ja unglaublich.«

»Vielleicht. Keine Ahnung. Jedenfalls erinnerte ich mich,

etwas über eine Sprache namens Aymara gelesen zu haben. Sie gehört zur Sprachfamilie der amerikanischen Indianer. Eine der Familien, die wir auf der Tafel stehen gelassen haben.«

»Ich weiß. Da ist sie ja auch.«

»Sie scheint *erfunden* worden zu sein.«

»Ist das möglich? Ich dachte, Sprachen hätten sich einfach so … entwickelt.«

»Die meisten schon. Aber es ist nicht unmöglich. Hangul, die Sprache der chinesischen Provinz Korea, wurde 1446 von König Sejong erfunden. Er entwarf achtundzwanzig neue Buchstaben für Konsonanten und Vokale, weil tausend Jahre Gebrauch des Chinesischen eine Katastrophe für sein Volk gewesen waren«, erzählte Scott. »Aber mit Aymara ist es etwas anderes, denn wir wissen einfach nicht, wie alt es wirklich ist. Wir wissen nur, dass sie eine vollkommen andere Logik als unsere eigene Sprache verwendet. Wir verwenden Gegensätze. Unser Satzbau beruht auf Begriffen von ja und nein. Aymara hat eine dritte Form, eine Art ›vielleicht‹. Was in der Computersprache ›fuzzy logic‹ genannt wird.«

November wollte etwas sagen, aber Scott ließ sie nicht zu Wort kommen.

»Mir geht es darum, dass Iván Guzmán de Rojas, ein bolivianischer Computerfachmann, die Sprache in den 1980er-Jahren erforscht hat und entdeckte, dass Aymara wie ein Algorithmus funktioniert. Es könnte als Mittlersprache dienen. Würde man eine Fremdsprache in Aymara übersetzen, könnte man anschließend das Aymara in jede andere Sprache übertragen – wobei der ursprüngliche Sinngehalt der ersten Sprache vollständig erhalten bliebe, ohne dass irgendetwas durcheinandergeworfen würde oder in der Übersetzung verloren ginge. Es ist derart nützlich, dass es selbst heute noch in allen möglichen Übersetzungsprogrammen Verwendung findet.«

»Aymara? Wo wurde das gesprochen?«

Scott hob eine Braue. »Tiahuanaco. Und einige Leute sprechen es immer noch.«

»Wo liegt Tiahuanaco?«

»In den Anden. Ganz weit oben, am Ufer des Titicacasees.«

November staunte nicht schlecht. »Als wären alle Hinweise auf Atlantis schon immer da gewesen. Wir haben nur nicht hingehört.«

Scott begutachtete die Reihe von Kristallen auf dem Tisch. »Nun, jetzt wissen wir, dass es da ist. Und uns etwas mitzuteilen versucht.«

November stand auf. »Ich habe Hunger. Und von dem Kaffee ist mir schon ganz schlecht. Möchten Sie vielleicht 'ne Cola?«

»Für mich nicht, danke.«

Die Kochnische war voller Vorräte. Sie verfügte über eine Spüle und einen Mikrowellenherd. Das Ganze steckte in einer geschlossenen mobilen Einheit, um Dampf und Streustrahlung von der Arbeitsumgebung fernzuhalten.

An einer Seite stand ein Radio. Abwesend lauschte November einer Melodie, erkannte sie wieder und stellte lauter. Sie hielt einen Brocken Kohlenstoff-60 in der Hand, legte ihn vor den Apparat, zog die Kühlschranktür auf, griff nach der Zweiliterflasche Cola und goss sich ein Glas ein. Sie fand einen unbenutzten Filter und brühte frischen Kaffee. Mochte Dr. Scott sagen, was er wollte, er würde Kaffee wollen. Und da hörte sie ein hochtönendes, kaum wahrnehmbares Wimmern. Zunächst glaubte sie an ein Klingeln im Ohr, bis sie bemerkte, dass es aus einer bestimmten Richtung kam, nämlich aus ihrem Colaglas.

Der Ton wurde immer höher. Weit über ihr Hörvermögen hinaus.

Sie ging in die Hocke, um sich das näher anzusehen, und traute ihren Augen nicht. Die Kohlensäurebläschen, die gewöhnlich an die Oberfläche zischten, verlangsamten sich, als würde die Cola zu Sirup gerinnen.

Ein Knacken wurde im Glas laut. Doch es war keine Beschädigung zu erkennen.

Und dann hielten die Bläschen inne. Blieben mitten im Aufsteigen stehen.

Sie spürte, wie die ganze Kücheneinheit vibrierte, konnte die Schwingungsbewegung sehen. Was zur Hölle ging da vor sich?

Sie schaute von einem Gegenstand zum nächsten. Radio – Lautsprecher – Kohlenstoff-60 – Glas mit Cola.

Eine der Schubladen enthielt eine Kiste mit allerlei Krimskrams. Darunter befand sich eine Kugellagerkugel aus Stahl.

Vorsichtig hielt sie die Stahlkugel über das Glas. Verharrte, ehe sie losließ.

*Klack.*

Die Kugel traf auf die Cola, als wäre es Eis, und blieb bewegungslos auf der Oberfläche liegen.

»O mein Gott«, flüsterte sie. Jemand musste sich das anschauen kommen! Das war unglaublich! Sie schnellte hoch. »Dr. Scott!«, brüllte November. »Dr. Scott, das müssen Sie sich ansehen!«

Unwillkürlich streckte sie die Hand nach dem Colaglas aus und griff zu.

Als Scott hereinkam, schrie November Dryden aus vollem Halse.

# 7. Durchbruch

## Eine Dachterrasse in Kairo
## 21 Uhr 30

»Wie geht's deiner Frau?« Es war die boshafteste Frage, die ihr einfiel, während sie den frischen Hummer anstarrte, der, den Rücken der Länge nach aufgebrochen, auf ihrem Teller lag. Eine Flasche Dom Pérignon kühlte im Eiskübel.

Schon erstaunlich, was sich in einem alkoholfreien Land mit Geld alles kaufen ließ. Andererseits waren die Ägypter immer ein Volk mit viel Sinn fürs Vergnügen gewesen. Sarah war sich sicher, dass diese Fundamentalistennummer nicht von Dauer sein würde. Dazu mangelte es den Ägyptern einfach an Disziplin.

Thorne zog ein Stückchen weißes Fleisch aus der Schere in seiner Hand, ohne auch nur mit der Wimper zu zucken. »Julia geht's prima«, sagte er vergnügt. »Weißt du, sie steht geradc voll auf Tennis.« Er leckte sich die Finger ab.

»Tennis?« Thorne hatte etwas im Country Club laufen. So musste es sein. »Wusste gar nicht, dass du Tennis magst.«

»Das hab ich auch nicht gesagt«, erwiderte er und ließ sich ein weiteres Stück Hummer schmecken. Er schenkte Champagner ein und prostete ihr zu.

Sie stürzte ihn nervös hinunter und setzte, etwas zu heftig vielleicht, das langstielige Kristallglas ab, schob den Hummer auf ihrem Teller umher. Für das hier war sie überhaupt nicht in Stimmung. Die Schmetterlinge in ihrem Bauch flatterten wie wild. Wie viele Beziehungen hatte sie schon beendet, weil sie sich diesen Mann nicht aus dem Kopf schlagen konnte?

Sarah warf einen Blick über das Geländer der Terrasse auf den

Trubel unten in den Cafés und Restaurants. Musik und Gelächter drangen herauf. Er hatte sie aus einem Grund hierher gebracht. Sie hatten sich mehrere Jahre lang nicht gesehen. Doch ihm war klar, dass sie sich hier oben einsamer und stärker auf ihn angewiesen fühlen würde. Und er lag richtig. Thorne lag immer richtig.

»Wie war dein Meeting beim AOI?«, fragte sie. Sie hatte den Stapel Papiere auf einem beleuchteten Tisch hinten im Raum gesehen. »Hast du bekommen, was du wolltest?«

Thorne lächelte auf jene Art, die ihr sagte, dass er sich dazu keinesfalls äußern würde, selbst wenn es zuträfe.

»Weshalb hast du veranlasst, dass ich nach Kairo komme?«, stocherte sie weiter.

»Du meinst, damit ich dich treffen könnte?«, konterte er.

Sie schenkte ihm ein leichtes Lächeln. Ein so echtes, wie sie eines zuwege brachte. »Du kannst dir jederzeit ein Treffen mit mir erbitten«, stellte sie klar. »Ich frage das rein geschäftlich. Was zieht die ägyptische Regierung aus alledem? Ist ihr wirklich bewusst, was sie hier in den Händen hält?«

»Nein, ich bezweifle, dass sie die ganze Tragweite begreift, Sarah. Warum sollte sie? Sie sieht nichts als Dollarzeichen. Bloß nicht so große wie ich.«

»Weiß sie von China?«

Nun zögerte Thorne.

»Aha«, entgegnete er. »Du weißt also von China.«

»Spricht sich rum«, sagte sie. »Immerhin habt ihr beinahe einen Krieg ausgelöst.«

Thorne rief den Kellner für eine nächste Flasche Champagner herbei. Der Mann setzte kurz auseinander, dass man nur noch Krug habe. Thorne sagte, das sei okay, und musterte Sarah offen. »Du warst schon immer sehr schlagfertig, Schatz. Sehr aufmerksam.«

Reine Glückssache, dachte sie. Also hatte Ellen Recht. Ganz ungezwungen nahm er ihre Hand und schien überrascht über ihre zierlichen kalten Finger. Er rieb sie sanft, während seine Blicke den Kellnern zu verstehen gaben, dass sie entlassen waren. Geräuschlos zogen sie sich aus den Räumlichkeiten zurück.

»Du bleibst nicht länger, oder?«, fragte sie, während sie allmählich einiges begriff.

»Nein«, gestand Thorne. »Morgen früh muss ich weiter. Ich wollte dich vor meiner Abreise noch sehen. Es ist schon so lange her … Ich musste dich einfach sehen.«

»Wohin fährst du?«

»Rom.«

»Rom?« Sie konnte nicht verstehen, was ihn dort außer Spaghetti und dem Vatikan erwarten mochte. Sie schluckte ein nervöses Auflachen hinunter. »Willst du den Papst aufklären? Ihn wissen lassen, dass die Zivilisation etwas weiter als bis Jesus Christus zurückreicht?«

Thorne lachte nicht. »So was Ähnliches. Der Präsident ist bereits da.«

»Was? Mal so zwischendurch, während er einen Krieg in der Antarktis anfängt?«

»Kriege werden an vielen Fronten ausgetragen, Sarah.« Er erhob sich. »Hättest du gern einen Nachtisch?« Sarah rieb sich die Stirn. Ihr war schwindelig. »Jetzt komm schon, es ist nur Nachtisch. Möchtest du welchen?«

Er zog sie hoch, drückte sie an sich. Jener Duft seiner Haut, den sie so gut kannte, erfüllte ihr Herz.

»Ich will Nachtisch«, sagte er heiser. »Ich will dich.«

So ein Mist. Am liebsten hätte sie nach dem nächsten Eimer gelangt, wäre sie nicht so verdammt angetörnt von ihm gewesen. Als sie sich letztendlich von ihm löste, fragte sie: »Warum hast du nun wirklich gewollt, dass ich hierherkomme?«

Er strich ihr übers Haar. »Ich dachte, es wäre eine angenehme Abwechslung für dich. Ich weiß doch, wie lieb dir deine Geschichte ist. Sibirien muss hart gewesen sein.«

Das genügte, um sich wieder von ihm küssen zu lassen. Und

mehr. Und nach der ersten heftigen Runde an der Wand waren sich beide einig, dass es im Bett gemütlicher sein dürfte. Sie waren schließlich keine Teenager mehr.

Er wusste, was Champagner mit ihr anstellte. Gottverdammt. Der Mistkerl wusste es.

## 20 Uhr 03

Sie wurden Quasikristalle genannt.

Stoffe, die nicht als echte Kristalle gelten konnten, weil sie nicht aus der Wiederholung gleichförmiger Zelleinheiten bestanden wie einem Würfel im Fall von Natrium, dem guten alten Salz. Die Einheiten in Quasikristallen waren von erheblich komplexerer Symmetrie. Zwölffach symmetrisch. Bildeten Formen wie Doppelwendeln und sechseckige Waben aus. Diese sonderbaren Gebilde waren außer der Regel, fügten sich aber immer noch kristallartig zusammen.

Doch das galt für Metalle.

Die Cola in Novembers Glas wies alle Anzeichen dafür auf, sich in ein Quasikristall umgewandelt zu haben. Und da sie eine Flüssigkeit war, hieß das, die Arbeit eines viel älteren Wissenschaftlers zurate zu ziehen.

Als Erster entdeckte 1831 Michael Faraday, dass stehende, also scheinbar völlig bewegungslose Wellen in Flüssigkeiten erzeugt werden konnten. Dies erforderte den Einsatz von Schwingungen, ihrer Natur nach ein Bestandteil des Schalls. Und *das* war das, wonach Hackett suchte.

Der Arzt schloss gerade seinen Koffer, als der Physiker und der Ingenieur eintraten, um dem Aufruhr auf den Grund zu gehen. Scott erzählte, was passiert war, während sich November mit einem zerknitterten Kosmetiktuch die Tränen wegwischte.

Der Arzt vom medizinischen Zentrum der CERN sagte: »Ihr geht's gut. Keine Brandmale. Keine Schürfwunden. Hoher Blutdruck, aber keine Atembeschwerden. Sie ist bei bester Gesundheit.«

»Ich *sagte* doch, es hat nicht wehgetan«, erklärte November gereizt. Ihr Körper wurde noch immer von Weinkrämpfen geschüttelt. »Ich konnte die Hand nicht bewegen«, klagte sie, »sosehr ich mich auch bemühte. Auch kein einziges Gelenk. Als wäre mein Arm stocksteif gefroren, aber es tat nicht weh.«

»Warum hast du dann geschrien?«, fragte Scott mitfühlend.

»Weil ich Angst hatte«, gab sie kleinlaut zurück. »Ich hatte Angst, weil ich den Arm nicht bewegen konnte.«

Hackett ging vor der Arbeitsplatte in die Hocke. Aus dem Radio kam zwar andere Musik, aber die Anordnung der Gegenstände war vollkommen unverändert dieselbe: Radio – C-60 – Glas mit Cola. Pearce stand seitlich daneben und sah zu. Er wollte nicht im Weg stehen, aber auch nicht gehen. Alle standen im Bann von etwas, das einfach nicht normal war. Und beinahe schien es, als könne er ihre genialen Hirne Überstunden machen sehen.

Eine Kugellagerkugel aus Stahl lag oben auf einer Flüssigkeit, die fest geworden war, ohne gefroren zu sein.

»Allmächtiger Gott«, murmelte Matheson.

»Gott hat vielleicht gar nichts damit zu tun«, hielt Hackett dagegen und holte mit einem Bleistift nach dem C-60 aus. Erneut betrachtete er eingehend die Anordnung, ehe er Pearce einen Blick zuwarf und ihm leise auftrug: »Okay, Bob, schalte das Radio aus.«

Pearce machte die weiße Plastiksteckdose und den Gerätestecker ausfindig, nahm den dazugehörigen Schalter fest zwischen die Finger und legte ihn um.

Das Radio war aus.

Auf einmal schoss die Kugellagerkugel mit solch gewaltigem Knall auf den Glasboden, dass es einen Augenblick lang so aussah, als könnte das Behältnis zerspringen. Sie rollte im Kreis und kam zum Stehen.

Hackett hob die Brauen und atmete tief aus. Er hatte gar nicht mitbekommen, dass er die Luft angehalten hatte.

Auf einer Seite lag irgendwelcher Kleinkram, darunter ein langer Plastikstab. Hackett tunkte ihn in die Cola und wirbelte darin herum. Bläschen zischten an die Oberfläche.

Er zog den Stab wieder heraus, nickte Pearce zu. »Schalten Sie das Radio wieder ein.«

Sekundenschnell kehrten das Zischen und hochtönende Wimmern zurück. Und als er diesmal den Stab in die Flüssigkeit zu stecken versuchte, darauf bedacht, die Hand aus der Schallwelle herauszuhalten, knirschte es, als würde er auf etwas Festes treffen.

Er bat Pearce, das Radio wieder auszuschalten, und nahm das Colaglas. Er nickte einem der Chemiker zu, die sich an der Tür versammelt hatten, der seinerseits einem Assistenten zu verstehen gab, die im Käfig mitgeführte Ratte herzubringen.

Er stellte sie vor dem Edelstein ab.

Es war eine große braune Ratte. Sie rannte in ihrem Käfig herum und beschnüffelte die Luft, als könne sie spüren, dass etwas nicht stimmte. Sie kam an die Vorderseite des Käfigs getrippelt, quiekte das C-60 an und holte mit der Pfote danach aus.

»Das können Sie nicht tun! Das ist ja grauenhaft!«, kreischte November.

Hackett ließ sich nicht beirren. »Einzig durch das Experiment«, erklärte er, ohne sie anzusehen, »lässt sich Gewissheit erlangen.«

Wieder wurde das Radio eingeschaltet. Und die Ratte erstarrte zu einer eingefrorenen Pose. Die Augen glasig und versteinert. November schaute weg, während Hackett volle dreißig Sekunden abzählte.

»Was zum Teufel geht da vor sich?«, wollte Matheson wissen.

Hackett fuhr mit dem Stab an der Anordnung entlang und erklärte: »Schallwellen werden hier erzeugt – im Radio. Der Schall dringt in den Kohlenstoff-60 ein und wird irgendwie ›verändert‹. Nach seinem Wiederaustritt wird er in diese Richtung geworfen, bis er auf die Ratte trifft. Oder die Cola. Ein lebendiger Organismus besteht zu etwa fünfundsiebzig Prozent aus Flüssigkeit und reagiert folglich ähnlich wie die Cola. Der veränderte Schall ist harmonisch gestimmt worden, um stehende Wellen in Flüssigkeit hervorzurufen. Mit anderen Worten ist Schalltechnologie zur vorübergehenden künstlichen Kristallisation eines flüssigen Objekts benutzt worden.« Er bat darum, das Radio wieder auszuschalten.

Die Ratte wurde lebendig, als sei nichts gewesen.

»Hmm.« Hackett beäugte das Glas Cola in seiner Hand, auf dessen Boden immer noch die Stahlkugel herumrollte. Scheinbar ganz unbedacht nahm er einen Schluck. »Komisch«, murmelte er. Dann ein Würgen. »Uhh!«

»Was ist los?«, schrie November und packte den Mann an der Schulter.

Hackett stellte rasch das Glas ab. »Cola Light«, klagte er. »Das Zeug kann ich nicht trinken. Gibt's hier keine normale?«

November schlug ihm mit der flachen Hand auf den Hinterkopf. Auch sonst fand es keiner lustig. Hackett entfernte das C-60, schob das Radio näher an die Ratte heran, schaltete es ein und nichts geschah. »Nun, hier ist die Bestätigung«, verkündete er. »Da ist nichts Besonderes am Radio oder dem eingestellten Sender.« Ein säuerliches Lächeln huschte über sein Gesicht. »Das Militär wird liebend gern praktischen Gebrauch davon machen.« Er schaute Scott an. »Ihnen ist klar, dass wir Glück hätten, sollte bei unserer Ankunft in der Antarktis noch irgendetwas von Atlantis übrig sein.«

»Hab ich das richtig verstanden«, sagte Pearce aufgewühlt, »wir haben eine Stadt, erbaut aus einem Werkstoff, der – allen Ernstes – auf Gravitationswellen, Licht, Elektrizität und jetzt auch noch … Schallwellen reagiert?«

»Korrekt.«

»Scheiße! Das ist irre!«

»Nun«, meinte November, »mir hat's gereicht. Ich will zurück in mein Hotelzimmer.«

Schon nickte Scott wohlwollend. »Ich komme mit. Muss nur schnell meinen Mantel holen.«

»Und dabei hab ich geglaubt, wissenschaftliche Entdeckungen seien was Aufregendes«, bemerkte Hackett, während er zusah, wie die beiden losgingen.

»Was ist mit der Übersetzung?«, rief Pearce ihnen besorgt hinterher.

»Kann warten!«, rief Scott über die Schulter hinweg zurück.

Hackett vergrub die Hände in den Hosentaschen, als sich Pearce an seine Seite drängelte. »Stimmt's, Sie haben die Solardaten überprüft? Es kann *nicht* warten, oder?«

Hackett schüttelte lediglich den Kopf. Nein, das konnte es nicht. Er ging ins Hauptlabor hinaus und sah Scott und November eben noch die Metalltreppe hoch Richtung Ausgang entschwinden. Und da nahm er vom anderen Ende des Labors her das Knallen von Elektrizität und den Ausruf »Das Zeug ist zum Kotzen!« wahr.

»So kann man's auch ausdrücken«, meinte Hackett und begriff, dass da irgendetwas passiert war. Er wandte sich an Pearce. »Was hat sich getan, Bob?«

Er wurde hinüber zu Hawkes geführt, der den Klumpen Kohlenstoff-60, den sie verwendet hatten, gerade aus der Laserschneidevorrichtung zerren wollte.

»Es ist dieser Kristall«, erklärte Hawkes und rückte seine Schutzbrille zurecht. »Jedes Mal wenn wir das Zeug anschneiden, kommt es zu einer Art Rückkopplung im Laserstrahl.« Er entsperrte die Abdeckplatten vor der Zugangslade und klinkte die Halterung für den Kristall aus, zog ihn vorsichtig aus der Kammer.

»Geht das bereits die ganze Zeit so oder erst seit gerade eben?«

Die übrigen Chemiker entkuppelten emsig Stromkabel und richteten alles für eine umfassende Rekalibrierung ein.

»Ach, gleich von Anfang an«, klagte Hawkes, ohne aufzublicken.

»Wieso haben Sie's nicht eher erwähnt?«

»Schien nicht so wichtig.«

Für einen genaueren Einblick trat auch Matheson näher an das Ärgernis heran. »Nur interessehalber: Was für eine Sorte Rückkopplung hat es denn gegeben? Einen einzelnen langen Impuls? Oder ein Gekabbel?«

Jetzt hob Hawkes den Blick. »Meinen Sie einen Schlag oder ein Pulsieren?«

Matheson nickte. »Ein Pulsieren.«

»Geregelt?«

»Äh-äh. Nein. Wäre es geregelt, dann könnten wir das ausgleichen. Aber es ist jedes Mal anders. Wieso, ist Ihnen so was schon mal untergekommen?«

Pearce war verwirrt, während Matheson erklärte: »Klingt nach periodischer Reflexion. Immer wenn Sie in das Kristall zu schneiden versuchen, wirft es das Laserlicht auf die Strahlquelle zurück –«

»Fast wäre auch noch was durchgebrannt.«

»Klingt so, als *wolle* es nicht von Ihnen zerschnitten werden«, bemerkte Pearce.

Der Chemiker schaute ungläubig drein, sagte aber nichts dazu.

»Oder es versucht, Ihnen etwas mitzuteilen«, steuerte Hackett bei. »Informationen weiterzugeben.«

Matheson wurde sofort von einer Unruhe erfasst. »Denken Sie dabei an Datenspeicherung in einem Lichtcomputer?«

Hackett zuckte mit den Schultern.

»In einem was?«, warf Pearce ein. »Das ist doch reine Theorie –«

Aber Mathesons Blicke blieben fest auf dem Physiker haften, als er wissen wollte: »*Haben* Sie an diesem Ort überhaupt einen Lichtcomputer?«

Thorne lag im Bett und schlief.

Sarah wusste, dass er so bald nicht aufwachen würde, da sie ihn absichtlich mächtig gefordert hatte. Und nun waren sein Rechner und seine Papiere Freiwild für sie …

Im Kühlschrank fand sie eine Flasche Wasser, setzte sich damit an den Tisch und überflog die Schriftstücke, die darauf lagen. Und da erspähte sie es – das eselsohrige Druckwerk, das aus einem der Schnellhefter, begraben unter einem der Stapel, hervorlugte.

Sie zog es heraus. Es war das Exemplar einer wissenschaftlichen Arbeit von Ellen Paris.

Plötzlich fiel Sarah der Umschlag ein, den Ellen ihr gegeben hatte. Vorsichtig riss sie ihn auf und fand denselben Aufsatz darin.

Ellens Arbeit beschrieb die Theorie der Erdkrustenverschiebung von Charles Hapgood, einem Professor für Wissenschaftsgeschichte, der den Begriff in den 1950er-Jahren vorgestellt und Unterstützung durch Albert Einstein gefunden hatte. Auf ebendiese Theorie hatte sich Sarah bereits bei ihrer Unterhaltung mit Houghton in Sibirien bezogen.

Der Grundgedanke war einfach. Eine Zunahme des Polareises wirkte sich radikal destabilisierend aus und führte dazu, dass die Erdkruste vom flüssigen Kern des Planeten losgerissen und wie Haut auf Eiercreme verschoben wurde. Damit ließen sich viele geologische und paläontologische Ungereimtheiten erklären, so der Fund tropischer Pflanzenreste in der Antarktis.

Hapgoods Theorie setzte sich schließlich zur maßgebenden geologischen Theorie der Plattentektonik fort und führte zur Entdeckung, dass der an bestimmten Gesteinszusammensetzungen messbare Magnetismus anzeigte, zu welcher Zeit diese entstanden waren. Da sich das Gestein im Magnetfeld der Erde gebildet hatte, spiegelte es die einstige Lage von Nord- und Südpol wider.

Die Daten bestätigten, dass der Nordpol einst in der Hudsonbai, ein andermal 4000 Kilometer weiter westlich bei den Britischen Inseln und vor sechzig Millionen Jahren weit im Süden, im Pazifik, auf dem fünfundfünfzigsten Breitengrad gelegen hatte. Andere geologische Belege zeigten, dass Afrika und Indien in grauer Vorzeit von Eis bedeckt und die Antarktis 4000 Kilometer weiter nördlich zu suchen gewesen waren.

Das geologische Gedächtnis bewies, dass die magnetischen Pole regelmäßig die Seiten wechselten. Doch der Mechanismus dieser polaren Umkehr war völlig unbekannt. Hingen die beiden Erscheinungen, eine sich verschiebende Kruste und die Polumkehr, zusammen? Und falls ja, warum interessierte sich Thorne für solchen Kram?

Die Theorie der Erdkrustenverschiebung setzte eine Erdoberfläche voraus, die gänzlich auf einem Meer aus Lava schwimmt. Manche Geologen hätten diese Vorstellung verworfen, hätte nicht Mitte der 1990er-Jahre John Van Decas ein Team in die brasilianische Basaltprovinz Parana geführt und dort mit einer Reihe von Anzeigegeräten den unterirdischen Wellenverlauf von Erdbeben wie bei einer Computertomographie aufgezeichnet. Das war leichter, als die meisten dachten, denn es war kaum bekannt, dass sich jeden Tag irgendwo auf dem Erdball ein Beben ereignete. Und alle vier Tage betrug seine Stärke mindestens 6,4.

Was Van Decas über dreihundert Kilometer hinweg entdeckte, war eine halbwegs zähflüssige Blase geschmolzenen Gesteins, die sich sechshundert Kilometer tief von Südamerika bis zum geschmolzenen Mantel erstreckte. Damit erklärte sich, weshalb Südamerika in 130 Millionen Jahren fast 3000 Kilometer nach Westen gewandert war. Es bedeutete, dass Südamerika unmittelbar mit den Strömungen verbunden war, die auf den flüssigen Erdmantel einwirkten. Die folgenden zehn Jahre über wurden ähnliche Blasen aufgespürt, die andere Kontinente mit dem Mantel verbanden. Letztlich ließ sich also wirklich von der Erdkruste sagen, sie »treibe« auf Lava.

Sarah wollte gerade weiterlesen, als ihr in Thornes Papierbergen plötzlich die eigene Doktorarbeit ins Auge fiel. »Was zum Kuckuck …?«

Sie griff danach und blätterte sie durch. Sie entdeckte rote Markierungen und hastig hingekritzelte Notizen: *siehe Akte 15A.*

Es gab eine Theorie, wonach magnetische Stürme und die Wechselwirkung mit anderen Körpern im All den Erdkern beeinflusst und so die Umkehr des irdischen Magnetfelds verursacht haben könnten. Mitte der 1990er-Jahre nahmen Wissenschaftler Bewegungsmessungen des festen Eisenkerns vor und fanden heraus, dass er schneller als die Erde selbst rotierte. Außerdem umgab ihn ein größerer, flüssiger, äußerer Eisenkern und beides zusammen fügte sich zu einem gigantischen Elektromotor.

In jüngster Zeit wurden wissenschaftliche Theorien aufgestellt, wonach ein magnetischer Weltraumsturm nicht ausreichen würde, um diesen Motor zu beeinflussen. Ein Gravitationsfeld würde ihn umlenken müssen. Ihn vielleicht um die eigene Achse werfen oder so weit aus dem Lot bringen, dass sich sein Drehsinn am Ende umkehren würde, ohne die Bewegung je zum Stillstand kommen zu lassen.

Ellen war überzeugt, dass etwas dabei war, auf die irdische Schwerkraft einzuwirken. Sie hatte alles auf die Karte eines Kometen aus dunkler Materie gesetzt, der dicht an der Erde vorbeizöge. Die Erde wäre von der Gravitationsenergie eines solchen episodischen Ereignisses betroffen. Es war eine nette Theorie. Doch während Sarah weitere Dokumente durchsah, wurde ihr allmählich einiges klarer.

Angenommen, es gab eine Sintflut und eine Erdkrustenverschiebung. Angenommen, es gab eine vorsintflutliche Supermacht. Angenommen, es kam zu Verheerungen größten Ausmaßes. Dann war zwingend anzunehmen, dass die Menschheit ihre zertrümmerte Existenz Stück für Stück wieder aufbauen wollte.

Dafür würde sie trockenen Boden brauchen. Sicheren Grund. War die Erde überflutet worden, würde die Menschheit Berge und fruchtbares Land brauchen. Noah segelte vierzig Tage und Nächte, ehe er das Gesuchte fand. Wer wollte abstreiten, dass andere das Gleiche taten?

Und war es lediglich ein Zufall, dass etwa um 7000 v. Chr. an gerade einmal drei Gebieten auf der Erde plötzlich und aus dem Nichts Landwirtschaft entstand und sich entwickelte?

In China rings um die Gegend von Takla Makan. In Südamerika rings um den Amazonas. Und in Afrika am Nil und auf der Hochebene von Gizeh. Alle drei Gegenden lagen in der Nachbarschaft von hohen Bergketten. Und auf Satellitenfotos bargen die nahe gelegenen Gipfel Anzeichen für die Überreste, Magneteisensteine und das ganze Zeug, wenigstens zweier altertümlicher Großschiffe, die 2000 Meter hoch an den Flanken von zwei dieser Berge klebten. Alle drei Gebiete wären von den schlimmsten Folgen der Flut verschont geblieben. Alle drei wären in einer verhältnismäßig beständigen Klimazone verblieben, trotz des eingetretenen Wandels. Und in 1600 Kilometern Umkreis standen jeweils Pyramiden.

Bei den Pyramiden in Ägypten war Sarah für den zweifelsfreien Nachweis von C-60 verantwortlich gewesen. In China hatte ihn ein anderes Team bereits geführt. In der Antarktis bestand eine ganze Stadt aus dem Zeug – Atlantis. Es spielte keine Rolle, wie bedeutsam das war. Nichts von alledem spielte eine Rolle. Für die Rola Corp. war allein der Rohstoff wichtig. Und die Firma wollte den Rohstoff um jeden Preis.

Jetzt wusste Sarah genau, wonach sie suchen musste. Mit Feuereifer grub sie jeden geologischen Bericht aus, den sie finden konnte. Brachte Hinweise auf Erzlager und Kohlenstoff-60 und wurde fündig.

Vor genau einem Monat hatte die Rola Corp. Kohlenstoff-60 an einem Ort namens Wupu in der Wüste Takla Makan entdeckt. Ein erbitterter Streit mit chinesischen Behördenvertretern brach aus, zuvor waren gewisse Erkenntnisse an der Fundstelle ans Licht gekommen, die geradewegs eine unaufhaltsame Kettenreaktion auslösten.

Am 1. März 2012 zog Rip Thorne gegen den Rat und die deutliche Warnung des leitenden Entwicklungsingenieurs Ralph Matheson eine Probebohrung in der Antarktis unerklärlicherweise um mehr als sechs Monate vor, ehe die Chinesen in dasselbe Gebiet aufbrachen. Plötzlich war auch die NASA auf der Jagd nach Erzen und das Tempo auf der firmeneigenen Werft wurde erhöht. Aber das Bohrschiff war nicht einsatzbereit, konnte es auch gar nicht sein. Und Rip Thorne suchte auch nicht nach Öl.

Am 8. März 2012 wurde Kohlenstoff-60 in der Antarktis gefunden, wie es zunächst schien, fußend auf in Wupu zusammengetragenen historischen Hinweisen. Und es wurde zur Jagd nach weiterem C-60 geblasen. In großer Eile setzte man eine internationale Suchmannschaft auf die Ortung von leichter zugänglichem C-60 an.

In Ägypten wurde Kairo zur Zielscheibe. Während die Wahl im südamerikanischen Amazonasbecken auf eine Stätte nahe dem Pini-Pini-Fluss fiel. Satellitenbilder zeigten deutlich eine Reihe von acht riesigen Pyramiden im Schutze des Regenwaldes, seit Jahrtausenden ungestört, von üppigem Grün bedeckt und vom Stamm der Machiguenga bewacht, die sich als Hüter der »heiligen Stätten« betrachteten.

Ellen hatte Recht. Es *war* ein Team nach Südamerika entsandt worden.

Doch was hatte das Jagdfieber nach C-60 überhaupt ausbrechen lassen? Was hatte die Rola Corp. veranlasst, Kohlenstoff-60 zu suchen und sich auch noch in die Forschung der Erdkrustenverschiebung zu vertiefen?

Die Antwort lautete Ellen Paris. Die Entdeckung von C-60 in China, derselbe Vorgang, der einen Waffengang heraufbeschwor, beruhte zum Teil auf einem von ihr verfassten Zeitschriftenartikel.

Es werde sich wiederholen, so Ellen. Die Flut werde wiederkommen. Sarah las Ellens These aufmerksam durch und stieß bald auf das, wonach sie gesucht hatte – und was irgendein namenloser Wissenschaftler als wichtig angekringelt hatte. Gleich welche äußere Ursache die Verschiebung der Erdkruste auslöste, das Vorspiel zum Ereignis ließ sich zeitlich berechnen. Indem die folgerichtige Steigerung der Erdbebentätigkeit überwacht wurde, konnte ein Zeitpunkt für die bevorstehende Katastrophe vorhergesagt werden, und genau das hatte Ellen getan.

Erdbeben gingen der Flut voraus und der Zuwachs setzte in Peru ein. *Im Jahre 1996.*

In Sekunden war sie durch die seitenlangen Statistiken durch. Es waren Zahlen des US-Vermessungsamts, die Ellen benutzt hatte. Entscheidend für ihre These, wenngleich irgendwie weit hergeholt. Sarah blieb es ein Rätsel, wie Bebenereignisse von 1996 irgendeine Verbindung zu Vorgängen im Jahre 2012 haben könnten. Der bloße Blick auf das Zahlenmuster verriet, dass Peru zwei volle Tage lang heftigen seismischen Aktivitäten ausgesetzt gewesen war. Doch wie half das bei der Bestimmung des Zeitpunktes für eine unmittelbar drohende Flut?

Ellen nannte es den »Tesla-Effekt«. Ein überraschender Name für eine geologische Auswirkung, da der selige, große Nikola Tesla kein Geologe gewesen war. Vielmehr Gründervater von Radio und Wechselstrom.

Alles hing mit Frequenz, Vibration und Oszillation zusammen, gebündelt in einer Erscheinung namens *Resonanz*. Eines Tages, bei der Arbeit in seinem New Yorker Laboratorium, brachte Tesla einen kleinen Schwingungserzeuger am Stahlgerüst des von ihm genutzten Gebäudes an und schaltete ihn aus reiner Neugier ein. Das Ergebnis war ein Kleinsterdbeben im unteren Manhattan, worauf die Ortspolizei erschien und dem Spinner Einhalt gebot. Weitere Versuche überzeugten ihn, dass es mit diesem Verfahren möglich sei, die Brooklyn Bridge zum Einsturz zu bringen. Oder, verhängnisvoller, mittels einiger Tonnen Dynamit den ganzen Planeten in Stücke zu zerreißen.

Alles schön und gut, aber wie fügte sich das in die Häufigkeitsmuster von Erdbeben?

Die Antwort lautete Resonanz. Jeder Gegenstand, ob belebt oder unbelebt, atomar oder animalisch, hatte seine eigene spezifische Resonanz – die Frequenz, mit der er vibrierte. Wurde diese Resonanz durch Schallwellen beeinflusst, konnte sie beschleunigt werden, bis sich der Gegenstand selbst buchstäblich »in Stücke schüttelte«. Oder, schlimmer noch, zerplatzte. So wie ein Opernsänger ein Glas zerspringen lassen konnte, indem er einfach den richtigen Ton traf und hielt.

Ellen erklärte dies durch den Vergleich mit einem Kind auf einer Schaukel. Die Mutter stieß die Schaukel immer dann an, wenn diese gerade den höchsten Punkt erreicht hatte und wieder von ihr fortschwang. Und zwar deshalb, weil es auf diese Weise sehr wenig Kraft kostete, die Schaukel in Bewegung zu halten.

Würde die Mutter hingegen die gleiche Kraft aufwenden, mit der sie das Kind überhaupt erst zum Schaukeln gebracht hatte, wüsste auch der Einfältigste instinktiv, dass sich die Schaukel am Ende überschlagen würde.

Genauso verhielt es sich auch mit der Resonanz.

Tesla hatte herausgefunden, dass eine niederfrequente Welle eine Stunde und neunundvierzig Minuten brauchte, um einmal durch die Erde und zurück zu wandern. Seiner Theorie zufolge müsste er somit jede Stunde neunundvierzig Minuten eine Tonne Dynamit explodieren lassen, um mit der Zeit einen Vibrationszustand zu bewirken, bei dem sich die Erdkruste um hundert oder mehr Meter heben und senken würde. Es würde Meere versetzen. Zivilisationen vernichten. Und Teslas Zeitrahmen für ein solches Ereignis? Eine Frage von Jahren.

Sarah überlief ein Schauder.

*Ellen hatte den Ausgangspunkt auf 1996 gelegt. Und der Gipfel war nun jeden Monat zu erwarten.*

Der Fehler bei alldem war nur, dass Ellen trotz größter Mühe keine genaue Bestimmung der äußeren Ursache leisten konnte. Sie war keine Astrophysikerin. Wohl ließ sie sich über einen Kometen aus dunkler Materie aus, wusste aber eigentlich nicht, wovon sie schrieb. Was sie hingegen wusste, überstieg die statistische Wahrscheinlichkeit im Verhältnis zwei zu eins. Sie hatte den Druck auf die erdeigene Resonanz und ihr Anwachsen über einen langen Zeitraum verzeichnet. Und die öffentlichkeitswirksamste und sinnfälligste Folge dieses Anwachsens war eine Bebentätigkeit, die sich vollkommen gemäß ihren Vorhersagen gesteigert hatte.

Sarah konnte kaum glauben, was sie da las. Und konnte es kaum fassen, dass sie über ein Teil dieses Puzzles verfügte. Konnten Gravitationswellen von der Sonne vor über fünfzehn Jahren zu pulsen begonnen haben?

Jeden Augenblick sprangen Millionen niederfrequente Wellen im Erdkern umher, schlugen quer und wuchsen an. Ein Umstand, den die Rola Corp. unverblümt als Unsinn abgetan hatte, wie die Kopie ihres Briefes an Ellen zeigte. Aber dennoch hatte die Rola Corp. beschlossen, dem insgeheim nachzugehen. Denn es trat ein Muster aus den niederfrequenten Wellen hervor, das Ellen nicht aufgegriffen hatte, die klügsten Köpfe der Firma jedoch schon. Das Muster war eine Sache von Brennpunkten. Die im Erdkern schwingenden niederfrequenten Wellen bündelten sich in fünf verschiedenen Gegenden rings um den Erdball. Sprangen scheinbar blindlings umher, streuten aber von fünf Stellen aus. Zunächst wusste niemand den Grund, doch ein Zufall war es sicherlich nicht.

Die fünf Stellen waren die Antarktis, die Arktis, Pini-Pini in Peru, Kairo und das chinesische Wupu. Die einzige für Nachforschungen sofort zugängliche Stätte war Wupu gewesen und dort wurde auch zuerst C-60 entdeckt. Ein Kristall, der allen vorläufigen Berichten aus Genf zufolge unmittelbar auf Gravitationswellen ansprach.

Sarah lehnte sich auf dem Stuhl zurück, kaute auf ihrem Kuli herum und dachte lange über die Folgerungen nach. Es gab fünf Stellen rings um den Planeten, die C-60 bargen, auf Gravitationswellen anschlugen und Brennpunkte für niederfrequente seismische Wellen waren. Zum Teufel, worüber war die Rola Corp. da nur gestolpert? Und wieso hatte sie zu keinem ein Sterbenswörtchen darüber verloren?

Sarah blickte nachdenklich auf den Computerbildschirm, als sie es bemerkte. Unschuldig in einer Ecke von Thornes Notebook-Bildschirm war ein *Peru* benanntes Verknüpfungsicon für eine Bildtelefonverbindung zu erkennen.

Sie betrachtete es voller Unruhe. Eine Direktleitung zum südamerikanischen Team.

Sie schaute verstohlen Richtung Schlafzimmer. Dann beschloss sie, es darauf ankommen zu lassen.

Sie tippte mit dem Finger auf den Bildschirm, um die Verbindung herzustellen, und klebte einen Notizzettel über das Kameraauge an einer Seite des Geräts. Dann setzte sie sich zurück und wartete.

Und sah zu.

*Suche Verbindung ...*
*Netzbetreiber bestätigt.*
*Rufzeichen.*
*Warten auf Annahme ...*

Es regnete.

»Hallo?«

Der Kerl, der den ramponierten braunen Panamahut, ein Khakihemd und eine mit Taschen versehene, von Werkzeug ausgebeulte Lederweste trug, hatte eine kratzige Stimme. Ein buntes Wollband mit einer Feder darin diente ihm als eine Art Hutband und er hatte sich eine Woche lang nicht rasiert. Außerdem war er klatschnass.

Die Videoeinspeisung flackerte, als Blitzstrahlen den Himmel hinter ihm erhellten. Regen lief von seiner Hutkrempe. Doch das war kaum von dem heftigen Regen zu unterscheiden, der an der Linse vorbeirauschte.

Hinter ihm konnte Sarah andere Mitglieder des Teams in wasserdichten Nylonponchos und mit umgehängten Gewehren sehen. Sie machte schweres Hebegerät im Wald aus. Aufgeschlitzte Fallschirme und Sicherungsnetze bedeckten große Teile davon. Jenseits des Laubdachs, von einer einen Meter dicken Schicht aus Pflanzen und Ranken überwuchert und an der Spitze von Regendunst eingehüllt, ragten mehrere gewaltige Pyramiden in den Himmel.

Riesige weißliche Narben, wo das Regenwasser lockere Vegetation fortgespült hatte, legten die eigentlichen Oberflächen bloß.

Und sie konnte auch sehen, wo ihnen die Machiguenga-Indios entgegengestürmt waren. Sie hatten sich mit Pfeil und Bogen verteidigt, bevor sie abgeschlachtet worden waren. Ihre zerfetzten, von Kugeln durchsiebten Körper lagen achtlos über den Waldboden verstreut, den Elementen ausgesetzt.

Sarahs Magen krampfte sich zusammen. Unwillkürlich stöhnte sie auf.

Der Mann am anderen Ende der Leitung wurde ungeduldig. »Hallo? Rip, sind Sie das?«

Er klopfte seitlich an sein Bildtelefon, wodurch die Bildqualität etwas schlechter wurde. Einen Augenblick später erschien ein weiteres Gesicht auf dem Bildschirm. Sie erkannte es als das von Jack Bulger, einer der beiden Firmenmitarbeiter, die sie vor zwei Tagen in Sibirien aufgesucht hatten.

Er warf einen Blick auf die Verbindung und fummelte an unsichtbaren Reglern.

Erst jetzt erfasste Sarah das ganze Ausmaß der Dollarnoten, die Rip Thorne vor Augen hatte. Er wollte Kohlenstoff-60 monopolisieren, um seinen Vertrieb und Preis zu bestimmen. Jedes Mittel war ihm dafür recht. Und wenn das bedeutete, bewaffnete Kommandotrupps ins Amazonasbecken zu entsenden, in einen so gut wie rechtsfreien, jeder Willkür ausgesetzten Raum, so sollte es sein. Wenn es bedeutete, Hinweise seiner eigenen Leute außer Acht zu lassen und der Regierung zu verschweigen, dass ein Muster in der Bebenhäufigkeit das Überleben des Planeten ernstlich infrage stellte und dieses Muster an die fünf C-60-Fundstätten anknüpfte, so sollte auch dies sein. Wichtig war allein der Besitz von Kohlenstoff-60. Das war das Ziel und nicht etwa die Lösung eines weltweiten Rätsels.

»Rip?! Herrgott!« Bulger wandte sich ab.

Der andere Mann stieß einen scharfen Pfiff aus und zeigte auf die Leichen. »Deckt die Dinger zu!«

Sarah trennte schnell die Verbindung. Doch wer auch immer der Mann am anderen Ende der Leitung war, er hatte lauter als erwartet gerufen. Ein benommener Rip Thorne stand nackt in der Schlafzimmertür. Er runzelte die Stirn, als er sah, wo Sarah saß. Sie behielt jedoch die Nerven, hob die Wasserflasche seelenruhig an die Lippen und lächelte liebenswürdig. »Hey«, sagte sie.

»Ich dachte, mich hätte jemand gerufen«, murmelte er und rieb sich den Nacken.

»Hat auch wer. Ich war's«, meinte sie beiläufig. »Wollte nur dein Bildtelefon benutzen, um bei der Grabung anzurufen. Wir haben da heute einen Steinstotzen gefunden, weißt du.«

Thorne war nicht gerade erfreut. »Dafür hast du mich aus dem Bett geholt?«

»Nein«, schalt Sarah. »*Du* hast dich aus dem Bett geholt. Ein Brummen hätte gereicht.«

Thorne brummte und kroch wieder unter die Decke. Sie sah ihm eine Weile hinterher und konnte kaum glauben, dass sie noch immer denselben Mann betrachtete. Wozu war er fähig? Sie schrak hoch, als das Telefon läutete. Nervös fixierte sie den Apparat. Einen Augenblick lang war sie schon überzeugt, das Amazonasteam habe sie zurückverfolgt. Dann hob sie rechtzeitig genug ab, um Thorne nicht wieder aus dem Bett zu holen.

»Hallo?«

»Sarah? Bist ja wach.«

Sarah atmete erleichtert aus. »Eric, du bist's. Was gibt's?«

»Du bewegst besser deinen Arsch hier runter. Wir haben den Stotzen draußen«, sagte er.

Sarah vergaß weder den braunen Umschlag noch ihr Telefon, als sie sich anzog und ihre Sachen zusammenpackte. Sie ordnete die Papierstapel wieder so, wie sie diese vorgefunden hatte. Dabei fiel ein Hefter zu Boden. Eine Liste mit Telefonnummern war herausgerutscht. Es waren Verbindungsdaten zum Schweizer Team – einem Team, das einen CIA-Mitarbeiter in seinen Reihen hatte.

CERN:
DR. JON J. HACKETT – 555 32 12
DR. RICHARD SCOTT – 555 41 08
RALPH K. MATHESON – 555 87 95
ROBERT PEARCE – [NUMMER ZURÜCKGEHALTEN]
Kontakt: Ktradm. T. DOWER via CIA

Sie stopfte die Liste in ihre Handtasche und legte den Rest der Akte auf den Stapel. Eigentlich hätte sie Thorne so wie früher küssen müssen.

Sie tat es nur nicht.

## ELIGO
## Europäisches Laser-Interferometer-Gravitationswellen-Observatorium
## 22 Uhr 06

»Die Sonne ein Pulsar? Sind Sie noch ganz dicht?!«

Das Nervenzentrum des ELIGO, das sämtliche Laser, Strahlenteiler und einige der Spiegel für alle sechs Interferometer beherbergte, wimmelte von Wissenschaftlern aus zahllosen Abteilungen, die alle aufgeregt über Bergen von Datenausdrucken miteinander stritten. Verzweifelt und entsetzt klebten viele an Bildschirmen, um zusätzliche Daten zu sammeln. Alle trugen ihre Ausweise an Bändern um den Hals, was die Anrede ungemein erleichterte.

»Genauso ist es«, entgegnete Hackett.

Eine Direkteinspeisung erfolgte vom Ames Research Center. Das MIT war auf einer Leitung, während die Sternwarte auf Kitt Peak eine weitere belegte. Die nationalen optischen astronomischen Observatorien in Tucson, Arizona, hielten eine Leitung frei, ebenso die Wissenschaftler der astrophysischen Sternwarte der kanadischen Dominion. In der Welt der Wissenschaft brach das große Zittern aus. Die Nachricht machte schnell die Runde und sie klang keinesfalls gut. Gravitationswellen galten als Folge des Zusammenpralls zweier schwarzer Löcher oder dergleichen, deren schiere, ungeheure Masse den umgebenden Raum krümmen, verknoten und verzerren würde.

Gravitationswellen galten als Erscheinungen in weiter Ferne

und nicht etwa als Vorgänge vor der eigenen Tür, die von etwas verursacht wurden, was nach Maßgabe der Theorie einfach nicht groß genug dafür war. *So etwas sollte die Sonne einfach nicht tun.*

Der Typ mit Geheimratsecken und dicken Brillengläsern war Nick Austin, Teamältester und Leiter des ELIGO. »Diese Daten besagen, dass die Sonne seit fast zwanzig Jahren Gravitationswellen aussendet. Das hätten wir doch wahrgenommen, Jon. Haben Sie diese Zahlen überprüft?«

»Ich bin mir über die Zahlen im Klaren«, bestätigte Hackett, »aber wir reden hier über derart unterschwellige Schwerkraftverschiebungen, dass ein Detektor von planetarem Umfang nötig wäre, um solche Schwankungen zu erfassen. Wie viele dieser Wellen haben Sie bislang verzeichnet?«, fragte er Austin.

Austin verschränkte abwehrend die Arme. »Vier Wellen bisher. Die letzten drei in den vergangenen zwei Tagen.«

»Und was war an der letzten Welle anders?«

»Sie hielt am längsten an. Und wir haben Daten gewonnen, die Schwankungen innerhalb der Welle nahelegen. Möglicherweise damit verbunden, was wir nur vage als ihre Feldstärke umschreiben können.«

»Ähnelt die Wellenstruktur der von Funkwellen? Oder eher der Feldstärke beim Magnetismus?«

»Vielleicht beidem zusammen. Schau mal, Jon. Niemand hat je zuvor so was gemessen. Wir gehen hier allesamt nach Mutmaßungen vor. Völlig ohne Netz.«

»Entschuldigung. *Entschuldigung!* Aber ich habe meinen Satelliten *und* meinen Kometen verloren! Leute, hat *irgendwer* die leiseste Ahnung, wie übel die Gravitationswelle meinen Abschnitt des Alls verzerrt hat?« Das Geschrei kam von einer blonden Frau mit scharf geschnittenen Gesichtszügen. Sie hatte eine Sternenkarte in der Hand und kringelte mit einem roten Kuli einen Bereich darauf ein.

»Keine Ahnung! Wir versuchen noch immer, aus Hacketts Daten schlau zu werden!«

»Zu über dreißig Satelliten ist die Verbindung abgerissen, Dr. Weisner«, fauchte einer der Wissenschaftler zornig. »Nichts macht den Ihren einen Deut wichtiger als den Rest.«

Pearce kratzte sich den Mundwinkel. Er beugte sich zu Matheson. »Läuft so ein Haufen Typen auf 'ne Party raus?« Matheson gab keine Antwort. »Wette, am Ende hocke ich doch wieder in der Küche.«

»Hackett ist ein Arschloch!«, schrie die Frau.

»Freue mich, dich zu sehen, Michaela«, sagte Hackett laut. »Ah, nach ihr hab ich gesucht. Hoffentlich bringt sie uns zu diesem Lichtrechner«, flüsterte er dann. »Sie ist meine Exfreundin.«

»Passt«, folgerte Matheson. »Sie verabscheut Sie offenbar.«

»Schatz?«, sagte Hackett kleinlaut zu der Frau. »Tu mir bitte einen Gefallen ...«

Hackett fiel Michaela Weisners Finger auf. Immer noch ohne einen Ring. »Schon komisch, nicht?«, meinte er. »Wie viel im Leben doch auf ein paar Klunkern hinausläuft.«

»*Was* redest du da?«, schnauzte sie gereizt.

Wie konnte sie vergessen haben, wie ihre Beziehung auseinandergegangen war? Und er hatte sich ihren Ring unter den Nagel gerissen, nur um ihn die Toilette hinunterzuspülen. Eine Woche später versöhnten sie sich. Sie erwartete, den Ring irgendwann wieder an ihrem Finger zu sehen. Und er hatte niemanden dabei, der ihm helfen konnte, die Scheiße im Abflussrohr durchzuseihen. Am Ende fand er auch den Ring. Aber der Stein fehlte. Und fünfzig Dollar hätten nun mal nicht gereicht, um einen altmodisch geschliffenen Smaragd zu ersetzen.

»Ich habe Rosetta verloren, meinen Satelliten«, erklärte sie, um Gefasstheit bemüht. »Ich habe keine Zeit für irgendwelchen

Scheiß, Jon. Wenn du mir dabei hilfst, denk ich darüber nach, dir zu helfen.«

Rosetta war eine Sonde der European Space Agency, die den Kometen P/Wirtanen umkreisen und zwei Fünfkilosonden, *Ro-Land* und *Champollion*, in Stellung bringen sollte. Diese würden auf dem wiederkehrenden Kometen landen, um sich auf der Suche nach Aminosäuren, den Grundbausteinen des Lebens, in seinen Eiskern zu bohren. 2003 an Bord von *Ariane 5* in Kourou, Französisch-Guayana, gestartet, hatte sie neun Jahre bis zu ihrem Ziel gebraucht. Doch bei ihrem letzten elliptischen Umlauf – in einer Höhe von 500 000 Kilometern und bei einer Geschwindigkeit von hundert Metern pro Sekunde – riss um genau 21 Uhr 18 die Verbindung zur Sonde ab.

Matheson schaute auf weitere Datenmonitore. »Und das läuft … wie?«, fragte er einen der Techniker.

»Es gibt sechs Interferometer oder Gravitationswellen-Detektoren«, erklärte der Techniker ungeduldig, »die sich über zwei bis vier Kilometer lange, luftleer versiegelte Kanäle erstrecken. Wir schicken einen Laserstrahl diese Kanäle hinunter, um das Licht mit Strahlenteilern zu zerlegen, zwischen Spiegeln hin und her springen zu lassen, wieder zusammenzusetzen und zu untersuchen.«

»Und damit wird was genau erzielt?«, fragte Matheson, immer noch so klug wie zuvor.

»Eine Gravitationswelle verändert die Lichtstärke.«

»Das ist alles?«

»Das ist alles.«

»Mit so einem Aufbau werden Sie niemals die Geschwindigkeit und Richtung einer Welle messen können.«

»Wissen wir«, räumte der Techniker finster ein. »Aber sagen Sie das mal Hackett.«

An einer Workstation in einer schlecht beleuchteten hinteren Ecke war Hackett zusammen mit Weisner und Austin in eine grafische Darstellung des Sonnensystems vertieft. Pearce trat leise zu ihnen.

»Ob euch das gefällt oder nicht«, sagte Hackett, »diese Wellen *müssen* mit Magnetismus zusammenhängen. Oder zumindest der magnetischen Aktivität auf der Sonne. Nick, dieser Aufbau ist wie lange in Betrieb? Acht Jahre? Und bis diese Woche hattet ihr nicht mal den Hauch einer Gravitationswelle. Keine einzige. Jetzt aber, in den letzten Tagen – vier. Ist es Zufall, dass diese Woche die Sonne auch den Höhepunkt ihrer Sonnenfleckenperiode erreicht?«

Weisner fuhr sich mit den Fingern durch das lange dunkle Haar. »Jon, glaubst du, die Sonne wird dir jetzt die große vereinheitlichende Theorie schenken?«, fragte sie tadelnd.

»Die was?«, platzte es aus Pearce heraus. Er hatte eigentlich gar nichts sagen wollen, was Hackett offensichtlich auch besser gefunden hätte.

»Die große vereinheitlichende Theorie oder Theorie von allem«, gab Austin freudig zur Antwort. »Jene Theorie, die Schwerkraft, Elektromagnetismus und schwache wie starke Kernkräfte in einer einzigen übersichtlichen Gleichung verbindet. Der Heilige Gral der Physik.«

»Und ich schlage nichts dergleichen vor«, sagte Hackett bestimmt. »Ich schlage lediglich vor, wo du nach deinem Satelliten suchen solltest.«

Er lenkte ihre Aufmerksamkeit wieder auf den Bildschirm, indem er leicht mit seinem Kuli auf die Sonne klopfte. »Sonnenflecken sind ähnlich einem Stabmagneten polarisierte und verknüpfte Paare auf der Oberfläche. Ihr wisst schon, Norden und Süden? Der führende Fleck entspricht der Polarität des Bereichs der Sonne, in dem er auftritt. Ist dieser Bereich also positiv, so ist es auch der Fleck. Der folgende Fleck in dieser Paarung wird dann automatisch negativ sein. Nach der Sonnenfleckenperiode beginnen die Flecken, sich um den Äquator zu sammeln, der wiederum langsamer als die übrige Sonne kreist. So weit verstanden?«

»Ja.«

»Gut. Jetzt wird es wichtig. Normalerweise stehen die magnetischen Bindungen zwischen den Flecken in Wechselwirkung mit anderen magnetischen Erscheinungen. Und das Ergebnis ist ein explosiver Auswurf an der Oberfläche –«

»Eine Protuberanz.«

»Genau. Am besten denkt man sich Sonnenflecken als kleine, unsichtbare Schlaufen, so wie lose Maschen in einem Pullover, die von innen nach außen die Oberfläche der Sonne durchwirken. Eigenartig daran ist jetzt, dass letzte Woche die Fleckentätigkeit tatsächlich abnahm, obgleich sich die Zahl der Sonnenflecken verzehnfacht hat.«

»Und … wohin führt Sie das jetzt?«

Hackett rieb sich das Gesicht und schniefte. »Ich habe über die ursprünglichen Suchparameter für ELIGO nachgedacht. Austin, Sie hatten die Theorie, ein binäres Neutronensternsystem sei der geeignetste Anwärter, um Gravitationswellen zu erzeugen. Stießen beide Sterne zusammen, würden sie zu einer gewaltigen kreiselnden, mit nahezu Lichtgeschwindigkeit kopfüber schwirrenden Hantel. Jetzt behalten Sie mal die Hantelform im Kopf, aber auf die Sonne übertragen.«

»Das ist ziemlich weit hergeholt.«

Hackett wies den Einwand mit Kopfschütteln zurück. »Denken Sie mal drüber nach«, sagte er. »Finden sich nur genügend Sonnenflecken zusammen, werden sie sich letztendlich von Anfang bis Ende zusammenfügen. Negativ an Positiv. Sie werden eine Kette aus unabhängigen magnetischen Einheiten bilden wie ein Blumenkranz und diese Kette wird sich als Gürtel rings um den Äquator der Sonne legen. Und mehr gehört nicht dazu als ein paar Flecken zu wenig, um den Gürtel enger zu ziehen und den Äquator einzuschnüren. Was die Sonnenmasse zu den nördlichen und südlichen Halbkugeln hinauspresst. Sie sähe dann aus … wie eine Hantel. Ihr natürlicher Drang wäre es, an ihren Mittelpunkt zurückzukehren. Und die kurzfristigste und vorübergehendste Gestalt dieses Vorgangs wäre ein geeigneter Anwärter dafür, Gravitationswellen zu verursachen.«

Hackett schob einen Datenträger in die Workstation und rief seine Daten auf. »Gut, und wer jetzt die Auswirkungen der Schwerkraft von Planeten, ihren Monden, Kometen und anderen bekannten Himmelskörpern wie Asteroiden einbezieht, bekommt – nun, seht selbst.«

Die Simulation einer von der Sonne ausschlagenden Welle glitt hell leuchtend über den Bildschirm. An manchen Stellen wurde die Welle durch Wechselwirkung mit Planeten gebrochen und stürzte in sich zusammen. Schließlich aber legte sich ein kleines grünes Fadenkreuz auf einen Abschnitt.

Weisner beugte sich vor. »Du meinst, dort finde ich Rosetta?«

»Zweihundertfünfzigtausend Kilometer vom Kurs entfernt«, bestätigte Hackett. »Und da sie nicht dafür programmiert wurde, mit einer plötzlichen Raumverzerrung zu rechnen, sucht sie in der völlig falschen Himmelsgegend neuerlichen Kontakt zur Erde. Wir sind mitsamt allem Übrigen versetzt worden. Das *ganze* Sonnensystem ist verrückt. Aber aus Rosettas Blickwinkel scheint ihr Universum den Bruchteil eines Zentimeters aus dem Lot gebracht. Doch sie ist nicht darauf programmiert, das zu erkennen.«

Er klopfte wieder auf den Bildschirm. »Dort ist dein Satellit. Genau da.«

Weisner tauschte mit Austin einen Blick. »Den Versuch ist es wert«, gestand Austin zu. »Was würde es kosten? Ein paar Minuten Kommunikationszeit, um die Schüsseln neu auszurichten und nachzuschauen. Für mich hört sich das gar nicht so schlecht an.«

»Für mich hört sich das schlecht genug an«, seufzte Weisner. »Denn dann hätte Jon Recht. Und ich müsste ihm danken.«

»Du musst mir nicht danken«, warf Jon rasch ein. »Tu mir nur diesen Gefallen.«

Sie blickte ihn in einer Weise an, die nur bedeuten konnte: Was willst du eigentlich von mir?

»Bist du immer noch mit dem Kerl zusammen, der für die Japaner diese äußerst streng geheime Arbeit an Lichtcomputern erledigt? Der an Kristallen tüftelt, die ungefähr ein Terabyte Daten in einer Einheit von der Größe eines Brühwürfels speichern können?«

»Das weißt du doch. Du hasst ihn, warum also das plötzliche Interesse?«

Hackett lächelte und zog den Brocken C-60 hervor wie ein Kaninchen aus dem Hut. Austin schien von Ehrfurcht ergriffen, während Pearce sich wand und mit den Füßen scharrte. Seiner Meinung nach war das keine gute Idee. Zu dumm, dass Hackett ihn nicht nach seiner Meinung fragte. »Glaubst du, die Natur könnte aus Versehen rechnertaugliche Inhalte auf molekularer Ebene verschlüsseln?«

»Er soll für dich diesen Stein abtasten und schauen, was er dabei herausholt?«

»Bitte. Wahrscheinlich ist es nur Müll. Ich meine, statistisch gesehen muss es Müll sein – stimmt's?«

»Erst stellst du die Verbindung mit meinem Satelliten her.«

Hackett brauchte zehn Minuten dafür.

## Der Schacht

Sarah kletterte aus dem Landcruiser der Firma. Das blaue Schirmdach inmitten der trübe illuminierten Denkmäler war strahlend erleuchtet. Ihr Ausweis wurde überprüft. Sie ging durch die Kontrollposten zur Ausschachtung.

Zwei Arbeiter von der Nachtschicht kamen aus dem Schacht

und legten ihre Montur ab. Kühles Licht drang aus der Öffnung und flackerte, als die Lampen in der Tiefe von einem Arbeiter der Rola Corp., der als Letzter nach oben kletterte, verdeckt wurden.

Sarah schlüpfte in einen zwei Nummern zu großen Overall und stellte fest, dass sie die Ärmel hochkrempeln musste. Sie überprüfte den Akku eines Funkgeräts und hängte es sich neben Taschenlampe, Notizblock und Bleistift an den Gürtel.

Jemand nahm auf einem Behelfstisch Einträge auf einer Karte vor, und Sarah prägte sich alle Einzelheiten ein, ehe sie einen letzten Blick in den Schacht warf, um zu sehen, ob die Leiter frei war.

Dann stieg sie hinunter.

Am Fuße der Leiter befand sich eine Verteilerdose mit einem Draht, der zur Oberfläche lief. Dicke schwarze Kabel führten aus der Vorrichtung und verliefen entlang der Tunnelwände, was sehr nützlich war – mit ihrer Hilfe konnte sie tief unter der Erde ihr Handy benutzen.

Sie folgte der Spur aus Lampen und Drähten, bis sie dort eintraf, wo der Stotzen in einen Engpass des Tunnels eingefügt gewesen war. Ketten waren noch in einem Ende verankert. Ein Presslufthammer war eingesetzt worden, um Griffe in den Fels zu rammen, und das behelfsmäßige System aus Seilzügen lag seitlich auf einem Haufen und wartete darauf, mit dem Lastwagen zurück in den Lagerschuppen geschafft zu werden. Weitere Haken fanden sich unter der Decke und verrieten, dass die Ketten ursprünglich über eine leistungsstarke Winde an der Oberfläche gelaufen waren. Die war aber bereits fortgeschafft worden.

Zum Glück war der Stotzen in einem Stück gezogen worden und lehnte nun seitlich im Tunnel, wo er zweifellos auch bleiben würde. Mit roter Farbe waren Angaben auf seine Oberfläche gepinselt worden: *2,3 Meter lang. Schätzgewicht: 30 Tonnen.*

Dahinter war der Tunnel ein niedriger Schlauch und führte anscheinend in eine Art Vorraum.

Sarah schaute zunächst nur hinein, rief »Hallo?« und wartete auf eine Antwort. Ihre Stimme hallte von den kalten Sandsteinwänden wider. Es kam keine Antwort.

Sie ging auf die Knie und kroch hindurch.

Der Raum selbst war kreisförmig und sehr schlicht. Zu beiden Seiten war jeweils ein Ausgang. Beide Ausgänge führten zu Treppen, die nach unten führten. Und jeder Ausgang wurde von einem Standbild bewacht.

Beide Standbilder hatten menschliche Gestalt. Das linke war offenkundig männlich, das rechte möglicherweise weiblich, was nicht sofort zu erkennen war. Beide hatten aber auch Tierköpfe in klassischer ägyptischer Art. Die Frau trug den Kopf einer Löwin. Der Mann hatte den langen, gekrümmten Schnabel eines Ibisvogels und war sofort zu erkennen. Es war Thoth, der ägyptische Gott der Weisheit.

Es gab eine Reihe ägyptischer Götter und Göttinnen mit dem Antlitz eines Löwen. Sarah würde sich Rat holen müssen, um wen es sich hierbei handeln könnte. Sie klinkte das Funkgerät aus und schaltete auf Senden. »Eric?«, fragte sie. »Eric, wo bist du?«

»Sarah!«, kam schwach die aufgeregte Antwort. »Ich bin unten im Tunnel! Und wo bist du?«

»Gerade im Vorraum eingetroffen«, erklärte sie mit Blick auf die Standbilder. »Thoth ist bei mir.«

»Oh, du bist wieder am Anfang.« Er kicherte. Clemmens musste übermüdet sein. Der Mann klang ein bisschen überdreht. »Hey, hast du Gummistiefel dabei?«

Sarah verstand die Frage nicht. »Bist du sicher, dass ich sie brauche?«

»Wir sind hier unterhalb des Grundwasserspiegels«, erklärte er. »Glaub mir, du wirst sie brauchen.«

»Und welche Treppe nehme ich denn runter zu dir?«

»Spielt keine Rolle«, versicherte Clemmens. »Beide führen an dieselbe Stelle.«

Nachdem Clemmens beendet hatte, funkte Sarah nach oben, man solle ihr ein Paar Gummistiefel runterschicken. Ein paar Sekunden später hörte sie das Gepolter, als sie unangekündigt in den Schacht geworfen wurden. Sie zog die schenkelhohen Stiefel an und ging vorsichtig die steinernen Stufen hinunter, die spiralförmig über zwölf Meter in die Tiefe führten. Nach sechs Metern hörte die Beleuchtung auf und den Rest des Wegs war Sarah auf ihre Taschenlampe angewiesen.

Es war schwindelerregend. Beirrend. Zumal sie immer noch eine beträchtliche Menge Champagner intus hatte. So stolperte sie auf den letzten paar Stufen und ließ die Taschenlampe fallen.

Sie sah sie von Stufe zu Stufe poltern, bis sie um die Biegung außer Sichtweite rollte und dann ein Aufprall zu hören war.

»Scheiße«, fauchte Sarah, wütend auf sich. »Saublöd! Richtig saublöd!«

Sie drückte sich mehr an die Wand. Das Funkgerät wagte sie nicht anzufassen, um es nicht auch noch zu verlieren. Vielmehr folgte sie der Wand, tastete sich mit den Zehen vorwärts und hoffte, dass ihre Taschenlampe noch eingeschaltet sein würde, wenn sie am Fuß der Treppe ankam. Die letzten beiden Stufen fand sie vollständig überflutet vor. Insgeheim dankte sie Eric. Gummistiefel waren eine gute Idee.

Die Stufen endeten an einem Durchlass, der auf einen grottenartigen Raum führte. Und vor sich konnte Sarah den Strahl ihrer Taschenlampe unter der gekräuselten Wasseroberfläche sehen.

»Gott sei Dank«, murmelte sie, stieg tiefer ins Wasser und bemühte sich, nicht auf dem Hintern zu landen. »Gottverdammt …« Der Boden unter ihren Füßen war uneben. Und obwohl sie ein Muster spürte, konnte sie es nicht recht bestimmen. Sie merkte nur, dass höher und tiefer liegende Partien einander abwechselten.

Als sie an der Stelle war, wo ihre Taschenlampe gelandet war, schob sie einen Ärmel hoch, um nach ihr zu angeln.

Und da hörte sie es. Ein Geräusch, das wie Atemholen klang, aber ein sehr tiefes. Danach folgten Stille und dann ein unheimliches scharrendes, trippelndes Geräusch wie von tausend kleinen Beinchen. Tausend Edelsteinpinzetten, die sachte an Fels klopften. Oder Fingernägel, die über eine Wandtafel schabten.

Die Taschenlampe umklammernd, schoss Sarah kerzengerade in die Höhe. »Was zum Teufel …?« Sie wirbelte herum. Der Lichtstrahl glitt über die Wände. Sie traute ihren Augen nicht.

Sie war in keinem Raum. Sie war in einem Tunnel. Aber in einem, wie sie ihn noch nie zuvor gesehen hatte. Sein Querschnitt ein vollendeter Kreis, verlor er sich in einer Richtung scheinbar ins Unendliche und verschwand in der anderen um eine Biegung. Breit und hoch wie ein Schwerlaster, war sein auffälligstes Merkmal die Tatsache, dass der Tunnel aus zwei fortlaufenden Spiralen bestand, die aussahen wie die Innenfläche eines gezogenen Geschützrohrs.

»Mein Gott«, flüsterte sie. »So etwas habe ich ja noch nie gesehen.« Die eine Spirale war Kalkstein. Sie stellte den erhabenen Teil dar und war mit ägyptischen Hieroglyphen bedeckt.

Die andere Spirale war eingekerbt. Und völlig anders.

Sarah rückte näher an die Wand heran und fuhr mit den Fingern über das Material. Es prickelte wie statisch aufgeladen. Und war blau. Bedeckt von einer Schrift, die sie nie zuvor gesehen hatte. Es war Kohlenstoff-60. Auf einmal wurde das Trippeln ringsum lauter. Unheilvoll. Dann schoss etwas Kleines, Glasiges über ihre Hand.

Sarah stöhnte auf und zog hastig die Hand weg. Ihr schauderte. »Was war das?«, sagte sie zu sich selbst. »Was verdammt noch mal war das?!«

Sie bewegte den Strahl der Taschenlampe über das C-60 und sah voll Verblüffung das Licht durch Adern im Kristall pulsen und spiralförmig von ihr forteilen, als sei es eingefangen worden.

Und dann kam der nächste Atemzug. Laut und heftig. Nicht

ganz wie das Erwachen einer uralten Mumie, aber trotzdem unheimlich. Noch einmal glitt sie mit dem Lichtstrahl der Taschenlampe über das Kristall. Und stieß auf das Nest.

Sie wollte würgen. Jede Faser ihres Körpers drängte ihren Magen, seinen Inhalt von sich zu geben. Aber sie kämpfte es zurück, eine Hand vor den Mund gepresst.

Glasig und durchsichtig krochen und krabbelten tausende winzige Spinnen als wimmelnde Masse fremden Lebens übereinander. Einige huschten davon, sobald das Licht auf sie fiel. Andere verharrten glitzernd und zuckend auf der Stelle. Bewegten sich auf ihren röhrenförmigen, spindeldürren Beinchen vor und zurück, als sie den Eindringling spürten.

Wie in aller Welt hatten sie hier unten überlebt? Kynosynthese war die überzeugendste Antwort. Wie Garnelen, Plankton und Bakterien, die sich beim Vierhundertfachen des Drucks an der Wasseroberfläche von mineralischen Ablagerungen in den hydrothermischen Abzugsspalten ernährten, die überall die mittelatlantische Schwelle säumten, kamen diese Geschöpfe vollkommen ohne Sonnenlicht aus.

Ehrfürchtig, aber auch etwas entspannter, musste Sarah nun lächeln. Was für eine Entdeckung! Sie streckte eine Hand aus und streichelte behutsam eine der glasigen Spinnen am Nestrand.

»Na du. Hallo, kleiner Kerl. Hey.« Und obwohl es jedem ihr innewohnenden Antrieb zuwiderlief, fuhr sie mit dem Finger eines ihrer Beine hinunter. Dann leuchtete sie mit der Taschenlampe etwas nach links und schrie auf.

Eine durchsichtige Spinne, groß wie ein Suppenteller, war herangekrabbelt. Mit einem ihrer Vorderbeine berührte sie die kalte, harte Kristalloberfläche. Dann spannte sie ihre dehnbaren Fortsätze an. Diese Dinger mussten eigentlich blind sein, aber Sarah war überzeugt, von ihr angestarrt zu werden.

Ganz langsam wich Sarah zurück und suchte dabei das Wasser

mit dem Lichtstrahl nach weiteren Lebewesen ab. Sie hörte ein klatschendes Geräusch, drehte sich zu dem Nest um und erstarrte vor blankem Entsetzen, als sie die Spinne auf sich zufliegen sah.

Sie spürte den Windstoß, der das Auf-sie-Zufliegen begleitete, und wurde beinahe ohnmächtig, als die größere, kristallartige Arachnide aufsetzte und ihre linke Schulter als Sprungbrett zur anderen Tunnelseite benutzte.

Dort landete sie mit einem Knirschlaut und trippelte gemächlich den Durchgang hoch davon.

Sarah zitterte und schluckte.

Vorsichtig löste sie den Clip ihres Funkgeräts, blickte in die schaurige Düsternis und stellte den Kanal ein. »Eric«, sagte sie bebend. »Eric, bitte melden!«

Auf einmal peitschte ein feuchter Luftstoß an ihr vorbei und verschwand hinter ihr um die Biegung. Sarah strich sich die Haare aus dem Gesicht.

Da sah sie es. Das schwache Glimmen eines stecknadelkopfgroßen Lichts in weiter Ferne. Das aber größer wurde, und zwar schnell. »Was zur Hölle ist das?«, murmelte sie. »Eric, bist du das? Eric, hier unten sind Lebewesen!«

Jetzt konnte sie ein Pfeifen hören, ähnlich dem im U-Bahn-Tunnel bei einem sich nähernden Zug. Ein Ansturm. Und das unbeschreibliche Gefühl völliger Unausweichlichkeit.

»Eric!«, kreischte sie. »Was zum Henker ist hier los?«

Und dann erfolgte der Aufprall.

Das Brüllen war ohrenbetäubend und das Licht so durchdringend, dass Sarah beinahe ihre Handknochen durch die Haut sehen konnte. Etwas solch knisternder Energie Ähnliches hatte sie noch nie erlebt. Unwillkürlich drückte sie sich von der Wand ab. Das heranpreschende Licht überflutete vollends ihren Tunnelabschnitt. Sämtliche Körperhaare standen ihr zu Berge, als reine Energie mit Lichtgeschwindigkeit ihren Weg durch die Spiralwindungen aus Kohlenstoff-60 nahm. Der Strudel aus Elektrizität floss vom Boden zur Decke und wieder zurück. Immer weiter die endlose Spirale entlang.

Sarahs Augen traten hervor, denn auf einmal wurde es ihr bewusst: Sie stand ja mitten im Wasser! Ehe sie auch nur überlegen konnte, was zu tun war, war die Energie bereits ins Wasser eingetaucht und flitzte durch die Schlangen aus C-60 unter ihren Füßen. Sarah konnte nur schwer Luft holen, was sich anfühlte, als sei jedes einzelne Atom im Tunnel zum Leben erwacht. Aufgeladen.

Sie schirmte die Augen ab. Da nahm sie die Stimme wahr, die aus dem Funkgerät schrie: »Sarah!« Es war Eric. »Sarah, kannst du mich hören?«

Sie drosch auf den Sender-Empfänger ein. »Eric!«, blaffte sie. »Was ist das?«

»Es ist wunderschön, nicht wahr?«

»Was – ist – das?«, rief sie.

Gelächter am anderen Ende der Funkstrecke. Gefolgt von rücksichtsloser Offenheit. »Ich hab ums Verrecken keinen blassen Schimmer! Aber ich find's herrlich!«

Und so schnell, wie es gekommen war, war es wieder verschwunden. Als hätte irgendjemand einen riesigen Schalter umgelegt, wirbelte der Energieimpuls um die Ecke und ließ Sarah allein und nach Luft ringend in der Dunkelheit zurück.

In der unmittelbar hereinbrechenden Stille versuchte sie, das gerade Geschehene in sich aufzunehmen, aber es war unmöglich. Sie wollte erneut das Funkgerät einschalten, hatte aber völlig vergessen, in welcher Hand sie es hatte. So hielt sie sich die Taschenlampe ins Gesicht. Geblendet ließ sie das Ding noch einmal fallen. »Mist!«, fauchte sie und suchte ein zweites Mal im Wasser danach. »Sarah Kelsey, reiß dich zusammen.« Diesmal drückte sie auf das Funkgerät. »Eric«, sagte sie. »Wie finde ich zu euch?«

»Folge der Biegung«, wies er sie an. »Nur immer weiter. Ganz einfach.«

Nach einigen Minuten Wasserwaten und Lampenschwenken auf der Suche nach einem Ausgang umrundete sie die Biegung. Sie lag viel weiter weg, als es den Anschein gehabt hatte. Und im Voraus konnte sie erkennen, dass sich die Röhre nach oben zu einem Trichter verjüngte und das C-60 einen Streifen im Boden bildete. Dieser engere Tunnel führte ein kurzes Stück weiter zu einem Raum.

Sie gab Acht, nicht abzurutschen, als sie die Erhebung hochkletterte. Oben angekommen, suchte sie ihr Gleichgewicht und setzte je einen Fuß zu beiden Seiten des Streifens C-60 im Boden auf. Sie wollte keine Gefahr laufen, durch Starkstrom zu sterben. Weiter oben konnte sie Lichter und Bewegung ausmachen. Und am Übergang des Tunnels in den anderen Raum bemerkte sie, dass der Sandstein auf einmal eine weit dunklere Farbe hatte. Die Farbe von Granit.

»Guten Morgen, die Herren«, sagte Sarah beim Eintreten. Außer Atem fügte sie hinzu: »Das war unglaublich! Was habe ich da gerade erlebt?«

Eric leuchtete sie mit seiner Taschenlampe an. »Weiß der Himmel. Ich meine, das ist seit Jahrtausenden direkt unter unseren Füßen vor sich gegangen. Wir waren jetzt eine Stunde hier unten und es geschah wie oft, dreimal?« Er sah Douglas an. »Drei? Viermal?«

Douglas zuckte mit den Schultern. »Viermal.«

»Einfach unfassbar. Wie weit reicht der Tunnel zurück?«

»Unsere Messungen – und dies ist eine zurückhaltende Schätzung – laufen auf achtzehn, vielleicht neunzehn Kilometer hinaus, ehe er in größere Tiefe abfällt und die Reichweite unseres Radars verlässt. Und das geradlinig genau nach Osten.«

»Neunzehn Kilometer?«

»Durchaus. Und jenseits des Rings sind noch zwei weitere.«

Der Raum war siebeneckig. Knapp zehn Meter hoch und zweifelsfrei von Menschen erbaut. Jede der Wände, die einer anderen gegenüberlag, verfügte über einen Ausgang, was aus Sarahs Blickwinkel einen Eingang und drei neue Ausgänge bedeutete. Sie besah sich die Decke. Dann schaute sie Clemmens an. »Wir sind irgendwo unter der Sphinx«, sagte sie.

»Braves Mädel«, hörte sie Douglas von irgendwo aus dem Dunkel sagen.

»Was haben Sie hier drin gefunden, Douglas?«, wollte Sarah wissen. Worauf sich die Lichter von zwei Taschenlampen anschickten, es ihr zu zeigen.

Genau in der Mitte des Raums befand sich eine gewaltige Pyramide auf quadratischer Grundfläche, die aus einem einzigen Kohlenstoff-60-Kristall bestand. Mindestens drei Meter hoch und mit vielleicht an die fünf Metern Unterkantenlänge, muss der Monolith gegen zweihundert Tonnen gewogen haben.

Von einem Steingerüst in der Schwebe gehalten, berührte sie weder den Streifen C-60 im Boden unter Sarah noch die von den Decken der drei Ausgangstunnel ausgehenden Streifen.

»Was ist das?«

»Das«, erklärte Douglas stolz, »sind ungefähr hundert Millionen Dollar Einkünfte.«

»Guck mal in diese Nischen rein«, meinte Clemmens und winkte sie tiefer in den Raum. »Das sieht nach Werkzeugen aus.«

Und tatsächlich wiesen die Wände überall Vertiefungen auf. Jede Nische enthielt einen Gegenstand, der stets deutlich vom folgenden abwich. Ihre Ausführung war ebenso aufwändig wie schlicht. Sie sahen entschieden unägyptisch aus. »Was sind das für Dinger?«, fragte Sarah.

»Da bin ich überfragt.«

»Was habt ihr also vor?«

Douglas klatschte mit der flachen Hand auf die Pyramide aus

Kohlenstoff-60. »Wir holen den Burschen hier raus, alle soundso viel Tonnen davon.«

»Wie?«, fragte Sarah ganz ernsthaft. »Ein Blick genügt. Den kriegen Sie nie zur Tür raus. Außerdem haben wir in Ägypten nichts, was derartige Lasten heben kann.«

Douglas tätschelte die Reihe von Pressluftbohrern, die er neben sich stehen hatte. Groß, robust und ölverschmiert. »Wofür, glauben Sie, haben wir die wohl dabei?« Er zwinkerte ihr zu.

## Lichtcomputer-Forschungsabteilung CERN, Genf

Sie machten den Burschen namens Harvey im Zentrum für Lichtcomputer ausfindig. Michaela Weisner schien etwas übrig zu haben für getriebene Männer, die offenbar keinen Schlaf brauchten. Jeder stellte sich selbst vor, alles ziemlich humorlos und förmlich. Harvey nestelte an seinem elektronischen Ausweis, bevor er ihn durchs Lesegerät zog und die schwere, tresorartige schwarze Tür entriegelte.

»Hier kann es nicht um ›sehen und weitererzählen‹ gehen«, verkündete er in scharfem Ton. »Sie wollen Zutritt zu diesem Raum, dann halten Sie den Mund, ja? Ich mach das nur, weil Mickey mich drum gebeten hat. Was soll ich also für sie abtasten?«

Hackett holte das C-60 hervor und Sekunden später geleitete Harvey sie ins Innere. Weisners selbstbewussten Schritten folgend, zog Pearce kräftig an Hacketts Ellbogen. »Sind Sie sicher, dass es richtig war, das rauszuholen?«

»Bitte, was?«

»Den Stein. Halten Sie es wirklich für einen guten Einfall, ihn rauszuholen und allen zu zeigen? Dower wird stinkig sein. Haben Sie das Dower gesagt? Das hätte er niemals genehmigt.«

»Nein, ich hab's Dower nicht gesagt. So wie ich das sehe, Bob … sind *Sie* hier. Und das ist genauso gut.«

Weiße Schutzanzüge hingen an Haken. Ihre Schuhe und die anderen Sachen konnten sie in Schließfächern unterbringen. Harvey bat sie, sich umzuziehen, und führte sie durch die Luftschleuse. »Meine Ausrüstung ist sehr empfindlich«, erklärte er. »Die Verunreinigung darf vier Teile einer Milliarde nicht überschreiten.«

Hackett war überrascht. Sie mussten hier noch immer in einer Art Versuchsstadium sein.

»Dies ist ein Raum der Reinheitsstufe 100 – den wir allerdings reiner halten. Nur damit Sie's wissen, hier drin kann ein Teilchen von einem millionstel Zentimeter Größe Spiegel für fünfundsiebzigtausend Dollar verderben. Es braucht nur einen Kratzer, den man nicht mal unter jedem Mikroskop sehen könnte, und das Ganze ist gelaufen. Eine Ihrer Fingerspitzen birgt genug Fettschmiere, um einen ganzen Satz Bauteile zu ruinieren, also bitte … seien Sie vorsichtig.«

Er brachte sie in die Luftschleuse, schloss die dicke, klobige Tür hinter ihnen und leitete den Vorgang ein, die Luft auszutauschen. »In Ihren Anzügen ist genügend Luft für zwei Minuten. Sobald ich das Zeichen gebe und wir sauber sind, können Sie sich im nächsten Raum an die Sauerstoffversorgung unter der Decke anschließen.«

»Rauchen werde ich da wohl nicht können«, merkte Matheson einfallsreich an.

Keiner fand das lustig.

Das Labor war ein mächtiges Durcheinander aus Drähten, Apparaten, freiliegenden Kabelkanälen und Lampen. Alle mussten beim Vorantasten sorgfältig darauf achten, dass sich ihre Luftschläuche über Kopf nicht mit alldem verhedderten.

Stolz führte Harvey aus, wie sich die letzten sechzig Jahre über die Rechengeschwindigkeit der Computer alle zwei Jahre verdoppelt und die Größe ihrer Bauteile jeweils halbiert habe. Nunmehr,

2012, stellten sich daher zwei wesentliche Veränderungen in der Datenverarbeitung heraus. Einmal hatten Computer, wenn auch nur ansatzweise, auf Grundlage einer Quantenskala zu arbeiten begonnen. Es wurden Systeme gebaut, die eine unendliche Zahl von Antworten auf eine Annahme berechnen konnten. Doch um dies leisten zu können, bedurfte es schnellerer Rechner. Das alte Verfahren stieß damit an seine Grenzen. Bislang hatte aber niemand die zweite Frage erfolgreich beantworten können: Wann würden Rechner mit Lichtgeschwindigkeit arbeiten?

Harvey war einer der wenigen Wissenschaftler, die sich der Herausforderung stellten, Daten auf atomarer Ebene zu speichern. Was bedeutete, dass allein ein Laser solche Information lesen konnte.

»Anfangs haben wir mit Wasserstoff gearbeitet«, erklärte Harvey, »der Einfachheit halber, denn er hat nur ein Elektron. Ich bestimmte, dass ein Atom im Grundzustand, wenn also sein Elektron den niedrigsten möglichen Ladungszustand innehat, für ›Null‹ steht. Darauf wählte ich einen höheren Energiezustand für ›Eins‹. Wird also festgestellt, welchen Zustand das Elektron innehat, ergibt sich eine Eins oder Null. So habe ich das binäre System auf atomarer Ebene wiedergegeben. Sie können hier die Schläuche wechseln.«

Weiter reichten ihre Luftschläuche nicht. An einer Lücke zwischen den Gerätetischen baumelte ein anderer Satz Schläuche. Einer nach dem anderen lösten sie die Verschlüsse und wechselten hinüber.

»Aber Atome haben ganz verschiedene Energiezustände«, sagte Hackett, während sie abbogen, vorbei an weiteren Tischen voller Hardware. »Viele Graustufen. Sie sind nicht auf das Binäre beschränkt.«

»Kleine Schritte, Jon, kleine Schritte. Die Ausrüstung ist nicht auf das Binäre beschränkt, aber ich. Sobald *ich* zuversichtlicher bin, werden wir weiterkommen. Außerdem können die von uns eingesetzten Programme schon jetzt die meisten Arten mathematischer Grundstrukturen lesen. Ich verwende das Binäre lediglich als Verschlüsselungssystem.«

»Können Sie auf beliebigen Arten von Atomen verschlüsseln?«, fragte Matheson.

»Theoretisch könnten wir auf Wasser verschlüsseln, das ist aber noch Zukunftsmusik. Im Augenblick ist es einfacher, wenn wir uns auf Kristalle beschränken. Tatsächlich haben wir es mit einem Eigenbau von C-60 versucht, doch ein Gramm davon hat uns über tausend Dollar gekostet und somit hat sich die Sache ziemlich schnell erledigt.«

»Was verwenden Sie jetzt?«

»Dazu kann ich Ihnen nichts sagen, aber eine Weile haben wir gewöhnliches Salz genommen. Wir haben es mittels Paaren benachbarter Ionen nutzbar gemacht. Außerdem fanden wir heraus, dass der Binärcode die Fehlerkorrektur erleichtert.«

»Aber Salz löst sich auf«, warf Matheson ein. »Da muss nur irgendein Schulkind seine Cola über die Maschine kippen und schon ist das ganze System futsch.«

»Keine Sorge, daran haben wir gedacht. Jetzt aber, Jon, Kohlenstoff-60. Ziemlich aufregendes Zeug. Sechzig Kohlenstoffatome, die von dreißig Doppelbindungen zusammengehalten werden. Ist ’ne verdammt dauerhafte Struktur.«

Sie kamen zu einem Tisch, der eine Vorrichtung hatte, die aussah wie eine Art umgemodeltes Elektronenmikroskop. An der Wand dahinter hing in einem luftdicht versiegelten Glasrahmen ein Poster von Niels Bohrs berühmtem Atommodell. Es ähnelte eher dem Sonnensystem mit seinem negativ geladenen Elektronen, die rings um eine positiv geladene »Sonne« aus Protonen und Neutronen sausten. Nach heutigen Maßstäben war diese Vorstellung unzutreffend, sah aber trotzdem cool aus.

Harvey fuhr das Probengehäuse aus und öffnete die Hand.

»Her damit.« Hackett überreichte das Stück Kohlenstoff-60

und sah zu, wie Harvey es behutsam in die Halterung absenkte und dann die Taste für den Einzug drückte.

»Wonach suchen Sie? Irgendein bestimmtes Muster?«

Hackett holte tief Luft und musterte die Datenmonitore. *System eingeschaltet. Zielsucher aktiv. Bereit zur Eingabe.* Er wünschte, er würde keine Kapuze aufhaben oder dieses Visier nicht zwischen ihm und einem Zugriff auf die Vorrichtung stehen. Er sah den Laserstrahl von der Oberfläche des Kristalls abprallen und Funken schlagen, die ihn an Glühwürmchen erinnerten.

»Schönheit ist Wahrheit. Wahrheit, Schönheit«, murmelte er. Keiner verstand das. »John Keats«, teilte er allen mit. »Entropie ist die Unordnung in einem System. So bildet sich Eis aus Wasser, wenn die Temperatur fällt. Aber C-60 stellt die Entropie völlig auf den Kopf.« Harvey blickte noch immer nicht durch, Weisner schon. Offensichtlich hatte sie nicht vergessen, dass er solche Momente haben konnte. »Kein bestimmtes Muster«, sagte er schließlich. »Seht doch mal.«

Harvey drückte die Eingabetaste. Das System erwachte surrend zum Leben. Servomotoren winkelten Spiegel an und der Laserstrahl ging auf die Suche. Auf den Bildschirmen drehte sich die Struktur des C-60-Moleküls, ein Gefüge aus Fünf- und Sechsecken, das auf wundersame Weise einem Fußball ähnelte, wobei die Fünfecke den Schlüssel zur Krümmung des Moleküls darstellten.

Auch Pearce schaute ergriffen auf den Bildschirm. »Im *Timaios*«, sagte er, »umriss Plato die Kosmologie in Begriffen von Festkörpern. Die Erde war ein Würfel. Feuer ein Tetraeder. Luft ein Oktaeder. Und Wasser ein Ikosaeder. Den Dodekaeder brachte er mit dem ›Äther‹ in Verbindung, der das All umschloss. *Timaios* ist jener Dialog, worin er auch von Atlantis spricht …«

Weisner riss die ersten Ergebnisse vom Endlospapierdrucker ab.

KEIN BINÄRES MUSTER AUFGEFUNDEN

»Schrott«, sagte sie. »Nichts als Datenschrott. Da gibt's keinen Binärcode. Na schön, Schuld beglichen. Kann ich nun gehen?«

»Schatz«, flehte Harvey mit einer winselnden Stimme, die bestenfalls Gereiztheit auslöste, »ich bin noch nicht fertig, okay?«

»Schön«, erwiderte Weisner ungehalten.

»Gehen wir zum Dezimalbereich –«

»Eigentlich«, unterbrach Hackett und zog an seinem Luftschlauch, damit er weniger spannte, »könnten wir doch als Nächstes zur Grundzahl Sechs übergehen?« Harvey fragte, warum. »Nun, Kohlenstoff hat sechs Elektronen. Weiter nichts. Ist nur so ein Gefühl.«

Harvey tippte die Befehle ein, damit der Abtaster ein auf der Grundzahl Sechs beruhendes Muster im Kristall suchte.

KEIN SEXENNIALES MUSTER AUFGEFUNDEN

»Pech gehabt, Jon.«

Also suchten sie nach einer anderen Grundzahl. Dass sie nicht von vorherein auf das Dezimalsystem gegangen waren, wurde nie infrage gestellt. Erst in den vergangenen hundert Jahren war die Zehn von den meisten Kulturen als Grundzahl zum Zählen aufgegriffen worden. Mathematisch gesehen, war das nicht einmal am effektivsten. Teilbar nur durch die drei Faktoren 1, 2 und 5, waren der Zehn Grenzen gesetzt. Das auf der Zahl 12 fußende Duodezimalsystem, einst Grundlage der britischen Maße und Gewichte, hatte fünf Faktoren: 1, 2, 3, 4 und 6. Es war so nützlich, dass Teile davon bis ins 21. Jahrhundert lebendig blieben: Eier wurden immer noch im Dutzend, Schrauben en gros gekauft. Doch die beiden Grundzahlen Zehn und Zwölf erwiesen sich ebenfalls als Nieten.

Dasselbe galt für das Hexadezimalsystem – Grundzahl 16 – und das Vigesimalsystem – Grundzahl 20 –, das einst von den

Maya angewandt worden war. Teilbar durch 1, 2, 4, 5 und 10, stellte 20 auch die Mindestzahl an Kohlenstoffatomen dar, die eine geschlossene Käfigstruktur bilden konnten – eine kleinere Spielart von Kohlenstoff-60 namens C-20.

Und so lief es weiter, bis die Ergebnisse Zeile für Zeile besagten: *fehlerfrei.*

SEXAGESIMALES MUSTER **AUFGEFUNDEN**

Hackett musste zweimal hinsehen. Harvey drehte sich von seinem Monitor fort. »Bestätigt«, sagte er. »Kein Irrtum.«

»Grundzahl 60«, erklärte Hackett und begriff dessen ganze Tragweite. »Du lieber Gott.«

»Stelle System auf Entschlüsselung mittels Grundzahl 60 ein«, sagte Harvey und hackte auf seiner Tastatur herum.

»Du hast es gewusst«, schimpfte Weisner.

»Hab's geahnt«, erwiderte Hackett. »*Gewusst* nicht.«

Pearce überprüfte erneut die Ergebnisse, und auf einmal machte es bei ihm »klick«. »Grundzahl 60. Das ist die älteste je angewandte Grundzahl«, sprudelte er hervor. »Die Sumerer haben sie zuerst vor sechstausend Jahren in Mesopotamien benutzt.«

»Wir benutzen sie immer noch«, fügte Matheson hinzu, »zur Zeitmessung. Stunden, Minuten, Sekunden. Die Grundzahl 60 ist wie keine andere geeignet, Brüche und Verhältnisse zu berechnen.« Sie hatte elf Faktoren. 1, 2, 3, 4, 5, 6, 10, 12, 15, 20 und 30.

»Wieso bin ich nicht eher darauf gekommen?«, fragte Hackett. »Ich muss Richard anrufen.«

Harveys Kopf schnellte vom Bildschirm hoch. »Scheiße!« Alle drängten sich um ihn. Zahlen türmten sich auf dem Monitor.

»Was zum Teufel ist das?!«

»Keine Ahnung ... aber es steckt in Ihrem Kristall, Jon. Eingeschrieben auf atomarer Ebene.«

»O Gott, ich muss unbedingt Scott anrufen«, stöhnte er.
Doch die Leitung war besetzt.

## Hotel Bertie
## Zimmer 101

Abblendlicht fiel auf die gekräuselte Wasseroberfläche. Aus dem Handgelenk gedrehte Gasgriffe lösten ein ums andere Mal hochtouriges Gebrüll der drei geschundenen Geländemaschinen aus. Clemmens zog den Verschluss seines schwarzen Sturzhelms zu, ehe er das Motorrad aus dem Ständer rollte. Ungeduldig wartete er darauf, dass die große Kiste festgeschnallt wurde.

Sarah ging mit einer gewisssen Beklommenheit hinüber und gab Acht, auf dem unebenen Boden nicht auszurutschen. Angestellte der Rola Corp. hatten weitere Kabel aufgetrieben und als Erstes zusätzliche Beleuchtung verlegt, was Sarah das Vorwärtskommen erleichterte.

»Eric!«, rief sie und gab sich Mühe, gegen den Krach anzukommen. »Bist du fertig?«

Eric zog sich seine Handschuhe an und nickte. »Wir haben ein Signal reinbekommen. Sieht nach einem riesigen C-60-Lager gerade noch in Reichweite aus.«

»Was haben Sie vor?«

Eric sah sich verwirrt um. »Wer hat das gesagt?«

Sarah deutete auf das Bildtelefon-Headset, das sie trug, ähnlich einer Brille mit hinter den Ohren hervorragenden Bügeln, aber ohne Gläser. Zwei winzige Birnen an den Bügelenden leisteten die Arbeit. Die eine warf das Bild von Richard Scott geradewegs auf die Netzhaut von Sarahs linkem Auge, während die andere zugleich als Mikrofon und Kamera diente, die Sarah erfassen und dabei ihre Augenbewegungen verfolgen und das von ihr Gesehene einfangen konnte.

»Sag Dr. Scott hallo!«, meinte Sarah. »Er arbeitet drüben in der Schweiz!«

Eric beugte sich dicht zu Sarahs Gesicht vor und winkte. »Hallo!«, schrie er.

Sarah dröhnten die Ohren. »Eric!«

»Oh, Pardon.«

»Halten Sie es wirklich für eine gute Idee, mit Motorrädern die Seiten dieser Tunnel hochzufahren?«, erkundigte sich Scott. »Das sind uralte Konstruktionen. Sie könnten baufällig sein. Es braucht Ihnen nur eine Kalksteinplatte auf den Kopf zu fallen und der Ausflug ist ganz schnell zu Ende.«

»Er wird vorsichtig sein«, meinte Sarah, schaute auf Clemmens' vor Müdigkeit gerötete Augen und wusste, dass auch helle Begeisterung Grenzen kannte. »Stimmt's?«

Clemmens erklärte brüllend sein Vorhaben, um den Motorenlärm zu übertönen. »Wir haben uns die Daten noch mal angeschaut. Dieser Tunnel folgt der natürlichen Erdkrümmung. Bei ebenem Grund liegt unser Horizont rund achtzehn Kilometer weit entfernt.«

»Sie glauben also, der Tunnel reicht weiter als das Radar?«

»So ist es. Wenn wir achtzehn Kilometer angezeigt bekommen und genau vor uns weitere achtzehn Kilometer gemessen werden, wissen wir, dass wir es mit einem Mordstunnel zu tun haben.«

»In dem Fall«, gab Scott zu bedenken, »wird das Gelände zum Tunnel hin abfallen. Es gibt Berge und Täler. Irgendwann dürften Sie feststellen, dass der Tunnel an die Erdoberfläche führt.«

»Das haben wir uns auch gedacht«, pflichtete Clemmens ihm bei.

Er überprüfte seine Ausrüstung und schloss das Visier. Er nickte Sarah zu und gab Gas. Unter Motorengebrüll geleitete er die beiden anderen Maschinen fort in die Dunkelheit, krachte achtlos über die Kalksteinrillen und spritzte Wasser auf.

Sarah schaute ihnen hinterher, sah die Lichter kleiner werden.

Solange sie ihre Rücklichter sah, wusste sie die drei in Sicherheit. Sie wandte sich wieder Scott zu, der erpicht zu sein schien, mehr über ihre Absichten zu erfahren. »Haben Sie Papier und Bleistift zur Hand?«

Richard Scott schaute drein wie ein kleiner Junge, der sich verlaufen hatte. Er war in vielerlei Hinsicht ein Idealist und irgendwie unschuldig. Andererseits besaß er aber eine unterschwellige Männlichkeit. Er war der Typ, in den man sich als Studentin verliebte, um dann irgendeinem wertlosen Ekelpaket zuliebe auf ihn zu pfeifen. Sarah bereute es, nie genug Zeit und Mühe für solche Männer wie Scott übriggehabt zu haben.

»Sie werden sich jetzt vielleicht Notizen machen wollen«, schlug Sarah nachdenklich vor.

»Hohoho! Zurück! Zurück!«, schrie Scott auf und begriff etwas zu spät, wie laut dies in Sarahs Gehörgang eindringen würde.

Sie bahnte sich ihren Weg die Tunnelwände entlang, wo die ineinandergefügten Spiralen aus Kalkstein und Kohlenstoff-60 von Hieroglyphen überzogen waren. Obwohl sie die Kamera möglichst langsam an den Glypten vorbeiführte, ging es Scott trotzdem noch zu schnell.

»Das ist unglaublich«, stöhnte er. »Als würde man den Stein von Rosetta noch einmal finden!«

»Was steht da?«

Er schrieb wie besessen mit. »Ich habe nicht die geringste Ahnung«, gab er zu. »Für mich ist das nicht dasselbe, als wenn ich eine Zeitung aufschlage. Die letzten beiden Jahre über habe ich mich mit dem Aramäischen beschäftigt und einige Wendungen werde ich nachprüfen müssen. Auf jeden Fall den ägyptischen Kram.«

»Ist es eine Übersetzung davon, was in dieser anderen Sprache geschrieben steht?«

»Könnte sein. He, halt, halt, halt! Genau da!«

»Wo?«

»Bleiben – bleiben Sie einfach da, wo Sie jetzt sind. Gut. Ja, so. Geben Sie mir einen Moment zum Abzeichnen –«

Plötzlich sprang die Verbindungstür zum Nachbarzimmer weit auf und November Dryden kam mit ungehaltener Miene und in einem langen Baumwollnachthemd hereinmarschiert. Sie trug ein weiteres Bildtelefon an seinen Tisch und knallte es neben Scotts eigenes.

»Hab ich Sie geweckt?«, fragte er verlegen.

»Nein«, grollte November. »*Er* hat mich geweckt.« Sie klappte den Gerätedeckel hoch und das besorgte Gesicht von Jon Hackett erschien auf dem Bildschirm. Sein Ausdruck hellte sich auf, als er Scott sah.

»Richard, Richard! Ich hab Sie versucht anzurufen –«

»Ich war beschäftigt.«

»Ist schon klar. Wir sind alle *sehr*, äh, beschäftigt gewesen.«

»Hallo?« Das war Sarah am anderen Bildtelefon. Sie hatte sich bewegt, erkannte Scott. Verdammt!

»Das wollte ich gerade eben abschreiben!«

»Das können Sie später auch noch«, meinte Sarah ungeduldig. »Wir haben alles auf Video. Ich werde es Ihnen überspielen. Ist das Amazonasteam auf der anderen Leitung?«, fragte sie.

Scott war verdutzt und einen Augenblick lang echt verwirrt, während Hackett sich an seinem Ende der Leitung mit den anderen beriet. »Sarah, Sie entschuldigen«, bat Scott. »Sagten Sie gerade, es gebe auch ein Team am Amazonas?«

Sarah grinste, als wolle sie sagen: »Alter Trick«. »Tut mir leid«, fuhr Scott fort, »mir ist völlig schleierhaft, worüber Sie reden. Davon höre ich zum ersten Mal und bin, offen gesagt, verärgert.«

Sie hörte im Hintergrund jemanden Aufklärung über diese weitere Stätte verlangen. Scott blieb beherrscht, verriet sich durch nichts.

Unschlüssig, was zu tun war, ging Sarah weiter. »Wir müssen reden«, murmelte sie.

Hackett machte durch Klopfen an seine Kamera auf sich aufmerksam. Scott sah November an. »Irgendeine Ahnung, wie man eine Konferenzschaltung zwischen uns herstellt?«

November verdrehte die Augen. Als hätte sie im Leben noch nichts Dämlicheres gehört. »Natürlich«, sagte sie und machte sich an der Ausrüstung zu schaffen.

Sarah blieb jäh stehen. Sie musste sich sammeln, als das Bild auf ihrer Netzhaut wechselte. »Was ist los?«, wollte sie wissen. »Verdammt noch mal, ihr könntet mich wirklich vorwarnen.«

Nun schwebten zwei durchscheinende Bilder unmittelbar vor ihr auf Augenhöhe. Richard Scott in einem Hotelzimmer und ein dunklerer Typ.

»Na, hallo auch«, sagte der dunklere Typ, unwiderstehlichen Charme verströmend. »Was für eine angenehme Überraschung.« Seine Stimme hallte etwas wider. Ein Begleitumstand der Konferenzschaltung.

»Für Sie vielleicht«, entgegnete Sarah und suchte sicheren Stand ein paar Schritte weit von der Steigung, die zur Kammer mit den Werkzeugen und dem Kristallmegalithen führte. Sie wollte aber nicht sofort dorthin gehen. Umsichtig und geduldig, stets auf der Hut vor der Möglichkeit, in einen Loyalitätskonflikt verwickelt worden zu sein, erklärte Sarah, was sie über Amazonien, China und Bebentätigkeit wusste.

Aber sie hatte nicht damit gerechnet, in ihren Annahmen mit dem Physiker übereinzustimmen.

»Also *ist* es möglich«, fasste Sarah zusammen, »dass die Sonne seit Jahren Gravitationswellen ausgesandt hat?«

»Das ist nicht nur möglich«, ließ Hackett sie wissen, »sondern das wahrscheinlichste Szenario. Der Nachweis von Gravitationswellen ist eine völlig neue Wissenschaft. Sie verlangt nach methodischer Verfeinerung. Ich bin sicher, dass die Gravitationswellen-Detektoren in hundert Jahren auf einem Stand sein werden ähnlich unserer heutigen Kommunikationstechnik gemessen an Marconis Dampfradio vor hundert Jahren.«

»Falls es überhaupt zu hundert weiteren Jahren *kommen* wird.« Dazu schwieg Hackett. »Wie groß müsste dann ein Detektor sein, um kleinste Gravitationswellen zu ermitteln? Käme meinetwegen die Größe eines Planeten in etwa hin?«

»Gerade mal. Die Erde ist unser größtes Messinstrument, um solche Auswirkungen zu erforschen.«

»Haben Sie schon mal von einer Schwingungserscheinung namens Tesla-Effekt gehört?« Hackett überlegte einen Moment. Ja, hatte er. »Ich habe Erdbebendaten, die uns verraten könnten, seit wann sich das hier auf der Erde bereits aufschaukelt«, verkündete Sarah und führte weiter aus, wie jene fünf altertümlichen Stätten Brennpunkte für niederfrequente seismische Wellen darstellten. »Das scheint mir ein ziemlich genaues Bild abzugeben«, sagte sie.

»Wovon?«, fragte Scott, dem es endlich gelang, etwas zu sagen.

»Wie viel Zeit uns tatsächlich noch bleibt«, antwortete Sarah mit ausdrucksloser Stimme.

Hackett war zurück im KMRS der CERN. Matheson und Pearce standen dicht daneben und brüteten über den Rohdaten, die geradewegs aus dem Lichtcomputerzentrum auf ihre Workstation geleitet wurden. Die übrigen Chemiker waren ebenfalls versammelt. Hackett rutschte auf seinem Stuhl beiseite, um Platz für sie zu schaffen. Er bemühte sich nach Kräften, Sarah nicht zu sehr anzustarren.

Matheson umriss auf einem Stück Papier, was ihm mitgeteilt worden war. Es gefiel ihm überhaupt nicht. Er sah sich um und schnippte mit den Fingern. »Hat hier irgendeiner einen Globus?«

Keine Antwort. »Eine Apfelsine?« Jemand gab ihm eine Zitrone. Ohne zu fragen, ging er mit einem Filzstift ans Werk und skizzierte auf ihrer Schale eine Weltkarte; markierte mit dicken schwarzen Punkten die fünf Orte. Daraus ergab sich eindeutig ein geodätisches Muster. Er zeigte es Pearce.

»Richard, Sie hatten mich nach dem Nutzen der Quantenmechanik gefragt. Nun, hier ist er«, wandte sich Hackett unterdessen an Scott. »Das hat die Quantenmechanik soeben für uns geleistet: uns *Quanten*kryptographie erschlossen. Code. Sprache. Information. In atomarem Maßstab verschlüsselt. Es ist alles da, gleich hier. Ich hab's entdeckt! Als Mathematik mit der Grundzahl 60, eingeschrieben in diese Kristalle aus Kohlenstoff-60.«

»Sie wollen mir weismachen, da sei Computercode in das Kristall eingearbeitet?«

Matheson beugte sich vor und riss das Telefongespräch an sich. »In rauen Mengen«, sagte er und hielt die Zitrone vor aller Augen in die Höhe. »Ich brauche unbedingt einen Globus«, sagte er klagend.

Scotts Blick schnellte vom Bildschirm hoch. Sollte das ein schlechter Witz sein? Eben waren zwei Puzzleteile aufgetaucht, und er als einziger Linguist im Team – hatte keine unmittelbare Handhabe, auch nur *eines* zu untersuchen?

»Sarah, haben Sie das gerade gehört?«

»Allerdings. Bleiben Sie mal dran, ja?«

Scott sah zu November hinüber, wollte sich seines Realitätssinns versichern. Überschlugen sich die Ereignisse oder was war los? Er wandte sich wieder den Telefonen zu. »Jon, können Sie mir mehr – Jon …?« Doch Hackett schaute auf etwas außerhalb des Bildschirms. Auf den anderen Bildschirm, auf Sarah. Sie kletterte zu einer Räumlichkeit empor und –

Hackett erblickte ihn zuerst. »Das ist ja ein mordsmäßiger Briefbeschwerer.«

Überall in der Kammer verteilt standen robuste Kisten. Zahlen waren mit Schablone und schwarzer Farbe auf ihre Seiten gepinselt. Sie waren mit Stroh gefüllt und wirkten rustikal und irgendwie fehl am Platze. Sie dienten zur Aufnahme der handgroßen Fundstücke, die sich zuvor ringsum in den Wandnischen befunden hatten. Mit kräftigen Hammerschlägen wurden die Deckel der Kisten zugenagelt.

Sarah überprüfte eine der Kisten, hob eines der Artefakte, die an Werkzeuge erinnerten, heraus. Sie ging die Begleitunterlagen durch und versuchte für einen Augenblick, die aufgeregten Wissenschaftler am anderen Ende der Leitung nicht zu beachten.

»Was *war* das?«, fragte Hackett.

»Keine Ahnung. Kann's nicht sehen. Sie sieht sich die ganze Zeit diese – Dinger an. Was ist das nur?«

»Nicht so wichtig«, murmelte Sarah. Sie überprüfte an der Seite den in eine Plastikhülle eingeschweißten Adresszettel. Er hatte einen Strichcode wie eine Versandtasche von FedEx. Alles wurde nach Texas verschifft.

Sie riss den Zettel ab, stopfte ihn in eine Tasche und klatschte ihre eigenen Daten an seine Stelle. *Bestimmungsort: Antarktis.* In Anbetracht dessen, was Thorne vorhatte, wollte sie diese Sachen lieber selbst untersuchen, statt sie in der riesigen und gesichtslosen Forschungsabteilung der Rola Corp. verschwinden zu lassen. Sie hatte diese Stücke gefunden, sie gehörten ihr. Sie trat zurück, als zwei arabische Arbeiter die Kiste abholen kamen, sie hochwuchteten und wegtrugen.

Dann machte sie die nächsten beiden fertig, ehe Douglas sie zu sich hinüberrief.

»Ah!«, rief Scott aus, der endlich bessere Sicht auf den pyramidenförmigen Kristallobelisken bekam.

»Sarah, wir werden ihn jetzt versuchen zu bewegen«, kündigte Douglas an. Sie hatten Ketten und Winden in Stellung gebracht und auch einen Räderschlitten für den Kristall, sollten sie ihn je aus seiner steinernen Verankerung hieven, aber es gab da einen Gesteinsüberhang gleich neben der Wand. In seiner jetzigen Lage war einfach nicht richtig an ihn heranzukommen. Er würde näher an die drei Kristallstränge unter der Decke gerückt werden müssen, die von den drei kleineren Tunneln hereinführten.

Douglas drückte gegen die Verankerung. »Das erlaubt uns, ihn in die Mitte zu schieben«, meinte er. »Geht ziemlich leicht. Dafür sind nicht mehr als zwei Leute nötig. Es muss ein gewaltiges Gegengewicht auf der anderen Seite der Wand geben. Egal, ist er einmal in der Mitte, müssten wir ein paar Brocken losbrechen können, wenn an jeder Seitenfläche einer hineinbohrt oder -hämmert. Haben wir ihn erst geschwächt, können wir ihn ganz zertrümmern und die Stücke mit nach Hause nehmen.«

»Nein, da gibt's ein Problem«, sagte Sarah. »Diese Kristallstränge – sie fallen im Winkel ab. Ich glaube, um irgendwie auf die Pyramide zu treffen, bleibt wenig Spielraum.«

»Das lassen Sie mal meine Sorge sein«, entgegnete Douglas.

»Was ist überhaupt aus unserem mobilen Versuchslaser geworden? Den hätten wir mitbringen sollen.«

»Keine Ahnung«, erwiderte Douglas. »Er sei in Gebrauch, wurde mir gesagt.«

Scott war außer sich. »Sie wollen sie zerstören?«

»Da würde ich mir keinen Kopf machen«, meinte Pearce auf der anderen Leitung. »Das wird niemals klappen. Nicht mal 'ne Delle werden die reinkriegen.«

Unter der C-60-Pyramide verschwand der Kristallstreifen, der von der Tunnelspirale hereinführte, im Boden. Sarah nahm den Aufbau so ausführlich sie konnte in Augenschein, damit alle am Telefon Zeit hatten, das Gesehene zu verarbeiten. Doch es war kein Physiker darunter, um es herauszukriegen. »Sie haben Recht«, seufzte Scott erleichtert, »das wird nie klappen. Der Platz reicht nicht.«

»Ich weiß«, sagte Sarah.

Douglas sah zweimal hin, ehe es ihm klar wurde. »Oh, Sie telefonieren. Thorne?«

»Gewissermaßen.«

Douglas wedelte mit der Hand vor ihrem Gesicht herum. »Hey, Rip!«

Die Netzhautbilder von Scott und Hackett tauschten einen Blick über die Innenseite ihres Augapfels. »Wer zum Henker ist Rip?«, fragte Hackett. Matheson fluchte im Hintergrund.

»Sie wissen, was das für ein Kristall ist, oder?«, ereiferte sich Scott. »Das ist der Benben-Stein. Jahrtausendelang wurde nach ihm gesucht.«

November rückte auf dem Bett näher an ihn heran. Sie reichte ihm einen Kaffee. Scott konnte durch das dünne Baumwollnachthemd ihre Wärme spüren. »Was ist der Benben-Stein?«

In einer Hand seinen Kaffee, fuhr Scott mit dem Finger die Umrisse des Kristalls entlang. »Das.« Er trank einen Schluck. »Der Benben-Stein stand in Heliopolis, der Stadt der Sonne. Stellvertretend für den ›Urhügel‹, wo das Leben seinen Anfang nahm, wie manche behaupten. Die Stelle, heißt es auch, an der die Zivilisation nach der Sintflut Fuß fasste. Für andere war der Benben-Stein erstarrter Samen des Sonnengottes Re. Ihm werden geheimnisvolle Kräfte nachgesagt.«

Hackett machte den Mund auf. »Welche Kräfte im Einzelnen, weiß ich nicht«, fuhr Scott eilig fort. »Die Lage des Steins in Heliopolis wurde dort vermutet, wo allmorgendlich die ersten Sonnenstrahlen drauffielen. Zu seinen Ehren krönte man jede Pyramide durch einen vergoldeten Schlussstein. Der eigentliche Benben-Stein aus Heliopolis aber, der später auf die Spitze der Cheopspyramide gesetzt wurde – tja, der ging verloren.

Benben leitet sich vom Wort *weben* ab, was ›aufsteigen‹ bedeutet. Daher rührt auch der ägyptische Bennuvogel, der ursprüngliche Phönix – aus der Asche aufgestiegen. Der Bennu steht wortwörtlich für die Sonne – Vernichtung und Wiedergeburt.«

Hackett auf dem anderen Bildschirm dachte darüber nach. »Aufsteigen …«, sagte er langsam. »Ob das wohl irgendwie mit dem Loch in der Decke über dem Stein zusammenhängt …?«

Sarah zückte sofort ihre Taschenlampe und ließ den Lichtstrahl über die Decke der Kammer gleiten. Das Loch war ihr noch gar nicht aufgefallen.

»Jetzt hol mich aber der Teufel«, sagte sie.

Bob Pearce wusste nicht mehr, wohin er sich wenden sollte. Er hatte mehrere Bildschirme zur Auswahl und auf jedem entfaltete sich Neues und Wundersames. Doch der Strom von Rechnerdaten verblasste angesichts der Bilder aus den Grabgewölben unter der Sphinx. Und all das wurde vom Benben-Stein noch übertroffen.

Pearce begann, erregt vor sich hin zu murmeln, wurde immer lauter.

»Der arabische Geschichtsgelehrte Ibn Abd Alhokim im neunten Jahrhundert und später ein ägyptischer Kopte namens Al Masudi sprachen von einer uralten Weisheit, wonach die Cheopspyramide dreihundert Jahre vor der großen Flut von einem ägyptischen König mit Namen Surid oder Salhouk erbaut wurde. Sie erzählten von einem Zusammenhang mit dem Sternbild des Löwen und davon, dass dieser König alles Wissen seiner Zeit an einem sicheren Ort verwahrt habe, den die Priester von seltsamen Geschöpfen bewachen ließen, damit dies Wissen nicht in die falschen Hände gerate.«

Matheson trat zu ihm. »Welche Art Geschöpfe?«, fragte er besorgt.

Pearce zuckte mit den Schultern. »Keine Ahnung.«

Matheson starrte ihn an. »Bob, was reden Sie da?«

»Ich rede davon, dass sich die Geschichte einmal mehr bewahrheitet hat. Ich rede von … der Vision.« Er hielt inne. »Die Vision, die ich hatte. Diese Kammer. Genau wie ich sie gesehen habe …«

Aber keiner hörte zu. Matheson hatte ganz andere Sorgen. Er hockte sich neben Hackett und verfolgte, wie Douglas eine Mannschaft anführte und die riesige Kristallpyramide auf die Mitte des Raums zuschwenkte.

»Was denken Sie?«, fragte Hackett argwöhnisch.

»Ich denke«, sagte Matheson leise und beobachtete die Bewegung des Kristalls, »dass dies ein ganz schlechter Einfall ist.«

Hackett musterte ihn.

»Schauen Sie doch, wie der Raum angelegt ist«, erläuterte Matheson. »Sehen Sie, dass diese Kristallstränge mit der Pyramide und dem Strang im Boden in Berührung kommen werden? Wir wissen, wozu dieses Zeug in der Lage ist. Ein Satellit hat es unter drei Kilometern Eis aufgespürt. Was ist, wenn die Chinesen das Gleiche getan haben? Sehen Sie hin – die schließen einen Stromkreis. Wenn sie das Ding da raushaben wollen, sollten sie lieber einen anderen Weg finden, denn dieser ganze Raum sieht aus wie eine Maschine.«

Hackett rieb sich beunruhigt das Kinn. Es war so offensichtlich. »Ja«, pflichtete er bei, »Sie dürften Recht haben.« Im selben Augenblick ging der Wecker seiner Armbanduhr los. Hackett blickte Matheson finster an. »Die Sonne …«, mehr sagte er nicht.

Schweigend lauschte Sarah der Diskussion. Eine riesige Maschine? Wovon redeten sie da? Und wer in aller Welt waren »die Wächter«? Das klang nicht gut. »Was für Wächter?«, platzte sie heraus. »Soll das heißen, hier unten laufen irgendwelche Viecher rum?«

Pearce wollte antworten, wurde aber von einem statischen Knistern und Rauschen unterbrochen. Ihr Funkgerät meldete sich.

»Sarah, bitte kommen. Hier Eric, Ende.« Er klang matt. Verstört. Zerstreut.

Sarah hob das Funkgerät an die Lippen. »Ja, hier ist Sarah, schieß los.«

Nach einer Pause sagte er: »Wir sind bei achtzehn Kilometern. Bauen gerade auf.« Ein Zischen. Wieder statische Störungen. Ein gedämpftes Geräusch. »Junge, ist das abgefahren.«

Sarah spürte, wie ihr die Nackenhaare zu Berge standen. Wohl hatte sie sich dort unten nie gefühlt, dort unten wollte sie nicht sein. »Was ist abgefahren?«, fragte sie zögernd.

»Die, äh, Schrift auf der Wand ist drei Kilometer hinter uns abgerissen«, hörte sie einen Augenblick später, etwas undeutlich.

»Was habt ihr stattdessen?«

»Sieht nach Schaltungen aus.«

Sarah musste kurz überlegen. »Sag's noch mal.«

»Schaltungen«, wiederholte Clemmens. »Und diese gewaltigen Gebilde aus Kohlenstoff-60. So groß wie Häuser. Aber – *boah!*«

»Eric?« Doch er antwortete nicht. Sie hörte überhaupt nichts. Die Leitung war tot.

## Kilometer achtzehn

Es war, als wäre man im Inneren einer geschlossenen Faust, fand Clemmens. Alle Finger griffen ineinander. Jeder Finger eine riesige Ausdehnung von Kohlenstoff-60. Und diese Faust hielt einen Blitzstrahl umklammert. Energie jagte überall durch das C-60, wie in eine Flasche gesperrt.

Ebendort, wohin sie mussten, öffnete sich der Tunnel auf eine Art Kammer aus ineinander verflochtenen C-60-Streifen, an den Kreuzungspunkten durch längliche Megalithen von zweigeschossiger Höhe unterbrochen, die aus waagerechten Schichten glühenden Kohlenstoffs und dunklen Granits bestanden.

Am gegenüberliegenden Ende der Kammer hatten die beiden

anderen Fahrer ihre Radarkoffer mit den Ziellasern aufgebaut. Und einer von ihnen, Rinoli, hatte die Gelegenheit genutzt, schnurstracks zurück auf seine Maschine zu springen und sich ein Rennen mit der rings um die Tunnelwände pulsierenden Energiewelle zu liefern. Sie wurde immer schneller, ohne je in den Spiraltunnel Richtung Sphinx abzuzweigen.

»Als wäre sie eingefangen«, erklärte Clemmens, ehe er merkte, dass sein Funkgerät nicht mehr funktionierte, einfach kein Signal mehr ausschickte. Er hängte es sich an den Gürtel und sah zu, dass er sein Übertragungsgerät in Gang und seine Daten zurück an den am Eingang aufgestellten Computer gesendet bekam. Hoffentlich schafften es wenigstens die Daten.

Als er damit fertig war, fuhr er zu dem anderen Motorradfahrer hinaus, der im Eingang zu einem von zwei weiteren gewaltigen Tunneln stand. Die Luft war feucht, die grottenartige Umgebung kalt und unheimlich. Von irgendwo wehte eine Brise, begleitet von einem Geräusch wie röchelnder Atem.

Clemmens gefiel es hier nicht, so viel war sicher. Er hielt neben Christian und stieg von seiner Beta Trials ab. Es war eine einzylindrige 250er. Gut im Gelände und weniger anfällig als manch anderes Motorrad.

Geschickt bediente Christian seine Radareinheit. »Sie ähneln sich beide, diese Tunnel. Beide fallen geradlinig im Winkel von etwa sieben Grad ab.«

»Irgendeine Ahnung von der Länge?«

»Schon. Kann aber nicht stimmen.«

»Stell mich auf die Probe.«

»An die fünfhundert Kilometer. Einer geht nach Nordosten. Der andere nach Südosten.«

»Was?«

»Beide sind mit Wasser gefüllt. Und schau mal.« Er führte den Lichtstrahl die Tunnelwand entlang. »Keine Spiralen. Gar nichts. Eindeutig kein Kohlenstoff-60 mehr.«

»Sind diese Dinger Brunnen? Erreichen sie irgendwann einen Tiefpunkt?«

»Äh-äh. Sie ändern die Richtung. Von diesem hab ich ein Profil. Aber wo er hinführt, weiß der Teufel.«

Das Knattern der hinter ihnen kreisenden Maschine ging Clemmens nun echt auf die Nerven. Er drehte sich auf dem Absatz um und blaffte: »Rinoli! Herrgott noch mal, kümmere dich um deine Ausrüstung! Schluss mit den Faxen!«

Widerwillig und auf Italienisch vor sich hin fluchend, lief Rinoli zum anderen gefluteten Tunnel hinauf. Clemmens fuhr sich mit der Zunge über die Lippen und probierte erneut sein Funkgerät, hatte aber noch immer kein Signal.

»Nur dass du das alles notierst, ja?« Christian nickte, während Clemmens dem Funkgerät einen weiteren Klaps versetzte. »Es muss an diesem Ort liegen«, sagte er. »Irgendwas funkt dazwischen. Ich fahr zurück an den Eingang zur Kammer; dort schien es zu funktionieren.«

Christian sah ihm zu, wie er seine Maschine wieder in Gang setzte und zum Spiraltunnel hinüberbretterte. Die ganze Zeit war er sich des geheimnisvollen, weiterhin die Kammerwände umlaufenden Energieimpulses bewusst.

Rinoli tippte Befehle in seine Radareinheit, nahm eine weitere Messung vor und überspielte sie auf Clemmens' Gerät.

Und da hörte er es.

Ein dumpfes, tiefes Grollen schon fast außerhalb des Hörbereichs. Er beugte sich vor, reckte den Hals in die Dunkelheit und versuchte, aus dem Geräusch schlau zu werden.

Da war ein Zischen. Ein Blubbern. Bläschen stiegen an die Wasseroberfläche. Schwefelgestank, wie nach fauligen Eiern, erfüllte die Luft, und dann das Licht: ein kleiner Punkt. Unscharf. Trüb. Mitten im Wasser. Weit entfernt, aber anwachsend.

Rinoli musste über das amphibische Glühwürmchen schmunzeln. Was das wohl war? Noch so ein wirbelndes Feuerwerk? Er war begeistert. Er wandte sich um und rief seinen Hinweis vor lauter Aufregung auf Italienisch. Wie sich zeigen sollte, eine gänzlich ungeeignete Sprache, um sich den anderen verständlich zu machen.

Clemmens hörte Rinolis Rufe, beachtete sie aber nicht. Er fummelte an seinem Funkgerät herum, wollte endlich durchkommen, egal wie. »Sarah? Sarah, bitte melden.« Doch nur Rinoli war zu hören.

Clemmens meckerte: »Was zickt dieser Itaker jetzt schon wieder rum?«

Normalerweise hatte er keine Vorurteile. Und es war schade, dass seine womöglich letzten Worte so ein Ausrutscher waren.

»Ion« kommt aus dem Griechischen und bedeutet »wandern«. Bewegtes und insbesondere überhitztes Wasser lädt sich elektrisch auf und sucht diese Ladung zügig abzugeben.

Plötzlich, ohne Vorwarnung, bäumte sich das Wasser hinter Rinoli wie ein Geysir auf und zerstob zu einem kochenden Strudel aus Dampf und Gischt. Der Schwall brach zum Tunnel hinaus und trieb den Italiener quer durch die Kammer. Die mitgeführte Energie, blendende, Lichtbögen schlagende Elektrizität aus größter Tiefe, schoss Dolchen gleich hervor, vereinigte sich mit den Wänden der Kammer und schwirrte mit Lichtgeschwindigkeit im Raum umher.

Einen Augenblick lang erstrahlte der gesamte Ort, als hätte Gott soeben ein Foto geschossen. Als Rinoli bereits zuckend am Boden lag, konnte Clemmens nur noch die Kinnlade herunterklappen. Das siedende Wasser strudelte durch die Kammer wie mit Leben erfüllt. Mit ungeheurer Geschwindigkeit sammelte es sich unter der Decke und entlang der Wände, um eine raumfüllende, riesige, sich windende Hohlkugel zu bilden. Der Lärm war ohrenbetäubend, als säße man im Inneren einer Düsenturbine.

Und dann bewegte sich die Kugel. Geradewegs auf Clemmens und sein Motorrad zu.

Sie waren so weit, ihn anzubohren, den Benben-Stein, als der Funkspruch einging. An der Oberfläche saß ein Techniker an den Monitoren und erkannte die Vorboten einer weiteren Energiewelle. Mit »Nehmt euch in Acht. Gleich kriegt ihr wieder eine gewischt« hatte sich Douglas' Funkgerät knisternd gemeldet.

Doch ehe Scott oder Hackett auch nur daran denken konnten zu fragen, kam pulsierende Energie über die Kristallspirale des Tunnels herangeschossen und raste im Zickzack durch die Benben-Kammer.

Douglas spürte sofort, dass es diesmal anders ablief. Der Stromstoß verflüchtigte sich nicht wie die vorherigen. Er bohrte sich nicht in den Boden wie beim letzten Mal.

Nur wenige Zentimeter lagen zwischen dem Benben-Stein und den C-60-Strängen, die von der Decke ragten. Douglas riss die Hände vom Kristall und bedeutete den anderen zurückzutreten.

Die Luft elektrisierte und roch beißend nach verbranntem Staub. Sarah fühlte, wie die statische Aufladung über ihre Haut kroch und ihre Haare aufzurichten begann.

Dann überlegte Douglas es sich anders, denn das Licht im Raum erhellte etwas schlagartig, wovon er nicht einmal Notiz genommen hatte. Etwas Entscheidendes. Einen Haarriss im Benben-Stein. Seine Augen weiteten sich. Er biss die Zähne zusammen. »Das ist es!«, brüllte er. »Los!« Er nahm seinen Bohrer, brachte ihn in Stellung und zog am Hebel.

»Was ist denn da los, Sarah?«, fragte Scott, vom Zauber der Energiewelle ergriffen.

»Das, äh, passiert hier dauernd«, erklärte sie nervös, und ihr

Blick suchte bei Douglas Bestätigung. Doch es war klar, dass *dies* noch nie passiert war.

Ein tiefes Summen vibrierte durch den Granit, gefolgt von einem hochtönenden Wimmern. Dann noch eines. Und noch eines. Die Fundstücke in den Holzkisten erwachten zum Leben. Zwei arabische Arbeiter ließen die Kiste, die sie gerade trugen, erschrocken fallen, flüchteten sich schreiend in die Dunkelheit, als das Holz zersplitterte und der bebende Gegenstand auf den Boden polterte und umherhüpfte. Wie versteinert hielten die Männer an den drei anderen Bohrern in ihrer Arbeit inne. Überließen es Douglas, allein weiterzumachen.

Sarah wich an die Wand zurück. Aber sie stellte fest, dass der Fels regelrecht wogte, Wellen schlug, wie es Felsgestein niemals tun dürfte.

»Das sieht nicht gut aus«, sagte Matheson, dicht vor dem Bildschirm. »Dieser Kristall sollte nicht so nahe an diesen drei – Dingern sein.« Er wechselte einen weiteren Blick mit Hackett, der tief Luft holte und das Mikro des Bildtelefons direkt an den Mund führte.

»Sarah«, wies er sie an, »du solltest besser versuchen, den Stein von diesen Anschlüssen wegzuschieben.«

»Was?!«

»Schieb den Stein von diesen Kristallsträngen weg.«

November hielt sich die Hand vor den Mund. Sie sah Sarah dabei zu, wie sie sich Douglas näherte, der versuchte, mit dem Stein fertig zu werden. Doch Douglas arbeitete verbissen am Bohrer und schenkte Sarahs Worten keinerlei Gehör. Und da spürte Sarah es.

Zuerst wurde ihr leicht schwindelig. Dann fühlte sie sich unglaublich schwer, als säße sie in der Achterbahn.

Douglas war ebenfalls wie gelähmt. Sein ganzes Gesicht schien sich für einen Moment zu verzerren, erst aus der Form zu geraten und dann zurückzuschnappen. Sarahs Magen rebellierte. Sie wusste, ihr würde schlecht werden. »Habt ihr das gespürt?«, flüsterte sie.

In Genf nickte Scott und schwenkte die Verbindung mit Hackett herum. Hackett, Matheson und Pearce sahen alle blass aus auf dem Bildschirm. »Ich weiß«, sagte Hackett. »Hier haben wir es auch gespürt.«

»War das ein Erdbeben?«, fragte Matheson.

Hacketts Blicke huschten über die Decke. Das Gebäude fing zu schwanken an. »Nein«, erklärte er, »aber das ist eins.« Hinter ihm krachte Ausrüstung zu Boden.

»Eine Gravitationswelle?«, fragte Scott.

Hackett nickte bejahend. »Die bisher größte, da wir sie sogar wahrnehmen können.«

Scotts ganzes Augenmerk richtete sich wieder auf Sarah.

Blitze schossen aus dem Streifen Kohlenstoff-60 am Boden, schlugen Bögen zum Benben-Stein und stürzten sich darauf in das Loch gleich darunter. Sekunden später trat an ihrer Stelle ein Stab von absoluter Schwärze aus dem Loch. Er verkeilte sich in einer Vertiefung an der Unterseite des Benben-Steins, die unbemerkt geblieben war.

Douglas kämpfte dagegen an, doch auch noch so große menschliche Anstrengung würde nichts an dieser Art Kraft ausrichten können. Als er seinen Bohrer sinken ließ, platzte ein Splitter Kohlenstoff-60 vom Benben-Stein ab und schlidderte, in kräuselnde Energie getaucht, über den Boden. Douglas' Hand langte danach.

Vollkommen entsetzt, vor schierer Panik Tränen in den Augen, schrie Sarah: »Liegen lassen! Liegen lassen!« Aber Douglas konnte oder wollte nicht auf sie hören.

Der ganze Raum verzerrte sich für einen Augenblick, als sei er auf Gummi gemalt. In Sarahs Eingeweiden ging es drunter und drüber, als weißglühende elektrische Strahlen aus dem Stein hervorsprangen und sich mit den Strängen über ihrem Kopf verbanden.

Sie konnte verbrennendes, verkohlendes Fleisch riechen, das Zischen und Spritzen von Körperfett unter lebender Haut hören. Sah Douglas quer durch die Kammer fliegen, als sich die Vorrichtung in ihrer Mitte, der Stein, zusammenfügte und aktivierte.

Sie nahm die laufenden Bilder auf ihrem Auge wahr. Und die drängende Stimme in ihrem Ohr. »Raus da!«, rief es darin. »Sofort raus da!«

Sarah folgte ungefragt ihren Instinkten. Und rannte um ihr Leben.

# 8. Die fünfte Welle

## Gizeh

Sarah stolperte, fing sich wieder. Stürzte aus der Benben-Kammer und geriet wieder aus dem Tritt. Rutschte den Abhang hinunter und fiel ins Wasser, was reines Glück war, da Speere aus zuckender Energie über ihren Kopf hinwegzischten und alles in ihrem Weg versengten und verbrannten.

Das Grundwasser im Tunnel war warm und wurde immer wärmer. Sie rappelte sich hoch und lief los, aber das Waten war anstrengender, als sie es in Erinnerung hatte. Der Pegel lag höher und stieg rasch. Sie hielt sich an die Tunnelseiten, wo es seichter war, rannte, so schnell sie konnte, war wenige Sekunden später um die Biegung und lief auf den Ausgang zu.

Die Baulampen flackerten und knisterten mit der abfallenden Spannung, auf die sich die stetig wachsende elektrische Ladung auswirkte. Unmittelbar vor sich, nur ein, zwei unsägliche Meter entfernt, konnte sie den Ausgang sehen. Sie kletterte die Wölbung der Tunnelwand empor und erkannte mit einem Mal: Das Wasser kletterte mit ihr.

Es stieg nicht wie eine Flut, sondern es kletterte. Erhob sich vom Boden unter Zischen und Knistern wie bei Eiswürfeln in einem Glas kalter Limonade und kroch beidseits in die Höhe.

»Sarah!« Sie riss den Kopf herum. Es war Douglas. Sie hatte keinen Schimmer, wie er es herausgeschafft hatte. Sein Haar war zu einer Glasur auf seiner Kopfhaut geschmolzen. Er taumelte auf sie zu und hielt seine klägliche Trophäe umklammert: das Bruchstück aus Kohlenstoff-60. Doch das anwachsende Grollen aus der anderen Richtung erforderte ihre Aufmerksamkeit. Sarah wusste nicht, wohin sie sich wenden sollte.

Sie streckte eine Hand nach Douglas aus. »Sie schaffen das!«, schrie sie. »Sie schaffen das!« Doch schon kroch die Wasserwand über ihre Taille hinweg.

Sie musste handeln.

Sie schmiss sich hinüber an den Fuß der Ausgangstreppe, kam unsanft auf der anderen Seite auf, duckte sich und konnte so den Aufprall irgendwie abfedern.

Sie stand sofort wieder auf, schnellte zum Tunnel herum und verfolgte wie gelähmt den Anstieg des Wassers über die Schwelle hinweg. Von beiden Seiten floss es zusammen.

Dann rannte sie zum Durchlass und spähte hinaus. Douglas war keine zwei Schritte entfernt. Doch der Tunnel wurde heller, sehr viel heller.

»Douglas! Bewegen Sie Ihren Arsch hierher!«, brüllte Sarah.

Das schien ihn ein wenig anzuspornen, aber nicht sonderlich. Seine eigenen Füße waren ihm im Weg, weil er entweder zu bestürzt oder zu blöd war zu begreifen, dass er tatsächlich *auf* dem Wasser lief. Auf den Durchlass zustolpernd, während die sengende Hitze des herannahenden Feuerballs rasch anwuchs, riss Douglas einen Arm schützend vor die Augen. Sarah streckte die Hand aus, um ihn zu packen – und dabei brach sie sich beinahe die Finger.

Das Wasser war kristallhart.

Sarahs hilfloser Gesichtsausdruck genügte, um Douglas in Panik zu versetzen. Als er sich auf den Durchlass stürzte, knallte er gegen eine gläserne Wand. Er ballte die Hand zur Faust, hieb darauf ein, aber es war kaum ein dumpfes Klatschen zu vernehmen. »Hilf mir«, hörte sie seinen gedämpften Schrei. »Um Gottes willen, hilf mir!«

Und dann sah sie es. Obwohl sie zweimal hinschauen musste und es trotzdem kaum fassen konnte.

Eine Hand hob sich aus dem Wasser. Eine menschliche Hand. Sie schloss sich um Douglas' Fußgelenk und zog ihn unbarmherzig in die Tiefe. Durchscheinend und glitzernd, sah sie aus wie Kristall, bewegte sich aber mit ganz und gar menschlicher Gewandtheit.

Douglas wehrte sich, doch die grausame, rohe Gewalt der Hand war übermächtig. Als er stolperte und auf die Knie fiel, hob sich eine zweite Hand an einem endlosen, gelenklosen Arm aus dem Wasser. Und entwand ihm das Bruchstück aus C-60.

Sarah konnte nur zusehen, wie der unheimliche Moloch aus Feuer seine Beute riss. Kurz darauf war alles vorbei.

Die Wasserwand knarrte und bebte, als der unversiegbare Zornesausbruch vorbeidonnerte.

Sie wusste nicht, ob sie halten würde. Sie wollte auch nicht bleiben, um es herauszufinden.

Sie wirbelte herum und nahm die Wendeltreppe, als wären da gar keine Stufen.

An der Oberfläche sah sie in verstörte Mienen. Verstörte, verschlossene Mienen. Niemand wollte wissen, was Sarah gesehen hatte. Sie hatten genug mit sich selbst zu tun.

Sie fühlte einen Druck auf der Brust. Das Atmen fiel ihr schwer. Die Luft war zu Sirup geworden, löste einen Hustenreiz bei ihr aus.

Sie hörte Rufe, Schreie und ein bedrohliches Summen. Sie stolperte unter dem Zeltdach hervor und ging zum Hauptlager. Die Bogenleuchten flackerten und veranlassten sie, immer wieder stehen zu bleiben. Mehrmals musste sie jäh innehalten, um nicht schnurstracks in irgendetwas hineinzurennen, einen Generator, Schutthaufen, Zaun. Die schwankende Beleuchtung ließ ihren Augen keine Zeit, sich anzupassen, und sie war sehr erleichtert, als die Lampen endlich platzten und Glas spuckten.

Getuschel, hier und da Schluchzen. Der Boden bebte und der

allgegenwärtige Summton steigerte sich allmählich zu einem Grollen.

Eine geophysikalische Markierstange aus Aluminium, in den Boden gerammt, um die Lage des Kreistunnels anzuzeigen, sah sie sich zuerst bewegen. Die Stange zitterte, um dann fünfzehn Meter in die Höhe zu schießen, scheppernd zu Boden zu gehen und dabei einen nichts ahnenden Mitmenschen zu treffen. Sie sah die nächste hochgehen. Und noch eine. Alles nicht in diese geweihte Erde Gehörende wurde beunruhigend plötzlich und gewaltsam zurückgewiesen. Zäune. Pfosten. Alles wurde in die Luft geschleudert.

Und dann trat das Glühen ein. Ein gespenstisches Blau durchdrang den Sand, als wäre gar keiner da, und zeichnete den kreisförmigen Tunnel in gewollt gleichmäßigem Pulstakt nach. Schnell. Stetig. Erwartungsvoll.

Sarah konnte sich atmen hören, ein angestrengtes Krächzen aus zugeschnürter Kehle. Sie verspürte ein Prickeln. Ein Funkeln. Wahrnehmungen wie bei einem ungeheuren Gewitter. Und dann erkannte sie, dass sie über und über in Sand eingehüllt, von Staubkörnchen umgeben war, die in der Luft festhingen wie in einem Reagenzglas aufgeschwemmt.

Der Boden wurde erschüttert. Ein Erdstoß, der sich wenig um die Dinge an der Oberfläche scherte. Sarah fiel auf die Knie. Hörte loses Material Stufe für Stufe die Pyramiden herunterpoltern.

Und während sie sich nach Schnittwunden und Abschürfungen absuchte, wollte sie einen Stein unter sich fortwerfen. Nur um festzustellen, dass sich seine stoffliche Beschaffenheit veränderte. Denn was nach einem Stein aussah, fühlte sich in ihrer Hand eher wie Plastik an.

Jetzt wurde ein scharfes Zischen laut. Alles vibrierte, als würde sich etwas durch den Boden treiben. Und dann hörte sie den Ruf. Irgendwer hatte etwas gesehen. Sie verrenkte den Kopf, um eine wogende Schicht aus fauchenden Blitzstrahlen die Oberflächen sämtlicher Pyramiden emporschießen zu sehen wie blaue Zitteraale im Fresswahn, die sich hinweg über die riesigen Kalksteinblöcke schlängelten und wanden. Auf ihrem Weg in die Höhe schwärzten sie die Flächen, um sich wellenförmig an den Spitzen der Denkmäler zu sammeln.

Die Kugelblitze über den Pyramiden beleuchteten die gesamte Hochebene von Gizeh. All das war von einem schrillen, ohrenbetäubenden Lärm begleitet. Und der Höhepunkt war nicht minder furchteinflößend.

Denn auf einmal schossen drei gewaltige, ungeheuerliche Säulen aus Energie kerzengerade in den Himmel, von jedem Pyramidengipfel aus eine.

Als zielten es Kanonen auf das Himmelsgewölbe ab, entfesselten die drei Pyramiden unter siegreichen Urschreien ihr grausames Arsenal. Nach jahrtausendelangem Schlaf waren sie erwacht. Und ihr Zorn war ungeheuerlich.

## Die Erde

Es trat völlig überraschend ein.

Ohne Vorwarnung.

Trotz des solar-heliosphärischen Observatoriums SOHO III und der Sonnenbeobachtungssatelliten ACE und CLUSTER II, trotz zahlreicher erdgebundener Sonnenwarten und einer Vielzahl von Seismographen an strategischen Stellen entlang von Verwerfungen, trotz der Tiefsee-Tsunami-Sensoren, die über ihren Standorten dreieinhalb bis viereinhalb Kilometer Wasser durchdrangen und Veränderungen des Meeresspiegels auf den Millimeter genau maßen.

Trotz alledem konnte die Gravitationswelle, die von der Sonne abgefeuert wurde, mit Lichtgeschwindigkeit nahte und das Gefüge des Weltraums wie eine Gummimatte verzerrte und verdrehte, nur im Nachhinein ermittelt werden. Durch Sammlung von Daten über die angerichteten Zerstörungen. Durch Aufhäufung ihrer Auswirkungen, die das Bild eines riesigen Blutbads ergab.

Im Golf von Bengalen peitschten Stürme. Sie hielten zwar kaum eine Minute lang an, rasten aber so schnell dahin, mit über elfhundert Stundenkilometern, dass sie ganze Teile von Indien einebneten, Städte und Dörfer vernichteten, ehe ihr Herannahen auch nur zu vernehmen war.

Im Ural pflügten seismische Wellen mit über 20000 Stundenkilometern durch die Tundra. Zu dieser Jahreszeit war der Boden jedoch feucht und weich. Und die Bauern sahen ihre Ackerfurchen ausschlagen, als hätten sie zerwühlte Decken auf einem Trampolin vor sich.

In Kanada, Alaska und an den Küsten von Chile, Japan, Hawaii und Südafrika wurden gewaltige Erdrutsche ausgelöst, wobei die Gesteinsmassen stellenweise fünfzig Kilometer weit wanderten und sich dabei wie Flüssigkeiten verhielten, was als Liquefaktion bezeichnet wird. Das Geröll bewegte sich Steigungen empor und nahm Biegungen genau wie eine Flüssigkeit. Außer auf Hawaii, wo Geröllblöcke von zwanzig Tonnen Gewicht mitgerissen wurden und erst nach über achthundert Kilometern zum Stehen kamen. Zusammen mit dem einhergehenden Erdbeben löste dies einen Tsunami aus – eine riesige Flutwelle, deren enorme Gewalt einen Sog auf dem Meeresboden erzeugte und in solchem Umfang Fels zertrümmerte, dass im nächsten Augenblick Rinnen von der Größe eines Unterseeboots entstanden waren.

Quer über den Stillen Ozean tobte der Tsunami, erstreckte sich von Meeresboden bis Wasseroberfläche, hunderte Kilometer breit und tausende Meter tief. Schneller als ein Düsenjet wälzte er sich über das Meer. Als er einen Punkt zweihundert Seemeilen vor der Küste erreichte, steigerte ein für diese Zone ungewöhnliches Erdbeben die Kraft der Welle und verdoppelte ihre Länge.

Vor der nordkalifornischen Küste überstand ein Supertanker wie durch ein Wunder den Anprall trotz heftigster Schläge und der Tatsache, achtzig Seemeilen näher an die Küste befördert zu werden. Als die Welle schließlich über den Bug spülte, konnte der Kapitän eine Warnung an die Küstenwache funken. Seine Mannschaft versammelte sich erschüttert an Deck, denn die Lichter strandnaher Straßen und Häuser funkelten durch die zum Meeresufer preschende Wasserwand.

An Land hatten sie zuletzt 1964 einen Tsunami gesehen. Über zweitausend Leute standen an den Sandstränden und beobachteten, wie das Wasser binnen Sekunden weit nach draußen abgesogen wurde und ganze Fischschwärme und sonstiges Meeresgetier auf dem Schlick zurückließ. Als sie die Wasserwand sich unheilvoll am Horizont aufbäumen sahen, war es zu spät. Eine wichtige Faustregel über Tsunamis ist nämlich: Wer ihn nahen sieht, kann ihm niemals entkommen.

Trotz der unterseeischen Gebirge, die seine Richtung änderten, und der flachen Kontinentalplatte, die Reibung erzeugte und die Woge verzögerte, häuften sich eine nach der anderen die folgenden Wellen auf die erste wie Falten eines gegen die Wand geschobenen Teppichs. Mithin schlug sie um weitere drei Meter aufgetürmt ans Ufer und löschte alles in ihrem Weg aus. Hunderttausend Tonnen Wasser gingen alle anderthalb Meter Strand nieder. Sie zerschmetterte Betonbauten, riss Männern, Frauen und Kindern die Gliedmaßen ab und ergoss sich noch fünfundsechzig Kilometer weit landeinwärts.

Auf den Philippinen brach der Pinatubo aus und verströmte vulkanische Schlammfluten in die von Panik heimgesuchten Täler. Während in Alaska eine voll besetzte Boeing 757 beim Landeanflug auf den internationalen Flughafen von Anchorage völligen Leistungsausfall hatte, als sie in eine vermeintliche Dunstschicht eintrat. Diese stellte sich als Asche des Redoubt-Vulkans heraus, der zur grollenden Aleuten-Kette gehörte.

Das Flugzeug stürzte schließlich ab. Es gab keine Überlebenden.

Jedes Jahr wurden etwa fünfzig Vulkanausbrüche rings um den Erdball verzeichnet. Zehn davon zogen Tod und Verheerung nach sich. In dieser Nacht wüteten siebenunddreißig Vulkane gleichzeitig auf der Erde und zwölf davon auf amerikanischem Boden. Fünf lagen im zentralamerikanischen und die übrigen im Aleuten-Graben. Und gemeinsam waren sie vom All aus sichtbar. Denn an diesem Abend stand der Feuerreifen, eine Reihe von vulkanischen Bögen und ozeanischen Gräben rings um das pazifische Becken, in Flammen.

In Neuseeland nahm es seinen Anfang, zog sich nördlich über die Kermadec- und Tonga-Gräben und folgte dem Äquator über die Bougainville- und Java-Sunda-Gräben. Wenig bekannt war, dass Vulkane zumeist in Ketten auftraten und nur sehr selten als Einzelerscheinungen. An diesem Abend jedoch brachen, einer nach dem anderen, die tätigsten Vulkane entlang der Ketten aus. Die Riukiu- und Izu-Bonin-Gräben, die hinüber zum Aleuten-Graben vor Alaska führten, rauchten und grollten. Während am peruanisch-chilenischen Graben, wo sich der Feuerreifen schloss, Dörfer vor den herannahenden Lavamassen geräumt wurden.

Die Gewalt göttlicher Rache als Leihgabe, berief Mutter Natur ihre Heerscharen ein und begann, die menschliche Zivilisation auf Erden planvoll zu vernichten.

## Scott

Es war weder das Knirschen in den Wänden, noch das Klappern der Kaffeetasse auf dem Nachttisch, das Scott zuerst bemerkte. Es war sein Bett. Denn während er sich noch klar zu werden versuchte, was er zu tun hatte, wurde erschreckend deutlich, dass es unter ihm wegrutschte.

Unwillkürlich schnellte er hoch, während das Rumpeln bebenden Betons anwuchs. Er hörte Angstschreie aus den benachbarten Zimmern. Die Stehlampe kippte um, ihre Birne zerbarst.

November schrie auf und warf sich in die Mitte von Scotts Bett. Und da sah sie es. Den Riss, der sich tief und schwarz im Zimmerboden auftat. Der Teppich ächzte unter der Spannung und das verbliebene Gewebe gab sich der vorrückenden Spalte im Fußboden geschlagen. Eine nach der anderen rissen die Fasern mit einem Knall auseinander, als letztlich der Teppichboden zertrennt wurde.

»November!«, brüllte Scott und streckte die Hand nach ihr aus, doch sie starrte nur blicklos darauf, während das Bett vorwärtsrumpelte und an die Wand unterhalb des Fensters stieß.

»Dr. Scott!«, kreischte sie.

Die gläserne Deckenleuchte zersprang. Auf den Bildtelefonen nahm Scott Pyramiden wahr, die Blitzstrahlen in den Himmel abfeuerten. Das andere Display zeigte Hackett und die Männer und Frauen der CERN dabei, umstürzender Ausrüstung und um sich speienden Lichtbögen auszuweichen, ehe schließlich beide Leitungen zusammenbrachen. Die Bildtelefone gingen scheppernd zu Bruch.

Feueralarm brach aus. Laut und metallisch, als die Fensterscheibe hinter Novembers Kopf dem Druck nachgab und zersprang. Ein harscher, frostiger Wind blies die Glasscherben ins Zimmer. Nur die schweren, zugezogenen Vorhänge retteten der jungen Frau das Leben, indem sie die Gewalt der Druckwelle abfingen und ihre Zerfleischung durch skalpellscharfe Glasdolche verhinderten.

Als bereits der Deckenverputz herunterbröselte, kletterte sie unter der schweren Bettdecke hervor: benommen und ahnungslos, wie rasend die Ereignisse über sie hinweggingen. Scott riss sie vom Bett herunter und zerrte sie gerade noch rechtzeitig weg, bevor der Fußboden einbrach und das Bett eine Etage tiefer und weiter hinunter mitnahm.

»O Gott, was jetzt?«

»Raus hier!«, schrie Scott und zog November zur Tür.

Unglücklicherweise klemmte diese.

»Wir können durch *mein* Zimmer raus!«, erklärte November unumwunden und übernahm die Führung.

Auf Erdbeben war man in diesem Teil der Welt nun wirklich nicht gefasst. Wenigstens nicht auf so heftige. Doch auch aus Novembers Zimmer gab es keinen Ausweg.

»Räum den Wandschrank leer«, rief er ihr zu. »Ich hole die Matratze.«

Minuten später kauerten sie zusammen unter einer Matratze und warteten auf ihre Rettung.

## CERN

Hacketts Kopf fuhr wieder unter die Tischplatte, als ein weiteres Bauteil aus einer halben Tonne Stahl vorbeipfiff und einen Krater im Betonfußboden zurückließ. Er sah sich zu den anderen um, die bei ihm hockten, und bemühte sich um ein Lächeln. »Nun«, sagte er, »macht richtig Laune.«

Matheson zog die Beine eng an sich. »Das war Trockenschwimmen? Scheiße, wenn sie dasselbe in Ägypten abgekriegt haben, was für ein Höllenritt blüht uns dann noch in der Antarktis?«

»Ein schlimmerer«, war sich Hackett sicher. »Ein viel schlimmerer.«

»Viel ausrichten können wir gegen so was nicht mehr, oder?«, krächzte Matheson.

»Und ob wir können«, sagte Pearce und kroch an seine Seite, damit Hawkes sich zu ihnen ducken konnte. »So was wie 'nen Atheisten im Schützengraben gibt's nicht.«

»Hä?«

»Wir können beten.«

Das mag den Wissenschaftlern nicht gefallen haben. Doch es war eine Möglichkeit.

## Die heiligen Stätten

Normalerweise war der Sonnenaufgang am Amazonas nicht so hinreißend, dachte sich Bulger. Andererseits war es sein erster Besuch hier, was wusste er also schon? Außer dass die Bäume, manche darunter drei Meter breit und zwischen ihnen Elfenbein- und Kokospalmen, sich nicht wie Schilfrohr wiegen sollten. Das Erdreich sollte nicht völlig haltlos beben. Die Regenbäche am Waldboden sollten nicht von Erdspalten verschluckt werden und das feuchte Dickicht an den Pyramidenflanken kein Feuer fangen. Aber das tat es.

Das Sonnenlicht schien wie eine Kerze im Luftzug zu flackern – wenn es nicht von dichten, düsteren Wolken verschleiert wurde, aus denen die Regentropfen wie Geschosse niederprasselten.

Sie hatten ihr Basislager und ihre Ausrüstung eingeräumt, als das Chaos ausbrach. Die verbliebenen Machiguenga waren so verängstigt, dass sie aus ihren Verstecken in den Urwald flüchteten. Einige zogen den Kampf vor, und zum ersten Mal bekam Bulger einen der furchteinflößenden, bemalten Krieger aus der Nähe zu sehen, als dieser hinter einem Baum hervorsprang und eine Reihe rasiermesserscharfer Zähne fletschte, die er stolz selbst abgefeilt hatte.

Kurz rangen sie miteinander, und der Machiguenga biss Bulger in den Unterarm, ehe Carver dem Indio eine Kugel in den Kopf jagte.

Maple wiederum stand auf der Lichtung und drehte die Augen himmelwärts, als wolle er den Herrgott niederstarren. Obwohl er ebensolche Mühe wie alle anderen hatte, sich aufrecht zu halten, schien er entschlossen, den widerspenstigen Boden heil zu überstehen wie ein Rodeostar das bockende Pferd.

Vielleicht hätten sie es ahnen sollen, als der Dschungel wenige Augenblicke zuvor in ein unheimliches Schweigen verfallen war. Jetzt jedoch war das Geschrei der Tierwelt ohrenbetäubend, und während abgestorbene Bäume auf die Rodung rings um das Lager krachten, offenbarte sich die größte Überraschung des Abends.

Löcher im Erdboden.

Riesig und tief klafften sie im Morast rings um die Sockel der Pyramiden. Keiner wusste zu sagen, ob es uralte Fallen oder freigelegte Eingänge waren. Carver stolperte zu einem der Löcher hinüber und stellte seine Gerätschaften auf. Während der Schlamm in die Grube rutschte, nahm er sich einen Moment zum Eichen. Als die Ergebnisse blinkend auf dem Display sichtbar wurden, hellte sich seine Miene auf. »Kohlenstoff-60!«, schrie er. »Gleich da unten! Und ganz bis zu den Pyramiden hin!«

»Hervorragend!«, brüllte Maple zurück und stopfte sich Kautabak in den Mund. »Wird leichter sein, als ich dachte!« Rasch schickte er die anderen zu den Maschinen, die unter den nassen Planen standen. Erdbeben hin oder her, sie hatten zu arbeiten. »Funkt die Helis an!«, wies Maple an. »Sagt denen, sie könnten ebenso gut jetzt schon herkommen. Bis zum Morgen sind wir so weit, das Zeug zu bergen.«

Bulger baute die Funkanlage auf und Maples Männer setzten eine Art Hightech-Kanone auf ein Gestell mit dem seitlich prangenden Logo von *Rola Corp. Research.* Sie verlegten Kabel von ihrer Rückseite zu einem Generator, genau wie Bulger es ihnen beigebracht hatte, und warteten auf das Zeichen.

»Okay!«, ordnete Maple an. »Gebt Saft!«

Sie schalteten den Strom ein, zielten auf einen Baum und

drückten den Auslöser. Es gab ein gellendes Wimmern. Einen blendenden Blitzstrahl. Und der stärkste jemals für mobilen Einsatz geschaffene Teilchenstrahl zerschnitt die Luft, verwandelte den Regen in eine zischende Dampfwolke und zersprengte den Baumstamm zu Holzsplittern. Ringsum im Lager erschallte Freudengeschrei.

Maple reckte einen Daumen hoch. »Cool!«, rief er. »Jetzt runter mit euch in dieses verdammte Loch und unser C-60 aufteilen! Wir werden nach Kilos bezahlt. Und ich will danach in Rente gehen!«

Sie hatten genau das erreicht, was sie sich vorgenommen hatten. Sie hatten die alten, verschollenen peruanischen Pyramiden gefunden, deren Inhalt gesichtet und plünderten nun nach Herzenslust.

Doch als sie sich gegenseitig in die glitschigen, verschlickten Gruben abseilten und daranmachten, die frühgeschichtlichen Kristallgefüge – Spiralwindungen in langen Tunneln – zu zerschneiden, konnten sie unmöglich wissen, dass ihre Bereitschaft zum Ausschlachten der Monumente von Pini-Pini eine der falschesten Entscheidungen ihres Lebens gewesen war. Auf alle Fälle würde sie sich als eine der verheerendsten erweisen.

# 9. Expedition

## Unterwegs

»Das war eine Hand! Ich sag Ihnen, wir *haben* eine verfluchte Hand gesehen!«

»Es gab verdammt viel Signalrauschen, als dieser Energiestoß einsetzte«, wandte Houghton ein. »Unmöglich zu sagen, was Sie gesehen haben.«

»Wir haben etwas *Lebendiges* gesehen«, sagte Pearce. »Glauben Sie mir.«

Der Anwalt zuckte unwillig mit den Schultern und widmete sich wieder seinem Notizbuch.

Sie saßen hinten im Ford-Kleinbus, zuckten immer wieder zusammen, während eine Welle golfballgroßer Hagelkörner nach der anderen auf das Fahrzeugdach eindrosch, begleitet von einem scharfen Knallen, ob das aufschlagende Eis nun zerplatzte und über die Lackflächen stob oder abprallte und auf den Asphalt fiel. Es war, als würde ihnen anhaltendes Sperrfeuer aus Maschinengewehren gelten.

Hackett betastete eine tiefe Schnittwunde quer über seiner Wange, lehnte mit dem Kopf am Fenster und sah die Welt vorbeigleiten, während Scott sein Gewicht auf dem Sitz verlagerte. »Wie es wohl Sarah geht?«, murmelte er. »Hat's schon irgendeiner geschafft, Verbindung mit Kairo zu bekommen?«

Houghton schaute weiter auf seine Unterlagen und sagte nur: »Wir arbeiten dran.«

»Hoffentlich geht's ihr gut. Hoffentlich geht es allen gut.«

»Fünfmal«, brummte Hackett und rührte sich, »ist das Leben auf diesem Planeten praktisch ausgelöscht worden. Zu Ende der Kreidezeit und der Zeitalter von Jura, Trias und Perm. Und jetzt kommt's, Leute. Das Ende des Weltraumzeitalters ist da. Echt klasse.«

Bob Pearce, der weiter vorn saß, drehte sich zu ihm um. »Hier gibt's nichts zu witzeln. Dies ist wirklich das Ende allen Lebens auf Erden.«

»Ich habe nicht ›Ende allen Lebens‹ gesagt.« Hackett grinste. »Sondern ›praktische Auslöschung‹. Das ist ein Unterschied.«

Vorn in der Militärkolonne fuhren Dower und Gant in ihren gesonderten Autos mit getönten Scheiben. Hackett sah sie für einen Moment hin und her schlingern.

Vorsichtig überquerten sie die Pont du Mont Blanc, da der Genfer See noch immer in Aufruhr war. Am anderen Ende des Sees, an dem Genf lag, war die Säule des berühmten Jet d'Eau von stolzen fünfzig Metern auf einen drei Meter hohen Strahl geschrumpft. Unterdessen schäumte der Hagelsturm die Wasserfläche mit Eisbrocken auf.

An der rissigen und teilweise geborstenen Église Anglaise und dem übel mitgenommenen Hauptbahnhof Gare du Cornavin vorbei bogen sie rechts ab und fuhren im Schlingerkurs, um herabgestürzten Mauerteilen und Dachpfannen auszuweichen, die Rue de Lausanne hinauf.

Wohin sie auch sahen, hatten die Gebäude schweren Schaden genommen. Genf war hart getroffen worden.

»Am Ende des Perms, vor 286 bis 245 Millionen Jahren«, erklärte Scott, »starben achtzig Prozent aller Lebensformen aus. *Achtzig Prozent.* Aus mit Trilobiten. Aus mit Fusuliniden, großen, leguanartigen Geschöpfen. Die drei beherrschenden Arten von Reptilien: Cotylosaurier, Pelycosaurier und Therapsiden – aus und vorbei. Keine Phase der Evolution auf Erden hat ein vernichtenderes Ende genommen. Und doch sind wir noch da …«

»Vielleicht ist Aussterben auf breiter Front die Weise, in der Gott die Evolution verleugnet«, sagte Hackett scherzend.

»Der Untergang von achtzig Prozent allen Lebens auf Erden *ist* dessen Ende«, stöhnte Pearce.

Hackett sah sich suchend um, nahm November die Zaubertafel, auf der sie abwesend herumkritzelte, aus der Hand und sagte: »Kann ich die mal mir ausleihen? Danke.« Dann hielt er ihre Zeichnung für alle hoch.

»Das ist die Erde, okay?« Er deutete auf die Zeichnung. »Und das ist alles Leben auf der Erde.« Pearce nickte. »Eine Gravitationswelle schlägt zu –« Plötzlich bewegte Hackett die Zaubertafel heftig hin und her und löschte somit, sehr zu Novembers Überraschung und Missfallen, alles darauf. »Schön. Und was bleibt übrig?«

»Nichts!«, sagte November ärgerlich. »Nichts. Alles futsch.«

»Meine Rede«, rief Pearce aus.

»Äh-äh«, tadelte Hackett und klopfte auf die billige Zaubertafel aus Plastik. »Das ist immer noch da, die Erde selbst. Mit all ihren wesentlichen Bestandteilen und ihrem Vermögen zu ernähren. Und mit der Zeit …« Er drehte an einem Knopf und begann erneut herumzukritzeln. »Mit der Zeit – wird das Leben frisch erblühen. Diesmal nur auf eine andere Art. Anders zusammengesetzt. Die Karten werden neu gemischt und die Bausteine werden neu zusammengefügt. Aber diesmal passiert das alles – ohne uns.«

Er ließ die Zaubertafel zurück in Novembers Schoß fallen. »Danke«, sagte er und klang keinen Deut aufrichtig.

Sie warf einen Blick auf ihr fehlendes Meisterwerk, streichelte die Schramme auf ihrem Arm vom Vorabend und antwortete: »Toll.«

»Nein, nicht um das Ende allen Lebens müssen wir uns sorgen«, erklärte Hackett. »Aber um unser Ende. Das Ende der menschlichen Gattung. Das *Leben* sorgt schon für sich selbst. Was dachten Sie denn, weshalb Umweltschützer so wichtig sind? Schön, *selber* gaukeln sie sich vor, die Rettung irgendeines süßen, pelzigen Tiers am Amazonas schafft so was wie Gefühlsbande zur Erde. In Wirklichkeit erhalten sie aber die Nahrungskette aufrecht. Bleibt die Nahrungskette aufrechterhalten, bleibt die Evolution beständig; die Umwelt erreicht ein Gleichgewicht. Und wieso ist *das* wichtig? Weil die gegenwärtige Umwelt die *einzige* ist, in der wir als Spezies bestehen können. Vor drei Millionen Jahren gab es uns noch nicht und eine andere Umwelt. Etwas retten, weil es süß ist? Was hat das für einen Sinn? Gar keinen. Nein, wir schützen die Umwelt, weil sie *uns* beschützt. Und das geht nur wider die Gesetze der Natur. Wir müssen – *un*natürlich werden.« Hackett gluckste. »Natur *ist* Unfruchtbarkeit. Natur *ist* Erbkrankheit. Natur *ist* Hungersnot und Seuche. Natur *ist* ein Wetter, so furchtbar können wir es uns gar nicht ausmalen. Natur *ist* Veränderung.«

»Im Buch Jesaja«, warf Scott ein, »stellt Gott ganz klar fest, dass er gut *und* böse ist.«

Hackett und Scott blickten einander wachsam an. Sollten sie doch tatsächlich einmal in etwas übereinstimmen?

Vorn auf dem Beifahrersitz rutschte Houghton herum. Er legte einen Arm auf die Lehne und fragte: »Stimmen diese Zahlen?«

»Ja«, bestätigte Hackett mit Bezug auf Differenzialgleichungen, die er in rauen Mengen rübergereicht hatte. »Die Sonne wird den Höhepunkt des Ausklinkens um Mitternacht am Sonnabend erreichen, genau zwischen zwei Feiertagen. Welcher ist *Ihr* Feiertag?«

Houghton schaute verlegen drein. »Genau genommen halte ich nicht viel von Religion.«

Hackett suchte Blickkontakt. Er ließ ein Lächeln seine Lippen umspielen. »Dann wird's vielleicht Zeit«, riet er.

Houghton hustete und rieb sich die Schläfen. »Dies ist, äh, ziemlich erschreckend. Ich hatte keine Ahnung, wie real das alles ist«, gestand er.

»Bin die Zahlen bestimmt hundertmal durchgegangen.« Hackett klang erschöpft.

»Diesen Zahlenstrom aus dem Kristall?«

»Nein«, antwortete Hackett. »Nicht den. Hab keinen Schimmer, was *das* ist. Nein, ich bin die Zahlen durchgegangen, die mir Sarah über seismische Wellenausbreitung gegeben hat – der Tesla-Effekt. Nach meiner Berechnung wird der Höhepunkt solarer Gravitationswellen eine Stunde und siebenundfünfzig Minuten vor dem Zeitpunkt eintreten, da laut Sarahs Vorhersage das finale geologische Ereignis die Erde erschüttern und uns den Teppich unter den Füßen wegreißen wird. Mit anderen Worten, die Gravitationswelle wird ungefähr acht Minuten brauchen, um mit Lichtgeschwindigkeit von der Sonne zur Erde zu gelangen. Sie wird uns sodann erfassen und eine ohnehin schon wachsende Resonanz im flüssigen Kern dieses Planeten bis zur völligen Entfesselung steigern. Nach ihren Zahlen wird es eine Stunde und neunundvierzig Minuten dauern, bis die Welle ihren Weg quer durch den Planeten und zurück genommen hat. Bis dahin wird der Schaden nicht mehr rückgängig zu machen sein.«

»Wann ist das finale Ereignis?«, fragte Scott.

»Um drei Uhr morgens«, antwortete Hackett. »Diesen Sonntag.«

»In zwei Tagen …«

Hackett nickte. »Gleich nach Mitternacht wird die Sonne zum letzten Mal pulsieren. Sonntagmorgen gegen drei wird die Erdkrustenverschiebung ganze Kontinente um bis zu zwanzig Grad versetzt haben. Das gibt ein solches Blutbad für die Menschheit – das Spiel ist aus.«

Scott rieb sich das Gesicht. »Zur Hölle, was tun wir bloß?«, rätselte er.

»Ich dachte, wie könnten uns vielleicht zusammentun, wenn wir McMurdo erreichen«, wandte sich Pearce an den Anthropologen. »McMurdo hat eine Kapelle.«

Houghton versuchte, durch Husten seine Stimme zu kräftigen. Er schlürfte Kaffee aus einem Styroporbecher. »Damit Sie wieder auf dem Laufenden sind«, sagte er, »letzte Nacht ist nicht nur unsere Verbindung zu siebzehn weiteren Satelliten abgerissen. Wir haben keine Verbindung mehr zum chinesischen Stützpunkt.«

Ralph Matheson blickte auf. Er war kein großer Fan von Anwälten. Nicht nur, dass sich Houghton wie ein Wiesel verhielt, er sah auch noch wie eines aus, so schmächtig, wie er war. Was bedeutete, dass alle, die sich von ihm angefressen fühlten, den überwältigenden Drang verspürten, die Faust in seiner Magengrube zu versenken. Ganz unwillkürlich, fast urtriebhaft. Houghton war sich dessen sehr wohl bewusst und spielte es aus.

Ausnahmsweise schien er aber unzufrieden mit dieser Wendung der Dinge.

»Bitte noch mal.«

»Der chinesische Stützpunkt schweigt auf einmal. Warum, wissen wir nicht.«

»Na großartig, und was ist, wenn wir da anklopfen? Wir sind verpflichtet, unser Kommen anzukündigen. Überraschen wir sie, könnten sie glatt das Feuer eröffnen!«

»Dazu besteht nunmehr die Möglichkeit, ja«, pflichtete der Anwalt widerwillig bei.

Der Kleinbus bog rechts ab in die Avenue de France und Zufahrt zum Parc de l'Ariane, in dem gewöhnlich das Palais des Nations erstrahlte. Doch heute erstrahlte es keineswegs. Die Reihe von Fahnenmasten auf dem Vorrasen stand krumm und schief. Die bronzene, Fabelwesen bergende Weltkugel war von ihrem Sockel in den runden, spiegelnden Teich gekracht und lag eingedellt auf der Seite. Fahrzeuge parkten schräg auf dem Rasen und überall da, wo die Diplomaten sie abzustellen beliebt hatten.

Wie bei Entropie, dem zweiten thermodynamischen Gesetz, zerfiel die Ordnung.

Doch der Ford-Kleinbus fuhr nicht bei den Vereinten Nationen vor, wie alle erwartet hatten, sondern geradeaus weiter, der Flughafenausschilderung nach. »Ich dachte, es ginge ins Gebäude?«, erkundigte sich Matheson.

»Neuer Plan«, sagte Houghton knapp. »Nach dem aufregenden Abend hier in der Schweiz ist die chinesische Delegation heute früh abgereist. Infolgedessen – gibt es keine Verhandlungen aufzunehmen.«

»Ich bin mir nicht so ganz sicher, ob das eine gute Sache ist«, meinte Hackett.

»Der Sicherheitsrat in New York hat eine Entschließung verabschiedet, die den Vereinigten Staaten gestattet, ein eigenes Inspektionsteam nach eigenem Recht aufzustellen. Solange wir die Vertragsrichtlinien einhalten sowie China angemessen von unseren Absichten und Ihrem baldigen Eintreffen unterrichten, tun wir Genüge. Über die Kontinente hinweg ist der Notstand ausgerufen worden. Damit können wir im Prinzip tun, was wir wollen. Ein Streit zwischen China und Amerika ist derzeit die geringste Sorge des Rats.«

»Sie sagten aber doch, Ihre Verbindung zum chinesischen Stützpunkt sei abgerissen«, erinnerte ihn Scott. »Wenn Sie sie nicht vorwarnen können und keine chinesische Abordnung da ist, um benachrichtigt zu werden, woher sollen sie dann von unserem Kommen wissen? Wir würden ein leichtes Ziel abgeben.«

Matheson verdrehte bestürzt die Augen. »O Jesus. Das ist schlecht. Das ist verdammt schlecht.«

Houghton holte tief Luft. »Wir können nur vermuten, dass die Chinesen die gegenwärtige Krise benutzen, um internationales Recht außer Kraft zu setzen. In dem Fall müssen Sie mit bewaffnetem Geleit Einzug halten. Die einzige andere Möglichkeit wäre, dass – ihr Stützpunkt einfach nicht mehr da ist.«

Matheson war verwirrt. »Ich verstehe nicht ganz. So was können Sie doch bestimmt nachprüfen?«

»Drei große Spionagesatelliten wurden letzte Nacht ausgeschaltet«, erklärte Houghton. »Es lässt sich einfach nicht mit

Sicherheit sagen. Der Präsident hat mich zu sich nach Rom zu einer Lagebesprechung gebeten.«

Pearce war ganz unruhig. »Ich kann's herausfinden«, sagte er leise. »Warum fragen sie mich nicht?«

Alle auf den Rückbänken tauschten neugierige Blicke. Wovon in aller Welt redete er da? Nur Houghton schien es zu verstehen.

»Das wissen sie, Bob«, antwortete der Anwalt getragen. »Und sie werden dich rufen.«

Keiner stellte weitere Fragen. Keiner machte Pearce wegen seiner seltsamen Wortmeldung an. Keiner schien es wissen zu wollen. Sie hätten nervös sein müssen. Sie hätten besorgt sein müssen. Aber Erschöpfung ist eine eigenartige Sache. Vielmehr stellten sie ihre Sitzlehnen im olivgrünen Hercules-C-130-Transportflugzeug zurück, zogen ihre Decken bis zum Hals und verbrachten den elfstündigen Flug nach Kapstadt, Südafrika, im Tiefschlaf. Sie rührten sich nicht einmal, als die Maschine kurz in Kairo zwischenlandete, um einen weiteren Fluggast aufzunehmen.

## Kapstadt, Kaianlagen
## Pier 19

»Vorsichtig damit! Vorsichtig!«

Scott wurde plötzlich wach. Wie lange stand das Flugzeug bereits am Boden? Es war eine Sonderausführung der Hercules C-130 mit vorderer Druckkabine für ranghohe Offiziere und einem kleinen Heckabteil ohne Druckausgleich für Abwürfe in niedriger Flughöhe.

Aber die Kabinentür stand weit offen. Heiße, stickige Luft kam herein, begleitet von einem auffällig grellen Licht. Und Scott wurde sich bewusst, dass man ihn ganz allein zurückgelassen hatte.

Irgendwo lief ein Radio. Er lauschte und vernahm eine vertraute Stimme. Es war der Präsident, der zur amerikanischen Nation sprach, der die Menschen zu Hause beruhigen wollte, dass es keinen Grund zur Sorge gab. Dreckiger Lügner. Scott setzte sich auf, dachte für einen Augenblick an Fergus, und dann hörte er ein Krachen, so als sei gerade etwas Schweres fallen gelassen worden.

»Zum Teufel! Ich sagte *vorsichtig*!«

Die Stimme kannte er. Kräftig. Bestimmt. Ernstlich genervt und doch irgendwie anziehend. »Sarah?«

Er schüttelte den letzten Rest Schlaf ab und stand auf. Als er auf den Gang seitlich in der Kabine trat, hielt er kurz inne, um ein Mitglied der Besatzung zum Cockpit durchzulassen, eher er weiter zur geöffneten Laderampe ging.

Unter Sicherungsnetzen und Spanngurten türmten sich Kisten, die in der Schweiz noch nicht an Bord gewesen waren. Bodenpersonal verfrachtete die gesamte Ausrüstung auf Pritschenwagen, die auf dem flirrenden Asphalt aufgereiht standen.

Eine schlanke, gebräunte Frau, deren unglaubliche Beine aus alten, zerschlissenen Shorts hervorsahen, stand an der Kante der Rampe. Einen Arm in die Seite gestemmt, wies sie mit dem anderen in unterschiedliche Richtungen.

Scott hüstelte. »Hi, Sarah. Ich bin's – Richard.«

Sarah drehte sich langsam um und entspannte sich. »Hi«, ihre Miene hellte sich auf. »Endlich begegnen wir uns mal.«

Scott blinzelte überrascht. »Freut mich sehr, dass es Ihnen gut geht. Dass Sie heil rausgekommen sind, weil doch die Verbindung abgerissen ist«, er überlegte kurz und wählte seine Worte sorgfältig. »Ich wusste nicht, was ich denken sollte.«

»Hab ich Ihnen gefehlt?«

Scott kicherte. »Ich kenne Sie doch kaum.«

»Nein, tun Sie nicht«, sagte sie freundlich.

Er lächelte, erstaunlich gelöst. »Sind das zwei verrückte Tage gewesen, oder?« Sie versuchte zurückzulächeln, aber es fiel ihr schwer. »Mein Beileid wegen Eric … und Douglas.« Sie dankte ihm. Er zeigte mit dem Daumen über seine Schulter. »Die haben mich da vorn im Stich gelassen.«

Ihre Blicke trafen sich, länger vielleicht, als sie es hätten tun sollen. Scott vergrub die Hände in den Hosentaschen und lief ein paar Schritte die Rampe hinunter. Als Sarah hinzufügte: »Sie reden im Schlaf«, sah sich Scott nach ihr um. »Ich hatte mich neben Sie gesetzt.«

»Bin froh, dass es Ihnen gut geht«, versicherte Scott.

Einer der Männer bekam einen Fingerzeig von Sarah, vorsichtiger zu sein. Scott rieb sich das Kinn. Ein Zweitagebart. Er musste dringend einen Rasierapparat auftreiben.

Draußen nahm er Brandgeruch wahr. Die Sonne schien hell, vielleicht zu hell. Es herrschte vollkommen klare Sicht auf den weit entfernten Tafelberg. Sie befanden sich auf einem Privatflugplatz, der zu den Kaianlagen gehörte. Riesengroße Gebäude säumten den Pier. Kräne beluden Frachtschiffe.

Scott beschirmte die Augen und schaute auf die Sonne. »Kaum zu glauben«, sagte er. »Sie beschert uns heiße, sonnige Tage und Hautkrebs. Und doch wollen wir nicht wahrhaben, dass sie uns noch größeren Schaden zufügen kann.«

Sarah reichte dem Linguisten einen Bogen Papier mit einer Zahlenkolonne darauf.

»Was ist das?«, fragte er.

»Zahlen von DEOS. Das ist eine Abkürzung für Erdtiefen-Messfühlung. Erdbebendaten der letzten vierundzwanzig Stunden.« Scott versuchte, die Liste zu verstehen. »Die anderen habe ich bereits alle unterrichtet. Sie sind als Letzter dran.«

DEOS, *Deep Earth Observation Sensor*, war 1998 von einem Team der Universität Cambridge entwickelt worden, erläuterte Sarah. Über zehn Jahre hinweg waren rings um den Erdball DEOS-Sonden auf den Meeresboden verbracht worden, die seismische Aktivität im Mantel maßen. Mit der Zeit entstand so ein Bild des Erdkerns. Die Sonden übermittelten ihre Daten an das weltweite Satelliten-Kommunikationsnetz und machten sie damit für jeden mit Zugang zum Internet verfügbar.

Sie trat näher an Scott heran. »Sie wissen noch, diese Lightshow im Tunnel?« Scott schenkte ihr einen Blick, der besagte: Wie könnte er das vergessen? »Nun, vor dieser war es zu fünf weiteren, gesonderten Energiestößen gekommen, die harmlos verliefen. Von einem wurde ich voll erwischt. Von den anderen vier haben wir Daten. Das Licht ist einfach durch den Tunnel gezischt und dann irgendwo ausgetreten.« Sie reichte ihm einen weiteren Bogen. »Das ist eine Karte des Tunnelsystems unter dem Gelände von Gizeh –«

»Da unten ist ein Ring?«

»Jawohl. Und sehen Sie hier, hier und hier? Drei Haupttunnel stoßen in Abständen von jeweils hundertzwanzig Grad auf den Ring. Der von Osten, in dem ich war, endet geradewegs in der Kammer unter der Sphinx, die den Benben-Stein beherbergt. Die anderen beiden, die von Südwesten und Nordwesten kommen, verbinden sich mit dem Ring. Soweit ich das ersehen kann, ist er nur durch den Osttunnel mit der Sphinxkammer verbunden.«

»Was wollen Sie damit sagen?«, fragte Scott. »Schieße ich mit der Annahme übers Ziel hinaus, dass Sie einen Zusammenhang zwischen den Erdbebendaten und den Energiestößen in den Tunneln nahelegen?«

»Das trifft es ganz genau«, bestätigte Sarah. »Hier sind die Zeiten, zu denen die Energiestöße durch die Sphinxkammer gingen. Und dies sind die nächstgelegenen damit verbundenen Erdbeben.«

»Aber die Zeitangaben decken sich nicht.«

»Sie müssen der seismischen Welle Zeit lassen zu wandern. Im Schnitt pflanzen sie sich mit 21 000 Kilometer pro Stunde im Erdboden fort. Schneller oder langsamer je nach ihrer Stärke und

Tiefe. Dieser Energiestoß um 23 Uhr 37? Der Tschad wurde nur wenige Minuten vorher von einem Erdbeben der Stärke 6 getroffen. Der Tschad liegt auf keiner Verwerfung, weist aber Vulkantätigkeit an einem Schwachpunkt auf, der sich durch die Kruste gebrannt hat, so wie auf Hawaii. Er liegt etwa sechzehnhundert Kilometer entfernt. Einfache Arithmetik verrät uns, dass die Welle ungefähr viereinhalb Minuten für diese Entfernung braucht. Das Erdbeben traf den Tschad um 23 Uhr 32, *fünf* Minuten zuvor, mit einem Epizentrum beinahe genau südwestlich von Kairo und auf einer Linie mit dem Südwest-Tunnel.«

Sarah fuhr mit dem Finger über die Angaben, dann fügte sie hinzu: »Alle diese Erdbeben liegen gewissermaßen auf der Sichtachse der drei nach Gizeh führenden Tunnel. Und die zeitlichen Verzögerungen zwischen Bebenereignissen und Energiestößen laufen auf deren völlige Deckungsgleichheit hinaus. Tschad, Italien, Griechenland, Libanon. Mittlerer Südatlantik. Alles passt zusammen.«

»Keine Sorge«, versicherte ihr Scott, »ich glaube Ihnen. Ich kann gar nicht anders. *Könnte* das Ganze noch irgendwie vielschichtiger werden? Wir reden da von einer verteufelt großen Maschine. Was haben die anderen gesagt?«

»Versuchen herauszukriegen, wie die seismische Welle in Hitze und Licht umgewandelt wurde.«

»Sie werden die Nuss schon knacken«, meinte Scott, darauf erpicht voranzukommen. Er sah sich um und war von unbekannten Markierungen, Leuten und Richtungen umgeben. »Ach übrigens, wo geht's eigentlich hin?«

»Ursprünglich sollten wir auftanken und direkt nach McMurdo weiterfliegen, aber das Wetter da unten ist zu schlecht zum Landen. Sie haben uns an Bord eines Eisbrechers der US-Küstenwache untergebracht, der ohnedies ein wissenschaftliches Team vor Ort bringen sollte. Es ist der leuchtend rote – da drüben.«

Sie stiegen hinten auf einen der Pritschenwagen und ließen sich zusammen mit weiteren Kisten hinüber zum Schiff fahren. Und erst jetzt, als Scott das Gesehene auch wahrzunehmen begann, bemerkte er die riesigen, an manchen Stellen an die dreißig Kilometer breiten Narben senkrecht an den Flanken des Tafelbergs.

»Erdrutsche«, erläuterte Sarah. »Sind ziemlich weit gekommen. Forderten etwa dreitausend Todesopfer. Halb Kapstadt ist seither ohne Strom.« Sie überlegte. »Es gab einigen Ärger. Plünderungen. Tumulte. Panik und all das. Deshalb sind wir hier gelandet. Der Hauptflughafen ist überschwemmt.«

»Wegen der Erdrutsche?«

»Tja. Die Leute wollen hier raus.«

»Und wohin bitte?«, erkundigte sich Scott todernst. »Wer nicht gerade ganz aus diesem Sonnensystem herauskann, wird keine Zuflucht finden.«

»Genau das hat euer CIA-Mann gesagt.« Scott schaute verwundert drein. »Bob Pearce, euer Knabe von der CIA …?«

»Bob Pearce gehört zur CIA? Was macht er für die?«

Matrosen schleppten Gerätschaften das Fallreep hoch, während die größeren, sperrigeren Gegenstände, Überlebensausrüstung, Vorräte, Lebensmittel und so weiter von Kränen an Bord gehievt wurden.

Die *USCGC Polar Star WAGB-10* war mit ihren 121 Metern Länge und rund 12 000 Tonnen Gewicht nicht der größte aller Eisbrecher. Ihr leuchtend roter Rumpf hatte an den Stirnseiten jeweils einen dicken weißen Schrägstreifen vom Bug abwärts. Ihre Brücke erstrahlte weiß mit einem schwarzen Mast als Krönung, der voller Radar- und Funkantennen und wissenschaftlichen Messinstrumenten war. Sie hatte zwei senffarbene Schornsteine, die zu zwei dieselelektrischen Turbinen führten.

Nein, sie war nicht die größte ihresgleichen, aber robust und für die Herausforderung bereit, ihre Fahrgäste zum McMurdo-Sund zu bringen. Zusammen mit ihrem Schwesterschiff *Polar Sea* war sie der leistungsstärkste Eisbrecher der Welt ohne Atomantrieb. Auf Scott wirkte sie eigentümlich vertraut.

Und dann fiel es ihm wieder ein. *Polar Star*. Ihr Heimathafen war Pier 36 in Seattle. Er hatte dieses Schiff immer wieder gesehen, unzählige Male. Vergangenen Monat erst hatte er Emily zum Tag der offenen Tür der Küstenwache mitgenommen, um sie sich anzuschauen. Seine Tochter liebte Schiffe über alles.

Die stählernen Planken brummten erwartungsvoll, als Scott und Sarah unter Deck gingen, um ihre Kabinen zu finden und Sachen zu verstauen. Sie trafen Ralph Matheson dabei an, wie er gerade eine der Kabinen verließ, sich den Bart kratzte und gereizt dreinschaute. »Das ist ja wie im Ferienlager«, stöhnte er. »Platz haben sie für höchstens zwanzig Leute. Ob ihr's glaubt oder nicht, die wollen uns zusammenpferchen. Jungs in eine, Mädels in die andere Kabine.«

Während er das sagte, steckte November den Kopf zur einer anderen Tür heraus. »Sarah!«, rief sie. »Du kommst hier zu mir! Wir bleiben ganz für uns allein. Schätze, die kriegen nicht allzu viele Frauen auf Antarktisfahrt.«

Sarah grinste Scott an. »Wir sehn uns.«

Als sie die Tür erreichte, tauschte Scott einen Blick mit Matheson. Scott seufzte und rief der Geologin hinterher: »Ähem, Sarah?«

Sie drehte sich um.

»Was ich noch fragen wollte.« Er zögerte. »Im Tunnel … *war* das eine Hand, die nach Douglas gegriffen hat?«

Sarah nickte gedankenvoll, ehe sie in ihre Kabine ging und die Tür hinter sich schloss.

Matheson schüttelte den Kopf. »Ach, Mist.« Er suchte in seinen Taschen herum. »Wo hab ich jetzt nur meine Pillen gelassen?« Er sah Scott mit unglücklicher Miene an. »Ich werde leicht seekrank.«

Scott holte tief Luft, als er seine Tasche anhob. »Oh, schick.« Er wuchtete sie auf eine der Kojen. »Na, hoffentlich sind wir nicht zu lange auf See. Welche ist meine?«

»Zu lange?«, fragte Ralph. »Dieses Ding macht dreißig Knoten Spitze. Oh, die obere. Wir haben über zweitausend Seemeilen vor uns. Das bedeutet mindestens drei Tage Fahrtzeit.«

Scott hievte sein Zeug auf die obere Koje. Die Kabine hatte sechs Schlafstellen, es ging also beengt zu. Er hatte eine Leselampe und einen Vorhang, viel mehr aber auch nicht. Und dann wurde ihm klar: Sollte dies das Letzte sein, was er zu Gesicht bekäme? Hackett hatte den Höhepunkt der Sonnenperiode für übermorgen vorhergesagt. Er wandte sich an Matheson. »In drei Tagen könnten wir alle tot sein.«

»Hier spricht die *USS Harry S. Truman.* Wir rufen das US-Küstenwachschiff *Polar Star.* Wir bestätigen die sichere Ankunft von Konteradmiral T.W. Dower an Bord unseres Schiffes. Der Hafenmeister von Kapstadt hat Ihnen die Genehmigung zum sofortigen Auslaufen erteilt. Die Gefechtsgruppe *Truman* freut sich, Ihnen Geleitschutz zu geben. Ende.«

»Jawohl, wir bestätigen, *Truman.* Die Mannschaft der *Polar Star* bedankt sich. Wir stechen in Kürze in See. Ende und aus.«

Der befehlshabende Offizier, Kapitän Chris Rafferty, hängte die Sprechmuschel zurück ans Bedienungspult und nickte dem Lotsen zu, sein Schiff aus dem Hafen zu leiten. Sie würden die Tafelbucht ein ganzes Stück emporfahren und dann erst auf die offene See. Auf Höhe einer kleinen südafrikanischen Ortschaft namens Atlantis, wie der Zufall es wollte.

Von den zwanzig Offizieren waren zwei auf der Brücke. Von den hundertdreiundvierzig Unteroffizieren und Mannschaften hatten sechs weitere Dienst auf anderen Posten. Major Gant stand neben Rafferty am Kommandopult. Rafferty verschränkte die Arme und senkte die Stimme. »Nun, das ist etwas anderes. Gewöhnlich sind wir nicht so beliebt.« Gant sagte nichts. »Sie hatten Glück«, fügte Rafferty hinzu. »Normalerweise kommen wir gar nicht nach Kapstadt, sondern nehmen direkten Kurs auf Sydney. Aber die Biologen bei uns an Bord mussten hier irgendwelchen Kram abholen.«

»Wir sind Ihnen für die Mitfahrgelegenheit dankbar«, äußerte Pearce. Er und Hackett waren ebenfalls auf der Brücke und betrachteten durch die Fenster die Rauchsäulen von Bränden in der Ferne – Folgen der Plünderungen und Panik.

Gant jedoch war weniger von Dank als Sorge wegen der anstehenden Seereise erfüllt. »Ich habe die *Truman* und *Ingersoll* gesprochen. Das Wetter da unten verschlechtert sich. Wir müssen binnen Minuten alles dichtmachen können.«

»Das Wetter?«, schnaubte Rafferty frostig. »Erwischt uns noch eine von diesen – Gravitationswellen, haben Sie gesagt?« Hackett nickte. »Erwischt uns noch so eine, steht's fifty-fifty, dass wir untergehen. Wir sind nicht so groß wie ein Flugzeugträger. Wir können keine fünfzehn Meter hohen Wellen reiten. Vier Jahre hat der Bau dieses Schiffs gedauert und Eis zerteilt es wie nichts sonst. Doch unter ungünstigen Bedingungen – sinkt es in vier Minuten.« Er stemmte die Hände in die Hüften. Dann rückte er seine Uniformmütze zurecht. »Nur damit Sie's alle wissen. Die Antarktis ist wie kein anderer Ort auf der Erde einschließlich des Nordpols. Mit oder ohne Gravitationswellen.«

Ensign Varez war ein untersetzter Latino aus dem dazugekommenen einundfünfzigsten US-Bundesstaat Puerto Rico. Er lächelte aufgekratzt vor sich hin, als die Funkanlage plötzlich wie ein Weihnachtsbaum zu blinken begann. Dann wandte er sich an seinen Vorgesetzten: »Kapitän! Die Satellitenverbindungen wurden soeben wiederhergestellt, Sir!«

»Was haben wir an der Hand?«

»Äh – alles. GPS. Standleitungen nach Washington, DC. Seattle. Zu NORAD. In die Schweiz. Volles Programm.«

»Gut.« Er sah zu Gant hinüber. »Ihr Jungs arbeitet schnell.«

»Selbstverständlich«, meinte Gant steif. »Zwei vollständige Trägergruppen sind inzwischen hier unten.«

»Ausgezeichnet«, sagte Hackett eilig. »Vielleicht können wir jetzt meinen neuesten Datenstand von der CERN in die Labore treppab runterladen –«

»Unter Deck«, berichtigte ihn Rafferty.

Hackett zuckte mit den Schultern. »Wohin auch immer.«

Major Gants Stimmung hatte sich kein bisschen gebessert. Erste Rücksprache mit dem Cheyenne-Gebirge ergab, dass NORAD mit Bedauern das Scheitern aller Versuche mitteilte, den chinesischen Stützpunkt per Satellit zu orten. Und von den paar Satelliten, die sie überhaupt in die richtige Stellung bugsieren konnten, würde der naheste, VX-17, erst in zweiunddreißig Stunden die günstigste Ausgangslage einnehmen.

Hackett und Pearce wechselten Blicke, während der Mann von der CIA nervös zuckte. Er leckte sich über die Lippen. »Haben Sie einen Raum dafür vorbereitet?«

Gant bejahte dies und führte ihn fort ins Innere des Schiffes.

Um 13 Uhr 06 WEZ drang die *Polar Star* in internationales Gewässer vor und damit den Verantwortungsbereich der Gefechtsgruppe *Harry S. Truman*, bestehend aus dem Flugzeugträger der Nimitz-Klasse *USS Harry S. Truman CVN 75* der fünften Trägergruppe mit den siebenundachtzig Maschinen des Träger-Luftgeschwaders Fünf. Seite an Seite mit der *USS Bunker Hill CG 52* und der *USS Mobile Bay CG 53*. Weiter draußen auf See, teilweise sogar außer Sicht jenseits der Horizonts, befanden sich die Schiffe des Zerstörer-Geschwaders 15: die *Vincennes*, die *Thach*, die *Curtis Wilbur*, die *Rodney M. Davis*, die *O'Brien*, die *John S. McCain* und die *Fife*. Insgesamt sieben Schiffe. Und ein furchteinflößender Arm der *Truman*-Gefechtsgruppe.

Und dies war die *zweite* Gefechtsgruppe. Die *Nimitz* selbst,

Erste der Nimitz-Klasse, war bereits mit eigener Flotte vor Ort und überwachte die antarktischen Gewässer. Sie war ebenso groß und ebenso entschlossen, ihren Aufgaben nachzukommen.

Um einen Eindruck von der sich zuspitzenden Lage am Südpol zu vermitteln, holte Gant ein wenig aus. Von anderthalbfacher Größe der Vereinigten Staaten, beherbergte die Antarktis jederzeit rund fünftausend Menschen, die dort wohnten und arbeiteten. Im Gegensatz dazu belief sich die Mannschaftsstärke der *USS Nimitz* auf 3350 Seelen, während das bordeigene Luftgeschwader 2480 Männer und Frauen zählte. Insgesamt 5830 Menschen. Allein schon das Eintreffen der *Nimitz* hatte die Bevölkerung der Antarktis über Nacht verdoppelt. Die *Truman* kam auf genau die gleiche Anzahl. Wurden auch noch sämtliche Menschen an Bord der übrigen achtzehn Schiffe dazugerechnet, so hatte sich die Einwohnerzahl der Antarktis verzehnfacht.

Und das betraf nur die Seestreitkräfte. Die Marines hatten eigene Leute geschickt, ebenso Heer und Luftwaffe, alles auf Erlass des Präsidenten. In jedem Fall würde es am Südpol zumindest ziemlich lebhaft zugehen.

Doch trotz der technischen Zaubertricks und Fähigkeiten, trotz allen Schnickschnacks und Spielzeugs waren sie auf dem antarktischen Festland blind. Sie konnten nicht einmal feststellen, ob ein chinesischer Stützpunkt noch vorhanden war oder nicht. Sodass letztlich alles auf einen einzigen Mann zurückfiel: Robert Ellington Pearce aus Phoenix, Arizona. Dienstnummer A170044938-W9 der *Central Intelligence Agency*. Ein Kryptohistoriker von Berufs wegen, mangels eines besseren Ausdrucks dafür, ein Medium. Und von außerordentlicher Begabung.

Der Begabung nämlich, aus großer Ferne Einrichtungen sehen und deren Anlage, Inhalt und Bedeutung mit verblüffender Genauigkeit beschreiben zu können.

Allein durch gedankliche Anspannung.

## 16 Uhr 16

Bob Pearce stand barfuß im Schnee und blickte in die Runde.

»Was sehen Sie?«

Er hatte niemanden bei sich. Um seiner Lage dennoch eine Art vernünftigen Blickwinkel zu verleihen, hielt er ein Handy ans Ohr gedrückt. Er schaute auf seine Füße, als er antwortete, und wackelte mit den Zehen. »Schnee«, sagte er. »Eis. Hier ist es sehr kalt.«

»Was sehen Sie vom Stützpunkt?«, beharrte Gant am anderen Ende der Leitung.

Pearce riss den Kopf hoch.

Keinen Meter vor ihm lagen die verkohlten Überreste eines chinesischen Soldaten über sein MG gesunken. Irgendeine Druckwelle hatte ihn von hinten erfasst und seinen Hinterkopf mitgerissen. Sein verzerrtes Gesicht war steinhart gefroren. Sein Rücken aber war ein vollständig geschwärzter, verformter Klumpen.

Rauchsäulen stiegen hinter verbogenen, scharfkantigen Trümmern auf. Ein umgestürzter Bohrmast war auf eine fahrbare Unterkunft gekracht, die selbst nur noch ein ausgebrannter Schrotthaufen war. Mehr war von *Jungchang* nicht übrig.

»Er ist zerstört«, berichtete Pearce. »Er ist verwüstet.«

Geschwärzter Schutt sprenkelte die Umgebung wie gemahlener Pfeffer auf einem Teller Stampfkartoffeln. Ein, zwei Schritte entfernt hielt eine Hand noch immer eine Zeitschrift umklammert. Ein halber Rumpf. Und eine Geburtstagskarte, die sich im Wind bewegte.

»Hier herrscht schönes Wetter«, stellte Pearce fest.

»Können Sie näher an den Stützpunkt heran?«

»Einen Augenblick. Ich muss erst an diesem, äh, Ding vorbei«, sagte er und machte einen weiten Bogen um noch einen Klumpen gefrorenes, von Holzkohle überzogenes Fleisch. Pearce spürte, wie sich sein Magen umdrehte. Beim Näherkommen wurde der

Gestank nach Verbranntem und Tod stärker und beißender, stach ihn in die Nase und löste unwillkürliche Atemnot aus.

»Ich weiß, was in Atlantis ist. Ich weiß es, weil ich schon mal dort gewesen bin«, erklärte Hackett, die Füße auf dem Tisch. Scott schaute zu ihm hinüber.

Hackett blätterte gerade Schriftstücke durch, als Scott ihn fragte: »Was sind das für Papiere?«

»Abschriften«, erläuterte er, »von Bobs Stippvisiten.«

Sie waren im Forschungslabor auf Deck 2 der *Polar Star*, wo sich das Team versammelt hatte, um Bob via Videoübertragung zu sehen. Scott zog einen Stuhl an Matheson heran. Hackett, der ihnen gegenübersaß, reichte die Papiere hinüber. Er sah dabei zu, wie Scott die Seiten auf der Tischplatte ausbreitete und sie sichtete.

Sarahs Blicke ruhten auf Matheson, der ein Verbindungskabel behutsam an die Ausgangsbuchse einer kleinen Kunststoffschachtel klemmte und dann an die Workstation anschloss, die hinter ihm auf dem Schreibtisch festgeschraubt war, wobei er sorgfältig darauf bedacht war, nicht einen durchgebrannten Schaltkreis mehr als unbedingt nötig wegzudrücken.

»Glauben Sie, es in Gang bringen zu können?«

»Natürlich kann ich das«, entgegnete Matheson abweisend. »Ich hab dieses Ding entwickelt.« Angeekelt schnippte er krustige Flöckchen fort. »Was klebt denn da überall für ein Zeug drauf?«

»Blut«, gab Sarah abrupt zurück. »Eric Clemmens' gegrilltes Blut. Sie mussten den Kasten von den Resten seines Motorrads losbrechen.«

»Oh«, murmelte Matheson unangenehm berührt. Er war im Begriff gewesen, an seinen Nägeln zu kauen. Nun schien das kein so guter Einfall mehr zu sein.

»Das ist unglaublich«, stöhnte Scott und schlug eine Seite um.

»Wieso? Weil es sich nicht in Ihre Weltsicht fügt?«, stichelte

Hackett, während Matheson hinter sich griff und einen Schalter umlegte.

Ein tiefes Summen wurde laut, gefolgt von einem elektrischen Piepton, als ihn ein einzelnes grünes LED-Birnchen beharrlich blinkend wissen ließ, dass Leben in ihm war. Er wirbelte herum, um auf seinen Computer einzuhämmern, klickte UPLOAD an und rief: »Bingo.« Er schniefte selbstzufrieden. »Übertragung sämtlicher Gizeh-Daten auf den Hauptrechner. Die Party ist am Laufen.«

»Keiner kann behaupten«, verwahrte sich Scott, »irgendwas über ortsferne Vorgänge nur durch Nachdenken darüber zu wissen.«

»Er bündelt die Kräfte«, erinnerte ihn Hackett. »Wir können dabei *zusehen*, wie er das macht.«

»Jon«, konterte Scott, »Sie sind Wissenschaftler. Wie können ausgerechnet Sie sich mit so was abfinden?«

»Richard, noch immer haben wir die Quantenmechanik nicht vollständig verstanden, wissen aber, dass dieser Fernsehschirm ohne sie nicht laufen würde. Niemand weiß, wie sich die Superstring-Theorie auf das Alltagsleben auswirken wird, doch vom Weltall wissen wir, dass seine Existenz mindestens siebenundzwanzig Dimensionen voraussetzt. Wir wissen, dass es kein ›Nichts‹ gibt. Würde alle Luft aus einem schwarzen Kästchen gesogen, alles Licht ausgesperrt, ihm wirklich alles entzogen – blieben trotzdem siebenunddreißig Felder von Potenzial zurück. Siebenunddreißig! Aufs Strengste gezählt! Teilchen würden weiterhin vereinzelt aus dem Nichts auftauchen, was deshalb wichtig ist, weil es zu einer anderen Theorie überleitet. Räumlich gesehen weiß ich, dass Sie dort sitzen. Ich weiß Ihren Hintern auf diesem Stuhl. Und dass wir über den Ozean fahren, weiß ich auch. Aber jetzt überlegen Sie mal – gerade für Sie ist das von Bedeutung: Wo ist, räumlich gesehen, die Vergangenheit?«

»Wo die Vergangenheit ist?«

Sarah war begeistert. »Mann, eine echt gute Frage!«

»*Wo* ist die Vergangenheit?«

Scott dachte darüber nach. »Die Vergangenheit«, erwiderte er zögerlich, »liegt über drei Kilometer unterm Eis – in der Antarktis.« Er gab sich selbstgefällig. Aber er wusste, dass es keine berauschende Antwort war.

»Schön.« Hackett machte einen erneuten Vorstoß. »Wie lautet demnach die Entfernung zwischen Gut und Böse in Kilometern?«

Das hatte gesessen.

»Vier Fünftel unseres Gehirns lassen wir ungenutzt«, sagte Hackett. »Und vom genutzten Rest gelten abermals vier Fünftel der Verarbeitung visueller Reize. Der springende Punkt liegt darin, dass wie als Spezies schon länger bestehen als unser Erkenntnisvermögen bezüglich dem, was wir wahrnehmen. Möglicherweise können unsere Körper Dinge aufspüren, die wir einfach nicht fähig sind zu erkennen. Vielleicht haben wir uns nicht genügend fortentwickelt, um diese Art von Daten zu verarbeiten. Vielleicht müssen wir noch einen ganz neuen Sinn ausbilden. Es verwirrt Sie, wenn ich ›Wo ist die Vergangenheit?‹ frage, weil Sie eine solche Art Frage nicht gewöhnt sind. Und doch können Sie als Linguist nicht bestreiten, dass ihr Satzbau einwandfrei ist.« Widerstrebend pflichtete Scott ihm bei. »Vielleicht macht Bob nichts weiter, als eine andere Art Fragen zu stellen.«

»Wollen Sie sagen, er sei höher entwickelt als wir?«, ging Scott zum Angriff über.

Hackett blieb ihm die Antwort schuldig.

»Pst!«, machte November. »Darf ich wenigstens hören, was *Bob* zu sagen hat? Könnt ihr ihm nicht einfach mal 'ne Chance geben und Glauben schenken?«

Scott wandte sich zu November um, die auf ihrem Computer am Bildmaterial aus Gizeh herumfummelte.

»Er mag richtig liegen oder auch falsch«, sagte sie. »Aber im

Augenblick bekommen sie nicht einmal einen Satelliten dazu, uns irgendetwas Nützliches zu verraten. Was ist am Glauben Schenken also so verkehrt?«

»Wir sind Wissenschaftler«, erklärte Scott trocken. »Wir *machen* nicht in Glauben.«

November widmete sich einfach wieder dem Bildschirm, auf dem Bob Pearce über einen Raum verfügte, der vollständig mit Tisch und Stühlen, einer Karte der Antarktis und einem ganzen Stoß Planquadratangaben ausgestattet war. Es gab keine Kristallkugeln, Räucherkerzen oder klimpernde Windspiele. Es sah klinisch aus. Und hell, denn er hatte einen Satz Lampen vor sich, die er durch geschlossene Lider anstarrte. Das war ein höchst merkwürdiger Anblick.

Ihm gegenüber saß Gant mit Kugelschreiber, Papier und einem Bogen voll militärischer Aufklärungsergebnisse.

Pearce rührte sich. »Ich bin, äh, ich bin jetzt bis zum anderen Teil durch. Komme an einem Haufen Trümmern vorbei.« Seine Hand schnellte vor den Mund, als müsse er sich übergeben. »Urch, uh, es ist ein … Als wäre eine Bombe eingeschlagen. Sie sind tot. Sie sind alle tot.«

»Okay, Bob, es ist sicher grauenhaft. Aber wir müssen etwas über automatisierte Systeme erfahren. Selbstschussapparate. Landminen –«

November war betroffen. »Ich dachte, Landminen seien geächtet?«, flüsterte sie.

»Na klar«, schnaubte Matheson. »Auf dem Papier vielleicht.«

»Nordwestlich vom Lager, an der Umzäunung«, vermeldete Pearce, »ein Selbstschussapparat. Einsatzbereit. Und, Moment mal … ja, noch einer. Aber leer gefeuert. Berichtigung: Sieht so aus, als hätten sie ihn nie geladen.«

Scott rieb sich verblüfft das Kinn. »*Was* sieht er wirklich?«

»Er sieht ihren Stützpunkt«, bemerkte Hackett. »Und es klingt so, als sähe er ihn ziemlich gut.«

Scott beobachtete Pearce auf dem Monitor und da fiel ihm etwas nicht weniger Seltsames in ihrer eigenen Umgebung auf. Einer dünner grauer Staubfilm hatte sich über alles in der Nähe eines offenen Bullauges gelegt. Plötzlich ging ein Ruck durch das Schiff, als es in rauere See vorstieß, und es war Bob Pearce am anderen Ende der Videoleitung, der Scotts Gedanken aussprach.

»Da stimmt was nicht«, sagte er.

Dampfschwaden entwichen Luftlöchern rings um Bob Pearce wie in einem Topf voll verkochtem Reis. Der Dampf stieg vielleicht einen Meter in die Höhe, bevor er sich rasch in Schnee verwandelte und vom Wind fortgewirbelt wurde.

Gewaltige Risse zogen sich kreuz und quer durch das Eis. Und während sich Pearce durch die Trümmer tastete, wurde er die Neigung des Geländes gewahr. Als befände er sich am Rand eines Einschlagtrichters. Die Luftlöcher wurden größer und der Boden glich zusehends Schweizer Käse. Freigelegte Eistunnel, groß genug, um ganze Mannschaften aufzunehmen, knickten ins Innere ab.

Vor sich, hinter dem verbogenen, zerschmetterten Gehäuse eines auf die Seite gekippten gepanzerten Truppentransporters, konnte er etwas sehen. Es war etwas Dunkles. Riesiges. Ausgebreitet über dem Boden. Könnte er es nur erreichen.

War das ein Schrei? Gedämpft. Aus der Ferne. Pearce suchte alles im Umkreis ab, um festzustellen, woher es kam.

»Wie war das?«, fragte Gant nach.

Aber Pearce hatte keine Zeit zu antworten. Vorsichtig ließ er sich in ein Luftloch hinab und spähte den steilen, glitzernden Eistunnel hinunter. Und durch den frostigen, an ihm vorbei zur Oberfläche wabernden Nebel machte er eine Bewegung aus. Etwas Dunkles, Zerpflücktes schob sich in die Höhe.

Pearce ging näher heran und machte die erschütternde Entdeckung eines chinesischen Soldaten in Bergsteigerkluft. Seine

Haut hatte große schwarze Flecken. Keine Verbrennungen, sondern Erfrierungen.

»Mein Gott! Hier ist ein Überlebender!«, rief Pearce.

Er hockte sich neben den jungen Mann, der nicht älter als zwanzig sein konnte. »Jesus, das ist ja noch ein Kind«, fügte Pearce entrüstet hinzu. »Schickt ein SaRGE! Sofort!«

»Nichts überstürzen, Bob«, mahnte Gant. »Wir wissen nicht einmal, ob wir ein SaRGE so weit in gegnerisches Gelände hineinbekommen.«

»Es sind alle tot, bis auf diesen Jungen«, beharrte Pearce. »Bringt ein SaRGE hierher. Zieht ihn raus, um Himmels willen – holt einen SURGEon-Sanitätsroboter!«

Atemluft stieg aus dem Mund des fiebernden jungen Soldaten. Ein pulvriger, kristallisierter Hauch. Er machte ein Auge auf, und für alle Welt sah es so aus, als –

»Ich glaube, er sieht mich«, keuchte Pearce.

»Das ist unmöglich«, entgegnete Gant schroff. »Sie sind nicht wirklich dort, Bob. Sie haben Ihren Verstand in dieses Gebiet projiziert. Sehen Sie sich um. Was fixiert er mit dem Blick?«

Aber Bob hörte nicht zu, denn jetzt versuchte der junge chinesische Soldat zu sprechen. Einen Finger hinter sich nach dem Tunnel ausgestreckt, bemühte er sich mit jeder Faser seines Körpers, Laute zu bilden. Bob Pearce beugte sich vor, konnte ihn zwar nicht verstehen, wiederholte die Laute aber, so gut er es vermochte.

Scott fuhr mit dem Finger über die Ausrüstung im Labor und musterte den Niederschlag, während November ein Würgen unterdrückte. »Was ist das für ein Gestank?«, jammerte sie.

»Schließt die Bullaugen«, wies Scott an, hielt sich den Mund zu und langte nach einem Bullauge in Reichweite. Erneut schlingerte das Schiff ruckartig. Diesmal noch heftiger, als habe es eine Schlechtwetterwand durchstoßen. Auch Sarah kam herüber, um den Staub zu untersuchen. Draußen schien alles ein Strudel aus grauem, übel nach Schwefel stinkendem Pulver zu sein.

»Das ist Vulkanasche«, stellte sie fest. »Wir müssen uns einigen ziemlich aktiven Vulkanen nähern.«

»Der Mount Erebus ist tätig«, sagte Matheson. »Der liegt so gut wie im Hinterhof des McMurdo-Stützpunkts.«

»Klasse«, stöhnte Sarah. »Das wird ein Spaß!«

Scott wischte sich die Asche von den Fingerspitzen und sagte: »Schwefel. Hätte nie gedacht, dass ich den Tag erleben würde –«

»He, Richard«, unterbrach ihn Hackett. »Sprechen Sie Chinesisch?«

Scott drehte sich zu dem Physiker um. »Ein bisschen. Warum?«

Hackett zeigte auf den Bildschirm. »Weil Bob gerade damit angefangen hat.«

Scott kam zu ihm hinüber, drehte den Ton laut und lauschte angestrengt dem nuschelnden CIA-Agenten.

*»Yao ye heikodo!«*, schien er zu sagen. *»Yao ye heikodo!«*

Scott blieb unbeeindruckt. »Es ist Kantonesisch«, erklärte er. »Er sagt immer wieder: ›Da unten ist was. Da unten ist was … Und es lebt.‹«

# 10. Heilige Stätten

## Die Tunnel von Pini-Pini
## Nacht

Es regnete. Schon wieder.

Ihm war gesagt worden, es regne im Regenwald eigentlich gar nicht so häufig, außer vielleicht in der Regenzeit. Man hatte ihn belogen. Jack Bulger zog den Überhang seiner Schutzplane aus Leinwand heran, damit das Regenwasser nicht länger in seinen Rechner tröpfelte.

Vor ihm aufgeschichtet lagen neunzehn einzelne Würfel aus dem Kohlenstoff-60-Kristall von jeweils gut einem halben Meter Seitenlänge, die im Zuge eines planvollen Vorgehens, das den größten Teil eines halben Tages gekostet hatte, aus den unterirdischen Tunneln geschnitten und nach oben geschafft worden waren. Zwar unter einer eigenen Plane, waren sic unmittelbar auf dem Boden abgelegt worden, aber inzwischen standen sie in einer schlammigen Pfütze. Die braune Suppe war bereits voller Blut von saugenden Insekten.

Ein Blitzstrahl krachte im Bogen über den Himmel, als Bulger die Plane fortzog und sein Mikroskop auf den obersten Block stellte. Er hatte den Fuß abmontiert, damit die optische Baugruppe direkt auf den darunterliegenden Block zielte. Schließlich war die Probe aus C-60 zu groß, um sie auf einem Glasträger unter die Linse zu schieben.

Er hatte die Blöcke länger im künstlichen Licht des Lagers betrachtet, und es war zusehends offenbar geworden, dass sich darin dunkle, schattige Adern überall federartig auszubreiten schienen, wie Fehler in einem Edelstein. Diese Merkmale waren ihm an dem Kohlenstoff-60 im ursprünglichen Zustand, als Spiralwindung an den Tunnelinnenseiten, noch nicht aufgefallen. Wäre das Kristall ein Tier, so hätte er es für tot erklärt.

Er schloss das Mikroskop an sein Notebook an und schaltete den Strom ein. Lieber hätte er etwas anderes getan. Lieber würde er unten im Dreck wühlen und dieses Zeug herausmeißeln, aber sie ließen ihn nicht. Er hätte ja Widerspruch erhoben, nur hatten sie die Gewehre. Jack Bulger war zwar eine ganze Menge, aber blöd war er nicht.

An der Winde war Eddie damit beschäftigt, die Kette für die nächste Lieferung Kohlenstoff-60 auszulegen, und führte ihre Eisenglieder auf ganzer Länge an das Loch im Boden, das im Tunnel mündete. Inzwischen stellte Bulger auf seine Kristallprobe scharf.

»Sieh bloß zu, dass sich das Ding nicht wieder an einem Baumstumpf verheddert!«, schnauzte Bulger über die Schulter hinweg, ohne sich darum zu scheren, ob Winden-Eddie nun antwortete oder nicht. Hauptsache, er gehorchte.

Bulger widmete sich seinem Bildschirm. Es gab drei Vergrößerungsstufen über eine große Bandbreite hinweg. Die erste war eine maximale optische Vergrößerung. Ungefiltert. Ungestreckt. Rein visuelle Daten. Die zweite Stufe war eine aufbereitete optische Vergrößerung. Das Bild wurde durch ein Flickwerk aus Software gesiebt, um Schlüsseleigenschaften der Probe in verschiedenen Bereichen des Spektrums künstlich zu bereinigen. Die dritte Stufe stellte eine künstliche Vergrößerung dar. Der Computer extrapolierte Schlüsseldaten der beiden optischen Stufen zu einer Grundlinie, um das, was er selbst entdeckte, mittels einer Reihe von Algorithmen anzureichern. Im Ergebnis konnte er die sichtbare optische Vergrößerung künstlich um ein Tausendfaches verstärken und blieb dabei achtundneunzig Prozent genau.

Solange ihm das verflixte Ding eine Nahaufnahme lieferte, war Bulger völlig egal, wie ungenau diese wurde. Ein Riss blieb ein

Riss, ob verschwommen oder nicht. Wichtig bei der Sache war, ob der Abbauvorgang das Kristall irgendwie beschädigte, denn dann würde Bulger Abhilfe schaffen müssen. Ein schadhaftes Kristall bedeutete ein Loch in der Lohntüte.

Er zündete seine Zigarre an und blies Rauchringe in die Luft. Dann rief er die Zoomfunktion auf und untersuchte die Oberfläche.

Da bewegte sich etwas.

Bulger schaute vom Bildschirm weg und musterte argwöhnisch sein Mikroskop auf dem Kristallblock. War er übermüdet oder hatte er etwas falsch gemacht?

Sein erster Verdacht ging auf Verunreinigung. Verdammtes Regenwasser. Mühsam stand er auf und zog die Leinenplane über dem Mikroskop weiter nach vorn. Er nahm es kurz hoch, wischte den Block darunter ab, falls er wirklich nass war, und stellte das Ding zurück. Klickte auf REKALIBRIEREN und wartete.

Wieder eine Bewegung.

»Gottverdammte – Arschgeigen im Himmel.«

»Hübsch gesagt, Jack«, meinte Winden-Eddie, der draußen beim Generator saß und eine Zigarette rauchte. »Echt hübsch.«

Bulger warf einen flüchtigen Blick auf Eddie. »Schnauze, du Furz.«

»Zu Befehl!«

Er betrachtete angestrengt den Bildschirm. Könnte die künstliche Vergrößerung auf so etwas wie einstreuendes Fremdlicht anschlagen? Einen Tanz aus Licht und Schatten über dem Tiefengefüge des Kristalls falsch wiedergeben?

»Was gibt's für ein Problem?«, fragte Winden-Eddie.

»Kümmere dich um deinen eigenen Scheiß«, erwiderte Bulger und verrückte unwillkürlich seinen Stuhl, um den Bildschirm vor den forschenden Blicken des anderen abzuschirmen. Eddie zuckte mit den Schultern und hielt sich an seine Winde.

Das Bild auf dem Notebook-Display zeigte den Kristall

scheinbar von winzigen Hohlfäden durchwirkt, einem verwickelten Röhrengeflecht aus Kohlenstoff. Die Bewegung schien sich innerhalb dieser Fäden zu vollziehen, sehr ähnlich wie bei einer Flüssigkeit. Gehörte eine Art rasend schneller Kapillareffekt zu den Eigenschaften dieses Kohlenstoff-60? Die Fähigkeit, Flüssigkeiten bei Berührung aufzusaugen? Sie war bei den meisten Gesteinsarten gegeben, nur nicht derart beschleunigt.

Er klickte auf VERGROESSERN und vergrößerte das Bild weit über die für das System empfohlenen Werte hinaus. Das Ergebnis fiel entsprechend ungenauer aus, aber damit konnte Bulger leben. Er ließ die Mikronen hinter sich und gelangte in den Bereich von Nanometern – Messungen im Rahmen von Milliardsteln eines Meters. Bei dieser Größenordnung fingen Stoffe an, sich deutlich anders zu verhalten.

Da war es wieder. Etwas schoss an der Linse vorbei. Ein undeutlicher Fleck, ein dunkler Schattenflug. Dann noch einer und noch einer.

Wie Schemen auf Glas. Er konnte die Linse unmöglich genau genug bewegen, um Schritt mit dem zu halten, was immer durch die Kapillaren sauste. Kein Problem. Schließlich war dies ein leistungsfähiges Notebook. Es konnte mit schnellsten Belichtungszeiten arbeiten. Er klickte auf AUFNAHME und erstellte eine digitale Filmsequenz mit 10000 Einzelbildern pro Sekunde. Der drei Sekunden lange Schnipsel müsste eigentlich reichen, um ihm den gewünschten Aufschluss zu liefern.

Und so war es dann auch.

Zuerst tauchte es auf Einzelbild 1037 auf und verschwand wieder auf Einzelbild 1104. Bald darauf erschien eine ganze Abfolge weiterer Impulse, doch Bulgers Interesse galt dem ersten Treffer. Dieser trat gesondert auf und war leichter zu erkennen. Bulger vergrößerte das Bild nochmals. Und glaubte, seinen Augen nicht zu trauen.

Winzige Arme. Ein trommelartiger Körper. Anders als jede ihm bekannte Gestalt. Teils Maschine, teils organisch. Sie beruhte auf keinerlei zeitgenössischem Kenntnisstand. Sie beruhte auf etwas Überlegenem.

Bulger fiel die Zigarre aus dem Mund, während er zusah, wie sich das Schauspiel auf seinem Bildschirm entfaltete. Denn eine winzige Maschine, nicht größer als eine Zelle im menschlichen Körper, zischte durch die Tiefenstruktur des Kristalls.

Bulger schnappte sich seine Zigarre, bevor sie ein Loch in die Tastatur brannte. Es gab nur eine Erklärung. »Nanos«, sagte er.

## Im Fadenkreuz

Die Tür zum Labor flog glatt gegen Ralph, der auf seiner Tastatur herumhackte. Ihm gegenüber saß November und katalogisierte die Atlantis-Glypten. Verspätetes lautes Anklopfen begleitete die Störung. Ein Rotschopf in Jeans und T-Shirt streckte den Kopf durch die Tür.

»Heißt hier drin irgendeiner Jon Hackett?«

Hackett schreckte hoch. »Huch, ja. Ich.«

»Hi. Rebecca Devon – Mikrobiologin. Ich glaube, die haben oben was vermurkst. Pumpen Daten in unser Labor auf der anderen Flurseite. Zahlenströme. Sagt Ihnen das irgendwas?«

Hackett stand auf. »Schon lange?«

»Eine Stunde ungefähr.«

»Das sind die vervollständigten Kristalldaten aus der CERN«, sagte er mit finsterem Gesicht und ging zur Tür. »Darauf hab ich die ganze Zeit gewartet. Wieso ist Ihnen das nicht früher aufgefallen?«

»Na, äh«, sie lächelte besorgt, »der Fehler kann einem leicht unterlaufen. Sie sehen eigentlich nicht anders als biologische Daten aus.« Hackett blieb wie angewurzelt stehen, tauschte prüfende Blicke mit seinen Kollegen. Hatte er gerade richtig gehört?

»Komplexität«, Scott zwinkerte, »ist der Schlüssel.«

»Was? Ja doch – da haben Sie wohl Recht«, stimmte Hackett zu, während Matheson seine Zitrone hervorholte und anfing, die Punkte auf ihrer buckligen Schale miteinander zu verbinden. Auf seinem Monitor drehte sich ein Globus, auf den er das Muster ebenfalls zu übertragen begonnen hatte.

»Was für eine Maschine!«, murmelte er.

Hackett warf einen Blick darauf. »Für Sie sind diese Stätten alle miteinander verknüpft wie bei einer Art Netzwerk, nicht wahr, Ralph? Wie ein archaisches Internet?«

»Tja – davon bin ich überzeugt.«

»Wissen Sie, was das ist? Ein Irrgarten, mein Freund – im Weltmaßstab.«

»Meine Güte, bei Ihnen hört es sich an, als hätten unsere Vorfahren das alles gebaut, damit uns die Zeit an unserem Lebensende nicht zu lang wird«, bemerkte Bob Pearce säuerlich. Er sah erschöpft aus.

Er stand auf der Schwelle und drückte sich unter Entschuldigungen an Rebecca vorbei, die weiterhin geduldig wartete. Sie grinste ihn herablassend und freundlich zugleich an. »Hi«, sagte sie. Aber Pearce antwortete nicht.

»Allerdings sind diese Stätten miteinander verbunden«, sagte Pearce. »Haben Sie sich jemals gefragt, was zum Henker Leylines waren? Achsen uralter Lebenskräfte. Vielleicht ist es ein riesiges altertümliches Tunnelsystem, das wir entdecken.«

»Hab ich ein Treffen versäumt? Wart ihr wieder ohne mich mit der Wünschelrute zugange? Bob, du weißt doch, wie ungern ich dabei fehle«, meinte Hackett.

Pearce tat es mit einem Achselzucken ab, schnappte sich Mathesons Zitrone mit dem Gitternetz darauf, verband die fünf alten Stätten miteinander und fuhr die Linien mit dem Finger nach.

»He, ich bin noch nicht fertig«, beschwerte sich Matheson. »Gerade wollte ich das Tunnelsystem von Gizeh draufmalen.«

Scott schüttelte den Kopf. »Überzeugt mich nicht«, sagte er. »Ausgeschlossen, dass sich ein Tunnelsystem den ganzen Weg von Ägypten über Südamerika bis zur Antarktis erstreckt. Das ist physikalisch einfach unmöglich.«

»Außerdem«, fügte Sarah hinzu, »bewegen sich die tektonischen Platten. Die Erdteile wandern unablässig. Solche Tunnel würden nicht lange halten – sie würden zerstört. Auseinandergerissen oder geflutet.«

Pearce hielt die Zitrone hoch. »Im Verhältnis zu diesem Rätsel«, sagte er, »der fünf Stätten und der Erde, sind wir lediglich ein Floh am Arsch eines Elefanten. Im Verhältnis zur Sonne sind wir eine Zecke am Arsch eines Flohs am Arsch eines Elefanten. Gar nichts sind wir. Ehe wir also nicht auf Abstand gehen, weit genug zurück, auf eine Umlaufbahn etwa, können wir unmöglich das vollständige Bild sehen. Das *größere* Bild.«

»Das Dumme ist«, fügte Rebecca, die Mikrobiologin, ohne nachzudenken an, »wer zu weit zurücktritt, fällt am Ende über die Klippe.« Alle Augen richteten sich auf die Frau, die etwas Unpassendes zum Besten gegeben hatte. »War nur eine Bemerkung«, fügte sie kleinlaut hinzu. »Wovon redet ihr Jungs eigentlich?«

Hackett wandte sich ihr zu und sagte leise: »Warum gehen Sie nicht schon mal vor, hm? Ich bin dann gleich bei Ihnen wegen meiner Daten.« Rebecca entschuldigte sich und ging. Hackett hob abwehrend die Hand. »Bob, nur die Ruhe. Wir sind hier ganz auf Ihrer Seite. Keiner stimmt Ihrer Einschätzung freudiger zu als ich. Zufällig stimme ich auch mit Ralph überein. Dass diese Stätten nun aber physisch oder auf andere Weise verknüpft sind, muss ich vorläufig infrage stellen, damit wir uns nicht Tagträumen ergeben, die uns kein Stück weiterhelfen. Wir müssen uns über unsere Schlussfolgerungen und die jeweils zum Ziel führende Wissenschaft völlig im Klaren sein.«

Pearce rieb sich den Schädel und schien vor Kälte zu zittern. »Tut mir leid«, sagte er. »Ich bin … sehr müde.«

»Überrascht mich nicht. Es muss anstrengend sein, was Sie da machen.«

Pearce stand unsicher auf den Beinen und ließ sich von November zu einem Stuhl führen. »Nach allem, was wir wissen«, murmelte er, »ist die Sonne ein lebendiges, atmendes Geschöpf. Nur braucht sie vier Millionen Jahre, um ein Wort zu äußern, ganz zu schweigen davon, einen Satz auf die Reihe zu bekommen. Nach kosmischen Maßstäben dauern wir nur einen Augenblick. Da wir nicht in den Zeitbegriffen der Sonne leben, würden wir ein darin aufgehobenes Leben nicht erkennen. Wir erkennen nur solches Leben, das sich halbwegs in unserem Schritttempo vollzieht …«

Hackett schaute zu November, während er auf Zehenspitzen zur Tür ging. »Sehen Sie zu, dass er Kaffee kriegt«, riet er. »Mit jeder Menge Zucker.«

»Hallo. Das ist Ted«, verkündete Rebecca und stellte alle einander vor. »Ted, das sind Jon und Sarah. Ted ist Meeresbiologe. Er forscht über Quallen.«

»Oh«, äußerte sich Sarah freudig. »Das müssen bemerkenswerte Tiere sein.«

»Es sind keine Tiere an sich«, entgegnete Ted frostig. »Sondern planktonartige Meereslebewesen. Protoplasma.« Ted trug Sandalen und hatte langes, fettiges Haar wie ein wasserscheuer Surfer. Da er seinen Gesprächspartner ständig fixierte, war die Unterhaltung mit ihm gezwungen und unangenehm. »Manche sind überhaupt keine Einzelwesen, sondern eine Gemeinschaft winziger Geschöpfe, die in einer Form zusammenwirken und -leben, die wir Qualle nennen.«

»Oh«, sagte Sarah in einem verhaltenen Tonfall.

»Ted ist gerade ein bisschen gereizt, oder, Ted?«, warf Rebecca entschuldigend ein.

Die übrigen Biologen machten einen Bogen um die kleine

Gruppe. Sie hatten ebenfalls lange Haare und ließen sich Bärte stehen. Sie waren mehr an ihren Petrischalen mit Sporenkulturen als an den Eindringlingen vom Labor auf der anderen Seite des Gangs interessiert.

»Wir haben C-60 schon früher untersucht«, teilte Rebecca gutwillig mit, tippte dabei auf den Bildschirm ihres Rechners und bedeutete ihren Kollegen, dass alles in Ordnung sei. »Bitte schön. Jetzt ist Ihre Übertragung gestartet. Sollte nicht lange dauern.«

»Danke«, erwiderte Hackett beschwichtigend und sich bewusst, dass Sarah neben ihm stand. »Wie meinen Sie das, Sie hätten C-60 schon früher untersucht? Warum in aller Welt sollten Sie das als Mikrobiologin tun?«

»Fullerene«, erklärte Rebecca, »eignen sich gut als Anwärter für die Aussaat von Leben im All. Wussten Sie das nicht?«

Sarah verschränkte die Arme vor der Brust. »Offensichtlich nicht«, sagte sie und dachte an die Hand im Tunnel in Ägypten zurück. Ihr schauderte.

»Oh«, machte Rebecca träumerisch und verfolgte den Datenfluss auf dem Bildschirm. »Kohlenstoff ist ein besonders süßes kleines Element. Und C-60 ein richtig schlaues kleines Molekül.«

»Kohlenstoff ist sehr anpassungsfähig«, stimmte Hackett zu. »Er steckt in der Tinte, mit der wir schreiben. Im Fleisch, in dem wir leben. Es ist alles von einem Gas bis zu einem Teil des menschlichen Gehirns und damit in der Lage, sein eigenes Dasein zu betrachten.«

»Was eigentlich unglaublich ist angesichts seiner Mittelmäßigkeit als Element«, fügte Rebecca hinzu. »Es kann fast alles, ist aber kein Ausreißer wie meinetwegen Potassium, das beim kleinsten Anlass in die Luft fliegt. Kohlenstoff macht nur 0,2 Prozent der irdischen Elemente aus, ist aber Teil von mehr Verbindungen als jedes andere Element. Von hunderttausenden Verbindungen.«

»Aber *wieso* ist das C-60-Molekül Anwärter für die Verbreitung von Leben?«, hakte Sarah nach.

»Weil es hohl ist«, antwortete Rebecca, als müsste es Sarah eigentlich selber wissen, wo sie doch so viel von Kohlenstoff verstand. »Es hat die Form eines Fußballs.«

»Das C-60-Molekül«, wandte Hackett ein, »hat lediglich einen Durchmesser von ungefähr drei Angström. Das ist gerade mal Platz für ein Atom.«

»Schon, aber überlegen Sie mal. Welches Atom?«, gab Rebecca zurück. »Wer das richtige Atom wählt, schafft am Ende den stärksten nichtmetallischen Magneten der Welt. Man erzeugt C-900, was im Labor bereits gelungen ist. Dieselbe in sich geschlossene Struktur wie bei C-60 entsteht, aber mit neunhundert Kohlenstoffatomen. Und das ist dann kein Ball mehr – es ist eine Kapsel. Wird eine Verbindung von zwanzig grundlegenden Aminosäuren ins Herz dieser Struktur eingebracht, wachsen ihr am Ende Beinchen und sie trippelt davon.«

»Da komme ich nicht mit«, warf Sarah ein.

»Es gibt drei Formen von Kohlenstoff auf der Erde, aber aus welcher sind wir hervorgegangen?«, fragte Rebecca. »Graphit hat randständige Verunreinigungen. Die Oberfläche von Diamant ist mit einer einfachen Schicht Wasserstoff überzogen. Und Ruß, eigentlich rein und am engsten mit uns verwandt, ist formlos. Aus *irgendetwas* musste das Leben erwachsen. Doch alle drei kommen nicht infrage. Diamant ist nicht nur zu hart, der Wasserstoff macht ihn überdies untauglich. Graphit ist zu geschmeidig und Ruß so formlos, dass er sich nicht eignet. Daher steht eine vierte Form von Kohlenstoff zu vermuten, die rein war *und* Form hatte … was für C-60 gilt. Rein. Und es hat Form.«

»Haben Sie Beweise dafür?«, fragte Sarah misstrauisch und ängstlich. Misstrauisch deshalb, weil sie die Antwort fürchtete. Angst, weil sie die Antwort gesehen hatte.

»Vor zwanzig Jahren fanden Buseck und Tsipursky C-60 und C-70 in Tsungit«, fuhr Rebecca fort.

Hackett schaute ratlos drein.

»Seltenes, kohlenstoffhaltiges, präkambrisches Gestein«, teilte ihm Rebecca mit.

»Jetzt weiß ich es. Spuren davon wurden rings um Vulkankrater aufgespürt und an der KT-Grenze – dem Übergang zwischen Kreidezeit und Tertiär vor fünfundsechzig Millionen Jahren, als die Dinosaurier umkamen.«

»Ganz genau. Und auf dieser Grundlage ließen wir unsere Jungs am Max-Planck-Institut harte Oberflächen mit über 27 000 Stundenkilometer schnellen C-60-Molekülen beschießen. Etwa diese Gewalt hätten sie gehabt, wären sie gerade huckepack auf einem Asteroiden auf der Erde eingeschlagen. Die Moleküle prallten ab. Sie wurden nicht zertrümmert – sie überlebten! Die Vorstellung, dass ein Dr. Frankenstein einen Hebel umlegt und Leben in sein Monster pumpt, geht wohl etwas zu weit, aber Hitze und ein zufälliger Blitzstrahl sind die allerbesten Bedingungen, um Leben auf die Sprünge zu helfen. Oder es zumindest zu mutieren. Und Kohlenstoff-60 als eine reine Form von Kohlenstoff *mit* Struktur ist biologisch aktiv.«

»Was kam zuerst?«, dachte Hackett laut. »Das Huhn oder das Ei aus Kohlenstoff-60, hm?«

Rebecca betrachtete ihn von Kopf bis Fuß, so als sehe sie den Physiker in einem neuen Licht. »Echt lustig.« Sie schmunzelte. »Gefällt mir sehr.« Sie tippte auf ihren Monitor und rief Abbildungen auf. »Die Ähnlichkeit hiervon mit biologischen Daten beruhte darauf«, erläuterte sie, »dass die Zahlen und manche der Daten eine Symmetrie vergleichbar der von Lebensformen aufwiesen. Als ich erkannte, dass es sich um C-60 handelt, leuchtete mir das auch völlig ein.«

»Symmetrie?«, hakte Sarah nach.

»Uns sind zwei Grundformen des Lebens bekannt«, antwortete Rebecca. »Einmal die Doppelhelix – die Spirale, nicht wahr –, der unsere DNS gehorcht und auf der viele höhere Lebensformen beruhen. Und da wäre die Fußball-Symmetrie von Viren. Zuweilen schlägt sich die schraubenförmige Helix unmittelbar in der Gestalt des fraglichen Tiers nieder, so bei einigen Schneckengattungen, bei der Wirbelform der Nautilus-Muschel.«

»Aber C-60 hat doch nur eine Fußballform, oder?«

»Nein, durchaus nicht«, stellte Rebecca richtig und rief eine weitere Abbildung auf. »Wird C-60 bei seiner Erzeugung durch ein elektrisches Feld geschickt, bildet es eine Nano-Röhre aus Kohlenstoff auf schraubenförmiger Grundlage aus. Eine Helix stellt sich ein. Eine Spirale. Aber eine Spiral*röhre* – die auch grundlegende Voraussetzung für alles höhere Leben ist, weil sie einen Blutkreislauf ermöglicht.«

Zwei Grundformen von C-60. Zwei Grundformen allen Lebens auf der Erde. Beide aus Kohlenstoff hervorgegangen. Aber auch aus derselben *Sorte* Kohlenstoff?

»Also, würden wir C-60 entwickeln wollen«, fügte Rebecca hinzu, »wäre es der ideale Ausgangspunkt für Leben. Wir wissen, dass Chloroplasten, echte Bakterien und Mitochondrien aus Eubakterien entstanden sind. Methanogene und halophile Bakterien, die Spezies Sulfolubus und ihre Verwandten gehören zu den Archaeen. Einzeller, Pflanzen, Pilze und Tiere stammen von den Eukarioten. Wir wissen auch, dass Eubakterien, Archaeen und Eukarioten alle von demselben, ersten Ast des Lebensbaums abstammen. Viren sind uns jedoch ein Rätsel: Sie scheinen sich nirgends einzufügen. Gibt es hingegen eine Kohlenstoffstruktur, die zwei völlig verschiedene Gestalten annehmen kann – ist der Zusammenhang geklärt. Kohlenstoff-60 könnte der nochmalige Vorläufer einer Art Proto-Lebensform sein. Haben Sie das hier gesehen?«, fragte sie, als das Bild eines fußballförmigen Moleküls erschien, wie es sich unter einem Kryo-Elektronenmikroskop bot.

»C-60, richtig?«, riet Sarah.

»Nein«, widersprach Rebecca. »Das ist ein Virus.«

»Welches?«

»Das menschliche Herpesvirus.«

»Herpes?«

»Hmhm. Und es hat genau die gleiche Symmetrie wie C-60. Zugegeben nicht das beste Beispiel, aber welches Virus ist das schon?«

»Leben trägt die Narben seiner Vorgänger«, meinte Hackett. »In diesem Fall Form und Symmetrie.« Kam damit jene Eigenschaft zum Vorschein, die den Übergang von einfachem Kristall zu niederer Lebensform anzeigte? Reale Komplexität real am Werk?

»Aus welcher Sorte Kohlenstoff wir uns entwickelt haben, ist rätselhaft gewesen«, erklärte Rebecca. Sie tippte erneut auf den Bildschirm, um eine Darstellung von Kohlenstoff-60 als spiralförmige kreisende Nano-Röhre neben einem DNS-Strang zu zeigen. »Kohle, Diamanten, alles das gibt es noch im Überfluss. Theoretisch müsste auch Kohlenstoff-60 in gleichem Maße vorhanden sein. Wo ist es dann aber hin? Erwin Schrödinger hat die DNS als aperiodisches Kristall beschrieben.«

Sie hielt inne, dann sah sie alle nacheinander an. »Meine Theorie lautet, dass C-60 immer noch da ist. Es hat sich nur fortentwickelt. Ist zu *uns* geworden.«

## Apostolischer Palast
## Erster Stock
## Vatikanstadt

»Kleine Roboter, sagen Sie? Was können diese kleinen Roboter? Und woraus sind sie gemacht, wenn sie so klein sind?«

»Sie bestehen aus Kohlenstoff«, erläuterte Bulger am Ende der Leitung über den Lärm einer Motorwinde hinweg. »Und sie können, was immer Sie wollen. Verletztes Gewebe in Ihrem Körper flicken. Krebs rausschneiden. Mikrochips vom Atom aufwärts bauen –«

»Die, die Sie da vor sich haben?«

»Nein. Ich weiß nicht, wofür diese programmiert sind, aber das Potenzial ist da. Wir müssen sie nur im Labor rückwärts konstruieren.«

»Das verstehe ich nicht.«

»Suchen Sie sich einfach einen Videolink. Dann zeig ich's Ihnen«, sagte der Ingenieur fordernd.

Der Anwalt lief vor den offenen Türen zum Arbeitszimmer von Papst Lucien Sfiorza auf und ab und klammerte sich an jedes Wort, das aus den Tiefen des Raums drang.

Im Arbeitszimmer des Papstes saß der Präsident der Vereinigten Staaten beim Tee mit dem Direktor und obersten leitenden Angestellten der Rola Corp., Ripley Thorne, neben sich Rabbi Malachai Stern, soeben aus Jerusalem eingetroffen, während der Papst selbst in seinem prächtigen Ornat hinter seinem Schreibtisch Platz genommen hatte.

Sie besprachen Dinge, die weit über Miniroboter hinausgingen. Sie erörterten Dinge, die, einfach ausgedrückt, die Grundfesten der westlichen Gesellschaft infrage stellten. Sie waren über das Ende des Status quo besorgt. Das war es, was Atlantis für sie bedeutete. Und es missfiel ihnen.

Genauso missfiel ihnen, dass Schall sich fortpflanzte. Offensichtlich machte sich Houghton mit seiner anhaltenden Umtriebigkeit, das Handy ans Ohr gedrückt, wenig Freunde.

»Es tut mir leid, Mr Houghton, aber Sie müssten wirklich Ihre Stimme senken«, warnte ihn ein hochgestellter Priester leise und geduldig. »Ich bin Pater McRack, ein Beistand von Papst Sfiorza.«

»Sagen Sie ihm, er soll mir vergeben«, gab Houghton unhöflich zurück. Roger »Fergus« McRack wirkte einigermaßen entgeistert. »Na, *ist* doch sein Job«, fügte der Anwalt achselzuckend hinzu.

»Jay, Jay, bist du noch dran?«, fragte Bulger krächzend.

»Yeah, ich bin noch da«, bestätigte Houghton, während Fergus ihn von der Tür in Richtung eines freien Schreibtischs ein paar Meter weg scheuchte.

»Wenn Sie bereit sind, der Besprechung wieder beizuwohnen, können Sie das leise tun«, ermahnte ihn Fergus.

Houghton beachtete ihn nicht. Auf dem Schreibtisch stand ein Bildtelefon. Er stellte den Anruf durch und schaltete die Videoübertragung zu. Der Bildschirm war geteilt, eine Hälfte Bulger, auf der anderen wuselten winzige, insektenhafte Dinger umher. »Okay, wo sind die Roboter?«, wollte Houghton wissen.

»Sie schauen drauf.«

»Diese Dinger sind Roboter? Sehen aus wie Wanzen. Wie groß sind sie?«

»Klein genug, um hunderttausend davon auf einer Nadelspitze unterzubringen.«

»Verstehe«, meinte Houghton beeindruckt. Jetzt hatte er kapiert. »Heilige Scheiße!«

Weit hinten am anderen Ende der Bürofluchtwarf Papst Lucien Sfiorza dem Anwalt durch die beiden offenen Türen einen tadelnden Blick zu.

Jack Bulger rutschte vor und versuchte, seine Freude zu verhehlen, während er sich zur Kamera beugte und Houghton ein paar Dinge auseinandersetzte. John von Neumann, der Vater künstlichen Lebens, regte 1956 Maschinen an, die sich selbst nachbauen konnten. Kim Eric Drexler führte den Gedanken einen Schritt weiter und hob 1986 den Begriff der Nanotechnologie aus der Taufe. Jetzt, 2012, würde der Name Jack Bulgers in aller Munde sein. Er hatte jene theoretischen Erkenntnisse Wirklichkeit werden lassen. Und Bulger wollte ein Supergeschäft damit machen.

»Erklären Sie mir mal«, bat der Anwalt, »wie solche größeren Vorrichtungen arbeiten, wenn diese winzigen Roboter zu größeren Einheiten verschmelzen. Hat ihr Wachstum irgendwo seine Grenzen?«

»Nicht dass ich wüsste. Hängt lediglich davon ab, wie stark ihre chemischen Bindungen sind. Ich würde meinen, dass sie sich im äußersten Fall zur Größe eines Fingerhuts zusammenfügen könnten. Darüber hinaus dürften sie auf Schwierigkeiten stoßen. Genau kann ich's aber nicht sagen.«

»Und sie können sich jederzeit wieder in den ursprünglichen Zustand rückbauen?«

»Ich glaube schon. Ja.«

Houghton bekam schmale Augen, als er die Folgerungen erwog. »Außerordentlich.«

Es gab ein knisterndes Geräusch. Nicht vom Bildtelefon, sondern aus einem der über den Tisch verstreut liegenden Funkgeräte. Bulger versuchte, es zu überhören. Es setzte unregelmäßig ein und wieder aus. Nervtötend. Aber es wollte nicht verstummen.

Bulger entschuldigte sich bei dem Anwalt, der an seinem Ende der Verbindung nur zurücklächelte, und prüfte einen nach dem anderen die Apparate, bis er den richtigen hatte. Unwirsch drückte er den Sendeknopf und knurrte: »Wehe, es ist nichts Wichtiges. Ich bin hier voll beschäftigt.« Die überschnappende Stimme riss immer wieder ab, da das Signal nicht sauber durchkam. »Sag's noch mal. Ende.«

»Hol – mich – zum« – ein *Rauschen* – »hier – raus!« Bulger blinzelte. Es war Maple. »Ich hänge am Seil!«

Bulger schoss herum. Das einzige Seil, das hinter ihm immer noch in den Tunnel herabhing, zuckte. »Scheiße!«

Er machte, dass er zum Seil kam. Es war nicht an der Winde befestigt, sondern einfach um einem Pfosten im Boden geknotet. Er zog die Handschuhe über und nickte Houghton knapp zu. »Bleiben Sie dran«, rief er. »Ich mach ganz schnell.«

Er fuhr mit den Fingern bis zu einer Stelle am Seil entlang, an dem er sie darunterzwängen und es fest in den Griff nehmen konnte. Dann zerrte er nach Leibeskräften, ächzte, aber ohne Erfolg. Maple war zu schwer.

Er watete vorsichtig, um ja nicht auf dem Morast auszugleiten und selbst in die Tiefe zu rutschen, bis an das Loch im Boden heran. Zog eine Taschenlampe hervor. Leuchtete nach unten. Sah Regentropfen am Lichtstrahl vorbei verschwinden und ins Dunkel fallen. Er formte die Hände um den Mund zu einem Trichter und brüllte: »Maple! Bist du das? Maple, kannst du mich hören? Was ist da los?«

Es kam eine Antwort, laut, aber unverständlich.

»Maple, du bist zu schwer. Ich krieg das Seil nicht hoch. Du wirst rausklettern müssen!«

Da war doch eine Strickleiter. Ja! Jetzt fiel es ihm wieder ein. Drüben bei seinem Zelt gab es einen Fundus zusätzlicher Hilfsmittel. Nicht gerade viel, aber er erinnerte sich deutlich, eine Sicherheitsleiter aus Nylon gesehen zu haben. Er machte eine Handbewegung nach unten. »Bin gleich wieder da! Ich gehe die Leiter holen!«

Er fand sie in einem schwarzen Plastikkoffer unter einer Ersatzplane, zog sie heraus und hastete damit zurück. Sie war nicht gerade lang. Was tun? Oben hatte sie einen einzelnen Ring. Er hatte aber keine Zeit, herumzufummeln und sie an der Winde festzuhaken. Stattdessen warf er den Ring über den Metallpfosten und schmiss die Leiter ins Loch. Er hörte sie auf den Matsch aufschlagen, richtete seine Taschenlampe in die Tiefe und konnte Bewegung ausmachen. Na also, da tauchte auch schon der Panamahut mit der bunten Schlaufe auf, als Maple sich emporhangelte.

»Junge«, schnaufte Bulger, »du hast mich aber richtig in Atem gehalten.« Er wollte nicht länger rumtrödeln. Außerdem musste er ein Telefonat zu Ende führen. Bulger machte auf dem Absatz kehrt und setzte sich wieder an sein Notebook, ohne sich weiter um den Mann zu kümmern.

»Ich denke«, sagte er zu Houghton und wischte sich Regen aus dem Gesicht, »wir sollten lieber zügig Schluss machen.«

»Wer ist das?«, fragte Houghton und meinte den Mann, der hinter Bulger aus dem Tunnel kletterte.

»Maple. Der größte Spinner, den sich die Firma einhandeln konnte.«

Houghton war schwer beeindruckt, als sich der Mann mit großen Schritten näherte und der aufkommende Wind ihm den Hut vom Kopf wehte. »Herrje, der ist ja wirklich groß.«

Bulger runzelte die Stirn, drehte sich um, wollte nachsehen, wovon der Anwalt redete, und wünschte sich um alles in der Welt, es nicht getan zu haben. Denn vor ihm stand ein Riese. Und als Blitze über den Himmel zuckten, konnte er glatt durch ihn hindurchsehen. Unwillkürlich stöhnte er auf.

Und ihm fiel nichts anderes ein, als zu sagen: »Das ist größer als ein Fingerhut.«

## Sfiorzas Arbeitszimmer

Fergus saß ungerührt an seinem Schreibtisch am anderen Ende des Raums. Er bekritzelte seinen Notizblock, darum bemüht, beschäftigt zu wirken, wenngleich alle wussten, wozu er wirklich hier war. Er war der Beobachter und er beobachtete mit Erfolg.

Er rückte seinen Ohrhörer zurecht, während er auf seinem Computerbildschirm aufmerksam das Telefonat zwischen Houghton und Bulger verfolgte. Es war ein wenig interessanter als das Gespräch, das er gerade aufzeichnete.

»Was kann ich für Sie tun?«, hatte der Papst gefragt.

»Ich will eine dritte Amtszeit«, hatte der Präsident erwidert. »Das und schärfere Waffengesetze.« Dann hatte er gefragt: »Was kann ich für Sie tun?«

»Sie müssen natürlich alles in Ihrer Macht Stehende tun, um

die Menschheit und die Erde zu retten. Anschließend aber, und sollten Sie sich in einer Lage wiederfinden, da Atlantis noch steht, will ich, dass Sie es zerstören«, hatte der Papst geantwortet. »Ich will alle Hinweise auf diese Unruhe stiftende Geißel in Schutt und Asche gelegt. Des Menschen Vergangenheit muss ein geheimer Ort bleiben, den nur die wenigen Auserwählten betreten dürfen. Wissen ist für uns eine Bedrohung. Weshalb hätten wir sonst die Heilige Schrift mehr als ein Jahrtausend lang vor der breiten Masse verborgen gehalten? Die Existenz von Atlantis und all seiner möglichen Lehren würde die moderne Religion zum Gespött machen. Eine Gesellschaft ohne Religion ist eine Gesellschaft ohne Glauben an sich selbst und ihren Wert. Letztlich ist ein wenig verschollenes Wissen eine gute Sache, um die soziale Kontrolle zu wahren. Das alles bleibt natürlich akademisch, sollten diese Wissenschaftler unseren Planeten nicht retten können.«

Der Rabbi hatte dazu geschwiegen.

Zugegeben, keiner der Männer hatte sich derart unverblümt geäußert. Dennoch hatten sie sich geäußert, nur eben in der Sprache der Diplomatie.

Die Regierung der Vereinigten Staaten hatte ähnliche Überlegungen angestrengt. Schon allein deshalb hatte sie das »Unternehmen Abrissbirne« veranlasst. Noch während des Gesprächs schickte sich ein Team unter Schirmherrschaft der Vereinten Nationen an, Atlantis zu betreten. Es war dabei, seine Geheimnisse aufzudecken. Sobald es seinen Job getan hatte, würde es den Ort vernichten, da er den Verstand aller rechtschaffenen Erdenbürger gefährdete. Sein bloßes Vorhandensein stellte die Weltreligionen infrage.

Organisierte Religion war ein ausgefallenes Geschäft, doch es blieb ein Geschäft. Geschäft ist Handel. Und Geschäft bedeutet, zur rechten Zeit zusammenzuarbeiten.

Fergus ging gerade das Gesagte durch den Kopf, als sich die

Geschehnisse auf seinem Computerbildschirm mit einem Mal überstürzten.

Ein kristallartiger Riese stand über Bulger, warf abwechselnd Blicke auf die eingetrübten Blöcke aus Kohlenstoff-60 unter der Plane und auf ihn.

An seinem Ende der Leitung saß gebannt der Anwalt. »Danke, Jack. Ich bin froh, dass Sie mich darauf aufmerksam gemacht haben.«

Jack Bulger legte den Kopf schief. Ihm war klar, was das zu bedeuten hatte. Houghton hatte etwas über die Lage geargwöhnt, was vermuten ließ, dass er, Bulger, verloren war.

Plötzlich griff die Kristallgestalt nach Bulger, rang einen Augenblick lang mit ihm, bevor sie ihn übers Knie legte und ihm das Rückgrat brach. Sie schaute nach vorn, um einen langen Blick auf Houghton zu werfen, und ließ dabei die geheimnisvollen Glypten aus Atlantis auf ihrer Stirn sehen. Dann packte sie Bulger am Kopf und zerrte ihn zum Loch hinüber.

Sie warf den Leichnam hinein, bevor sie hinterhersprang.

Fergus saß da wie gelähmt.

Erschüttert legte er eine Hand vor den Mund. Ein Lebloser, der sein Revier verteidigte. Ein Automat, der die Befehle seines Herrn ausführte. Ein Bild von jemandem, dem Leben eingehaucht worden war. Es gab nur ein Geschöpf, auf das die Beschreibung passte. Kurz an einer Stelle der Psalmen erwähnt, waren seine Wurzeln fest in alten jüdischen Schriften verankert. Und in einigen jüdischen Schriften, die gar nicht so alt waren.

Ende des 16. Jahrhunderts hatte Prag einen unter dem Akronym Maharal, *Moraynu HaReaw Judah Loew ben B'zalel*, Unser Lehrer Judah Loew Sohn des B'zalel, namhaften Oberrabbiner an der Altneuschul-Synagoge. Der Sage nach erschuf er ein Ebenbild des Menschen und hauchte ihm Leben ein. Wie alle diese

Ebenbilder dazu bestimmt, das Ghetto zu beschützen, nahm dieses seinen Auftrag zu wörtlich und lief Amok. Woraufhin Rabbi Loew gezwungen war, seinem Geschöpf ein Ende zu bereiten und es in Staub zu verwandeln.

Aufzeichnungen aus jener Zeit ergaben, dass Rabbi Loew eingeladen war, sich mit Kaiser Rudolf II. über Fragen der Alchemie auszutauschen. Es wurde nicht bekannt, ob das Geschöpf dabei Erwähnung fand. Bekannt *wurde* jedoch dessen Name. Es war –

»Der Golem«, murmelte Fergus fast unhörbar. »Herr, errette uns«, fügte er hinzu und ließ seinen Blick kurz auf Rabbi Stern ruhen.

Der Golem. Der mustergültige mechanische Diener. Um ihn zum Leben zu erwecken, brachte man seinen Kopf mit einem geheiligten Wort oder einem der Namen Gottes in Verbindung. Einhalt geboten werden konnte ihm nur wieder, indem das Wort entfernt wurde.

Fergus erhob sich, schaltete seinen Rechner aus und zog sich unter knappen Entschuldigungen zurück. Der Tonfall der päpstlichen Erörterung hatte ihm nicht gefallen. Und an dem von ihm überwachten Telefonat hatte er auch keine Freude gehabt. Beide hinterließen einen bitteren Nachgeschmack. Denn in beiden Fällen blieb ihm nur der eine Schluss zu ziehen, nämlich durch die Ausführung päpstlicher Anordnungen und Entfernung Richard Scotts von dessen akademischer Position seinen Freund unabsichtlich in eine lebensbedrohliche Lage gebracht zu haben, ob nun menschlicher oder göttlicher Macht geschuldet. Und Fergus trug die Verantwortung. Während er über die Flure der Vorzimmer des Herrn schritt, schien es ihm das Mindeste – das Allermindeste – zu sein, seinen Freund zu warnen. Denn Richard war der wahrscheinlich einzige Mensch auf Erden mit dem Vermögen, die Schrift am Kopf des Golems zu entziffern und zu entfernen.

»Ich weiß, worauf ich schaue, Ralph«, räumte Scott ein. »Aber *was* sehe ich?«

Das Team war um Matheson an der Workstation versammelt und sah bei der Steuerung des Systems zu und ein dreidimensionales Modell von Gizeh um eine Achse kreisen.

»Ich hab's auf drei verschiedene Weisen durchlaufen lassen«, erklärte Matheson, »und es ist jedes Mal dasselbe. Es kommt von diesen Daten, die Sarah mitgebracht hat.« Behutsam strich er über eins der kleinen Daten-Module. »Dies ist das Tunnelsystem. Zum Teil geht es richtig tief, fünfzehn, sechzehn Kilometer. So ziemlich alles könnte man dort schürfen – Kohle, Kupfer, Diamanten – und niemals tief genug graben, um auch noch diese Dinger zu bemerken.«

Scott war verwirrt. »Das sind ziemlich viele Einzelheiten. Das alles haben Sie von den Radardaten?«

»Nein.« Matheson drückte eine Taste. Weitere Ansichten des Tunnelgeflechts kamen in unterschiedlichen, changierenden Orangetönen auf den Bildschirm. »Auf diesen Teilen wurden nicht nur die Radardaten aufgezeichnet«, sagte er. »Ich habe den elektrischen Widerstand im Kohlenstoff-60 unter Strom gemessen.«

»Ich wusste nicht, dass Sie das können. *Wie* ist Ihnen das gelungen?«

»Ich habe diese kleinen Module entwickelt«, antwortete Matheson bescheiden. »Ich weiß, was sie können. Der Stromfluss hat mir nicht bloß eine grobe Vorstellung von der Tunnellänge vermittelt, sondern auch, ob er singulär auftrat, ob er abzweigte, auseinanderlief oder mit anderen Strömen zusammenging.«

»Sie beschreiben ein Stromnetz«, merkte Hackett an.

»Darum handelt es sich«, stimmte Matheson zu. »Zusammengefasst liefern die Daten – radargestützte, elektrische, seismische – mir genügend Auskünfte, dass ich mir ein grobes Bild über die Anlage des Tunnelsystems über Gizeh *hinaus* machen kann. Dort, wo dieser Eric verbrutzelt ist. Der Ort hat sich wie ein

Stromwandler in einem Netz verhalten, nur in anderer Form. Die größte Ähnlichkeit wäre die mit einer Teslaspule. Egal, wichtig ist, dass er Elektrizität anzog. Und Sarah hat Recht, er wandelt Erdbebenkräfte um und erhöht darauf die Stromspannung so weit, dass sich große Entfernungen überbrücken lassen. Auf modernem Stand –«

»Wie meinen Sie das, modern?«, fragte November.

»Wir haben es mit dem bei uns üblichen Wechselstrom von sechzig Schwingungen pro Sekunde zu tun«, teilte ihr Matheson mit. »Sie könnten ohne Weiteres ihren Fernseher nach unten mitnehmen und anschließen. Modern, November, modern.«

»Sechzig«, rätselte Pearce. »Schon wieder diese magische Zahl.«

»Ich schnall's einfach nicht«, sagte Sarah. »Wozu sollten sie so viel Energie durch die Gegend schaufeln, nur um sie ins All zu feuern?«

»Weil die Pyramiden wie ein Überdruckventil in einem Schnellkochtopf arbeiten, wenn sie die Energie von uns ableiten und ins All feuern. Und uns tatsächlich das verdammte Leben retten. Sie hätte eigentlich viel mehr Schaden anrichten müssen, als es der Fall war.«

»Sie meinen, dasselbe geschieht gerade in Atlantis?«, fragte November.

»Wieso nicht?«, entgegnete Matheson. »Wir bekommen keine Verbindung mit dem chinesischen Stützpunkt, oder? Wenn sie nun auf etwas gehockt haben, was sich genauso verhalten hat wie *dies* hier?«

Pearce nickte. »Und einen vernichtenden Strahl geradewegs durch das Eis feuerte. Das hab ich gesehen. O ja!«

»Wir haben gesehen, dass dieses Atlantis die Energie von Protuberanzen aufsaugt. Jetzt sollen wir glauben, es schieße gleichermaßen Energie ins All zurück. Warum? Das widerspricht sich. Warum sollte es das tun?«, wollte Hackett wissen.

»Wurde solch ein Energieausbruch auch noch an irgendeiner der anderen Stätten festgestellt?«, erkundigte sich Sarah.

»Nicht dass ich wüsste«, erwiderte Matheson, »aber Gizeh und Atlantis sind die einzigen Stätten, an denen sich der Mensch mit Sicherheit hemmungslos zu schaffen gemacht hat. Vielleicht habt ihr ungewollt etwas eingeschaltet.«

»Aber wie sind diese Orte miteinander verbunden?«, fragte Hackett.

Matheson blickte wohlwollend zu Pearce. »Wissenschaftlich ausgedrückt …? Das muss ich eben herausfinden.«

»Hört mal, ich bin hier fertig«, warf November ein. Sie hatte den ganzen Nachmittag lang an den Videobildern gearbeitet, hatte sämtliche Daten über die Schrift auf dem C-60 in den Tunneln von Gizeh und die Aufnahmen von Sarah gesichert. Sie hatte die Glypten mit den in Genf untersuchten verglichen und die Ergebnisse zusammengestellt.

Scott sprang auf. »Und was ist dabei herausgekommen?«, fragte er aufgeregt.

»Herausgekommen ist ein Alphabet«, verkündete Sarah stolz.

# 11. Das erste Protokoll

## Stufe Eins der Wiederherstellung

Der Begriff Hieroglyphe stammt vom griechischen *Ierolyphika*, was »heilige eingemeißelte Buchstaben« bedeutet.

Quer über Novembers Bildschirm lief eine Reihe von Glypten. Dies war das früheste Schriftsystem, das je entdeckt wurde, das erste Protokoll. Es war sogar noch älter als Babel, zu dessen Zeit die göttliche Sprache Adams von Gott in tausend Zungen zerschlagen wurde, und umso verwirrender, als nur sechzehn Sinnzeichen vorlagen.

»Das ist alles?«, staunte Sarah.

November schüttelte den Kopf. »Sie sehen anders aus als alles, was ich bisher gesehen habe.«

»Allerdings«, rief Scott aus. »Sie sind abstrakt. Demnach sind es entweder Buchstaben – A, B, C – oder Silben – sch, ts, pf.«

Hackett beugte sich zum Bildschirm vor. »Es könnten auch Zahlen sein«, gab er zu bedenken.

»Es sind keine Zahlen«, erwiderte Scott zuversichtlich.

»Woher wissen Sie das?«

»Einfach so.«

»Sie können Fragen stellen.«

Scott ließ es auf sich beruhen und wandte sich an November. »Kann mir dieses Ding Prozente angeben? Mir verraten, wie häufig die Symbole jeweils im Text verwandt werden?«

»Klar«, sagte November. »In Tabellenform? Was käme dabei heraus?«

»In unserer eigenen Sprache werden die verschiedenen Buchstaben unterschiedlich häufig verwendet. Der Buchstabe E tritt viel öfter auf als zum Beispiel das Z.« Er tauschte einen Blick mit Sarah. Einen kurzen Moment lang sah es so aus, als hätte sie Lust, ihn zu küssen.

Stattdessen legte sie ihm eine Hand auf die Schulter. »Sie sind ein schlauer Mann, Richard Scott.«

»Danke«, entgegnete Scott stolz. Doch als er seine Aufmerksamkeit wieder dem Bildschirm zuwandte, sah er, wie November ihn finster anschaute.

»Was ist denn?«, fragte Scott treuherzig.

November setzte ihre Arbeit fort. »Keine Ursache«, murrte sie.

»*Was?*«, bohrte Scott. Aber November schwieg.

Scott schob seinen Stuhl vom Computer fort und suchte bei Hackett um Unterstützung nach. Doch der belustigte Physiker schüttelte nur den Kopf und schnalzte mit der Zunge. »Ein Spiel mit dem Feuer«, flüsterte er. »Ein Spiel mit dem Feuer.«

Das Piepsen war beharrlich. Geisttötend. Novembers Rechner hatte die Ermittlung der Häufigkeitsverteilung abgeschlossen.

»Aha«, frohlockte Scott, jede Bewegung der jungen Studentin beobachtend, während sie die Daten abfragte.

Es gab eine Bandbreite von Zahlen, die sich zwischen 6,17 Prozent am unteren Ende bis 6,36 Prozent am oberen Ende der Glyptenkette bewegte. Der Durchschnitt betrug 6,25 Prozent. Der Zufall wollte es, dass sich genau dasselbe ergab, teilte man 100 durch 16. Die Glypten traten also in den gesammelten Texten mit gleicher Häufigkeit auf. Keine war bestimmender als eine andere. Aus der Verbreitung der Zeichen ließ sich also unmöglich ableiten, welches ein Konsonant und welches ein Vokal sein könnte.

»Verdammt!«, rief Scott enttäuscht aus. »Verdammt noch mal!« Sarah schenkte ihm einen mitfühlenden Blick.

»Falls das Ihre Stimmung irgendwie hebt«, bemerkte Hackett, »es beweist, dass diese Sprache entworfen wurde.«

Scott sah ihn ratlos an. »Sie meinen, diese Sprache sei konstruiert? Hat sich nicht natürlich entwickelt wie Aymara?«

»Ganz klar«, sagte Hackett. »Wären diese Glypten blindlings gesetzt, käme immer noch eine ungleichmäßige Verbreitungshäufigkeit heraus. Nicht so wie bei einer natürlich entstandenen Sprache, denn dann ließe sich ein Muster entdecken und der Code knacken. Aber eine ungleichmäßige Verteilung träte trotz allem auf. Denn sollten sich blindlings gesetzte Buchstaben gleichmäßig verteilen, würde das eine unendliche Zahl an Buchstaben voraussetzen, die nun mal nicht gegeben ist. Wer auch immer diese Schrift entwickelt hat, wollte sie zweifellos gleichmäßig haben.«

»Das Problem ist nur«, sagte Scott, »welche Sprache verwendet Buchstaben vollkommen gleichmäßig mit ebenso vielen Z wie A und E? Keine der mir bekannten.«

## See: rau
## Wetter: Sturmstärke 4 – rasch zunehmend

Um 19 Uhr 30 brachen sie zum Abendessen auf. Aber den Landratten war trotz der Medikamente nicht sonderlich nach Essen zumute.

Hackett arbeitete an dem Zahlenstrom mit Grundzahl 60, den sie verschlüsselt im Kristall gefunden hatten, konnte sich aber trotz aller Mühen keinen Reim darauf machen. Es war wortwörtlich nur ein Strom aus Zahlen – ohne irgendwelche Muster. Es stimmte, Pi war auf acht Milliarden Dezimalstellen genau berechnet worden, ergab immer noch keinen Sinn und war dennoch als Zahl für Messungen und Konstruktionen unabdingbar. Sollte dieser Zahlenstrom einfach Pi mit Grundzahl 60 sein? Eine schnelle Umstellung mittels Computer bewies, dass dem nicht so war. Ebenso wenig war er irgendeine andere besondere mathematische Zahl, die sich im gebräuchlichen Dezimalsystem erkennen ließe.

Die Zahlen waren vom Menschen unabhängig. Außerirdische würden auf dieselbe Weise zählen können. Zahlen waren im Gewebe von Raum und Zeit eingebettet. Zwei würde immer zwei bleiben, selbst wenn eine andere Kultur ihr einen anderen Namen gab. Hackett glaubte, er müsse nur lange und ausführlich genug forschen, um die Bedeutung dieser Zahlen zu ermitteln.

Doch es gab noch andere Probleme zu lösen. Er richtete seine Aufmerksamkeit auf Gravitationswellen und stellte beunruhigenderweise fest, dass er die Ereignisse der nächsten zwei Tage ziemlich genau vorhersagen konnte.

Er gab seine Erkenntnisse an Gant weiter und warnte ihn, dass die Zahlen noch bestätigt werden müssten. Denn ging er an Deck, um ein wenig frische Luft zu schnappen, und bemerkte Scott in dickem gelbem Ölzeug, der dem Schiffsbug zusah, wie er durch ungeheuerliche Wellen krachte. Hackett konnte seine Notlage nachfühlen.

»Die Maya haben die Zeit mit Sonderzahlen gemessen«, meinte Scott zu ihm. »Einhundertvierundvierzigtausend, siebentausendzweihundert, dreihundertsechzig, zweihundertsechzig und zwanzig. Aber ihre wichtigste Zahl war die Neun. Ihr Schrifttum spricht vom Reigen der ›neun Götter der Nacht‹.«

»Die Planeten?«

»Kann sein. Aber ich würde es nicht herausposaunen, sonst will noch einer Beweise sehen«, meinte Scott trocken. »Die Zahl Hundertvierundvierzigtausend taucht in der Offenbarung auf, bezogen auf die Zeit. Die Sieben ist eine der Zahlen, die so ziemlich überall vorkommen. Sieben Siegel. Sieben Todsünden. Sieben Trompeten erschallen siebenmal. Mauern brechen, die Welt wird erschaffen. Die Acht wird mit der Wiedergeburt verknüpft, während die Zwölf alle möglichen Verbindungen hat – die zwölf

Stämme Israel, die zwölf Apostel, die Zahl chinesischer ›Jahre‹. Einhundertdreiundfünfzig steht in Zusammenhang mit den ›Erleuchteten‹. Die Jünger fingen hundertdreiundfünfzig Fische, in der Zahlenmystik die Summe von eins bis siebzehn. Eins plus fünf plus drei ergibt im Übrigen neun.«

»Zahlenmystik«, wiederholte Hackett, während das Schiff unangenehm schlingerte. »Was ist das? Buchstaben und Zahlen einander zuordnen, kräftig mischen und mit einer versteckten Antwort aufwarten – so etwa?«

»Der Mensch wird stets vom Verborgenen angezogen sein.«

»Auch die Natur hat ihre Sonderzahlen«, meinte der Physiker. »Drei, fünf, acht, dreizehn, einundzwanzig, vierunddreißig, fünfundfünfzig und neunundachtzig. Lilien haben drei, Butterblumen fünf, Rittersporn hat acht und Dotterblumen haben dreizehn. Astern natürlich einundzwanzig.«

»Wovon reden Sie eigentlich?«

»Blütenblätter.«

»Diese Zahlen folgen einem Muster?«

»Sicher. Ziehen Sie einfach die vorhergehenden beiden Zahlen zusammen und heraus kommt die nächste in der Reihenfolge. Drei und fünf gibt acht und so weiter. Es heißt Fibonacci-Folge, nach Leonardo Fibonacci, der sie im dreizehnten Jahrhundert bei der Untersuchung von Kaninchen-Populationen entdeckte. Seine Folge zeigt Phi auf, nicht zu verwechseln mit *Pi*. Phi hilft bei der Berechnung von Größenverhältnissen, von denen des menschlichen Körpers bis zu den Samenkernwindungen bei Sonnenblumen.«

Ein Schwall Gischt ging plötzlich auf die beiden Männer nieder, als sich die *Polar Star* in eine weitere hohe Welle bohrte.

»Mein Gott!«, japste Scott und rang nach Luft. Er wischte sich das Gesicht ab.

Hackett schauderte, er zeigte auf den Horizont. »Sehen Sie, unser erster Eisberg.«

Eine Weile lang betrachteten sie das steil aufragende weiße Gebirge aus gefrorenem Wasser, ehe Hackett vorschlug: »Vielleicht sollten wir besser wieder unter Deck gehen.«

Scott stimmte zu und spuckte Meerwasser. »Ich weiß nicht«, sagte er. »Was glauben Sie? Schätzen Sie, wir könnten das alles rechtzeitig herausbekommen? Ganz ehrlich?«

Hackett vergrub die Hände in den Hosentaschen. »Keine Ahnung, um ganz ehrlich zu sein.«

Scott nickte gleichmütig. »Ich muss zugeben«, fügte er milde hinzu, »allmählich gefallen Sie mir, Professor Hackett. Sie sind eine Herausforderung.«

Hackett schien aufrichtig verdutzt. »Nun, mir, äh, gefallen Sie auch allmählich, Professor Scott. Wenn das alles vorbei ist, machen wir's dann irgendwann noch mal? Was halten Sie davon?«

»Nie im Leben.«

Als die zwei Männer zurück ins Labor kamen, saß Sarah zusammen mit November am Computer. Die beiden begutachteten die Atlantis-Glypten und wirkten peinlich berührt, so als seien sie bei etwas erwischt worden.

November stieß die Geologin an. »Wirst du's ihm sagen?«

»Mir was sagen?«

Sarah warf einen verstohlenen Blick auf ihren Kaffee, bevor sie einen großen Schluck nahm. »Ach … Mist!« Einen Moment später schaute sie hoch und richtete den Blick auf die Männer. »Werdet ihr die Macker raushängen lassen und beleidigt sein, wenn eine Frau euch da draußen ihre Hilfe anbietet?«

Scott grinste. »Ist schon was anderes, als anzuhalten und nach dem Weg zu fragen. Na klar. Nur zu.«

Matheson wandte sich von einem Rechner ab, um zuzuhören. Selbst Pearce, der sichtlich erschöpft, in eine Decke gewickelt, in der Ecke saß, schien munter zu werden.

Sarah fuhr mit dem Finger über den Bildschirm. »Ralph, könnten Sie die schematische Draufsicht der Gizeh-Grabungsstätte aufrufen, an der Sie gearbeitet hatten?«

Matheson kippte den Monitor so, dass alle es sehen konnten.

»Genau. Seht ihr hier, diese Glypte? Vereinfacht und bereinigt ähnelt sie der Anlage von Gizeh. Ich hatte mir nicht viel dabei gedacht, bis November erwähnte, dass ihr diese andere Glypte hier nicht nur für ein Sinnbild der Sonne, sondern Atlantis ähnlich haltet.«

Hackett zuckte mit den Schultern. »Zufall?« Doch es war klar, dass er das nicht ernst meinte.

Sarah holte Luft. »Das hätte ich auch gesagt, aber *diese* Glypte wiederum entspricht der Anordnung der Pyramiden in Peru.«

Scott kniff die Augen zusammen. »Interessant.«

»In Peru bin ich nie gewesen«, bemerkte Pearce.

»Verraten Sie mir eines«, bat Scott leise, an Pearce gerichtet, und blies dabei über seinen Kaffee. »Wie stellen Sie es an?«

Pearce zog sich die Decke enger um die Schultern. Er sah schrecklich müde aus, seelisch und körperlich ausgelaugt. »Fernsichtung? Keine Ahnung«, gestand er. »Ich gehe einfach hin.«

»Sie müssen konzentriert bleiben, richtig?«

»Ich muss aufmerksam bleiben, mich aber nicht wirklich konzentrieren. Nicht so, wie Sie es meinen. Ich bekomme einfach ein Gefühl für alles um mich herum, und zwar für alles auf einmal. Und darin muss ich mich zurechtfinden. Manche nennen es Eintritt in die Geistsphäre – so eine Art dimensionale Abkürzung –, aber das war mir immer ein bisschen zu blöd. Ich meine, wer wollte sagen, dass sich nicht alles nur in meinem Kopf abspielt, stimmt's? Die Sache ist die … äh, wie soll man das beschreiben?« Er dachte einen Augenblick lang nach. »Gut. Man kann ein Buch auf zweierlei Weise lesen: entweder ein Wort nach dem anderen und der Erzählung geradlinig von Anfang bis Ende folgen. Oder alle Seiten rausreißen, nebeneinanderlegen und vom Ganzen einen Schnappschuss aufnehmen. Und alles mit einem

Mal verstehen. Sich den Anfang und das Ende ansehen. Man kann darauf zurückkommen. Oder an jeder beliebigen Stelle eintauchen und wieder auftauchen –«

»Verstehe«, meinte Hackett ehrlich bemüht. »Sie beschreiben ein fotografisches Gedächtnis.«

»Ja«, stimmte Pearce zu. »Ja, das tue ich wohl. Das drückt es gut aus. Es ist nur eine andere Form des Denkens, nichts weiter. Eine andere Weise des Wissenszugangs. Unser modernes Wissensgebäude ist bruchstückhaft. Es verstellt uns seinem Wesen nach den Blick auf das ganze Buch. Uns wird beigebracht, in Begriffen und Konzepten zu denken, uns auf Fachgebiete zu versteifen. Uns auf einzelne Felder zu beschränken, anstatt einer ganzen Wissenschaft oder Kunst zu widmen. Ich glaube, dass altertümliche Zivilisationen ganz anders als wir dachten.«

»Könnte zutreffen«, stimmte Scott ihm zu. »Noch heute können sich die Linguisten nicht einmal darauf festlegen, was ein Wort eigentlich sein soll. Ist es ein Laut? Eine Kette von Lauten? Eine Verbindung aus beidem? Oder etwas ganz anderes? Klingt jämmerlich, hatte aber sehr konkrete Auswirkungen.

Als die Epigraphiker beispielsweise Linear C knackten, die frühe, auf griechischen Silben beruhende Schrift aus Zypern, stellten sie fest, dass auf die heutige Vorstellung von Vorsilben und Nachsilben kein Verlass war, um die in den Glyptentexten vorgefundenen Muster zu erklären. Anders gesagt, sind Buchstabenblöcke an Wortanfängen wie ›Un‹, so wie in ›Untätigkeit‹, oder an Wortenden wie ›los‹, so wie in ›bewegungslos‹, Vorsilben und Nachsilben. ›Los‹ ist ein Determinativ. Besitzt ein Gegenstand keine Bewegung, ist er bewegungs*los*. Das Determinativ kann wiederum auf jedes andere Wort angewandt werden. Selbst einen Eigennamen. Geht Peter nicht in die Kirche, lässt die Kirche sich peter*los* nennen.

In jedem Fall«, erklärte Scott weiter, »erzeugt die Hinzufügung des Determinativs keine zwei Wörter. Es verschmilzt mit dem Ausgangswort und schafft ein einzelnes neues. Aber in Linear C sind die Vor- und Nachsilben keine Determinative. Es sind Geschlechtswörter. Wörter wie ›ein‹ und ›der‹. Die Linguisten stießen folglich auf Wörter wie ›Derkönig‹, ›Diestadt‹ und ›Eingeschenk‹ – Merkmale einer völlig anderen Denkungsart. Der einzige Linguist, der jemals zwei Altertumsschriften entschlüsselt hat, die Rongorongo-Schrift der Osterinseln und die kretische Phaistosscheibe, war Dr. Stephen Roger Fischer. Er hob hervor, dass unsere Vorfahren dazu neigten, in ›Ausdruckseinheiten‹ zu denken. Dass ihr Zugang zur Sprache von unserem sehr verschieden war.

Je weiter man in der Zeit zurückgeht, umso ganzheitlicher ist der Zugang zur Sprache«, meinte Scott, dem nun alles klar war.

»Ganzheitliches Denken? Die vollständige Idee in einem einzigen Symbol? Finden Sie demnach, mein Einfall habe seine Vorzüge?«, fragte Sarah.

»Möglich wäre es«, antwortete er. »Als Sir Arthur John Evans Anfang des zwanzigsten Jahrhunderts vergeblich versuchte, Linear B und die Phaistosscheibe zu entziffern, stellte er die Vermutung an, die Glypten hätten eine doppelte Bedeutung. Eine jede Glypte sei zugleich phonetisch und an und für sich religiös bedeutsam.«

»Hat sich das jemals bestätigt?«

»Der erste Teil seiner Theorie schon. Der zweite aber nicht. Dass soll aber nicht heißen, dass Sie Unrecht hätten. Nur fragt sich, weshalb die Erfinder dieser Sprache unsere Aufmerksamkeit auf bestimmte Städte ziehen wollten. Es müsste irgendetwas für uns Augenfälliges sein. Das Problem ist nur – was? Würden wir meinetwegen ein Bild von Moskau zeichnen, was käme Ihnen da auf der Stelle in den Sinn?«

»Wodka.«

»Kartoffeln«, warf Matheson ein. Ihm begegneten ringsum ein paar ratlose Blicke. Verlegen zuckte der Ingenieur mit den Schultern.

»Lenin«, meinte November.

»Stalin. Kommunismus. Anastasia. Der Rote Platz. Ihr seht, die Liste kann endlos fortgesetzt werden. Aber sie ist vollkommen kulturell und sozial bezogen. Was unser von den Massenmedien gefüttertes Bewusstsein so enthält. Sie steht für eine Vorstellung, die buchstäblich Bände füllt. Für uns hat sie also einen Bezugsrahmen. Doch in tausend Jahren wird vergessen sein, was sich rings um dieses Bild angesammelt hat. Sollten sie uns also dergestalt etwas mitteilen wollen, ist es hoffnungslos. Und hoffentlich nicht der Fall.«

Sarah war verwirrt. »Was wollen Sie damit sagen?«

»Auf meine eigene, einigermaßen akademische Art will ich sagen, dass Sie da etwas auf die Schliche gekommen sein dürften. Dass diese Städte in der Tat als Teil einer globalen Maschine verknüpft sind. Aber wozu? Höchstwahrscheinlich haben Sie Recht. Diese Glypte könnte Peru darstellen ebenso wie diese Atlantis. Aber ich brauche mehr. Ich brauche das Warum.«

»Was ist die Phaistosscheibe?«, fragte November.

»Eine flache, runde Tonscheibe von der Größe einer Untertasse, die von dem vierunddreißigjährigen italienischen Archäologen Luigi Pernier im Phaistostempel auf Kreta, Gebäude 40/101 nordwestlich des großen Haupthofs, am 3. Juli 1908 gefunden wurde«, leierte Pearce herunter.

Scott war überrascht, blinzelte. »Danke.«

»Fotografisches Gedächtnis«, witzelte Pearce und stürzte seinen Kaffee hinunter.

»Fünfundvierzig verschiedene Piktogramme waren zweihunderteinundvierzigmal in den Ton gedrückt worden und ergaben einundsechzig Gruppierungen oder ›Wörter‹. Hundertzweiundzwanzig Glypten auf Seite A. Hundertneunzehn auf Seite B. Bemerkenswert ist daran die Spiralform der Schrift, die am äußeren Rand ansetzt und sich zum Mittelpunkt fortsetzt«, erklärte Scott.

»Eine Spirale? Ich spreche ungern Offensichtliches aus, aber die Schrift in Ägypten hatte Spiralform, wenngleich eine riesengroße«, meinte Hackett.

»Genau«, räumte Scott ein. »Aber die Glypten der Phaistosscheibe besaßen Markierstriche, um die Ausdrucksbausteine voneinander zu trennen. Die Atlantis-Glypten erscheinen als ununterbrochene Kette ohne inneren Aufbau. Als würde man Englisch ohne Leerstellen, Satzzeichen und ausschließlich groß- oder kleingeschrieben drucken.«

»Es muss doch eine Sprache geben, die sich auch diese Eigenschaft teilt, oder?«, fragte Matheson.

»Gibt es«, antwortete Pearce anstelle von Hackett, der den Rest seines Kaffees trank.

»Hebräisch«, sagte Scott. »Im Hebräischen wurde die überlieferte Thora, die Heilige Schrift, ohne Satzzeichen geschrieben. Und ohne Leerstellen zwischen den Wörtern. Einfach als Fluss aus Buchstaben. Und im Hebräischen steht jeder Buchstabe zugleich für eine Zahl.«

Er sah Hackett an, als der die Bedeutung des soeben Gesagten begriff. Der Linguist folgte dem Physiker in seiner Aussage. Beide sahen auf ihre Monitore. Matheson und November standen auf.

Zahlen. Buchstaben. Spiralen. Muster … Städte.

»Sie wissen noch immer nicht, was es mit diesem Zahlenstrom auf sich hat?«, fragte Scott leise.

»Äh-äh. Es könnte ein Algorithmus sein. Aber sicher weiß ich es nicht.«

Hackett verschränkte die Arme vor der Brust. »Wie das?«

Scott holte tief Luft. »Fischer brauchte sieben Jahre, um Rongorongo zu knacken, die Schrift von den Osterinseln. Michael Ventris brauchte fünf, sechs Jahre, um Linear B zu knacken. Mit zehn Jahren übersetzte Michael Stuart erstmals die Mayasprache, widmete ihr aber sein ganzes weiteres Leben. Er stellte fest, dass die Mayasprachen heutiger Tage den alterümlichen Mayaglypten ähneln und lautschriftlich aufgebaut sind. Binnen eines Tages übersetzte er, was im Sonnentempel von Palenque geschrieben steht und woran sich vorausgegangene Gelehrte ein Leben lang versucht hatten. Es ist eine vielschichtige Sprache. Sie verdient es, sich ihr lebenslang zu widmen. Aber ich sitze hier seit zwei Tagen dran und habe noch – wie viel? – höchstens zwei Tage Zeit. Sie konnten sich an einen Bezugspunkt halten. Eine zurechtgestutzte zeitgenössische Sprache oder eine ähnliche, bereits entschlüsselte Schrift – sogar an ein Jahrhundert geleisteter Forschung als Grundlage. Und was zum Teufel hab ich?«

»Sie haben die Wörter«, kam die Antwort von November.

»Was?«

»Warum versuchen Sie nicht, es einmal anders zu betrachten?«, schlug sie vor.

Scott schien nicht sonderlich angetan von ihrem Vorschlag.

»Dr. Scott, in Ihrem Vortrag sagten Sie, im Anfang sei *Logos* – das Wort.«

»Na ja, das war ziemlich vereinfacht. *Logos* bedeutete außerdem Vernunft, Rede – sogar Rechenschaft.«

»Richard, Sie wissen, dass Sie an etwas dran sind. Wir alle können es spüren«, beharrte Sarah. »Sie selbst haben vom tätigen Wort gesprochen. Die Wörter haben Sie. Und um sie lesen zu können – gilt es, was zu tun?«

Scott betrachtete nachdenklich den Bildschirm. »In der Schweiz hatte ich nicht genügend Informationen«, sagte er. »Diese Brocken ergaben keinen ausreichend langen Text. Ich muss das Zeug als ausgedehnte Fläche sehen.«

»Der Knotenpunkt«, regte Hackett an.

»Richtig. He, Ralph, dieser Ölknotenpunkt, den Sie im Meeresboden vergraben haben? Das ist doch nicht allzu weit von hier entfernt, oder? Können Sie ihn fernbedienen?«

»Dafür ist er gedacht.«

»Sie könnten ihn also in Gang setzen? Er hatte eine eingebaute Kamera, oder?«

»Sicher.«

»Rufen Sie die Brücke an. Sagen Sie denen, wir müssten eine Art Sender in Betrieb nehmen – oder was nötig ist, um auf dieses Ding einzuwirken. Und es sei dringend erforderlich, dass ich einen Blick darauf werfe. Ich muss mir ansehen, was da unten ist.«

Überall um sie herum war man beim Zusammenpacken des Labors. Datenbänder und Notebooks wanderten in Kisten, Karten wurden aufgerollt und Computerinhalte für den Transport zum McMurdo-Stützpunkt auf Terabyte-Disks übertragen.

Neben Matheson gekauert, der am Kommunikations-Protokoll herumfummelte und den Knotenpunkt aus seinem Schlummer weckte, hüpfte Richard Scott auf einem Bein herum, um sich in seinen leuchtend orangefarbenen Survival-Anzug zu zwängen. Eine Vorbereitung auf die Reise zum antarktischen Festland.

Ralph hatte das anscheinend schon tausendmal gemacht. Nach wenigen Sekunden war er angezogen. November ihrerseits stellte sicher, dass er nichts vergessen hatte, während Hackett einfach nur auf den Bildschirm starrte und mit stiller Anteilnahme das Geflimmer verfolgte, als zwinge er dic Übertragung durch schiere Willenskraft herbei.

»Wir sind verbunden«, stellte Matheson fest. »Ich brauche nur noch eine Sekunde.«

Scott schaute auf seine Armbanduhr. »Wir haben sechs Minuten, Ralph, dann wollen sie uns oben an Deck haben.«

»Was soll ich für Sie tun, sobald wir dieses Zeug sehen, Doc?«

»Machen Sie Schnappschüsse. So viele, wie Sie können. Mit größtmöglicher Auflösung. Analysieren können wir das alles auch später.«

Der Gedanke an eine ursprüngliche, erste Sprache der Menschheit war schon ziemlich verwegen. Bei der letzten Zählung war man auf 6000 Sprachen seit Anbruch aller Zeiten gekommen. Und weshalb waren sie auseinandergelaufen? Das wusste keiner. Der Koran hielt die Trennung der Sprachen für einen natürlichen Vorgang. Die Bibel sprach von Babel und einem mit Verwirrung strafenden Gott, da die Menschen einen mächtigen Turm in den Himmel zu bauen versucht hatten. Aber niemand wusste Genaues.

Die Ursprungssprache.

Könnte diese es sein?

»Also, Dr. Scott, wir haben Strom«, verkündete Matheson aufgeregt. Seine Finger flogen über die Tastatur, während er mit den Daten auf dem Bildschirm kämpfte, Befehle eingab und absandte. »Kamera betriebsbereit. Schalte Licht zu … Bingo!«

Unwillkürlich beugte sich das ganze Team zum Bildschirm vor, um besser sehen zu können. Und keiner sah, was man erwartet hatte.

Das, was sie sahen, entsprach nicht dem Video.

Jener verwackelte Streifen Rohmaterial, der Matheson von Scott vorgeführt worden war, hatte Zerstörungen in erheblichem Ausmaß gezeigt. Eine vorsintflutliche Kristallmauer war aufgesprengt, eine jenseitige Wasserwüste und Ahnung von weiteren Baulichkeiten enthüllt worden.

Doch auf dem Bildschirm war etwas anderes zu sehen. Eine Kristallmauer, aber voll und ganz erhalten. Ohne Loch. Ohne Zerstörungen. Ohne auch nur einen Riss.

»Wo sind die Beschädigungen?«, fragte Scott verblüfft. »Ist das bestimmt die alte Stelle? Wir sind nicht woanders?«

Matheson überprüfte seine Messungen, blieb aber bei den Tatsachen: »Es gibt keinen anderen Knotenpunkt, nur diesen. Wir sind da. Aber ich weiß ums Verrecken nicht, was da vorgeht.«

Blinzelnd versuchte November, Teile der Schrift auszumachen. Das Wasser war trübe und Flocken schwebten an der Linse vorbei. »Was ist das für eine Mauer, die sich selbst repariert?«, rätselte sie.

»Bob hat gesagt, da unten sei was Lebendiges«, bemerkte Hackett.

Matheson beäugte ungläubig seinen Kollegen. »Sie glauben, da sei einer runtergegangen und habe sie geflickt? Man kann eine Kristallwand nicht flicken.«

»Nicht einer, sondern etwas. Wie der chinesische Soldat gesagt hat, irgendetwas lebt da unten. Kein Jemand. Niemand wie Sie oder ich. Aber etwas Unnatürliches.«

»Jon«, meinte Matheson, »manchmal können Sie mich wirklich aus der Ruhe bringen.«

»Ich Sie?«, sagte Hackett, bereits auf dem Weg zur Tür. »Wer oder was dieses Ding repariert hat, sollte Sie aus der Ruhe bringen? Ich gehe an Deck«, sagte er. »Ihr habt zwei Minuten. An eurer Stelle würde ich zu knipsen anfangen.«

Matheson machte insgesamt fünfunddreißig Fotos. Er brannte sie alle sofort auf eine CD, die er in die oberste Tasche seiner Survival-Jacke schob. Von jeder Aufnahme machte er einen Ausdruck auf glänzendem Fotopapier für eine Gruppenauswertung während des Flugs. Er gab Scott einen davon, als sie die Stufen zum Hubschrauberlandeplatz hinaufstiegen.

In der Tat lag ein Muster in der Anordnung der Glypten quer über die ebene Oberfläche der Mauer vor. Sie schienen ein sich beständig überschneidendes Spiralgeflecht zu bilden.

Das Ganze ähnelte allerdings weitgehend den Mustern, wie so viele natürliche Formen sie annahmen – insbesonders das Gefüge der Samen in einer Sonnenblume. Der Anblick war einfach betörend.

Scott zeigte Hackett das Bild, als sie die *Dolphin* für die kurze Überfahrt zur *Truman* bestiegen. Der Physiker war verblüfft. Das Muster, erläuterte er, sei ein grundlegendes Merkmal der Komplexitätstheorie selbst.

Wahrhaftig entsprach es der als Fibonacci-Stufenleiter bekannten Zahlenreihe. Und allein für sich genommen, könnte das bereits der verflixte Schlüssel sein, um dieses Rätsel zu lösen.

»Diese Zeiten!«, schrie Hackett gegen das Dröhnen des Fluggeräts an, als er aus der *Dolphin* kletterte. »Das sind Vorhersagen!« Er ging mit großen Schritten über das Flugdeck hinweg auf Tom Dower zu, an dessen Parka der Wind riss. »Sie zeigen ganz genau an, wann die Sonne ihre nächste Gravitationswelle entfesseln wird!«

Dower schnappte sich das Papier von dem Physiker und begutachtete es, während der Wind erbittert wütete und sie sich anschreien mussten, um einander zu verstehen.

»Rechnen Sie jeweils acht Minuten dazu und Sie haben die zu erwartenden Aufprallzeiten auf der Erde!«

»Hier steht, der nächste Gravitationsimpuls erfolgt voraussichtlich in fünf Stunden!«, schrie Dower zurück.

»Ganz genau.« Hackett zeigte auf seine Armbanduhr. »Ich habe sogar meinen Wecker danach gestellt. Also warnen Sie die Flotte! Und die Regierung!«

Besatzungsmitglieder traten beiseite, als sie zu den beiden auf dem Vorderdeck wartenden V-TOL-Flugzeugen eilten. Schwarze Kerosinschläuche liefen zu den seitlich angebrachten Zusatztanks. Kisten wurden ins Innere gewuchtet.

»Sarah hat den Nagel auf den Kopf getroffen – es besteht die ernsthafte Gefahr einer Erdkrustenverschiebung. Sind Sie auf solch eine Möglichkeit vorbereitet? Haben Sie dafür einen Notfallplan? Gott trug Noah auf, eine Arche zu bauen. Treffen Sie Vorkehrungen, um die Zukunft der Menschheit abzusichern?«, fragte Hackett.

»Wir sind uns der Möglichkeit eines EKV-Ereignisses bewusst, Jon«, bestätigte Dower, »und haben den Gedanken verworfen. Unsere besten Köpfe meinen, er sei ein Trugschluss. Ein solches Geschehen sei ausgeschlossen. Die Erdkruste ruht ganz einfach nicht auf einem Meer aus Lava. Da ist nichts, worauf sie *gleiten* kann. Diese Theorie hat keine Fürsprecher.« Der Admiral legte dem Physiker eine Hand auf die Schulter und führte ihn zur Einstiegstreppe.

»Und der Notfallplan? Die Rettung der Menschheit?«

»Der sind Sie«, sagte Dower und klopfte ihm auf den Rücken. »Also vergeigen Sie's nicht. Die Chinesen sind das Problem, Dr. Hackett. Die Chinesen und diese Stadt da unten. Und welche Kraftquelle sie auch immer da unten gefunden haben, unsere Überwachungsmonitore blinken wie geschmückte Weihnachtsbäume.«

Hackett zog den Kopf ein, als er in die hellgraue HV-22A Osprey V-TOL stieg. Oben angekommen, schaute er noch einmal auf den Admiral.

»Albert Einstein hat die Theorie der Erdkrustenverschiebung vertreten, wissen Sie das? Albert Einstein!«

Dower winkte zum Abschied und strebte auf den Eingang am Fuß der sich fünf Stockwerke hochtürmenden Kommandoaufbauten der *Truman* an der Seite des riesigen Flugdecks von der Länge des Empire State Building zu.

Als Hackett Platz nahm, sich die Schwimmweste überstreifte und von November beim Anschnallen helfen ließ, murmelte er vor sich hin: »Wisst ihr, die scheinen mir nicht den blassesten Schimmer davon zu haben, was hier vor sich geht. Die gegenwärtigen Machthaber sind dermaßen auf ihre eigene politische Vernichtung fixiert, dass sie der Krise jeden erdenklichen Vorschub leisten werden, statt Zeit mit der Suche nach einer Lösung zu verbringen.«

November zog eine Grimasse, während sie den Gurt straffer zog. »Und das überrascht Sie?«, fragte sie höhnisch.

Hackett sah die junge Frau scharf an. »Nie den Sinn für Verwunderung und Staunen verlieren. Niemals hochmütig sein. Nur dann ist man in der Lage, wenn eines Tages die wirklich großen und wichtigen Dinge anstehen, ihnen gerecht zu werden.«

»Das werde ich mir merken.«

Sie lehnte sich zurück, während Hackett den Kopf ans Fenster lehnte und zusah, wie die himmelwärts weisenden Luftschrauben der Turboprop-Maschine zu wirbeln begannen.

November schaute über die Schulter nach Scott und Sarah, die in der schräg gegenüberliegenden Ecke der Kabine nebeneinandersaßen, während sich Matheson auf der anderen Seite des Gangs an seinen Armlehnen festklammerte. *»Here we go again«*, sang er. *»Antarctica, here we come ...«*

# 12. McMurdo-Sund

## Mitternacht

Sie schwebten auf niedriger Höhe über das Ross-Meer ein; die Sonne stand am Himmel. Da sie in vier Wochen untergehen würde, war das Licht bereits trübe, eine Art ewiges Zwielicht geworden. Der Winter hatte begonnen und das Meer überfror bereits auf ungeheuren zweiundzwanzig Quadratkilometern pro Minute. Aber das Eis war dünn, zumeist nur vierzig Zentimeter dick, was zu Rissen, Schollendrift und einem alles einhüllenden Nebel führte. Wärme von Tiefsee-Strömungen aus den Tropen stieg an die Oberfläche, strömte durch die Öffnungen im Eis und machte sich in großen Dampfwolken Luft. Ein Quadratmeter davon hatte die Leistung einer 100-Watt-Birne.

Die V-TOLs pflügten hindurch und wirbelten den Nebel zu langen Schleppen auf. In der Führungsmaschine machte Sarah einen langen Hals an Sott vorbei, um durch das Fenster den näher kommenden Stützpunkt zu sehen – eine Reihe leuchtend bunter, planlos verstreuter Bauten an der Küste der Ross-Insel.

Als sie zum Sinkflug ansetzten, konnte sie zwei getrennte Rollbahnen erkennen. Doch als der Nebel sich lichtete, sah sie noch etwas anderes von weit größerer Bedeutung. Über den hunderte Kilometer weit reichenden Ausblick auf Schnee und Eis hinweg hatten sich dichte dunkle Flecken gebildet wie scheckige Blutergüsse oder Punkte des Fells eines Dalmatiners. Der Urheber dessen war offensichtlich –

»Erebus«, hauchte Sarah. »Schaut nur, er raucht.«

Der tätige Vulkan befand sich 3794 Meter hoch über der Ross-Insel. Hinter sich das breite Band des Transantarktischen Gebirges, war er am Krater 600 Grad heiß und dafür bekannt, Bakterien und Algen mit seinen Dämpfen zu ernähren.

Rings um den Vulkan wölbte sich unförmig das Eis, wo sich tiefer liegendes Schmelzwasser gesammelt hatte wie in einer riesigen Brandblase, die nur darauf wartete zu platzen. Ähnlich merkwürdig verworfene Stellen fanden sich in beträchtlicher Entfernung und legten Zeugnis von vulkanischer Tätigkeit ab, die noch gar nicht an die Oberfläche gedrungen war. Der Kontinent Antarktika steckte in Schwierigkeiten, so viel war klar. Aber das beunruhigte Sarah nicht am meisten.

»Die Albedo ist völlig verhunzt«, gab sie verdrossen von sich. Scott schaute sie fragend an. »Das Rückstrahlvermögen des Eises«, erläuterte sie. »Gewöhnlich ist es hier unten äußerst hoch. Wirft das Sonnenlicht geradewegs ins All zurück und kühlt damit den Planeten ab. Aber diese Vulkanasche setzt sich zuoberst ab, schluckt das Sonnenlicht und führt zu Wärmestaus. Zu einer Flut. Sehen Sie, würde alles antarktische Eis schmelzen, stiege der Meeresspiegel um durchschnittlich sechzig Meter. Die Eiskappe ist an manchen Stellen fünf Kilometer dick. Hoffentlich ist die Erdkrustenverschiebung wirklich ein Märchen.«

Die heftigen Seitenwinde, die über den McMurdo-Sund fegten, sorgten für eine holprige Landung und brachten die Hecks der V-TOLs zum Ausbrechen, als ihre Fahrwerke auf dem Eis dahinrutschten.

Am Boden begrüßte sie eine Mannschaft der ASA. Die *Antarctic Support Associates* waren eine Firma aus Denver, Colorado, und etwa das Gleiche wie das Büro des Ortssheriffs. Wer aus der Reihe tanzte, wurde von der ASA aus der Stadt gescheucht.

Eine gewaltige LKW-Sonderanfertigung auf Raupenketten wartete darauf, alle in ihre Unterkunft zu verfrachten. Irgendwer hatte *Iwan-der-Schreckliche-Bus* auf die Kabinentür gepinselt. *Iwans* Motor tuckerte bedrohlich im Leerlauf.

»Allmächtiger!«, seufzte Scott, als er aus dem Flugzeug kletterte und ihm derart verheerende Kälte ins Gesicht schlug, dass er beinahe zusammenbrach.

»Einfach fix rein in den Bus! Dalli!«, befahl einer der ASA-Männer. »Hallo, wir haben Damenbesuch … Cool.« Einen nach dem anderen zählte er alle auf seiner Liste durch.

»Wonach riecht es hier?«, wollte Hackett wissen und bedeckte sein Gesicht.

»Heizöl«, erklärte beiläufig ein anderer ASA-Mann, der an einem der zu hunderten längs der Landepiste aufgestapelten schwarz-grauen Fässer lehnte.

»Hätten Sie die Fässer nicht auch woanders stapeln können?«

»Dies hier? Das is kein Öl. Das ist Pisse und Scheiße.«

»Verzeihung?«, fragte November krächzend.

»Es sind Fässer voll gefrorener Pisse und Scheiße«, erklärte der ASA-Mann. »Hier dürfen wir das Zeug nicht lassen. Wir sind gesetzlich dazu verpflichtet, alles nach Hause mitzunehmen.« November sah aus, als würde sie sich gleich übergeben, als sie in den Bus kletterte. »Nee, das Öl ist weiter irgendwo dahinten, den Hang runter!«, rief er ihr hinterher.

Ein weiterer ASA-Mann steckte den Kopf durch die hintere Tür des Fahrzeugs. »Meine Damen und Herren, hier die Hausordnung: Wer sich betrinkt, den schicken wir nach Hause. Wer sich prügelt, ab nach Hause. Wer verschreibungspflichtige Medikamente bei sich führt, ohne die Besatzung zu unterrichten – nach Hause. Wer ohne Bescheid zu sagen aufs offene Eis rauswandert – nach Hause. Wer antarktisfremde Pflanzen rausreißt – ratet mal? Ab nach Hause.

Die Verbrechensrate ist niedrig und dabei soll's auch bleiben. Wir scheinen nur mit einer Schwierigkeit zu kämpfen, nämlich Diebstahl von Fahrrädern und Mänteln, die nicht einheitsrot sind. Also bindet sie fest, falls ihr welche habt. Hier gibt's keinen Richter, keine Polizei und kein Gefängnis. Irgendwelcher

Ärger – und ab nach Hause. Ansonsten«, er grinste, »willkommen in McMurdo.«

Scott hob wie ein Schuljunge den Finger. »Wie es aussieht«, sagte er, »wurde der Ablauf kurzfristig geändert. Wir sind gewissermaßen in Zeitnot und werden wohl gar nicht so lange bleiben.«

»Bauen Sie irgendeinen Mist, dann kommen Sie weg«, entgegnete der ASA-Mann.

Hackett war verwirrt. »Wissen Sie überhaupt, wer wir sind?«

»Klar«, blaffte er. »Wie alle anderen Ökokrieger auf Block Sechs seid ihr hier, um den Planeten zu retten. Viel Glück!« Er knallte die Tür zu.

Draußen wurde die zweite V-TOL entladen. Der erste ASA-Mann griff zum eingebauten CB-Funkgerät. »Okay, da sind sechs Erlmeyer auf dem Weg zu dir. Dave, haste 'nen Teller Heißes für die Leute?« Ein verzerrtes »Ja« war zu vernehmen.

»Verzeihung, aber was sind ›Erlmeyer‹?«

Der ASA-Mann schaute Major Gant ins Gesicht. Der Marine war zur großen Überraschung aller Übrigen mit der zweiten Maschine eingeflogen. Der ASA-Mann verzog das Gesicht. »Erlmeyer – ist unser Spitzname für Wissenschaftler. Alle aus der Belegschaft reden so.«

Gant war außer sich. »Ich bin Offizier im Dienst des United States Marine Corps, mein Herr!«

Der ASA-Mann zuckte mit den Schultern und wandte sich wieder dem Funkgerät zu. »Tja, korrigier das noch mal, Dave.« Er schenkte Gant einen Blick. »Rechne mit sechs Erlmeyern … und einem Arschloch.«

Gant stieg ein und drängelte sich vorbei. November beugte sich vor. »Was machen Sie denn hier?«

»Ihr habt doch nicht etwa angenommen, die würden euch da allein reinschicken?«

»Haben wir«, sagte Hackett.

Gant tat es mit Schulterzucken ab, als ein dritter ASA-Mann einstieg, *Iwan* in Marsch setzte und sie allesamt über die Stadtgrenze von McMurdo beförderte. Als sie dann um die Kurven fuhren, sah November draußen am Horizont, jenseits des gefrorenen Meers, das Schiff liegen.

»Welches Schiff ist das?«, fragte sie.

»Ich weiß den Namen nicht«, antwortete Gant. »Ein chinesisches. Liegt da schon den ganzen Tag.«

»Hier kann es uns doch nichts anhaben, oder?«

»Herzchen«, erklärte der Major, »würden wir vier Flugstunden von hier über deren Stützpunkt schweben, könnten sie uns immer noch runterholen. So weit reicht die Treffsicherheit ihrer Geschosse.«

November lehnte sich erschrocken zurück. Alles Pisse und Scheiße hier, dachte sie.

## Periodizität

Scott schmiss die überformatigen Fotos vom Knotenpunkt auftrumpfend auf den Tisch. »Es sind keine sechzehn Buchstaben«, vermeldete er. »Es sind sechzig.«

Während sich alle anderen aufgeregt um die Arbeitsfläche des Behelfslabors versammelten, wirkte Hackett nicht eben begeistert, als er auf seine Armbanduhr und dann zum Fenster hinaussah. »Wir haben noch dreiundzwanzig Minuten bis zur nächsten Gravitationswelle.«

»Keine Sorge deswegen«, meinte November zu ihm. »Sorgen Sie sich über das hier.«

Scott nahm einen roten Filzstift und kringelte ein, was er Atlantis-Glypte getauft hatte, den Kreis um das Kreuz. »Diese Glypte findet sich auf allen von mir untersuchten Oberflächen in der gleichen Stellung. Mit den anderen vier ist es dasselbe.«

»Das ist die Gizeh-Glypte«, merkte Pearce an. »Und das die für Südamerika.«

»Richtig. Und ich schätze mal, dass diese beiden anderen auch für bedeutende Orte stehen.«

»Aber wo?«

Scott wandte sich an Gant, der vor sich hin brütend in einer Ecke hockte. »Major – ob die derzeitigen Amtsgewalten wohl etwas Satellitenzeit übrig hätten, um zwei weitere Riesenbaulichkeiten mit C-60-Lagerstätten darunter aufzuspüren?« Gant zuckte mit den Schultern. »Man weiß ja nie«, beharrte Scott. »Es könnte glatt die Erde retten.«

Gant stand auf und ging zum Tisch hinüber. »Wie sehen diese Örtlichkeiten aus?«

Scott zeigte auf die beiden Glypten. »Die Jagd nach C-60 ging in China los. Vermutlich entspricht eine dieser Glypten der Anlage von Wupu in China«, erklärte Sarah.

»Schön, aber was ist mit der fünften?«

»Der Nordpol«, murmelte Hackett.

»Sind Sie sicher?«, fragte Matheson.

Hackett schien belustigt. »Nein, sicher kann ich mir nicht sein, es ist nur geraten. Aber wenn ich ein weltweites Netz von Riesenbaulichkeiten spannen wollte, die auf Elektromagnetismus anschlagen, bereits eine am Südpol errichtet und drei mehr oder weniger um den Äquator gelegt hätte, sagt mir die Logik, dass die fünfte wahrscheinlich am Nordpol sein wird.«

Scott wandte sich an Gant. »Reichen Ihnen diese Auskünfte?«

»Zumindest ein Anfang«, stimmte Gant zu. Es gab ein Bildtelefon mit Computeranschluss am anderen Ende des Labors. Er wählte umgehend Dowers Nummer.

Scott schnappte sich seinen Kuli und klopfte damit auf den Schreibtisch. »Die fünf Symbole jedenfalls«, sagte er, »verändern nie ihre Ausrichtung. Nun habe ich auf dieser Fotografie vom

Knotenpunkt festgestellt, dass sich die übrigen elf Zeichen allesamt ohne ersichtlichen Grund wahllos zu drehen scheinen.«

»Wie meinen Sie das?«, fragte Sarah.

»So als schriebe man den Buchstaben ›a‹. Aber einmal richtig herum und danach auf der Seite liegend. Und dann im nächsten Satz vielleicht auf dem Kopf. Einige frühe Schriften machen das, ohne dass es sich auf das Lesen auswirkt. Aber sie decken sich nicht damit, was uns hier vorliegt. Freilich lag es bei einigen Schriften daran, wie herum sie zu lesen waren. Englisch von links nach rechts. Arabisch von rechts nach links. Früher waren die Schriften aber *boustrophedon* – wortwörtlich bedeutet das ›wie der Ochse pflügt‹. Die erste Zeile las sich von rechts nach links, die darunterliegende von links nach rechts, dann wieder umgekehrt. So wanderten die Blicke im Zickzack über die Seite.«

»Dies hier sind Spiralen.«

»Jawohl. Deshalb vermute ich darin eine einzige ununterbrochene Zeile. Einfach eine Spirale wählen und ihr folgen. Doch welches Ende davon ist ihr Anfang?«

»Aber was hat das zu bedeuten?«, wollte Hackett wissen. »Elf Buchstaben drehen sich auf fünffach verschiedene Weise, macht fünfundfünfzig Buchstaben plus fünf Vokale. Sicherlich fesselnd, aber was bedeuten sie?«

Scott war verdutzt. »Sagten Sie Vokale?«

»Ja.«

»Warum? Wieso haben Sie Vokale gesagt?«

»Weil sie zu fünft sind.«

Scott dachte darüber nach. »Wer weiß, vielleicht *sind* es Vokale. Bei vielen altertümlichen Sprachen wie dem Ägyptischen wurden die Vokale nicht niedergeschrieben. Sie wurden ganz selbstverständlich beim Lesen dazugedacht. Vielleicht stehen diese fünf Symbole dafür. Die Lücken, die mit Vokalen auszufüllen sind.«

»Nur mit welchen Vokalen?«, beharrte Hackett. »Und sechzig Buchstaben – haben Sie irgendeine Vorstellung vom Umfang einer Sprache mit sechzig Buchstaben im Alphabet? Die Möglichkeiten der Buchstabenabfolge wären beinahe unerschöpflich.«

»Wovon redet er eigentlich?«, fragte November.

»Nenn mir jemand eine Sprache.«

»Italienisch«, sagte Gant, der sich von dem Bildtelefon in einer Ecke des hallenartigen Raums abwandte.

»Wie viele Buchstaben hat es?«

»Sechsundzwanzig, davon einundzwanzig Konsonanten.«

»Gut, und für die mögliche Zahl unterschiedlicher Abfolgen von einundzwanzig Buchstaben muss man einundzwanzig in Faktoren zerlegen. Das heißt ein mal zwei mal drei mal vier mal fünf … bis zu einundzwanzig.« Er übte sich in Kopfrechnen. »Das ergibt grob gesagt einundfünfzig Billionen verschiedene Abfolgen von einundzwanzig Buchstaben. Dann ließen sich noch Buchstabenwiederholungen einrechnen. Damit wären wir bei fünf Billionen … *Billionen.*«

»Was Sie da beschreiben«, meinte Scott, »ist Temurah. Temurah wird in der Kabbala zur Berechnung der möglichen Zahl von Anagrammen eines Wortes mit bestimmtem Buchstabenumfang benutzt.«

»Was war jetzt noch mal die Kabbala?«

»Kabbala bedeutet ›Überlieferung‹. Sie gehorcht dem Gedanken, dass die Bibel versteckte Botschaften enthalte. Temurah ist die Kunst des Anagramms und unterstellt, diese Geheimnisse ließen sich durch Herumfummeln an Gottes Wort entschlüsseln.«

»Worauf ich hinauswill«, fügte Hackett hinzu, »… verflixt, gibt's hier irgendwo einen Taschenrechner?« Matheson warf ihm einen kleinen schwarzen Casio zu. Hackett tippte die Zahlen ein. »Zwanzig ergibt in Faktoren zerlegt 2 432 902 008 176 640 000. So viele verschiedene Abfolgen von zwanzig Buchstaben sind in einem Alphabet aus zwanzig Buchstaben möglich. Bei sechzig gibt das … ein riesengroßes Rätsel auf, weil dieses kleine, äh, Ding nicht einmal so weit zählen kann.« Er ließ den Taschenrechner auf den Tisch fallen, damit alle die ERROR-Meldung sehen konnten. »Wo, Richard, wollte man auch nur *ansetzen*, um die Bedeutung der Buchstaben eines Alphabets aus sechzig davon zu bestimmen?«

Scott zuckte mit den Schultern. »Was ich allen schon von Anfang an zu sagen versucht habe – keine Ahnung. Wieso auf einmal Muffensausen, Professor?«

Hackett rutschte unbehaglich auf seinem Stuhl hin und her, während er aus dem Fenster auf endlos viel Eis und Schnee blickte. »Ich hatte nicht geahnt, wie verdammt leer dieser Ort ist.«

»Da glauben Leute an versteckte Botschaften in der Bibel?«, meinte November. Scott nickte. »Was ist mit den Botschaften, die es so bereits gibt? Haben sie nicht daran gedacht, die einfach zu lesen?«

»Scheinbar nicht. Oh, und damit hört es lange nicht auf. Notariqon war die kabbalistische Kunst, versteckte Botschaften in den Anfangs- und Endbuchstaben von Wörtern zu finden, während Gematria rein auf hebräischen Texten beruhte, weil bekanntlich alle hebräischen Buchstaben zugleich Zahlen sind. Folglich wurde angenommen, dass alle Wörter mit gleicher Summe irgendwie zusammenhingen.« Scott schien diese Theorie nicht zu teilen. »Dabei sind zweiundsiebzig Namen für Gott herausgekommen.«

»Was hat das für einen Sinn?«

Scott versuchte sich in einer Erklärung. »Im sechzehnten Jahrhundert benutzte Bruno einen Satz konzentrischer, hundertfünfzigfach unterteilter Scheiben. Jede Scheibe enthielt dreißig Buchstaben, die auf den dreiundzwanzig lateinischen Buchstaben fußten, und außerdem ein Gemenge aus griechischen und hebräischen Buchstaben, die für nichtlateinische Laute standen. Darauf drehte er die Scheiben, um Dreierkombinationen und daraus die erste vollkommene Sprache der Menschheit zu bilden. Es brachte ihm nichts als einen Haufen Unsinn ein, nutzte aber der neuen Kunst der Kryptographie.«

»Und seither haben wir einander immer wieder geheime Botschaften geschrieben«, merkte Pearce an.

»Schließlich fingen sie damit an, ein Band spiralförmig um einen Zylinder zu wickeln. Die Röhre wurde dann senkrecht mit einer Nachricht beschriftet und das darauf wieder in die Länge gezogene Band enthielt nur noch eine zusammenhanglose Buchstabenkette. Zuletzt wurden die Lücken mit Textmüll aufgefüllt.«

»Eine Röhre und ein Band?«, fragte Sarah interessiert. Als sei sie an irgendeine Beschreibung erinnert worden. »Da gab es doch einen Geologen, einen Franzosen namens – wie hieß er …? Béguyer. Genau. Alexandre-Émile Béguyer de Chancourtois, im neunzehnten Jahrhundert. Der hat Elemente spiralförmig um eine Röhre angeordnet – vierundzwanzig Elemente, glaube ich. Dann hielt er die Periodizität ihrer Eigenschaften fest – ihr wisst schon, welche Elemente sich wesensähnlich sind. Er fand heraus, dass solche Ähnlichkeiten nach jeweils sieben Elementen auftraten. Er erkannte als einer der Ersten eine Periodizität bei den Elementen.«

Auch Hackett schien das eine oder andere Licht aufzugehen, aber Matheson hatte bereits eine eigene Idee. »Vielleicht sollten wir die Spiralen aus diesen Fotos ausschneiden und um eine Röhre kleben.«

»Ist genau *das* nicht bereits in Gizeh geschehen?«, meinte Pearce.

»John Newlands«, warf Hackett ein. »Ein englischer Chemiker. Hat im neunzehnten Jahrhundert ähnliche Arbeit an den Elementen geleistet und stimmte darin überein, dass sie ein Zahlenmuster an sich bergen würden. Nur zog er die Musik als Analogon heran. Eine Tonleiter hat sieben Noten und mit der achten geht man eine Oktave höher. Aber es gab ein noch vielschichtigeres Rhythmusgefüge, das Meyer im selben Jahr entdeckte.« Hackett lächelte überzeugend. »Die achten und sechzehnten Elemente stellten Höhepunkte dar. Darauf ging der Rhythmus zu einer Spanne von achtzehn statt sieben Elementen über. Als liefe eine Welle durch das Periodensystem … Sechzehn Minuten übrigens.«

»Eine Welle, die das Periodensystem durchläuft?«

»Ja«, pflichtete Sarah bei. »In der theoretischen Chemie bedeutet es die Vorhersagbarkeit des nächstfolgenden stabilen Elements. Theoretisch gibt es da eine Art von Atlantis, nämlich ein parallel zum gebräuchlichen Periodensystem angesiedeltes, noch zu entdeckendes Element. Irgendwo bei Atomzahl einhundertfünfzehn oder einhundertachtzig.«

»Orichalc«, meinte Pearce.

Sarah blinzelte. »Wie bitte?«

»Plato. Als er Atlantis erstmals beschrieb, sprach er von edelmetallüberzogenen Mauern. Gold, Silber. Und das edelste von allen war ein geheimnisvolles, rot[redacted] das er Orichalc nannte. Es hieß, dass es [redacted]

»In seiner reinsten Form ist C-60 rotgolden«, [redacted]

»Orichalc ist kein Gestein, sondern Metall.«

»In Südamerika«, erklärte Scott, »geht die Sage, die vier Schöpfungsgötter hätten nach vollbrachtem Werk ihre ganze Macht und ihr Wissen in ein gleichermaßen gefürchtetes und geachtetes Abschiedsgeschenk getan. Das Geschenk sei ein Stein gewesen. Der Stein Naczit.«

»Als Moses den Berg erklomm, um die Zehn Gebote zu empfangen, sah er den Finger Gottes die Steintafeln beschriften. Der Stein schimmerte bläulich«, rief ihnen November ins Gedächtnis. »Und die Tafeln standen in solch strahlendem Glanz, dass es Moses das Gesicht verbrannte und er die Narben für den Rest seines Lebens hinter einem Schleier verbergen musste.«

»Uraltes Gestein und uralte Metalle«, flüsterte Scott und betrachtete erneut die Fotografien. Er wischte sich mit der Hand über den Mund. »Periodizität. Folgen. Was übersehe ich da nur?«

Gant war aufgestanden. Das alles war ihm viel zu hoch und nervte ihn, offen gesagt, bis zum Erbrechen. »Es wird gerade ein

Satellit neu für Sie ausgerichtet«, sagte er. »Ich gehe jetzt sicherstellen, dass man die Flugzeuge ausreichend volltankt. Und werde die Chinesen noch mal anrufen und wissen lassen, dass wir kommen.«

»Welche Chinesen?«, erkundigte sich Sarah.

»Alle, die zuhören. Zunächst mal dieses Schiff.«

»Und wenn keiner antwortet?«

»Dann beten wir lieber, dass sie uns nicht abschießen. Denn wir gehen ungeachtet dessen rein.«

Als er an die Tür trat, schaute Hackett aus dem Fenster und sah ein riesengroßes graues US-Landungsboot Richtung Küste fahren und nicht weit von ihnen auf Schelfeis anlanden.

»Was zum Teufel ist das?«, fragte der Physiker erschrocken [redacted] olden schimmerndes Metall, [redacted] Fahrzeuge Feuer leuchte.« [redacted] ten. fragte Sarah.

»Ah«, entfuhr es Gant. »Das wird unser taktischer Atomsprengkopf sein.«

Er zog den Reißverschluss seines Parkas zu und ging den Soldaten draußen entgegen, während Hackett zu Pearce und November trat. »Um unseretwillen hoffe ich«, sagte er, »dass sich Oralchic nicht als Uran erweist, sonst kommen wie nie lebend aus der Antarktis raus.«

## Die Sonne

Helium ist benannt nach dem griechischen Sonnengott *Helios*.

Im Herzen des Sonnenkerns mit seinen 320000 Kilometern Durchmesser wurden unter unvorstellbarem Druck riesige Wasserstoffmengen auf vierzehn Millionen Grad aufgeheizt und in einer nahezu ewigen Kernreaktion zu Helium verschmolzen.

Als radioaktive Schicht umgab ein See aus Wasserstoff den

Kern, suchte ihn bei ähnlichen Temperaturen zu befeuern und wartete nur darauf, einverleibt zu werden. Und hier, vergraben in den Tiefen der Sonne, nahm das Unheil längst seinen Lauf, war eine Kettenreaktion von Ereignissen.

Denn der Sonnenkern drehte sich mit ganz anderer Geschwindigkeit als die Wasserstoffschicht um seine Achse. Und die Sehnen magnetischer Kräfte, die diesen gewaltigen Körper einkapselten, hatten bereits begonnen zu schnappen, sich zu winden, zu verdrehen und zusammenzuziehen.

In Antwort auf die magnetische Einwirkung von unten hatten die Strömungsgezeiten der Konvektionszone oberhalb der radioaktiven Wasserstoffschicht schon zu stocken angefangen. Buckel, zwei- bis dreimal so groß wie die Erde, bildeten sich wie Warzen auf der Oberfläche des Kerns und sausten umher, während der Kern seine ständige Drehbewegung fortsetzte. Die Buckel verhielten sich wie Rührmesser in einem Mixer und quirlten die innere Masse der Sonne auf. Störten so ihr Gleichgewicht.

Riesige Felder der Konvektionszone, deren Temperatur auf rund anderthalb Millionen Grad hätte abfallen müssen, blieben abnorm heiß, während sich andere Bereiche zu rasch abkühlten. Das Förderband der Konvektion riss auseinander, löste sich auf. Und alles, was die Photosphäre und Korona erreichte, waren Blasen abkühlenden Plasmas, die in einer verwirbelten Masse magnetischer Ströme umhergepeitscht wurden.

Zuerst tauchten sie auf 40 Grad geographischer Breite auf – die kühlen, dunklen, als Umbra und die helleren, weiter außen liegenden, als Penumbra bezeichneten Flecken: Sonnenflecken wurden sie beide genannt. Wie Masern vermehrten sie sich überall auf der Oberfläche der Sonne, wo die Temperatur auf vergleichsweise geringfügige 7200 Grad gefallen war. Und die Sonnenflecken waren sogar noch bis zu 2000 Grad kühler.

Manche waren klein, erstreckten sich ungefähr über fünfzehnhundert Kilometer. Andere maßen bis zu fünftausend Kilometer –

was der kontinentalen Ausdehnung der Vereinigten Staaten entsprach. Doch anders als die armseligen 0,5 Gauß magnetische Feldstärke der gesamten Erde ergaben die Messwerte dieser Sonnenflecken jeden Betrag zwischen 100 und 4000 Gauß. Wäre eine Feldstärke solcher Größe in jemandes Zimmerdecke eingebettet, so könnte sich die Schwerkraft der Erde verdreifachen und der Bewohner des Zimmers würde immer noch fest am Deckenputz kleben. Das Eisen in seinem Blut würde genügen, um ihn dort festzuhalten.

Die Sonnenflecken sammelten sich nun, rückten zusehends näher an den Äquator der Sonne heran. Es lief auf eine dunkle Einsprenklung hinaus, die das von der Sonne abstrahlende Licht wirksam verzerrte und zum Flackern brachte.

Hier trugen Magnetismus, Schwerkraft, sichtbares Licht und starke wie schwache Kernkräfte gewissermaßen eine Familienfehde aus. Alle waren untereinander verwandt wie Cousins und Cousinen. Und alle droschen sie mit maßloser Gewalt aufeinander ein, im sichtbaren wie im unsichtbaren Bereich. Wie kolossale Könige der Natur zerpflückten sie ihr Zuhause und bewarfen sich mit den Trümmern, zerstörten mit ihrer Raserei den Weltraum.

## SOHO III

In der »Glorienschein« getauften Umlaufbahn anderthalb Millionen Kilometer von der Erde entfernt, genau an dem Punkt, wo die Schwerkräfte von Erde und Sonne einander aufhoben, ging schlagartig die Batterie aus einundzwanzig Teleskopen und Messfühlern an Bord des *Solar Heliospheric III*-Beobachtungssatelliten in Betrieb, als er aus 148 Millionen Kilometern Entfernung Tätigkeit auf der Oberfläche des gebeutelten Sterns erfasste.

An seinem östlichen Rand trat eine Reihe derart gewaltiger und bedrohlicher Sonnenflecken in das Blickfeld des Satelliten, dass sie dreihundert Erden hätten enthalten können. Schläuchen gleich schlängelte sich dazwischen überhitztes Plasma und warf über die gesamte Oberfläche hinweg Schlingen nach innen und außen: wie Glühwürmchen in einem Glas gefangen in der Enge magnetischer Schleifen, die sich, ins ureigene Gewirk der Sonne eingewoben, wanden und verdrehten. Es ließ den ganzen Stern eine kurzen Augenblick lang wie eine tobende, feurige Bindfadenkugel von galaktischen Ausmaßen erscheinen.

Die Zeichen waren unmissverständlich, wie das Trompeten von Herolden, die ein Wagenrennen ankündigen.

Die Sonne stand im Begriff zu bersten.

Während sie sich drehte, wurde ersichtlich, dass sich nicht eine, sondern acht verschiedene riesige Protuberanzen ins All verschossen hatten. Zuerst helle Punkte inmitten von Sonnenfleckenhaufen, breiteten sie sich wie ein Lauffeuer zu hunderttausenden Quadratkilometern Weißglut vor dem trüberen Gelb der Sonne aus. Dehnten sich exponentiell, bis sich auf einen Schlag Abermilliarden Tonnen Strahlung und Masse von der Oberfläche der Sonne fortsprengten und die Sonne gleichzeitig über den unversehens eintretenden Verlust leicht zu beben schien, da der Auswurf davonstrebte und ihre Dichte beeinträchtigte.

Die letzten Tage über waren Befehle auf das Raumfahrzeug geladen worden. Ein unabhängiger Zugriff durch *SOHO III* auf dessen Ionen-Korrekturtriebwerke, damit es seine Umlaufbahn jeweils beizubehalten versuchen konnte, wenn es zu einem Gravitationsimpuls kam.

Der Umstand, dass *SOHO III* soeben optisch die Sonnenauswürfe erfasst hatte, die so schnell wie ihr Licht wanderten, bedeutete, dass die Gravitationswelle bereits durchgezogen war.

Der Satellit war bereits vom Kurs abgekommen. Er musste in seine alte Position zurück, und zwar schleunigst. Er musste die Funkverbindung wiederherstellen. Er musste eine Warnung absenden.

Die schnellsten je gemessenen Protuberanzen pflanzten sich im Geschwindigkeitsbereich oberhalb von drei Millionen Kilometer pro Stunde fort.

Diese nun waren sechzehn Millionen Kilometer pro Stunde schnell.

Eine würde in etwas mehr als neun Stunden eintreffen.

Und sie war immens.

## Verbreitung

Sie hießen P-Wellen. P wie *pressure*, Druck. Schnelle Druckwellen wurden als Erste von den Seismographen erfasst, als die Erde zu beben begann.

Überall auf dem Planeten traten COSY – *Comparison and Verification of Synthetic Seismogram*-Monitore in Aktion und schlugen Alarm, dass der schlimmste anzunehmende Fall weltweiter seismischer Wellenverbreitung tatsächlich eingetreten war. Die echten Daten deckten sich mit den theoretischen.

Der Planet Erde war in äußerster Gefahr.

Statistisch zu einem einzigen Großereignis zusammengefasst, liefen sämtliche Erdbeben des zwanzigsten Jahrhunderts auf zwei Millionen Todesopfer und eine Dauer von weniger als einer Stunde hinaus.

Die letzten drei Tage über hatte es bereits fünfzehn Minuten lang Bebentätigkeit gegeben und dies mehr als 500 000 Menschenleben gekostet.

Gegenwärtig wurden einundzwanzig Prozent der Erdoberfläche gewaltsam erschüttert, von Beben, Vor- und Nachbeben erfasst. Sieben Prozent dieser Erdstöße geschahen in übervölkerten Gegenden. Und von den acht Milliarden Menschen auf dem Planeten Erde lebten 900 Millionen in Städten, die mitten in erdbebengefährdeten Gebieten lagen.

In San Francisco entließ die verschiebende Verwerfung einen Knall wie ein Gewehrschuss. Der Erdboden riss einfach auf – und sackte auf einer Seite fünfzehn Meter in die Tiefe.

Binnen dreißig Sekunden waren Hauptwasserrohre geplatzt, Gasleitungen explodiert, Scheiben zerschmettert und flüchtende Touristen von den herumfliegenden Glassplittern zerfetzt worden. Die Feuerlöschzüge konnten nicht mehr genügend Wasser auftreiben, um die sich überall durch die Stadt fressenden Brände zu bekämpfen. Hochstraßen stürzten zusammen. Und ab einer gewissen Größe brachen alle Gebäude auseinander, als die Bodenerschütterung eine derartige Resonanz in den Baukörpern hervorrief, bis es sie zerriss.

Binnen weiteren dreißig Sekunden war ein Gutteil der dicht besiedelten unteren Bay Area nur noch Erinnerung, während außerordentlich scharfe Winde herantrieben und die Brände zu einem vernichtenden Feuersturm aufpeitschten.

In der Nationalen Unwetter-Versuchsanstalt in Norman, Oklahoma, stand die landesinnere Tornadoschneise im Blickpunkt, als die Kontrolltafeln aufflackerten wie ein einarmiger Bandit beim Jackpot-Treffer. Doch statt Silberdollar spuckten die Messinstrumente Wirbelstürme der Stärke vier und fünf aus, von denen manche anderthalb Kilometer Breite überschritten und überall im Mittelwesten wüteten.

Inzwischen war der Gipfel des neuseeländischen Mount Ruapehu in die Luft geflogen und hatte den Berg der stetig länger werdenden Liste plötzlich ausbrechender Vulkane hinzugefügt. Aber der Ruapehu zeichnete sich dadurch aus, dass er mehr ausgelöst hatte als nur einige Lawinen. Wie 1883 beim Krakatau-Ereignis, als der Ausbruch eines Vulkans eine ganze Insel versenkte, war die Explosion fast 5000 Kilometer weit zu vernehmen. Die emporgeschleuderte Staubmenge machte in fünfhundert Kilometern Umkreis den Tag zur Nacht.

In McMurdo waren sie darauf gefasst, von den gewaltigen Wassermassen fortgeschwemmt zu werden, die von den Gletschern am Fuße des Mount Erebus in Schach gehalten wurden.

Aber die Flut blieb barmherzigerweise aus.

So als wäre ein Gebet erhört worden, und es gab Scott die Gelegenheit, mit seinem alten Freund Fergus über den Apparat des zum Stützpunkt gehörenden Kaplans zu sprechen.

# 13. Vierundzwanzig Stunden

## Wiedervereinigung

»Hätte nie gedacht, dich noch mal in einer Kirche zu sehen.«

»Die Dinge ändern sich eben«, entgegnete Scott mit ausdrucksloser, in der leeren Kapelle widerhallender Stimme. »Was führst du im Schilde, dass du mich hier ausfindig machst, Fergus? Will die Uni mich wieder haben?«

Fergus wirkte irgendwie betreten am anderen Ende der Verbindung. Scott zog einen Barhocker an den Altar heran, auf den der Kaplan das Bildtelefon gestellt hatte. »Keine Wiedereinsetzung«, sagte Fergus.

»Was ist es dann? Du weißt von Atlantis, stimmt's?«

»Ja«, gab Fergus zu. »Ja, ich weiß.« Er warf einen nervösen Blick über die Schulter. »Mein Boss … will Atlantis um jeden Preis vernichtet sehen. Er glaubt, es würde sich nicht gut auf das gesellschaftliche Gefüge auswirken, seine Macht ins Wanken bringen.«

»Gott wünscht die Zerstörung von Atlantis?« Scott grinste. »Das hat er dir wohl höchstpersönlich gesagt, oder?«

»Nicht Gott, der Papst«, Fergus funkelte erbost mit den Augen. »Das ist nicht die Zeit zum Scherzen. Dein Leben ist in Gefahr, Richard. In ernster Gefahr. Das Papsttum ist einen Kuhhandel mit den Vereinigten Staaten eingegangen, um Atlantis zu vernichten.«

Scott lachte. »Fergus, du bist paranoid.«

»Er glaubt, die Entdeckung einer frühzeitlichen, weit fortgeschrittenen Gesellschaft würde das Christentum vollkommen zum Gespött machen. Er steht mit seiner Meinung nicht allein, er hat sich mit anderen Religionsführern getroffen.«

Ein finsterer Ausdruck huschte über Scotts Gesicht. »Dann traf meine Arbeit zu. Und du weißt es.«

»Richard, es geht jetzt nur darum, dass dein Leben in Gefahr ist. Du hast *keine* Vorstellung, was dich in Atlantis erwartet. *Keine.*«

Scott verschränkte abwehrend die Arme vor der Brust. »Dann klär mich auf.«

Eine Abbildung erschien auf dem Bildschirm. »Vom mythischen Golem hast du bereits gehört, oder?«

## 3 Uhr 14

Es war immer wieder verblüffend, wie Zeitmangel die Gedanken zu ordnen half.

Nanotechnologie war die einzige einleuchtende Erklärung für das Auftauchen der Hand im Tunnel von Gizeh, die Douglas noch kurz vor seinem Tod festgehalten hatte.

Die Folgerungen aus dem Video aus Pini-Pini, das Fergus überspielte, waren entmutigend. In Atlantis würden sie sich Automaten gegenübersehen, die allen modernen Fähigkeiten trotzten und doch von der Hand eines frühgeschichtlichen Menschen gebaut sein mussten. Es ging nicht so sehr darum, wie viel der moderne Mensch noch dazulernen musste, sondern wie viel es *wieder* zu lernen galt.

Zurück im Labor, untersuchte Scott die quer über das »Gesicht« des Golems eingravierten Glypten. Es waren Atlantis-Glypten. Das Antlitz einer zornigen Nemesis davon gezeichnet zu finden, brachte nicht gerade Zuversicht.

»Wie funktionieren diese Nanos?«, wollte Sarah wissen. »Ich meine, es sind winzige Roboter, richtig? Was für eine Kraftquelle haben sie? Schnallen sie sich kleine Batterien auf den Rücken, oder was?«

»Als Drexler erstmals seine Theorie darlegte«, sagte Matheson, »erklärte er, dass Nanos von Schallenergie angetrieben sein würden. Zwischen ihnen würden Schallwellen und damit Energie übertragen. So eine Art Netzwerk aus Schall, das keine Verdrahtung, sondern nur akustische Sender und Empfänger erfordere.«

Scott war verwirrt. »Wie sollten sie aber zu einem Einzelgeschöpf werden? Einem Ding?«

»Das ist es ja gerade. Nicht ein *Ding*. Es ist ein Nano*schwarm*.«

»Also *viele* Dinger?«

»Tausende winzige Einheiten, die alle zusammenarbeiten, um ein geschlossenes Gebilde zu formen. Ein Schwarm aus hunderttausenden, vielleicht sogar Millionen, der sich wie ein Einzelwesen verhält.«

»Ist das überhaupt möglich?«

»Natürlich ist es das!«, warf Hackett erregt ein. »Was zum Henker glauben Sie, ist eine Qualle?«

»Eine Qualle besteht aus gesonderten Teilen?«, fragte November.

»Eine Qualle ist eine Armee, die gelegentlich in den Krieg zu ziehen beschließt.«

»Wie?«, fragte Sarah. »Die Zeit reicht nicht, dass so viele Einzelwesen Informationen weitergeben und als Einheit auftreten. Sie müsste auseinanderfallen.«

»Quallen fallen nicht auseinander«, sagte Hackett bestimmt. »Das ist als biologische Synchronisation bekannt. Wie bei Ihren Erdbebenberechnungen, Sarah, liegt hier eine Eigenschaft von Resonanz vor. Als Christiaan Huygens, der niederländische Physiker und Erfinder der Pendeluhr, in den 1660er-Jahren das Bett hüten musste, fiel ihm das aufeinanderfolgende Schwingen zweier Pendel auf, sobald die Uhren eng nebeneinanderstanden. Mutwillig aus dem Takt gebracht, fielen sie nach kurzer Zeit ins Gleichmaß zurück. Getrennt voneinander, gerieten sie rasch wieder aus dem gemeinsamen Takt. Dieselbe unmittelbare Synchronizität zeigt sich bei Glühwürmchen, den gebündelten Muskelfasern, die das Herz steuern, Vogelschwärmen, die ihre Flugrichtung ändern, Fischschwärmen. Es ist keine bewusste Entscheidung, sondern ein Umweltfaktor, ein unsichtbarer mathematischer Marionettenfaden, der selbst auf sozialer Ebene anwendbar ist – so bei Religionen und Sekten, die auf einer geographischen Rahmensetzung beruhen. *Südstaatliche* Baptisten. *Anglikaner* in England. *Islam* im Nahen und Mittleren Osten. *Hinduismus* in Indien. Es hat mit der Reaktion auf die Umwelt zu tun.«

»Diese *Umwelt* wird uns bei dem Tempo noch umbringen«, bemerkte Gant, der mit Leutnant Roebuck im Schlepptau ins Labor stolziert kam. Hinter ihnen wehte eiskalter Wind herein. »Weisen Sie uns ein.« Er knallte eine Karte auf den Tisch und rollte sie aus. »Womit müssen wir noch alles in Atlantis rechnen?«

»Zunächst mal«, stellte Pearce richtig, »war Atlantis die Insel – und galt als ebenso groß wie Nordafrika und Vorderasien zusammen. Der eigentliche Name der Stadt lautete Poseidon.«

»Wie auch immer«, Gant zuckte mit den Schultern. »Wo liegt die günstigste Stelle zum Eindringen?« Er nahm seinen Kuli, um den chinesischen Stützpunkt in Schwarz einzuzeichnen. Dann übertrug er mit Rot von den Satellitenbildern das darunterliegende Gebilde. »Hatten sie Sprengfallen? Konnte man sich ungehindert bewegen? Was für Köpfe erdachten diese Stadt? Waren sie kriegerisch?«

»Atlantis war befestigt. Plato sprach davon, dass es gegen Athen in den Krieg zog. Aber die Stadtmitte war von konzentrischen Meeresringen umschlossen. Vermutlich meinte er damit riesige Kanäle. Plato beschrieb sie als Speichenrädern ähnlich. Sie hatten gleichen Abstand voneinander, und die Ringe aus Land waren durch Brücken und Tunnel, die Wasserstraßen ihrerseits durch einen gewaltigen, neunzig Meter breiten und dreißig Meter tiefen Kanal mit dem Meer verbunden. Diese Ringe waren der Hafen für ihre gesamte Kriegsflotte.«

»Was noch?«

»Nun, sie hatten Gebäude in verschiedenfarbiger Steinmetzarbeit. Der äußere Ring aus Land war furnierartig mit Bronze überzogen. Den mittleren Ring bedeckte Blech, das mit den Wänden verschmolzen worden war. Und die Gebäude der Kerninsel bedeckte Orichalc. Einschließlich einer Akropolis, der beherrschenden Kultstätte. Überall standen Tempel, und die Landesgesetze waren auf eine zentrale Säule aus Orichalc geschrieben, wo sich die zehn königlichen Herrscher der Provinzen jedes fünfte und sechste Jahr trafen, um gleichermaßen gerade wie ungerade Zahlen zu achten.«

Scott und Hackett tauschten aufmerksame Blicke.

»Oh, und die Mauer des Schreins von Poseidon und Cleito bestand aus Gold.«

»Das war's? Mehr haben wir nicht?« Gant schmiss erbost seinen Kuli auf den Tisch.

»Mehr *gibt* es nicht!«, blaffte Pearce sofort zurück. »Mehr hat Plato nicht geschrieben. Er hat die Geschichte nie abgeschlossen. Wie jeder Autor von drei Kapiteln eines Romans, den Hollywood keines Blickes würdigt, hat er das Handtuch geworfen und was anderes begonnen.«

»Was Sie mir gerade gesagt haben, enthält nicht den geringsten Anhaltspunkt, was diese neue Kraftquelle sein könnte. Was müssen wir da eigentlich abschalten? Leute, in neun Stunden soll ein Sonnensturm von solcher Gewalt auf diesen Planeten treffen, dass es uns glatt die Atmosphäre wegblasen könnte. Und darauf besteht alle Aussicht, falls diese Maschine unter dem Eis noch funktionstüchtig ist, denn dann wird sie den Sturm geradewegs einsaugen. Ich muss verdammt noch mal wissen, was ich überhaupt in die Luft jagen müsste.«

Die Wissenschaftler umstanden in ergriffenem Schweigen den Tisch. Alle, bis auf Scott, der nicht den ganzen Weg hierhergekommen war, nur um zu scheitern.

*»Und der dritte Engel posaunte: Und es fiel vom Himmel ein großer Stern, brennend wie eine Fackel, und er fiel auf den dritten Teil der Ströme und auf die Wasserquellen. Und der Name des Sternes heißt ›Wermut‹, und der dritte Teil der Wasser wurde zu Wermut, und viele der Menschen starben von den Wassern, weil sie bitter gemacht waren«*, sagte er leise.

Alle Blicke richteten sich auf Scott.

»Was reden Sie da?«, wollte der Major ungeduldig wissen.

November bekam leuchtende Augen. »Er zitiert aus der Offenbarung, Verse 8,10 und 8,11.«

»Warum?«

Hackett wusste, warum. Er lächelte. »In der Ukraine«, führte er aus, »im Norden der Hauptstadt Kiew, gibt es ausgedehnte Wälder mit in dieser Gegend beheimateten so genannten Wermutsträuchern.«

»Und?«

»Nun, lassen Sie es mich so sagen, Major. Was ist ein Stern?«

»Ich kann Ihnen nicht fol–«

»Ein Stern ist nichts weiter als eine Atomexplosion, die Millionen Jahre dauert.«

»Als ich ein Teenager war«, erzählte Scott, »stand in derselben ukrainischen Gegend mit den vielen Wermutsträuchern ein Kernkraftwerk, das außer Kontrolle geriet. Wie ein Stern, der vom Himmel fällt, verstrahlte es Wasser und Boden mit Radioaktivität. Der Name seines Standorts wurde gleichbedeutend mit atomaren Katastrophen.«

»Ich weiß«, antwortete Gant eifrig. »Tschernobyl.«

»Richtig«, sagte Scott. »Und Tschernobyl bedeutet übersetzt nichts anderes als Wermut.«

»So weit alles ganz schön und gut auf dem Gebiet der Prophetie, Professor Scott.« Gant klang irgendwie gereizt. »Aber was hat das mit dem Grundriss von Atlantis zu tun?«

»Mich hat immer wieder beeindruckt, wie sehr sich die Schilderungen von Atlantis und jener Stadt in der Offenbarung ähneln, in der die letzte Schlacht der Menschheit gefochten werden wird.«

Jetzt wurden die Militärs hellhörig.

»Im Kapitel 21 der Offenbarung über das neue Jerusalem wird die Stadt von der Warte eines Berges aus beschrieben, als glanzvoll gleich einem sehr kostbaren Edelstein, wie ein kristallheller Jaspisstein, und mit zwölf Toren. Ihre Mauer war dieser diamantartige Jaspis und die Stadt reines Gold, gleich reinem Glas. Die Grundsteine der Stadtmauer waren mit Edelsteinen besetzt. Der erste mit Jaspis, der zweite mit Saphir, der dritte mit Chalzedon, der vierte mit Smaragd, der fünfte mit Sardonyx, der sechste mit Sardis, der siebte mit Chrysolith, der achte mit Beryll, der neunte mit Topas, der zehnte mit Chrysopras, der elfte mit Hyazinth und der zwölfte mit Amethyst. Die zwölf Tore waren zwölf Perlen, jedes aus einer einzelnen Perle. Die Hauptstraße der Stadt war reines Gold – und schien doch durchsichtig wie Glas. Und die Stadt bedurfte weder Sonne noch Mond, denn die Herrlichkeit Gottes erleuchtete sie.«

»Klingt wie der Traum eines Geologen«, sagte Sarah.

»Es klingt ganz nach Atlantis«, meinte Matheson.

Scott neigte den Kopf. »Das einzig Dumme an der Entsprechung ist die rein viereckige Form des neuen Jerusalem. Atlantis ist vollkommen rund.«

»Was nutzt sie uns dann?«, fragte Roebuck ernsthaft.

»In der Offenbarung 9,2 heißt es von einem fünften Engel, dass er posaune, dabei ein weiterer Stern auf die Erde falle und dem Engel ein Schlüssel gegeben werde. Dieser Schlüssel öffnet den ›Schlund des Abgrunds‹, dem Schwefeldämpfe wie Rauch aus einem großen Ofen entsteigen und Sonne und Luft verfinstern. Und aus dem Rauch fielen eisengepanzerte Heuschrecken mit Schwanzstacheln wie bei Skorpionen. Das Geräusch ihrer Flügel war wie das von Wagen mit vielen Pferden, die in den Kampf laufen.«

»Jesus«, sagte Roebuck. »Hört sich nach Apache-Kampfhubschraubern an.«

»Was tut sich in diesem Abgrund?«, fragte Gant.

Scott zuckte mit den Schultern. »Keine Ahnung. Aber der hebräische Name des Engels war Abaddon und sein griechischer Apollyon.« Sein Blick richtete sich auf die Abbildung des Golems. »Entfernt man das heilige Wort vom Haupt des Golems, wird er zu Staub. Abaddon könnte sein Name sein ...« Wieder sah er Gant an. »Die entscheidende Frage lautet, welche Kraftquelle so unglaublich groß wäre, dass Ihre Überwachungssatelliten darauf anschlagen. Wenn nun Atlantis auf einem Vulkan sitzt?«

»Was wir festgestellt haben, war *keine* Vulkantätigkeit.«

Matheson war ihm einen Schritt voraus. »Ja, aber die Anlage in Gizeh hat geothermische Kräfte angezapft und umgewandelt. Diese hier könnte das Gleiche in riesenhaftem Maßstab tun. Und dazu noch über einem Pol gelegen? Die Erde als eine Art Generator mit Permanentmagnet benutzt? Einfach unfassbar! Und so viel Leistung, dass man schon gar nichts mehr damit anfangen könnte.«

»Wie schalten wir es also aus?«

»Machen Sie den verdammten Abgrund dicht, Sir«, erwiderte Roebuck schnodderig.

»Der fünfte Engel«, merkte Pearce an. »Die fünfte Stätte. Die Stätte mit dem Abgrund – der Kraftquelle.«

Hackett schüttelte den Kopf. »Dieses ganze uralte Schrifttum wird uns noch wie Volldeppen aussehen lassen, wenn wir endlich da unten hinkommen und nichts weiter finden als einen riesigen Spielzeughasen, der auf einer Energizer-Batterie herumtrommelt.«

Niemand lachte.

»Das *Ägyptische Totenbuch*«, warf Scott ein, »beschreibt einen Ort als entscheidend für das Überleben im Jenseits, das die Seelen der Menschen aufsuchen müssen. Aus massivem Fels gemeißelt, ist es die ›Kammer der Qual‹ oder, geläufiger, die ›Kammer des mittigen Feuers‹.«

»Na toll.«

»Also müssen wir in den Stadtkern vordringen«, folgerte Gant. »Um diese Kammer, diesen – Abgrund zu finden.«

Scott sah sich erneut die Fotos des Knotenpunkts an und kam ins Grübeln. »In der Offenbarung«, erläuterte er, »vergleicht Gott sich zumal mit dem Alphabet. So wie im Anfang das Wort war, spricht Gott von sich als dem Alpha und dem Omega, dem Ersten und dem Letzten, dem Anfang und dem Ende. Es fällt immer auf Wörter zurück …« Scott schaute alle am Tisch an. »Außerdem ermahnt er jene, welche die Stadt vielleicht betreten wollen, und warnt vor jenen, die nicht hineindürfen. Hunde, zauberfähige Seher.«

Pearce schüttelte den Kopf. »Na, da wär ich schon mal ohne Einladung.«

»Die Unzüchtigen.« Sarah schien zu erröten. »Mörder.«

»Es herrschte doch ein Kriegszustand«, meinte Gant.

»Götzendiener.« Scott sah sich im Raum um, bis seine Blicke auf Hackett hängen blieben.

»Vermutlich verehre ich die Wissenschaft gewissermaßen, äh, abgöttisch«, gab er kleinlaut zu.

»Und jeden, der die Lüge liebt und tut«, schloss Scott. »Was den Rest von uns aussperrt.«

»Na«, meinte November, »das wird ja ein Heidenspaß werden.«

Sarah wandte sich an den Major. »Wo Sie nun wissen, was Sie unter dem Eis erwarten können – was haben wir an der Oberfläche zu erwarten?«

Gant ging sofort daran, Stellungen einzuzeichnen. »Die Zeichen stehen nicht gut«, sagte er. »Wir haben Berichte über Feindbewegungen hier, hier und hier, die ihren Stützpunkt auf einer Fläche von rund zweihundertfünfzig Quadratkilometern vollständig einkreisen. Selbst wenn wir die Zeit hätten, was wir aber nicht haben, würden wir es niemals über Land schaffen. Wir haben lediglich den Luftweg, aber die V-TOLs können diese Kälte einfach nicht ab. Wir haben sie anzupassen versucht, aber die Beheizung ist zu kompliziert. Ich habe sie bereits zur *Truman* zurückgeschickt.«

»Wie sollen wir's denn dann machen?«, fragte Matheson beunruhigt.

»Wir haben eine Hercules C-130 in Bereitschaft, die uns reinbringen kann. So eine, wie wir sie von Genf aus hatten.«

»Boah«, wandte Pearce sorgenvoll ein. »Diese Dinger sind riesig. Eine C-130 kann da nicht landen. Da gibt's weder eine Piste noch Treibstoff zum Wiederauftanken.«

»Keiner hat was von Landen gesagt«, bemerkte Gant.

Scott war verwirrt. »Aber wie kommen wir dann runter?«

## Hercules

In der römischen Sagenwelt rettete Herkules, der breitschultrige, kraftstrotzende und charismatische Held, Menschen aus Gefahr.

Als Hercules C-130 der US-Armee brachte er sie *in* Gefahr.

Richard Scott stand an einem der hinteren Fenster des Flugzeugs und schaute verwirrt auf die Vielzahl von Gurten und Laschen, die sich um seinen Körper spannten.

»Hab ich richtig verstanden?«, fragte er mit dünner Stimme. »Sie werden mich kaum mehr als dreihundert Meter über dem Boden aus dem Heck dieser Maschine schmeißen?«

»Dabei werden Sie nicht allein sein«, erklärte Gant und versuchte, den Motorenlärm zu übertönen. »Keiner von Ihnen. Tandemsprünge sind etwas ziemlich Übliches. Sie werden Leutnant Roebuck zugeteilt. Er wird sicherstellen, dass sich der Fallschirm öffnet. Gehen Sie lediglich sicher, dass Sie an ihm festgebunden sind, sonst haben Sie ein Problem.«

»Ich weiß ja nicht«, stöhnte Scott, so als hätte er noch eine Wahl. »Dreihundert Meter? Ist das nicht furchtbar niedrig?«

»Das ist die erforderliche Mindesthöhe, um unseren Schirm aufzubekommen«, meinte Roebuck zuversichtlich. »Die gleiche Höhe, aus der Basejumper springen. Sie wissen schon, diese Spinner, die sich von Wolkenkratzern stürzen. Keine Sorge, Professor. Lange werden Sie nicht in der Luft bleiben. Zehn Sekunden und schon ist alles vorbei. Ehe Sie sich's versehen, sind Sie bereits unten.«

»Das befürchte ich ja gerade …«

»Nur nicht vergessen«, sagte Roebuck, nahm Scott beiseite und ging mit ihm alles durch, während Gant Sarah mit ihrem Partner bekannt machte. »Ziehen Sie beim Aufprall die Beine an. Bloß nicht ausgestreckt lassen, sonst könnten Sie sich was brechen. Füße zusammen, sehen Sie, so. Dann abrollen.«

»In welche Richtung?«

»Sag ich Ihnen, wenn wir unten sind. Beim Aufprall geb ich Sie frei. Sie werden seitlich wegtauchen, abrollen. Und wenn Sie stoppen wollen, *stoßen* Sie den Arm in den Boden. Ist alles eine Sache von Kraftübertragung, damit es möglichst wenig wehtut.«

»Würden Sie doch nur nicht dauernd ›Aufprall‹ sagen«, meinte Scott, sehr zu Roebucks Erheiterung.

An einem anderen Fenster stand Matheson und sah die Eisschollen zurückfallen, als das Flugzeug eine Kurve ins Landesinnere flog. Erst vor zwei Wochen hatte er nicht mehr als weggehendes Grundeis gesehen, chaotische, in stürmischen Gewässern gebildete Kristalle, die zu langen, welligen Eisstreifen verklumpten und wie Ölschlieren aussahen. Heute jedoch sah er nur noch auf Scheibeneis, das sich rasch zu Schollen formte. Scheibeneis entstand bei rauer See, die das Eis herumwirbelte und zu Tafeln von bis zu drei Metern Durchmesser verdichtete, zu riesigen Teichrosenblättern aus Eis für riesige Eisfrösche. Wenn der Winter nahte, ballten sich diese Tafeln zusammen und überfroren schließlich zu durchgehenden Schollen.

Doch all das verlor sich jetzt in der Ferne, um von öden, unwirtlich wirkenden Schneeflächen abgelöst zu werden, festgestampft von mächtigen Sturmwinden, die gelegentlich in Aufwinde umschlugen und die Maschine heftig durchrüttelten.

Bald würde der Kamm des Transantarktischen Gebirges in Sicht kommen. Darin befanden sich die Trockentäler, in denen es nie schneite, denn alle Luftfeuchtigkeit wurde sofort von ihnen abgesogen, und Lebewesen endeten gefriergetrocknet. Die Temperaturen fielen regelmäßig auf minus 52 Grad und der Boden war bis in achthundert Meter Tiefe gefroren. Derart extrem waren die Verhältnisse, dass die NASA mit Vorliebe dort ihre neuesten Marssonden testete.

Dieser Ort erfüllte Ralph Matheson mit Gottesfurcht. In der Antarktis war menschliches Leben nicht nur unbedeutend – es war vollkommen belanglos.

Ralph bekam einen Becher heißen Tee in die Hand gedrückt. Die Marines gaben zur Stärkung dampfenden Kaffee und Marsriegel aus.

»Trinken Sie so viel Heißes, wie Sie können. Es wird Ihnen helfen, warm zu bleiben. Ich rate Ihnen aber, eine Stunde vor dem Absprung die Toilette aufzusuchen. Das wird für eine ganze Weile die letzte beheizte Toilette sein, die Sie zu Gesicht bekommen. Wenn Sie nachher am Boden pinkeln wollen, wird Ihre Pisse sofort gefrieren. Und solange mir keine anders lautenden Weisungen vorliegen, Kriegsgebiet hin oder her, werden Sie Ihre Ausscheidungen aufschaufeln und mitnehmen müssen. Die Antarktis ist abfallfreie Zone. Essen Sie außerdem energiereiche Nahrung. Die Fortbewegung im Schnee ist kräftezehrender, als

Sie es gewöhnt sind. Marsriegel sind gut wegen des vielen Traubenzuckers. Und essen Sie sich satt, denn wenn wir erst mal unten sind, bleiben Ihnen nur noch die mitgebrachten Mahlzeiten und was sich noch aus *Jungchang* bergen lässt.«

Insgesamt waren es zehn voll ausgerüstete, tatbereite Marines, die ihre Schokoriegel futterten und Heißgetränke schlürften. Wenig gesprächig und noch weniger zu Scherzen aufgelegt, zeigten sie sich nicht so hurrapatriotisch, wie die Wissenschaftler erwartet hatten.

»Wir sind im Begriff, ein mögliches Kriegsgebiet zu betreten«, erklärte Roebuck Scott leise. »Zu-Befehl-Brüllen und Stiefelwienern ist was für den Exerzierplatz. Ich kann nur sagen, Professor, dass ich mir gleich in die Hosen scheiße. Sorgen müssten Sie sich machen, würde ich mich *nicht* so fühlen. Ich will genauso wenig wie Sie jemanden erschießen oder erschossen werden, aber anders als bei Ihnen ist das halt mein Job.«

»Na schön«, sagte Matheson und zerrte am Notebook zu seinen Füßen. »Wir bleiben noch rund drei Stunden in diese Blechbüchse gepfercht. Also, an die Arbeit!«

## Stufe Eins der Wiederherstellung

»*Das* versuchen Sie zu entschlüsseln?«

An die vibrierende grüne Spantwand gekauert, schaute Scott auf und knurrte. Mit einer Hand raufte er sich das Haar, die andere hielt ein weiteres Foto der Atlantis-Glypten umklammert.

»Tut mir leid«, entschuldigte sich Roebuck, trat zurück und kaute seinen Marsriegel. »Ich sollte Sie wohl besser damit allein lassen.«

Scott verdrängte sein Seelentief und reichte dem jungen Offizier das Foto. »Hier, versuchen Sie mal«, bot er an. Dann fragte er: »Ist bei euch eigentlich keiner einen Tag über dreißig?«

Roebuck schmunzelte, während er die Abbildung betrachtete. »Die Truppe pflückt sie sich gern jung und knackig, Sir.«

Die Anordnung seltsam geformter Glypten schien den Offizier nicht einzuschüchtern, was Scott überraschte.

»Das sind also Glypten, richtig?«, fragte Roebuck angesichts des oben angehefteten Papierstreifens. Er enthielt drei waagerechte Zeilen mit Daten. Die mittlere Zeile wies die Glypten auf.

»Richtig.«

»Was sind das darüber für Zahlen?«

»Beim Versuch, eine Schrift zu entschlüsseln, wird jeder Glypte eine willkürliche Zahl zugeordnet. Dann wird der Text in eine Zahlenreihe verwandelt und auf Muster hin untersucht«, erläuterte Scott. »Das nennen wir Stufe Eins der Wiederherstellung. Eine in Zahlen verwandelte Textzeile. Weiter bin ich noch nicht.«

»Und diese Reihe Zahlen darunter – ist das auch ein Text?«

»Nein«, entgegnete Scott und erklärte kurz, was es mit dem in den Kristall eingeschriebenen Zahlenstrom auf sich hatte.

»Verstehe«, Roebuck nickte. »Verstehe, was Sie gemacht haben. Sie haben den Text in Zahlen umgeschrieben. Aber kein noch so findiges Herumbasteln daran, welche Glypte zu welcher Zahl gehört, hat zur Übereinstimmung mit dem Zahlenstrom aus dem Kristall geführt.«

»Genau. Sie können was damit anfangen? Wissen Sie irgendetwas über Dechiffrierung?«

»Äh, na ja«, sagte Roebuck. »Ich saß am einen Ende der Fernmeldeanlage und hab euch Jungs in Genf angefunkt, erinnern Sie sich? Bin vorher mal in Verschlüsselung und Entschlüsselung von Daten geschult worden.«

»Aha«, erwiderte Scott gönnerhaft. »Computercodes. Tja, da muss ich Sie wohl leider enttäuschen, aber das hier ist eine Sprache. Kein Code.«

»Was uns die Nuss etwas leichter knacken lässt, Sir«, entgegnete Roebuck und war sich einen Augenblick lang völlig im Unklaren darüber, soeben den Ruf des Epigraphikers erschüttert zu haben. Der Marine hob verlegen den Blick, als Sarah und November ein Lachen unterdrückten. »Wenn ich das so sagen darf, Sir. Aber nichts für ungut.«

»Keine Ursache.« Scott biss in seinen Schokoriegel und sagte mit vollem Mund: »Reden Sie doch weiter. Warum müsste es leichter sein?«

»Na, ich würde vermuten, dass die Bedeutung nicht mutwillig verborgen wurde. Wenn dies eine Warnung aus der Vergangenheit ist, müssten doch bestimmt Hinweise eingebaut worden sein, die zur Entschlüsselung beitragen.«

Die Äußerung war erstaunlich nahe liegend und einfach, aber Scott wusste, wie Recht Roebuck damit hatte. Womöglich brauchte er für all das wirklich einen anderen Ansatz, der nicht auf rein linguistischen Begriffen fußte.

»Kryptographie«, fügte Roebuck hinzu, »erfordert sowohl ein Verschlüsseln wie ein Entschlüsseln. Also braucht es einen Schlüssel. Vielleicht wurde ja erkannt, dass etwas ganz von selbst verschlüsselt wird, da sich im Laufe der Zeit die Ausgangssprache wandelt und verfälscht. Und folglich müsste etwas die Zeiten Überdauerndes den Schlüssel zur Entzifferung abgeben.«

»Das ist bemerkenswert hellsichtig, Leutnant«, warf Hackett begeistert ein. »Sie vergeuden sich ans Militär.« Er wandte sich an die Übrigen. »Die Komplexitätstheorie beruht zum Teil auf der Vorstellung von einer Zeitachse. Manche physikalischen Gesetze hängen von ihr ab, andere nicht. Entropie ist das Ausmaß an Unordnung in einem System. Sie verläuft nur in eine – in unsere Richtung. Drehen wir die Zeit um, würden sich zerbrochene Tassen wieder zusammenfügen. Dinge wie die Schwerkraft hingegen bleiben sich gleich, welche Richtung die Zeit auch nimmt.«

Roebuck zuckte mit den Schultern. »Leuchtet ein.«

»Also, kommt Ihnen irgendein Schlüssel in den Sinn, der uns vielleicht, ähm, aus der Klemme helfen könnte?«

»Zum Teufel, das weiß ich doch nicht, Professor«, sagte Roebuck. »Das müssen Sie schon selbst austüfteln. Kann sein, der Schlüssel ist ein physikalisches oder mathematisches Gesetz. Eine Art unveränderlicher Bezugsrahmen. Vielleicht tritt er stofflich in Erscheinung. Ich hab nur ein bisschen Ahnung vom Chiffrieren. In den 1970er-Jahren und damit lange vor meiner Zeit gab es diesen Datenchiffrier-Standard oder DCS – eine Produktblockchiffre. Sie beruhte kaskadenförmig auf sechzehn Durchläufen von Stellvertretungen und Umstellungen, verschlüsselt in binär codiertem Vierundsechzig-Bit-Klartext, gesteuert von einem Vierundfünfzig-Bit-Schlüssel – was eine Vierundsechzig-Bit-Geheimschrift ergab.«

»Was?«

»Im Wesentlichen war ein DCS-Chip nötig, um den Text zu chiffrieren und zu dechiffrieren. Oder unglaublich gute Software. Aber es gab nur einen Schlüssel und den brauchte man zum Decodieren. Gerät er in die falschen Hände, ist die ganze Sache für Geheimdienste unbrauchbar geworden. In den 1990er-Jahren hatten wir dann dieses asymmetrische Zwei-Schlüssel-Kryptosystem. Das Verschlüsselungssystem selbst ist dabei öffentlich zugänglich und nur der zweite, dechiffrierende Schlüssel bleibt Geheimsache. Das Ganze wiederum ist rechnergestützt. Entscheidend dabei ist der grundlegende Algorithmus zum Codieren und Decodieren. Vielleicht ist dieser Zahlenstrom auch ein Algorithmus, eine Art Schlüssel.«

»Er ist kein Algorithmus«, erklärte Hackett. »Glauben Sie mir, damit hab ich es versucht.«

»Trotzdem kann er noch ein Schlüssel sein«, entgegnete Roebuck eifrig. »Irgendwas müssen diese Zahlen doch bedeuten, wozu sonst wären sie dort hingekommen?«

»Wollen Sie sagen, dass es mehrere Schlüssel sein könnten, die uns diese Sache erschließen?«, wollte Scott wissen.

»Na, warum denn nicht?«, antwortete Roebuck ganz sachlich.

»Wenn dies eine Warnung aus der Vergangenheit ist oder Menschen der Zukunft angesprochen werden sollten, Menschen mit technischen Fähigkeiten, dann würde das doch auf allen Ebenen versucht werden. Ich zumindest ginge so vor. Es könnte ein Vorstoß zu einer Universalsprache sein, um Zeiträume und ethnische Grenzen zu überbrücken. Mag sein, dass sie dazu erst erfunden werden musste. Weiß der Geier, der Schlüssel zu alldem könnte am Ende so was Einfaches wie die bauliche Form der verdammten Fundstätte sein. Die Gestaltung dieses Musters spielt mit dem Vermögen des menschlichen Auges, Muster zu erkennen. Die Spirale und der Bogen scheinen den damaligen Leuten ja besonders wichtig gewesen zu sein.«

Das saß. Schmerzhaft. *Eine erfundene Sprache*. Scott hatte diese Möglichkeit erwogen. Warum nur hatte er sie nicht weiterverfolgt?

Matheson war aufgestanden. Irgendetwas fügte sich gerade säuberlich zusammen. Er hockte sich zu den anderen und schob sein Notebook beiseite. »Wenn Roebuck nun Recht hat? Und diese megalithischen Bauwerke uns eine Botschaft übermitteln *sollen*?«

Sarah war fasziniert. »Die Gestaltung des Gebäudes als Schlüssel? In Gizeh entsprechen die oberirdischen Formen von Pyramiden und Sphinx dem Nachthimmel um 10 500 v. Chr. Spiegelgleich. Und ungefähr die Zeit, der wir die erste Flut zugeordnet haben. Vielleicht bergen die Tunnel darunter ja auch eine Botschaft.«

Scott nickte. »Ein Merksatz ägyptischer Hermetik lautete: ›Gleich wie oben, so auch unten.‹ Aber eine Botschaft in der Gestaltung der Steinmetzarbeiten?«

»Diese Leute waren Meister im Umgang mit Schall – richtig? In allem, was mit Schallwellen und der Physik ihrer Ausbreitung zu tun hat.« Die Übrigen nickten. »Wie sieht denn nun eine

Schallwelle aus?« Matheson zeichnete einen langen Schnörkel quer über die Seite.

»Wie sähe also einer der Tunnel von Gizeh aus, zeichnete man ihn von der Seite? Ihr wisst ja, es ist eine Spirale. Sarah, Sie haben in einer in Stein gemeißelten Schallwelle gestanden.«

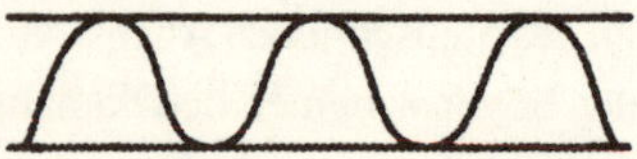

»Augenblick mal«, sagte Sarah zweifelnd. »Eine Schallwelle – sind Sie sicher? Welche Wellenlänge hat Schall im hörbaren Bereich?«

»Jeden Betrag zwischen zwei Zentimetern und zwanzig Metern«, erwiderte Hackett.

»Wie wird eine Wellenlänge gemessen?«, fragte November.

»Jede Welle hat Scheitelpunkt und Tal«, erläuterte Matheson. »Genau wie richtige Wellen im Meer. Die Wellenlänge wird durch den räumlichen Abstand zwischen zwei Scheitelpunkten bestimmt.«

»Könnte die Welle im Tunnel nicht gleichermaßen eine Lichtwelle wiedergeben?«

»Ganz und gar nicht«, erwiderte Hackett bestimmt. »Die Wellenlänge sichtbaren Lichts beläuft sich auf 0,00000055 Meter. Das ist lächerlich wenig. Und dieselbe Größenordnung gilt auch für Funkwellen.«

»Aber nicht für alle«, berichtigte Roebuck.

»Welche Wellenlänge *hat* denn jetzt die Tunnelspirale?«, fragte Sarah.

»Genau zehn Meter«, gab Matheson an, »Ihren Daten zufolge. Das ist die längste Welle geteilt durch die kürzeste: zwanzig durch zwei. Ergibt den exakten Mittelpunkt hörbarer Schallwellen. Und die Atlantis-Glypten tauchen nur auf dem Streifen Kohlenstoff-60 auf, von dem wir bereits wissen, dass er wegen der Quasikristalle stehende Wellen in Flüssigkeiten hervorrufen kann … Mein Gott, das ist es! *Das ist es!*« Erneut zeichnete er wie wild auf seinem Notizblock herum. »So geht das Netzwerk – *zu Werk!* So sind diese fünf Stätten untereinander verbunden. Die davon ausgehenden Tunnel sinken unter den Grundwasserspiegel. Falls sie hinaus bis zur Küste führen, dann sind alle fünf Stätten durch die Weltmeere verbunden.

In der Luft wandert Schall mit 340 Metern pro Sekunde – aber mit 1500 Metern pro Sekunde im Wasser. In großen Tiefen findet sich eine Wasserschicht mit deutlich vom darüberliegenden Ozean abweichenden Druck- und Temperaturwerten. Wale machen sie sich zunutze, um mit unglaublicher Geschwindigkeit über gewaltige Entfernungen hinweg miteinander in Verbindung zu treten. Erhöhter Druck beschleunigt den Schall. Diese Wasserschicht hält den Schall gefangen, der nun gar keine andere Wahl hat, als sich über weite Strecken fortzupflanzen.«

»Wieso?«

Matheson schaute Roebuck an. »Verzeihung?«

»Wieso?«, fragte der Leutnant noch einmal. »Ich meine, bestimmt haben Sie Recht. Unsere Unterseeboote fangen in den Ozeanen regelmäßig akustische Signale auf, die sich nicht erklären lassen. Ich glaube schon, dass es Ihr Netzwerk wirklich gibt. Nur frage ich mich: *Wieso* gibt es das?«

Matheson setzte sich wieder hin und tauschte einen Blick mit dem restlichen Team. »Leutnant, wir alle haben uns dieselbe Frage bereits vom ersten Tag an gestellt«, antwortete Sarah.

»Leutnant Roebuck?«, fragte November. »Wir müssen keine Funkstille mehr halten, oder?«

»Nein«, bestätigte der Marine. »Das Oberkommando will die Chinesen wissen lassen, dass wir hier sind.«

»Warum lassen Sie sich dann nicht von Ralph angeben, wo die fünf Stätten auf der Karte liegen, und nehmen mit ein paar Unterseebooten die Verbindung auf? Nur mal, um zu sehen, ob sie dieses Netzwerk im Wasser aufspüren können.«

»November«, tadelte Matheson, »wir wissen doch vorerst nicht, wo diese anderen beiden Stätten sein könnten. Noch warten wir auf Gants Bestätigung.«

»Sie sind doch ein kluger Mann, Ralph. Können Sie's nicht einfach treffend raten?« Sie lächelte.

Im hinteren Teil des Cockpits gingen Gant und Roebuck die von einer Leseleuchte angestrahlten Seekarten durch.

»Das sind die *Connecticut* und die *Jimmy Carter* im Nordatlantik.«

»Seewolf-Klasse?«

»Äh, ja, Sir. Jackson meint, er würde uns zwei Stunden lang die *Virginia* im Südatlantik überlassen.«

»Mehr Zeit wollen die doch sowieso nicht, oder?«

Roebuck bestätigte dies mit schuldbewusstem Nicken. Sein Arsch stand auf dem Spiel, weil er den Plan unterstützte. So viele Unterseeboote gleichzeitig für zwei Stunden aus der Patrouillenschleife zu ziehen, barg unerhörte Gefahren.

»Die *Louisville*, die *Olympia*, die *Charlotte* und die *Jefferson City* sind alle irgendwo im Pazifik auf Streife. Wo genau, will uns der Flottenkommandant nicht sagen, versichert aber, sie könnten so ziemlich das ganze Gebiet abgrasen, das Ralph uns zu überprüfen gebeten hat. Sie gehören zur älteren Los-Angeles-Klasse. Und die *Trepang* ist im Indischen Ozean.«

»Die *Trepang*? Das alte Schulboot der Sturgeon-Klasse?«

»Sir, ja, Sir.«

»Verdammt, an das Boot erinnere ich mich. Herrje, das muss doch inzwischen vierzig, fünfzig Jahre alt sein.«

»Sie seien dem Job gewachsen, sagen sie. Außerdem haben wir

ein mit ballistischen Raketen ausgerüstetes U-Boot, die *Kentucky*. Und die *Dolphin* ist in Bereitschaft.«

Die *USS Dolphin AGSS-55* war ein Forschungstauchboot, dessen sich zivile und militärische Einrichtungen gleichermaßen bedienten. Es hielt den Weltrekord in der Tauchtiefe eines einsatzfähigen Unterseeboots. Und augenblicklich befand es sich unter der arktischen Eiskappe unmittelbar südwestlich des Nordpols auf der Suche nach einem versunkenen Ort. Es war bereits Teil dieser irrsinnigen Hetzjagd, also machte es kaum einen Unterschied, es auch hier hinzuzuziehen.

»Zehn Boote«, folgerte Gant. »Eine ganze Menge. Dower wird ganz schön angefressen sein, wenn er das abgesegnet haben will. Ich werd's durchgeben«, sagte er.

»Was soll ich denen sagen, wann sie mit einer Antwort rechnen können, Sir?« Roebuck deutete auf die anderen aus dem Team.

»In zwei Stunden«, erwiderte er. »Das heißt, wenn wir bereits unten sind.«

Roebuck verzog sich nach hinten. Der Pilot winkte den Major zu sich. Draußen vor den Fenstern bäumte sich eine tiefhängende Wolkenbank auf.

»Sieht nach heftigem Unwetter aus. Wir können es umfliegen, wenn Sie wollen.«

»Nein«, seufzte Gant und reichte die zusammengehefteten Angaben von Roebuck an den jungen Nachrichtentechniker Joe Dodson weiter. »Wir haben keine Zeit.«

»Verstanden.«

Dodson überflog rasch den Bogen. Ein zerknittertes Foto mit irgendeinem seltsamen Muster. Ein darübergeheftetes Blatt Papier mit Zahlenreihen und darunter einigen vertraut aussehenden Schnörkeln, während daneben mit Kuli Koordinaten, ozeanische Tiefenbereiche und akustische Frequenzen gekritzelt waren, um an die zehn Unterseeboote übermittelt zu werden und damit eine Suche einzuleiten.

»Äh, Major?«, fragte Dodson, »soll ich diese kleinen Wellendateien auch ausarbeiten und rüberschicken?«

Gant hatte nicht richtig zugehört und bat ihn, es noch mal zu wiederholen. Dodson fuhr mit dem Finger die Reihe von Atlantis-Glypten entlang, ohne auch nur zu ahnen, dass es sich um die Buchstaben eines Alphabets handelte.

»Diese kleinen Wellen. Soll ich sie im Rechner abgleichen und den U-Booten ihre Frequenzen mitteilen?«

Gant schwieg, packte den jungen Mann einfach beim Kragen und zerrte ihn hoch.

»Sagen Sie ihm, was Sie soeben zu mir gesagt haben.«

Scott blickte überrascht zu Dodson auf, der sich die Nase wischte wie ein von seinem Lehrer getadelter Schuljunge.

»Hab nur gesagt, dass diese kleinen Symbole wie Wellendateien aussehen; ob ich die Frequenzen ausarbeiten und an die U-Boote weiterleiten soll. Es schien mir wichtig zu sein.«

Gant zeigte mit dem Finger auf Scott, was allerdings eher bedrohlich aussah. »Hilft *das* Ihnen?«

Scott fiel die Kinnlade herunter und der Mund klappte wie bei einem Goldfisch wieder zu, zu mehr war er nicht in der Lage. Hackett nahm sich der Sache an. »Was meinen Sie mit Wellendateien?«

»Wird ein Tonsignal am Computer aufgezeichnet«, erklärte Dodson, »lässt es sich auf verschiedenste Weise darstellen. Als Wellenlinie oder Reihe von Zacken etwa. Eine sehr kleine Wellendatei erzeugt so was wie einen Schnalzlaut, weil es ein so kurzes Geräusch ist. Danach sehen diese aus. Winzige Lautfetzen, die oben quer rüber als Wellen und unten entsprechend als Zacken dargestellt sind, nur halt auf die Seite gekippt. Mehr hab ich nicht gemeint.«

Scott schnappte sich erneut eine der Fotografien, starrte darauf. Herrgott. Könnte es sein? Sarah eilte herbei, um auch einen

Blick darauf zu werfen. Alle warteten auf Scotts Antwort. Sollte dies eine einleuchtende Ausgangsvermutung sein, dann hing alles Weitere von Scotts Dafürhalten ab. Scott schnellte wie von einer Tarantel gestochen in die Höhe.

»Schnell einen Rechner mit Mikro, schnell! Das sind nicht bloß phonetische Zeichen! Sie *stehen* nicht für Laute! Es *sind* Laute!« Er wandte sich an Dodson. »He, Kleiner, du bist ein verfluchtes Genie. Lass mich dir die Hand schütteln. Wie heißt du?«

»Äh, Joe«, entgegnete der Nachrichtentechniker verblüfft. »Joe Dodson.«

»Joe? Toll, dich kennen zu lernen, Joe. Abkürzung von irgendwas, Joe?«

»Ja, von Joseph.« Scott brach in Gelächter aus, während Matheson seinen Computer aufstellte. »Was ist denn so lustig?«

»Joseph«, sagte Scott. »Das ist so lustig. Im Alten Testament wurde Joseph mit seinem vielfarbigen Umhang zum Wesir des Pharao und erhielt den Namen Zaphenath-Paneah!« Dodson schaute ausdruckslos drein. »Auf Hebräisch bedeutet das ›Entzifferer des Codes‹!«

## Stufe Zwei der Wiederherstellung

Er rückte seinen Kopfhörer zurecht, während Sarah das Mikrofon zurückschob.

»Schon gut, schon gut«, gab sie gereizt nach und zog an ihrer Zigarette. »Buh … buh …«

Das ständige Gerüttel, Geratter und metallische Stöhnen des Rumpfs im Kampf mit den Elementen hörte sich an, als würde jemand die Außenhaut des Flugzeugs mit Ziegelsteinen bewerfen. Sarah holte tief Luft und versuchte, ihre Stimme den Atlantis-Glypten anzugleichen. Sie waren übereingekommen, dass eine jede Glypte einem bestimmten menschlichen Laut entsprechen müsse. Und nach einigem Herumprobieren waren sie tatsächlich erfolgreich darin geworden, Sarahs Laute den Glypten anzunähern. Machte sie den Mund auf, untersuchte der Computer jedes Mal die Form der Schallwelle und verglich sie mit jeder der Glypten. Es ging nur mühselig voran. Aber immerhin lief es.

In Gedanken versunken, tigerte Scott ungeduldig auf und ab. Würden nur genügend dieser Laute aneinandergereiht, müssten sich eigentlich Sätze auszubilden beginnen. Aber welche Sprache käme dabei heraus? Sicher war nur, dass es sich nicht um Englisch handeln würde.

Auf dieser Stufe der Wiederherstellung müsste Scott Gruppen von Glypten ermitteln, die anscheinend immer wieder im Text auftauchten. Inzwischen müsste er feststellen, welche Bausteine es sein könnten, die dergestalt wiederkehrten. Bindewörter beispielsweise wie das Wort »und«.

Aber es gab keine sich wiederholenden Bausteine. Welchen Text Scott auch untersuchte, ob eine Endloskette Glypten aus Gizeh oder einen Abschnitt der Knotenpunkt-Fotos, nichts ergab einen Sinn. Nie schien er anderes als eine willkürliche Aneinanderreihung anzutreffen. Sofern dieses frühgeschichtliche Volk keinen Wortschatz aus bandwurmartigen Begriffen verwendete, würden sie also lediglich einen Schwall beliebiger Geräusche erzielen.

Enttäuschung machte sich breit.

## Absprunggebiet

Überall unter der grünen Metallhaut der Maschine und zwischen ihren Rumpfspanten hallte sie, die blecherne Stimme eines chinesischen Offiziers in weiter Ferne mit ihrem gnadenlosen Akzent, und durchschnitt den Lärm des sintflutartigen, wie ein Kugelhagel auf die Außenflächen einpeitschenden Eissturms.

»Im Namen der Volksrepublik China lehnt die Volksarmee sicheres Geleit für Ihr Luftfahrzeug ebenso wie eine Einladung an die Vereinten Nationen zur Besichtigung unserer Einrichtung hochachtungsvoll ab. Sie sind angewiesen, Ihre gegenwärtige Flughöhe nicht zu unterschreiten. Jeglicher Versuch wird als Angriffshandlung angesehen und durch Beschuss erwidert. Unterlassen Sie den Versuch einer Landung in *Jungchang*. Sie haben fünf Minuten, um sich mit Ihren Vorgesetzten in Verbindung zu setzen. Sollten Sie jedoch nach Ablauf dieser Frist nicht von Ihrem derzeitigen Kurs abgewichen sein, wird auf Sie gefeuert. Diese Anweisungen werden nicht wiederholt und es wird kein Funkverkehr aufgenommen. Ende.«

Das Team und die Marines waren blass. Matheson bekam das Zittern seines Fußes nicht in den Griff. »Verdammt und zugenäht, wir stecken wirklich mittendrin im Dritten Weltkrieg!«

Und dann kam die Bestätigung, die sie alle befürchtet hatten. Gants entschlossene Stimme erschallte aus der Sprechanlage. »Okay. Alle mal herhören. Rein in die Kluft. In zwei Minuten sind wir über dem Absprunggebiet.«

Als Erster war Scott unsicher aufgestanden. Er klammerte sich mit weißen Knöcheln an den Handlauf, ehe er Sarah hochhalf, und da hörten sie es. Es begann als tief tönendes Grollen, das Stöhnen zum Leben erwachender Elektromotoren, als würde das Fahrgestell ausgefahren. Dann aber ein Krachen. Laut und scharf. Sperrbolzen wurden gelöst.

Und dann der Lichtstrahl: ein schmaler Spalt an der Oberkante der rückwärtigen Laderampe. Ein weißer Streifen, mit dem das markerschütternd laute Gebrüll der Außenwelt mit all ihrer blendenden Leuchtkraft eindrang.

Scott riss einen Arm vors Gesicht, als ihm unwillkürlich Tränen in die Augen schossen. Sarah zog ihre Gesichtsmaske zurecht und klettete die Kapuze fest. »Schutzbrillen«, sagte sie durch die dicke Kleidung. »Schutzbrillen.«

Scott schob die Sonnenbrille vor seine Augen und fühlte sich für einen kleinen Moment etwas sicherer. Doch schon war Roebuck hinter ihm und klinkte sich ein. Scott wirbelte herum. Alle Marines klinkten sich an ihrer lebenden Fracht fest. Sie hatten eine dünne weiße Tarnkluft aus Nylon über ihre gefütterten Springermonturen gezogen. Damit würden sie am Boden so gut wie unsichtbar mit dem Schnee verschmelzen, hier oben aber sahen sie gespenstisch aus.

»Okay, Professor«, sagte Roebuck munter. »Jetzt muss ich uns noch an dieser Leine über unseren Köpfen einklinken und wir sind so weit. Wenn Sie nun noch bis zu dieser Stelle hier treten würden – braver Junge.«

Als würde er über eine Planke in die Vergessenheit treten, so erschienen ihm die sechs kurzen Schritte. Bei jedem Schlingern des Flugzeugs versteifte sich Scott aus lähmender Angst hinauszufallen. Doch Roebuck spürte jedes Mal seine Bewegung und zog ihn zurück. »Schon gut, Professor, ich hab Sie fest im Griff!«

»Wussten Sie, dass Aztlan, die sagenhafte Heimat der Inkas, ›weißer Ort‹ bedeutet?«

»Nein, hab ich nicht gewusst.«

»Aber ja!«, sprudelte Scott nervös hervor und sah dabei die atemberaubend tiefhängenden Gewitterwolken und den Schneesturm, vom Luftschraubenstrahl der C-130 erfasst, in die Ferne stieben. »Es gibt diese chilenische Sage über eine magische Stadt am Ufer eines Bergsees und niemand weiß von ihrem Verbleib. Die Straßen und Schlösser der Stadt waren aus massivem Gold. Und diese goldene Stadt, Stadt der Könige genannt, würde am Ende der Welt sichtbar werden.«

Ein einzelner schriller Sirenenstoß begleitete das Aufflackern einer roten Warnlampe gleich oberhalb der Rampe. Sie blinkte dreimal, ehe sie in ständiges Leuchten überging. Scott spürte, wie sich ihm der Magen umdrehte. Es war sein Stichwort, drei

Schritte auf die bebende Blechrampe vorzutreten. Er merkte, dass Roebuck hinter ihm herschlurfte.

Am Ende der Reihe hatte Gant einen Arm behutsam um November geschlungen, während beide aufrückten. Vor sich hatten sie zwei Marines mit dem Atomsprengkopf in der Kiste, die auf einen Schlitten geschnallt war. Weiter unten stand Hackett und war noch dabei, sich mit seinem Marine zu verhaken.

»Die Sicht da draußen ist furchtbar schlecht, Major!«, klagte November. »Man sieht doch die eigene Hand nicht vor den Augen! Wie sollen wir uns finden, wenn wir gelandet sind?«

Gant zerrte an den Geschirrösen auf ihrem Rücken. »Diese hier«, erläuterte er, »ist an einem dehnbaren Seil befestigt, das wiederum an mir befestigt ist. Selbst wenn ich Sie beim Landen freigebe, damit wir nicht als Knäuel enden, werden wir nie weiter als zwei oder drei Meter voneinander entfernt sein.«

»Und was ist mit den anderen?«

»Wir haben alle Funkfeuer dabei«, versicherte er ihr.

»Ich weiß, dass Sie mich umarmen müssen«, witzelte Gant und drückte sich an den ihm zugeteilten Partner. »Aber muss es denn so eng sein?«

»Sir, es ist zu Ihrer eigenen Sicherheit.«

»Meine Mutter hat mich immer gewarnt, dass die netten Jungs alle für Matrosen schwärmen. Gilt das auch für Marines?« Hackett musterte ihn von Kopf bis Fuß.

»Sir, muss ich Partner von diesem kranken Typ sein?«, wandte sich der Marine an seinen Vorgesetzten.

Gant machte eine finstere Miene. »Augen geradeaus, Soldat!«

»El Dorado? Das bedeutet ›Stadt aus Gold‹, oder ist es die Stadt der Sonne?«, schnatterte Scott drauflos. Er schluckte schwer. »Mitten in der Salar de Coipasa liegt das Dorf Coipasa. Und gleich im Norden davon leben die Chipaya-Indios. Ihre Sprache ist von

Quechua wie von Aymara völlig verschieden! Die linguistisch am ehesten verwandten Sprachen sind Arabisch und nordafrikanische Stammessprachen –«

»Professor Scott?«

»Ja?«

»Sie sind am Rumfaseln.«

Rasch schaute Scott zu den anderen. Gleich hinter ihm konnte Matheson nicht einmal Augenkontakt aufnehmen, während Pearce und Sarah unbehaglich von einem Fuß auf den anderen traten. Er mochte vielleicht rumfaseln, aber aus gutem Grund!

Noch eine Sirene heulte auf.

Scotts Kopf schnellte herum. Grün! Das Licht hatte auf Grün umgeschaltet! Scott hielt den Atem an, machte sich zum Sprung bereit und begriff zu spät, dass Roebuck ihm bereits den Boden unter den Füßen weggerissen hatte und mit ihm zum Heck hinausstürmte.

Ein Knall! Scott verschluckte sich beinahe an seiner Zunge, als die Reißleine, die immer noch an der C-130 festhing, den Fallschirm mit Gewalt aus dem Sack auf Roebucks Rücken zerrte.

Scott hatte mit der Kälte gerechnet, dem blanken, eisigen Schrecken, der ihm das Leben aus den Gliedmaßen saugen würde. Aber der Lärm, die ungeheure Lautstärke leistungsfähiger Motoren, die ein widernatürliches Ungetüm durch die Luft wuchteten, verbunden mit der durchdringend brausenden Luft, dem Abgasgeruch und der schieren Kraft des Schneesturms, der auf ihre wehrlosen, baumelnden Körper einpeitschte, schienen fast unerträglich.

Sehen konnte er nichts. Keinen Himmel, keinen Boden, nur eine endlose Wand aus wirbelndem Weiß. Eine solche Leere, solches Nichts, dass selbst Gott Schwierigkeiten hätte, es zu füllen.

Seine Eingeweide schienen vollständig in eine neue, erhöhte Lage in seiner Brust gleich unterhalb der Luftröhre verrutscht zu sein, was das Atmen stark erschwerte. In seinen Ohren rauschte das Blut mit eigener Stimme wie eine Menschenmenge, die seine Hinrichtung forderte, und –

Rums! Seine Knöchel schmerzten unter dem plötzlichen Aufprall, dessen Stoßkraft seine Beine emporschoss und in Gelee verwandelte. Das Klimpern eines sich lösenden Schnapphakens, ein grober Schubs zur Seite und Scott spürte die körperliche Begegnung mit der gefrorenen Wüste. Ein styroporartiges Geräusch verdichteten, unter seinem Gewicht zerknirschenden Schnees und Eises war zu vernehmen. Obwohl er sich zur Rolle duckte, schlidderte er haltlos über die eisige Ebene.

Er wollte aufjaulen, aber er brachte keinen Ton heraus, als ein Paar Stiefel in seinem Weg landeten. Er stieß sie im Weiterschleudern aus dem Weg, ehe er am Ende seines Seils ruckartig zum Halten kam.

Er blieb auf dem Rücken liegen. Seine Brust hob und senkte sich unter Schnaufen und Husten. Er war unten und am Leben! Er versuchte, sich aufzusetzen, was in seiner vollen Ausrüstung schwierig war. Während er sich zurechtzufinden versuchte, begriff er, dass der Sturm mit einer Kraft wütete, die ihm den Schnee geradezu waagerecht entgegenpresste.

Ächzend kämpfte Scott sich hoch. Aber der Blizzard war so heftig, dass er auf der Stelle wieder auf dem Hintern landete. Er versuchte es noch einmal, fand aber einfach keinen Halt. Und da nahm er ein schwaches Ziehen der Leine und einen fernen Ruf wahr –

»Hilfe! Professor Scott, können Sie mich hören?«

Scott wirbelte herum, um die Richtung auszumachen, aus der Roebuck rief, konnte aber nichts erkennen. Rein gar nichts. Wieder spürte er das Ziehen. Das schien die Richtung zu sein.

»Leutnant? Festhalten! Ich komme!« Wieder versuchte er zu stehen, aber mehr als auf allen vieren kriechen, bis –

Knall! So gewaltsam riss die Leine an seinem Rücken, dass es ihn herumschleuderte und einen scharfen, stechenden Schmerz in seine Hüfte schickte. Er griff nach der Nylonschnur und zog daran, um etwas Spiel zu bekommen, brachte sich damit aber nur wieder in Schwung und sah sich dorthin zurückschliddern, wo er hergekommen war.

Ringsum war das Eis rissig und aufgebrochen, ragte schartig in die Höhe und wollte sich festkrallen, während er darüber hinwegholperte. Er konnte einen Schrei hören und die Schnur machte einen noch heftigeren Ruck.

Kurz entschlossen langte Scott in seine Tasche und rammte das Einzige, was er finden konnte, seinen vergoldeten Parker-Füllhalter, ein Geschenk zum letzten Geburtstag von seiner Ehefrau, tief hinein in Schnee und Eis. Und hielt sich daran fest.

Seine Beine hingen über einem Abgrund, und an der Leine zwischen ihnen baumelte in etwa drei Metern Tiefe Leutnant Roebuck. Auf einem Vorsprung aus bläulichem Eis gestrandet, rief der Offizier um Hilfe, suchte gleichzeitig Halt und bemühte sich verzweifelt, den Fallschirm abzuwerfen, dessen Schnüre ihm die Kehle zudrückten.

# 14. Jungchang

Solares Maximum in:
19 Stunden, 23 Minuten
Auftreffen des gegenwärtigen
Sonnensturms in:
4 Stunden, 51 Minuten

Scott biss die Zähne zusammen und schrie um Hilfe, während er um sein Leben und das von Roebuck kämpfte. Seine Sonnenbrille beschlug. Bei jedem keuchenden Atemzug drang Dampf aus seinem Mund hinter die frostgeschützte Innenfläche und kristallisierte darauf.

»Helft uns!«, kreischte Scott.

Er hörte ein Knacken – ein lang gezogenes metallisches Knacken, schaute hinunter und sah die dunkelblaue Tinte aus seinem Füller in den Schnee sickern und sich wie Blut verteilen.

»Dr. Scott!«, japste Roebuck mit dünner, schwacher Stimme. »Professor?«

»Festhalten da drin, Leutnant!«, rief Scott zurück. »Das ist ein Befehl!«

»Der Antwortsender«, rief Roebuck kraftlos. »In Ihren linken Ärmel eingenäht, oberste Tasche! Schalten Sie ihn ein, damit sie uns aufspüren können!«

Linker Ärmel? Aber leichter gesagt als getan. Scott hielt sich mit der Rechten fest. An seinen linken Ärmel kam er nicht heran. Er versuchte, den Arm anzuwinkeln und das Gerät mit den Fingern zu erreichen, aber das misslang. Er bemühte sich noch einmal, schaffte es aber nicht.

Roebuck konnte er das nicht sagen. Herrgott, das konnte er

dem armen Teufel nicht sagen. Er warf einen Blick über die Schulter. Die Spalte, die den Marine verschluckt hatte, wurde breiter. Wenn das noch länger so weiterging, würde der Boden auch unter ihm nachgeben und es mit ihnen beiden vorbei sein. Roebuck hatte Recht, er musste an den Antwortsender heran. Jetzt entschied einzig der kleine schwarze Kasten über Leben und Tod.

Scott zerrte sich den Halsbund aus Vlies vom Mund und versuchte, mit den Zähnen an den Ärmel heranzukommen. Die schneidende Kälte brannte sich ihm in die Haut, als der orkanartige Wind seine Poren mit Eiskristallen beschoss. Die Finger der linken Hand waren tief in den Schnee verkrallt, seine Muskeln schmerzten, während er sich seitlich vorstreckte, um seine Zähne in den winzigen Apparat zu schlagen. Einmal, zweimal – fünfmal, bis er endlich den Schalter traf, worauf eine kleine rote Diode aufleuchtete und damit anzeigte, dass ein Peilsignal übertragen wurde.

»Roebuck?« Nichts. »Roebuck, er ist an! Der Antwortsender ist eingeschaltet!«

Noch immer nichts.

»Leutnant, antworten Sie doch!«

»Ähem, Professor, Sie sollten wohl besser mal den Kopf drehen und sich das anschauen«, kam die gedämpfte Antwort. »Wir haben Gesellschaft.«

Jenseits der Eisspalte erhoben sich zwei vollständig uniformierte dunkle Gestalten aus ihrer zugeschneiten Deckung. Dicke, schneeballgroße Klumpen lösten sich von ihrer Ausrüstung, als sie Magazine in ihre Gewehre rammten und anlegten.

Es waren Chinesen.

Roebuck war gerade dabei gewesen, seine Kehle von den Fallschirmschnüren zu befreien, als er vor Schreck erstarrte. Gott sei Dank war er da unten recht gut abgeschirmt. Den Chinesen bereitete der über die Kluft fegende Sturm ernsthafte Schwierigkeiten, aber sie hielten die Stellung.

Die beiden hatten sich im Schnee versteckt, mussten bäuchlings an die Gletscherspalte gerobbt sein. Weiße Umhänge, auf die sie Schnee gehäuft und sich darunter verborgen hatten, flatterten um ihre Schultern.

Einer rief etwas in unverständlichem Kantonesisch zu ihnen hinüber, während sein Kamerad ein Funkgerät hervorholte. Doch er schien keine Nachricht absetzen zu können.

»Wie geht's so, Professor –?«, rief Roebuck nach oben.

»Nicht – gut!«, grummelte Scott angestrengt.

Roebuck bemühte sich, hinter den beiden chinesischen Soldaten durch den Sturm zu spähen. Etwas Granit. Massenhaft Schnee. »Wir sind in einem natürlichen Becken«, murmelte er vor sich hin. »Sie sind abgeschnitten.«

Langsam hob Roebuck die Hand, während er die Fallschirmschnüre vorsichtig nach außen drückte, weg von seinem Hals. Doch selbst diese kleine Bewegung reichte, um wildes Geschrei bei einem der beiden Soldaten auszulösen.

»He!«, rief Roebuck zurück. »Ich leg das hier nur ab, okay? Ich muss das einfach ablegen.«

Der chinesische Soldat brüllte erneut, als Scott aus Versehen ein paar Eisbrocken vom Rand der Spalte lostrat. »He, was ist los?«, wollte Scott wissen. »Was passiert da?«

»Nichts, was Sie beunruhigen muss, Professor. Dieser Typ ist halt ein Arschloch. Geht schon in Ordnung, er sieht ja, dass wir nirgends hingehen.«

Roebuck zeigte auf die Schnüre in seiner anderen Hand. »Ich lass die jetzt einfach los. Okay? Ich lass sie fallen. Bei drei wappnen Sie sich, Professor. Eins, zwei … drei!«

Der chinesische Soldat versteifte sich, als die Schnüre aus Roebucks Hand rutschten und den Fallschirm etwas lockerer werden ließen. Aber das Ganze war noch immer an Roebucks Rücken befestigt und die leichte Bewegung hatte einen Luftstoß erzeugt und das Material sich wieder aufblähen lassen. Genau wie er es vorhergesehen hatte.

Fast umgehend schrie Scott auf.

»Ich kann mich nicht halten!«, jammerte er. »Scheiße, ich kann mich nicht mehr halten! Was treiben Sie da unten?«

Der chinesische Soldat schien einem Anfall nahe, während sein Kamerad weiterhin das Funkgerät in Gang zu bringen versuchte. Er war sichtlich verzweifelt. Roebuck hob erneut die Hände.

»Ist okay! Ist okay! Ich muss bloß die Gurte hier vorn und den am Rücken lösen – schnell!« Er hatte keine Ahnung, ob ihn der Soldat verstand oder nicht, und wollte nicht erst abwarten und es herausfinden. Er tat es einfach und schrie auf den brüllenden feindlichen Infanteristen ein, während Scott kreischte, dass er den Halt verliere.

Rechts ein Gurt, links ein Gurt. Er langte hinter sich, sein Gegner verharrte. Zerrte am Gurt und der Fallschirm war im freien Fall …

Als er hinunter in die Eisspalte flatterte, gab der chinesische Soldat einen Seufzer der Erleichterung von sich.

Roebuck lächelte. Der Gegner erwiderte das Lächeln. Dann erstarb das Lächeln, als er erkannte, dass der Marine eine Pistole hinter seinem Rücken hervorgezogen hatte, und diese zielte auf –

*Peng!* Das Hirn des chinesischen Soldaten spritzte bogenförmig nach oben, als die Kugel zwischen seinen Augen einschlug. Sein Kamerad ließ sein Funkgerät fallen.

Roebuck setzte zum nächsten Schuss an, aber der scharfe Gegensatz zwischen Hitze und Eiseskälte hatte seine Waffe gleich beim ersten Abfeuern bersten lassen. Die Chinesen waren ihm einen Schritt voraus, denn ihre Gewehre steckten in Thermofutteralen. Am Seil baumelnd, war Roebuck ein leichtes Ziel; er wurde von Kugeln durchsiebt und zuckte unter den Einschlägen.

Scott schrie, als er seinen letzten Halt einbüßte und dem Rand entgegenschlidderte. »Roebuck? Roebuck, sind Sie da?« Aber der Hagel aus Blei prasselte unvermindert weiter, bis schließlich eine Kugel glatt seinen Wadenmuskel durchschlug. Scott brüllte vor Höllenqualen, fuchtelte mit den Armen, wälzte sich. Er drohte über die Kante zu stürzen, als eine Hand scheinbar aus dem Nirgendwo zu ihm vorschnellte, ihn ergriff und festhielt.

Entsetzt blickte Scott auf und erkannte Gant.

Der Major hob einen Finger an die Lippen, um ihm Schweigen zu bedeuten.

Und plötzlich erstarb der Kugelhagel.

Stille.

Dann meldete eine entfernte Stimme von der anderen Seite des Spalts: »Hab ihn erledigt, Sir.«

Scott warf einen Blick über die Schulter, um den zweiten chinesischen Soldaten, einen klaffenden Riss in der Kehle, über die Kante stürzen zu sehen.

»Jetzt halten Sie still!«, befahl Gant. »In Ordnung, Soldat – schießen Sie.«

»Was ist mit Roebuck?«, fragte Scott.

»Der Leutnant ist tot«, erwiderte Gant leidenschaftslos. »Nichts zu ändern. Der verfluchte Heißsporn hat gerade ein unbedeutendes Scharmützel in einen ausgewachsenen Krieg verwandelt. Die erste Kriegsregel lautet: Den Feind verstümmeln. Ihn *verstümmeln*, nicht töten. Damit er seine ganze Kraft dafür aufbraucht, seine Verwundeten zu bergen. Die wussten, was sie taten. Deshalb hat er Ihnen ins Bein geschossen. Das hält uns jetzt auf.« Er streckte dem anderen Marine seinen emporgereckten Daumen entgegen.

Der Soldat feuerte eine einzige Kugel ab und durchtrennte damit das Seil. Sich mehrfach überschlagend, fiel Roebucks Leiche in den Abgrund, während Gant Scott in Sicherheit wuchtete.

»Gut gemacht, Dr. Scott. Bin beeindruckt. Sie haben unter

Feuer ziemlich klaren Kopf bewahren können. Jetzt versorgen wir Ihre Wunde, damit wir hier rauskönnen«, schlug Gant vor und half ihm auf die Beine.

Scott humpelte zwei, drei Schritte, ehe ihm klar wurde, dass alle anderen sich bereits um ihn versammelt hatten. November schenkte ihm ein breites Grinsen, was er jedoch nicht wahrnahm, da Sarah herbeieilte und Gant ablöste. Unverhofft küssten sie sich eindringlich, voller Begehren.

»Ich dachte schon, wir hätten dich verloren«, sagte sie mit zitternder Stimme.

»Damit wären wir zwei«, entgegnete Scott und nahm die romantische Wendung, als gehorche sie einem natürlichen Lauf der Dinge. November trottete hinterher und versuchte, ihre Enttäuschung zu verbergen.

»Wo sind wir?«, wandte sich Scott wieder an Gant. »Ich dachte, *Jungchang* sei verlassen?«

»Verstärkungen«, erläuterte Gant. »In diesem Sturm könnten wir mitten in ein vollständig neues Lager geraten sein und es nie mitbekommen. Ich hoffe bei Gott, dass es nur Kundschafter waren.«

Was sich jedoch als völlig falsche Einschätzung erweisen sollte.

Knisternd meldete sich Gants Funkgerät. »Sir, Michaels hier, an der Spitze.«

»Sprechen Sie weiter, Soldat«, antwortete Gant. Der Sturm flaute ab und es klarte langsam auf. Auf ganzer Länge ihrer linken Flanke befanden sich Objekte. Klein und entfernt, aber so klein auch wieder nicht. Und da war Bewegung …

»Sicht verbessert sich. Ende.«

»Großartig. Also los jetzt.«

»Ähem, nein, Fehlanzeige, Sir. Wir haben ein Problem. Sie werden nicht glauben, wo wir sind.«

Über dem höchsten Punkt eines Grats aus festem Schnee und Eis stellte Gant sein computerverstärktes Fernglas ein. Der Sanitäter, ein untersetzter Mann mit leiser Stimme aus Iowa namens John Brandes, kümmerte sich um Scotts Wunde am Bein.

Dort draußen, jenseits ihrer Stellung, lag ein ausgedehntes chinesisches Feldlager, voll ausgerüstet mit gepanzerten Truppentransportern, Panzern, Flugabwehrbatterien und reihenweise Zelten. Dort waren Truppen. Sehr viele Truppen. Sie hatten sogar Luftunterstützung von vier Kampfhubschraubern.

»Verdammt!«, keuchte Gant.

»Sie hatten keine Ahnung, dass irgendwas davon hier draußen wäre?«, fragte Hackett. Sein starrer Blick war auf Bob Pearce gerichtet, der mit den Schultern zuckte. Woher zum Teufel hätte *er* davon wissen sollen?

»Nicht so.« Gant duckte sich, um allen ins Gesicht zu schauen. »Nun, sie scheinen nichts von uns zu ahnen. Diese Kundschafter konnten keinen Funkspruch durchgeben. Wenigstens *ein* Glücksfall zu unseren Gunsten.« Er kehrte zu seiner Aufklärungsarbeit zurück und stieß dabei versehentlich gegen Scotts Bein.

»Autsch!« Scott zuckte zusammen und schlug sich eine Hand vor den Mund, als er sich daran erinnerte, leise sein zu müssen. Noch hatte das Morphium bei ihm nicht angeschlagen.

»Sie haben Glück«, sagte Brandes und wickelte den Verband fest um Scotts Bein. »Ein glatter Durchschuss.«

»Da kann man wohl von Glück reden«, bemerkte Sarah.

Scott klapperte mit den Zähnen. »Könnten Sie sich einfach bloß beeilen?«, fragte er verzweifelt. »Ich erfriere.« Er hatte seine Reißverschlüsse öffnen und das Bein freilegen müssen. November wischte mit wasserdichten Flicken emsig das Blut von seinem Overall und verklebte die Löcher auf beiden Seiten des Hosenbeins.

Der Sanitäter nickte. »Fertig.« Scott hatte es eilig, sich wieder anzuziehen.

Sie hockten in einer Reihe unter der Schneewehe und behielten die Köpfe eingezogen. »Keinen Schimmer«, stöhnte Gant, »was die sich dabei gedacht haben, euch Jungs in einheitsroten Overalls hier reinzuschicken. Hab ich nicht immer wieder Weiß verlangt? Eine gottverdammte UN-Farbe! Richard, können Sie Chinesisch lesen?«

»Ein bisschen.«

»Na, los. Und jemand soll doch was Weißes um ihn wickeln, ja? Ich will ihn nicht noch mal für Schießübungen hergeben.«

Die weiße Plane, die den Sprengkopf bedeckt hatte, über Kopf und Schultern gebreitet, kroch Scott die Erhebung hoch und spähte vorsichtig über die Oberkante. Gant reichte ihm das Fernglas.

»Blitzen die Gläser von diesen Linsen?«, fragte Scott.

»Nur wenn sie bewegt werden.«

Nicht gerade beeindruckt, hielt sich Scott das Ding vor die Augen. »Wonach soll ich Ausschau halten?«

»Nach links, wo diese Fahne über dem größeren Zelt flattert. Ich hab zwei Banner gesehen.«

»Hab's schon. Siebente Panzerdivision. Sagt Ihnen das irgendwas?«

Gant nickte. »Sonst noch was?«

»Volks… Elitegarde.«

Gant rutschte hinter der Schneewehe nach unten und zog Scott mit sich. »Ach, du Scheiße. Das sind die Besten«, teilte Gant ihnen mit. »Wir haben es mit den gottverdammt Besten zu tun.« Er rieb sich das Kinn und beäugte die leuchtend roten Overalls der übrigen Wissenschaftler. Wie zur Hölle sollten sie daran ungesehen vorbeikommen?

»Schön«, meinte er. »Wir brauchen einen Plan.«

»Wie weit sind wir von *Jungchang* entfernt?«, wollte Hackett wissen.

Sie kauerten im Kreis beieinander, während Gant ihre Position in den Schnee zeichnete. »Ungefähr fünf Kilometer. *Jungchang* liegt fast genau südlich von hier. Eine gute Stunde Marsch *ohne* den Umweg. Dieses Feldlager versperrt uns zwar nicht unmittelbar den Weg, aber so gut wie. Wir müssen um die Außenposten an dieser östlichen Ecke herum. Hier.«

»Und wenn wir die Fallschirme zerschneiden und mit Klebeband um unsere Overalls wickeln? Dann wären wir getarnt«, schlug November vor.

Zwei, drei Marines merkten auf, aber Gant winkte ab. »Äh-äh, der Stoff ist zu dünn. Am Ende wärt ihr nur rosa statt rot.«

Sarah rieb sich Eiskristalle aus den Brauen, während sie sich einen eigenen Eindruck vom Feldlager der Chinesen verschaffte. Warum waren sie nicht weiter bis *Jungchang* gezogen? Wovor fürchteten sie sich? Und dann ging ihr etwas anderes auf. Während die anderen aberwitzige Pläne schmiedeten, wie man an einem chinesischen Stützpunkt vorbeischleicht, ohne beschossen zu werden, gab ihr etwas am Verhalten dieser Chinesen zu denken. Sie waren abgelenkt. Obgleich sich der Sturm erheblich gelegt hatte, schien ihre Hauptsorge immer noch dem Himmel zu gelten. Unvorhergesehener Berührung mit Feindfliegern. Oder am Horizont auftauchenden Fahrzeugen. Sie überprüften Daten ihres Langstreckenradars. Wobei zwei von *denen* rot angezogen waren. Wahrscheinlich zivile Hilfsmannschaften.

»Sie rechnen nicht damit, dass jemand zu Fuß kommt«, sagte sie dann.

Matheson war verwirrt. »Wie meinen Sie das?«

»Wir sind mitten im Nirgendwo.« Sarah zuckte mit den Schultern. »Wer zum Teufel geht schon tausende Kilometer von der Zivilisation entfernt zu Fuß zu einem chinesischen Stützpunkt? Niemand.«

Scott setzte sich behutsam auf. »Du schlägst vor, dass wir da einfach schnurstracks *durchspazieren*?«

»Warum nicht? Dieses Anschleichen ist es doch, was sie erwarten. Verdächtiges Aussehen zieht Verdacht auf sich. Die meisten dieser Burschen frieren sich den Arsch ab und sind schon genug damit beschäftigt, warm zu bleiben. Scheiß drauf! Wette, wenn wir einfach durch ihren Stützpunkt marschieren und so tun, als wüssten wir Bescheid, halten sie uns für ihresgleichen und scheren sich nicht weiter drum.«

»Sind Sie *behämmert*?« Pearce kicherte. »Das dürfte wohl eins der bescheuertsten Beispiele für Pseudopsychologie sein, die mir je zu Ohren gekommen sind.«

Matheson schmunzelte. »Yeah. Sie werden also nicht damit rechnen. Außerdem kann Richard Chinesisch. Kriegen wir Ärger, kann er uns raushauen.«

»Aber!«, widersprach Scott überstimmt.

Hackett grinste kopfschüttelnd. »Das ist so abgefahren, dass es glatt klappen könnte.«

Gant war aufgeregt. »Da steckt Mumm drin. Ist aber nur ein halber Plan.«

»Was diese Sache mit dem Chinesischsprechen angeht«, versuchte Scott einzuwerfen. »Ich kann es lesen, aber –«

»Sir«, sagte Brandes besorgt, »darf ich ... Wir tragen normale Tarnkleidung der US-Streitkräfte. Wenn wir das versuchen, wissen sie sofort, wer wir sind. Wir haben nur die Wahl, die äußere Umgrenzung zu umgehen und auf der anderen Seite wieder zu den Erlmeyern zu stoßen. Auf dem Bauch robben ist ein hübscher Vorschlag, aber als Einzelner, zu zweit oder selbst zu dritt kann man das keinesfalls vernünftig und sich dabei auch noch darum kümmern.« Er fuhr mit der Hand über den langen schwarzen Koffer mit dem Atomsprengkopf auf seinem Schlitten. »Was machen wir damit?«

»Das ist nicht unsere einzige Wahl, Soldat«, sagte Gant. »Geschick … das brauche ich jetzt.« Er zeigte auf Scott. »Sie sind gut mit Sprachen. Sie dürfen mit.« Gant beäugte erst Sarah, dann Bob Pearce, bevor sein Blick schließlich auf November fiel. »Süße, zieh deine Sachen aus.« Dann zu Sarah: »Sie auch.«

Sarah war wütend. »Fick dich doch ins Knie!«, sagte sie aufgebracht. Gant fuhr zurück und war leicht verunsichert, wie er mit ihrer Laune umgehen sollte. Dann fügte sie hinzu: »Es ist mein Plan. Ich gehe mit.«

»Noch mal im Klartext«, sagte Matheson und kämpfte sich vorwärts. »Das Ende der Welt steht auf dem Programm. Wir sind mitten in einem Kriegsgebiet. Folglich werde ich gleich mitten durch ein feindliches Lager spazieren … und einen Zweihundert-Kilo-Atomsprengkopf auf einem Schlitten hinter mir herziehen.«

Am zweiten Zugseil keuchte Sarah, die sich mit ihm abmühte. »Genauso ist es.«

Scott hielt den Kopf gesenkt und hatte Angst, ihn überhaupt zu bewegen. »Seid doch bitte leise! Wenn sie hören, dass wir nicht kantonesisch reden, stecken wir in der Klemme.«

»Scheint so, als wärst du mit deinem Beinschuss am Ende ganz gut weggekommen«, sagte Sarah.

Gant ging neben Scott, trug Novembers roten Overall. Die Korporale Hillman und Michaels in den Overalls von Bob Pearce und Hackett flankierten beidseitig den Sprengkopf.

Keiner von ihnen hatte Schusswaffen bei sich. Zivile Hilfsmannschaften besaßen einfach keine. Stattdessen führten die Soldaten Messer mit sich. Versteckt und scharf.

Ein Mann in Höchstform würde hundert Tage brauchen, um die 2668 Kilometer von einer antarktischen Küste zur anderen mit einem Zweihundert-Kilo-Schlitten im Schlepp zu bewältigen. Matheson fühlte sich an die Geschichte dieses Ortes erinnert. Die Expeditionen von Scott, Amundsen, Shackleton und Mawson waren inzwischen wunderbare Lagerfeuererzählungen – wie diese furchtlosen Männer den Elementen getrotzt hatten und Captain Scott und seine Mannschaft umgekommen waren. Würde sich das nun erneut ereignen?

Sie waren nervös. *Alle* waren sie nervös. Vielleicht war ihr langer Spaziergang deshalb in eine Art pinguinhaftes Gewatschel verfallen, während sie stetig, mit langsam wachsender Beklemmung, vorwärtsmarschierten.

Die endgültige Annäherung über die letzten zweihundert Meter ebenes, nacktes Eis stellte die größte unmittelbare Gefahr dar. Verbarg sich hier irgendwo ein Wachposten, müsste er ungefähr jetzt auftauchen und das Feuer eröffnen.

Aber nichts passierte.

Während sie an die erste Reihe einfacher schwarzer Zelte herantraten, war nichts weiter als das Pfeifen des Windes und einsame Flappen von Bahnen aus Leinwand und Nylon zu hören. Das Ganze glich einer Geisterstadt.

Matheson holte tief Luft. Es fiel zusehends schwerer zu atmen. Und es war erschreckend. Er hatte sich nicht für so schlecht in Form gehalten. Sarah wandte sich ihm zu. »Ist schon gut, Ralph. Das ist die Höhe. In Antarktika ist es im Durchschnitt dreimal höher als sonstwo. Gerade hier sind wir etwa drei Kilometer über dem Meeresspiegel. Du ringst nach Sauerstoff und nicht bloß mit der Kälte.«

»Fühlt sich an, als wollte mir die Lunge gleich aus der Brust springen.«

Scott warf den anderen einen Blick zu, der Mundhalten bedeutete, und vergewisserte sich mit einem zweiten, dass alle ihre Sonnenbrillen trugen. Schließlich müssten die Chinesen nur ihre Augen sehen und das Spiel wäre zwangsläufig aus.

Problemlos passierten sie die erste Reihe Zelte und zogen weiter, ohne anzuhalten und darüber nachzudenken, ob ihr Glück sie verlassen könnte.

Als sie bald darauf an der zweiten Reihe Zelte vorbeikamen, hörten sie fremdartige Stimmen. Leise, mit asiatischem Klang, hallte es zwischen den Reihen mit Ausrüstungskisten wider, die unter schneebedeckten Planen aufgestapelt waren.

Plötzlich kamen zwei chinesische Soldaten mit umgehängten Gewehren unter ihrem Zelteingang hervor. Auf ihrem Weg zu einer Befehlsbaracke sahen sie sich flüchtig nach dem Team um, ehe sie weitergingen.

Scott zögerte, blieb jäh stehen und brachte alles zum Stehen.

Verlegen ging er in die Hocke, als wolle er die Verschlüsse seiner Stiefel nachsehen, spähte durch eine Öffnung in das nächstgelegene Zelt und machte drei weitere Chinesen beim Rauchen und Kartenspielen rings um einen kleinen Heizofen aus. Einer funkelte ihn an.

Scott nickte.

Der Soldat hatte es eilig, die Zeltbahn zuzuziehen.

Scott stand auf und klopfte sich Schnee von dem Knie. Er nickte, damit ihm die Übrigen wieder folgten.

Eilig gingen sie weiter, bis sie da eintrafen, wo Gant sie haben wollte. Motorschlitten standen säuberlich in Reih und Glied hinter flappenden Schutzbahnen – mindestens zwanzig von den Dingern, alle auf Hochglanz poliert. Daneben parkte ein gepanzerter Truppentransporter auf Raupenketten, dahinter wiederum standen die Hubschrauber, und dahinter waren –

*Klatsch!* Scott schwankte etwas, nachdem er geradewegs in einen verdutzten Soldaten gelaufen war, der aus seinem Zelt gestürzt gekommen war.

Der Soldat musterte ihn abschätzig von oben bis unten. Brüllte ein paar Worte, ehe er weiterging.

Scotts Lippen zuckten, er lächelte furchtsam und nickte, als würde er ihn verstehen.

Der Soldat trat einen Schritt zurück, vergrub eine Hand in Scotts Overall und brüllte erneut laut und unverständlich.

Sarah und Matheson wechselten besorgte Blicke. Warum antwortete Scott dem Soldaten nicht? Warum lächelte er lediglich und nickte wie ein Idiot?

Pearce kämpfte sich vorsichtig auf schmerzenden Ellbogen vorwärts und merkte, dass etwas nicht stimmte, als die Mannschaft nicht mit ihm gleichzog. Scott und die anderen, kleine rote Kleckse auf Wanderschaft durch das Feldlager, hätten ein Stück abseits auf einer Freifläche aufgetaucht sein müssen, während er sich hier im Schneckentempo vorwärtsschob.

Waren sie aber nicht, es fehlte jede Spur von ihnen.

Er wies die Übrigen an, sich nicht vom Fleck zu rühren, machte kehrt und holte sein Fernglas hervor. »Allmächtiger … Richard, was *machst* du?«

Hackett drehte sich beunruhigt um. »Was ist los?«

Scott nahm den Arm zurück, ballte eine Hand zur Faust, holte aus –

*Rums!* Der Schlag in die Magengrube des Chinesen war so kräftig, dass der Mann auf der Stelle zusammensackte. Gant war beeindruckt. »Und das war jetzt *was* auf Chinesisch?«

»Mein verflixtes Bein!« Scott sah nach den anderen, die sprachlos dastanden. »Wie ich gesagt habe, ich kann sie *lesen*! Ich hab nicht gesagt, dass ich die verdammte Sprache *sprechen* kann! Also los!«

Gant zerrte den Soldaten hinter ein Zelt, griff nach seinem Messer und war im Begriff, auf das Genick des jungen Soldaten einzustechen, als Matheson ihm Einhalt gebot.

»Was tun Sie da?«

Gant war aufgebracht, aber zum Streiten hatten sie keine Zeit. Stattdessen wurde der Mann binnen Sekunden gefesselt, geknebelt und seiner Waffe entledigt. Dennoch blieben ihnen womöglich nur Sekunden, bis man auch dies entdecken würde.

»Aber du hast doch die Worte dieses Soldaten übersetzt. In *Jungchang*, als Bob sich über ihn beugte –«, sagte Sarah verwirrt.

»Kantonesisch, er sprach Kantonesisch«, schimpfte Scott. »Dieser Scherzbold hier spricht Mandarin.«

Gant zeigte auf den Truppentransporter. »Okay, Matheson, schließen Sie das Ding kurz.«

Matheson nickte. »Denk schon, dass ich das kann.«

»Denken Sie nicht«, befahl Gant, »tun Sie's einfach.«

Michaels war verblüfft. »Es gibt *zwei* Sorten Chinesisch?«

Scott deutete auf den Gefechtskopf. »Gehen wir.«

»Scheiße, Scheiße, Scheiße!«, zischte Pearce im lautesten Flüsterton, den er sich in seiner Lage erlauben konnte. »Sie haben einen Posten ausgeschaltet!«

Hackett kroch zu ihm hoch. »So war's doch geplant.«

»Na ja, ist bloß der falsche Posten. Schaun Sie doch mal.«

Hackett holte sein eigenes Fernglas hervor, um möglichst weit in das feindliche Feldlager hineinzuspähen. Das Team hatte die Einstiegstüren im Heck des Transporters aufgedrückt und zerrte den Sprengkopf in sein Inneres, während Matheson auf der Fahrerseite eine Verkleidung aufriss und Drähte miteinander verband. Qualm quoll aus dem senkrechten Auspuffrohr im Heck des Fahrzeugs.

Der Transporter donnerte los. Selbst auf diese Entfernung konnten sie eindeutig sein bekanntes Grollen und Pfeifen hören. Hinter einigen schweren Einsatzleitwagen bog ein weiterer Mann um die Ecke. Die eigentliche Fahrzeugwache. *Er* war derjenige, den sie hätten ausschalten sollen.

Und er ging schnurstracks auf sie zu.

Hackett warf sich auf den Rücken und winkte Brandes zu sich. »Welche starken Sprengmittel tragt ihr Jungs mit euch rum?«

»Meinen Sie so was wie Mörser, Granaten?«

»Ja.«

»Mörser und Granaten eben«, der Sanitäter zuckte mit den Schultern.

Hackett zeigte mit dem Daumen auf das Feldlager. »Dann würde ich mir an Ihrer Stelle schnell was einfallen lassen. Ein paar Augenblicke noch, dann brauchen die eine Ablenkung.«

Und da hallte bereits der Gewehrschuss im ganzen Lager wider.

»Oje!«, gab Pearce von sich.

Gant trat, die Hände über dem Kopf, von dem Transporter zurück, als der Chinese die Mündung seines Gewehrs durch das Fenster der Fahrerkabine schwenkte. Matheson schien nicht zu kapieren, dass er auszusteigen hatte. Doch der zweite Schuss in die Luft machte es ihm klar. Gants finsteres Gesicht sagte alles: »Nicht bewegen.«

Gant machte einen Schritt nach vorn. Der Soldat schrie ihn an. Überall im Lager kamen weitere Soldaten aus ihren Zelten, um nach dem Grund für den Aufruhr zu sehen. Ein Offizier stieg gereizt von seinem Einsatzleitwagen und kämpfte, flankiert von seinen Untergebenen, mit seinen Mantelknöpfen. Michaels blickte am Heck des Transporters zu Sarah auf, die wie erstarrt in der Tür stand, und legte wortlos einen Finger an die Lippen. Daneben standen Scott zur einen, Hillman zur anderen Seite. Der Gefechtskopf war innen sicher verstaut, eine der hinteren Türen bereits zugeriegelt, die andere noch halb offen.

Ganz, ganz langsam schwang Michaels die Tür auf Sarah zu, damit sie diese festklemmte, und flüsterte: »Sag Ralph, er soll aufs Pedal treten.«

Sie nickte, tauschte einen kurzen, sorgenvollen Blick mit Scott und ließ die Tür einrasten.

Aus dem ganzen Lager drängten nun Soldaten heran, ohne sich so recht sicher zu sein, was da eigentlich vor sich ging. Auf einmal bekam Scott einen ihm verständlichen Fetzen Kantonesisch mit.

»Er hält uns für Fahnenflüchtige«, erklärte er. »Er denkt, wir wollten diesen Transporter stehlen und damit abhauen.«

»Da denkt er richtig«, entgegnete Hillman.

Plötzlich schossen aus den schwarzen Zeltreihen vor ihnen auf ganzer Länge blindwütige Flammen empor. Soldaten wurden in die Luft gesprengt. Von der Explosion erfasste Munition versprühte Meter um Meter einen heftigen Feuerregen.

Gant schleuderte dem jungen Mann, der ihn gefangen nehmen wollte, sein Messer entgegen.

Die Klinge bohrte sich bis zum Heft in seine linke Augenhöhle. *»Los!«*, rief Gant.

Der Ingenieur ließ den ersten Gang knirschen. Das Fahrzeug machte einen Satz nach vorn, pflügte durch die Zelte und hinterließ eine Schneise völliger Verwüstung. Gant hechtete nach dem Gewehr des Toten und kam auf einem Knie wieder hoch, um Sperrfeuer zu geben, während Hillman Scott beim Arm packte.

»Kommen Sie, Professor! Sie wissen vielleicht 'ne Menge, aber wissen Sie auch, wie man diese Dinger fährt?«, schrie der Marine und zeigte auf einen der Motorschlitten.

Scott wusste es. Den Anlasser gedrückt, ließ er das Gas kommen und schlingerte davon.

Hillman, Michaels und Gant folgten in kurzem Abstand.

Dahinter die siebente Panzerdivision der Volksarmee-Elitegarde.

»Feuert noch eine!«, befahl Brandes.

»Aber unsere Leute kommen direkt auf uns zu!«, rief einer der Soldaten, die den Mörser bedienten.

»Dann halt über ihre Köpfe!«

Der Soldat gehorchte und verwandelte einen der chinesischen Einsatzleitwagen in einen wutschnaubenden orangeroten Feuerball. Die Zerstörung übertraf alle denkbaren Erwartungen. Unter dem gesamten betreffenden Lagerabschnitt öffnete sich die Eisfläche zu einem scheinbar abgrundtiefen Graben. Vulkanische Dämpfe tief aus dem Inneren des Gletschers tosten hervor.

Matheson schaltete hoch. »Das erklärt es!«, sagte er über die Schulter hinweg.

»Erklärt *was*?«, gab Sarah mit finsterer Miene zurück und langte nach einer Griffstange unter dem Dach, um nicht länger durch das Heckteil des rumpelnden Transporters geworfen zu werden.

»Warum die Chinesen ihr Lager nicht näher an *Jungchang* aufgeschlagen haben. Dieses Satellitenfoto von Atlantis zeigte eine mehrere Kilometer breite Stadt – so groß wie Manhattan. Wir sind unmittelbar darüber, selbst so weit entfernt von *Jungchang*. Ringsum muss das Eis meilenweit brüchig sein. Als Atlantis entstand, fing es darunter zu tauen an.«

»Na großartig«, erwiderte Sarah. »Dann könnte Atlantis ja noch einmal versinken.«

»Scheiße«, meinte Matheson. »Daran hab ich nie gedacht. Was zum Henker machen wir, wenn wir da gar nicht runterkönnen?«

Als ihre Motorschlitten hinter dem entschwindenden Transporter durch die Zelttrümmer rasten, wurde Scott und den anderen jäh der Weg abgeschnitten. Sie mussten kehrtmachen, um einen Rampenbehelf zu finden, der ihnen als Sprungschanze dienen konnte. Es hagelte Kreuzfeuer, als sie nacheinander über die Kluft hinwegpreschten und heftig auf der anderen Seite aufprallten.

Die Marines zerlegten und verpackten eilig ihren Mörser, während der Transporter herangedonnert kam und einen Schwenk hinlegte, dass das Eis nur so aufstob. Sarah stieß die rückwärtigen Türen auf. »Rein hier!«

Die Wissenschaftler rappelten sich auf und bekamen unter dem Feuerschutz der Marines den Vortritt.

Hackett hievte sich auf den Beifahrersitz. »Hallo, gar nicht übel«, meinte er. Er vernahm mehrere dumpfe Aufschläge auf einer Seite des Fahrzeugs, als würden Kinder sie mit Kieseln bepfeffern. »He! Wir werden beschossen!«

Matheson funkelte ihn an. »Sag nur, Sherlock!«

*»Autsch!«*, kreischte Pearce auf, als ihm beim Aufsetzen etwas schmerzhaft in den Arm stieß. Er versuchte, Blut zu stillen, das aus einer Schnittwunde sickerte, und November kümmerte sich um ihn.

»Nun macht schon!«, rief Sarah den Marines von der Hecktür aus zu. »Rein hier, wir müssen los!«

»Fehlanzeige!«, schrie Brandes zurück. »Wir müssen dableiben und den Jungs Feuerschutz geben, sonst schaffen sie's nie!«

»Wenn ihr jetzt nicht reinklettert – schafft *ihr* es nie!« In diesem Moment erschütterte eine Explosion in der Nähe das ganze Gefährt und zerfetzte zwei der Marines.

Sarah war fassungslos, wusste nicht, was sie tun sollte. Starr vor Entsetzen, begriff sie gar nicht, dass Brandes die Tür vor ihrem Gesicht zugeknallt hatte und den Riegel von außen zuschob.

Eine weitere Explosion brachte den gepanzerten Transporter erneut ins Wanken.

Matheson warf einen Blick über die Schulter. »Was ist nun? Sind wir so weit?«

Hackett stellte fest, dass Pearce auf dem Fahrzeugboden lag und stark blutete. »Bloß raus hier!«, schrie er.

Matheson rammte den Gang rein. Sie fuhren los.

In einem Versuch militärischen Hakenschlagens schlingerte Scott um strampelnde feindliche Soldaten und bröckelnde Eisplatten herum. Aber letztendlich war es leichter, die Hindernisse einfach glatt zu überfahren.

An seiner linken Flanke zog Gant gleichauf, schlug auf einen Soldaten ein und riss ihm das Gewehr aus der Hand. Er schwenkte die Waffe hinter sich und gab nacheinander mehrere Salven Feuerschutz ab, bis das Magazin leer war.

Doch obwohl alle Schüsse danebengingen, zählte jeder, und als sie die Kettenspuren des Transporters endlich wieder aufgenommen hatten, war ihr Weg frei.

Sie stellten sich quer, als sie die wartenden Marines erreichten.

»Brandes, Jackson! Alle aufgesessen – los!«, brüllte Gant.

Hillman warf einen Blick über die Schulter auf die herannahenden chinesischen Streitkräfte, die sich ihrer übrigen Motorschlitten und Truppentransporter bemächtigt hatten. Selbst zwei der Hubschrauber liefen warm, ihre Rotorblätter begannen zu kreisen. »O Jesus, macht schon, Jungs, wir müssen uns ganz schnell verpissen!«

Aber die Marines waren tot, sie dienten nun als Schutzschilde für die chinesischen Sondereinsatztruppen, die unter ihnen auf der Lauer gelegen hatten.

Michaels reagierte als Erster, donnerte über seinen gefallenen Kameraden hinweg und zerquetschte den daruntersitzenden Elitesoldaten. Die scharfkantigen Metallketten des Schlittenhinterteils drehten durch, rissen dem Leichnam die Kleider vom Leibe und sein Fleisch in Stücke, ehe sie wieder griffen und der Marine dem Transporter hinterherpreschte. Die anderen drei folgten dichtauf.

Sie zogen an einem Eishügel vorbei und bemerkten nicht, dass oben zwei verwirrte chinesische Kundschafter auf ihren eigenen Motorschlitten hockten. Als ihre Funkgeräte sich meldeten, schwenkten sie ihre Gefährte herum und nahmen die Verfolgung auf.

»Wo fahren wir hin?«, wollte Matheson wissen, während er darum kämpfte, bei diesem Tempo die Gewalt über sein Fahrzeug zu behalten.

Hackett drehte die Karte hin und her, wurde aber trotzdem nicht schlau daraus. »Das ist alles, äh, Chinesisch für mich«, offenbarte er und faltete die Karte auf benutzerfreundlichere Größe. »Ich kann's nicht entziffern. Zur Hölle, wo steckt der Linguist, wenn man ihn braucht?«

»Na, die müssen doch ein Zeichen für Norden oder Süden oder irgendsolchen Scheiß haben. So was gilt doch überall.«

Hackett hielt Matheson die Karte hin und tippte mit dem Finger auf die vielen Schnörkel. »Nicht in China!«

»He, Bob blutet mächtig«, rief November. »Sieht irgendwer einen Verbandskasten?«

»Nein. Ist das 'n Problem?«, sagte Hackett.

Pearce hielt sich zähneknirschend den Arm. Ein schwarzes, scharfes Stück Metall ragte aus seinem Unterarm. »Ja!«, schrie er. »Ja, das ist ein verkacktes Problem!«

Sarah zuckte zusammen, als sie sah, wie es ihm ging. »Tolle Sprüche, Bob. Uns fällt schon was ein.«

»Entschuldigung?«, unterbrach Matheson.

»Was?«

Matheson machte eine Handbewegung zur Windschutzscheibe. »Welche Richtung?«

So weit das Auge reichte nichts als nackte Ödnis aus Schnee und Eis.

»Himmel, keine Ahnung. Vorwärts?«, schlug Sarah vor und sah einen Kasten mit einem kleinen roten Kreuz darauf, der an einer Stahlrippe hing. Sie rappelte sich auf.

Matheson riss das Steuer herum, um weiterem Eis auszuweichen. Und da sah er ihn. Den vertrauten Himmel von vor gerade einmal ein paar Wochen. Ausgedehnte wallende, grüne Wedel wogten und glühten vor den dunkleren Bereichen der Atmosphäre, wo sich geladene, von Sonnenwinden herrührende Teilchen im Magnetfeld der Erde verfingen. Die *Aurora australis*.

Nur dass die quirlige grüne Masse diesmal nicht bloß über den Himmel waberte, sondern sich zielstrebig zu einem Sog ballte und einem Wirbelsturm anglich. Wie es in der uralten chinesischen Sage hieß – eine riesenhafte zweiköpfige Schlange lag im Kampf mit den Naturgewalten von Wind und Regen.

In einem kolossalen grünen Trichter, der ein Wogen verwirbelter Magnetströme zu sein schien, strudelten Milliarden Tonnen geladener Teilchen zur Erde herab und weiter in ihre Tiefen, trafen in einiger Ferne auf den Boden und wurden die vielleicht hundert Kilometer vom Weltraum her durch einen Schlauch befördert, der aus der unerforschlichen Willenskraft des Alls selbst erschaffen war.

Es war wie eine glühende, mit Mutter Natur verbundene Nabelschnur. Und sie nährte Atlantis.

»Heilige Mutter Gottes«, murmelte Matheson. »Ich glaube, ich habe soeben *Jungchang* gefunden.«

Vor sich hatte Scott etwas, was nach einer kleinen beweglichen Kanone aussah. Er stieg behutsam von seinem Gefährt und versuchte, jede rasche Bewegung zu vermeiden. Um keinen Preis wollte er noch einmal angeschossen werden.

Es schien eine automatisierte Vorrichtung zu sein. Angebracht auf einem langen Metallarm, hing sie an etwas unter dem Schnee Verborgenem, wobei von ihrer einen Seite eine winzige Kamera abstand. Offensichtlich also irgendeine Art fernbedienter Apparat.

Während hinter ihm das Dröhnen herannahender Fahrzeuge stetig unheilvoller wurde, war das Knistern eines Lautsprechers in der Maschine das Letzte, womit Scott gerechnet hätte.

Eine blecherne Stimme mit amerikanischem Akzent fragte knapp: »Name?«

Scott war verdutzt. »Äh, Scott«, antwortete er. »Richard Scott. Linguist beim UN-Inspektionsteam.«

Erst Schweigen, dann folgte: »Oh, Sie sind Scott. Würde es Ihnen etwas ausmachen, sich zu ducken, Sir? Es ist nur so, dass Sie in meiner Schusslinie stehen.«

Scott stellte keine weiteren Fragen. Die Arme nach vorn, warf er sich zu Boden, während sich die Vorrichtung unter der Kanone grollend vom Schnee freischüttelte.

Zu beiden Seiten Scotts bäumten sich überall auf dem Kamm ähnliche Maschinen aus den Schützenlöchern auf, die sie sich in den Schnee und das Eis geschabt hatten. Insgesamt vielleicht fünfzehn Gefährte, wie eine Reihe von Minipanzern. Im Kern handelte es sich um umgerüstete Yamaha-Breeze-Geländebuggys mit Ketten statt Reifen. Sie strotzten von technischem Zubehör: hochleistungsfähige Zoom-Überwachung, Wärmebildkameras. Es waren gut ausgestattete kleine Maschinen. Am eindrucksvollsten jedoch waren ihre Panzerung und Kampfbereitschaft, ihr Aufgebot an Geschützen und Raketenwerfern.

Diese Maschinen waren für den Krieg gebaut. Und auf ihren Flanken stand: SaRGE; es waren die *Surveillance and Reconnaissance Ground Equipment*-Roboter. Sie waren der letzte Schrei der US-Streitkräfte in ferngesteuerter Kriegsführung. Sie würden dem Feind noch Hören und Sehen vergehen lassen.

Gant und Dower hatten bereits davon gesprochen. Das war die gottverdammte Kavallerie.

Servomotoren meldeten sich surrend, Ziele wurden angepeilt, Waffen schossen. Und binnen kürzester Zeit, unter einem anhaltenden, in weitem Bogen entfesselten Sperrfeuer, trudelte einer der Kampfhubschrauber als rasender Feuerball vom Himmel, wurden die bedrohlichen Motorschlitten versprengt.

Dann, während mehrere Einheiten den Geschossregen aufrechterhielten, nahmen andere SaRGE-Roboter neue Ziele ins Visier. Längst hatten sie die geologischen Verhältnisse erforscht, nahmen nun auf einige Entfernung den Erdboden unter Beschuss und rissen eine gewaltige, halbmondförmige Kluft in das bröckelnde Eis, die sich nur noch auf einem Umweg oder durch den Bau einer künstlichen Brücke überwinden lassen würde.

Die Chinesen kamen schlagartig zum Stehen und waren unschlüssig, was sie als Nächstes tun sollten.

Scott kroch hinter das nächste SaRGE-Vehikel und brach vor Erleichterung zusammen.

# 15. Abstieg

## USS Jefferson City SSN-759

»Kapitän, ich krieg was rein.« Leutnant zur See J.G. Will Timms wartete auf die Befehle seines Kapitäns.

»Bestätige« war alles, was dieser von sich gab.

Sie waren mit vollen zwanzig Knoten hinaus zu den Koordinaten gestampft und unterwegs auf maximale Tauchtiefe gegangen, ganze vierhundertfünfzig Meter. Doch der Bereich des Pazifiks, den sie zu untersuchen hatten, wies Tiefen auf, die sie unmöglich je erreichen könnten. Der Druck würde sie zermalmen.

Penoit, eine Art Schiffsführer, befahl, die *Jefferson City* zum Stehen zu bringen und ihre Steuerbord-Schleppgruppe auf volle 2600 Meter Länge auszuziehen. Das Unterseeboot besaß unzählige Horcheinrichtungen. Die Sonarausrüstung beispielsweise fügte sich in eine Vordergruppe. Aber die Schleppgruppe wurde an einer Leine hinter dem Fahrzeug hergezogen, wenn das U-Boot Jagd auf feindliche Schiffe machte.

Bei Stillstand des Boots konnte die Gruppe nur noch wie Blei an einer Lotschnur absinken und dabei weit in die dunklen Tiefen des Stillen Ozeans vordringen.

Im Meer schwankte die Schallgeschwindigkeit. Manchmal betrug sie gut und gerne 1600 Meter pro Sekunde. Manchmal nur mehr 1400. Vielerlei veränderliche Größen beeinflussten diese Geschwindigkeit, aber drei Schlüsseleigenschaften waren entscheidend: Temperatur, Salzgehalt und Druck. Jedes zusätzliche Grad Wärme im Meerwasser beschleunigte den Schall um 4,5 Meter pro Sekunde. Jedes zusätzliche Prozent Salz und dementsprechend steigende Dichte beschleunigten den Schall um 1,3 Meter pro Sekunde. Hundert Meter zusätzliche Tiefe beschleunigten den Schall um 1,7 Meter pro Sekunde. In diesem Fall waren somit die Druckverhältnisse in erster Linie bestimmend. Unterhalb der oberen ozeanischen Schichten wanderten Schallwellen wie ein Blitz in der Flasche.

Timms griff an seine Kopfhörer, blinzelte, regelte die Anzeige auf seinem Bildschirm nach und zeigte seinem Kapitän einen hochgereckten Daumen. »Zweifelsfrei ist da was, Sir«, sagte er.

»Irgendeine Ahnung, was es ist?«

Erneut nahm Timms Feineinstellungen am Signal vor. »Ich weiß, was es *nicht* ist, falls Ihnen das hilft.«

»Was ist es *nicht?*«

»Na ja, Walgesang schon mal nicht. Zu gleichmäßig – zu rhythmisch. Und gänzlich außerhalb des menschlichen Hörbereichs. Ich hab's in eine wahrnehmbare Frequenz umgewandelt. Wenn Sie möchten, kann ich's über Lautsprecher laufen lassen, Sir.«

Penoit nickte. Timms beugte sich vor und legte einen Schalter um.

Mehrere kurze Impulse, gefolgt von einem langen, waren zu hören. Wieder und wieder. Mehrere kurze, gefolgt von einem langen Impuls.

Timms nahm einige weitere Messungen vor. »Es ist eine röhrenförmige Welle, Sir. Sie wandert geradlinig. Sehr geringe Streuung. Strebt nach Norden. Das könnte sich noch tausende Kilometer so hinziehen. Soll ich das dann an die Kette weitergeben, Kapitän?«

Erneut nickte Penoit und murmelte: »Danach haben sie gesucht ... Nun, sie hatten Recht.« An seinen Stellvertreter gewandt, befahl er: »Auftauchen auf zwanzig Meter. Seerohr ausfahren und Funkverbindung zur Kette herstellen. Sie übernehmen die Brücke, Leutnant.«

»Was zum Teufel ist *das?*«, fragten alle, die sich um die Bildschirme auf dem Peildeck im Kommandoturm der *USS Dolphin* versammelt hatten. Die Videobilder der Direktübertragung vom bordeigenen ferngesteuerten Tauchroboter *Cousteau* waren verblüffend.

Auf den Spuren mehrerer rhythmischer Schallflüsse war *Cousteau* an einen Punkt fünf Kilometer unter dem Nordpol gewandert, wo die Schallwellen zusammenzulaufen schienen und Sonnenlicht eine ferne Erinnerung war.

Speziell für akustische Tiefseeforschung und meerbodennahe ozeanische Vermessungsarbeiten ausgerüstet, war das Forschungstauchboot *Dolphin* das vielleicht am sinnvollsten eingesetzte Fahrzeug der gesamten Sondereinheit.

Kapitän Rachel McNichol machte einen langen Hals, denn auf dem Bildschirm sah sie eine Reihe Pyramiden in kreisförmiger Anordnung, die sich noch hunderte Meter weit in ein Dunkel zu verlaufen schien, das die Suchscheinwerfer und Kameras des Roboters nicht mehr zu durchdringen vermochten.

Alle fünf Offiziere waren bei ihrem Kapitän, gemeinsam mit den fünf Wissenschaftlern und zwei, drei rangniederen Besatzungsmitgliedern. Kapitän McNichol musste ihre Hand heben, um das aufgeregte Geplapper aufs Nötigste zu beschränken.

»Jesus und Maria, was zum Henker *ist* das?!«

»Ruhe! Ruhe!«, blaffte Rachel. »Jensen, können Sie den Rechner dazu bringen, ein Bild davon darüberzulegen, was genau diese Schallwellen anstellen?«

Jensen machte sich sofort ans Werk und stellte voller Überraschung fest, dass die schlammbedeckten Bauten – »Vibrieren! Sie vibrieren! Kapitän, diese Dinger empfangen nicht nur Signale, sie pulsen auf selbem Weg Signale zurück.«

»Wie?«

Jensen zuckte mit den Schultern. »Da bin ich überfragt. Am ehesten könnte ich mir noch ausmalen, Ma'am, dass sie wie bei 'ner Stereoanlage, wissen Sie, wo ein Pappkegel das Hauptteil des Lautsprechers ist? Dass diese Megalithen sich genauso verhalten, nur statt eines Pappkegels – ist es massiver Stein.«

*Cousteau* glitt zentimeterweise über die geometrischen Erhebungen hinweg. Alles war dunkelgrau bis schwärzlich, als sich mit einem Mal ein Strudel schimmernden Wassers aus der Nacht erhob. Eine Säule, die in der kreisförmigen Baulichkeit unter sich verankert schien, wirbelte das Wasser im Kreis.

Ein geistesgegenwärtiger Wissenschaftler gab den Befehl zur Vollbremsung an das Tauchgerät ein, während die Übrigen keine Worte fanden und einfach den Mund aufsperrten.

Rachel fuhr mit den Fingern durch ihr dunkelbraunes Haar. »Schickt 'ne Funkboje hoch. Nachricht an alle, die in der Nähe des Nordpols lagern, sie sollen die Zelte abbrechen und da weg – *sofort!*«

»Kapitän«, meldete Jensen zurück, »Sie werden diese Messwerte nicht glauben, aber das Wasser rings um diese Schallflüsse ist zähflüssig, als würde es sich verfestigen.«

»Das Wasser?«

»Ja, Ma'am. Und es heizt sich auf.«

## Truman

»Es ist ein Netzwerk, Admiral.«

Der Leutnant rollte die vierfarbig bedruckte Folie auf dem Leuchttisch aus und klemmte sie fest. Eine zwei Quadratmeter große Weltkarte frisch aus dem Plotter der Nachrichteneinheit tief im Inneren des Flugzeugträgers.

Die Karte zeigte die genauen Verläufe sämtlicher vorhandenen Schallflüsse. Von wo sie ausgingen und wohin sie führten. Jeder

Fluss eine leuchtend rote Linie, das Ganze ein Kreuzungsgeflecht über die Karte hinweg, ähnlich den Streckennetzen, die Fluggesellschaften auf die Rückseiten ihrer Bordzeitschriften druckten.

»Es sind mehr als fünf Stätten, Admiral.«

Dower rückte seine Brille zurecht, während er die Darstellung sorgfältig betrachtete. »Aber es scheint fünf überragende Mittelpunkte zu geben. Stimmen Sie mir zu?«

»O ja, Sir«, sagte der Offizier. »Ja. Es gibt fünf Mittelpunkte. Aber dazu kommen mindestens einhundert weniger bedeutsame Stätten unterschiedlichster Größe, die in dieses Netzwerk eingebunden zu sein scheinen.«

»Wozu ist es gut?«

»Wir haben keine Ahnung.«

»Fiele einer dieser Nebenpunkte aus dem Ganzen heraus, was würde dann mit dem Netzwerk geschehen?«

Der Leutnant zuckte mit den Schultern. »Höchstwahrscheinlich gar nichts, schätzen wir. Die Schallwellen würden sich neu ausrichten. Fiele einer der *Mittelpunkte* aus dem Ganzen heraus, dann sähe die Geschichte schon anders aus.«

Dower warf ihm einen Blick zu, der besagte, dass er Einzelheiten wissen wolle und gewöhnlich nicht erst darum bitten musste.

»Fiele von jeweils vier Nebenpunkten einer aus dem Ganzen heraus, stünden die Chancen vermutlich fifty-fifty, dass der Schaden vom Netzwerk verkraftet wird. Aber … fiele Atlantis aus dem Ganzen heraus, dann würde der Rest zusammenbrechen.«

»Das sind röhrenförmige Wellen? In sich geschlossene?«

»Ja, Sir. Sollte ihr Winkel jedoch so verändert werden, dass die Wellen in üblicher Weise in alle Richtungen wandern wie Kreise, die ein in den Teich geworfener Kiesel zieht, dann bliebe kein Kubikzentimeter der Weltmeere mehr unberührt davon, was auch immer für ein Signal in sie eingespeist wird.

Admiral, die Ozeane werden aufgeheizt. Es schmilzt die Eiskappen ab. Vielleicht ist das Gleiche beim letzten Mal passiert.

Gleich welche Zivilisation diese Strukturen erschuf – und zu welchem Zweck –, es hatte die Nebenwirkung, dass sie Kraft von der Sonne abzapften, den Überschuss in die Meere leiteten, die Pole abschmolzen und die Erde fluteten.«

»Setzen Sie sich mit Major Gant in Verbindung«, befahl Dower. »Er soll die Detonation des Sprengkopfs vorbereiten.«

## Iglu

Die ersten Blöcke waren entscheidend. Zurechtgesägt, um sich auf drei Seiten zusammenzufügen, und vor Ort in Form gebracht, bestimmten sie Größe und Gestalt eines Iglus. Wurden dann weitere Schneeklötze darübergeschichtet und an ihren Platz gestampft, verbanden sich die Eiskristalle schließlich wie Superkleber.

Ein fertiger Iglu war eine durchgehende Spirale aus Schneeblöcken und derart fest, dass ein Mann auf seinem Dach herumspringen konnte. So einwandfrei ausgeführt, dass die Innentemperatur an die null Grad erreichte, während draußen noch minus 40 Grad herrschten.

Der Iglu in *Jungchang* wurde von zwei Inuit-Brüdern gebaut, Ingenieure namens Lei und Ham Kadloo, die Hals über Kopf nach Anchorage, Alaska, geflogen wurden und wenig Zeit bekamen, sich mit den Fernbedienungsarmen und Fernsehhelmen vertraut zu machen, die über Satellit mit der SaRGE-Einheit in der Antarktis verbunden waren.

Richard Scott näherte sich humpelnd dem gefrorenen Bauwerk. Der Schmerz pochte tief im Inneren seines Beins, also versuchte er, lieber an etwas anderes zu denken und nicht darauf achten zu müssen. Daran zum Beispiel, dass der viele Schnee wirklich wie unter den Füßen verdichtetes Styropor klang.

*Jungchang* sah ganz genau so aus, wie Bob Pearce es beschrieben hatte, bis auf ein riesenhaftes Merkmal. Gleich hinter den verkohlten und zerfetzten Überresten des Lagers, hinter kaputten Hütten und zerstörten Gerätschaften, erstreckte sich die gewaltige grüne, strudelnde Nabelschnur aus Energie vom Himmel. In einen klaffenden, scheinbar bodenlosen Krater abtauchend, sah der spannungsgeladene Wirbelsturm aus wie eine gewaltige Schraube, die ins Eis gedreht wurde, vielleicht von Gott höchstpersönlich.

Lichter glommen im Iglu. Und Scott konnte auch Stimmen hören, die Englisch sprachen und medizinische Begriffe verwendeten.

Doch als er durch den Eingang trat, traf er nichts weiter an als eine Ansammlung Maschinen, die ein blutiges Gemenge in ihrer Mitte unters Messer nahmen. Er machte noch einen Schritt und fand Bob Pearce ausgestreckt auf dem Operationstisch vor. Ferngesteuerte SURGEon-Einheiten versorgten seine Wunden. Ferngesteuerte Arme nähten Schnittverletzungen. Eine mechanische Hand tupfte behutsam Blut auf.

Bob Pearce hob den Kopf und lächelte leicht. »Oh, Richard, hi.«

Scott nahm die vereiste Schutzbrille ab, um ungläubig diesem Vorgang zuzuschauen.

»Liegen Sie still, Mr Pearce«, ordnete einer der mechanischen Sanitäter an. »Wir sind noch nicht fertig. He, Nick, könntest du das Licht da drüben heranziehen?«

»Klar.«

Ein weiterer mechanischer Arm schwenkte eine Halogenlampe über eine Wunde, während die anderen Arme ihre Arbeit fortsetzten. Ihre Kameraaugen drehten sich kurz zu Scott, um ihn von oben bis unten zu mustern und seine Verletzungen einzuschätzen.

»Wie geht's dem Bein, Dr. Scott?«

»Schlecht. Wer sind Sie?«

»Hier Hauptmann Bill Preston, Marinesanitäter in Pensacola.«

Eine Nadel zwischen zwei Metallfingern machte eine kleine Winkbewegung und fuhr mit der Arbeit fort.

»Ich bin Mike Everty. Sheila, wo sind Sie?«

»In Chicago, Mike.«

»Wie ist das Wetter da oben?«

»Fragen Sie lieber nicht.«

Scott schaute zu Pearce. »Sie können fühlen, was sie da tun?«

»Zweiwegekommunikation. Die Steuervorrichtungen drüben in ihren Lazaretten geben jeden Reiz weiter, den sie hätten, würden sie mit den eigenen Fingern in meinem Arm herumstochern. Toll, nicht?«

»Echt schräg«, sagte Scott erstaunt.

»Probieren Sie mal, hier zu liegen.«

»Wo sind die anderen?«

»Unten.«

Scott zuckte mit den Schultern, als wolle er sagen: Und was soll das jetzt bedeuten? Pearce wies mit dem Daumen hinter sich auf ein Loch im Boden. Dort führte ein Tunnel in das Eis hinunter.

»Sie sind da unten. Mit einem chinesischen Soldaten.«

»Der, den Sie ferngesichtet haben?«

Pearce brachte ein mattes Lächeln zustande. »Jesus, einer von wahrem Glauben ist unter uns.«

»Nicht bewegen«, befahl einer der Roboter. »Sollen wir's etwa verpfuschen?«

Pearce scherte sich nicht darum. Der Iglu sei als Zuflucht für den chinesischen Soldaten gebaut worden, erklärte er. Ferngesteuerte Einheiten seien entsandt worden, um das Gelände zu sichern und den Mann lange genug am Leben zu halten, bis er befragt wäre. Schließlich sei er eine unschätzbare Quelle. Er wisse tatsächlich, was da unten zu erwarten war.

Scott war unsicher auf der Nylonstrickleiter, aber es ging auch nur drei Meter in die Tiefe. Sarah reichte ihm die Hand.

»Willkommen zur Party«, sagte sie.

Zu seiner Überraschung traf er im Tunnel eine weitere SURGEon-Einheit bei der Pflege des jungen Chinesen an. Der lehnte umständlich mit dem Rücken an der Wand des Eistunnels und hielt einen dampfenden Becher Kaffee in Händen, den November ihm zubereitet hatte.

Scott ging neben ihr in die Hocke. »Ihm geht's so weit gut?«

»Scheint so.«

»Bob hatte Recht. Verdammt noch mal, Bob hatte Recht.«

»Und Ralph ebenso«, Hackett trat mit einem Lächeln zu ihnen, um Scott zu begrüßen. »Sehe mit Freude, dass Sie's geschafft haben, Richard.« Er reckte einen Daumen in Richtung Matheson, der sich ein Funkgerät ans Ohr hielt. Er war weiter unten im Tunnel, wo sich die Decke stellenweise geöffnet hatte und den Himmel freigab. Dort war der Empfang viel besser. Ralph lauschte seinem Apparat und zog dabei allerlei Linien quer über eine hastig in sein Notizbuch gekritzelte Weltkarte.

»Das ist das Netzwerk aus Schallwellen – Schallflüsse, die sich zwischen den Erdteilen erstrecken. Es existiert wirklich! Die Marine hat das Muster überall auf dem Planeten aufgespürt. Dower bekam gerade einen Anruf von den Briten herein. Die *HMS Ocean* und die *Illustrious*, die gerade auf Manöver sind, haben Teile davon bestätigt.«

Scott sah sich um. »He, wo steckt Gant? Er hat's doch wohl geschafft, oder?«

»Gant, Michaels und Hillman«, sagte Sarah. »Mehr sind uns nicht geblieben. Sie sind dabei, die Tunnel zu erforschen. Sie versuchen, einen Weg nach unten ausfindig zu machen.«

Scott richtete seine Aufmerksamkeit wieder auf den Soldaten. *»Wie geht's?«*, fragte er auf Kantonesisch.

Der Soldat blieb ungerührt, schlürfte einfach seinen Kaffee

und beachtete ihn nicht, obwohl etwas in seinen Augen darauf hindeutete, dass er verstanden hatte.

Scott schaute zu November. »Mächtig gesprächig, hm?«

»Er hat dauernd *Yan Ning* gesagt, als wir herkamen. Immer wieder. *Yan Ning*. Sagt Ihnen das was?«

»*Yan Ning* …? Das ist kein Begriff. Das ist ein Name – ein Frauenname.«

»Der Name meiner Freundin«, der gedrungene kleine Soldat machte auf einmal den Mund auf und verschüttete dabei fast seinen Kaffee.

»Sie können unsere Sprache sehr gut«, bemerkte Scott und stellte sich vor.

»Hab vor der Armee nicht umsonst zwei Jahre bei McDonald's in Peking gearbeitet«, entgegnete er und stellte sich als Gefreiter Chow Yun vor.

Scott schaute zu den anderen und tauschte Blicke. »Hören Sie, wir brauchen Ihre Hilfe, Yun. Wir müssen wissen, was unter dem Eis ist. Wir wissen, dass es eine Stadt ist, haben aber keine Ahnung von ihrem Zustand. Wie ist sie angelegt?«

»Das ist nicht möglich.«

»Hör mal, ich hatte gerade einen Zusammenstoß mit deinen Kameraden«, schnauzte Scott und befühlte seine Beinverletzung. »Bin angeschossen worden und nicht in Laune für Engelsgeduld.«

Der Soldat schwieg.

Scott kratzte sich im Gesicht. Vielleicht sollte er es andersherum versuchen. Zweifellos hielten militärische Vorschriften den Soldaten davon ab, irgendwelche Geheimnisse zu verraten. Also fragte er behutsam: »Vermisst deine Freundin, stimmt's?«

»Ja«, erwiderte der Soldat unruhig.

»Bestimmt wirst du froh sein, wenn das hier alles vorbei ist und du zu ihr zurückkannst.«

»Ich kann nie wieder zu ihr zurück. Als ich sie da unten in der

Stadt sah …« Er suchte Blickkontakt mit Scott. Also *gab* es da eine Stadt. »Als ich sie sah … bekam ich große Angst.«

»Ich verstehe nicht. Sie war da unten in der Stadt?«

»Ja. Yan Ning war da unten in der Stadt.«

»Sie ist Soldatin?«

»Nein. Sie ist tot. Sechs Monate. Aber ich hab sie da unten gesehen.«

»In der chinesischen Überlieferung«, erläuterte Yun, »sind die Geister der Toten bösartig. Wird ihre Grabruhe gestört, werden *sie* zu Störenfrieden. Wir haben die Ruhestätte in Wupu gestört und die Geister übten mit Sturm und Erdbeben Vergeltung. Deshalb durfte nicht noch jemand Unfrieden in Wupu stiften. Das hat viel Gefahr gebracht. Darum musste eure Rola Corporation von dort fort.«

»Was hat euch dann hierher geführt, in die Antarktis?«, wollte Scott wissen.

»Die Landkarten«, erwiderte Yun nüchtern. Dann, als er die Ratlosigkeit aus Scotts Miene bemerkte: »Die Karten in Wupu. Sie wissen von den Karten, oder?«

Scott tauschte besorgte Blicke mit seinen Kollegen. »Nein.«

Yun erklärte, was es mit den Landkarten auf sich hatte. Und es fügte sich nahtlos in das ein, was sie alle die letzten Tage über herausgefunden hatten. Denn in die Kristallmonumente von Wupu fanden sich Weltkarten eingeätzt, die von den Verbindungen zwischen frühgeschichtlichen Stätten überall auf der Erde zeugten. Und der antarktischen Stätte wurde größere Verehrung als allen anderen zuteil.

Damit war geklärt, woher die Rola Corp. so rasch gewusst hatte, an welcher Stelle es zu suchen galt.

»Als wir die Geister in Wupu störten, suchten sie uns als Wiedergänger heim. Die Geister der Antarktis stören, das hieße die Geister der Welt stören. Das, Dr. Scott, wäre eine große Vergeltung. Wir sind nicht hier, weil wir uns für die Besitzer von Atlantis hielten, sondern um Sie von einem Fehler abzuhalten.«

Scott vergrub den Kopf in den Händen und raufte sich das Haar. »Zum Teufel mit allen Religionen!« Er schaute den Soldaten an, dann sagte er in bestem Kantonesisch: *»Chow, ich hielte es für einen Fehler, nicht nach dort unten zu gehen. Du weißt, was dort zu erwarten ist. Komm mit uns. Zeig uns den Weg.«*

Chow Yun sah beschämt und betroffen weg. »Ich werde nicht zurückgehen«, entgegnete er auf Englisch.

»Wir brauchen deine Hilfe.«

Yun schlürfte seinen Kaffee und hatte Schwierigkeiten, Scott weiterhin in die Augen zu schauen. Es war nicht klar, ob sie Hilfe von ihm bekommen würden.

Ein Geklapper weiter hinten machte ihnen bewusst, dass dort Gant um die Biegung des Eistunnels kam. »Leute, schnallt euch die Steigeisen um – wir ziehen los«, befahl er.

Yun blickte aufgeschreckt hoch. »Was ist mit mir? Sie lassen mich hier?«

Gant zuckte mit den Schultern. »Es steht Ihnen frei zu gehen. Ich möchte, dass Sie Ihren Leuten eine Botschaft übermitteln. Wir werden unsere Befehle ausgeführt haben, ehe Sie auch nur einen Gedanken fassen konnten.«

Die anderen bekamen mit, dass Scott besorgt war. Für ihn hörte sich das nicht gut an. Vorläufig konzentrierte er sich jedoch weiterhin auf Yun, von dem er möglichst viele Informationen bekommen wollte.

Er ließ sich neben dem Soldaten nieder, holte seine Steigeisen hervor und fing an, sie einzudrehen. Er sprach mit gesenkter Stimme, um den Mann nicht in Verlegenheit zu bringen. »Liest du viel?«, fragte er.

»Natürlich.«

»Ich auch. Ich lese ständig. Eigentlich alles von Comics bis

Philosophie. Ich liebe Wörter.« Yun schwieg, unsicher, wohin das führen sollte. »Jemals euren Sun Tsu gelesen?«

»Sun Tsu«, bestätigte Yun. *»Die Kunst des Krieges.«*

»Zweitausend Jahre alte chinesische Taktikphilosophie, die noch immer von Politikern, Wirtschaftsführern und Militärstrategen überall auf der Welt gelesen wird. Was hat Sun Tsu gesagt? Behalte deine Feinde in der Nähe?« Yun nickte zögerlich. »Die Kriegskunst liegt darin, sich darauf einzustellen, was das Gefecht zu bieten hat. An der ersten Prüfung ist eure Einheit bereits gescheitert, als sie den ersten Schuss abgab. Vor lauter Panik hat eure Einheit ihre Stärken und Schwächen aufgedeckt.«

Yun wirkte aufgebracht. »Meister Sun führte aus, es sei Regel militärischen Vorgehens, nicht etwa auf das Ausbleiben des Gegners zu zählen, sondern darauf zu vertrauen, wie man ihm begegnet.«

»Ja«, stimmte Scott zu. Er kannte die Stelle gut. »Und er riet auch dazu, nicht darauf zu bauen, dass der Gegner *nicht* angreife, sondern auf das, was unangreifbar ist. Wir haben eure Verteidigung durchbrochen und sind jetzt auf dem Weg hinunter zu dem, was unangreifbar war.«

»Woher wissen Sie, dass wir die Stadt nicht längst befestigt haben?«

Scott lächelte träge und fing dabei Gants Blick ein. Er erhob sich. »Danke, Yun. Du hast mir gesagt, was ich wissen muss.«

Yun sprang auf und rutschte beinahe auf dem Eis aus. »Ich habe Ihnen gar nichts gesagt!«

»Du hast mir alles gesagt. Du bist hier die letzte chinesische Verteidigungslinie. Da unten müssen wir nichts fürchten als die Furcht selbst.«

»Da unten sind Lebewesen!«

»Ganz sicher. Aber es sind keine chinesischen Soldaten. Und folglich müssen wir uns auf das Unbekannte vorbereiten.«

»Dort hinunterzugehen wäre Selbstmord.«

»Aber wir werden das Unangreifbare beherrschen. Wir werden im Vorteil sein. Wenn du nun also deine Feinde in der Nähe behältst … kannst du die Lage später vielleicht zu deinem Vorteil wenden.«

Yun schien mit einem inneren Zwiespalt zu ringen, bevor er einwilligte. »Ich habe Material oben«, fauchte er. »Das muss ich holen, ehe wir aufbrechen.« Scott drängte ihn, präziser zu werden. »Zum Beispiel neue Stiefel«, sagte Yun. »Sonst wäre ich nutzlos.«

Während Gant an Scott herantrat, nickte er Hackett zu. »Gehen Sie mit ihm.«

Hackett führte den Soldaten hinaus zu seiner Ausrüstung. »Nicht übel, Dr. Scott. Sun Tsu? Ich glaube, Sie haben den Beruf verfehlt. Jemals gedient?«

»Ich hab nicht die blasseste Ahnung von Kriegsführung«, räumte Scott ein. »Das sind bloß Worte auf einem Stück Papier. Die kann ich drehen und wenden, wie es mir gerade passt.«

»Nun, wir haben unseren Kundschafter. Pressen Sie alles aus ihm raus. Wir müssen schleunigst da runter. Aber sagen Sie mir eines, Professor. Woher wissen Sie, dass er uns nicht völlig in die Irre führen wird?«

»Tue ich nicht«, gestand Scott und ließ die Verschlüsse an seinen Stiefeln zuschnappen.

## Eistunnel

»Das ist alles ganz falsch«, stöhnte Matheson leise vor sich hin, während sie ihren Weg den abfallenden Durchgang im Eis nahmen. Er hielt sich unmittelbar hinter Gant und ging dem Major spürbar auf die Nerven.

»Ich bin nicht hier, um Fragen zu stellen. Ich bin hier, um Befehle auszuführen.«

»Nun, vielleicht sollten Sie lieber *anfangen*, Fragen zu stellen«, stichelte der Ingenieur. »Vielleicht würden wir dann länger leben.«

»Vielleicht ist es uns überhaupt nicht bestimmt zu überleben«, entgegnete Gant eisig.

Der Rest des Teams versuchte, die Bemerkung zu überhören, die zwischen den wellenförmig eingedellten Wänden des Eisgangs widerhallte.

»Ich weiß, dass es eine andere Lösung gibt«, nörgelte Matheson. Da rutschten seine Füße glatt unter ihm weg trotz der Spikes an den Stiefelsohlen, die sich in das harte Eis gruben. Er fiel unsanft in eine wässrige Mulde in der Tunnelmitte und zwang alle stehen zu bleiben.

»Herrgott noch mal! Das Eis ist blau!«, rief er aus. »Das Wasser ist blau! Bei dem vielen Eis kann ich keine Pfütze erkennen!«

Gant sah sich nach dem Trupp um, den er anführte. So etwas waren sie nicht gewöhnt. Hackett und Pearce schienen beträchtliche Schwierigkeiten zu haben, anders als Yun und November, die weitaus jünger und besser in Form waren.

Der Tunnel im Eis hatte einen Durchmesser von knapp drei Metern mit einem beständig rieselnden Bächlein in seiner Mitte, das sich Zentimeter für Zentimeter in die Tiefe vorarbeitete. Mit der Zeit würde das Wasser den Tunnel zu einem regelrechten Spalt ausgewaschen haben.

»Na schön. Ich habe nicht viele davon, aber ich werde sie wohl einsetzen müssen.« Er suchte in einer seiner Hosentaschen herum und zog einen kleinen silbernen Behälter hervor.

Gant stellte den Behälter kopfüber und schraubte an seinem Boden wie an einer Pfeffermühle. Dann schob er dort die lange, silbrige Schnecke heraus und zwängte die ganze Vorrichtung mit einer Fußdrehung in den Boden.

Die Wirkung trat umgehend ein. Ein sprudelnder Quell grüner Leuchtfarbe mischte sich in das Rinnsal, setzte das Nass deutlich von der Umgebung ab und erhellte den weiteren Weg.

Matheson stampfte mit beiden Füßen auf das Eis und tat damit kund, dass er zum Weitergehen bereit war. »Hab's jetzt raus« war alles, was er von sich gab.

»Michaels und Hillman sind schon weit voraus«, sagte Gant ungeduldig, »mitsamt dem Gefechtskopf. Und sie brauchten dazu keine Markierfarbe.«

»Da gratulier ich doch glatt«, gab Matheson spitz zurück.

»Woran denkst du?«, fragte Sarah Scott leise. Sie angelte nach einer Zigarette aus der irgendwo in ihrem Parka verkeilten Packung und meinte: »Du hast kaum ein Wort gesagt.«

»Ich denke an die Leibniz'sche ›Lingua Generalis‹«, antwortete Scott.

»Was sonst«, bemerkte sie trocken.

Er fing ihren Blick ein, sah die Zigarette und wirkte einen Augenblick lang ziemlich entgeistert.

»Ich weiß«, sagte sie. »Diese Dinger werden mich umbringen. Gott sei Dank ist es das Ende der Welt und ich muss nicht bis zum Krebs warten.«

»Du hältst dich für 'nen ganz zähen Brocken, oder?«, entgegnete Scott.

Sarah war entnervt. »Was?«

»Du hast voll diese Nummer drauf«, stellte er fest. »Du weißt schon, bist schlau, aber zäh. Männer können dir nichts anhaben. Und du hast alles im Griff. Und doch unterläuft dir ab und an ein Schnitzer und der Mensch tief in dir drin kommt zum Vorschein. Und du fragst Sachen wie: Woran denkst du?«

Er war so angestrengt. So steif. Gewöhnlich gingen ihr Männer wie er schwer auf den Senkel und sie ließ sie abblitzen. Aber Richard hatte etwas an sich, was sie einfach rührte und für ihn einnahm. Vielleicht war es auch nur der Aufruhr ihrer Hormone. Egal, es hatte wehgetan, was er gesagt hatte. Und es war, als könne er es aus ihren Augen ablesen.

»Und du glaubst, alles zu wissen«, konterte sie.

»Genau da liegt das Problem«, erwiderte Scott ebenso getroffen. »Tue ich nicht. Würde ich aber gern.«

»Ich schlage dir eine Abmachung vor«, bot Sarah an. »Wette, du hast diese Sprache herausbekommen, bevor du etwas über mich herausbekommen hast.«

»Abgemacht.«

Er holte mit seinem kleinen Eispickel aus und verankerte ihn in der Eiswand, während er die steil vor ihnen abfallende S-Kurve bewältigte. Eissplitter stoben in alle Richtungen.

Die Tunnelwände wellten sich zu unregelmäßigen Buckeln und Dellen. Stellenweise waren die Kanten scharf wie eine neue Rasierklinge. Blau und weiß in unterschiedlichsten Schattierungen. Es sah exotisch aus, war mitunter kaum noch für Eis zu halten. Erhellt von Sonnenlicht, das sich hinunter bis in unglaubliche Tiefen breche, könne das Eis bei etwas Glück, wie Sarah ausführte, bis auf anderthalb Kilometer unter der Oberfläche taghell bleiben.

Sie fragte Scott: »Leibniz – der Philosoph, richtig? Siebzehntes Jahrhundert.« Scott nickte. »Also, was ist da Sache?«

»Er hat Zahlen und Buchstaben einander zugeordnet.«

»Aha?«

»Alles menschliche Wissen, wie er es sah, stutzte er auf einfache Grundgedanken zurecht. Diese wurden dann durch jeweils eine Zahl vertreten. Darauf schlug er ein System vor, bei dem Konsonanten für ganze Zahlen und Vokale für Zehnereinheiten und -potenzen standen.«

»Und das besagte was?«

»Na, nehmen wir die Zahl 81 374 – die würde zu ›mubodilefa‹ umgeschrieben«, erklärte er.

»Da komm ich nicht mit. Das sollte irgendeinen Sinn ergeben?«

»Der springende Punkt ist der«, fuhr Scott fort, »dass Leibniz nicht nach einer Universalsprache oder der Ursprache suchte. Er suchte mittels einer wissenschaftlichen Sprache nach der Wahrheit. Bereinige eine Sprache von vorgefassten Bedeutungsvorstellungen und verdichte grundlegende Motive und Gedanken zu deren eigener Sprache.«

»Du hast also endgültig beschlossen, dass die Atlantis-Glypten eine wissenschaftliche Sprache sind?«

»Je länger ich darüber nachdenke, umso mehr bin ich gezwungen, das zu folgern. Warum nicht?« Scott taumelte, als sein Fuß den Halt verlor. Er ruderte kurz mit den Armen, ehe er den Fuß fest aufsetzte. Ein befriedigendes Knirschen bestätigte, dass ihm gelungen war, seine Spikes ins Eis zu treiben.

»Dieses Volk«, hob er wieder an, »besaß wahre Meister der Astronomie, Physik und Akustik. Es erschiene doch nur natürlich, dass sie sich auf wissenschaftliche Weise auszutauschen versuchen würden. Leibniz war mit einer Sprache beschäftigt, die sich wiederum allein darum drehte, Ideen zu vermitteln. Sechzig unterschiedliche eigenständige Laute decken die Bandbreite menschlichen Sprechvermögens ziemlich vollständig ab. Also vermute ich, und mehr nicht … dass die Atlantis-Glypten, wollten sie Ideen vermitteln, sämtlichen übrigen seinerzeit vorhandenen Sprachen Rechnung trugen.«

»Das ist ganz schön viel verlangt, um das zu verstehen.«

»Das gilt auch für den Bau einer Stadt aus Kohlenstoff-60-Kristallen, aber wenn den Satellitenbildern Glauben zu schenken ist, haben sie genau das getan.«

Er konzentrierte sich darauf, einen Fuß vor den anderen zu setzen. Schritt für Schritt. Er beobachtete die anderen weiter vorn. Gant, Matheson, Hackett, Pearce, Yun und November … Vier Amerikaner, dann ein Chinese. Dann drei Amerikaner in Reihe … He, und vier sprachen Englisch, dann wurde auf Chinesisch gewechselt, dann zurück auf Englisch und –

»Es ist eine Schrittfolge«, erkannte Scott. »Das ist es! So funktioniert es! Es ist eine Schrittfolge, die auf dem Wechsel der Sprache beruht!«

Erregt hielt Sarah Schritt mit Scott, während beide seinen Einfall erörterten. »Ich dachte, das hätten wir bereits im Flugzeug ausgeschlossen?«

»Die herkömmliche Vorstellung von einer Schrittfolge, ja«, pflichtete Scott bei. »Wenn Spione vor dem Aufkommen von Computern eine Nachricht tarnen wollten, fügten sie diese mitunter in einen Text ein. Das sah dann in jeder Hinsicht wie eine Erzählung aus oder meinetwegen ein Brief. Bekam ihn aber jemand mit dem passenden Schlüssel in die Hand, dann wusste er oder sie, dass beispielsweise die Abschrift jedes vierten Buchstabens – nacheinander – die verborgene Nachricht zutage förderte.«

»Aber das hat mit dieser Sprache nicht geklappt«, erinnerte ihn Sarah. »Haben wir doch versucht. Und sind gescheitert.«

»Das stimmt – weil wir es mit einer herkömmlichen Schrittfolge versucht hatten. Der Grundgedanke traf zu, nur waren wir einfach nicht auf die treffende Abfolge gestoßen. Der Schlüssel liegt in diesem Zahlenstrom. Damit hängt alles zusammen. Da verwette ich mein Leben drauf.«

Hackett spitzte die Ohren. »Richard, das ist ein edler Zug. Bloß in diesem Fall, sollten Sie mit Ihrer Theorie in einer Sackgasse enden, verwetten Sie unser *aller* Leben.«

»Ich habe Recht«, beharrte Scott.

»Wie läuft das denn nun?«, erkundigte sich Gant.

»Jede Ziffer im Zahlenstrom entspricht einer bekannten Sprache. Nehmen wir etwa die Vier – das wäre Englisch. Fünf könnte Arabisch sein und Sechs vielleicht Russisch. Jede Sprache verwendet im Grunde dieselben Laute mit jeweils besonderen Abwandlungen. Es gibt also Überschneidungen in der Lautverwendung. Deshalb könnten bestimmte Zahlen ein und derselben Glypte zugeordnet sein. Aber ich greife vor –

Wie ich mir das vorstelle, schreibt man den Zahlenstrom auf. Und darüber werden die Atlantis-Glypten eingetragen, so wie sie auf den Bauwerken vorkommen. Dann wird eine Sprache gewählt, die entsprechende Zahl genommen und damit der Zahlenstrom abgearbeitet. Jedes Mal wenn, sagen wir, die Vier erscheint, notiert man die darüberstehende Glypte. Auf diese Weise wird der Text in die gewählte Sprache hinein entschlüsselt. Das Ganze ist eine Berechnung von Schrittfolgen.«

»Was meinen Sie denn, wie viele Sprachen in die Glypten eingebettet sind und weshalb?«, fragte Pearce. »Das scheint mir doch ein verdammt kompliziertes Vorgehen zu sein.«

Scott betrachtete Hacketts Hinterkopf. »Komplex wäre als Beschreibung geeigneter«, sagte er. »Nicht kompliziert.«

Hackett hob den Kopf zur Bestätigung, dass die Schmeichelei bei ihm angekommen war.

»Überlegen Sie doch. Wir reden hier von einer zwölftausend Jahre zurückliegenden Zivilisation mit einer der unseren vollkommen fremden Sprache. Damals wie heute wurden viele weitere Sprachen gesprochen. Unmöglich zu wissen, welche Sprache überleben und welche aussterben würde. Also wurden die sechzig am meisten versprechenden ausgewählt und zu einem Gefüge verwoben, das wir irgendwann in der Zukunft entziffern könnten.«

»Aber ein Zahlenstrom, den wir nur mit dem Computer entdecken konnten?«, wandte November ein.

»Diese Leute hatten größere wissenschaftliche Kenntnis als wir heute«, bemerkte Hackett trocken. »Vermutlich dachten sie sich, dass ihre Botschaft zu anspruchsvoll sei, um sie jemandem ohne das nötige Bewusstsein und die Mittel zu ihrem Verständnis beibringen zu wollen. Würde man einen Neandertaler in eine 767 stecken, ginge schließlich sein erstes Trachten darauf, die Sitze zu verspeisen, statt die Maschine zu fliegen.« Er warf einen Blick zurück auf die anderen. »Schätze mal, die wollten nicht, dass wir die Sitze aufessen.«

»Sechzig verschiedene Zahlen«, staunte Scott. »Auf der Grundzahl Sechzig beruhend, stellvertretend für sechzig verschiedene Sprachen entsprechend sechzig verschiedenen Glypten. Für jeden halbwegs gesunden Menschenverstand ein Rätsel, das nach einer Lösung schreit.«

»Jetzt müssen wir nur noch herausfinden, welche Sprachen ausgewählt wurden.«

»Tja, Englisch wird's nicht sein«, gab November zu bedenken. »Das ist erst ein paar hundert Jahre unter uns. Wir reden hier von Sprachen, die Jahrtausende zurückreichen. Altägyptisch hat ein paar tausend überdauert.«

»Außerdem scheint es, geläufigen Theorien zum Trotz, plötzlich aus dem Nichts in Erscheinung getreten zu sein«, stimmte Scott zu. »Aber es ist immer noch eine zu junge Sprache. Vielleicht ist es ein Vorläufer des Ägyptischen, wonach wir suchen. Richtig alte Sprachen. Was fällt euch da ein?«

»Wie steht's mit Phönizisch?«, fragte Pearce.

»Die meisten unserer modernen Sprachen wie Hebräisch und Arabisch leiten sich aus dem Aramäischen her und das stammt unmittelbar vom Phönizischen ab«, merkte Scott an. »Das ist wahr. Aber es gibt eine ältere Sprache, aus der sich Phönizisch entwickelte, und zwar Proto-Semitisch. Und diese Sprache ließ sich in mehrere Richtungen schreiben und lesen.«

»Kommt es Ihnen nicht eigenartig vor«, warf Hackett ein, »dass jeder Sprache auf willkürlicher Grundlage eine Zahl zugeordnet worden sei? Wieso einer Sprache die Vier zuordnen, wenn es ebenso die Vierundzwanzig oder Sechzehn sein könnte? Was unterscheidet die einzelne Sprache und ihre Nummernzuordnung von den übrigen?«

»Vielleicht gibt es darauf Hinweise in unseren Sagen und Erzählungen«, gab Gant zu bedenken.

»Bemerkenswerter Gedanke«, rief Scott. »Können Sie das irgendwie untermauern, Major?«

»Ich dachte da an die Bibel«, gab er zurück. »Sie wissen schon, die Welt wurde in sieben Tagen erschaffen. Die Mauern von Jericho bröckelten, nachdem die Trompeten siebenmal erschallten.«

»Aber Noahs Arche war vierzig Tage und vierzig Nächte auf See«, mahnte November. »Es könnte ebenso leicht die Vierzig sein.«

»Die Maya verehrten die Neun, so wie in den neun Fürsten der Nacht«, fügte Pearce eifrig hinzu. »Auch eine Möglichkeit.«

»Es gibt sechzig Möglichkeiten«, meinte Scott zu ihnen. »Ich schlage vor, wir lassen unsere Rechner Überstunden machen, bis sie mit etwas aufwarten, was ich wiedererkennen könnte.«

Yun beäugte die Wissenschaftler und hörte schweigend zu, worüber sie redeten. Es war nicht klar, ob er alles verstand, aber er wusste offensichtlich, dass es von Bedeutung war. Er behielt November fest im Blick, als sie ihren Taschen-PC in Gang setzte, um die Arbeit an den Berechnungen aufzunehmen.

Doch da meldete sich plötzlich Gants Funkgerät. Es war Michaels. »Major, wir sind auf die erste Kreuzung gestoßen und haben keinen Schimmer, wo's jetzt langgeht. Hat das Schlitzauge irgendwas gesagt, wie man am besten nach unten weiterkommt?«

»Äh, Fehlanzeige so weit«, erwiderte Gant und musterte Yun verächtlich. »Sie halten die Stellung und warten auf unser Eintreffen. Unterdessen kundschaften Sie schon mal die Lage aus. Sehen Sie zu, ob Sie nicht die drei aussichtsreichsten Wege ermitteln können.«

Es folgte eine kurze Pause, ehe Michaels antwortete. »Sir, es scheint hier *gar* keinen aussichtsreichen Weg zu geben«, äußerte er. »Das müssten Sie sich ansehen, um es zu glauben.«

## Feuer und Eis

Sie standen am Rande eines Abgrunds, einer Klippe aus festem Eis, die eine Kluft von unglaublichen Ausmaßen überblickte. Aber dies war keine gewöhnliche Kluft. Dies war das gewaltige, schartige Abflussloch, durch das der wogende grüne Energiewirbel von oben herabrauschte.

Es strudelte vor ihnen, ein großes, durchsichtiges Kaleidoskop, sprudelnd von knisternden, aufeinanderprallenden ionisierten Teilchen. Und doch herrschte eine unheimliche Stille. Gelegentlich erfüllten eigentümlich hoch tönende Zischgeräusche die Luft, wenn geladene Moleküle platzten und vorbeiflitzten. Es war, als ob man einem Gespenst begegnete. Man hatte den Eindruck von schimmernder Luft, einer leichten Brise, Elektrizität in ihrem Wesenskern. Vielleicht sogar Leben.

Es war furchteinflößend.

Hackett überlief ein Schauder, während er ihre missliche Lage überdachte. Sie waren rund achthundert Meter unter der Erdoberfläche, die sich hoch über ihnen immer noch ausmachen ließ. Aber diese Oberfläche war in viel größerer Bedrängnis, als irgendeiner von ihnen erkannt hatte. Denn hier unten erst offenbarte sich ihnen die tatsächliche Beschaffenheit des tragenden Eises. Es war instabil.

Sie glichen Flöhen im Inneren eines gefrorenen Schweizer Käses. Ringsum erhoben sich gewaltige, wolkenkratzergroße Bögen aus Eis, mit anderen Säulengebirgen verbunden und davon abzweigend. Jenseits von ihnen öffneten sich weitere Tunnel. Einige erschienen leblos wie ausgetrocknete bläuliche Schlagadern im Körper eines toten Riesen. Andere Tunnel jedoch wirkten weit unheilvoller und abschreckender, denn sie stießen Dampf und Rauch aus und ließen erahnen, was unter ihnen lag.

Hackett schaute auf das leuchtende Wasser, das zwischen seinen Füßen hindurchrauschte, über den Rand schoss und hinunter in die dunkle Leere stürzte.

»O Scheiße«, seufzte er.

»Wo lang?«, fragte Gant, der sich mit kaum unterdrücktem Zorn an Yun wandte. »*Wo geht's lang nach unten?*«

Yun bewegte sich vorwärts und musterte dabei den dunklen

Koffer mit dem Sprengkopf. Er begutachtete das jenseitige Tunnelgeflecht. Gleich in welche Richtung, an ein Weiterkommen war nicht einmal zu denken, ohne irgendwie eine Leine über den Abgrund zu spannen. Mit prüfendem Blick auf die Kante der Steilwand stellte er fest: »Der Weg ist futsch.«

»Ach, ja?«, knurrte Gant. »Also wo lang jetzt?«

Yuns Blicke suchten Rückendeckung bei Scott, aber der war wie alle anderen gespannt auf eine Antwort. Yun zeigte auf einen Tunnel direkt gegenüber, knapp zehn Meter entfernt und einige Meter tiefer gelegen. Dampf stieg daraus auf, als wäre es der Atem eines schlafenden Drachen.

»Na prima«, stöhnte Matheson. »Das bedeutet, wir müssen durch diesen Plasmastrom, richtig?«

»Richtig«, bestätigte Michaels, der bereits seinen Rucksack abstreifte und November zum Halten gab. Er angelte nach einem Seil mit Enterhaken, aber Gant hatte eine andere Idee.

»Hillman, haben Sie Ihre Harpune dabei?«

»Sir, jawohl, Sir.«

»Sie befestigen jetzt eine Leine daran und feuern sie nach drüben. Ich glaube einfach nicht, dass Sie sich an einem Eisgebilde festhaken können, Michaels. Da fehlt doch jeglicher Halt.«

»Ich denke, dass wir mehrere Leinen brauchen werden, Sir«, entgegnete der Marine, »um unser Gewicht zu verteilen. Melde mich freiwillig, um hinüberzuwechseln und weitere Seile anzubringen.«

»Sind Sie wahnsinnig?«, meinte Hackett.

»Sehen Sie irgendeinen anderen Weg nach drüben?«

Gant holte den ersten einer Vielzahl von Eisnägeln hervor, die sie für die Überquerung brauchen würden, befestigte ein Nylonseil daran und fing an, ihn in das harte Eis zu hämmern. Das andere Seilende knotete er an Michaels' Gürtel und klopfte dem Marine auf die Schulter, während Hillman seine Harpune anlegte und abfeuerte.

Die Harpune pfiff explosionsartig über die Kluft hinweg und zog ein zweites Seil hinter sich her. Genau innerhalb der Mündung des Durchgangs bohrte sie sich tief ins Eis.

Ein paar kräftige Rucke am Seil stellten sicher, dass es halten würde. Gant schlang das zweite Seil um einen weiteren Nagel und trieb ihn in den Grund, während sich Michaels einklinkte und herunterließ.

Er hatte nur ein einzelnes dünnes, über den Schlund gespanntes Seil, um die Überquerung zu schaffen, aber mehr brauchte er auch nicht. Die Leine fest im Griff, hakte er die Beine über und begann, sich hinüberzuhangeln.

Aufgeregt von einem Fuß auf den anderen tretend, beobachtete November den Marine, wie er sich auf die wirbelnde Masse aus elektrischer Energie zubewegte. »Was wird das Zeug mit ihm anstellen?«, fragte sie.

Sarah schüttelte den Kopf. »Keine Ahnung.«

»Er ist nicht geerdet«, erklärte Hackett leise. »Ich weiß nicht, was für eine Kraft durch dieses Ding fließt, aber theoretisch sollte die Wirkung gleich null sein.«

Gant musterte den Physiker finster.

»Theoretisch«, wiederholte Hackett.

Zögerlich hangelte sich Michaels vorwärts, ehe er vor der Wand aus magnetisierter Energie zum Halten kam. Er schien sich merklich zu versteifen, während er sich schwankend mit einer Hand festhielt und die andere – dem Strudel entgegenstreckte.

»Ich fühle, wie sich alle Haare an meinem Körper aufrichten!«, rief er beklommen zurück. »Sonst aber keine schädlichen Auswirkungen. Ich will jetzt den Durchstoß versuchen.«

Michaels wandte sämtliche Kräfte seines Körpers auf, um wieder in Schwung zu kommen, und drang schnell tiefer ins Innere der ionisierten Masse vor. Kurz darauf war er vollständig in den Strudel aus Energie eingetaucht.

Keiner gab einen Ton von sich, während sie das Vorankommen des Marine verfolgten, ausgenommen der winzige Mechanismus, der in die Uhr an Hacketts Handgelenk eingebaut war. Denn sie fing plötzlich zu piepsen an. Hacketts Stimmung schien sich sichtlich zu verdüstern, als er nach der Zeit sah und die Uhr abstellte.

»Sie haben das Ding ja wohl kaum als Wecker eingestellt, oder?«, fragte Pearce.

»Nein, hab ich nicht, Bob.« Er wandte sich an die anderen. »Es ist der Sonnensturm. In gut fünfzehn Minuten wird er auf die Erde treffen. Er wird große Gewalt besitzen und am Ende abgesogen werden – hier mittendurch.«

»Fünfzehn Minuten?«, stöhnte Sarah auf. »In der Zeit schaffen wir es nicht alle hinüber.«

»Dann passen Sie mal auf«, erwiderte Gant und wies Hillman an, sich mit einem dritten Seil zur anderen Seite zu hangeln.

Der Major kniete sich hin und ging daran, den Gefechtskopf an die beiden nunmehr fest gespannten Leinen zu klinken, um das Ding darauf hinten an Hillmans Gürtel zu binden. Gemeinsam senkten sie vorsichtig den Behälter ab, bis er an Ort und Stelle hing.

Dann und ohne Rücksicht darauf, ob der Sprengkopf ins Pendeln geriet oder die Widerhaken im Eis zu Michaels' Füßen knirschten, machte sich Hillman auf den Weg – und zog den baumelnden Sprengkopf hinter sich her.

Es war beklemmend zu beobachten, alles ging langsam und mühselig vor sich. Jedes Mal wenn er sich ein weiteres Stück vorgeschoben hatte, musste er innehalten und am Behälter zerren, um ihn erneut in Bewegung zu setzen.

Gant beugte sich dicht zu Hackett vor und sagte: »Diese ganze Energie wird doch nicht etwa das Ding auslösen, oder?«

Hackett antwortete knapp: »Ich hoffe nicht.«

Gant war nicht gerade erfreut.

Hackett zuckte mit den Schultern. Er hatte lediglich die beste Antwort gegeben, die ihm möglich war.

Draußen am Seil hatte Hillman erneut angehalten, die Leine zum Gefechtskopf gelöst und sie Michaels zugeworfen, der sie geschickt auffing. Er stemmte sich gegen das Gewicht des Behälters, wuchtete das Ding zu sich heran, und so konnte Hillman den restlichen Weg doppelt so schnell bewältigen.

Bald hatte Hillman die dritte Leine sicher vertäut und ging Michaels mit dem Gefechtskopf zur Hand.

»Nun, da hätten wir die Antwort«, ließ Hackett sich vernehmen. »Nein, diese ganze Energie wird einen Atomsprengkopf *nicht* auslösen.«

Gant beachtete ihn nicht, sondern klopfte drei anderen auf den Rücken. »Okay, November, Sarah und Ralph – los geht's. Für jeden ein Seil.«

## Sonnensturm

Zuerst wurde er weit oben am Himmel über Indonesien beobachtet.

Ein riesiger roter Feuerball, der sogar noch anwuchs, bis der ganze Himmel bis in die äußersten Winkel in lodernden Flammen zu stehen schien.

Den Menschen brachte es nichts als Angst und Schrecken, als sie merkten, wie sich die Atmosphäre ringsum vor Hitze ausdehnte. Es ließ das Atmen zur Qual werden und tausende Leute schreiend vor Entsetzen durch die Straßen von Jakarta rennen.

Weiter draußen im Pazifik, wo die Inseln ohnehin bereits von rauen Mengen Vulkanasche und Erdstößen heimgesucht waren, kam als neuer Schrecken plötzlich der Regen hinzu, der sich schon in den oberen Luftschichten überhitzte.

In Neuguinea und Nordaustralien rannten Schulkinder, die im

Freien gespielt hatten, auf einmal tränenüberströmt in die Häuser zurück, die Haut an den Stellen von roten Blasen übersät, wo sie der Wolkenbruch verbrüht hatte. Viele hatten Verbrennungen zweiten und dritten Grades.

Draußen auf den Feldern waren die Bauern gezwungen, Zuflucht in ihren Scheunen zu suchen, und hatten kaum eine andere Wahl, als hilflos ihr Weidevieh zu Tode garen zu sehen.

Als die Winde über dem nordaustralischen Tafelland auffrischten, dauerte es nicht lange und der alles durchdringende Geruch nach gekochtem Fleisch schien noch den letzten Hauch der Luft zu verpesten.

Und während das Ionenchaos tief in die äußere Lufthülle einwirkte, löste es zugleich Blitzgewitter aus, wie sie die Erde seit Jahrmillionen nicht mehr gesehen hatte. Gewaltige Strahlen elektrischer Energie schossen mancherorts derart dicht gestaffelt vom Boden gen Himmel, dass die Versengungen in der Savanne an die Folgen eines Angriffs mit einem monströsen Maschinengewehr denken ließen.

Sollte es noch lange so weitergehen, wäre kaum anzunehmen, dass überhaupt etwas auf der Erdoberfläche am Leben bliebe.

Bei den zahllosen wie Kegel aus dem Weg gesprengten Satelliten fiel es den nationalen Raumfahrtbehörden schwer, einzeln und getrennt vom Rest der Welt das zerstörerische Wüten zu verfolgen. Ziemlich bald tauschten die NASA, die ESA und die russische Raumfahrtbehörde ihre Erkenntnisse aus. Jede Behörde wurde mit der Beobachtung eines anderen Himmelsquadranten betraut.

Doch es dauerte nur kurze Zeit, bis sich das befürchtete und lange erwartete Muster herauszuschälen begann.

Unbarmherzig sog es den Sturm in die magnetischen Feldlinien der Erdpole.

Der Sonnensturm wurde umgeleitet. Zielort: der Südpol. Antarktika.

Aus Tag wurde Nacht.

Rings um den Erdball schleuderten beständige Vulkanausbrüche Milliarden Tonnen glutheißer vulkanischer Materie in die Atmosphäre.

Vom Bundesstaat Washington bis nach Montana, von Nordkalifornien bis ins südliche Mexiko stiegen heiße Aschewolken zwanzig, dreißig Kilometer in die Höhe.

Einhundertvier Millionen Hektar üppig grünen amerikanischen Farmlandes wurden jäh von einem beißend stinkenden Bimssteinhagel niedergewalzt, versengt und verwüstet. Auf einen Schlag wurde der eindrucksvollsten Wirtschaftsmacht der Welt ein viele Milliarden Dollar schwerer Schaden zugefügt.

Im Umkreis von bis zu 1500 Kilometern um jeden tätigen Vulkan auf der Erde stürmten Tausende die überfüllten Krankenhäuser mit Augenreizungen, Hautausschlägen, eitrigen Wunden und Verbrennungen, verursacht von den wütenden Wirbelstürmen vulkanischen Niederschlags. Lungen wurden versengt. Menschen starben.

1945 war das japanische Nagasaki von einer 4,5-Tonnen-Atombombe ausradiert worden. Ihre Explosionskraft entsprach 22 Kilotonnen TNT.

Als der Sonnensturm die Erde erfasste, löste er fünf weitere verheerende Vulkanausbrüche aus, die jede mit der Gewalt von einer Million Kilotonnen um sich schlug. Das entsprach fünf Krakatau-Ereignissen.

Die Ausbrüche waren in jedem Winkel der Erde zu vernehmen, als seien sie das Todesröcheln eines sterbenden Planeten.

Es war nicht mehr zu überhören, ein Donnergrollen wie von tausend herannahenden Güterzügen. Ein durchdringendes Rollen war darauf aus, alles in seiner Umgebung in Stücke zu reißen.

Scott zog sich inzwischen mühselig voran und war sich dabei sehr bewusst, dass in seinem Gesichtsfeld ganze Geröllblöcke aus Schnee und Eis herabstürzten. Von Adrenalin durchflutet, fühlte er plötzlich aufs Neue einen stechenden Schmerz in sein Bein fahren, aber er kämpfte dagegen an. Mit aller Macht.

Sarah hörte Gekreische. Anfeuernde, schreckerfüllte Rufe von denen, die bereits drüben waren. Aber sie behielt den Endpunkt im Auge und machte, dass sie vorwärtskam, denn die anderen in der Mündung des nächsten Eistunnels versammelt zu sehen, schien alles nur noch schlimmer zu machen. Ihre Stimmen klangen gedämpft, wurden vom anschwellenden Dröhnen der bevorstehenden Katastrophe überlagert.

»Mein Arm, lieber Gott, mein verdammter Arm!«, hörte Pearce sich schreien, während er sich abwechselnd versteifte und krümmte und am Seil entlang in den Wirbelwind hineinzerrte.

Auf einmal spürte er ein Ziehen. Es sog ihn auf die Seite, als würde er in einem Mixer stecken.

»Hilfe!«, schrie er voll blankem Entsetzen. »Hilf mir doch jemand!«

Doch die Einzigen, die zu helfen in der Lage gewesen wären, Scott und Sarah, hatten bereits das Ende erreicht und wurden von den Seilen geholt.

»Ich kann mich nicht halten!«, brüllte er, seine Stimme vom Donnerkrachen eines um sich greifenden Chaos verschluckt. »Ich kann mich nicht halten!«

Gant sondierte die Lage mit der Ruhe eines Gefechtserfahrenen.

Während die Übrigen Scott und Sarah von ihren Sicherungsleinen lösten und sich in das Gewölbe des tiefer gelegenen Eistunnels flüchteten, beobachtete er in erster Linie das Geschehen achthundert Meter über ihren Köpfen.

Der Krakenarm aus Energie krümmte sich, krampfte wie eine Schlange, die gerade eine Ratte verschlungen und schwer daran zu verdauen hat. Er peitschte von einer Seite zur anderen, während ungeheuerliche Massen ionisierter Teilchen aus dem All gezerrt und, wo das Eis nicht weiter nachgab, durch ein Nadelöhr gezwängt wurden.

Die einschüchternden, gigantischen Gewölbebögen aus Eis, auf denen die Erdoberfläche hier ruhte, begannen zu beben und sich zu verwerfen. Ihre Säulen von Ausmaßen des Chrysler Buildings fingen zu schwanken an. Lastenwagengroße Eisklötze lösten sich krachend von ihren Flanken.

Und ihre Sockel wurden rissig.

Bob Pearce, stocksteif vor Schmerzen, konnte nicht länger zupacken und verlor die Gewalt über seinen verletzten Arm.

In einer einzigen flüssigen Bewegung warf Gant sich auf das mittlere Seil, riss sein Jagdmesser in die Höhe und trennte hinter sich die Leine durch. Im Abwärtsflug ließ er das Messer fallen, griff nach Pearce und bekam ihn auf Anhieb zu fassen.

Pearce riss es von seinem Seil los und beide Männer stürzten gemeinsam –

*Rums!* Mit einem Ruck standen sie still, bewahrte sie Pearce' Sicherungsseil vor tieferem Fall. Einen Augenblick lang hingen beide einfach da, bis Gant geistesgegenwärtig Pearce auf das Lichtgewitter aufmerksam machte, das sich über ihren Köpfen zusammenbraute. Riesige Seitenarme aus knisternder Elektrizität schnellten aus dem Wirbelsturm, hieben Scharten ins Eis, bearbeiteten den verdichteten Schnee wie ein Vorschlaghammer.

»Schneiden Sie Ihre Sicherung durch«, befahl Gant. »Ich halte Sie fest. Einfach nur durchschneiden!«

Pearce regte sich nicht, war starr vor Entsetzen.

Beide Männer konnten die zunehmende Wucht des Sturms fühlen, den blanken Zorn zügelloser Kräfte.

»Schneiden Sie Ihre gottverdammte Sicherung durch oder wir werden gebraten!«

Pearce zuckte. Sein ganzer Körper war von Furcht gepeinigt. Langsam, qualvoll langsam streckte er die Hand nach seinem Messer aus – und schnitt das Seil durch.

Die beiden Männer stürzten ohne Halt, bis sie weit genug geschwungen waren und in die eisige Wand der Spalte krachten. Gant, eine Hand fest um Pearce' Gürtel, die andere wie eine Schraubzwinge um das Seil, rief seinen Männern im Tunnel über sich zu: »Holt uns hier raus!«

Mehrere scharfe Rucke und sie krochen die Wand im Schneckentempo wieder empor, doch ihnen bot sich eine wenig tröstliche Aussicht. Die unberechenbar um sich schlagenden Arme aus elektrischer Ladung hatten sie erreicht, droschen überall auf die Steilwände ein und sprengten neue Tunnel auf.

Über ihren Köpfen blähte sich der Energiestrudel plötzlich zu einem gewaltigen Auswurf bläulicher Flammen, zerschmetterte das ihn umgebende Eis und verbreiterte die Eintrittsöffnung um das Zehnfache.

Auf einmal sahen sie den gesamten Stützpunkt *Jungchang* allmählich einsacken und auf sich zugleiten.

Fahrbare Unterkünfte und schwere Geschütze stürzten in den Abgrund, während hinter ihnen, immer dichter, ungeheure Eisblöcke und riesige Schneegewölbe zusammenfielen …

»Rennt!«, blaffte Scott und half Pearce und Gant in den Tunnel hinaufzuziehen. »Rennt los!«

Ohne Fragen zu stellen, kamen die beiden Männer auf die Beine und hetzten den Eistunnel hinunter, so schnell sie konnten, krachten dabei gegen die Tunnelwände und nahmen die erste Biegung, als hinter ihnen auf breiter Fläche Eis und Schnee mit solch donnerndem Getöse einbrachen, dass ihre Trommelfelle nur durch ein Wunder unversehrt blieben.

Aber es war noch nicht vorbei. Sie mussten sich beeilen, ehe der Rest des Tunnels einstürzte.

An den Gefechtskopf geschirrt, lag Michaels in Führung, doch zwei Kreuzungen mit anderen Durchgängen und Schächten später wurde der Marine von Yun unvermittelt und gewaltsam zurückgerissen.

»Was zum Henker fällt dir ein?«, herrschte er ihn an, aber Yun gab sich nicht einmal die Mühe zu antworten. Stattdessen hielt er alle Übrigen auf, als –

*Zisch!* Ein Sturzbach siedendheißen, überhitzten Wassers brach plötzlich aus einem Seitengang und schoss über die Kreuzung hinweg.

»Hier gibt es hohe Vulkantätigkeit«, erläuterte Yun. »Wir müssen aufpassen.«

Weiter voraus rasten weitere kochende Geysire im Tunnelgewirr hin und her.

»Und wie sollen wir nun an diesen Burschen vorbei?«, klagte Hackett.

Yun wies auf einen Seitengang, der zuvor keinem aufgefallen war. Von vielleicht gerade einem Meter Breite, stellte er weder eine glatte Biegung nach rechts noch ein Loch im Boden dar. Vielmehr schien seine Achse ein schnurgerades Gefälle von 45 Grad in die Tiefe zu haben.

»Versuchen Sie mal, da wieder hochzuklettern«, sagte Yun. »Runter geht's viel leichter.«

»Wie viel leichter?«, wollte Gant wissen, noch immer außer Atem.

»Wir rutschen.«

»Sind Sie irre?«

»Major«, warf Scott dazwischen, »unser Fluchtweg ist abgeschnitten, und wenn wir da weitergehen, werden wir gekocht. Was bleibt uns übrig?«

»Es ist leichtsinnig, Professor. Wir wissen nicht, wohin das führt. Wir könnten in eine Schlucht stürzen.«

»Gefahr gehört zum Spiel«, beharrte Scott. »Das ist doch Ihre Rede.«

## Freier Fall

Gants Meinung nach war dies die verkehrteste Entscheidung seines Lebens, nämlich seine Leute einem gegnerischen Rat anzuvertrauen. Andererseits, hatten sie noch eine andere Wahl?

Michaels und Hillman gingen als Erste und hatten den Gefechtskopf bei sich. Scott und Hackett folgten ihnen gemeinsam mit Yun, während Gant als Letzter, hinter den beiden Frauen, abtauchte. Und der strategische Wert dieser Abfolge war ohne Bedeutung. Tatsächlich trug niemand *irgendwelche* Vorteile davon, als Geschoss mit über sechzig Stundenkilometern eine Eisröhre hinunterzusausen.

Es war Chaos in Bewegung.

Das Eis nahm ein tiefes, dunkles Blau an, bemerkte Sarah, während die Tunnelwände an ihr vorbeisausten. Blaues Eis wurde durch Druck gebildet, durch das schiere Gewicht der gefrorenen Wassermassen, die seit Jahrtausenden auf dem Eis unter sich lasteten.

Es war unglaublich. Ein glasige Glätte, ausgehöhlt und fortgewaschen von zischend emporstiebendem kochendem Wasser, erhitzt von Magma aus tiefer liegender Vulkantätigkeit. All das flog wenige Zentimeter von ihrem Gesicht vorbei, während sie auf dem Rücken lag und sich von der Schwerkraft davonreißen ließ.

Ihr Mund stand offen. Ihre Augen starrten. Sie atmete flach und machte kaum ein Geräusch, denn Angst hatte sich ihrer Stimmbänder bemächtigt.

Sie fühlten den Untergrund beben, sobald sie über harte Eisgrate bretterten. Michaels und Hillman spürten die Verwindung des Behälters, als der Sprengkopf gegen ein weiteres Hindernis stieß. Sie hörten die Metallschließen und Scharniere sich bewegen, um den Deckel geschlossen zu halten.

Und dann schossen sie nach draußen. Hinaus in eine ungeheuer weite Eisgrotte, ihr Boden ein geriffelter, glasharter Abhang mit ausgewaschenen Kanälen, die sich zu wirren Mustern fügten.

Sie konnten das Eis über sich knirschen hören, indes die Zerstörung an der Oberfläche unvermindert anhielt. Und als Hillman hinter dem Sprengkopf herraste, schlitzten die Rasiermesser aus Eis seine Montur auf. Einen Augenblick lang verhakte sie sich darin und bremste ihn ab.

*Krach!* Ein baumgroßer Stalaktit krängte auf einmal von der Decke los und zerschellte unmittelbar vor ihm.

Hillman warf sich zur Seite, um dem dolchartigen Endstück auszuweichen, als es in den harten Grottenboden eindrang und sich mühelos in die eisigen Tiefen bohrte. Anders als die Spitze, die beim Aufschlag mit wütendem Knall zerplatzt war, blieb das Ende ganz. Aufrecht und fest.

Hillman seufzte erleichtert auf, als er daran vorbeiflitzte. Bei diesem Tempo könnte er sich beim Aufprall gegen ein solches Hindernis das Rückgrat brechen. Er könnte –

»Raaah!«

Michaels riss den Kopf herum und sah Hillman durch die Luft trudeln. Nach oben geworfen wie eine Stoffpuppe, nachdem er mit hoher Geschwindigkeit auf einen flachen Eishügel gestoßen war.

Das Gesicht nach unten, wirbelte der Soldat im Kreis. Er war sich bewusst, dass er über einen von den Bodenwellen verdeckten Vorsprung geschossen war, der sich nun, da er darüber hinwegkatapultiert wurde, als Abgrund bodenlosen Grauens entpuppte.

Aber er hatte keinerlei Gewissheit, es hinüber zur anderen Seite zu schaffen. Nicht einmal Gewissheit, ob es überhaupt eine andere Seite gab.

Unwillkürlich streckte Michaels die Hand nach Hillman aus, aber es war ein vergeblicher Versuch, denn er rauschte selbst in einen weiteren Eistunnel und wurde davon verschluckt.

Scott schlingerte völlig haltlos und preschte durch einen Schauer winziger Eiskristalle, die wie Glassplitter in seine Haut schnitten. Einer Gewehrkugel gleich flog er aus dem Tunnel, als vor ihm Stalaktiten zu Boden krachten und die Eisgrotte verstellten, als wären sie ein versteinerter Wald aus tiefgekühlten Bäumen.

Er konnte wenig tun, um seinen Kurs zu beeinflussen, außer sich zu wälzen, zu winden und zu hoffen. Hinter ihm schossen die übrigen Mitglieder des Teams schreiend hervor und taten ihr Möglichstes, um den weiteren Weg zu bewältigen.

Noch einmal bebte der Boden und schleuderte die mächtigen Stalaktiten wie eine Speersalve von der Decke. Jedes Auftreffen eines Geschosses verwüstete den Grottenboden noch mehr und verdeckte den Weg vor ihnen durch weitere Zersprengungen. Durch Granatsplitter, die aus nichts als gefrorenem Wasser bestanden.

Das ging völlig entfesselt weiter, bis der Grottenboden das nicht mehr aushielt und klaffend vor ihnen allen aufriss.

Das Team wurde in einem Zug verschluckt.

Bob Pearce konnte nicht anhalten.

Um nichts auf der Welt konnte er anhalten. Über die Kante kippte er, wohin immer ihn das Wabengefüge aus Eistunneln umleitete, hinunter in die Dunkelheit.

Alles schien verschwommen trichterförmig auf einen einzigen Durchgang hinauszulaufen.

Pearce nahm neben sich November wahr. Als er einen Blick zur Seite wagte, traf er auf die Tunnelwand und wurde zurückgeworfen.

Er fühlte seinen Arm schmerzhaft knacken, ehe er schließlich hinausschoss und über den Boden einer riesenhaften Eisgrotte polterte, der gefrorene Untergrund eine Reihe von Senken und Kuhlen, als habe sich ein Riese mit einem heißen Löffel zu gewaltigen Eiskugeln verholfen.

Hier war der Boden flacher. Seine Montur riss auf, und seine bloße Haut schrammte über Kiesel, Feuerstein und scharfkantige Felssplitter, die aus dem dünnen Eis hervorlugten.

Er kam schlagartig zum Halten, wirbelte herum und stieß sich schließlich den Kopf an etwas, das fest, unbeweglich und eisartig war …

Aber es war kein Eis.

# 16. Kudurru

## Solares Maximum in:
## 13 Stunden, 37 Minuten

Es war gut einen halben Meter hoch und zugespitzt.

Eine Miniaturausgabe jener riesenhaften Denkmäler, die zu Ehren der Pharaonen errichtet worden waren. Von quadratischem Grundriss und pyramidenförmig zulaufendem Körper. Es war mit winzigen Symbolen überzogen, den Atlantis-Glypten, die sich als fortlaufender Streifen daran emporschraubten.

Zudem fühlte es sich warm an. Da es alles Eis ringsum abgeschmolzen hatte, verschwand sein Sockel in festem Untergrund aus grauem Schiefer. Doch das Gebilde selbst wirkte kristallin und schimmerte, als ströme Elektrizität hindurch.

Es war gut einen halben Meter hoch und bestand aus massivem Kohlenstoff-60.

»O Mann«, stöhnte Pearce, als er seinen Kopf von der harten Oberfläche des Gegenstands löste und versuchte, sich aufzusetzen. Benommen rieb er sich die Verletzung, bevor er begriff, dass Scott neben ihm saß und ihn anstarrte. Nein, nicht *ihn* anstarrte, sondern an ihm vorbei.

Er drehte sich, um nachzusehen, wogegen er geprallt war. Ihm klappte der Unterkiefer herunter. »Jesus …«

Scott kam herangeklettert. Pearce wischte das eigene Blut von dem Gegenstand ab. Er war schwierig zu säubern, da einiges in die eingekerbten Glypten gesickert war. Pearce leckte sich die Finger, um die Säuberung fortzusetzen, aber Scott hielt seinen Arm zurück.

»Nicht«, sagte er sanft. »Das Blut hilft.«

Pearce zuckte mit den Schultern. Scott hockte sich neben das Artefakt und zog seinen Palmtop-Computer hervor.

Auf der anderen Seite der Höhle stand Sarah und rieb sich die schmerzenden Knochen. Von ihrem Gürtel hing eine große Taschenlampe, die sie anknipste, doch das hätte sie sich auch sparen können. »Warum ist es hier unten so hell?«, wunderte sie sich laut.

»Das Eis ist dermaßen von Tunneln durchlöchert«, mutmaßte November, »dass das Sonnenlicht wahrscheinlich bis hier hinunter findet.«

»Der Kristallstumpf«, meinte Hackett, »leuchtet. Wette, da sind noch andere.«

»Ist … mir … scheißegal«, stöhnte Matheson, unglücklich am Boden hockend.

Yun bot sich an, dem Ingenieur aufzuhelfen.

Matheson musterte den Mann wachsam. »Du hast ja gesagt, du würdest uns *hier* herunterbekommen.«

»Wo *hier* auch immer sei«, erwiderte der chinesische Soldat. »Hierhin hat der Tunnel vorher nicht geführt.«

»Warum bin ich nicht überrascht, dass du das sagst?«, bemerkte Gant im Vorbeigehen, während er die Klettverschlüsse seines Karibufellparkas aufriss und die Kapuze absetzte. »Liegt es an mir oder ist es sehr warm hier unten?«

Hackett maß die Temperatur. »Es ist warm«, bestätigte er. »Ungefähr zwei Grad unter null.«

Auf einmal wurde ein Kratzen laut und das Geräusch eines heftigen Aufpralls hallte in der Grotte wider. Gant wirbelte auf dem Absatz herum und knurrte: »Meine Männer – wo sind sie?« Seine Blicke suchten das Eis ab. »Hillman? Michaels?«

Sie konnten eine gedämpfte Stimme vernehmen. Irgendwo hinter einer dicken Eiswand gefangen. Darauf folgte lautstarkes Gehämmer.

»Wo zur Hölle sind Sie?«, schrie Gant.

»Da oben!«, erkannte Yun rasch.

»Hillman? Sind Sie das?«

Wieder kam eine erstickte Antwort.

»Was hat er gesagt?«, fragte November und reckte den Hals, um besser hören zu können.

Dann verstand Gant. »Er hat gesagt: Geht zurück!«

Er zerrte die junge Frau mit einem Ruck beiseite und warf den Übrigen einen scharfen Blick zu, aber die hatten sich bereits in Bewegung gesetzt, als ein Maschinengewehrfeuer das Eis über ihren Köpfen in tausend Stücke schlug. Große Brocken lösten sich aus der Grottendecke und herab stürzte Hillman und schlug unten auf den Trümmern auf.

Der Marine lag einen Augenblick lang wie betäubt da und konnte keinen Muskel bewegen.

»Na«, krächzte er schließlich. »Mal was Ausgefallenes.«

Gant beugte sich über ihn. »Wo steckt Michaels?«, wollte er wissen. »Er hat die Bombe.«

»Ist er nicht hier?«

»Wir haben ihn verloren.«

»Dann hab ich keine Ahnung, Sir. Nicht die geringste.«

Pearce verzog das Gesicht. »Hoppla.«

Sarahs Aufmerksamkeit galt Richard Scott, der sich in etwas vertieft hatte. Etwas Wunderbares.

Sprache trat wie die DNS in Ketten auf und musste in eine bestimmte Richtung gelesen werden. Ebenfalls wie die DNS hatte Sprache Anfangsmarken und einen Anwendungscode.

Sprache war eine Bestie wie andere auch. Und Bestien ließen sich zähmen, indem man sie verstand.

Im siebzehnten Jahrhundert glaubten die Rosenkreuzer – Mitglieder einer geheimen Gesellschaft oder auch eines Ordens – sie zu verstehen. Sie behaupteten, eine vollkommene, die Ursprache der Menschheit gefunden und benutzt zu haben. Nach Maßgabe der Werke des allbekannten Kabbalisten Lull verwendeten sie an Sinnbildern den Kreis für die Sonne, die Sichel für den Mond und das Kreuz für die vier Himmelsrichtungen. Sie waren überzeugt, diese linguistischen Symbole hingen ihrem Wesen nach mit der Geometrie zusammen.

Doch sie waren derart geheimniskrämerisch, dass sie auch geheimnisvoll aus der Welt verschwanden und ihre Arbeit zu lauter Hörensagen und herzlich wenig Nachweisen verflog.

Hier und jetzt aber konnte Robert Scott mit endgültiger Sicherheit sagen, dass ihre so genannte vollkommene Sprache zwar ein Trug bleiben dürfte, der Symbolismus aber, den sie benutzt und verstanden hatten, dieser aus Jahrtausenden der Sage und Legendenbildung aufgelesene Symbolismus, ganz und gar treffend ausfiel.

Der Kreis und das Kreuz. Die Sonne und die vier Himmelsrichtungen. Das waren die Anfangsmarken, die Scott soeben den Weg zur Entschlüsselung des rätselhaften Anwendungscodes der Atlantis-Glypten gewiesen hatten. Und nun blieb ihm nichts weiter zu tun, als eine Zahl einzugeben. Eine einzige Zahl. Den Rest erledigte der Rechner.

Schon jagte jedes Bildzeichen aus der Kette auf dem Kristall vor ihm über den Bildschirm seines Palmtops. Wurde jede Glypte aufgerufen, die der Platzierung jener einzelnen Zahl entsprach, so wie sie sich im Zahlenstrom wiederholte, der in der CERN in den Kohlenstoff-60-Kristallen nachgewiesen worden war …

* * *

»Welche Zahl hast du gewählt?«, erkundigte sich Sarah leise, die neben ihm kniete.

»Nun, zunächst mal habe ich herauszufinden versucht, welche Zahlen als Erste ausgeschlossen werden konnten.«

»Und das wären?«

»Die Maya, deren Name so viel wie ›nicht viele‹ oder ›die Wenigen‹ bedeutet, vielleicht eingedenk ihrer Vorfahren und Überlebenden der Sintflut, keine Ahnung – jedenfalls haben sie den Gott der Zahl Vier verehrt. Denselben Gott, der für sie auch die Sonne vertrat.«

»Wäre die Vier damit nicht erste Wahl, um diesen Kram zu knacken?«

»Normalerweise ja«, stimmte Scott ihr zu. Dann senkte er die Stimme. »Das Dumme ist, ich kann die Sprache der Maya nicht besonders. Falls sie es ist, die ich am Ende lesen soll, sitzen wir alle in der Patsche und sie haben den Falschen mit auf die Reise genommen.«

»Du hast ihn geknackt, oder?«, fragte Sarah.

Scott nickte. »Glaub schon.«

»Welche Zahl hast du genommen?«

»Die Sieben«, gab Scott preis. »Und am siebenten Tage ruhte der Herr. Hoffentlich gilt das auch für uns.«

Sein Computer piepste. Alle Berechnungen waren durchgeführt. Seine Aufgabe erfüllt.

Scott und Sarah tauschten ängstlich besorgte Blicke, ehe er seinem Rechner eingab, die Ergebnisse anzuzeigen, während die Übrigen sich um ihn versammelten.

Der Rechner surrte, piepste noch einmal, ehe er schließlich die erforderlichen Schalldateien aneinanderreihte und mit der eigenwillig beschwingten Stimme von Sarah Kelsey verkündete: »Ka–Du–Ru …«

Scott kratzte sich am Kopf. Was hatte es zu bedeuten?

Scott wiederholte das Ganze noch einmal für sich. »Ka-du-ru …? Ka-du-ru …?«

Und da traf es ihn wie ein Schlag.

»Verdammt!«, stöhnte er. »Verdammt! Das ist es! *Kudurru!* KUDURRU! Es ist altertümliches Sumerisch! Es bedeutet *Weg-*

*markierung* oder *Grenzmarkierung*. Dies ist ein Meilenstein! Er verrät uns, was er ist! Wir sind innerhalb der Stadtgrenzen! Wir haben's geschafft! Mein Gott … Wir haben's geschafft!«

»Zum Teufel mit der Wegmarkierung«, platzte Pearce erregt heraus, »was ist mit diesen Kristallen? Was ist mit diesen Brocken, die Ralph zurückgebracht hat?«

Eilig setzte Scott den Rechner in Gang, um den abgespeicherten Satz von Glypten zu entschlüsseln. Die Ergebnisse waren abschreckend. Er las sie laut vor:

»*Diese Mauern bergen die ewiglichen himmlischen Mächte. Ein Volk gestorben. Eine Seele lebendig.*

*Jenseits dieser Mauern liegen …*«

»Heißt das Wort da Nazareth?«, erkundigte sich November leise.

»Nicht Nazareth«, berichtigte Scott. »Nasaru – das bedeutet ›beschützen‹ …«, dann las er weiter: »*Jenseits dieser Mauern liegen die Mittel, zu beschützen die Söhne der Söhne, die Töchter der Töchter. Die Kinder unser, die wir die Ersten waren.*

*Lest sie mit lauter Stimme. Wie Donner gesprochen. Denn Menschen sollen vor ihnen erzittern.*

*Lest sie mit lauter Stimme. Wie Donner gesprochen. Wenn ihr die Mittel habt zu verstehen.*

*Hinter diesen Mauern harren Hoffnung und Schrecken.*

*Doch auf diesen Mauern ruhen Wissen und Macht.*

*Versteht sie. Verkündet sie. Nutzt sie!*

*Gehorcht der Weisung nicht und ihr verderbet!*

*Frei werden muss die Macht der Null!*«

# 17. Atlantis

## Stadtgrenzen

»Michaels, kommen, Michaels! Hören Sie mich? Komm schon, Ray. Wenn du mich hören kannst, funk zurück.«

Hillman schaute zu Gant und schüttelte mutlos den Kopf. Wo immer Michaels abgeblieben war, es lag außerhalb des Sendebereichs. Die beiden Männer bedeuteten dem Rest der Gruppe, die Stellung zu halten, während sie mit Yun die Lage weiter vorn auskundschaften gingen.

Der chinesische Soldat hatte etwas gesehen. Etwas Wichtiges.

Mit bösen Ahnungen sah Hackett sie einige hundert Meter weiter oben am Ende der Grotte um die Biegung aus Eis verschwinden, bevor er auf den Knien vorwärts rutschte, um sich zu Scott zu gesellen.

»Großartig, Scott«, sagte er voller Bewunderung. »Ich meine, das ist, äh, bemerkenswert … in der Tat bemerkenswert. Sie nehmen ein Alphabet mit sechzig Buchstaben: Schreiben Sie bei einem Alphabet dieser Größe die Zahl möglicher Wortpermutationen auf, kommen Sie am Ende auf eine Zahl mit an die fünf oder sechs Trillionen Nullen. Tausend Leute würden fast dreißig Jahre brauchen, um sie auch nur *niederzuschreiben*.«

»Ein einziges Wort aus all diesen Glypten herauszuholen«, fügte Pearce erregt hinzu, »ein sinnvolles Wort – ist schon Zufall, aber drei Seiten Text mit an die achtundneunzig Prozent Genauigkeit? Das Richard, mein Freund, kommt einem Wunder näher als alles, was ich bisher gesehen habe.«

November schaute von ihrem Computer auf und warf einen

argwöhnischen Blick auf ihren Mentor. Sollte das alles wahr sein? »Professor, dieser Satz taucht immer wieder auf. *Frei werden muss die Macht der Null.* Die Macht der Null? Ein großes, dickes Nichts?«

Scott zuckte mit den Schultern. »Hab ja gesagt, dass es keinen Sinn ergibt.«

Vielleicht tat es das nicht für den Epigraphiker. Doch in dem Physiker entfachte es eine tief sitzende Neugier. »Frei werden muss die Macht der Null«, wiederholte Hackett. »Wird sonst noch irgendetwas über diese Null ausgesagt?«

»Wie zum Beispiel?«

»Wird gesagt, welche *Art* Null frei werden müsse?«

»Jon«, sagte Sarah misstrauisch. »Nichts ist nichts. Es gibt nur eine Art Null.«

»Nein«, berichtigte Hackett. »Nicht nur eine.«

* * *

Scott wandte sich Hackett zu. »Woran denken Sie?«

»Suchen Sie mir dort irgendetwas heraus, womit sich Null definieren ließe.«

Widerstrebend ging Scott daran, von hinten nach vorn noch einmal alle seine hastig auf die Festplatte gebannten Notizen und Textdokumente zu durchforsten. »Das ergibt überhaupt keinen Sinn«, meinte er. »Das ist Unsinn, ein Verwirrspiel.« Er fuhr mit dem Finger den Schriftsatz entlang, bis er auf das Gesuchte stieß. »Äh, hier, sehen Sie? *Entfesselt die Macht der Null. Den Geist des Nichts, der allen Dingen innewohnt. Nichts ist alles. Die Kraft aus Null –*«

»Halt, genau hier«, sagte Hackett mit ausgestreckter Hand und blickte Scott fest in die Augen. »Genau hier. Das ist es. Das ist unsere Kraftquelle. Das haben unsere verdammten Satelliten die ganze Zeit über aufgefangen. Das hat die Augen der Militärs und der Rola Corp. zum Leuchten gebracht. Der Heilige Gral der Kraftstoffe. Saubere – *kostenlose* – Energie.«

»Das ergibt für Sie einen Sinn?«

»Unbedingt«, entgegnete der Physiker. »Er lautet Nullpunktenergie. Buchstäblich … aus nichts etwas.

Sehen Sie, im neunzehnten Jahrhundert glaubten die Wissenschaftler an einen Stoff namens ›Äther‹«, führte Hackett weiter aus, »der überall im Weltraum vorkommen und die Wellenverbreitung des Lichts erklären sollte. Zwei Burschen, Michelson und Morley, unternahmen diesen berühmten Versuch zum Nachweis jenes ›Äthers‹ und scheiterten. Sie brauchen nicht zu verstehen, was genau sie dabei anstellten. Wichtig ist für Sie, dass Wissenschaftler lange Zeit diesem geheimnisvollen Zeug nachgespürt haben.«

Der Rest der Gruppe hörte ihm zu.

»Sie glaubten, infolge der Bewegung der Erde durch dieses Zeug eine Art ›Ätherwind‹ messen zu können. Einstein berief sich auf ihren fehlgeschlagenen Versuch, um seine spezielle Relativitätstheorie zu untermauern, den Grundstein der modernen Physik. Einstein beharrte auf der völligen Leere des Alls, aber seine Formeln führten wiederum zur Entwicklung und Anwendung der Quantenmechanik. Und im endgültigen Zirkelschluss entstand in den 1930er-Jahren aus der Quantenmechanik ein mathematischer Begriff für den Grundzustand eines jeden schwingenden Systems namens Nullpunktenergie. Der ›Nullpunkt‹ bezog sich auf die Temperatur: null Grad Kelvin.«

»Und das bedeutet was genau?«, erkundigte sich Sarah.

Statt Hackett antwortete Matheson, der vage damit vertraut war. »Es bedeutet, dass Energie selbst bei Abwesenheit von Wärme vorhanden ist. Energie ist dem Gewebe des Raums zu eigen.«

»Es wird noch besser«, Hackett strahlte. »Die Energiedichte, das schiere Ausmaß gespeicherter Nullpunktenergie, die jederzeit und an jedem Punkt im Raum bereitliegt und angezapft werden könnte, ist unendlich.«

»Sie machen Witze.«

Hackett schüttelte den Kopf. »Glaubt mir, viele grundlegende Annahmen der Quantenmechanik wären unhaltbar, sollte es keine Nullpunktenergie geben. Zuerst hat Dirac aufgezeigt, wie eine Elektronen-Positronen-Erzeugung aus Vakuumschwankungen erwachsen könnte, und erfand die Quanten-Elektrodynamik. Die Heisenberg'sche Unschärferelation verlangt nach quantenmechanischen Gefügen, die sich Energie von diesem Nullpunkt eines elektrischen Induktionsflusses ›ausborgen‹. Boyer nutzte die Lorentz-Invarianz, um die Nullpunktenergie als Funktion der Frequenz festzulegen und –«

»Jon, was willst du uns sagen?«, schnitt Pearce dem Physiker das Wort ab.

»Wer herausfindet, wie man die Macht der Null anzapft und entfesselt«, erklärte er, »der schließt sich an Gottes eigenen privaten Stromgenerator an. Das ist unvorstellbar viel Leistung.« Er wies mit dem Daumen in die Richtung, in die Gant gegangen war. »Dagegen ist diese Bombe, nach der sie suchen, ein Furz im Wind.

Falls eine Maschine, die Nullpunktenergie angezapft hat, hier unten ist und vom Satelliten aufgefangen wurde, dann warne ich davor, sie auszuschalten, indem man sie in die Luft sprengt. Nullpunktenergie ist die Grundkraft des Alls. Wer das Wasser abstellen will, dreht den Hahn zu und haut ihn nicht mit einem Vorschlaghammer weg.

Falls Gant diese Maschine hochjagt, bedeutet das Vernichtung verdammt großen Stils, Leute. Am Ende könnte er damit unser ganzes Sonnensystem wegpusten.«

Hackett verfiel in Schweigen, während die anderen über das Gesagte nachdachten.

»Von was für einer Art Maschine reden wir hier?«

Matheson antwortete: »In den 1890er-Jahren war Nikola Tesla überzeugt, dass es möglich sei, einen vollkommen drahtlosen

Elektromotor zu bauen, der die ›Naturkraft‹, wie er es nannte, anzapft. Er behauptete, diese Kraft sei mittels sehr hoher Frequenzen zugänglich. Tatsächlich baute er zuletzt einen Motor mit nur einem Leitungsdraht und *ohne* Rücklaufschaltung. Der Rücklauf sollte nach seinen Worten drahtlos durch den Raum erfolgen.«

»Klingt so, als sei er auf der richtigen Fährte gewesen«, begeisterte sich Sarah.

»Er war in vielerlei auf der richtigen Fährte«, sagte Matheson. »Tesla erfand den Wechselstrom, das Radio, Radar und –«

»Augenblick mal«, warf Hackett, tief in Gedanken versunken, dazwischen. »Wechselstrom. Den konnte er nicht erfinden, ohne zuvor den elektrischen Induktionsmotor erfunden zu haben, richtig? Ein Magnetfeld in Drehung.«

»Richtig«, pflichtete Matheson ihm bei.

»Der Südpol«, stellte Hackett klar, »ist das eine Ende eines rotierenden Stabmagneten im Weltraum.«

»Der Südpol«, fügte Matheson hinzu, »ist außerdem für die größte Zusammenballung von Tiefdruckwetterfronten berüchtigt. Tesla entdeckte, dass Gase bei vermindertem Druck überaus leitfähig werden. Genau darauf beruht auch die Neonleuchtröhre.«

»Eine Sekunde«, mischte Pearce sich ein. »Hatten Sie mir nicht mal gesagt, dass Supraleiter und Halbleiter, die für die Datenverarbeitung und Spitzenforschung eingesetzt werden, bei äußerst niedrigen Temperaturen am besten arbeiten?«

»Stimmt«, bejahte Hackett. »Und welcher Ort wäre besser als hier, um Ihre Maschine zu bauen?«

»Dieser ganze Ort hier«, folgerte November verblüfft, »wurde ausgewählt, weil die Umgebung sämtliche Anforderungen dieser Maschine erfüllt?«

»Nicht nur das«, entgegnete Hackett. »Sondern auch die notwendigen Voraussetzungen, um Nullpunktenergie anzapfen zu können.« Er nahm einen Kuli und fing an, einen Plan ins Eis zu kratzen. »So, glauben wir, sieht Atlantis aus, richtig? Drei gewaltige konzentrische Ringe von etlichen Kilometern Umfang, ja?«

Die Übrigen nickten.

»Na, was zum Henker glaubt ihr denn, war der Teilchenbeschleuniger in der CERN?«

»Jon«, ermahnte ihn Scott, »du bist uns ungefähr acht Schritte voraus. In meinem Fall noch mehr, weil ich gerade zwei zurück bin.«

»Richard«, schloss Hackett, »ich glaube, dass Ralph hier mit seiner ursprünglichen Einschätzung Recht hatte. Ich denke, vielleicht ist die *gesamte* Stadt Atlantis eine einzige riesige Maschine, sofern sie dazu dient, Nullpunktenergie anzuzapfen.«

Hackett ritzte weiter den Grundriss von Atlantis in das Eis, so wie ihn die Satelliten aufgespürt hatten.

»Drei konzentrische Ringe aus Kohlenstoff-60, dazwischen zwei Ringe aus Wasser, und zur Mitte stößt eine Plasmasäule durch, um alles miteinander zu verbinden … das Ganze leuchtet ein. Eine Reihe von Theorien kursieren, wie sich Nullpunktenergie anzapfen ließe. Eine fußt auf ionenakustischer Schwingung – die einheitliche Schwingung von Atomkernen in einem Plasma, einem Sonnenwind etwa. Sie besagt, wenn sich die Atomkerne eines Plasmas in Schwingung versetzen ließen, würde das Plasma Wärme erzeugen – und zwar mehr Wärme, als Energie zur Erzeugung des Plasmas aufgewandt werden muss, was die gegenwärtigen physikalischen Gesetze nicht zulassen. Einen Schritt weiter gedacht, gälte dieselbe Theorie auch für feste Kristalle.

Chemetskij, ein russischer Plasmaphysiker, behauptete in den 1990er-Jahren, Nullpunktenergie ebenfalls mit Plasma angezapft zu haben. Er ging jedoch so vor, die Plasmateilchen zu zykloider Bewegung anzuregen, sodass sie sich unablässig im Kreis drehten. Er schuf im Labor einen plasmoiden Wirbelring – vielleicht kennt ihr ihn unter seinem anderen Namen: Kugelblitz. Ließe sich jedoch ein Gerät von hinreichend großen Ausmaßen bauen, um diesen Ring kontrolliert zu erzeugen, meinetwegen mit einem Teilchenbeschleuniger – wären die Aussichten verdammt gut, die dabei freiwerdende Kraft zu zügeln.« Hackett fuhr mit seinem Kugelschreiber über den Plan im Eis und zeigte, wohin das Plasma geleitet werden könnte.

»Dieselbe Theorie unterstellt die Möglichkeit, die Atomkerne fester, magnetischer Stoffe zu einer solchen Kreisbewegung anzuregen. Heraus käme ein fester Gegenstand, der kostenlose Energie in Form von Schallwellen abstrahlen würde. Betont wird dabei die besondere Eignung von Kristallen.«

Wieder fuhr Hackett mit seinem Kuli rings um die Ringe im Eis, um diesmal die Aufmerksamkeit aller auf den Kohlenstoff-60 zu lenken.

»Schauberger hingegen, der an Wasserstrudeln arbeitet, presste Wasser durch besonders geformte Verwirbelungsrohre und stellte im Ergebnis eine energetische Anomalie fest – ein bläuliches Glühen im Kern des Strudels«, sagte Hackett und lenkte die Aufmerksamkeit schließlich auf die Ringe aus Wasser.

»Hier nun laufen alle drei Versuche gleichzeitig ab. Diese Leute haben nichts dem Zufall überlassen.«

»Ich hab von diesem Ingenieur gehört, der eine Maschine baute, die Nullpunktenergie angezapft haben könnte«, berichtete Matheson. »James Griggs – genau, so hieß er. Ein Ingenieur aus Georgia. Er erfand diese Pumpe, die kaltes Wasser *ohne* Hitze in Dampf verwandelt.«

»Das kann nicht sein«, widersprach November. »Ich wohne im Süden. Davon hab ich nie was gehört.«

»Die Geschichte geht so, dass er am Klempnern war und auf ein Kaltwasserrohr stieß, das Dampf abgab, weil eine Schockwelle durch das Rohr lief. Darauf baute er eine Vorrichtung, um diese Wirkungen nachzubilden. Er hatte diese Trommel und bohrte überall jede Menge verschieden große Löcher hinein. Anschließend schob er sie in ein großes Rohr, pumpte Wasser hindurch und versetzte die innere Trommel in Drehung. Millionen Schockwellen überhitzten das Wasser. Das Ding hat so gut funktioniert, dass es jetzt der NASA gehört. Seit zehn Jahren nehmen sie es unter die Lupe. Können nichts finden, was daran nicht stimmen könnte. Und sie holen mehr Energie heraus, als sie hineinstecken.«

»Wasser hat das größte Energiepotenzial«, pflichtete Sarah bei. »Für sich genommen ist es harmlos, besteht aber aus Wasser- und Sauerstoff – zwei der explosivsten Elemente, die es gibt.«

»Vom Militär weiß ich, dass sie da ein elektrisches Gewehr getestet haben«, erklärte Pearce. »Als Geschoss nahmen sie Wasser anstelle der Kugel. Feuerten einen Fingerhut voll auf eine zwei Zentimeter starke Aluminiumplatte. Ging glatt durch wie ein Laser und entfaltete dabei mehr Kraft, als sie vorher aufgewandt hatten.«

»Ein Kubikzoll Raum«, meinte Hackett, »ist mit genügend Nullpunktenergie ausgefüllt, um die Welt eine Milliarde Jahre lang in Gang zu halten.«

»Um diese Nullpunktenergie anzuzapfen«, bemerkte Scott, »scheint sich immer irgendwas im Kreis drehen zu müssen. Wir sind am Südpol, dem Unterboden der Erde – der Achsnabe, auf der sich dieser ganze Planet dreht. Macht das einen Unterschied?«

»O ja«, stimmte Hackett zu. »Einen gewaltigen. Laithwaite, ein Physiker, stellte fest, dass ein Kreisel in Präzession, der entlang einer Kreisbahn verlagert wurde, bei Berührung mit Nullpunktenergie Anzeichen einer Anomalie seiner Trägheit und/oder Schwerkraft aufwies.« Er ließ das Gesagte nachwirken. »Präzession bedeutet im Wesentlichen ›taumeln‹. So verhält sich die Erde. Da sie sich um die eigene Achse dreht, ist sie ein Kreisel, bewegt sich aber zudem auf einer Kreisbahn – umrundet die Sonne. *Und* sie taumelt um ihre Achse. Dieses Geflatter braucht 26 000 Jahre, um seinerseits einen vollständigen Kreis zu beschreiben. Deshalb waren vor Jahrtausenden Sternbilder wie das des Orion an anderer Stelle zu finden als heute und der Polarstern ein ganz anderer Himmelskörper. Früher war es das Sternbild des Drachen – verbunden mit Luzifer, dem Gefallenen.«

»Eine Anomalie der Schwerkraft?«, fragte Pearce nach. »Vielleicht wie Antigravitation? Eine Antigravitationswelle, und sie schirmt die Erde vor der Sonne ab?«

»Bob, ich kann Sie gut leiden, sähe Sie aber ungern an subatomaren Teilchen arbeiten. Die Erde lässt sich nicht vor der Schwerkraft abschirmen«, erklärte Hackett abweisend. »So läuft das nicht. Licht, Elektrizität, Magnetismus lassen sich abschirmen. All das kann man fernhalten. Nicht jedoch die Schwerkraft. Es ist nicht so, dass sich eine Antigravitationswelle erzeugen ließe, um die andere Welle damit aufzuheben.«

»Sind Sie sich da sicher?«, fragte Sarah herausfordernd.

»Nein«, konterte Hackett, ohne eine Sekunde zu zögern. »Die von Laithwaite beschriebenen Auswirkungen waren zeitbezogen. Der Zeitverlauf änderte sich mit zunehmender Nähe zur Anomalie.«

»Scheiße auch, bleibt uns ja wohl nur, den Teufel mit Beelzebub auszutreiben. Die Maschine zerstören heißt sterben«, sagte Pearce. »Nichts tun, während die Sonne Amok läuft – heißt immer noch sterben. Es sei denn, wir handeln der Schrift gemäß, folgen den Anweisungen und entfesseln die Macht der Null.«

»Das ist eine Menge Kraft zum Anzapfen«, seufzte Sarah. »Gottes eigenes Kraftwerk. Wozu braucht Atlantis das? Man bohrt doch nicht einfach einen riesigen Energievorrat an, bloß weil es geht. Das tut man, weil es zu etwas nütze ist. Wozu?«

»*Und der siebente Engel posaunte ... Und es geschahen Blitze und Donner und ein Erdbeben und ein großer Hagel.*«

Alle schauten auf November. Tief in Gedanken zitierte sie aus der Bibel. Dann verlieh sie ihrer Stimme mehr Kraft und Nachhall.

»*Und ich hörte eine Stimme aus dem Himmel*«, sagte sie, »*wie das Rauschen vieler Wasser und wie das Rollen eines lauten Donners ... Und ich sah ein anderes Zeichen im Himmel, groß und wunderbar ... Und ich sah etwas wie ein gläsernes Meer, mit Feuer gemischt ...*« Sie lächelte, da sie sich der ungeteilten Aufmerksamkeit von allen bewusst war. »Die Offenbarung«, sagte sie. »Das Meer schien wie zu Kristall erstarrt – wie mein Glas Cola damals im Labor, erinnert ihr euch?«

»Mein Gott, geht es darum?«, fragte Matheson schüchtern. »Könnte es darum gehen? Dass alle diese Schallflüsse akustische Wellen kreuz und quer durch die Weltmeere pumpen? Da genügt eine Frequenzänderung, um mit der Erzeugung stehender Wellen zu beginnen, den Ozean in einen einzigen riesigen Quasikristall zu verwandeln.«

Hackett fand nichts einzuwenden. »So könnte es sein«, sagte er leise. »Es könnte glatt so sein. An sich gibt es keinen Schutz vor einer Gravitationswelle. Aber Vorsichtsmaßnahmen kann man treffen. Wie schützt man ein Ei? Man legt es in eine Eierschachtel. Wie hält man eine Flut auf? Wie hält man die Meere davon ab, über alle Kontinente hinwegzuschwappen? Man friert den Ozean ein.«

»Was ist mit dem Mantel?«, fragte Sarah.

»Stimmt. Erdkrustenverschiebung. Die gesamte Erdoberfläche ist dazu beschaffen, über den flüssigen, geschmolzenen Kern zu gleiten«, bestätigte Scott.

»Nun, wer sagt denn, dass sie daran nicht gedacht haben und diese Quasikristallwellen nicht auch in den Erdkern gepumpt werden?«, gab November zu bedenken. »Der ganze Planet einfach einen Augenblick lang als ein riesiger Festkörper.«

»Ist ja Nullpunktenergie«, stimmte Scott zu. »Nicht dass Atlantis Sorge hätte, wo es die ganze Energie hernimmt. Sie ist ja bereits angezapft worden.«

Pearce schaute November bewundernd an. »Sie, junge Dame, könnten das Zeug zum Genie haben.«

November errötete.

»Woran ich mich nur störe«, machte Hackett deutlich, »ist die viele Energie, die in ein System gepumpt wird. Wo bleibt sie danach? Sie verschwindet nicht einfach, sondern muss irgendwie beseitigt werden. Derart viel auf ein System losgelassene Energie würde letztlich den gleichen Schaden wie die Gravitationswelle selbst anrichten.«

»Natürlich …«, flüsterte Sarah. »Die Pyramiden!«

»Das lief auch mechanisch ab«, erkannte Matheson. »Sarah – Sie haben Recht!«

Hackett wollte nähere Ausführungen. Alle konnten es ihm ansehen.

»Es gab ein Erdbeben in Zentralafrika«, erläuterte Sarah, »wissen Sie noch? Kurz bevor ich in die Tunnel unter den Pyramiden einstieg. Irgendwie wurde die seismische Energie in Licht und eine Art elektromagnetischen Impuls umgeformt. Dieser Energieimpuls endete damit, in der Anlage von Gizeh die Runde zu machen, ehe die Pyramiden den ganzen Zauber ins All abfeuerten.«

»Die Pyramiden«, frohlockte Matheson, »sind Überdruckventile! Wie bei einem Schnellkochtopf.«

»Ägypten würde nicht reichen«, sagte Hackett. »Da wäre mehr nötig.«

»Wie wär's mit Amazonien?«, entgegnete Sarah. »Und China. Es wimmelt auf diesem Planeten von Pyramiden und frühgeschichtlichen Kultstätten.«

»Wir reden nicht nur von einer Maschine, die so groß wie eine Stadt ist«, seufzte Matheson. »Wir reden von einer Maschine, die sich über die gesamte Erdoberfläche erstreckt!«

»Und vielleicht ist Atlantis auf Bereitschaft geschaltet«, fügte Scott hinzu. »Vielleicht haben die Gravitationswellen von der Sonne die Stadt vor einer neuen Gefahr gewarnt. Sie aufgeweckt. Vielleicht wurde sie gebaut, um uns zu helfen. Statt sie abzustellen, müssen wir rausbekommen, wie man mit ihr umgeht!«

Weit voraus konnte Yun die Feuerstellung ausmachen. Die Waffe lag zertrümmert auf der Seite, ein Haufen schwerlich wiederverwertbarer Einzelteile. Yun wollte plötzlich loslaufen, doch er wurde jäh von Gant aufgehalten.

»Schön ruhig«, mahnte der Major finster und blickte auf das keine zwei Meter entfernt liegende Maschinengewehr. »Sollst doch nicht auf dumme Gedanken kommen, oder?«

»Sie verstehen nicht«, erklärte Yun, während Gant Hillman anwies, die Waffe zu begutachten. »Hier hab ich den Rest meiner Abteilung zurückgelassen.«

»Wolltest uns in eine Falle locken, hä? Scheint dir aber jemand zuvorgekommen zu sein.«

Hillman ließ ein Teil zu Boden fallen, während er sich wieder aufrichtete. »Völlig zerstört, Sir.«

»Feuergefecht?«

»Äh-äh.« Der Marine stieß die Trümmer mit der Stiefelspitze an. »Kratzspuren.«

Gant musste sich vergewissern. Und kein Zweifel, da waren drei breite Scharten in den schwarzen Waffenstahl eingefräst. Tief und eben.

»Hier haben die Geister angegriffen.« Yun schluckte und schaute angstvoll auf den Durchgang vor ihnen.

»Die Golems«, meinte Gant gefasst.

»Egal wie Sie die nennen.«

Und dann verschlug es dem chinesischen Soldaten den Atem, als ein kalter Luftzug durch den Tunnel fegte, begleitet von einem Geräusch wie tiefes, grollendes Gähnen, als würden Bestien in der Ferne aus ihrem Schlummer erwachen.

Yun riss ruckartig den Kopf herum. »Sie sind hier …«

## Solares Maximum in: 10 Stunden, 13 Minuten

Sarah fühlte, wie ihr die Nackenhaare zu Berge standen. Einen Augenblick lang glaubte sie sich zurück in den Tunneln unter den Pyramiden von Gizeh.

»Das Geräusch kenne ich«, sagte sie angstvoll. »Wir haben Gesellschaft.«

Und da meldete sich zwitschernd Scotts Funkgerät.

»Packen Sie Ihren Kram. Erledigen Sie's im Gehen, Doc«, befahl Gant. »Wir müssen weiter.«

Vom Rest des Teams kamen keine Einwände. Bob Pearce spürte es als Nächster und die anderen kurz darauf. Die Luft ringsum füllte sich mit einer Art elektrisierenden Kraft. Unwillkürlich erkannten es alle: Sie waren nicht nur *nicht* allein, sondern sie wurden belauert.

Unterwegs weihten sie Gant in ihre Theorie ein, im Schnellschritt mit gezogenen Waffen: Gant vorneweg, Hillman als Nachhut.

Pearce beendete seine Darlegung, die Gant schweigsam aufnahm, ohne andere als unbedingt nötige Fragen zu stellen oder gar zu löchern. Beständig wachsam. Beständig ein scharfes Auge auf dem Weg vor ihnen. Gant wartete ab, bis ihm Pearce die Überlegungen des Teams schlüssig auseinandergesetzt hatte, ehe er darauf einging.

»Gute Arbeit«, bemerkte er. »Alles sehr gut durchdacht.«

»Danke.«

»Eine Frage habe ich trotzdem.«

»Die wäre?«

»Nun, wenn Atlantis dafür gebaut wurde … warum hat es nicht funktioniert?« Pearce war entgeistert. Gant fuhr fort: »Die Erdkruste *wurde* verschoben. Die Erde *wurde* überflutet. Richtig?«

Scott kniff kopfschüttelnd die Augen zu. Gottverdammt, keiner von ihnen hatte auch nur daran gedacht. Warum eigentlich hatte Atlantis die Erde beim letzten Mal *nicht* gerettet?

»Ich meine, Sie haben ganz und gar Einleuchtendes gesagt«, bestätigte Gant, »aber ist Ihnen je der Gedanke gekommen, dass Sie zwar die *Absichten* der Erbauer von Atlantis beschreiben, aber ein Rohrkrepierer daraus wurde? Der am Ende mehr Schaden als Nutzen brachte?«

»Möglich ist alles«, räumte Pearce ein. »Sicher, aber –«

»Nichts aber«, schoss Gant zurück. »Sollten wir noch nicht Grund genug gehabt haben, Michaels zu finden und diese Bombe wieder zu kriegen – jetzt hätten wir ihn.«

Pearce warf einen Blick über die Schulter auf die anderen. »Der einzige Marine in dem ganzen Verein, der denken kann, und *wir* müssen ihn abbekommen«, antwortete Hackett mit einem Achselzucken.

Sarah stieß den Physiker an, still zu sein. Sie war sichtlich nervös.

»Ich weiß«, sagte November mitfühlend. »Geht mir genauso. Mich gruselt's.«

Die Wände des Durchgangs im Eis sahen eigenartig aus. Sie waren nicht verwittert und zerfressen wie das Eis an der Oberfläche. Es wirkte hier ebener und irgendwie eckiger. Dieses Merkmal hatte Matheson schon einige Zeit Rätsel aufgegeben. Als er schließlich nicht mehr widerstehen konnte, ging der Ingenieur das Risiko ein und scherte für eine nähere Untersuchung aus.

Klarer Fall, das Eis war durchscheinend. Und dünn, als überziehe es etwas in seinem Inneren. Etwas Wärmeres taute vielleicht das Eis an und rief diese glasige Oberfläche hervor.

Matheson nahm den kleinen, an seinem Gürtel baumelnden Eispickel und ließ Eisspäne fliegen. Er musste nicht lange auf ein Ergebnis warten und staunte nicht schlecht, als eine glatte, flache Scheibe von dem Zeug abplatzte, um die harte, von Glypten bedeckte Oberfläche eines Gefüges freizulegen, das gänzlich aus Kohlenstoff-60 bestand.

»Mich laust der Affe.«

Keine zwei Meter weiter unten im Durchgang gab es eine dunklere Stelle im Eis, als läge dort eine Nische verborgen oder vielleicht sogar ein vollständiger weiterer Durchgang.

Matheson konnte sein Glück kaum fassen.

Die anderen waren ihm jetzt ein paar Schritte voraus und bewegten sich zügig vorwärts. Er rief ihnen hinterher. »He! He, wartet mal! Ich hab was gefunden! Ich glaube, wir sind am Ziel!«

Doch nur Hillman drehte sich um, als Matheson seinen Pickel hob. »Wissen wir, Ralph«, schnauzte der Marine. »Aber wir müssen einen weniger unsicheren Bereich finden. Yun glaubt, dass wir hier Ärger kriegen, und ich bin ziemlich seiner Meinung. Jetzt kommen Sie schon!«

Widerstrebend ließ Matheson den Pickel sinken und löste sich von seinem Fund. Ohne die geringste Ahnung, dass sich ein blasses, ätherisch wirkendes, hinter dem dunklen Eis, dem Fenster aus gefrorenem Wasser verschwimmendes Gesicht dem Ingenieur bis auf wenige Zentimeter genähert hatte, um zu ihm hinauszulugen.

Und es blinzelte …

Der Durchgang öffnete sich auf eine größere Örtlichkeit.

Höhlenartig, aber keinesfalls eine Höhle. Eine Höhle hätte eine Umschließung, wäre ein großer, aber begrenzter Raum. Die Decke dieses Ortes hingegen schien sich ins Unendliche zu verlieren. Sie wölbte sich hinter ihnen zu einem glitzernden weißen Bogen und stieg stetig weiter empor in eine größere, unsichtbare Weite dahinter. Denn ihnen stellte sich eine fünfzehn Meter hohe, glatte Steilwand aus Eis in den Weg, die sich vom einen Ende der Höhle zur anderen erstreckte.

Bis hinauf an die Steilwand reichten Säule auf Säule eisige Stalaktiten und Stalagmiten. Jede erdenkliche Art gewundener, aberwitzig geformter Skulpturen aus unablässig anwachsendem gefrorenem Niederschlag. Salzsäulen oder versteinerten Bäumen gleich, war ihr Aussehen umso seltsamer, da die Inseln freigelegten Schiefers bis hin zur Steilwand mit sattem grünem Moos und Flechten bewachsen waren.

Die Oberkante der Wand war abgeflacht, weil unter all dem Eis ein richtiges Bauwerk lag, eines von solchen unglaublichen Ausmaßen, dennoch ein Bauwerk, das glühte wie der *Kudurru*.

Lichtenergie pulsierte darüber hinweg, wenn auch von dicken Schichten gefrorenen Wassers verzerrt. Doch im Pulsieren enthüllte sich auch sein eigentliches Wesen.

Wie die Befestigung einer großen mittelalterlichen Burg stand vor ihnen die gewaltige, festungsartige äußere Mauer der Stadt Atlantis in anhaltendem Schimmer. In flüchtigen Schüben leuchteten großflächige Probemuster baulicher Einzelheit auf. Wirbelformen, in Spiralen gelegte Glypten waren ausschnitthaft zu sehen. Riesige Bögen eines inneren Aufbaus, fast gotisch anmutend. Ein Anflug von Tempel.

Ihre Fundamente waren ehern. Unvergleichlich ihre einschüchternde Gestalt; und in ihre Mitte eingelassen das riesige, prachtvolle Tor. Weit über sechs Meter hoch. Fest verschlossen.

»O Mann!«, rief Matheson aus und raufte sich den vereisten Bart.

Seine Worte hallten in der Leere der Grotte wider, ehe irgendjemand wahrnahm, wie rasch sie vom Klang rauschenden Wassers verschluckt wurden. Beinahe greifbar erschallte er gleich hinter dieser Stadtmauer.

Scott hielt staunend die Hände vor den Mund, sammelte sich aber rasch, als er Gant und Hillman bemerkte. Die beiden Marines waren vom Anblick völlig ungerührt und mehr auf das Gefühl drohender Gefahr eingestellt.

Die übrigen Teammitglieder konnten sich jedoch einer Ehrfurcht nicht erwehren und begannen sogar zu flüstern.

»Mein Gott«, hauchte November. »Sollte es das wirklich sein?«

»Atlantis!«, sagte Pearce heiser. »Genau wie ich es gesehen habe.«

Aber die Soldaten hatten für all das keinen Sinn.

»Los, kommt«, befahl Gant mit Blick auf seine Armbanduhr. »Uns bleibt nicht viel Zeit.«

»Ob Schliemann sich wohl so gefühlt hat, als er Troja entdeckte?«, murmelte Scott, während alle auf das aufragende Tor zumarschierten.

»So nicht«, erwiderte Sarah unsicher.

»Auf alle Fälle kann ich euch versichern«, merkte Hackett trocken an und schaute dabei Matheson an, »dass seine Sternstunde nicht von den unsterblichen Worten ›O Mann!‹ gekrönt wurde.«

Aber der Ingenieur reagierte nicht darauf.

»Das gefällt mir nicht«, wiederholte sich Hillman immer wieder, während sie zur Stadtmauer vorrückten. »Das gefällt mir überhaupt nicht.«

Gant musterte Yun, der zunehmend unruhiger zu werden schien, und sagte: »Sie bilden sich das bloß ein.« Dabei wusste er wie alle anderen auch, dass es nicht so war.

Nur Matheson schien echte Ergriffenheit von dem Ort dermaßen zu erfüllen, dass er für jegliche Gefahr blind war.

Das Tor war riesig und großartig. Ausladend und abschreckend zugleich. Und beim Näherkommen überlief allen ein Schauer.

Beinahe so, als wäre dieser Ort lebendig.

Pearce betrachtete das Tor. »Was machen wir nun?«

Hackett schätzte die Lage sachlich ein. »Klinke drücken?«, schlug er ganz ernsthaft vor.

Der CIA-Agent tat es. »Abgeschlossen.«

»Klasse«, meinte Hackett. »Sieht hier irgendwer eine Fußmatte? Vielleicht haben Sie ja ’nen Schlüssel dagelassen.«

Doch ehe jemand etwas entgegnen konnte, wurde bemerkt, dass Matheson ausscherte. »Ralph«, brummte Sarah. »Was zum Teufel treibst du da?«

Der Ingenieur bewegte sich entlang der Mauer, verfolgte die Lichteffekte und prüfte mit seinem Pickel das Eis. Hinter ihm drehte sich Hillman ständig um und lauschte den Geräuschen, die als Echo durch die Grotte hallten. Gelegentlich brach ein Eisklumpen aus der Decke und fiel krachend zu Boden.

»Das ist böse hier, Mann«, sagte Hillman immer wieder, er steigerte sich in wahnhafte Furcht. »Das ist richtig böse.«

»Hillman!«, blaffte Gant. »Reißen Sie sich gefälligst zusammen, verdammt noch mal!« Er warf Yun einen strengen Blick zu. »Ist das bei euch auch passiert?«

Yun nickte. »Unbändige Angst – und dann griffen sie an.«

»*Ralph!*«, rief Sarah.

»Ist schon gut«, gab der Ingenieur zurück. Er schwang seinen Eispickel und sprengte ein ordentliches Stück aus dem gefrorenen Überzug. Grinsend löste er ihn ab und legte eine Hand auf die glatte Oberfläche der Mauer dahinter. »Sie ist warm«, sagte er überrascht. »Sie ist ganz warm.« Er legte ein Ohr an die Mauer. »Und sie schwingt«, fügte er atemlos hinzu. »Ich kann's fühlen.«

»Schall hat alle möglichen Auswirkungen auf unser Gemüt«, bemerkte Hackett in kaum hörbarem Flüsterton. »Musik ist von Grund auf mathematisch, vom einzelnen Instrument bis hin zu einem vielschichtigen Arrangement der Instrumente eines ganzen Orchesters. Sie kann uns lächeln, lachen, weinen machen. Mongolische und tibetische Obertongesänge sollen sogar Kranke heilen. Vielleicht wurden ja die von diesem Kristall ausgehenden Schwingungen dazu *erschaffen*, uns einen Schrecken einzujagen, als eine Art Warnung auf der Gefühlsebene.«

»Ach ja?«, meinte Sarah giftig. »Hat ja dann wohl geklappt.«

»Was ist mit der Schwingung, die der Kristall Ihren Worten

nach nutzt, um diese Nullpunktenergie anzuzapfen?«, fragte Pearce, der mit den anderen zurückblieb. Offensichtlich nicht willens, der Stelle auch nur nahe zu kommen, wo Matheson gerade stand.

»Ein Kristall birgt eine Vielzahl von Schwingungsformen«, sagte Hackett. »Es gibt keinen Grund, weshalb er nicht beides zugleich tun könnte.« Er wandte sich Scott zu, der aber in irgendetwas vertieft war.

»Versuchen Sie sich als Schlossknacker?«

»Würde ich gern«, antwortete Scott und wies auf das Tor. »Aber das ist kein Schlüsselloch – sehen Sie?«

Am entfernten Ende der Grotte stürzten weitere riesenhafte Eissäulen zu Boden. Hillman, den Blick schon ganz wirr, riss hastig sein Gewehr hoch und legte darauf an. Doch die Richtung, in die er sich wandte, erwies sich als vollkommen falsch, sofern er die Gruppe beschützen wollte.

Ralph Matheson suchte sich seinen Weg die Mauer entlang, trat zurück und schaute sich einige weitere dieser eigenartigen dunkleren Stellen im Eis an. Er war überzeugt, etwas auf der Spur zu sein. Vielleicht ja sogar einem Nebeneingang. Zwei wohlgezielte Hiebe und er brach durch …

Die Aushöhlung dahinter war dunkel und roch komisch. Er holte weit mit seinem Pickel aus und zerdrosch das Eis. Schließlich hatte er ein genügend großes Loch geschlagen, um zur anderen Seite hindurchzuspähen – und sah sich einer Art Kristallstatue gegenüber.

»Jesus!« Er stolperte rückwärts.

Die anderen schauten hinüber, um zu sehen, was der durchgeknallte Ingenieur diesmal angestellt hatte, und wünschten sich, er hätte es sein lassen.

Denn die Statue formte sich um, veränderte ihre Gestalt und entstellte ihre Züge, bis sie das vertraute Antlitz eines alten Angestellten der Rola Corp. angenommen hatten. Kleiner und vierschrötiger als Ralph Matheson, schlug der Golem die Augen auf, förderte eine Kristallzigarre zutage und tat so, als paffe er daran.

»Wie schön, Sie wiederzusehen, Ralph«, gab die Statue in einer merkwürdig mechanischen Nachahmung der Stimme Jack Bulgers von sich. »Schon mächtig lange her.«

# 18. Golem

## Der Nanoschwarm

### Kettenreaktion

Matheson dachte gar nicht erst nach. Er handelte unverzüglich und unwillkürlich. Hob seine Pistole, ein Machtinstrument, das er sein ganzes Leben lang verachtet hatte, und pumpte so viel Blei in die Reproduktion von Jack Bulger, wie er nur konnte. Er schrie dabei in völligem Entsetzen.

Der Golem schlug ein zweites Loch in das Eis und versuchte, dem Ingenieur die Waffe zu entreißen. »Komm schon, Ralph«, sagte er ruhig. »Behandelt man so einen alten Freund? Sag mal, wie *geht's* denn Wendy?«

Erneut holte er aus.

Plötzlich, zu beiden Seiten des Haupttors und in gleichmäßigen Abständen entlang der Stadtmauer, begannen kristalline Arme und Beine, sich durch das Eis zu treten und zu schlagen, um an das Team heranzukommen. Zehn, fünfzehn, womöglich zwanzig Golems zerschmetterten das Eis, bemüht, aus ihren Gefängnissen auszubrechen.

Die so genannten Wächter aus Sage und Erzählung waren in allem Ernst erwacht.

Hillman stieß einen markerschütternden Schrei aus, während er Salve auf Salve aus seinem Maschinengewehr abfeuerte. Aber es war nutzlos. Die meisten Kugeln prallten einfach von diesen Geschöpfen ab. Und die Kugeln, die geradewegs hindurchpfiffen, schienen noch wirkungsloser zu sein.

»Gerade wäre die denkbar beste Zeit, um dieses Tor aufzukriegen!«, schrie Hackett Scott an.

Doch Scott warf ihm einfach einen Blick voller Wut und Verachtung zu. »Sehen *Sie* etwa einen Weg, dieses Ding zu öffnen?« Dann langte er nach seiner eigenen Pistole und gab Deckungsfeuer, damit Matheson zurückweichen konnte.

Jack Bulger erzitterte unter den Einschlägen, blieb aber in Bewegung. Der Kristalldoppelgänger wurde zunehmend gereizt, um schließlich einen Kristallrevolver zutage zu fördern und mit einer Kristallpatrone zu laden. Er zielte, während rings um ihn das Eis zerbarst und weitere Golems nachrückten. Doch als er gerade im Begriff war zu schießen, sah er Sarah und hielt wie erstarrt inne.

»Ei, ei … meine Hübsche«, sagte er.

Sarah schaute über die Kluft aus Eis zwischen ihnen und sagte: »Hallo Jack, ich dachte, du wärst in Amazonien. Ich dachte, du wärst tot.«

Der Doppelgänger hielt inne, ließ sich die Bemerkung durch den Kopf gehen. Er wirkte verwirrt, so als wäre er tatsächlich Jack Bulger. »Ich … ich bin überall … jetzt« war alles, was er hervorbrachte.

Scott griff dies auf. War es möglich, vernünftig mit diesen Dingern zu reden? Waren sie zu Empfindungen fähig? Gerade wollte er versuchen, dies herauszufinden, als sich die Miene des Golems verdüsterte.

Und er schoss.

Die Kugel durchfetzte Sarahs linke Schulter. Blut spritzte über Scotts Gesicht.

Als Sarah zusammenbrach, verfing sich ihr Rucksack am Eispickel an Scotts Gürtel. Durch den Zug ihres Gewichts riss das Gewebe auf und der gesamte Inhalt des Rucksacks quoll heraus. Scott wollte sie auffangen, kniete sich nieder und schlang die Arme um sie. Eine Sammlung von Fundstücken über den Boden – die seltsamen Gegenstände, die Sarah unter den Pyramiden in Gizeh aufgelesen und völlig vergessen hatte.

»O mein Gott, nein!«, schrie Yun wie wahnsinnig. Denn an Jacks Seite trat eine hübsche, zierliche junge Frau mit asiatischen Zügen, die ebenfalls aus blauem Kristall bestand – Ausdruck einer Unzahl molekülgroßer Nanos, die als Einheit zusammenwirkten.

Sie lächelte. »Chow«, sagte sie. »Du bist zu mir zurückgekehrt.«

Hackett trat schützend vor den verstörten Mann und fragte: »Sie sind also Yan Ning? Freut mich, Fräulein Ning.«

»Wie zum Teufel machen die das?«, brüllte Scott, während Sarah zu seinen Füßen vor Schmerzen weinte. »Können sie unsere Gedanken lesen?«

»Sind Sie denn nicht bibelfest?«, gab November zurück, während die Golems näher rückten. »Am Tage des Jüngsten Gerichts sollen auch die Toten auf Erden wandeln.«

»Na prima, wenn sie nichts weiter wollen als herumwandeln«, entgegnete Hackett. »Aber dieser Haufen scheint darauf aus zu sein, uns umzubringen.«

Gants Magazin war leer. Er zog ein weiteres hervor, aber das war genauso leer. »Scheiße!« Er langte nach seiner Pistole, feuerte einen wirkungslosen Schuss nach dem anderen ab, bis das verdammte Ding – *klick!* machte.

Und da sahen es alle. Sie waren umzingelt.

## Bahnbrechende Entscheidung

Scott schluckte.

Er sah, wie die gebogenen und gekrümmten Atlantis-Glypten sich über die Stirn jedes einzelnen Golems zogen. Wie versteinert starrte er auf die herannahenden Automaten. Die blutende Sarah hatte er zärtlich in die Arme genommen.

Als er sein Knie bewegte und die Golems schwerfällig näher

kamen, stieß er zufällig an eines der am Boden verstreuten Fundstücke und stieß es ein paar Meter weit über das Eis.

Der Golem in unmittelbarster Nähe bemerkte dies.

Er erspähte das Artefakt – und zögerte. Zögerte lange genug, um Scott stutzig zu machen. Er stierte auf das Ding und strich dabei über Sarahs Haar. Sie stöhnte. »Liebling, was sind das für Sachen, die du aus Ägypten mitgebracht hast?«

Sarah versuchte, sich zu sammeln. Der Ohnmacht nahe, sagte sie: »Welche Sachen?«

Der Rest der Gruppe kauerte sich enger zusammen; sie hatten keine Munition mehr.

»Jesus! Scheiße, Mann! Scheiße!«, kreischte Hillman, der langsam den Verstand verlor und mehr als alle anderen in Panik verfiel.

Nur Scott schien geistesgegenwärtig genug zu sein. Die Augen unverwandt auf dem Golem, drehte er Sarahs Kopf in Richtung der rohrförmigen, steinartigen Zylinder, die aus ihrem Rucksack gefallen waren.

Es waren vier und im Wesentlichen glichen sie sich.

Scott beugte sich vor und schnappte nach einem davon. »Was *ist* das?«, fragte er.

»Die hab ich ganz vergessen«, stöhnte sie und biss sich vor Schmerz auf die Unterlippe. »Keine Ahnung. Hatte gehofft, wir würden das alle … zusammen rausfinden.« Sie zeigte auf die Golems. »Sieh doch.«

Denn die Wächter waren stehen geblieben.

Selbst jener, der soeben mit kralliger Hand nach Hillman ausholte. Seine lockere Faust hielt Zentimeter von der Kehle des Marine entfernt inne.

Hillman ergriff die Gelegenheit, um schnellstens zurückzuweichen.

Der Golem senkte den Arm. Und wartete wie seine Pendants auf den nächsten Zug.

»Was hast du getan?«, fragte Hackett.

»Keine Ahnung«, entgegnete Scott verblüfft. Sanft schob er Sarah zur Seite, um aufzustehen und das röhrenförmige Fundstück wie eine Waffe zu schwingen. »Ich hab bloß eins davon aufgehoben.«

Hillman kroch auf allen vieren über den Boden und schnappte sich selbst eines. Als der Marine damit vor den Golems in seiner Nähe herumfuchtelte, konnte er voller Zufriedenheit sehen, wie sie vorsichtshalber ein paar Schritte zurückwichen. »Doch nicht mehr so knallhart, hä, du Riesenbaby?«

»Amen«, meinte sein Vorgesetzter und besorgte sich selbst eines. »Was *sind* das für Dinger, Professor?«

Pearce hob das letzte der Artefakte auf und untersuchte es gemeinsam mit Matheson, während Scott seines in der Hand drehte. »Ich hab keinen blassen Schimmer.«

Scott fühlte das Ding wie einen Elektrorasierer oder ein Handy in seiner Hand vibrieren. Er zog es durch die Finger und las dabei noch einmal die in die Gesichter der Golems eingeritzten Glypten. Natürlich – jetzt fiel es ihm ein! »Ein geheiligtes Wort ist in das Antlitz des Golems geritzt«, zitierte er laut. »Wer dies geheiligte Wort entfernt, lähmt damit das Ungeheuer.«

Aus einer Ahnung heraus hielt er eine Hand vor dieses Fundstück.

Sofort spürte er, wie sich die Hand versteifte, als würde sie gefrieren. Kristallisieren. Gerade wollte er etwas rufen, als er sah, wie Pearce sein Fundstück dort hineinzwängte, wo er den Schließmechanismus des Haupttors vermutete.

Damit tat er genau das Falsche, denn es teilte den Golems mit, dass die Eindringlinge nichts Rechtes mit diesen Dingern anzufangen wussten.

Hastig trat Scott nach vorn. »Nein!«, brüllte er und hob das Fundstück dabei wie ein Mikrofon an den Mund.

Die Golems hielten schlagartig inne.

Hackett war verblüfft. »Wie süß«, meinte er. »Glaub bloß nicht, dass gerade Zeit für Gesangsnummern ist. Außerdem, sieh sie dir an. Denen fehlt's an Rhythmus.«

»Das ist der Schlüssel, um das Tor zu öffnen«, erklärte Scott. »Man muss hineinsprechen.«

»Was willst du tun? Dich umdrehen und *Sesam, öffne dich* rufen?«

Scott zuckte lediglich mit den Schultern. »Irgendwo muss der Mythos ja herkommen.« Dann drehte er sich zum Tor um, hielt sich das Fundstück vor den Mund und sprach in klarem, altertümlichem Sumerisch: »*Türen, öffnet euch!*«

Schwerfälliges Gerassel wurde laut. Das Geräusch sich entsperrender Riegel, in Gang gesetzter Türangeln und Gegengewichte, als die beiden Flügel des Haupttors der Stadt Atlantis langsam aufschwangen.

»Alle hinein – *jetzt!*«, blaffte Gant. »Dalli!«

Das Team schlüpfte so schnell wie möglich durch die Öffnung und ohne einen Gedanken daran, was dahinter liegen mochte.

Sarah stieß einen erstickten Schrei aus, als sie nach drinnen gezerrt wurde, und brach in Tränen aus. Kaum wusste Scott sie sicher, da wirbelte er herum und stellte sich den Golems, die gleich hinter der Schwelle verharrten – und sie alle anstarrten.

Er hielt den Schallwandler hoch und befahl wieder auf Sumerisch: »*Türen zu!*«

Seine Stimme hallte in der kristallinen Grotte wider, während das tief in die Stadtmauern eingelassene Räderwerk seinem Befehl gehorchte.

Qualvoll langsam schlossen sich die Flügel des Haupttors.

»Beeilt euch, beeilt euch«, rief November aufgeregt und lenkte damit Scotts Blick von den golemhaften Nanoschwärmen weg.

Im selben Moment beschloss der Doppelgänger von Yan Ning loszuschlagen. Mit einem Schritt stand der zierliche weibliche

Golem zwischen den beiden gewaltigen Torhälften und streckte die Arme aus, um sie zu blockieren. Was folgte, war ein ungeheures, ohrenbetäubendes Kreischen, als sich das eingebaute Getriebe gegen das Hindernis stemmte. Der Boden wurde gewaltsam erschüttert. Doch der Golem hielt stand, während die Übrigen aufrückten. Nur hatten sie keine Aussicht, an ihm vorbeizugelangen.

Bewegungsunfähig starrte der Yan-Ning-Golem die Menschen an, während Jack Bulger hinter ihn trat und als teilnahmsloser Zuschauer seine falsche Zigarre paffte. Yun betrachtete mit einer Mischung aus Kummer und Entsetzen im Gesicht den Doppelgänger seiner lange verstorbenen Freundin.

Pearce trat an seine Seite. »Meine Güte, nun sieh dir das Mädel an.« Und als Yun nichts erwiderte: »Lediglich aus reiner Neugier, wie ist sie gestorben, ich meine, beim ersten Mal?«

Yun schien aufschluchzen zu wollen. »Sie war Archäologin. Sie hat in Wupu gearbeitet.«

»Ah, na klar«, begriff Pearce. »Sie muss mit dem Kohlenstoff-60 und diesen mikroskopischen Nanos, die sich darin herumtreiben, in Berührung gekommen sein. Das erklärt allerdings nicht wirklich, wie sie und die anderen hier aufkreuzen konnten.«

Jack Bulger legte den Kopf schief und beäugte Pearce. »Nachrichten verbreiten sich«, sagte er. »Gute Nachrichten verbreiten sich über weite Strecken. Wir alle sind im Grunde eine Informationsmenge. Ein Code. Die Anlage hier besteht weitgehend aus Kohlenstoff und Wasser. Ihr besteht alle weitgehend aus Kohlenstoff und Wasser. Dieselben Bausteine«, er klopfte sich auf die Brust, »unterschiedlich zusammengesetzt, das ist alles. Wie beim beknackten Lego.«

Matheson war erschüttert. »Was sagst du da?«

»Bist doch Ingenieur, Ralph. Herrgott, mach dir selbst 'nen Reim drauf. Ich wurde verdaut, Ralphibaby. Und dann wiederaufbereitet. Was du jetzt siehst, ist wie dreidimensionales Fernsehen.« Bulger grinste und spannte eine kristalline Pumpgun, die sich neu in seinen Händen ausformte. »*Bulger II*: Er ist wieder da – und geladen.«

Matheson hatte verstanden. »Die Schallflüsse. Es ist wie das Internet. Alle diese Stätten stehen miteinander im Austausch.«

»Wie das Internet«, bestätigte Bulger. »Bloß gibt's auf diesem Server keine Newsgroups für knallharten Streetfight. Sorry, Ralph, bist vom Pech verfolgt.«

Matheson schüttelte den Kopf. »Das ist krank.«

Hackett schaute Yan Ning an, wunderte sich über ihre ungeheure Kraft. Dann betrachtete er die eigene Hand. »Nanos haben Molekülgröße. Wir sind alle mit C-60 in Berührung gekommen. Theoretisch könnten diese Nanos auf uns übertragen worden sein, unsere Haut durchdrungen haben und sich schon in unserem Blutkreislauf befinden.«

»Schlaues Kerlchen«, meinte Jack Bulger. »Ist Zersetzung nicht was Mieses?«

»Wir sterben?« November geriet in Panik.

»Seht es nicht als Sterben. Seht es als … den Wandel durchlaufen. Schaut auf die Sonnenseite: Anders als der Rest dieses zum Untergang verdammten Planeten habt ihr dann immerhin Unsterblichkeit erlangt.«

»Wir werden nicht einfach den Geist aufgeben«, knurrte Scott.

Er hatte die Golems angestarrt und die Glypten auf ihren Gesichtern erforscht. Überall derselbe Satz Schriftzeichen. Die Zeit war reif, den Mythos auf die Probe zu stellen.

»Das geheiligte Wort«, sagte Scott, »auf Ihrer Stirn. Auf Hebräisch war es *Emmet*. *Em* bedeutet Wahrheit. *Met* bedeutet Tod. Wahrheit und Tod.«

»Na und?« Bulger zuckte lässig mit den Schultern. »Warum kommen Sie nicht raus und wir regeln das unter Männern? Na ja, ein Mann. Und eine meisterliche Schöpfung.«

»Warum treten *Sie* nicht *ein*?«

Bulger schaute finster.

Scott lächelte. »Sie können nicht, stimmt's? Sie können rein körperlich nicht hinter diese Mauer treten. Das ist der große Makel des Golems. Er nahm seinen Auftrag zu wörtlich. Ihr wurdet als Wächter geschaffen, um geheiligten Boden zu beschützen und Eindringlinge abzuwehren. Doch nun, da wir drin sind, ist euer Job getan. Und ihr habt versagt. Eigentlich hättet ihr euch inzwischen außer Betrieb setzen müssen. Was ist los? Angst vorm Sterben?«

Bulger richtete seine Waffe geradewegs auf Scott. »Wer hätte die nicht?«

»Um Sie außer Betrieb zu setzen«, erklärte Scott, »muss ich dieses Wort auf Ihrer Stirn übersetzen. In eine Sprache, die Ihr Körper verstehen wird.«

»Unmöglich.«

Scott hielt seinen Palmtop in die Höhe. »Durchaus möglich. Hier habe ich bereits eine der sechzig Grundsprachen übersetzt.« Das weckte Bulgers Aufmerksamkeit. »Aber ich muss nicht einmal meine Notizen einsehen, um sagen zu können, was auf Ihrer Stirn geschrieben steht, Jack.«

»Was treiben Sie da, Doc«, flüsterte Gant verzweifelt.

»Auf Sumerisch bedeuten *úš* und *nam-úš* Tod. Und *nanam* bedeutet Wahrheit.«

Der Bulger-Golem grinste, als sitze Scott einem Irrtum auf.

Aber Scott grinste zurück.

»Nichtsdestotrotz«, erklärte er, »bedeutet *Ug* ebenfalls Tod. Und in der Mehrzahl lautet dieses Wort *marû* und stammt vom Wort *hamtu* ab, was verdoppelt bedeutet. Während *zid* oder *zi* gleichfalls Wahrheit bedeuten. Aber auch Glaube.«

Bulgers Gesichtsausdruck verdunkelte sich.

»Im Tod, wie beim Phönix, der sich erhebt, liegt Wiederauferstehung, Verdoppelung. In der Wahrheit liegt der Glaube. Werden diese Begriffe verbunden, Jack, ergibt sich – *zihamtu*.«

Als Scott das Wort aussprach, wusste er, dass der Schallwandler darauf ansprechen würde. Und er wusste auch, dass Bulger seine Waffe abfeuern würde. Mochte er auch die Umfriedung nicht überwinden können, aber seine Kugeln konnten dies bestimmt.

Im Augenblick, da Jack Bulger schoss, platzte eine sichtbare Schockwelle aus dem Artefakt in Scotts Hand hervor. Beide Männer warfen sich in Deckung und in derselben Sekunde fand die Schockwelle ein Ziel. Sie schlug über dem Nanoschwarm-Doppelgänger von Yan Ning zusammen.

Der Golem zuckte, von Krämpfen geschüttelt, als wäre er mit einem Finger in eine Steckdose geraten. Keuchend blickte er Scott an; ehe er das tat, was der Mythos verhieß, würde seine Lebensader durchtrennt: Er zerfiel zu einer dicken, schweren Staubwolke. Milliarden Nanos, die sich zu nicht mehr als einem Nebel verflüchtigten mit seinem eigenen inneren Blitzgewitter, da die Verbindungen zwischen den einzelnen Nanos abrissen und durchbrannten.

Die übrigen Golems wichen zurück und die Türflügel des Haupttors krachten endlich mit gewaltigem, ohrenbetäubendem *Knall* aneinander.

Das Team schaute ungläubig auf die Türen. Sie waren in Sicherheit.

»Sie haben geraten?«, polterte Gant und riss Scott herum, als wolle er ihm einen Kinnhaken versetzen. Scott jaulte vor Schmerz, griff nach seinem Bein und biss die Zähne zusammen. »Ich hab nicht geraten«, entgegnete er. »Ich hab's gewusst.«

»Einen Scheiß haben Sie gewusst! Sie sollten *übersetzen*, was auf ihre Gesichter geschrieben stand, nicht raten! Sie haben das Leben von uns allen hier aufs Spiel gesetzt.«

»Beruhigen Sie sich, Mann«, ging Matheson dazwischen. »Hat doch geklappt, oder nicht?«

»Ich brauchte den Computer einfach nicht«, fügte Scott hinzu und nahm die Hand von seinem Bein. Blut klebte daran. »Verdammt, meine Wunde scheint sich wieder geöffnet zu haben.«

November half Scott, während die Übrigen sich um Sarah und die Schussverletzung an ihrer Schulter kümmerten.

»Aua!« Er krümmte sich, als November das Bein untersuchte.

»Nicht Ihre alte Wunde ist wieder aufgebrochen, Dr. Scott. Sie sind erneut angeschossen worden.«

»An derselben Stelle?«

»Fürchte, ja. Sieht für mich so aus, als habe er es mit Absicht getan.«

»So werde ich niemals gehen können.«

»Ich werde Sie schon auf Trab bringen«, versprach ihm Gant. »Nächstes Mal sehen Sie zweimal hin. Passen Sie bloß auf, dass es die richtige Sprache ist.«

»Hängt von der Sprache ab«, sagte Scott und versuchte, sich aufzusetzen. »Was hätten Sie getan, wenn diese Golems nur Körpersprache verstanden hätten?«

Gant zeigte ihm den Stinkefinger.

Scott ließ die Blicke über die Wände des domartigen Gewölbes schweifen, in dem sie sich befanden. Jeder Quadratzentimeter war von der Schrift aus Atlantis überzogen, ein ausuferndes Muster aus Glyptensträngen Spirale auf Spirale. Ununterbrochene Information.

»Lasst keinen meine Werke lesen, der nicht Mathematiker ist«, sagte Scott.

»Tiefsinnig«, merkte Hackett an.

»Leonardo da Vinci«, erklärte Scott. »Der die Sprache der Zahlen verwendet.« Er sah dem Major direkt in die Augen und deutete auf die Wände. »Es geht nicht um *diese* Sprache. Es ging nie um diese oder irgendeine Sprache im gewöhnlichen Sinn. Es geht um die Sprache der Mythologie, Religion und des Aberglaubens. Es geht um Überlieferung – darum, tausend Menschenalter an Sagen, Legenden und Erzählungen von tausend Völkern zu entziffern. Alle diese Geschichten dann nebeneinanderzustellen und die gemeinsamen Anteile herauszupicken.«

Gant rollte mit den Augen. »Er redet im Wahn. Flickt ihn zusammen, bevor ich ihm eine verpasse.«

»Die Vorstellung von einem Löwen ist so ein gemeinsamer Anteil«, widersprach Scott, aber Gant hörte ihm nicht zu. »Die vierte Wiedergeburt des hinduistischen Gottes Vishnu hatte die Gestalt eines Löwenmenschen, der als der Lohfarbene bekannt war.«

»Na und?«

»Die Sphinx hatte die Gestalt eines Löwen und beide Sinnbilder hingen mit dem Zeitalter des Löwen zusammen. Diese beiden Kulturen waren sich kaum je begegnet – und doch teilten sie ähnliche Mythologien miteinander. Südamerikanische Überlieferungen weisen ebenfalls viele Überschneidungen mit Indien auf. Warum?«

»Warum Indien?«

»Nein«, schnauzte Scott gereizt. »Warum die Überschneidungen?« Jetzt spitzten einige der anderen die Ohren. »Jon hat mich zum Nachdenken gebracht, als er vom Taumeln der Erde um die eigene Achse sprach, was sich Präzession nennt. Das hat mich an diese Eigentümlichkeit erinnert, die mir niemand bisher zufriedenstellend erklären konnte. Wie es nämlich kommt, dass unsere Tierkreiszeitalter eine verblüffende Ähnlichkeit mit den jeweils vorherrschenden Religionen aufweisen.«

»Wie meinen Sie das?«, fragte Pearce. Er bemühte sich, Sarahs Parka zu öffnen, um ihre Wunde versorgen zu können.

»Er hat Recht«, pflichtete Hackett bei. Es gelang ihm sogar, die Aufmerksamkeit des verzweifelten chinesischen Soldaten auf sich zu lenken. »Stellt euch vor, die Sonne sei ein fester Punkt mitten auf einem Blatt Papier. Ringsum ist ein Kreis eingezeichnet, der die Umlaufbahn der Erde markiert. Und *darum* verläuft ein weiterer Kreis, der die Sternbilder bezeichnet. Der einzige bewegliche Gegenstand ist die Erde, richtig?« Die anderen nickten. »Schön. Wer nun eben vor Sonnenaufgang genau nach Osten blickt, stellt fest, dass jeden Monat wie ein Kalendermädchen ein anderes Sternbild am Himmel steht. Wir haben den *Playboy*, der Himmel hat Löwe, Skorpion und so weiter. Von der Sonne heißt es, sie sei ›in‹ diesem Sternbild. Dumm daran ist nun, dass die Erde im Uhrzeigersinn um die eigene Achse taumelt. Auf unseren Alltag wirkt sich das herzlich wenig aus; wenn aber in diesem Sternbildreigen ein Anfangspunkt gesetzt wird, wie es unsere Vorfahren taten, dann wechselt im Laufe der Zeit das Sternbild, das kurz vor Sonnenaufgang am Osthimmel auftaucht. Und die Zeitspanne, bis ein Sternbild vertauscht ist, beträgt knapp 2200 Jahre. Sie wird als Zeitalter bezeichnet. Unsereins ist gerade in das Zeitalter des Wassermanns eingetreten. Die Sintflut hingegen fiel ins Zeitalter des Löwen – ein Sternbild mit den Umrissen einer riesigen Raubkatze.«

»Was, sagten Sie, war dieser Anfangspunkt?«, fragte Matheson.

»Das Frühlingsäquinoktium. Die Tagundnachtgleiche. Derzeit sehen wir im Frühlingsäquinoktium eben vor Sonnenaufgang als Erstes das Sternbild des Wassermanns, und die Bilder lösen sich, angefangen bei jenem Tierkreiszeichen, Monat für Monat ab. Allmählich jedoch schiebt das Taumeln der Erde den Bezugspunkt die Liste höher, bis das Frühlingsäquinoktium in 2200 Jahren mit einem anderen Sternbild eintreten wird. Welchem auch immer.«

»Steinbock«, sagte Scott mit schmerzverzerrtem Gesicht.

»Wie auch immer.«

»Der springende Punkt ist der«, schloss Scott, »dass die Religionen des Menschen sich mit den jeweils herrschenden Zeitaltern deckten. Im Zeitalter des Löwen wurden die Sphinx gebaut und Löwengötter ersonnen. Nachdem dieses Sonnenbeben schließlich Vernichtung brachte, lief die Zivilisation auf Sparflamme, aber dennoch haben wir archäologische Hinweise auf kultische Verehrung des Krebses und, stärker noch, von Zwillingsgöttern. Als das Zeitalter des Stiers anbrach, war die Zivilisation wieder im Kommen. Der Stier Apis war der letzte Schrei in Ägypten, Stieranbetung und der Minotaurus-Mythos entfalteten sich auf Kreta. Die Kuh wird zum heiligen Tier in Indien und Assyrien. Im Zeitalter des Widders, als im Alten Testament Böcke und Lämmer geopfert werden, taucht in Ägypten der Widdergott Amon auf. Dann treffen wir auf das Zeitalter der Fische.

Hier finden wir einen Mann, der auf dem Wasser geht, Brotlaibe und Fische mehrt, sich als ›Fischer von Menschen‹ bezeichnet, von vielen seiner Anhänger durch einen Fisch symbolisiert wird und ebenso durch Kreuz und Kreis, die für die Sonne stehen. Christus ist geboren.«

Die anderen waren sprachlos.

»Und wir hier im Zeitalter des Wassermanns machen uns in erster Linie Sorgen wegen einer Flut. Warum? Sternbilder sind nicht mehr als willkürlich aus Lichtpunkten am Himmel zusammengesetzte Formen. Weiter bedeuten sie nichts. Und doch drehen sich Legenden und Geschichten weltweit um ähnliche Muster dieser Lichtpunkte am Himmel. Und alle scheinen auf diesen besonderen Zeitpunkt hinauszulaufen. Auf unsere Zeit. Und die Sorgen wegen einer Flut – Folge einer Gravitationswelle, die auf die Erde trifft: Zufall? Ich glaube nicht. Auch mit Zauberei kann man nicht in die Zukunft sehen. Aber mit wissenschaftlichen Mitteln lässt sie sich vorher*sagen*. Und ohne Weiteres lässt sich die Warnung über Zeitalter hinweg übermitteln, wird sie als Mythos – und machtvoller noch als Religion – in die gesellschaftlichen Grundlagen eingewoben.

Alles, was wir haben wissen müssen, war uns jederzeit durch unsere eigene schriftliche Überlieferung zugänglich, die von alters her von Generation zu Generation weitergegeben wurde. Die Leute, die diesen Ort erschufen, wussten besser über die Arbeitsweise des menschlichen Geistes Bescheid als wir. Sie wussten, wie der Gedanke lebendig zu erhalten sei, und hofften, dass wir schlau genug wären, um ihn zu ergründen. Ihr seht also – es ging nie um diese Sprache. Die konnten wir erst entziffern, als wir die Mythen entschlüsselt hatten. Und als wir so weit waren, hatten wir bereits herausgefunden, was wir wissen mussten. Sicher, diese Mauern werden alle weißen Flecken ausfüllen und uns alles auf wissenschaftlicher Grundlage erklären. Aber das größere Bild, das uns retten wird? Das kennen wir längst.«

»Was meinen Sie, Major?«, fragte Pearce. Doch der Major begutachtete versunken die turmhohen Strukturen um sie herum.

Sie saßen auf dem Boden beisammen, einem Boden klar wie Glas und hart wie Marmor. Ihnen gegenüber schraubten sich Wendeltreppen zu höher liegenden Geschossen und, gerade noch erkennbar, einer Vielzahl von Türen und Durchgängen empor. *Das* bereitete Gant Sorgen.

Wenn sie nicht aufpassten, würden sie sich am Ende noch verlaufen.

Gant zeigte Scott sein Artefakt. »Wie muss ich denn nun mit diesem Ding umgehen?«

Scott sagte ihm, was er wissen musste. Wie die sumerischen Worte zum Öffnen und Schließen einer Tür richtig ausgesprochen – und wie ein Golem weggepustet wurde.

Der Marine untersuchte die Treppen. Hillman hatte das von ihm Gesuchte gefunden und ging in die Hocke, um sich Sarahs Verletzungen anzusehen.

Er holte sein Messer hervor, echte Schweizer Armeeware, handlich und sehr scharf. Vorsichtig schlitzte er Sarahs dicke Hüllen auf, während die anderen ihr und Scott Schmerzmittel einflößten. Behutsam schnitt er ein großes Kreuz ein, schlug die Stofffetzen einzeln um und fixierte sie mit silberfarbenem Textilklebeband.

Es musste etwas Blut fortgewischt werden, aber Hillmans Hand, so ruhig sie das Messer führen konnte, war für den Tupfer nicht geschickt genug. Er war einfach zu nervös. Zu aufgekratzt. Also übernahm Matheson schnell das Weitere.

»Das wird schon wieder«, versicherte er Sarah mehr als einmal.

»Hoffentlich, das ist nämlich mein Tennisarm«, versuchte Sarah zu scherzen.

»Du spielst Tennis?«

»Nein. Aber wenn ich's täte, dann würde ich diesen Arm benutzen.«

Darüber schmunzelte Matheson, während er die letzten Blutspuren wegtupfte; es war schon merkwürdig, das es so wenig Blut war. Er wechselte mit den anderen einen Blick. Wieso war da nicht mehr Blut?

Pearce rutschte nach vorn. »Wir müssen mal rasch in deiner Wunde herumstochern. Nachschauen, ob wir vielleicht die Kugel finden.«

Das kaufte ihm Sarah nicht ab. »Verschließ sie«, bat sie ihn. »Ich kümmere mich drum, wenn ich zurück bin. Ich will nicht, dass du eine Schlagader triffst.«

»Dauert nur eine Sekunde.«

»Weißt du, was du tust?«

Pearce antwortete nicht. Stattdessen öffnete er mit den Fingern die Wunde. Mit dem kleinen Finger zog er weiteres Gewebe hoch und dann fühlte es sich hart an. Das Geschoss steckte tief. Er hielt seine Taschenlampe schräg und guckte in die Wunde.

Und sofort wünschte er sich, es nicht getan zu haben.

»Hast du die Kugel gefunden?«, stöhnte Sarah vor Schmerzen. Pearce legte die Hand vor den Mund und nickte. »Hab ja gesagt, dass sie tief sitzt«, sagte sie. »Ich kann sie spüren.«

Aber das war es nicht, was Pearce zu schaffen machte. Er reichte seine Taschenlampe weiter, damit jemand anders einen Blick in die Wunde werfen konnte, und wandte sich dann mit einem Schauder ab.

»Was ist denn? Was ist los?«, fragte Sarah mit matter Stimme. Ihr Blick fiel flüchtig auf November, die gerade Scotts Bein versorgte und mit schreckerfüllten Augen nach den Übrigen schaute.

Matheson eilte herbei, um es sich näher anzusehen. »Genau dasselbe«, bestätigte er ernst.

Scott setzte sich ruckartig auf und schlug Novembers Hand fort. »Was ist dasselbe?«, wollte er wissen und verdrehte sein Bein, um einen prüfenden Blick auf die eigene Wunde zu werfen.

»Mein Gott! Was ist mit meinem Bein? Was ist mit meinem verdammten Bein los?«

Ebenso wie Sarahs Schulter hatte seine Beinverletzung zu bluten aufgehört und die Kristallkugel darin würde sich nie entfernen lassen. Denn sie war mit dem umliegenden Gewebe verwachsen wie transplantierte Haut.

Zwei tumorgroße Klumpen Kohlenstoff-60 waren nun Teil von Scott und Sarah. Und sie wuchsen wie eine Krebszelle.

## Invasivprozedur

Scott sah auf seine Armbanduhr und dann in den nächstgelegenen dunklen Durchgang, der von der Treppe abzweigte, auf der sich alle noch oben bewegten. Nach Hacketts Berechnung blieben ihnen noch sechs Stunden, ehe die Sonne einen endgültigen Gravitationsimpuls und ungekannte Vernichtung auf dem Planeten Erde entfesseln würde, um darauf erneut in zwölftausendjährigen Schlummer zu fallen.

»Hätte ich doch nur mehr Zeit, um diesen Ort zu erforschen«, meinte Scott wehmütig.

Das Licht am oberen Ende der Treppe war eine seltsame Mischung von Rotorange mit Grün und schien aus schlitzförmigen Öffnungen zu strömen. Damit war mehr als wahrscheinlich, dass es irgendwo dort oben eisfreie Fenster gab, die ihnen allen einen besseren Blick auf die Stadt gewähren würden.

Diejenigen, die Schallwandler hatten, hielten sie bereit, die anderen hatten ihre Gewehre fest umklammert, als alle vorsichtig in die Vorhalle zu einem großen Saal hinaustraten.

Der Fußboden wies verschlungene, glitzernde Muster auf. Knisternde, in der Tiefe der kristallinen Gitterstruktur eingefangene Energie wurde hin und her geworfen, um Sterne, Fischgrätenmuster, Vierecke, Kreise und andere geometrische Formen zu beleuchten.

Sarah rieb sich die Schulter, da der dumpfe Schmerz weiterhin pochte und tief in ihr Nervensystem eindrang. Sie biss die Zähne zusammen und tauschte einen Blick mit Scott. Vielleicht war es das Traumatisierende des Vorfalls, denn für den Bruchteil eines Augenblicks schien es so, als würde jeder dem anderen die Schuld für das Geschehene geben.

Hillman überprüfte das Magazin in seinem Gewehr, ehe Gant ihn in den Bogengang befahl. Seinen Schallwandler hatte er abgegeben, weil er ihn sich nicht wirklich als Waffe denken konnte. Weil er es einfach nicht gewohnt war, sich darauf zu verlassen.

Der Marine bewegte sich vorwärts. Gant sah seinen Revolver nach und stürmte dann als Zweiter in die Halle.

Nichts …

Hillman schulterte sein Gewehr.

Immer noch nichts.

Achselzuckend meldete er seinem befehlshabenden Offizier: »Alles klar.«

Warmes Licht fiel durch Oberlichter überall entlang der Saaldecke herein und ergab einen atemberaubenden Eindruck von Raumtiefe, in der helle und dunkle Flecken einander bis ins Unendliche abwechselten.

Hackett und Matheson schätzten die Krümmung der großen

Halle ein und folgerten für den Fall ihres ununterbrochenen Verlaufs, dass die Außenmauer von Atlantis einen Umfang von einhundertzwanzig Kilometern haben musste. »Donnerwetter, ist das eine Stadtmauer«, meinte Hackett bewundernd.

Sie gingen die Halle hinunter, sahen aus wie Zwerge in der schieren Uferlosigkeit des Ganzen. Energieblitze knisterten, zischten unter ihren Füßen und schlugen Haken ins Nichts.

Pearce schüttelte immer wieder den Kopf. »Das ist ja unglaublich.«

»Ist es so, wie Sie es gesehen haben?«, fragte Hackett und meinte die Fernsichtungssitzungen, die der Mann für die CIA abgehalten hatte.

»Besser.«

Doch Matheson erspähte etwas, wofür er keine Erklärung hatte. Überall entlang der Wände der großen Halle befanden sich Nischen und Bögen, röhrenartige Gebilde und dazu solche, die sich nur als übergroße Phiolen bezeichnen ließen. Es waren nicht etwa tragende Teile, sondern Gefäße, die etwas enthalten und womöglich zu irgendeinem Zeitpunkt gar freisetzen sollten. »Was zur Hölle *sind* das für Dinger?«, fragte er laut.

Alle musterten sie im Vorbeigehen, denn Gant drängte darauf weiterzukommen. »Es muss einen Weg hinunter in die Stadt geben. Muss es einfach. Wir müssen eine Tür finden«, sagte er zu ihnen.

Scott nickte und sagte: »Oh, ja doch, ihr habt Recht.« Offensichtlich ging er auf irgendeine Feststellung ein. »Leuchtet vollkommen ein.« Es war, als sei er in ein Gespräch versunken. Bloß mit wem?

»Äh, Richard?«, unterbrach ihn Hackett unsicher. »Ich sag's dir wirklich ungern, Kumpel, aber du machst uns hier gerade ganz schön Angst.« Scott schien nicht zu verstehen. »Mit wem redest du denn?«, fragte Hackett.

Scott zeigte mit dem Daumen in die Luft, als sei das doch völlig eindeutig. Sein Blick suchte sogar bei Sarah nach Bestätigung und sie schien mit ihm übereinzustimmen.

»Könnt ihr sie nicht hören?«, fragte er.

Gant gebot der Gruppe Einhalt. »Was hören?«

Scott zuckte mit den Schultern. »Die Stimmen.«

Vielleicht hätte er besser etwas anderes sagen sollen.

»Nein, Richard«, widersprach Hackett. »Nein, wir können die Stimmen nicht hören.«

## Var

Ein kalter Luftzug wehte durch die große Halle. Beängstigend schnell schnappte sich Gant seinen Schallwandler zurück und hielt ihn bereit. Sie hatten nicht lange gebraucht, um herauszufinden, dass jede Art Brise in der Nähe von solchen Mengen Kohlenstoff-60 das Vorspiel zu etwas Hässlichem war.

Rasch, aber sanft legte Sarah ihre Hand auf die von Gant. »Ist schon gut«, erklärte sie. »Sie versuchen nur, sich mitzuteilen.«

»Wer tut das?«, beharrte Hackett. »Sarah, wer versucht, sich mitzuteilen?«

»O mein Gott«, murmelte Pearce, als sich die Lichtspiele auf ganzer Länge und Breite des Fußbodens zu einem Kaleidoskop bewegter Bilder umformten.

Als stünde man auf einem Glasboden, unter dem ein Meer aus verschlungenen Darstellungen zu einem chaotischen Gemenge verstrudelte. Nur waren dies keine zweidimensionalen, aus Rasterpunkten zusammengesetzten Fernsehbilder. Diese waren räumlich und so scharf gezeichnet wie echte, feste Gegenstände. Es war, als bräuchten sie nur eine Falltür im Boden aufzuklappen, wenn es eine gäbe, um mitten hineinzutreten oder gar die Hand auszustrecken und diese Leute heraufzuziehen.

Denn das war es, was sie sahen. Leute. Eine unendliche Menge von Gesichtern, die alle nach den besten Plätzen drängten, um durch das Glas nach ihnen zu spähen. Einige drückten sich die Nasen an der Scheibe platt, die beide Welten voneinander trennte. Andere schwebten im Hintergrund und versuchten, von Weitem einen guten Blick zu erhaschen. Aber alle hefteten die Blicke auf die Gruppe.

Zumeist wirkten sie geisterhaft. Blass. Als hätte das Blau des Kristallbodens ihre Farben ausgelaugt. Hier und da jedoch schien immer wieder ein Anflug von Haut-, Haar- und Augenfarbe durch. Es waren Männer und Frauen. Alte und Junge. Kinder und Mütter. Väter und Onkel. Alle öffneten und schlossen beständig die Lippen, als seien sie ins Gespräch mit der Gruppe vertieft. Einmütig bewegten sich ihre Münder, um Wörter zu bilden, riefen aber anfangs nur ein leises Schwingen der Wände hervor, dem bald darauf ein Wind folgte, der zugleich mit den Schwingungen an Stärke zunahm.

Bald jedoch begann ringsum eine Art fernes Grollen widerzuhallen, bis die vielen gleichzeitig sprechenden Stimmen zu einem allmächtigen Brausen anwuchsen. Es klang wie das Meer. Welle auf Welle, die ans Ufer brandete.

Hackett traute seinen Augen nicht. »Rede mir einer von dem ursprünglichen Deus ex Machina«, seufzte er.

Die Wirkung war nicht auf alle die gleiche. Matheson fiel auf die Knie und presste die Hände auf den glasartigen Fußboden, als bemühe er sich, sie auszustrecken und tatsächlich die Vergangenheit anzurühren, das Gesicht ein Bild kindlichen Staunens. November wirbelte nur mehr um die eigene Achse und verfolgte die über den Boden pulsenden Gezeiten aus Geräuschen und Gesichtern. Vor lauter Herumwirbeln musste sie sich immer wieder zum Luftholen zwingen.

Yun zitterte bloß und rief unentwegt auf Kantonesisch: »*Davor habe ich euch alle gewarnt! Davor habe ich mich gefürchtet! Seht ihr? Die Geister der Toten sind zurück, um uns zu zermalmen!*«

Scott wandte sich zu dem Soldaten um und bat ihn, sich doch zu beruhigen. Aber er ließ sich nicht besänftigen.

»Richard, was zum Teufel geht hier vor sich?«, wurde Scott von dem CIA-Mann gefragt.

Scott strahlte. »Darf ich vorstellen: die ehemaligen Einwohner von Atlantis.« Aber so schnell, wie das Lächeln auf Scotts Gesicht erschienen war, so schnell war es auch wieder verschwunden.

Etwas lief schief. Völlig schief.

Angefangen hatte es damit, dass er das Kichern eines Kindes, eines kleinen Mädchens gehört hatte. Dann hatte Scott das Geräusch ihrer Schritte wahrgenommen, als sie ihm in der großen Halle entgegengelaufen kam. Aber es war niemand da. Also kicherte sie erneut, als wisse sie, dass es ihn verwirren werde, um ihm schließlich ins Ohr zu flüstern.

Doch als Scott sich umgedreht hatte und feststellte, dass niemand da war, begriff er unwillkürlich auf einer tiefen Gefühlsebene, dass er nur im Geiste irgendetwas hören könnte.

Während er mit den anderen die Halle abschritt, war es offensichtlich geworden, dass dies eine der hochentwickeltsten akustischen Anlagen war, die er je kennen gelernt hatte. Jedem Kubikfuß der großen Halle war eine andere Stimme zugewiesen und in die drei Dimensionen ihrer Länge, Breite und Höhe ausgesandt worden.

Tatsächlich hatte seine bloße Fortbewegung den saalartigen Korridor hinunter genügt, um stetig weitere Stimmen auszulösen.

Schnell hatte sich Stimme auf Stimme geschichtet, bis seine Lage jener inmitten einer Sportarena glich, die nicht nur bis auf den letzten Platz gefüllt war, sondern in der die Stimmen von überall im Stadion mit der gleichen Klarheit, Lautstärke und Gewichtigkeit sprachen.

Das genügte, um einen Menschen in den klinischen Wahnsinn zu treiben. Scott spürte, wie alles in seinem Hirn in Windeseile auf eine Sinnesüberreizung zujagte. Der Kohlenstoff-60 in seinem Bein war mit seinem Nervengeflecht verschmolzen, er selbst nun unmittelbar an den Baum des Wissens von Atlantis angeschlossen. Und er konnte rein gar nichts daran ändern.

Das Beunruhigendste daran war jedoch der Chor entfesselter Stimmen. Versteinerte Erinnerungen und halb geformte Worte, die er zumeist kaum verstehen konnte, schienen in derart tiefe Schichten seiner Psyche einzudringen, dass Worte schlechterdings bedeutungslos waren. Denn seine Sinne und Gefühle wurden überwältigt, und in seinem Kopf entfaltete sich das volle Grauen dessen, was ihm das Volk von Atlantis zu offenbaren suchte.

Und das alles in Sekundenbruchteilen. Es als einen Ansturm zu bezeichnen, hieße die Absichten dahinter missverstehen. Es als ein aberwitziges Gerangel um seine Aufmerksamkeit zu sehen, würde dem schon näher kommen. Denn Scott erlag einem Anschlag von ungeheuren Ausmaßen, der an eine Vergewaltigung seines Verstandes grenzte.

Doch die Botschaft selbst war laut und klar: *Atlantis wird von seinen eigenen Geschöpfen angegriffen. Der eigentliche Zweck seiner Existenz wird unterwandert.*

Hackett und die anderen stürzten nach vorn. Scott war zusammengebrochen und zuckte nun, am Boden liegend, wie bei einem epileptischen Anfall. Er kam blutiger Schleim aus Nase und Mund. Sein ganzer Körper wurde von solch blindwütigen Krämpfen geschüttelt, dass einige seiner Begleiter nicht einmal sicher waren, ob sie sich ihm nähern wollten.

»Sie wissen, dass wir hier sind«, erklärte Sarah verzweifelt und ging in die Hocke, um Scott irgendwie zu helfen. »Sie können mich hören, sie können ihn hören.«

Hackett war besorgt. »Was stellen sie mit ihm an, aber mit dir nicht, Sarah?«

»Hören können sie uns beide, aber er spricht als Einziger ihre

Sprache. Mich lassen sie ganz außer Acht. Als gäbe es mich gar nicht.« Sie erläuterte kurz, wie sich der Kohlenstoff-60 von ihrer Schulter in ihr Nervensystem vorgearbeitet hatte und niederfrequente Wellen nutzte, um mit der großen Halle zu kommunizieren.

»Es gibt sie nicht wirklich«, meinte Sarah, an alle gewandt. »Diese Leute sind Erinnerungen – lebendige Erinnerungen an Menschen. Sie sind ein Computerprogramm.«

November strich über Scotts Haar, und ihre Augen füllten sich mit Tränen. »Mach, dass sie aufhören, bitte. Sie tun ihm weh.«

Hackett überdachte, was Sarah gesagt hatte, und besprach sich mit Matheson und Pearce. »Wie seht ihr das? Eine Person vollständig zu encodieren, erfordert einen riesigen Speicherplatz. Und das mit einer ganzen Gesellschaft?«

»Dieses Volk hat das Moleküldesign zu beherrschen gelernt«, meinte Matheson und wurde dann für einen Augenblick durch Scotts angestrengte, röchelnde Atemzüge abgelenkt.

Auch Hackett sah das so. Jenseits einer bestimmten Verkleinerungsstufe stießen elektronische Bauteile an ihre Grenzen. Leitungsdrähte wurden von chaotischen Elektronen verstopft wie Arterien von Cholesterin. Transistoren brachten kaum noch Leistung. Daher erforderten besonders winzige Schaltkreise einen völlig anderen, auf quantenmechanischen Eigenschaften beruhenden Aufbau, um Daten zu verarbeiten. Solche Rechner mussten entweder Lichtschaltungen besitzen und sich die Gitterstruktur von Kristallen zunutze machen – oder mittels chemischer Reaktionen Vorgänge im menschlichen Gehirn nachahmen.

Und da wurde es Hackett klar. Wenn sie es nun mit einer Maschine zu tun hatten, die beides einsetzte? Die mit Lichtgeschwindigkeit arbeitete, aber chemische Anteile hatte und im Kern wie ein Gehirn vorging? Wenn Scott dieser Maschine dienlich war, dann gab es vielleicht nur den einen Weg zu seiner Rettung, ihn von dieser Maschine abzukoppeln.

Pearce gab Acht, wohin er trat, besprach sich aber nach wie vor mit Matheson. »Das sind also so was wie Hologramme, richtig? Optische Täuschungen?«

»Richtig.«

Doch Hackett unterbrach ihn. »Sucht jetzt nach einer Tür«, ordnete er an. »Da uns nicht viel Zeit bleibt, können wir nicht denselben Weg zurückgehen, den wir gekommen sind. Wir müssen vorwärts und Scott hier rauskriegen. Ihn außer Reichweite von diesem Teil der Stadt bringen.« Er zeigte mit dem Daumen auf Pearce' Schallwandler. »Wenn du weißt, wie man dieses Ding benutzt, dann mach dich ran.«

Alle verteilten sich entlang der Wände der großen Halle und suchten verzweifelt nach einem Ausgang. Aber so sehr und so oft sie auch die mutmaßliche Anweisung zum Öffnen von Türen bemühten, nichts schien zu helfen. Matheson fuhr sogar mit einem Finger um den Rand von etwas, was wie ein Türrahmen aussah. Er trat zurück und betrachtete das Ganze eingehend.

Da geschah es.

Die Phiolen und Kristallbehälter, die zu Tausenden längs der Wände der großen Halle angebracht waren, setzten sich plötzlich in Bewegung und rückten in eine neue Stellung, wo sie sich mit langen, verschlungenen, glasartigen Röhren zusammenschlossen.

»Ralph«, stöhnte Pearce auf. »Was hast du diesmal angefasst?«

»Gar nichts!«, rief Matheson furchtbar erschrocken. »Ich hab nirgends hingefasst.«

»Was ist da los?«, fragte Gant aufgeregt. »Was ist das bloß für ein Ort?«

Doch da schien sich Scotts verzerrtes Gesicht ein wenig zu entspannen. Seine Krämpfe ließen nach, als sei es ihm gelungen, sich wieder einigermaßen in den Griff zu bekommen. Vorsichtig setzte er sich auf, wischte sich mit dem Ärmel über das Gesicht und holte einige Male tief Luft, bevor er zu sprechen begann. Seine

Stimme klang angestrengt. Anzeichen dafür, dass er noch immer unsäglich kämpfen musste. Er sah zu allen hoch.

»Die Türen sind verschlossen, weil ich sie verschlossen habe«, gab er matt von sich.

»Richard, warum solltest du das tun?«, fragte Hackett misstrauisch.

»Weil dies der *Var* ist«, kam seine Antwort.

Gant blieb wachsam und versuchte abzuschätzen, woher genau die nächste Bedrohung kommen könnte. »Ein *Var*? Was zum Henker ist ein *Var*, Professor?«

»Bist du okay?«, fragte Hackett schnell.

»Im Alten Testament«, sagte Scott, »als die Sintflut unmittelbar bevorstand, wurde Noah von Gott beauftragt, eine Arche zu bauen, um darin von jedem Tier ein Paar aufzunehmen und zu retten. Eine ältere mittelöstliche Überlieferung handelt jedoch davon, dass Yima, die Entsprechung Noahs, tatsächlich den Auftrag zum Bau eines *Var* bekam. In der indoiranischen Avesta gilt dieser *Var* als unterirdischer Ort, der die vier Winkel der Erde miteinander verbindet. Zoroastrische Schriften beschreiben den *Var* eher als Festungsanlage.«

»Aber von den Tieren wurden immer jeweils zwei untergebracht, oder?«, erkundigte sich Hillman.

»Nein«, Scott schüttelte den Kopf. »Der *Var* sollte dazu dienen, den *Samen* eines jeden Lebewesens auf Erden aufzunehmen.«

Matheson warf Scott einen scharfen Blick zu. »Den Samen? So wie eine DNS-Probe? Vielleicht gar Eier und Samen?« Der Ingenieur eilte zu den seltsam geformten, in Abständen die Wände säumenden Phiolen hinüber. »Mein Gott – jede Spezies, die uns die letzten paar Jahrtausende über auszulöschen gelang … wir könnten sie alle zurückholen. Mastodonten, Toxodonten, Mammute, Säbelzahntiger – alles aus den letzten zwölftausend Jahren, holt es wieder her – sogar den Dodo. Den Dodo hatte ich schon immer gern.« Er wandte sich an die anderen. »Wisst ihr, was das bedeutet?«

Aber Hackett hob bereits warnend die Hände. »Ralph, das ist vielleicht gar kein so guter Einfall.«

»Wieso nicht?«

»Sieh dich doch um. Die Erde ist eine sich ständig fortentwickelnde Biosphäre. Angenommen, wir halten die nächsten paar Stunden durch und sind in der Lage, den Inhalt dieser Behälter freizusetzen – überleg dir, was du damit anrichtest. Wir sind außerstande festzustellen, was sich genau in diesen Phiolen befindet. Wir könnten Krankheiten und Viren auf die Erde loslassen, die seit Jahrtausenden vergessen, vielleicht ausgestorben sind und gegen die wir keine Widerstandskraft mehr haben. Uns selbst würden wir auslöschen.«

November stimmte ihm zu. »Als die Konquistadoren in Amerika anlandeten, starb ein Großteil der einheimischen Bevölkerung durch Krankheiten und nicht durch Krieg.«

»Eine weitere Möglichkeit wäre, dass wir am Ende Insekten wiedererschaffen, die zwar harmlos aussähen, aber verheerende Auswirkungen auf die Nahrungskette hätten. Man kann nicht einfach eine Büchse aufmachen und sagen: ›Hier bitte, nimm ein Mammut.‹ Man muss die Folgen in Betracht ziehen.«

»Also läuft es darauf hinaus, dass dieser Ort eine tickende Zeitbombe bleibt, selbst wenn wir das alles hier überleben«, sagte Gant.

»Na, da hätten wir's«, brummte Matheson. »Kein Vorwand zu schade, um das Ganze in die Luft jagen zu können.«

»Seid still!«, brüllte Scott, wollte aufstehen, ruderte aber nur auf dem Fußboden umher. Finster stierte er einige der Gesichter an, die zu ihm emporspähten.

November streckte eine Hand aus und half ihm auf. Er taumelte völlig außer Atem, als hätte sein Brustkorb einen Fausthieb abbekommen. »Seid einfach still. Lasst das Gezanke und hört mir zu. Ihr hört mir nicht zu!«

Scott versuchte, wieder Luft zu holen, während ihn alle erwartungsvoll anschauten.

»Sag uns, was wir tun müssen, Richard«, bat Matheson kleinlaut. »Sag uns einfach, was wir tun müssen, und wir tun es.«

»Ich muss euer Verständnis haben«, sagte Scott. »Ich muss euer Gehör haben, denn wenn ich diese Türen öffne, bestehen gute Aussichten, dass es keiner von uns lebend wieder zurückschafft. Diese große Halle ist wie der Baum des Wissens, ein Verwahrungsort aller physischen wie metaphysischen Gegenstände. Im Augenblick bin ich an eine riesige Datenbank angeschlossen, auf die ich mit einem einzigen Gedanken zugreifen kann. Alles, was dieses Volk war und wusste – ich weiß es auch.

Dieser *Var* dient zweierlei Zweck. Für den Fall, dass es die Menschheit geschafft hat und wir seit der letzten großen Katastrophe weit genug fortgeschritten sind, um diesen Ort richtig anwenden zu können, lässt sich unser Wissen unendlich erweitern und wird uns Zugang zu diesem uns rechtmäßig gehörenden Wissen gewähren.

Doch im Fall unseres Scheiterns, die Befehlszentrale dieser Stadt davon zu unterrichten, dass es uns überhaupt gibt und wir bewahrenswert sind, wird diese Maschine ihre andere Aufgabe erfüllen. Sie wird genetisches Material in die Umwelt abgeben, um überall auf dem Planeten neues Leben auszusäen. Doch das Leben, das sie neu aussäen sollte, ist verändert worden. Umgewandelt von ebenjenen Geschöpfen, die das Volk von Atlantis zum Schutz seiner Stadt erzeugt hat. Diese Nanowesen sind lebendig – und wollen nicht sterben. Sie warten auf uns hinter diesen Türen – und wenn ich sie öffne, *werden* sie versuchen, uns umzubringen.«

»Das haben sie bereits versucht«, blaffte Gant.

November zitterte. »Dr. Scott«, sagte sie, »langsam jagen Sie mir wirklich Angst ein. Sie klingen nicht einmal mehr wie Sie selbst.«

»*Ich* ängstige dich?« Beinahe schon komisch, dachte Scott. »November, ich bin die geringste deiner Sorgen.«

»Richard«, meinte Hackett, »toll siehst du gerade nicht aus.«

»Was ist los, Jon? Eifersüchtig, weil die Stimmen in meinem Kopf nicht zu dir sprechen?«

Als er dies sagte, kam auf ganzer Länge des Fußbodens erneut Bewegung in die Gesichter. Die Wände emporkriechend, verzerrten und verdrehten sie sich, um wieder zu ganzen Körpern auszufließen – vollständige, lebensgroße Menschen in der Kleidung und mit dem Schmuck ihrer Zeit wurden sichtbar. Ein Meer aus Menschen, die jetzt als schweigende Beobachter dastanden. Wie Zuschauer beim Ende aller Zeiten. Ein Meer gefangener Seelen, nur Zentimeter entfernt hinter einer Trennwand aus Kristall.

Scott zeigte allen, wie sie die Schallwandler in ihrem Besitz am wirksamsten zur Verteidigung einsetzen konnten, als es Zeit wurde weiterzugehen.

»Die Nanos«, führte er aus, »wurden dazu geschaffen, alle diese Anlagen rings um den Planeten zu unterhalten. Dazu war es notwendig, sie mit begrenzter künstlicher Intelligenz auszustatten. Mit der Fähigkeit zu gemeinsamem Handeln und zur Fortpflanzung.«

Das hatte sich Hackett bereits gedacht und sponn die Geschichte weiter. »Und im Zuge dessen entwickelten sie sich fort.« Scott sah ihn an. Das stimmte. »Die Theorie biologischer Komplexität veranschlagt fünfzigtausend Jahre dafür, das menschliche Auge aus seinen Anfängen heraus zu erschaffen. Zwölftausend Jahre Evolution einer vorgefertigten Spezies sind mehr als genug für die Annahme, dass diese Viecher richtig schlaue kleine Miststücke geworden sind.«

»O ja«, pflichtete Scott ihm bei. »Und sie haben den Wunsch, sich weiterzuentwickeln. Sie wollen es mal mit dem Planeten Erde versuchen. So wie sie es sehen, hatten wir unsere Chance und haben's vermasselt.«

Hillman rammte ein weiteres Magazin in sein Maschinengewehr. »Vorbei ist es erst, wenn die fette Lady singt, wie man so sagt«, brummte er, »und da's hier vor Ort keine fetten Miezen gibt, schätz ich, dass wir noch 'n Weilchen dableiben.«

Hackett kratzte sich die Stirn. »Süß.«

»Das ist nicht süß«, warnte ihn Hillman. »Das ist ein verdammtes Versprechen.«

Yun trat an Scotts Seite. »Ist dasselbe beim letzten Mal passiert? Die Maschinen übernahmen die Welt?«

»Das ist beim letzten Mal nicht passiert«, antwortete Scott trocken. »Sie wurden mit dem Netzwerk einfach nicht rechtzeitig fertig.« Er wandte sich an die ganze Gruppe. »Es war nicht fertiggestellt. Und sie wussten, dass es nicht fertig sein würde. Deshalb haben sie religiöse Mythen in ihren Plan eingebaut, die menschliche Seele erforscht und Mittel und Wege gefunden, um ihre Vorstellungen und ihr Wissen über künftige Generationen hinweg lebendig zu erhalten, bis wir als Spezies klug genug wären, um alles wieder zusammenzufügen. Also wurden Gruppen von Gelehrten ausgeschickt, die man vor der anfänglichen Katastrophe beschützt hatte, um die Zivilisation wiederaufzubauen und sich um die Vollendung des Netzwerks zu kümmern.«

»Ist es denn *jetzt* fertig?«, fragte Pearce verzweifelt. »Wir können schwerlich den weiten Weg gekommen sein und das Ding funktioniert nicht mal richtig!«

»Jetzt *ist* es fertig«, versicherte ihm Scott nachdrücklich. »Die Überlebenden der letzten Sintflut gingen schließlich zu Werke und stellten die Vollendung des Netzwerks sicher. Sie teilten sich in Gruppen auf und brachten den Völkern der Erde die Zivilisation zurück. Sie waren die eigentlichen Gründungsväter.

In Südamerika will es der Mythos, dass die Zivilisation von Quetzalcoatl, dem Bärtigen, ins Land getragen wurde. Gesichtsbehaarung ist den südamerikanischen Urvölkern fremd – warum sollten sie ein solches Merkmal erfinden? Bartwuchs ist bei ihnen genetisch unmöglich. So etwas mussten sie gesehen haben. Clemens von Alexandrien und Tertullian, beide aus dem dritten Jahrhundert u. Z., sprechen von denselben gesammelten Mythen wie Lactanius, Zosimus und der römische Kaiser Julian aus dem fünften Jahrhundert u. Z. – dass Götter von menschlicher Gestalt die Weisheit eines durch Flut zerstörten Landes mit sich brachten.«

Scott wischte sich das Blut ab, das aus seiner Nase lief. »Atlantis selbst war vollendet. Die Hauptknoten dieses Netzwerks waren aufgebaut, aber die verbindenden Gebilde mussten noch geschaffen werden. Diese Verbindungsbauten erforderten nur technologische Anfangskenntnisse – Steine heben, Tunnel graben und so weiter. Sie dachten an alles. Sie waren schlau. Schlauer als du und ich.«

Pearce tippte Scott auf die Schulter. »Weißt du, wo es jetzt langgeht?«

»Ja, ich weiß, wo es jetzt langgeht.«

»Ach wirklich? Woher?«

»Weil ich dort gewesen bin. Ich habe es gesehen«, antwortete Scott.

Ein schiefes Grinsen erschien auf Pearce' Gesicht. »Ach, gesehen hast du's, ja?«, konterte er. »Sorry, aber ich glaube dir nicht.«

»Was tun wir, wenn wir ankommen? Diese Befehlszentrale – dieser Kontrollraum: Wie sieht der aus?«, wollte Gant wissen.

»Das seht ihr dann schon«, versicherte Scott. »Ist nicht zu verfehlen. Aber keine Sorge, ich werde euch hinführen. Sind wir erst einmal dort, dann wissen Sarah und ich, was zu tun ist.«

Er streckte den Arm aus und hielt ihre Hand. Es war, als würden sie nun auf einer Ebene kommunizieren, die sich den anderen entzog. Austausch auf einer geheimnisvollen Stufe, vielleicht gar der Stufe reiner Gedanken, übermittelt durch elektrische Impulse über die Kristallmaschine der Stadt.

»Was müssen wir tun, wenn wir dort ankommen?«, fragte Gant erneut, was ganz gegen seine Gewohnheit war.

»Glauben Sie mir, wenn ich es Ihnen sagen würde, dann hätten Sie keine Freude dran«, meinte Scott.

»Ich hab schon so keine Freude dran.«

Sie standen aufgereiht, die Waffen im Anschlag. Scott kniff einen Moment lang die Augen zu, als schlage er einmal mehr eine qualvolle Schlacht, die sich in seiner Seelenlandschaft abspielte. Nach ein paar Sekunden konnte er sie wieder öffnen und starrte geradeaus auf die Wand vor ihnen.

»Fertig?«

Zustimmendes Gemurmel ertönte.

Scott nickte und es geschah. Die Türen begannen sich zu öffnen.

# 19. Offenbarung

## Innenstadt

Anfangs waren es Lichtstrahlen, vier Meter lange Spalten, die sich in regelmäßigen Abständen am Fuß der Wände in der großen Halle auftaten, gleich über dem Boden. Zentimeter für Zentimeter wurden die Spalten breiter, und während sich die mächtigen Türen allmählich hoben, stieg auch die Temperatur. Heiße Luft wehte ihnen von außen entgegen.

Es war wie beim Abstich an einem Hochofen.

Matheson und Hackett sahen einander voller Unbehagen an. »Was zur Hölle geht da unten vor sich?«

Die anderen hielten ihre Waffen fest umklammert, während die Türen das schleppende, mühsame Gerumpel hinauf zu ihrem höchsten Punkt fortsetzten. Das einströmende Licht blendete dermaßen, dass November die Augen abschirmen musste, ehe sie auf den Platz hinaustrat.

Sie zwinkerte lange, denn ihre Augen passten sich nur langsam an. Doch als sie dann wieder klar sehen konnte, bot sich ihr ein Anblick, der sich nur noch als biblisch beschreiben ließ.

In der Ferne glänzten die Türme von Atlantis.

Gewaltige Säulenriesen aus Kristall von derart epischen Ausmaßen, dass sie in jeder Hinsicht aussahen, als stützten sie selbst die Decke der Eisgrotte, in der die Stadt Atlantis stand.

Diese Grotte musste gut mehrere Dutzend Kilometer breit und mindestens einen halben Kilometer hoch gewesen sein. Ihr Boden war von einer Reihe Schmelzwasserflüsschen gefurcht und verformt worden, denn intensive Hitze hatte diese gewaltige Aushöhlung bewirkt. Mächtige Stalaktiten hingen herab, einige frei, andere hatten Kegel gebildet, die noch immer auf den vielen Gebäuden, aus denen die Stadt bestand, festgefroren waren.

Doch so atemberaubend die Grotte war, wurde sie, mit Atlantis verglichen, zu einem Nichts.

Das Team stand auf einem inneren Damm ähnlich einer Burgmauer oder einem endlosen Balkon. Es war die obere Aussichtsbühne der äußeren Mauer, welche die ganze Stadt umgab.

Fünfzehn Meter unter ihnen und halb in Eis versunken breiteten sich die verschachtelten Steingebäude, Straßen und Gassen der äußeren Vororte aus. Einige Häuser waren eisfrei und wiesen glanzvolle Mauerverkleidungen auf. Funkelnde Goldplatten deckten ganze Dächer, und die Wände vieler Bauten waren mit Fresken verziert. Die Straßen anderer Siedlungen jedoch waren noch immer von Kleinstgletschern versperrt, Gebäude von Eis starrend und die Zeit eingefroren.

Ein Gefühl gespenstischer Verlassenheit herrschte dort unten. Eine Leere. Wäre irgendjemand aus der Gruppe hinuntergegangen und hätte das Viertel aufgesucht, dann hätte er hinter den Fenstern nichts als Schwermut und Trauer zu sehen bekommen.

Der Stadtteil unter ihnen erschien trüb, dunkel und blau. Die Zeit dort war stehen geblieben. Einige erinnerte er an Bilder aus Pompeji, ausgegraben nach so vielen Jahrhunderten, die es von den Lavaströmen des Vesuv verschlungen gewesen war. Doch dies war keine archäologische Fundstätte voller Schlamm und Moder. Diese Stadt versprühte immer noch Leben. Eine Stadt, deren ureigenes Wesen im Eis bewahrt worden war.

Dies war eine Stadt im Stillstand. Durchaus wörtlich – im Kälteschlaf. Eine Stadt in Wartestellung, die es immer noch verdiente, dass Menschen ihre Straßen bevölkerten.

Das Team setzte sich in Bewegung auf die gewaltige Hauptverkehrsschneise zu, die so breit war wie ein Fußballfeld lang und schnurgerade in den Stadtkern führte. Ein Kern, der unmittelbar mit der Energiehose zusammentraf, die aus dem Weltraum herangepflügt war und die sie an der Erdoberfläche sich ins Eis hatten bohren sehen.

Dieser Ort war von solch riesigen Ausmaßen, dass es das Team eine halbe Stunde kostete, um den Anfang der Hauptstraße auch nur zu erreichen. Und erst der Weg dorthin erlaubte es, den vor ihnen liegenden Ausblick wirklich zu erfassen.

Hinter den glitzernden Türmen von Atlantis flammte ein zitternder, orangefarben schimmernder Hitzeschleier, als erhöbe sich die gesamte Stadt vor einem ewig anbrechenden Sonnenuntergang. Die flackernden Eisspiegel warfen helle Glut eines tätigen Vulkans zurück, der in einiger Entfernung, vielleicht auch schon viele Kilometer tief im antarktischen Eis eingebettet, Lava ausspuckte. Den weiten Weg bis in diese Grotte hatte sich das Licht gebrochen und zuckte, während der Vulkanausbruch andauerte, beängstigend lebendig und zusehends leuchtender.

Zu diesen Lichtstrahlen gesellten sich kochend heiße Dampfschwaden, die aus Rissen in den Grottenwänden hervorschossen und als schweflige Schlieren die Luft durchzogen. Einige fielen in Form feinen Nebels auf die Stadt nieder, während der Rest ohne Umweg in weiter oben liegende Luftschichten strömte und beinahe schon wie eine tiefhängende, die Spitzen der höchsten Wolkenkratzer einhüllende Wolkendecke anmutete.

Angenommen, das Empire State Building wäre ein Blitzableiter, und angenommen, dieser hätte sechs Gegenstücke und sie alle stünden im Kreis um ein Bauwerk nicht unähnlich der Cheopspyramide, das seinerseits wiederum auf vier Stützpfeilern von der Größe der Freiheitsstatue und in Gestalt von vier kraftstrotzenden Fabelwesen ruhen würde, dann hätte die Vorstellungskraft ein Bild gefunden, das der wirklichen Erscheinung des Stadtkerns von Atlantis einigermaßen ähnlich wäre.

Durch das Riesenloch in der Mitte der Grottendecke war der gewaltige Strudel wirbelnder grüner Ionen aus dem All angesogen worden, um sich bis hierher zu erstrecken und an Heftigkeit und Umfang zuzunehmen. Inzwischen war das ganze Ding zu einer sich krümmenden Masse rasender Energieblitze umgeformt und bewegte sich fast schon wie ein Schlangenungeheuer. Doch unten am spitzen Ende riss es die Energiehose in Fetzen, franste sie aus wie ein zerfasertes Tau.

Insgesamt sieben Strähnen peitschten um sich. Jede verband sich mit einem anderen der massiven Obelisken, die anscheinend als Blitzableiter dienten und die Energie zu unbekannten Zwecken abzweigten.

Im Gegenzug knisterte und pulste jede einzelne Kristallbaulichkeit der Stadt Atlantis von Elektrizität, überall von ihrer Außenmauer bis zu den weiter entfernten inneren Mauern, der Hauptachse und den Gebäuden darüber hinaus. Kreuz und quer zuckende Energie erfüllte den ganzen Ort mit Leben und offenbarte im selben Zug, dass diese Bauten einst einen doppelten Zweck erfüllt hatten. Denn nun zeichneten sich daran deutlich Fenster, Türen und dahinter zahllose Räume ab.

Dieser Ort war dafür entworfen worden, ihn zu bewohnen. Wenn auch letztlich für etwas viel Wichtigeres gedacht, hatte er als richtige Stadt gedient.

Erst als die Gruppe ihren Weg die Hauptachse hinunter nahm, begann sie die enorme Weitläufigkeit der Stadt wirklich zu begreifen.

Gesagt zu bekommen, Atlantis sehe auf Satellitenbildern so groß wie Manhattan aus, war das eine, aber es war ganz etwas anderes, das selbst zu erleben.

»*Und aus dem Thron gehen hervor Blitze*«, zitierte November nachdenklich, »*und Stimmen und Donner; und sieben Feuerfackeln brennen vor dem Thron, welche die sieben Geister Gottes sind. Und vor dem Thron war es wie ein gläsernes Meer, gleich Kristall; und inmitten des Thrones und rings um den Thron vier lebendige Wesen, voller Augen vorn und hinten …*«

Scott kannte die Stelle gut und wies auf die riesigen Tiergestalten, von denen die Pyramide getragen wurde. »*Und das erste lebendige Wesen war gleich einem Löwen und das zweite lebendige Wesen gleich einem jungen Stier, und das dritte lebendige Wesen hatte das Angesicht wie das eines Menschen, und das vierte lebendige Wesen war gleich einem fliegenden Adler*«, fügte er hinzu. »Sehr gut, November. Die Offenbarung, Kapitel vier.«

Und ganz klar passten die stützenden Standbilder jeweils zur Beschreibung. November wies auf die siebenköpfige Hydra aus strudelnder Energie. »Und das entspricht vermutlich der siebenköpfigen Schlange«, folgerte sie.

Leviathan. Auf Hebräisch Livyatan. Im Sumerischen Tiamat. Die siebenköpfige uranfängliche Seeschlange und Sinnbild für die Schöpfungskraft Gottes.

»Was hat die Bibel sonst noch zu dem Thema zu sagen?«, fragte Pearce und leckte sich die trockenen Lippen.

Pearce erwartete die Antwort von Scott oder November. Zu seiner Überraschung bekam er sie jedoch von Gant.

»*Und der siebente goss seine Schale aus in die Luft; und es kam eine laute Stimme aus dem Tempel vom Thron her, die sprach: Es ist geschehen. Und es geschahen Blitze und Stimmen und Donner; und ein großes Erdbeben geschah, desgleichen nicht geschehen ist, seitdem ein Mensch auf der Erde war, ein so gewaltiges, so großes Erdbeben. Und die große Stadt wurde in drei Teile gespalten, und die Städte der Nationen fielen.*«

Der Marine zuckte verlegen mit den Schultern. »Sie sind nicht der Einzige, der in der Bibel gelesen hat«, sagte er.

Sie marschierten weiter, die Waffen schussbereit.

Die Hauptverkehrsachse glich einer Brücke oder Überführung, sie war in ihrer Art nicht die einzige.

Während sie weiter geradeaus liefen, nutzte Hillman die Gelegenheit, um die Anlage der Stadt durch sein Fernglas zu betrachten. Soweit er feststellen konnte, entsprach sie in wirklich verblüffendem Maß den Satellitenbildern und der Beschreibung durch Plato.

Die Stadt wurde durch eine monumentale Straßenkreuzung geviertelt. Die eigentliche Überschneidung erfolgte fraglos unter der zentralen Pyramide, doch das lag für sie außer Sicht und musste Annahme bleiben. Links und rechts in weiter Ferne konnte Hillman die beiden Hälften der Querachse ausmachen, die zum selben Punkt wie das Team strebten. Damit gab es drei sichtbare Zugangswege zur Stadtmitte und mutmaßlich einen vierten auf der gegenüberliegenden Seite.

Je näher sie dem Stadtkern kamen, desto höher wurden die Gebäude längs der Straßen. Zwar stetig, wenn auch nicht in gleichmäßigem Verhältnis als ob von einem berechenbaren Zusammenhang bestimmt, eher in unregelmäßiger, planloser Weise, die eine richtige Stadt nachahmte.

Daraus erwuchs das unheimliche Gefühl, nunmehr zwischen Hochhäusern hindurchzugehen, deren Fenster dunkel und ohne Leben waren, deren Kristallrahmen jedoch von funkensprühender Energie durchströmt wurden.

Allmählich war es, als fahre man ganz allein auf einer achtspurigen Autobahn.

Hackett ließ den Blick an einem der vielen hoch aufragenden Gebäude emporschweifen und stieß November an. »Schon mal nachgedacht, wer hinter einem dieser Fenster steht und auf uns herabstarrt?«

»Hör auf«, sagte November schaudernd. »Hier ist es so schon gruselig genug.«

Damit hatte sie Recht. Tatsächlich sagte Bob Pearce genau

dasselbe und fing an, alle möglichen zusammenhanglosen Gedanken vor sich hin zu murmeln, vielleicht um seine Nerven zu beruhigen.

Etwas an der Anlage einer Stadt untermauere die Vorstellung von Bewohnern, wiederholte er sich. Menschenleere Häuser sprächen von Tod, Einsamkeit und Absonderung. Menschenleere Häuser seien angsteinjagend. Orte, die das Fürchten lehrten. Kaum einer spreche auf einem Rockkonzert, einer Autobahn, am Tresen, im Park oder am Strand von Gespenstern. Gespenster gehörten zu Dachböden, Hinterzimmern, Korridoren und ungenutzten Schlafräumen. Gespenster und deren Lebensraum erzählten eine Menge über das menschliche Bedürfnis, eine Leere zu füllen. Die tiefverwurzelte Seelennot einer Gattung, die kein Nichts dulden konnte.

Ein Gespenst einem Haus zuzuschreiben, verrate auch eine Menge über die Architektur dieses Hauses, denn es zeuge von einem Gebäude, das den beabsichtigten Zweck verfehle. Einfache Linienführung und Geometrie vieler Bauten würden geradezu nach menschlicher Begegnung schreien. Und insoweit diese Annahme auf Atlantis anwendbar sei – liege hier eine Stadt vor, die mit unglaublicher Stimmgewalt nach menschlicher Begegnung schreie.

Hackett nahm alles in sich auf, was Pearce von sich gab, dann sagte er: »Ja. Bestimmt würden die Gespenster hinten im *Var* zustimmen.«

Bob Pearce wollte etwas erwidern, als die ganze Gruppe plötzlich zum Stehen kam. Denn der weitere Weg war ihr versperrt.

Es war, als wäre ein riesiger Eimer Vanillesorbet umgekippt und der Inhalt hätte sich die Fifth Avenue hinuntergewälzt. Die Gasse zwischen den Gebäuden rechts der Hauptstraße war von dickem, träg fließendem Gletschereis verstopft, das über die Straße gekrochen war, bevor es seinen Weg zwischen den Häusern zur Linken fortgesetzt hatte.

Zum Glück für das Team gab es jedoch Anzeichen für Luftlöcher in diesem Eis. Sie waren hineingeschmolzen, als heißes Wasser von der Decke herabgetropft war und ganze Bereiche des Eisriegels zerfressen hatte.

Gant, den Eispickel in der Hand, kehrte gerade von seiner Sondierung der Lage zurück. Die Metallspitze war nass vom Gletschereis. »Geht klar«, sagte er. »Ich glaube, da kriege ich uns durch.«

»Das ist gut«, bemerkte Hackett mit Blick auf seine Armbanduhr, »denn viel Zeit bleibt uns nicht mehr.«

Gant ging das dünne Eis an. »Verraten Sie mir mal was Neues.« Er winkte ungeduldig Yun und den anderen. »Na, kommt schon! Helft mir mal!«

Der Durchgang verlief im Zickzack und mündete immer wieder in einer Sackgasse, die entweder mit dem Eispickel aufgestemmt oder bloßer roher Gewalt und schierem Körpergewicht durchbrochen werden musste. Derart dünn und spröde war das Eis, dass man schon staunen musste, weshalb es nicht unter der eigenen Last nachgab.

»Seht euch vor«, warnte Sarah. »Es kann ohne Weiteres sein, dass diese ganze Höhle einstürzt.«

Schließlich brachen sie auf die Fortsetzung der Hauptstraße durch. Der Anblick war nicht weniger atemberaubend als zuvor.

Denn vor ihnen zweigte in einem gewaltigen Bogen der äußere der beiden von Plato beschriebenen konzentrischen Kanäle ab, von denen der erste so riesig sei, dass er die gesamte Flotte von Atlantis beherbergt habe.

Der Kanal war mit Schmelzwasser gefüllt und schien merkwürdigerweise der Höhe der Hauptverkehrsschneise näher zu kommen als eingangs der Boden am Stadtrand.

Matheson, ständig die verblüffenden Ingenieursleistungen dieser Stadt bestaunend, lief an die Seite und sah hinunter.

»Das ist es!«, rief er. »Diese ganze Stadt muss auf einer Art Hügel errichtet sein! Je mehr wir uns dem Stadtkern nähern, desto mehr auch dem Boden! Es können nicht mehr als fünf, sechs Meter zum Wasserspiegel sein –«

Im selben Augenblick blieb ihm das Wort im Halse stecken.

»Jesus!«, sagte er. »Michaels …!«

## Köder

Wenige hundert Meter entfernt lag Michaels verkrümmt und bewegungslos mitten auf dem Kanal. Kein Problem, da das Wasser gefroren war. Allerdings nicht auf natürlichem Wege, denn der Kanal glitzerte wie flüssiges und wirkte klar wie frisches Wasser, enthielt aber kein Eis. Er war durch die Erscheinung stehender Wellen, durch Quasikristallisation erstarrt.

Gekräusel und andere Bewegungen auf der Oberfläche waren mittels stehender Wellen, die von den C-60-Wänden des Kanals abgestrahlt wurden, eingefangen und dauerhaft festgehalten worden. Am deutlichsten zeichnete sich das Gekräusel an den Kanalseiten ab, wo die Quasikristallisation zuerst eingesetzt hatte. Somit war klar ersichtlich, woher die Kräfte kamen, um dieses Kunststück zu vollbringen.

Die Übrigen eilten auf die Seite der Hauptachse, an der Matheson stand.

Gant sah ihn als Erster – den schwarzen Behälter, der wenig entfernt von dem Marine lag. Schon griff der Major an die Seile an seinem Gürtel. »Die Bombe«, sagte er.

»Scheiß auf die Bombe!«, schnauzte Pearce. »Wir müssen ihm helfen – Michaels! He, kannst du mich hören? He, Michaels, bist du okay?«

Michaels schien sich einen Augenblick später zu rühren. Stöhnend hob er den Kopf, eher er wieder zusammensackte und sich auf den Rücken drehte. Er schien etwas zu sagen, doch keiner konnte es verstehen.

Hillman, Yun und November rannten los.

Wer nicht sofort zu Michaels lief, war Gant. Seine Hauptsorge galt der Bombe. Er kippte sie wieder auf ihre Kufen zurück. »Sie ist noch ganz«, stellte er fest. »Dem Himmel sei Dank.«

»Dank Samsonite«, keuchte Michaels zur eigenen Belustigung.

»Was zum Teufel ist mit dir passiert, Mann?«, fragte Hillman und betrachtete die vielen Verletzungen des Marine.

Michaels hustete. »Bin vom verdammten Himmel gestürzt … Was dachtest du denn?«

»Du kannst von Glück sagen, dass du noch lebst.«

»Warum *fühl* ich mich dann bloß nicht glücklich?« Doch obwohl es als Scherz gemeint war, lachte er nicht. Er ließ einen gequetschten Arm zur Seite fallen und packte Hillman beim Kragen. »Ihr müsst hier raus, ehe sie wiederkommen. Ihr müsst weg.«

Hillman begriff nicht. »Weiß der Geier, wovon du redest. *Dich* holen wir hier raus!«

Aber noch während Hillman sprach, trat unverhohlener Schrecken auf Michaels' Gesicht. Tränen quollen aus seinen blutunterlaufenen Augen. Es sah aus, als müsste er jeden Moment wie ein Kleinkind losheulen.

»O Scheiße, Mann, schon zu spät. Sie sind hier. Mann, sie sind hier. Verdammt, wir werden alle sterben.«

Die anderen rissen suchend die Köpfe hoch, während Michaels' Blick Hackett und die Übrigen drüben auf der Brücke streifte. Sie winkten. »*Macht – dass – ihr – da – wegkommt!*«, erschallten ihre überfälligen Warnrufe.

»Sie haben mich als Köder hiergelassen«, schluchzte Michaels. »Und ihr seid drauf reingefallen.«

Aber es war längst zu spät. Michaels' Kopf fiel erneut nach hinten. »Das wollte ich euch sagen«, murmelte er außer Atem.

November und Yun richteten sich langsam auf. Gant wich zurück und zerrte dabei den Gefechtskopf hinter sich her.

»Du heilige Scheiße …«

»Was machen wir jetzt?«, fragte November.

Doch es hatte wenig Sinn, auf eine derart überflüssige Frage zu antworten.

Jenseits der enormen Ausdehnung des Kanals, auf den leeren Kaianlagen der frühgeschichtlichen Stadt, warteten die Golems in einer Reihe so weit das Auge reichte.

Nicht einer oder zwei. Nicht einmal einhundert. Sondern tausende. Vielleicht sogar zehntausende.

Anfangs standen sie reglos, und dann wusste niemand so recht, welcher sich zuerst bewegt hatte, aber es kam zu einer unvermittelten wie unmerklichen Veränderung in dem Wald aus Kristallebenbildern. Binnen Sekunden waren sie in ein Schwanken verfallen und bewegten ihre riesigen Köpfe schwerfällig auf dicken Hälsen, während die Golems ihr Gewicht vom einen Fuß auf den anderen verlagerten. Wie bei einem bedrohlichen Ritual.

Hillman suchte hinter sich nach einem Fluchtweg, aber der Kommentar »O nein« gab allen ziemlich deutlich zu verstehen, dass es keinen gab. Denn in einer Reihe säumten tausende weitere Golems die nahe Böschung des Kanalbogens, von der die vier gekommen waren. Allerdings war dieser Haufen weit aggressiver als alles, was ihnen bisher begegnet war.

Die vorderste Reihe trat einen Schritt vor und streckte ruckartig die rechten Arme aus. Einmütig ballten sich Fäuste, und von der Mitte der Heerschar, gleichzeitig nach beiden Flanken wandernd, formte sich eine jede Golemfaust um. Verzerrte sich. Plötzlich ragten rasiermesserscharfe Stilette aus den Fäusten und schossen noch weiter in die Höhe, um sich zu Kristallschwertern auszuwachsen.

Dabei machten sie ein Geräusch wir zehntausend über eine

Schultafel schabende Rasierklingen. Es war der Klang des Todes – der ganz unzweideutig klarstellte, dass die Gruppe nicht zurückkehren würde.

»Zur Hölle mit diesem Scheiß!«, kreischte Hillman.

Fürs Erste standen die Golems allerdings einfach nur auf dem Fleck und starrten ihnen entgegen. So als würden sie ihren Vorteil abwägen, alle Möglichkeiten in Betracht ziehen.

»Was glauben Sie, wie viele das sind?«, fragte Michaels keuchend.

»Spielt das noch 'ne Rolle?«, grollte Gant. »Sie sind in der Mehrzahl.«

»Hundertvierundvierzigtausend«, sagte November. »So viele sind es. Das steht in der Bibel über die Größe der Armee in der letzten Schlacht.«

»Wir müssen es zur Brücke schaffen.« Gant überprüfte seinen Schallwandler und knotete zugleich den Sprengkopf an seinen Gürtel. »Wie war gleich das Wort, das ich benutzen muss?«

»Es sind zwei Worte«, erinnerte ihn November. »*Zihamtu*.«

Gant nickte und sagte probeweise: »*Zihamtu* …«

Vielleicht war es nicht das Beste, was er hätte tun können. Entlang beider Kanalseiten hoben die Golems zu einem tiefen Grollen an, und ihre Körpersprache verriet, dass sie im Begriff waren anzugreifen.

Michaels lag zitternd am Boden. »Sir, ich glaube nicht, dass das ein guter Einfall war.«

Hillman spannte seinen Gewehrhahn. »Und schon diese beiden Worte haben eine solche Wirkung auf sie, häh?! Na, ich hab auch zwei für die Burschen übrig. *Heckler* und *Koch!* Oder wie wär's mit *Friss Blei!* Oder vielleicht *Stirb, Klon!*«

Gant setzte sich in Marsch. »Los jetzt, gehen wir.«

»Sir«, widersprach Hillman. »Was ist mit Michaels? Sir, wir können ihn doch nicht einfach liegen lassen.«

Gant zog seinen Revolver und reichte ihn umgehend an den

verwundeten Marine weiter. »Hier, mein Sohn. Den brauchst du mehr als ich.«

In diesem Moment begannen die Golems, zu beiden Seiten des Kanals auf die harte Wasseroberfläche herunterzuklettern.

»Seht zu, dass ihr hier wegkommt!«, flehte Michaels. »Oder ihr sterbt alle!«

»Ich werde bei ihm bleiben«, gab Yun plötzlich von sich. »Ihr könnt ihn nicht zum Sterben hierlassen.«

»Scheißdreck! *Ich* werde bei ihm bleiben!«, widersprach Hillman. »Du hast nie mit ihm gedient! Ich schon.«

»Wir haben keine Zeit für diesen Scheiß, Soldat!«, platzte es wütend aus Gant heraus, als er begriff, dass die Masse der Golems von beiden Seiten des Kanals auf sie zumarschiert kam. »Wenn ihr beide bereit seid, bei ihm zu bleiben, dann könnt ihr ihn auch zu zweit hochheben und tragen. *Jetzt aber los!*«

November klinkte rasch ihr Zugseil am Sprengkopf ein und legte sich neben Gant ins Zeug. Gemeinsam strebten sie auf die Brücke zu, von der sie die Schreie der Übrigen zur Eile drängten, denn die Golems hatten ihre Schritte beschleunigt.

Sie waren zum Angriff übergegangen.

»O mein Gott! Das schaffen die nie!«, rief Pearce aus. »*Rennt!*«

Matheson machte Anstalten, über die Brüstung zu klettern, aber Scott hielt ihn zurück. »Was *machst* du denn?«, klagte er und versuchte freizukommen. »Wir müssen doch etwas tun!«

»Hierbleiben ist am sichersten«, sagte Scott.

»Was?!«

»Sieh dich doch um!«, forderte Sarah ihn auf. »Siehst du irgendeins von den Dingern hier auf die Brücke steigen? Nein. Weil es Kohlenstoff-60 ist. Im Augenblick tobt in der Stadt ein Kampf um die Herrschaft über diese Kreaturen. Wenn sie mit dieser Kristallbrücke in Berührung kommen, wird eine Schnittstelle geschaffen. Dann sterben sie!«

»Allmählich ärgert mich *wirklich*, dass ihr beide plötzlich so viel über diesen Ort wisst«, knurrte Pearce.

Scott schlang sich eins der Seile um die Taille. »Wenn sie hier ankommen, ziehen wir sie hoch.«

»Hoffen wir, dass sie hier ankommen.«

November konnte ihr Herz in der Brust hämmern hören. Ihre Wangen röteten sich, während sie über den quasikristallisierten Kanal auf die Brücke zuhechtete und an Gants Seite den Gefechtskopf hinter sich herzerrte.

Aus dem Augenwinkel nahm sie die Golems als eine hereinbrechende Welle aus hoch aufgepeitschten Glassplittern wahr.

Sie hörte sie ihre Schwerter hinter sich herziehen, deren Spitzen mit derart abscheulichem Kreischen in den kristallisierten Kanal einschnitten, dass es wie die Notbremsung eines ganzen Güterzuges klang, der einen Frontalzusammenstoß vermeiden will.

Sie spürte, wie ein Schrei ihre Kehle hochstieg, vor schierem Entsetzen.

Sie drehte den Kopf nach ihnen um, obwohl sie wusste, dass sie es lieber bleiben lassen sollte, und da hoben die Golems in nächster Nähe ihre langen dünnen Klingen, um ihr den Todesstoß zu versetzen.

November hatte keine Ahnung, woher sie ihre Geistesgegenwart nahm. Doch irgendein Gespür sagte ihr, dass sie zurückschlagen müsse und die Mittel dazu in Griffnähe hatte. Sie führte den Schallwandler an ihre Lippen und schrie, ohne aus dem Laufschritt zu geraten, wie eine irrsinnige Todesfee hinein: »*Zihamtu! Zihamtu! Zihamtu!*«

Die vorderste Linie schwertschwenkender Golems zerplatzte zu einer Wolke elektrisierten Staubs.

Aber diese Gewitterwolke mit ihren blitzartigen Entladungen wurde von einer zweiten Reihe angreifender Automaten durchstoßen.

Sie senkten ihre Schwertklingen auf Brusthöhe, um sie wissen zu lassen, dass sie aufgespießt werden solle.

Hillman feuerte unaufhörlich und schoss seine Kugeln mitten in die wütenden Maschinen hinein.

Er wusste, dass es sie nicht töten würde. Er wusste aber auch, dass es sie verlangsamen und den anderen Zeit verschaffen würde, wenn er genügend Golems zum Straucheln brachte, die Beine wegschlug oder auf das Hinterteil beförderte.

»Nehmt das, ihr Wichser!«

»Au!«, brüllte Michaels so durchdringend, dass seine beiden Träger zusammenfuhren und ihnen das Blut in den Adern stockte.

Michaels hatte versucht, seine Beine zu belasten, obwohl er wusste, dass er sich darauf nie würde halten können. Doch sein verzweifelter Wunsch, ihre Flucht zu beschleunigen, war übermächtig.

Es ging nicht, dass sie ihn beide trugen; sie würden anhalten müssen. Einer würde Michaels über die Schulter legen und ihn wie ein Feuerwehrmann schleppen müssen.

Hillman brachte sie jäh zum Stehen, schob seine Waffe in Michaels' Hand. »Hier, halt das!«

Yun wusste, was er zu tun hatte. Er half, den Marine auf die Schulter seines Kameraden zu wuchten, und ging den beiden voran.

Michaels war schwer. Eigentlich ein totes Gewicht, aber Hillman war unter keinen Umständen bereit, ihn einfach zurückzulassen. Er feuerte zur Seite und rief seiner Fracht zu: »Knall die Wichser ab! Halt hinter uns drauf!«

Befriedigt hörte er, wie Michaels Salve auf Salve in den heranahenden Schwarm abfeuerte. Aber es reichte nicht aus. Hillman war einfach nicht kräftig genug. Er konnte nicht das nötige Tempo halten, um einen Schritt voraus zu sein, und binnen Augenblicken waren sie umzingelt.

In der anschließenden Panik strauchelte Hillman und sackte auf die Knie. Doch obgleich stechender Schmerz durch seine Kniescheiben fuhr, behielt er Michaels auf seiner Schulter im Gleichgewicht.

Nur hätte er sich die Mühe auch sparen können.

Die Magazine leer geschossen, wäre Michaels vielleicht lieber selbst zusammengebrochen.

»Bist du okay, Kumpel?«, rief Hillman mit dünner Stimme.

»Hmm«, kam die kraftlose Antwort.

Denn das Letzte, was Michaels zu sehen bekam, als er den Kopf über die Schulter des Freundes hob, war ein dräuender Brocken von einem Golem, der die Spitze einer hauchdünnen Klinge auf seine Nasenwurzel drückte – und zustieß.

Yun konnte die beiden Marines hinter sich nicht mehr hören. Er wusste, dass er sich nicht umschauen sollte, konnte aber weiter vorn sehen, dass November und Gant die Brücke noch immer nicht erreicht hatten. Irgendetwas musste von ihnen ablenken.

Seelenruhig blieb er stehen, nachdem er eine wohlüberlegte Entscheidung getroffen hatte. Er ließ seine Waffe sinken und wusste sofort, dass die Angriffswellen der Golems ihre Richtung gewechselt hatten und nun auf ihn zusteuerten.

* * *

Die anderen oben auf der Brücke trauten ihren Augen nicht. Pearce hielt die Brüstung umklammert und rief nach dem chinesischen Soldaten, aber es war zwecklos. Yun war fest entschlossen.

Er machte kehrt, um sich ihnen zu stellen.

Ihm bot sich ein genauso schauerlicher Anblick, wie er befürchtet hatte. Er bekam gerade noch den letzten Teil einer doppelten Enthauptung mit und sah zu, wie die Köpfe der beiden gefallenen Marines über den Boden rollten.

Unwillkürlich schrie er auf.

Die Golembande wandte sich auf der Stelle dem chinesischen Soldaten zu wie ein Schwarm Fische, die Beute wittern. Es war nur gar nicht nötig, sie zu jagen, denn ganz offensichtlich hatte Chow Yun beschlossen, die Stellung zu halten und seinen Dämonen ins Auge zu blicken.

Das Gesicht eine verzerrte Maske, sah er in völliger Erstarrung zu, wie sich ihm der führende Golem näherte und sein Schädel zum rätselhaften Antlitz von Yan Ning wurde.

Wie war sie nur in diese Stadt gelangt?

»*Es ist Zeit, dich zu mir zu gesellen, mein Liebster*«, teilte sie ihrem ehemaligen Liebhaber in kaltem, gefühllosem Kantonesisch mit.

Zur Antwort brüllte er sie an. Ein letzter, mitreißender Todesschrei, als er den Rest seines halb verschossenen Magazins in das nahende Kristallmädchen pumpte. Doch obwohl es für einen Augenblick ins Schwanken geriet, setzte es seinen Weg unbeirrt fort und lächelte sogar.

Sein Magazin leer und mit den Nerven am Ende, traf es Yun überraschend, als sich ein vollendet glatter Degen in seinen Rücken bohrte, aus seinem Unterleib herausschoss und hoch bis an sein Kinn fuhr.

»*Zihamtu!*«, schrie Gant. Es war ein dämlicher Schlachtruf. Und doch hatte er die erwünschte Wirkung. »*Zihamtu!*«

Ein Golem nach dem anderen wurde von der akustischen Schockwelle erfasst und auf der Stelle atomisiert. Gant und November wurden in eine graue, statisch aufgeladene Puderwolke eingehüllt, während sie auf die Brücke zustapften. Zuweilen duckte sich ein vereinzelter, etwas schneller denkender Golem und endete damit, nur einen Arm oder ein Bein zu verlieren, blieb er träge genug, seine Gliedmaßen hinter sich herzuschleifen.

Die Stricke hingen immer noch herab, als Gant und November die Brücke erreichten.

Gant klinkte sich von dem Sprengkopf los und knotete den Behälter an einem Strick fest. Das Gleiche machte er mit Novembers Zugseil, während sie Rückendeckung gab und jeden herannahenden Golem zerbersten ließ.

»Hoch damit!«

»Was ist mit euch?«, rief Matheson.

»Erst mal hoch damit!«

Die fünf zogen den Koffer mit einer einzigen Bewegung hoch und wuchteten ihn über den Rand.

Einen Strick warfen sie sofort zurück, aber beim zweiten dauerte es ein wenig länger, ihn zu lösen.

Doch der Moment genügte schon, dass die Golems den Kreis schlossen.

November klammerte sich an den ersten Strick, brüllte aus Leibeskräften, emporgezogen zu werden, und überließ es Gant, sich allein zu verteidigen. Mit einem Satz über mehrere Meter hinweg stürzte sich der am schnellsten herannahende Golem auf sie und schwenkte dabei sein Schwert über dem Kopf, um auf beide zugleich einzuhacken.

November kreischte in ihre Schallwaffe und löschte die Bedrohung mitten im Flug aus, aber der Angreifer war nicht allein gewesen. Drei weitere sprangen Gant an, und der Marine hatte keine Wahl, als ihr nachzusetzen. Den Fuß ins Gesicht des heranpreschenden Automaten gestoßen, nutzte er das Geschöpf als Sprungbrett, um emporzuschnellen und nach Novembers Bein zu greifen.

November heulte vor Entsetzen auf, wusste nicht, wie ihr geschah, und lockerte ihren Griff um den Strick. Ihre Handflächen fühlten sich an, als stünden sie in Flammen, da die Reibung sie zerfetzte, aber sie schaffte es, sich festzuhalten.

Gant biss die Zähne zusammen, als ihnen ein weiterer Golem entgegenhechtete. Doch da erspähte er einen von der Brücke herabragenden Pfosten, der einer Art von Mast ähnelte, versetzte sich in Schwung und trat nach dem Angreifer, um ihn zu verjagen.

Es klappte. Der Golem krachte gegen den Pfosten aus Kohlenstoff-60 und blieb einfach daran haften. Sein ganzer Körper zuckte und zitterte, als ein See von Gesichtern aus dem *Var* auf einmal unter dem Glas auftauchte, um das eigene Geschöpf zu stellen und wieder einzusaugen.

Die Golems am Boden zauderten.

Während das Team auf der Brücke die beiden in Sicherheit zog, versammelten sich die Golems darunter und starrten zu ihnen hinauf. Ein rachsüchtiger, mit dem Verlauf der Ereignisse unzufriedener Golem unternahm den Versuch, Schaden noch in letzter Sekunde anzurichten, sprang ihnen beiden hinterher, streckte das Schwert so weit es ging aus und schlitzte die Sohle von Gants Stiefel auf.

Der Hieb hatte gesessen. Gant schrie vor Wut und Schmerz auf, als sich eine Wunde auftat und Blut aus seinem Fuß sickerte. Doch es hinderte ihn nicht daran, sich neben November auf den harten Boden der Brücke hinüberzuwälzen. Er rollte aus, hielt sich den aufgeschlitzten Fuß und wurde von einem mehr als freudestrahlenden Pearce begrüßt, der bemerkte: »Tut weh, oder?«

Sarah sah nach dem Gefechtskopf und seinem Behälter. Etwas war merkwürdig daran, aber sie wusste nicht, was.

Sie untersuchte die Verschlüsse. Sie waren aufgesprungen – von innen nach außen, als wäre etwas hineingekrochen und hätte sich ausgedehnt, bis das Metall nachgegeben hatte. Sarah drückte die Bügel vorsichtig hoch und machte den Deckel auf.

Vor Überraschung zuckte sie zusammen.

Gant stöhnte beim Hochkommen. »Was ist los?«, fragte er, als er hinüberhumpelte und eine Blutspur hinter sich herzog.

Er fand eine Masse aus Drähten, zerbrochenen Einzelteilen, zerfressenen Komponenten und verschmorten Platinen vor. Der Sprengkopf war zerpflückt worden.

Hackett schaute ihm über die Schulter. »Und das war drei Menschenleben wert. *Wie bloß?*«

Gant wimmelte ihn ab und stieß die Hände zornig in den Haufen aus Schrott und unbrauchbaren Teilen.

»Das würde ich nicht tun«, warnte Sarah, aber der Marine hörte nicht auf sie.

»Was ist mit meiner Bombe passiert?«, rief er verzweifelt. »Ich hab mich auf meine Bombe verlassen! Was ist mit meinem Sprengkopf passiert?«

Winzige Glasspinnen waren aus den Trümmern hervorgekrochen, um sofort über Gant herzufallen. Sie trippelten über Bauteile aus poliertem Stahl und schlugen lange, nadelartige Zähnchen tief in Gants zuckende Finger.

Der Major schrie vor Schmerz auf und schleuderte die winzigen Lebewesen beiseite. Sarah erkannte eine Ähnlichkeit mit denen, die sie in Gizeh gesehen hatte. Nur waren diese weitaus bösartiger. Ohne erst nachzudenken, kippte sie den ganzen Behälter um und verschüttete seinen Inhalt über den Boden aus Kohlenstoff-60.

Das Gewusel winziger Kristallspinnen versuchte unter hoch tönendem Wimmern Reißaus zu nehmen, wurde aber von den niederfrequenten Wellen erfasst, die einzelne Bestandteile innerhalb der Hauptstraße aus Kohlenstoff-60 abstrahlten.

Die Spinnen zerplatzten unter Pfiffen und Verpuffungen wie winzige chinesische Knallfrösche.

Gant ließ beschämt den Kopf hängen. »Ich habe versagt«, sagte er. »Wir sind erledigt.«

Aber Scott, der an der niedrigen Brüstung der Brücke stand, den Rücken den Übrigen zugekehrt und mit Blick auf die Ansammlung zorniger Automaten unter sich, war ziemlich sicher, dass es sich anders verhielt. »Wir werden's schaffen«, verkündete er zuversichtlich. »Ich weiß, dass wir es schaffen.«

Darauf stieß er seinen eigenen Schallwandler fest in eine der vielen tiefen Aussparungen entlang der Brüstung und murmelte etwas vor sich hin.

Verspätet wurden die Golems unten auf sein Treiben aufmerksam und zerstreuten sich. Diejenigen weiter abseits und in Ufernähe flüchteten sich in Sicherheit. Andere versuchten ihr Glück, indem sie die Brücke ansprangen, doch falls sie zu überlegten Gedanken fähig waren, wünschten sie sich wahrscheinlich, es erst gar nicht getan zu haben. Denn während sie sich in Todeskrämpfen an die Kristallbrücke klammerten, begann das Wasser unter ihnen zu schimmern und funkeln, als es sich erstmals seit längerem wieder verflüssigte.

Die noch auf dem Kanal gefangenen Golems gingen unter wie ein Haufen Steine.

Hackett war beeindruckt. »Jemals die eigenen Kräfte sinken gefühlt?« Da Scott sich nicht belustigt zeigte, fuhr er fort: »Nun, dieser Ort ist schon mal versunken, glaube ich mich zu erinnern. Man sollte meinen, sie wären es gewohnt.«

Scott fand es immer noch nicht komisch.

Still und ruhig lag das Gewässer vor ihnen. Atemberaubend rein und klar, sodass sie bis auf den Grund schauen konnten. Die bis auf den Kanalboden gesunkenen Golems waren verschwunden, waren fast unsichtbar geworden. Nur mit Mühe ließen sie sich höchstens noch hier und da als Schatten ausmachen, die über den helleren gemauerten Grund flitzten. Es waren außerordentlich schnelle Schwimmer. Die sich zusammenzogen und einen Schwarm bildeten.

Was allen bewusst wurde, sprach Matheson als Erster aus: »Das war wohl kein so guter Einfall. Das war *ganz und gar* kein guter Einfall. Wir sollten uns lieber auf den Weg machen.«

Gant versorgte gerade seinen Fuß und fragte. »Welchen Weg?«

Matheson wies mit dem Daumen auf Scott. »Den *er* uns zeigt, schätze ich.«

»Und der wäre … welcher genau?«

»Weiß ich nicht«, Matheson zuckte mit den Schultern. »Aber es bleibt dabei, Major, dass wir uns lieber auf den Weg machen sollten.« Erneut schaute er über die Brüstung. Die Schattenwolke wuchs an. »Da unten läuft irgendwas völlig Durchgeknalltes.«

Gant kam mühselig auf die Beine. Offensichtlich konnte er seinen verletzten Fuß nicht sonderlich belasten, stand aber würdevoll da und zog sich sogar die Uniform glatt. »Wozu sich deswegen Sorgen machen? Wieso bringen Sie nicht einfach Ihren Kumpel hier dazu, alles auszutüfteln, wo er doch auf einmal so viel über diesen Ort zu wissen scheint? Wie können wir sicher sein, dass er nicht zu einem von denen wird und uns in eine Falle lockt?«

»Das ist ungerecht!«, warf Pearce ein, doch Scott gebot ihm mit erhobener Hand zu schweigen.

»Ist schon in Ordnung«, sagte Scott besänftigend. »Schauen Sie, Major, ich bin an diesen Ort angeschlossen. Ich stehe in ständigem Gedankenaustausch mit dieser Maschine. Aber ich kann nicht um die Ecke sehen. Wohin wir gehen müssen, weiß ich nur, weil ich danach gefragt habe. Was zu tun ist, weiß ich nur – weil ich danach gefragt habe.«

Gant packte Scott bei der Gurgel. »Ich hab jetzt langsam genug von diesem kosmischen Rätselraten. Du sagst mir jetzt, was uns bevorsteht, du kleiner Spinner, sonst werf ich dich diesen niedlichen Fischchen da unten zum Fraß vor. Also – wo – gehen – wir – hin?«

Die anderen standen ratlos da, aber Scott wirkte weniger durcheinander, als er es hätte sein können. Er zeigte zu der riesigen, auf den vier großen Standbildern fußenden Pyramide. »*Da* gehen wir hin«, sagte er. »Das ist die Schaltzentrale.«

Gant drückte fester zu. »Und was tun wir, wenn wir da ankommen?«

»*Sie* tun gar nichts«, erklärte Scott. »Ich werde hineingehen – und sterben.«

## Opfer

»Richard – du wirst diese Kammer betreten und nie zurückkehren. Was redest du da überhaupt! Was ist mit deiner Tochter? Denk doch mal an sie.«

»Ralph«, Scott lächelte gelassen, »falls keiner diese Kammer betritt, wird meine Tochter sterben. Alle unsere Söhne und Töchter werden sterben.« Er verkniff sich ein Lachen. »Es ist wirklich so einfach.«

»Uns bleiben dreißig Minuten«, bemerkte Pearce mit ernster Stimme und einem Blick auf seine Uhr. »Und etwas Besseres fällt dir nicht ein? Warum musst du sterben? Ich verstehe das nicht.« Er packte Gants Arm. »Nehmen Sie Ihre verdammten Hände von ihm. Richard, was ist hier los?«

»Ich werde mit diesem Ding verschmelzen müssen. Wir können ihm nur beibringen, dass unsere Spezies die letzte Flut überlebt und sich genügend weiterentwickelt hat, indem sich zwei von uns körperlich mit dieser Maschine vereinen. Und sie von unserem Wesen wissen lassen. Die Maschine wird sich auf subatomarer Ebene mit mir verbinden. Sie wird eine Bindung ähnlich wie bei einer Kernfusion herstellen. Es wird mir alles äußerlich sichtbare Menschsein nehmen. Das Menschliche an sich werde ich einen flüchtigen Augenblick lang beibehalten. Aber dabei über den ganzen Reichtum und das gesammelte Wissen von Jahrtausenden unserer Geschichte verfügen, spielerisch Zugang zu den Aufzeichnungen ungezählter Zivilisationen haben.

Als jüngste Ergänzung dieses großartigen Wissensspeichers wird mein Verstand des einundzwanzigsten Jahrhunderts sämtliche zeitgenössischen Daten über Ballungsräume, störungsempfindliche Ökosysteme und alle anderen Gebiete rings um die Erde beisteuern, die besonderen Schutz benötigen. Ich werde jeden Ausläufer dieses weltumspannenden Netzwerks und die ganze Reichweite dieser Maschine überwachen und beeinflussen können und ihre Kräfte den wirkungsvollsten ihrer Teile zuführen. Dieser Maschine ist die Aufgabe übertragen worden, unsere Erde in einen einzigen riesigen Kristall zu verwandeln. Die Meere, die Luft und der flüssige Kern dieses ganzen Planeten werden zu einer durch und durch festen Masse werden. Unbeweglich. Einen kurzen Moment lang wird diesem Planeten vollkommene Ordnung in einem chaotischen Sonnensystem zuteil werden. Ich werde unsere Zerstörung abwenden. Einen kurzen Moment lang … werde ich Gott sein … und danach nicht mehr sein.

Es wird keine Rückkehr geben. Ein Teilchen nach dem anderen werde ich zergliedert werden. Ich werde zu einem Bestandteil dieser … Anlage werden. Ich werde Geschichte werden. Ich werde mich in reine Information verwandeln.« Er hielt inne, damit alle darüber nachdenken konnten, und fügte dann hinzu: »Ostern rückt näher, das uralte Fest, das von Opfer und Erneuerung handelt. Im Zivilisationsmythos schlechthin ist festgeschrieben, dass die Zukunft der Menschheit auf dem Opfergedanken beruht.« Er lächelte derart wissend, dass es allen Zweifel zerstreute, der in den anderen aufgekommen sein mochte. »Wie ich bereits in meinem Vortrag sagte, als ihr, Ralph und Bob, mir zum ersten Mal begegnet seid … Man muss die *ganze* Bibel nehmen, nicht nur Teile davon. Und in diesem Sinne nehme ich den ganzen Schatz an Mythen und Legenden, nicht nur Teile davon. Vor Jahrtausenden wurde geschrieben, es werde jemand sterben müssen, um die Menschheit zu retten. Genauso gut kann ich das sein.«

Hacketts Augen wurden schmal. »Du sagtest, *zwei* Menschen müssten die Kammer betreten«, merkte er an, »nicht einer. Wer ist der zweite?«

»Ist dir nicht entgangen, hm?«

»Mir entgeht gar nichts.«

»Ein Mann muss die Kammer betreten – und eine Frau.« Scott wandte sich an Sarah, streckte eine Hand aus. »Was meinst du? Hast du Lust, die Eva mit mir als Adam zu geben? Es mal mit Reinem-Tisch-Machen zu versuchen?«

Sarah schaute auf die Hand von Scott und zögerte einen Augenblick. Doch sie konnte nicht anders, als der an ihr nagenden, ihr keine Ruhe gebenden Aussicht zu erliegen, sich einer unfasslichen Verwunderung hinzugeben.

Langsam, tastend, schob sie ihre Hand in seine, spürte seine Wärme und spürte Zufriedenheit.

»Moment mal!«, dröhnte Pearce. »Sind denn jetzt alle wahnsinnig geworden?«

»Wisst ihr, im Grunde ist es schon komisch«, meinte Hackett und rieb sich das Kinn. »Untersuchungen haben erwiesen, dass Selbstmörder nur Stunden, sogar Tage bevor sie sich schließlich das Hirn rauspusten oder die Pulsadern aufschlitzen, etwas überwältigender Freude Verwandtes erfahren. Es hängt irgendwie mit dem Loslassen zusammen. Dem Wissen, dass alles endgültig vorbei sein wird. Aus ihrer Warte gesehen, erzielen sie damit eine Lösung.«

»Nicht doch! Opfer? Seid ihr denn behämmert? Falls es dabei um diesem Scheiß in deinem Bein geht, Richard, darum kümmern wir uns schon. Den können wir entfernen! Na schön, vielleicht verlierst du ein Bein, aber du bleibst am Leben!«, brach es aus Pearce heraus.

Hackett trat dicht an sie heran. Offensichtlich teilte er diese Meinung.

»Das müsst ihr nicht tun«, redete er entschieden auf die beiden ein. »Das ist verrückt. Ihr habt alles, wofür es sich zu leben lohnt. Ich hingegen –«

»Du?«

Es klang schroff, beinahe anklagend.

»Jon«, sagte Scott sanft. »Dir geht es um das Rätsel. Das Spiel. Dir – ist es immer nur um das Rätsel gegangen.« Scott schaute dem Physiker tief in die Augen. Bewunderte seinen Freund und mit ihm die Neugier und Aufrichtigkeit, die in den Augen dieses Mannes brannten. Ja, Freund. In letzter Hinsicht, beschloss Scott, konnte er diesen Mann seinen Freund nennen. »Jon … mir ist es immer um die Antwort gegangen. Um das endgültige Wissen. Auf diesem Weg komme ich dazu. Ich bekomme meine Antwort. Darauf, wer wir sind. Woher wir stammen.«

Hackett nahm seine Worte in Demut auf.

»Du wärst mit einer bloßen Antwort nicht zufrieden«, schloss Scott. »Du verlangst nach dem Rätsel.«

Hackett schmunzelte. Dasselbe eigenartige Schmunzeln, das Scott schon immer auf die Palme gebracht hatte, seit er ihm zum ersten Mal begegnet war. Und das ihm jetzt so große Freude und Belohnung war. Tausendundeine Frage rumorten in Jon Hacketts Kopf. Doch aus Hochachtung stellte er keine einzige davon.

Scott wusste das zu schätzen.

Was Hackett stattdessen aufrichtig sagte, war lediglich: »Alle Dinge haben ihren Rhythmus. Vielleicht ist dies ja der Rhythmus deines Lebens.«

»Zwanzig Minuten«, meldete Pearce mit Blick auf das Wasser. »Leute, wir sollten verdammt schnell hier weg. Mir gefällt kein bisschen, was ich da unten sehe!«

Und da kräuselte sich das Wasser und teilte sich dann schäumend, als eine riesige Kristallflosse hindurchstieß und auf sie zustrebte. Gefolgt von einer weiteren. Dann noch einer. Bis sich zuletzt der schiere Umfang der verschmolzenen Einheit unter ihnen zeigte, ihre Reißzähne groß wie Baumstämme, ihre Kristallschuppen schillernd.

Wie die Schlange aus der biblischen Offenbarung – der fleischgewordene Satan selbst – ließ das goliathhafte Meeresungeheuer die lastwagengroßen Kiefer mit Donnerkrachen zuschnappen, glitt zu ihnen hinüber, bäumte sich auf – und brüllte.

## Zwanzig Minuten

Sie rannten, wie sie noch nie in ihrem Leben gerannt waren.

Der wahrhaftige Leviathan von Atlantis durchschnitt das Wasser, als wäre gar keines da, streckte sich über die Brücke, und als sein erster Schlag ins Leere ging, duckte er sich darunter hindurch, um den Kopf auf der anderen Seite emporzurecken.

Er schrie seine hemmungslose Wut heraus und holte erneut aus. Daneben. Seine kanugroßen Krallen verfehlten ihre Köpfe um wenige Zentimeter.

Der Drache wusste, dass er nicht blindlings zuschlagen und sie wie bloße Insekten zerquetschen konnte. Allein schon dieser Umstand erzürnte ihn umso mehr. Er musste seine Stoßrichtung sorgfältig bestimmen. Er musste genau sein, wenn seine mächtige Flosse zwischen hohen Masten aus Kohlenstoff-60 zulangte, die nur deshalb dort aufgestellt zu sein schienen, um die Bestie zu behindern.

Während die sieben um ihr Leben liefen, wälzte sich der Leviathan auf den Rücken und hielt mit peitschenden Flossen Schritt mit seiner Beute.

Diesmal holte er mit dem Schwanz aus, schlug damit in ihren Weg und hoffte, sie würden ins Verderben rennen.

Aber dazu kam es nicht.

Vielmehr richteten diejenigen mit Schallwandlern lediglich ihre Waffen auf die Bestie aus und riefen das geheiligte Wort mit aller Stimmgewalt, die sie aufzubringen vermochten.

Riesige Brocken toten Kristalls fielen von der Brust der Bestie ab, während sie einen Volltreffer nach dem anderen einsteckte. Schließlich brach sie erstarrt zusammen und drückte eine gischtende Flutwelle von sich weg in die Ufergebäude. Und sie brüllte in Todesqualen, während die sieben alles daransetzten, um aufrecht und in Bewegung zu bleiben, als der Rückfluss über die Brücke schwappte, sie mitzureißen und in den Kanal zu spülen drohte.

Sie liefen geradewegs auf die von kristallenen Hochhäusern gesäumte Fortsetzung der Hauptachse aus Kohlenstoff-60 zu und hatten das Gefühl, wenigstens auf diesem Abschnitt ihres Wegs sicher zu sein.

Doch der Leviathan hatte anderes im Sinn, denn während das Team die von Gletschereiszinnen übersäte Hauptstraße hinuntereilte, über der die Grotte stellenweise nicht völlig zurückgewichen war, brachte sich das Ungeheuer auf Höhe einer granitgepflasterten Nebenstraße und hechtete auf diese zu.

Seine messerscharfen, rasierklingenartigen Panzerplatten und Flossen schickten Wasserfontänen in die Luft, als der Drache den Kaianlagen entgegenbrauste und im allerletzten Augenblick – zerbarst.

Eine Scherbenwolke aus zehntausenden mächtigen Kristallbrocken stürzte auf die Straße. Sie prallten ab, holperten weiter. Nutzten ihren Schwung zum eigenen Vorteil und verwandelten sich in zehntausend neue Golems – die mit Höchstgeschwindigkeit vorwärtspreschten.

Als Erster bemerkte Hackett, dass die Hauptschneise wieder in die Waagerechte überging. Auf einmal war es wie in irgendeiner gespenstisch fremden Straße in Manhattan, und der Seitenblick einen Häuserblock tief fiel auf eine Horde Geister, die ihren Lauf zu begleiten beschlossen hatten.

Und nicht nur das, sie waren auch noch viel schneller als die Menschen und höchstwahrscheinlich darauf aus, sie an der Querstraße abzufangen.

Hackett starrte geradeaus und fühlte das Adrenalin durch seine Adern strömen.

Vor ihnen lag ein Zickzackkurs um Gletscherablagerungen herum. Die Strecke war dermaßen irreführend, dass es ihnen anfangs schwerfiel, sich über ihre Marschrichtung im Klaren zu bleiben, da die Sichtachse auf den nur noch wenig entfernten Stadtkern verstellt war.

Und da tat sie sich schließlich auf, die beängstigende Aussicht, vor der sich alle gefürchtet und die keiner je ausgesprochen hatte.

Zwar setzte sich der Weg deutlich sichtbar fort, aber die Schneise aus C-60, die sie beschritten und von der ihr Überleben abhing, verschwand unter einer Eisschicht. Mitunter betrug die Stärke dieser Eisdecke wenige Zentimeter. Aber diese Zentimeter gaben den Ausschlag zwischen Leben und Tod.

Und die Golems wussten das.

Die sieben standen nicht nur einer Hügellandschaft aus sanft gewelltem Eis gegenüber, sondern auch Suchtrupps aus Golems, die da und dort aus Seitenstraßen quollen, ihnen die Stirn boten und auf den Hügelkuppen Angriffshaltung einnahmen.

*Zihamtu! Zihamtu! Zihamtu!*

Die Hindernisse wurden entfernt. Doch es konnte nicht lange dauern, bis ihr Glück sie verlassen würde.

Als sie den zweiten Kanal erreichten, eine weitaus schmalere Angelegenheit als der erste, stellten sie erleichtert fest, dass ihnen das viele Eis tatsächlich zum Vorteil wurde, da es ihren Weg über die offene Fläche zum Stadtkern vor Blicken abschirmte.

Und so blieben noch zehn Minuten, ehe die Sonne ihre letzte Gravitationswelle ausschicken sollte, als sich die sieben Überlebenden des Antarktisteams auf dem Abstieg in die Straßen des inneren Kreises von Atlantis befanden und die atemberaubend riesigen und eindrucksvollen Standbilder passierten, die wiederum die unglaubliche Kristallpyramide rund sechzig Meter über ihren Köpfen trugen.

Auf ihrem Weg zwischen rot schimmernden Eissenken hindurch verfolgten sie ehrfürchtig, wie hundert und mehr Meter weiter oben der Energiestrudel aus Sonnenplasma herabstürzte und sich um die sieben gewaltigen Kristalltürme schlängelte.

Mitten auf dem Eis thronte eine glühende Kristallplattform. Quadratisch und formvollendet, pulste und flimmerte sie von Licht wie ein fliegender Teppich, der darauf wartete, seine Fahrgäste hinauf in die Pyramide zu befördern, nur dass die Plattform unerreichbar war.

Denn zwischen ihnen und der Rettung stand eine ganze Legion von Golems. Geduldig wartend. Bis an die Zähne bewaffnet. Sie wussten, dass sie nicht einmal anzugreifen brauchten, da sie die Zeit auf ihrer Seite hatten. Um sie herum verstreut lagen die ausgebrannten Trümmer des chinesischen Stützpunkts *Jungchang*. Zerfetzt und verbogen von der Erdoberfläche herabgestürzt, erinnerten sie daran, dass auch das Team noch Teil eines schaurigen Friedhofs werden konnte.

»Keine Ahnung, wie wir das hier ohne göttlichen Akt überstehen sollen«, brachte es Hackett auf den Punkt.

Ein göttlicher Akt.

Genau das widerfuhr ihnen.

## Göttlicher Akt

Der Untergrund bebte.

So heftig war der Erdstoß, dass November auf den Knien aufschlug. Donnergedröhn erschallte, als sich die tiefrote Glut des nahen Vulkans über die gesamte Stadt legte.

Matheson geriet in Panik. »Ist es so weit?«

Hackett schüttelte den Kopf. »Nein«, sagte er, »das ist nur das Aufschaukeln. Vorbeben vor dem Hauptereignis. Kleinere Schwerkraftschwankungen, ehe sie die volle Ladung ausspuckt.«

November fing zu schluchzen an, als Scott ihr aufhalf. Und da sahen es alle. Eine gleißende weiße Glut verdunkelte sich zu kräftigem Gelb, dann zu Orange, während sie sich in willkürlich verstreuten Pusteln überall auf den mächtigeren Gletschern ringsum ausbreitete.

Plötzlich barsten allerorten gewaltige düstere Strahlen heißen vulkanischen Gesteins hervor, als sich Lavaströme durch das antarktische Eis wie ein heißes Messer durch Butter fraßen und unterwegs dramatisch abkühlten.

Alle gingen in Deckung, da unvermittelt Gestein zusammen mit höllisch heißen Dampfstrahlen gleich neben ihnen in die Höhe schoss. Der Witz war, dass sie dabei besser dran waren als die Golems, die reglos auf sie warteten. Zahllose Säulen schweren schwarzen Gesteins schienen wahllos kreuz und quer unter der Kristallmeute hochzugehen, während sich der faulige, erstickende Gestank von Schwefel über das gesamte Gelände senkte.

Wieder bebte der Boden, aber heftiger als zuvor.

Und während diese verrückten, baumstammdicken Lanzen aus abkühlendem Gestein fortgesetzt das Eis durchstießen, öffneten sich die Himmelsschleusen und entließen einen schwefligen Sturzregen. Heißes, geschmolzenes Gestein, mitunter noch in hellgelber Glut und sichtlich formbar, kam im hohen Bogen durch die Grotte geflogen und prasselte auf die Heerscharen der Golems nieder. Riesige schwelende Felsbrocken rollten durch das Eis, zogen eine Spur aus Schneematsch hinter sich her und stießen auf einen Schlag hunderte von ihnen wie Kegel um.

Und Scott erkannte seine Chance. Jetzt oder nie.

Sachte löste er seine Arme von Novembers Schultern und nahm ihren Kopf von seiner Brust. Behutsam strich er das Haar aus ihrem Gesicht und küsste sie zärtlich auf die Stirn.

»Du wirst mir fehlen«, sagte er.

Sie schaute hoch, ihm in die Augen. So aufrichtig. So tröstlich. »Du wirst mir auch fehlen«, entgegnete sie.

Matheson tippte auf seine Armbanduhr. »Geh!«, rief er. »Wir versuchen, dir Deckung zu geben! Richard …?«

Scott wandte sich noch einmal um.

»Danke.«

Scott war verwirrt. »Wofür?«

»Irgendeinen von uns tatsächlich rettenswert zu finden.«

»Wer hätte das gedacht?«, lästerte Hackett. »Uns Witzfiguren soll doch wirklich noch die Welt gehören.«

Scott nickte und überließ den anderen seine Schallwaffe. Weder er noch Sarah würden dort, wo sie hingingen, eine brauchen.

»Macht's gut«, sagte Sarah beim Aufbruch. »Alle zusammen.«

Alle bewegten sich einträchtig vorwärts, wobei jene, die zurückbleiben würden, eine Gasse durch die Golems sprengten, um Scott und Sarah sicheres Geleit zur glühenden Plattform zu gewähren.

Die Luft trug schwer an zitternder Schwingung, als sei die Anlage selbst voll gespannter Erwartung. Als fiebere sie dem Augenblick entgegen, da sie ihren Zweck erfüllen würde.

Alle hörten die druckvollen Basstöne auf ihren Brustkorb hämmern, und dann –

*Zisch!*

Scott und Sarah hatten ihre Plätze auf dem schwebenden Floß eingenommen und sausten himmelwärts, von Kräften fortbewegt, die sich die Übrigen nicht einmal vorstellen konnten. Binnen Sekunden hatte die Flugplattform an der Pyramide angedockt und sie waren verschwunden.

Hackett sah auf seine Uhr, dann schaute er Pearce an. »Zwei Minuten«, sagte er.

Die Golems schlossen den Kreis um sie, die Schwerter blankgezogen wie eine Unzahl Sicheln und im Begriff, dem Todesengel höchstselbst zu gehorchen.

Und dann begannen eines nach dem anderen die Gesichter

der am dichtesten herangerückten Golems, sich zu verzerren und umzuformen. Bis sie sich schließlich in Ebenbilder von Männern verwandelt hatten, die Matheson erkannte. Männer, die in der Vergangenheit von der Rola Corp. benutzt worden waren. Männer, die als Söldner in Südamerika arbeiteten. Skrupellose, kaltblütige Killer.

Maple, Carver und sein ganzer Trupp.

* * *

Zwei Minuten. Zwei volle Minuten. Es gab allen Grund anzunehmen, dass sie die nächsten zwei Minuten nicht überleben würden.

## Schaltzentrale

Stille.

Eine friedvolle Ruhe hatte sich eingestellt, nachdem die Plattform eingerastet war. Es war, als könne nichts mehr von der Außenwelt zu ihnen dringen.

Der Raum war riesig und zum größten Teil leer geräumt. Zwar wurden sie von ihren glyptenüberzogenen Wänden eingeschlossen wie von einer Art kathedralenhaft gewaltigen Kirchturmspitze, aber die Pyramide war, anders als jene in Ägypten, vollkommen hohl.

Einige weitere Plattformen zeichneten sich als Flecken weit hinten im Nachtdunkel des verdüsterten Turms ab und einige Tafeln und Sockel genau in seiner Mitte. Und es gab zwei Nischen von menschlichem Umriss, auf jeder Seite eine, in die sie sich offensichtlich einzufügen hatten.

Es war so weit.

Beiden blieb der Atem weg. Wohl hatten sie sich vor den anderen fest entschlossen gegeben, aber das war eine Lüge gewesen. Sie hatten nun schon einige Zeit lang ihre Gedanken miteinander geteilt und wussten vom anderen, dass er wie gelähmt war.

»Ich wollte, ich hätte dich schon eher kennen gelernt«, getraute sich Scott zu sagen.

»Ich auch«, erwiderte Sarah.

Beide schluckten zugleich und schlossen die Augen. Dann schwelgten sie in einem letzten Moment unvergleichlicher Nähe, als sie sich innig und lange küssten.

»Ach, ist das nicht süß«, spöttelte Bulger erbarmungslos.

Scott und Sarah lösten sich jäh aus ihrer Umarmung, als ihnen über die weite Fläche des Fußbodens aus Kohlenstoff-60 hinweg Jack Bulger entgegenkam – in den Stiefeln eines kürzlich verstorbenen Marine. Er grinste.

## Letzte Schlacht

Jack Bulger schwang derart blitzschnell und kraftvoll die eisenharte Faust, dass ihr Treffer auf Scotts Kiefer den Anthropologen durch die Luft schleuderte und er gegen die entfernte Wand der Schaltkammer krachte.

»Ich bin enttäuscht«, Bulger strahlte. »Hab mich so drauf gefreut, dich noch ein bisschen mehr zu zermanschen.« Er wackelte genüsslich mit den Zehen, denn in den Stiefeln vermied er natürlich die Berührung mit irgendwelchen Flächen aus Kohlenstoff-60, das ihn außer Gefecht setzen würde. »*These boots were made for walking*«, summte er. »*And that's just what I'll do.*«

Er holte wieder aus, warf sich diesmal auf Sarah, doch die hatte seinen Angriff bereits vorausgesehen und schnellte zur Seite.

»Du bildest dir wirklich ein, dass sie dich am Leben ließen?«, rief sie herausfordernd.

Bulger zuckte mit den Schultern. »Als Weiterleben macht's nicht viel her. Trotzdem ist es ein Leben *nach* dem Tode.«

»Du bist ein Nichts für sie«, konterte Sarah. »Das sind mikroskopische Psychopathen. Du hättest keinen Platz in ihrer neuen Weltordnung. Du bist lediglich ein Werkzeug zum Programmieren. Sobald du deinen Zweck erfüllt hast, werden sie dich fallen lassen.«

Das gefiel Bulger keineswegs. Erzürnt holte er wieder aus, krallte sich in Sarahs dicken Parka und riss ihn buchstäblich in Fetzen. Er warf sie zu Boden und trat brutal nach ihr.

Das alles geschah, während Scott am entfernten Ende der Kammer zur Besinnung kam. Er konnte nicht klar sehen und sein Kiefer war gebrochen: Er spürte, wie sich der Knochen unter dem Fleisch bewegte. Doch trotzdem taumelte er hinüber, um Bulger irgendwie aufzuhalten.

* * *

Die Golems schlossen den Kreis.

Die mit Schallwaffen versuchten, sie in Schach zu halten. Aber die Automaten brauchten nicht lange, um das Verfehlen ihres Angriffs einzusehen, und statt jeweils nur einen oder zwei Doppelgänger auszuschicken, probierten sie bald etwas anderes – und taten, was sie am besten konnten: Sie schwärmten aus.

Das Team wehrte sich mit Schallschlägen. Aber die beiden Golems in Gestalt von Maple und Carver waren schlau. Sie griffen sich ihre Kameraden und benutzten sie bei ihrem Vorrücken als Wegwerfschilde.

November fiel einen Schritt zurück, dann noch einen, nur um sich einer anderen Gefahr ausgesetzt zu finden. Eine Wasserquelle hatte am Ausläufer eines der Kleinstgletscher zu tröpfeln begonnen und eine zweite Quelle folgte. Dann eine dritte.

Ringsum konnte sie das Knacken von Eis hören. Die Erschütterungen durch das heftige Aufstampfen ausschwärmender Golems schwächte das Gefüge der gesamten Eisgrotte. »Hier stürzt alles zusammen!«, schrie sie. »Seht nur dort drüben!« Sie zeigte auf den entfernten Stadtrand.

In gut drei Kilometern Entfernung, wo die vulkanische Hitze das Eis verformt hatte, bog sich die gesamte Rückwand der Eisgrotte durch. Und jetzt bekam das Eis unter dem ungeheuren Druck Risse und konnte die dahinter aufgestauten Wassermassen nicht länger zurückhalten.

Es krachte und ächzte, während sich die Risse pfeilschnell vergrößerten, bis seine Sprödigkeit dem Eis schließlich zum Verhängnis wurde. Die entfernte Wand explodierte und setzte Millionen Tonnen Frischwasser frei.

Schnell brachen weitere Eisgebilde ein. Während die Flutwelle unmittelbar auf die Gruppe zuhielt, stiegen in der Ferne riesige Eisberge in die Höhe. Einige prallten mit Gebäuden zusammen und zerbarsten so gewaltsam, dass die Menschen und die Golems von Eis wie von Gewehrkugeln beschossen wurden.

Links und rechts wurden Golems vom umherfliegenden Eis enthauptet, während in einiger Entfernung anscheinend eine ganze Legion fortgespült wurde.

»Rennt!«, befahl Gant.

»Aber wohin?«, rief Matheson voller Angst.

»Ganz gleich! Wir müssen unter dieser Pyramide hervor, sonst ertrinken wir!«

Doch ehe noch alle loslaufen konnten, riss es ihnen die Beine weg, als plötzlich ein weiterer Wasserspeicher seine eisige Begrenzung sprengte und über sie hereinbrach.

Sie wurden getrennt und jeder trieb für sich in einem schäumenden See aus eiskaltem Wasser. Hackett klatschte mit einer Gesichtshälfte auf einen Eisbrocken und zog sich eine tiefe Schnittwunde von der Augenhöhle bis zum Wangenknochen zu. Er schrie gellend vor Schmerz.

Gant schwamm zwischen riesigen Eisklumpen auf den Physiker zu.

»Wo sind die anderen?«, fragte Hackett, der sichtlich mit der Kälte kämpfte.

Gant hörte seine Zähne wie wild aufeinanderschlagen. Noch viel länger in diesem Wasser und es würde sie beide umbringen. Er blickte sich um und erspähte schließlich etwas. »Dieser Eisberg!«

Hackett wirbelte herum und sah November, die Matheson aus dem Wasser fischte. Sie hatte es auf einen Eisberg geschafft und nutzte ihn als Floß.

Sie schwammen hinüber zu ihnen und gegen unglaublich machtvolle Strudel und Strömungen in den tosenden Fluten an. Es zog ihnen das letzte Quäntchen Kraft aus den Muskeln und bald waren ihre Glieder taub.

Doch am gefährlichsten war der Feind, denn die Golems waren unerbittlich.

Bulger trat hart zu und dann noch einmal. So böswillig rammte er seinen Stiefel zwischen Sarahs Rippen, dass Scott sie krachen hören konnte. Er aber warf sich ohne Rücksicht auf die Gefahr für sein eigenes Leben vor den Golem und riss ihn zu sich herum.

»Du siehst gar nicht, was sie tun, oder?«, rief Scott. »Sie fechten diesen Krieg nicht einmal selbst, sondern bringen uns dazu, *einander* zu töten. Uns gegenseitig zu töten – und wofür? Für die Gier. Sag mir mal eins, Jack – was willst du mit all diesem Kohlenstoffkristall und Diamant anfangen, wenn alles vorbei und keiner mehr übrig ist, dem man's verkaufen kann?«

Das Ebenbild von Jack Bulger gab keine Antwort. Stattdessen trat es einen Schritt zurück und holte einen dieser schrecklichen Degen hervor, von denen die anderen Golems Gebrauch gemacht hatten.

Die Stadt war schon so stark geflutet, dass nun ein paar kristalline Gebäude vollständig unter Wasser standen. Und der Pegel stieg außerordentlich rasch. Es konnte nicht mehr lange dauern, bis der gesamte Ort ein zweites Mal versunken sein würde.

Gant brachte seine ganze Kraft auf, um Hackett neben November und Matheson auf den Eisberg zu hieven.

»Nicht so viel zappeln!«, warnte Matheson. »Ich will diesem Ding keinen Vorwand zum Kentern liefern.«

Unterdessen war November auf den Knien und versuchte, den Marine zu packen und ebenfalls in Sicherheit zu zerren. »Sofort rauf hier!«, brüllte sie. »Bewegung!«

Gant brauchte keine zweite Einladung. Die Golems wandelten sich bereits zu grotesken Haifischfratzen mit schauerlichen, riesigen Zähnen. Seine Finger ins Eis gekrallt, kletterte er hoch, als zwei der Haie mit ihren Schnauzen den Eisberg rammten, mithilfe der Strömungen in schnelle, ihnen allen Schwindel bereitende Drehung versetzten und an den Rand der Grotte abdrängten.

Gant kämpfte sich nach oben. »Wo ist Pearce?«, fragte er heftig atmend. »Hat irgendwer Bob gesehen?«

Bulger holte aus und zielte mit seinem Schwert darauf ab, Scotts Kopf zu spalten. Doch plötzlich stieß sich ihm ein schlanker blauer Kristallarm in den Weg und fing den Hieb auf.

Es war Sarahs Arm.

Sie hatte einen Teil ihres Parkas abgestreift und eine Veränderung an sich entdeckt. Ihre Hand schnellte herum, brach die Klinge ab und schleuderte sie quer durch den Raum. Sie berührte den Fußboden aus Kohlenstoff-60, erzitterte und schmolz zu einem Nichts.

Bulger war verblüfft.

»Dank deiner habe ich mich verändert«, verkündete Sarah. Sie warf Scott einen Blick zu und sagte: »Und ich hab's nicht mal gespürt.«

Sofort schaute Scott an seinem eigenen Bein herunter. Hatte er sich auch verändert? Es gab nur einen Weg, um das herauszufinden. Er trat nach Jack Bulger.

Mit einer schier unglaublichen Wucht wurde dieser quer durch den Raum geschleudert.

Atemlos schauten Scott und Sarah zu, wie Bulger gegen die rückwärtige Wand krachte; er blieb hängen wie ein Kühlschrankmagnet, zappelte, geriet in Panik – und schrie. Schließlich wurde er atomisiert, und nichts blieb übrig als ein Paar Kampfstiefel aus schwarzem Leder, die geräuschvoll zu Boden polterten.

Hackett, November, Matheson und Gant wurden überwältigt.

Obwohl sie tapfer die Stellung hielten und sich ehrenhaft schlugen, waren ihnen die Golems letztlich einfach zahlenmäßig überlegen. Zu groß und zu grausam.

Aus dem Wasser erhob sich der Kopf von Maple auf dem Körper eines riesigen Meeresungeheuers, das unter dem Eisberg immer noch zusammenwuchs. Es langte zu, packte Gant an der Gurgel und schien die Fausthiebe nicht einmal zu bemerken, die der Marine austeilte. Unterdessen klatschte der massige Handrücken eines weiteren Nanoschwarms November mühelos bis an die Wasserkante.

Als November gegen die Ohnmacht ankämpfte, konnte sie gerade noch in einiger Entfernung ausmachen, wie Bob Pearce von Flossen unter die Wasseroberfläche gezerrt wurde.

Das Antarktisteam war besiegt. Und tatsächlich hörte nicht einmal mehr jemand auf Hacketts Armbanduhr, als diese endlich mit einem Piepton verkündete – die Zeit war gekommen.

# 20. Pulsar

## Stunde null

Pulsare waren die Zeitmesser Gottes.

Hatte ein Stern erst einmal seinen gesamten Brennstoff aufgebraucht, fiel er in sich zusammen und nahm einen von zwei möglichen Wegen. Entweder wurde er zu einer Quantensingularität – einem Schwarzen Loch – oder er explodierte in einer Supernova. Von einem Pulsar hieß es, dass er nach einer Supernova entstehe.

Alles Zurückgebliebene, die ganze Sternenmaterie würde zu einem neuerlichen Stern zusammenstürzen. Dieser aber wäre ein erheblich andersartiger Himmelskörper. Protonen würden sich mit Elektronen zu Neutronen vermischen. Der daraus erwachsende Degenerationsdruck von Neutronen, der Drang des unbeständigen Neutrons zu zerplatzen, würde gegen die Schwerkraft ankämpfen, die das Neutron gebunden hält.

Zwei überlegene Kräfte, die in einem Schnellkochtopf aufeinander einschlagen, bis ein Gleichgewicht erzielt wäre. Ungeheure magnetische Feldstärken, die irdische um den Faktor zehn hoch zwölf vervielfältigt, würden erzeugt. Wie jeder Stern würde der Neutronenstern sich zu drehen beginnen. Doch anders als die Sonne, die dreißig Tage für eine Umdrehung brauchte, konnte diese Spanne bei einem Neutronenstern irgendwo zwischen Wochen und Sekundenbruchteilen liegen. Die magnetischen Feldlinien würden sich ernstlich ineinander verheddern und Radiowellen strahlenförmig ins Weltall verschossen werden, während der Stern wie der Lichtstrahl eines Leuchtturms kreiseln würde.

So die Theorie.

Und sie bedeutete, dass derartige Tätigkeit niemals auf einem gewöhnlichen Stern wie der Sonne auftreten könnte. Einem Stern, der noch immer reichlich Brennstoff hatte, genug für weitere fünfhundert Millionen Jahre helles Brennen. Er war weit davon entfernt, ein Neutronenstern zu werden.

Es war eine starke Theorie.

Aber die Theorie war falsch.

Alle Sterne waren in der einen oder anderen Form Pulsare.

Sie erfuhren Schwingung, Resonanz – Rhythmus. In allem Leben gab es ein Muster. Eine Ebbe und eine Flut. Einen Höhe- und einen Tiefpunkt.

Es gab Chaos und es gab Ordnung.

So war das Wesen der Dinge.

Allen Dingen war ein Rhythmus zu eigen und dieser ganz gewiss messbar. Hatten doch alle Dinge einen Zeitmaßstab, anhand dessen sich messen ließ. Das Leben eines Sterns verlief schier endlos und kurvenreich. Er lebte nach Maßstäben, die einfach zu groß, zu unberechenbar für das menschliche Verständnis waren.

Die Sonne war ein Pulsar.

Nicht im Sinne eines Neutronensterns. Sie verschoss keine Radiowellen in Form eines regelmäßigen Strahls und drehte sich nicht wie verrückt, aber sie erlitt durchaus die Folgen verzerrter und verhedderter magnetischer Feldlinien. Nein, das Gedeihen der Sonne hin zu endgültigem Pulsieren mag langsam verlaufen sein, doch es war unaufhaltsam.

Während sich die Sonne um ihre Achse drehte, bäumten sich die verschlungenen Knoten ihrer magnetischen Feldlinien auf, verwickelten sich, lagen im Ringen. Bis es die gesamte Oberfläche der kochenden Kugel aus Kernfusion nicht mehr ertrug.

Einmal alle zwölftausend Jahre löste sich die gesamte Oberfläche der Sonne ab, als würde einer Zwiebel die äußerste Hautschicht abgezogen – vollständig in einem Stück. Derart war die von der abgängigen Schicht ausgehende Unruhe, dass die innere Masse vorübergehend bebte und die Form veränderte, somit ihre Dichte schwankte und ihre Wirkung auf das Gefüge des Alls betroffen war.

Der Raum selbst würde daraufhin Wellen schlagen und der Wellenschlag – die Gravitationswelle – jene flüchtige Hülle aus Sternenmaterie mit nahezu Lichtgeschwindigkeit davontragen.

Und solch ein Ereignis spielte sich gerade ab.

## Scott und Sarah

Sie schmiegten sich in die Nischen und warteten.

Es dauerte nicht lange, bis etwas geschah.

Auf einmal belebten sich ihre Hirne mit Gedanken und Bildern. Hier ein Splitter, da ein Bruchstück. Halb ausgeformte Wörter und Begriffe. Es war wie –

*Knall!*

Scott konnte nicht anders. Er hob seinen Kopf und sah sich keuchend im Raum um. Er schaute hinunter auf seine Hände. Seinen Körper. Schon hatten seine Finger mit der Wand zu verschmelzen begonnen. Er leistete Widerstand, aber sie kamen nicht mehr los. Kummer und Erschrecken überwältigten ihn. Und wenn er auch nicht das Geringste spürte, da der Vorgang offensichtlich schon die Nervenimpulse an sein Gehirn unterbunden hatte, gewann die Furcht die Oberhand über ihn.

Sarah hatte die Augen geschlossen. Er konnte sie körperlich in der Wand auf der gegenüberliegenden Seite des Raums aufgehen, ein äußerst blasses Blau annehmen sehen.

Dasselbe geschah mit ihm.

Und dann verlor sich das Gefühl. Er konnte wieder die Stimmen hören, ermutigend und großmütig.

Ein letztes Mal ließ er den Blick über die kristallenen Oberflächen schweifen, dann legte er den Kopf zurück, schloss die Augen.

Sarah juckte es. Ein ziehendes Jucken direkt in ihren Zehen. Sie versuchte, mit ihnen zu wackeln, und verspürte unvermittelt ein Gefühl von Hitze und Sand, gefolgt von einer stärkeren Empfindung von Tiefe und Bewegung und von Flüssigkeit.

Sie erkannte, dass sie unter der Erde war, im geschmolzenen Kern des Planeten, geologische Dichteverhältnisse untersuchte, die inneren Konvektionsströme des Mantels beobachtete. Je näher dem Mittelpunkt der Erde, desto dichter wurde das Gestein. Während sich diese inneren Schichten bewegten, steigerte sich die Erscheinung mit wachsender Nähe zur Oberfläche, wo die Kruste lag. Konvektionsströme in drei Dimensionen waren unerhört vielschichtig und doch schien sie plötzlich jede Feinheit, jeden Gesichtspunkt der inwendigen Arbeitsweise der Erde zu begreifen. Den Mantel zu quasikristallisieren, würde mindestens sieben verschiedene Sorten stehender Wellen erfordern.

Scott nahm von links hinten dieses blendende Licht wahr. Er drehte den Kopf in diese Richtung. Zumindest hatte er das Gefühl, den Kopf zu drehen. Er streckte die Hand aus und wurde sich bewusst, dass er mit irgendeiner Vorrichtung beschäftigt war in irgendeinem Dschungel. Vielleicht in Südamerika. Genauer konnte er es nicht eingrenzen.

Er streckte auch die andere Hand aus und wusste unwillkürlich, dass er eine ähnliche Vorrichtung irgendwo in den Weiten Russlands bediente. Er hatte das Gefühl, ganze Pyramiden aus Kohlenstoff-60 wie jene Kristallgebilde unter den Grabmälern von Gizeh zu bewegen, in Stellung zu bringen und Kristallstrahlen auszurichten, um Schaltkreise zu schließen.

Eine weltweite Maschine. Ein erdumspannendes Netzwerk. Als sei die Erde ein Einzelwesen und er nun ein Teil davon.

Nun teilte er Atlantis mit, dass er von diesem Netzwerk wusste, von seinen Möglichkeiten und Fähigkeiten. Und im Gegenzug lernte Atlantis Scott kennen. Bald verstanden sie einander.

Aus der Ferne, aus dem Herzen von Atlantis, machten Scott und Sarah mit Lichtgeschwindigkeit die Runde durch das gesamte weltweite Netzwerk. Je mehr sie wissen wollten, desto mehr wurde ihnen mitgeteilt, bis sie schließlich alles Wissen hatten.

Wie Sekunden, die verstreichen, wurden ihnen eine nach der anderen die übrigen neunundfünfzig in den Atlantisglypten verschlüsselten Sprachen offenbart und die verschollene Geschichte ihres eigenen Planeten vor ihnen aufgeschlagen. Jede Sprache wurde von den gesammelten Erzählungen derjenigen Zivilisation begleitet, die sie einst gesprochen hatte.

Und die Offenbarung war ohnegleichen.

Schließlich gab es nichts mehr zu tun und eigenartigerweise blieb alles stehen. Scott und Sarah hatten ihrer beider Schicksal erfüllt. Die Antwort von Atlantis würde nun ein selbsttätiger Reflex sein und davon ausgelöst werden, wie immer sich die Sonne verhielte.

Und ebenso eigenartigerweise war es die Sonne, bei deren Bewunderung sich Scott und Sarah nun wiederfanden. Denn sie standen auf einem Hügel, der das Atlantis von einst überblickte, vor zwölftausend Jahren. Ein funkelndes Juwel in einem üppigen Tal und einer Landschaft, die von der Zeit vergessen war, wenn auch nicht von der Erinnerung.

An den Toren zu dieser erhabenen Stadt, einem Denkmal menschlicher Errungenschaften, standen zehntausend Gratulanten, um sie freudig zu begrüßen und in ihrer neuen Heimat willkommen zu heißen. Während die Sonne auf die glitzernden Kanäle dieser nun versunkenen Stadt herabschien, tauschten Scott und Sarah von tiefen Gefühlen erfüllte Blicke, nahmen einander zärtlich bei der Hand – und stiegen zu den anderen hinunter.

* * *

In der Schaltzentrale von Atlantis befanden sich einige Tafeln und Sockel und zwei leere Aufnahmenischen.

Ansonsten war sie leer. Öde, abgesehen von einem Paar Stiefel aus schwarzem Leder und etwas, das erwartungsvoll in der Luft lag.

## Sonnensturm

Das Wort Planet stammt aus dem Griechischen und bedeutet »Wanderer«.

Die Planeten steckten in der Krise.

Binnen zwei Minuten war die kleine überhitzte Felskugel, die Merkur genannt wurde, vollkommen eingehüllt und überrannt worden. Da ihre Oberfläche nicht dazu beschaffen war, Leben zu ermöglichen oder eine Atmosphäre aufrechtzuerhalten, ließ sich schwer einschätzen, welchen Schaden diese kleine Welt genommen hatte. Vielleicht war es ein leicht veränderter Verlauf ihrer Kreisbahn. Eine Verlängerung ihres Jahres oder eine zusätzliche Verrückung ihrer Achse, die eine Verkürzung ihres Tags oder ihrer Nacht bewirkt hatte.

Als sich die vollständige koronale Abstoßung *fünf* Minuten lang im Sonnensystem ausgebreitet hatte, machten sich die Folgen auf der Erde bemerkbar, denn zu diesem Zeitpunkt drang die schrankenlose Umwälzung in die Umlaufbahn der Venus ein.

Es war schon ein schlechter Scherz, dass ein nach der römischen Göttin der Liebe und Schönheit benannter Planet denkbar weit entfernt ebendiese Eigenschaften besaß.

Das Venusjahr dauerte 240 Tage. Die Venus drehte sich rückläufig um ihre Achse, rückwärts im Vergleich mit der Erde, und hatte somit den Sonnenaufgang im Westen. Sie wies so gut wie kein Magnetfeld auf und war eine fast vollendete Kugel, was bedeutete, dass ihr Kern fester als jener der Erde war. Ihre Gashülle bestand zu 96,5 Prozent aus Kohlendioxid mit Schwefelsäure in den oberen Wolkenschichten. Sie war auch fünfundneunzigmal dichter als die Atmosphäre der Erde und hielt infolge des vielen Kohlendioxids das Sonnenlicht in solchem Maß gefangen, dass die durchschnittliche Oberflächentemperatur 480 Grad Celsius betrug. Selbst an kühlen Tagen auf der Venus war es heiß genug, um Blei zu schmelzen.

Ansonsten glich sie der Erde.

Und was das Auftreffen einer Pulsarabstoßung anlangte – deckten sich beide völlig.

Denn die Landschaft der Venus wurde von vulkanischen Merkmalen, Verwerfungen und Einschlagskratern beherrscht, ganz ähnlich der Erde. Doch während viele der irdischen geologischen Krisenherde von Leben verschleiert wurden, waren die Vulkane der Venus das Schönste an ihr. Für viele ausgedehnte Bereiche der Oberfläche des Planeten lagen Hinweise aus Satellitenbildern auf Zeitspannen wiederholten, übereinandergeschichteten Lavaflusses vor. Ein als *Ishtar Terra* bekanntes höher gelegenes Gebiet war ein von Lava angefülltes Becken von der Größe der Vereinigten Staaten mit dem *Maxwell-Monte*-Gebirge an einem Ende.

Und weil es auf der Venus kein Wasser und kaum Winderosion gab, war ihr ausgedehntes Netzwerk von Störungszonen klar als Ergebnis der gleichen Krustenverspannung wie auf der Erde zu erkennen. Da jedoch die übermäßige Hitze auf der Venus das Gesteinsgefüge schwächte und die Kruste in vielen Gebieten aufbrach, verhinderte dies die Bildung von tektonischen Platten.

Folglich deuteten die gewaltigen Lavamerkmale überall auf dem Planeten auf ein weiteres außergewöhnliches Merkmal hin. Von Zeit zu Zeit verflüssigten sich kontintentalgroße Flächen der Venus vollständig, als wollte sich der Himmelskörper umkrempeln. Die Antriebskräfte dieses Ereignisses waren vollkommen unbekannt.

Oder waren es gewesen, bis jetzt.

Was als Pulsarwelle auf die Venus traf ein Beispiel ungehemmter Wut zu nennen, hieße, die Stärke der Gravitationswelle zu unterschätzen.

Die Geschwindigkeit der Welle, die auf die äußere Atmosphäre der Venus stieß, ließ sich in Mikrosekunden messen. Ihr Anprall war so heftig, dass sie die oberen Schichten sofort mit sich riss wie eine Apfelsinenschale.

Die in der Folge erzeugte Verdichtung entflammte alles, was an brennbaren Gasen in der Atmosphäre der Venus enthalten war, setzte eine Kettenreaktion in Gang, die bis zu anderthalb Kilometer tief die Gashülle der Venus durchdrang, und brachte gewaltige Mengen Kohlendioxid dazu, bis an den Punkt molekularen Zerfalls zu glühen. Plötzlich brachen die Sauerstoff-Zwillingsatome vom Kohlenstoffträgertaton weg und explodierten.

Die gesamte äußere Schicht der Venus war umgewandelt worden. Sie hatte sich entzündet und war in ein reines Feuer übergegangen.

Während sich der Feuerball der endgültigen, umfassenden solaren Koronalabsprengung stetig weiter blähte und auf den schutzlosen Planeten prallte, kannte die Venus eine Sekunde lang nichts als Feuer. Der flammende Moloch machte keinen Unterschied mehr zwischen einer brennenden Venus und der koronalen Hülle, die diesen Teil des Sonnensystems durchlief.

Da war nur Feuer.

Verbunden damit war natürlich auch die Gravitationswelle.

Schneller als ein Wimpernschlag schoss sie durch den Planeten. Und sehr ähnlich der Weise, in der die vorausgegangene Reihe von Schwerkraftschwankungen ein Aufschwingen des flüssigen Erdmantels bewirkt hatte, waren dieselben Impulse für das Aufrühren geologischer Unruhe überall auf dem Planeten Venus verantwortlich.

Hätte jemand auch nur daran gedacht, die überall im Sonnensystem anfallenden geologischen Daten zueinander in Beziehung zu setzen, so hätte sich ein von Planet zu Planet wanderndes Muster herausgeschält. Es hätte sich gezeigt, dass die vulkanischen und tektonischen Störungen auf der Erde keine örtliche, sondern vielmehr Teil einer umfassenden, das ganze Sonnensystem betreffenden Katastrophe waren.

Doch den Vergleich hatte keiner angestellt. Und zum Zeitpunkt, da das Licht von der Venus die Erde erreicht und ersten Aufschluss über die den Menschen bevorstehende Erfahrung geliefert hätte, wäre die Welle längst vorbeigerauscht gewesen.

Denn Lichtgeschwindigkeit war Lichtgeschwindigkeit. Sie konnte sich in einem Wettrennen nicht selbst schlagen.

Im Ergebnis konnte niemand auf der Erde tatsächlich die Oberfläche der Venus sich aufwerfen und verkrümmen *sehen*. Keiner konnte *sehen*, wie ganze Landmassen von Kruste in die Luft geschleudert und gewendet wurden wie Eierkuchen auf einem riesigen Fließband. Keiner konnte *sehen*, wie sich kontinentalgroße Gebiete der Venus binnen Sekunden aufheizten und schmolzen. Noch konnte irgendwer die unterschiedlichsten von der Welle fortgeschwemmten Brocken stellarer Trümmermasse auf die Oberfläche des Planeten niederregnen sehen wie ein weiß glühender Hagel, der auf einen Schlag ganze Täler neu erschuf.

Von menschlicher Warte auf der Erde aus gesehen: Sollte irgendjemand die folgenden drei Minuten überleben, würde die

Venus für ein Jahrhundert zehnmal heller am Nachthimmel stehen als üblich, während sich ihre geschmolzene Kruste aufwühlte und umwälzte und zu neuen Gebilden ausformte, bevor sie sich wieder abkühlte.

Zum Glück für die Menschheit war bereits eine Kraft am Wirken, die wusste, dass sie etwas unternehmen musste, ohne die Katastrophe vorhersehen zu müssen. Denn das von Atlantis genutzte Frühwarnsystem beruhte nicht auf Licht. Und es beruhte auch nicht ausschließlich auf mathematischer Vorhersage, sondern vielmehr auf quantengravitationalen Effekten. Es erkannte Veränderungen im Gefüge des Weltraums selbst. Es beruhte auf einer Art Physik, die von der Menschheit eben erst wiederentdeckt wurde – der Superstring-Theorie und ihrer Wechselwirkung mit dem Nullpunktfeld. Der Idee, dass sich zwei Punkte im Weltall auf das Engste – und auf der Stelle – verbinden ließen.

Atlantis machte sich die Abkürzungen im All zunutze. Denn es wusste, dass es wie bei einem Tsunami auf der Erde zu spät war, wenn man das Herankommen der Welle schon sehen konnte.

Atlantis musste sie nicht sehen. Es wusste einfach darum.

## Phase I
## Der Casimir-Effekt

Ursprünglich wurde sie 1948 von dem holländischen Physiker Hendrik Casimir entwickelt: eine Quantentheorie, die von virtuellen Teilchen im Zustand beständiger Schwankung handelte.

Ihren physischen Niederschlag erfuhr sie, wenn zwei *ungeladene* Leiterplatten in ein Vakuum eingebracht wurden und sich infolge von Quanten-Vakuum-Schwankungen des elektromagnetischen Feldes immer noch unwiderstehlich anzogen, obwohl dazu keine Kraft eingespeist wurde.

Dieser Casimir-Effekt bewies das Vorhandensein von Nullpunktenergie.

Und aus seinem mathematischen Beweis ergab sich das eigenwillige Rätsel, dass der Effekt unmittelbar auf den Bereich der Schwerkraft einwirkte. Nullpunktenergie hing direkt mit verzerrenden Einflüssen auf die Raumzeit zusammen. Ließ sich mit anderen Worten das Gewebe des Raums einrollen und kräuseln, würde sich dies unmittelbar auf die Fähigkeit auswirken, Nullpunktenergie zu entfesseln.

In Atlantis bedeutete dies eines. Die natürliche Wechselwirkung zwischen Nullpunktenergie und Schwerkraft im Gewebe des Raums lief darauf hinaus, dass ebenjene Kraftquelle, mit der die Stadt den Planeten zu retten beabsichtigte, ebenfalls als Frühwarnsystem diente, um die Stadt vor einer unmittelbar bevorstehenden Gravitationswelle zu warnen.

Und dieses Signal empfing sie soeben. Sie nahm Rücksprache mit ihrer Schaltzentrale. Diese hatte in der Tat die Eingliederung von zwei neuen Informationseinheiten abgeschlossen. Die entscheidenden Voraussetzungen waren damit erfüllt.

Somit konnte das primäre Reaktionsprotokoll initiiert werden. Für Atlantis war es an der Zeit, mithilfe jeder Art von stehender Welle die Quasikristallisation unterschiedlichster Materie herbeizuführen und die Erde abzuschirmen.

## Phase II
## Quasikristallisation

Gant war kurz vor der Bewusstlosigkeit. Der Golem drückte ihm die Kehle zu, und das derart gewaltsam, dass der Marine spürte, wie seine Zunge aus dem Mund hing.

Ringsum waren die anderen in ähnlichen Nöten. Vollkommen wehrlos. Er hatte nicht einmal mehr genug Luft, um eine Warnung an Hackett hervorzuwürgen, als der Physiker einen Golem zu Atomen zersprengte und blind für den Angreifer in seinem Rücken war.

Und da auf einmal, während Hackett von seinem Widersacher gepackt und herumgerissen wurde, machte Gant in der Ferne und überall um die Stadt herum Bewegung aus. Jenseits der Wolkenkratzer in der Stadtmitte, auf Höhe der Vororte – dahinter tatsächlich, am äußeren Kanal –, war ein Schimmer zu sehen. Ein Funkeln. Eine Art schlangenhaftes Sichwinden, als sich der gesamte Kanalinhalt, Millionen Tonnen von Wasser, aus seinem Bett erhob und in strudelnder Bewegung um den Stadtrand zu wandern begann.

Es war, als befänden sich alle im Auge eines Wirbelsturms, während die Stadt von Chaos eingehüllt wurde. Immer höher stieg das Wasser und zugleich bildete die Energiehose über ihren Köpfen einen eigenen Sogtrichter aus.

All das konnte Gant sehen, während Blutgefäße in seinen Augäpfeln platzten und sein Gehirn von Sauerstoff abgeschnitten wurde.

Und dann trat eine Änderung ihres misslichen Geschicks ein.

Die Luft wurde dick und sirupartig. Bewegungen verschwammen und verlangsamten sich. Und ein Donnern kam auf. Eine Empfindung, dass die gesamte Umgebung unter Beschuss unzähliger hoch- und tieftönender Schallwellen lag.

Die Folge war, dass der Schall im normalen menschlichen Hörbereich dumpfer wurde, an Tonhöhe einbüßte, eher er schließlich gänzlich von jenem Zischen ersetzt wurde, das ihnen allen von jenem Glas Coke in Erinnerung geblieben war, als es seinerzeit in der CERN eine Quasikristallisation durchlief.

Langsam … entsetzlich langsam … blieb alles stehen. Die ganze Welt machte knirschend Halt und erstarrte. Kristallisierte.

Es war, als stünde die Zeit still.

Mitten im Südchinesischen Meer stritt sich ein weißer Hai mit drei Delphinen, die sich ihm wild in die Flanke rammten, um ihn zu verscheuchen, als sie plötzlich von ihm abließen, da ihr Sonar auf etwas Massives und vollkommen Festes ansprach, das sich um sie alle schloss. Die Meeresgeschöpfe machten jäh kehrt und wollten rasch entfliehen, aber die Nemesis, was es auch immer war, brach rasend schnell herein.

Dreihundert Meter tiefer traf es die sechs chinesischen Unterseeboote, die zur Unterstützung ihrer Flotte in der Antarktis ausgelaufen waren, nicht minder überraschend, derselben Erscheinung zu begegnen. Mit jedem Umlauf auf dem Radarschirm wurde deutlicher, dass eine gewaltige Masse herannahte wie eine Mauer, die sich in alle Richtungen vom Meeresboden bis an die Wasseroberfläche erstreckte.

Plötzlich erstarrte alles wie zu Stein. Das Meer ringsum kristallisierte. Lebewesen und U-Boote wurden an Ort und Stelle festgehalten.

Im Führungsboot der Han-Klasse kauerte die Mannschaft unter den unheimlichen Kreischlauten des Metallrumpfes zusammen, der von den Spannungen und Belastungen der Quasikristallisation durchdrungen wurde. Ein Besatzungsmitglied legte seine Hand an die heftig vibrierende Metallhülle, um ebenfalls in unbewegliche Starre zu verfallen, da die Auswirkungen der Quasikristallisation durch seinen Arm jagten und ihn sofort steif werden ließen.

Die übrige Mannschaft wirbelte entsetzt herum und wollte fliehen, wurde aber mittendrin aufgehalten, als stehende Wellen unterschiedlichster Frequenz durch die Zelle gepumpt wurden. Gläser voll verschüttenden Wassers, Kaffeetassen mitten im Sturz, halb verzehrte Mahlzeiten auf Tellern, die soeben am Decksboden zu Bruch gingen – alles wurde festgehalten und eingefroren. So wie die Seeleute selbst.

Als würde man einen Film anhalten, und mehr als das. Denn

dies geschah in allen drei Dimensionen und auf allen Ebenen von Mikro bis Makro.

Dieser Effekt bemächtigte sich allmählich der gesamten Erde. Die Kristallisationserscheinung konnte sich ihrer Natur nach nicht mit Lichtgeschwindigkeit ausbreiten, sondern nur mit Schallgeschwindigkeit. Und die Dichte des Stoffes, in der die stehende Welle erzeugt werden sollte, bestimmte die Geschwindigkeit des Schalls.

Es war ein vielschichtiger Vorgang. Für das menschliche Auge spielte er sich allerdings schlagartig ab.

Ozeane verwandelten sich rasch in schier endlose Weiten aus Kristall, in Vergrößerungsgläser, durch die eine ganze, in vollkommener Schwebe gehaltene Welt untersucht werden konnte. Flüsse weigerten sich zu fließen. Bachläufe stellten das Murmeln ein und Geysire das Emporschießen.

Überall überkam ein gewaltiger Schauder die Erdoberfläche. Ein Erzittern, das eine kritische Masse zu erreichen schien.

Und dann fegte der Effekt durch die Luft.

Vögel blieben einfach mitten im Flügelschlag in der Luft hängen. Wasserfälle wurden zu Perlenketten. Im Flug befindliche Maschinen schienen träge zu werden, ehe sie mit heftigem Ruck innehielten. Die Wirkung in den Kabinen dieser Flugzeuge glich dem Aufprall auf eine Ziegelmauer. Was nicht gesichert war, wurde durch die Luft geschleudert. Körper, Decken, Bücher und Spielzeug warf es nach vorn, nur um plötzlich von jener seltsamen Erscheinung umhüllt zu werden, die alles mühelos in der Schwebe einzufangen schien.

Doch darin hatten sich die Auswirkungen der Quasikristallisation noch lange nicht erschöpft.

Tief unter der Erdkruste lag eine unruhige Welt aus geschmolzenem Gestein. Eine Welt aus Dichte und unbarmherziger Hitze, die nach Jahrmillionen zählte und sich durch Druck mitteilte. Dieser Ort kannte kein Dasein nach Maßgabe äußerer Einflüsse, aber von den Auswirkungen der Quasikristallisation blieb er dennoch nicht unberührt.

Seine Reaktion hing von Dichteverhältnissen ab – welche Gesteinsschichten dichter waren als andere. Das war eine unübersichtliche Berechnung, denn die dreidimensionalen Konvektionsströme innerhalb des Mantels mit ihren Eigenschaften eines Förderbandes liefen auf beständige Umschichtung von Gestein hinaus. Teilweise wurde das dichtere Material tatsächlich auf die Oberfläche zubewegt, statt an seinem Entstehungsort zu bleiben.

Das Ereignis der Quasikristallisation nahm folglich die Gestalt eines Dauerbeschusses mit stehenden Wellen unterschiedlicher Frequenz tief hinein in diese verborgene Welt an, bis schließlich eine Schicht nach der anderen kristallisierte und sich verfestigte.

Ein Merkmal der irdischen Innenwelt gab es jedoch, das sich nicht kristallisieren und auch nicht anhalten ließ. Vielmehr war für die Arbeitsweise von Atlantis zwingend erforderlich, dass es in Bewegung blieb: der feste Eisenkern des Planeten nämlich. Dieser massive planetare Mittelpunkt drehte sich und erzeugte damit das erdeigene Magnetfeld. Dem Wesen nach war er ein riesiger Induktionsmotor.

Komplexität handelte von der Verbundenheit aller Dinge untereinander. Von der Sinnstiftung im Sinnlosen.

Komplexität handelte von Ordnung aus dem Chaos.

Erstmals in seiner langen Geschichte war für einen kurzen Augenblick Ordnung über den Planeten Erde gekommen. Diesen kurzen Augenblick lang herrschte Friede auf Erden. Welch Ironie, dass umgekehrt das den Planeten umgebende System auf einmal in völlige Zerstörungswut entartete.

# Aufprall

Ihre Umlaufbahn führte sie über Nordafrika, als sie es zum ersten Mal bemerkten. Die Astronauten an Bord der Internationalen Raumstation ISS nahmen ein vermeintliches Flackern der Sonne wahr, ehe sie schließlich heller zu werden schien.

Eilig wandten sie sich an Houston, aber es gab ein Problem. Houston antwortete nicht. Es antwortete keiner. Alle Kanäle waren tot. Kein Funk und keine Bildübertragung. Nicht einmal Trägersignale wurden ausgestrahlt, um die Frequenz zu bestätigen, selbst wenn niemand etwas sendete.

Nichts.

Was sogar noch problematischer war, denn etwas wirkte merkwürdig an dem Planeten, den sie umkreisten. Er war glasig geworden wie eine riesige Murmel. Statt von den Weltmeeren zurückgeworfen zu werden, schien das Sonnenlicht unmittelbar von der Lufthülle abzustrahlen …

Doch ehe irgendeiner diese Beobachtung auch nur kommentieren konnte, nahmen die Vorgänge von der Sonne her eine Wendung zum Schlimmeren.

Die Sonne dehnte sich aus. Blähte sich ballonartig auf.

Es folgte schließlich eine Art Flattern, worauf die Mitte zur gewohnten Sonnenform zurückzukehren schien, während der Außenrand das Aussehen eines stetig an Umfang zunehmenden Glorienscheins annahm.

Die Besatzung erkannte schnell, dass ihr eine feuerballartige Schockwelle blühte. In anderthalb Minuten würden sie auf der Nachtseite der Erde sein. Der Planet würde sie vor dem abschirmen, was da nahte. Anderthalb Minuten – mehr brauchten sie nicht.

Sie hatten keine anderthalb Minuten.

Als die Internationale Raumstation der Erdkrümmung folgend dem Zwielicht entgegenglitt, wurde sie hinterrücks von einer

Wand aus reinem Feuer erfasst, die das Raumfahrzeug in Stücke riss und einen Schweif verbogener, brennender Trümmer hinter sich herzog.

Als dann die Wand den darunterliegenden Planeten umhüllte, überhitzte und explodierte die äußere Atmosphäre ungleich gewaltsamer noch als auf der Venus, doch das Ereignis löste infolge des Quasikristallisationseffekts keine Kettenreaktion aus und hatte keine Tiefenwirkung bis in die oberen Luftschichten.

Vielmehr wurde der losgebrochene Feuersturm fortgesogen, in die Welle der Zerstörung von der Sonne her emporgerissen und in die Tiefe des Alls davongetragen.

Als die Gravitationswelle die Erde durchlief, schien sich der gesamte Planet in die Länge zu ziehen und zu strecken, bevor er zurück in die Ausgangsform schnappte. Seiner quasifesten Beschaffenheit wegen waren die Auswirkungen auf den Planeten jedoch gering.

Weder gab es Erdbeben noch Verwerfungen. Flussläufe wurden nicht verändert, Meere schwappten nicht über. Auf dem Planeten Erde herrschte Ruhe. Stille. Reinheit.

Auf dem Mond sah die Sache jedoch anders aus. Er hatte zwar keine entzündbare Atmosphäre, aber im koronalen Auswurf waren genügend Sternentrümmer gefangen, um augenblicklich ganze Gebirgszüge in seine versengte Oberfläche zu schmettern.

Feurige Felsbrocken pflügten tiefe Furchen in seine staubige Haut, während auf der Erde die gleichen vernichtend wuchtigen Schläge einfach zurückprallten.

Binnen Sekunden war klar, dass die Erde auf ganz einzigartige Weise überlebt hatte. Und während sich der koronale Feuerball weiter ausdehnte und über die Erde hinaus vorstieß, warf seine Innenseite das Sonnenlicht zurück und erleuchtete die dunkle Hälfte des Planeten.

Mehrere Sekunden lang hing die blaugrüne glasige Murmel in einem Teil des Weltraums, der keine Sterne kannte und keine Nacht.

Eine Insel der Ruhe in einem aufgepeitschten Meer, drehte sie sich um ihre Achse und wehrte den Sturm ab. Indes auch ihr Mond bis in den letzten Winkel erstrahlte, ein Anblick, über den die Wissenschaftler in helle Aufregung geraten wären, hätten sie nur irgendetwas damit anfangen können. Schließlich war die dunkle Seite des Mondes zum ersten Mal seit zwölftausend Jahren vollständig ausgeleuchtet und bot sich allen offen dar. Doch die Ironie wollte es, dass sämtliche Forschungssatelliten zerstört worden waren und die Rückseite des Erdtrabanten somit ihre Geheimnisse für sich behielt. Eigentlich schade, denn sie hätten einiges Stirnrunzeln ausgelöst.

Und dann, hatte es auch lange bis dahin gedauert, war es bereits wieder vorbei.

Nach zwölftausend Jahren Anlauf hin zu diesem Punkt fiel die Sonne in ihren natürlichen rhythmischen Kreislauf zurück und setzte wieder ganz von vorne an.

Auf der Erde war es damit jedoch noch nicht getan. Denn das Atlantis-Netzwerk hatte noch eine weitere Aufgabe zu erledigen, und das schnell, ehe die zum Schutz des Planeten ringsum entfesselte Energie am Ende noch so viel Schaden anrichten konnte, wie sie hatte abwenden sollen.

## Phase III
## Ausstoß

Überall auf der Erde setzten sich verborgene, auf bestimmte Energiefrequenzen ansprechende Tunnel und Anlagen aus Kohlenstoff-60 in Betrieb, um die verbliebene Restenergie nach dem Vorgang der Quasikristallisation wie Magneten an sich zu ziehen.

Allmählich schlugen die Meere neue Wellen, fingen die Flüsse wieder zu fließen an. Die Luft begann sich zu bewegen und auch die Lebewesen in der Biosphäre des Planeten Erde hatten wieder Bewegungsfreiheit. Doch das war keinesfalls eine Rückkehr zum Alltag – lediglich eine Anpassung an die nächste Stufe des Ablaufs. Ein Ablauf, der von Atlantis ausging.

Die schimmernde, strudelartige Wasserwand, die sich aus dem äußeren Kanal aufgerichtet und schwungvoll die gesamte Innenstadt eingekapselt hatte, büßte plötzlich ihren Zusammenhalt ein und stürzte mit tosender Gewalt zurück in das Kanalbett. Bislang dunkel gebliebene Gebäude in Atlantis leuchteten mit einem Mal auf und knisterten vor neuer Energie. Energie, die dem Boden selbst entzogen zu werden schien und durch das System von Atlantis zischte, bis sie die sieben ungeheuren Türme emporschoss und Lichtbögen zur zentralen Pyramide schlug.

Die Pyramide zischelte und sprühte Funken, als Unmengen feuriger Elektrizität siedend heiß über ihre Oberfläche zuckten. Gleich einem Knäuel entflammter Schlangen erzitterte sie, bis sich ihr letzter Akt darin vollzog, dass die Kräfte, wie vordem der Plasmawirbel, zu einer einzigen riesigen Säule aus Energie verschmolzen, die donnernd zurück in den Weltraum geschossen wurde, durch dasselbe Loch, das eingangs dem Wirbelsturm offen gestanden hatte.

Rings um den Stadtrand wurde unterdessen alle nicht auf diesem Weg abführbare Energie in Tunnel umgeleitet, die an ebenjenes Netzwerk angeschlossen waren, das der Quasikristallisation des Planeten gedient hatte.

Weltweit begannen unfassliche blitzschnelle Energieschläuche sich scheinbar aufs Geratewohl zu überschneiden. Die Wassermassen hatten sich geteilt und riesige Tunnel erzeugt, in denen diese scharfen Feuerzungen dahinschnellten.

Bald schien es, als sei die gesamte Erdkugel von einem ungeheuren flammenden Band umspannt. Denn dies war das unsichtbare Netzwerk, das einmal allein Schallwellen übertragen hatte und nun bloßgelegt war, da es als Leitung für reine, unverminderte Kraft genutzt wurde. Hier erfüllte das Netzwerk von Atlantis seine abschließende Aufgabe.

Unter Wasser, vor der kleinen japanischen Insel Yonaguni, leuchtete unvermittelt ein gewaltiges Bauwerk auf, das rund zehntausend Jahre v. Chr. erbaut worden war, als der Meeresspiegel deutlich tiefer gewesen war. Sein sechsgeschossiger Pyramidenkörper fing zu wackeln an. Die monumentalen, vollkommen geradlinig in seine Steinmetzarbeit gemeißelten Rinnen, die nur mit Laserzielgerät entstehen konnten, füllten sich mit Energie, kanalisierten und speicherten sie. Während sich über dem Baudenkmal ein kreisender Trichter auftat, bis Luft erstmals seit Jahrtausenden an das Monument gelangte.

Binnen Sekundenbruchteilen vereinigte sich die auf den Pyramidenflanken knisternde Energie zu einer einzigen donnernden, allmächtigen Feuersäule und schoss gen Himmel.

Gemäß dem Prinzip, dass die zwecks Quasikristallisation in die Erde geschleusten Kräfte wieder abgeleitet werden mussten, um ihrer Vernichtung vorzubeugen, nahm somit das zweite von an die tausend großen Ventilen zur Energieabfuhr glanzvoll seine Arbeit auf. Das Prinzip war so alt wie die Erde selbst und beruhte auf dem wenig bekannten Umstand, dass Blitze keineswegs vom Himmel herabgeschleudert wurden, sondern in der Tat vom Boden aus erwuchsen. Blitze wanderten *empor*.

Der Anblick war ehrfurchteinflößend, die Ausführung makellos.

Doch nicht überall.

* * *

In Mexiko befand sich einer der höchsten tätigen Vulkane der Welt. El Popo, der Popocatepetl, war 5462 Meter hoch und stieß heiße Gase, Gestein und Asche aus, die sich regelmäßig mit Regen und glazialem Schmelzwasser zu todbringenden Schlammfluten vermengten. Das Volk der Nahuatl nannte diesen Vulkan *zencapopocz* – »rauchender Berg«. Und über die gesamte solare Krise hinweg war der El Popo seinem Namen mehr als gerecht geworden.

Was die Priester der katholischen Kirche am Fuße dieses Vulkans in eine gewisse Notlage brachte, denn ihre Kirche war ebendort auf einer prähispanischen Pyramide errichtet worden. Wenig war über den »von Menschen erschaffenen Berg« Tlachihualtepetl bekannt, außer dass er gegenwärtig einer der besten Plätze war, um nicht in einer Schlammlawine zu sterben. Also hatten ihn die Zuflucht suchenden Dorfbewohner gestürmt, doch der Platz war knapp. Und aus Sorge um ihre eigene Sicherheit in der Panik, die dem Vorgang der Quasikristallisation vorausging, hatten die Priester nur den Bürgermeister, die Bankiers und die Mächtigen der Umgegend hinter die Kirchenmauern gelassen.

Innerhalb von zehn Sekunden waren sie alle tot.

Die zu ihrer eigenen Sicherheit außen vor gelassenen Dorfbewohner hingegen, die noch immer unter der Wirkung jener eigentümlichen Starre standen, wurden plötzlich aus ihrer Umklammerung befreit, als sich die Wirklichkeit wieder auf Echtzeit beschleunigte. Im selben Augenblick bebte der Erdboden aufs Neue. Elektrizität erfüllte die Luft und ließ allen die Haare zu Berge stehen.

Und die katholische Kirche explodierte.

Eine bläuliche Flammensäule schoss von der Spitze des Tlachihualtepetl in die Höhe und löschte das Gebäude in ihrem Weg aus.

Die Dörfler duckten sich, Deckung suchend, kam es doch so, dass ihnen das allerglücklichste Entrinnen zuteil geworden war.

Überall in Lateinamerika, wo katholische Kirchen auf die Altertümer vergangener Kulturen gesetzt worden waren, wurden die Bauwerke entweder abgefackelt oder regelrecht verdampft, als ein Auslassventil nach dem anderen überschüssige Energie ins All hinausschleuderte.

Die acht Pyramiden von Pini-Pini schossen Energiesäulen aus dem Regenwald in die Höhe, genauso taten das die versunkenen Anlagen von Bimini. Gemeinsam feuerten auch Mondpyramide, Sonnenpyramide und die Pyramide der gefiederten Schlange drei unglaubliche Energiestöße in den Weltraum. Die drei Pyramiden der uralten Kultstätte von Teotihuacán waren zumal bedeutsam, da sie, von oben betrachtet, in der Form des Gürtels im Sternbild Orion angeordnet waren und damit genau dieselbe Gebäudestellung aufwiesen wir die drei großen Pyramiden von Gizeh, die ebenfalls Energiestrahlen ins All hinausstießen.

In Orlando, Florida, wo ein Wal-Mart unwissentlich auf einem alten indianischen Grabhügel hochgezogen worden war, wurde auf einen Schlag die gesamte Sanitär- und Möbelabteilung ausgelöscht, da sie sich über einem frühgeschichtlichen Auslassventil befand. Die entfesselte Energiesäule war machtvoll genug, um viele der Sanitärartikel mit in die Höhe zu reißen. Noch Wochen später gingen Berichte selbst aus dem hundertfünfzig Kilometer entfernten Gainesville über WC-Spülkästen ein, die auf den Feldern verstreut lagen.

Überall in Europa grollten angelsächsische Hügelgräber auf einmal von Energie und spien Flammensäulen aus. Kits Coty, eine hinter Bäumen und einer Schnellstraße versteckte Altertumsstätte am Rand eines Kreidefelsens in der südenglischen Grafschaft Kent, platzte plötzlich vor Tatendurst und löste das Wegbrechen der halben Klippe aus, als eine Flammenzunge hervorstieß.

Auslassventile öffneten sich schlagartig in der Arktis, im kambodschanischen Angkor Vat, quer über Afrika und den Mittleren

Osten hinweg. Feuersäulen sah man in Indien, Pakistan und von den Altertumsstätten Chinas in den Himmel schießen.

Rings um den Erdball züngelten mehrere Minuten lang gewaltige, gleißende Energieschübe ins Weltall, um die Kräfte zur Quasikristallisation zu zerstreuen, bis der ganze Vorgang so plötzlich, wie er eingesetzt hatte, zu Ende war.

Die Altertümer verfielen in Schweigen.

Es war vorbei.

Die Erde war gerettet.

Das übrige Sonnensystem musste schon selbst zusehen, wie es zurechtkam.

# 21. Coda

## Nachwirkungen

Gants Lunge blähte sich von teilchengeschwängerter Luft, als sich auf einmal Maples Hand, die ihm die Kehle zudrückte, mitsamt dem restlichen Körper des Automaten in Staub verwandelte.

Augenblicke später fegte eine Welle des Zerfalls über die gesamte Örtlichkeit hinweg, als sich ausnahmslos alle Nanoschwärme pulverisierten.

Das Licht, das so kennzeichnend für Atlantis gewesen war, trübte sich plötzlich, um ganz zu erlöschen und alle in Dunkelheit zurückzulassen. Sie sahen zur Pyramide über ihren Köpfen hoch, die nun leblos war wie die ganze Stadt. Weg war ihre funkelnde Lebenskraft, verronnen ihr Lebensstrom von den Sternen.

Atlantis war in seinen Schlummer zurückgefallen.

November blickte sich um. Bei einer Beleuchtung einzig noch durch die verlöschende Glut eines abklingenden, zur Ruhe kommenden Vulkans war es schwierig, einen Weg auszumachen, sodass sie ihre Taschenlampe anknipste. Ihr Strahl schnitt sich durch den zäh in der Luft hängenden Staub wie ein Autoscheinwerfer in nebliger Nacht, ehe er unvermittelt schwach wurde und verglomm. Sie versetzte der Lampe ein paar Klapse, während der Eisberg, auf dem sie alle hockten, träge im Wasser dümpelte, aber die Lampe versagte den Dienst.

November verlegte sich aufs Rufen. »Bob!« Tatsächlich rief nacheinander jeder seinen Namen, doch die Antwort war immer nur Schweigen.

Bald kamen sie unter der Pyramide hervor und sahen zu, wie einige jener atemberaubend kathedralenhohen Stalaktiten abbrachen, aufschlugen und im Wasser auf und nieder tanzten. Einige wälzten sich wie Baumstämme auf die Seite, während andere das stumpfe Ende emporgereckt hatten.

Und während der Eisberg mit stetig steigendem Pegel die Schräge der Pyramide hinaufkroch, wurde allen klar, dass Pearce sterben musste, falls sie ihn nicht bald finden würden. Denn die Grottenwände liefen zusammen. Die Blase aus Atemluft schrumpfte. Bald würde es für das viele Eis und Wasser keinen anderen Ausweg mehr geben als das gewaltige Loch hinauf, durch den vorweg der erst vor kurzem zerstreute Plasmawirbel herabgestiegen war.

»Bob!«, schrie November, die sich weigerte aufzugeben. Sie saß am Rand und starrte an der Pyramide hinunter, während einmal mehr ihre Schrägen kriechend langsam in die eisigen Fluten glitten.

Als dann die Spitze der Pyramide vollständig versunken war, bemerkte November unter Wasser das schwache Glitzern. Es begann als vager Schimmer, den sie beinahe schon als optische Täuschung oder ein Verwirrspiel ihrer Augen abtun wollte.

Aber ihre Augen spielten ihr keinen Streich.

Spuren von knisternder Energie funkten rings um die Pyramide, um an Deutlichkeit zuzunehmen und schließlich zu einer Art Irrlicht zu verschmelzen. Es war ein Gesicht, erkannte sie, das aus dem Gefängnis der Pyramide zu ihr emporblickte. November verlagerte aufgeregt ihr Gewicht und brachte den Eisberg zum Schaukeln.

»Vorsicht!«, mahnte Gant.

»Seht doch!«, rief November aus. »Es ist Dr. Scott.«

Und wirklich, dort unten in den dunklen Tiefen des Wassers war ein Gesicht aufgetaucht, fahlblau und geisterhaft wie die Seelen im *Var*. Richard Scott war tatsächlich erschienen, als wolle er ihnen Lebewohl sagen. Sarah kam an seine Seite, gefolgt von noch einem Gesicht. Dann noch einem. Gesichter zu tausenden.

Millionen. Jedes ein Funkeln, ein Aufblitzen gleich dem eines Wasserfalls, bis Sekunden später tief, tief unter ihnen die gesamte Stadt ein letztes Mal schlagartig erstrahlte wie ein riesiges Flutlicht.

Und nur weil die Stadt dies tat, waren sie alle plötzlich imstande, Bob Pearce auszumachen, der bewusstlos auf sie zutrieb.

»Schnell, schnell! Verschafft ihm Luft!«, rief November, nachdem sie den durchnässten CIA-Agenten auf die Eisfläche hochgezogen hatten.

Gant machte Pearce' Atemwege frei, bevor er seinen Puls überprüfte, sein Herz massierte und ihn Mund-zu-Mund-beatmete.

Aus Pearce' Mund schwappte ein Schwall Wasser und Galle, wie aus dem Nasenloch eines auftauchenden Wals. Er zuckte unter Würgkrämpfen, während er sich auf die Seite wälzte, noch mehr ausspuckte und nach Luft rang.

»Lass mich raten«, sagte Hackett trocken. »Erschießen wär dir fast lieber gewesen.«

Zwischen Würganfällen brachte Pearce ein »Wo bin ich?« hervor.

»Auf einem Eisberg«, erklärte der Major.

»In Nöten«, hängte Matheson hastig an.

»Und was gibt's Neues?«, brummte Pearce beim Versuch, sich aufzusetzen.

Die Eisberge ballten sich zusammen. Verdichteten sich. Wetteiferten um die beste Ausgangslage, während sie unter der Grottendecke aneinanderrempelten. Keine zehn Meter entfernt wurde der aussichtsreichste Bewerber darum, zuoberst den Schacht hoch an die Oberfläche geschoben zu werden, bereits aus dem Wasser herausgedrückt. Seine flache Oberseite ragte schon einen halben Meter aus den Fluten und stieg zügig höher.

»Wir springen dort rüber«, ordnete Gant an.

Sie hechteten von Eisberg zu Eisberg, deren tragende, wiewohl schwankende Oberflächen unter ihren Füßen schwankten. Einer nach dem anderen erklommen sie die stetig aufstrebende Fläche. Doch als Hackett schließlich an die Reihe kam, hatte sich der Eisberg bereits so weit aus dem Wasser aufgebäumt, dass ihm seine Oberkante bis ans Kinn reichte.

Er musste springen. Strampelte sich ab, um hinüberzuwechseln, doch die heftige Bewegung trug lediglich dazu bei, das Eis unter seinen Füßen tiefer ins Wasser zu treiben. Als wollte er bei geöffneten Türen einen feststeckenden Fahrstuhl entern, während der mit vielen seinesgleichen zusammengezwängte Eisberg den Schacht aufwärtszuschrammen begann.

Die anderen eilten ihm zu Hilfe und streckten die Hände aus. »Komm schon! Halt dich einfach fest und wir ziehen dich rauf!« Doch leichter gesagt als getan. Immer wieder rutschten Hacketts Füße auf dem glitschigen Eis ab, während er verzweifelt versuchte, Höhe zu gewinnen.

Das Eis machte unter dem wachsenden Wasserdruck einen Ruck.

»*Komm schon!*«

Schreckerfüllt sprang Hackett. Griff zu – und diesmal wurde er in Sicherheit gehievt. Doch seine Beine hingen immer noch über den Rand, als das Eis erneut unter dem steigenden Druck erzitterte.

Blitzschnell zog er sie ein, als der Eisberg einen mächtigen Satz machte und ins Innere des Schachts driftete.

Zweieinhalb Kilometer über ihnen herrschte Tageslicht, während der beständig verdichtete und seine Form verändernde Eissockel unter dem zunehmenden Druck aus der Tiefe ringsum angespannt knirschte.

Unwillkürlich strebten sie zur Mitte des Eises, als die Ränder ein so grässliches Gebrüll entfesselten, wie es nur aneinanderreibende Eismassen erzeugen können. Wieder machte ihr Berg einen

Satz, bei dem die Schachtwände zerraspelt wurden, und schoss ganze drei Meter das Loch hoch.

Er folgte ein weiterer Ruck. Und noch einer. Als würde der Aufzug an einem ausfransenden Kabel hängen, das Ganze aber auf dem Kopf ablaufen, denn hier brauchte sich keiner vor einem Absturz zu fürchten, sondern nur vor dem Aufstieg. Als wären Ameisen auf einem Sektkorken gestrandet, war es nur eine Frage der Zeit, und es machte –

*Peng!*

Alle fünf wurden zu Boden geschleudert, als die G-Kräfte einsetzen. *Knall!* Gant verdrehte den Hals und sah gleich neben sich einen riesigen Eisklotz beim Aufprall zerbersten. Er wandte den Kopf dem Schacht zu, nur um festzustellen, dass der weitere Weg ebenso brüchiges und dünnes Eis aufwies wie zuvor die Grotte.

*Knall!* Noch ein Eisklumpen traf neben ihm auf. Und viele weitere waren unterwegs. Unter den Einschlägen der Geschosse wurden die Sekunden zu Minuten. Minuten fühlten sich wie Stunden an, während sie nach oben schlüpften, bis –

Der Eissockel kam ruckartig zum Stehen.

Wieder hatte sich das Eis verkeilt, diesmal nur ein paar Fuß unterhalb der Erdoberfläche.

Alle starrten zum graublauen Himmel empor und hielten den Atem an. Sie lagen auf dem Rücken und wussten, dass sie sich besser in Bewegung setzen sollten, waren dafür aber einfach zu starr vor Angst.

Doch als sie noch dort lagen, starrte rings um den Rand des Eisschachts auf einmal eine Reihe von Gesichtern zu ihnen herab.

Soldaten.

Ein Instinkt veranlasste jedes überlebende Mitglied des Antarktisteams, die Hände zu heben, doch zu aller Überraschung warfen die Soldaten Seile herunter.

Doch Gant war auf der Hut. »Seid ihr Amerikaner?«, fragte er.

»Und Chinesen«, kam die Antwort. »Wenn ich Sie wäre, würde ich mich beeilen. Kommt mir so vor, als würde das Ding unter euch gleich bersten.«

Das brauchte man ihnen nicht zweimal zu sagen. Als sie aber auf die Beine kamen und der Eisstopfen einen weiteren Satz machte, bemerkte Hackett die Richtungsänderung.

Das Eis fiel den Schacht wieder hinunter.

»Da hat sich wohl ein Vakuum unter uns gebildet. Ich glaube, dieses Ding folgt den Gezeiten.« Fragende Blicke. »Vergesst es«, sagte er. »Wir müssen einfach hier raus.«

Wieder sackte das Eis gut einen halben Meter ab.

»Hab verstanden«, fasste Gant sich kurz, griff nach einem der Seile und begann seinen Aufstieg.

Alle taten es ihm gleich, kletterten los, und das gerade noch rechtzeitig, denn unter ihnen begann der zusammengepresste Eisstopfen zügig abzugleiten, bis er wenigstens dreißig Meter in den Eisschacht zurückgefallen war.

Ein Pfeifen wurde an der Erdoberfläche laut wie das Geräusch einer herannahenden Granate, während das Antarktisteam seinen Verstand wiederzufinden versuchte.

»Vorsicht!«, kam der Warnruf. »Da kommt noch einer!«

Alle hechteten in Deckung, als ein verschmort aussehender Tomahawk-Marschflugkörper vom Himmel fiel und über das Eis hinwegrutschte, glücklicherweise ohne zu detonieren.

»Was zur Hölle geht hier vor sich?«, verlangte Gant zu wissen, als er wieder auf den Beinen war. Er meinte den Umstand, dass chinesische und amerikanische Truppen zumeist nur herumstanden und miteinander plauderten.

»Irgendein elektromagnetischer Impuls hat fast sämtliche elektronische Ausrüstung im Umkreis von achtzig Kilometern durchbrennen lassen«, erklärte ein junger Leutnant. »Hier fällt uns gerade alles Mögliche auf den Kopf. Wir haben nur ein einziges arbeitsfähiges Funkgerät. Mit Kriegführen ist's gerade richtig Essig … Sir.«

Armeeeinheiten waren über den gesamten gewaltigen Krater verstreut, der einmal *Jungchang* gewesen war, bevor der Boden darunter nachgegeben hatte. Und während alle die Lage sondierten, kam ihnen ein weiterer junger Soldat entgegengeeilt und schwenkte jenes einzige intakte Funkgerät.

»Haben Sie Professor Scott in Ihrer Mannschaft?«

Das Team tauschte bedrückte Blicke aus. »Er hat's nicht geschafft«, brachte Hackett schließlich hervor.

»Schade. Admiral Dower wollte ihn persönlich beglückwünschen.«

Das Team schwieg und lief auf das nächste Beförderungsmittel zu. Es ließ einen nicht minder von den jüngsten Ereignissen verwirrten und verblüfften Haufen Soldaten zurück, die ahnungsvoll den Eisschacht beobachteten, als ringsum die Erde zu beben begann.

»Er fliegt gleich in die Luft!«, waren die Schreie zu vernehmen.

Und sie behielten Recht.

## Ostersonntag

Es würde zu Plagen kommen.

Aus Heuschrecken, Fliegen, Mücken. Und zu Seuchen. Jede erdenkliche Pest würde noch ausbrechen.

Das war die unvermeidliche Folge der Verwüstungen rings um den Erdball. Der von heftigen Vulkanausbrüchen angerichteten Verheerungen in so vielen Gebieten, dass ganze Landstriche fruchtbaren Ackerbodens, groß wie Kleinstaaten, ausgelöscht waren. Nahrungsvorräte waren zusammengeschmolzen, was den Zusammenschluss und das Ausschwärmen von Insektenvölkern nach sich ziehen würde. Aus der Vergangenheit wusste man, dass sie sogar schlafende Säuglinge angefallen hatten, nur um die eigene Nahrungsversorgung sicherzustellen, nachdem ein Vulkan eher geringen Schaden angerichtet hatte. Es gab allen Grund anzunehmen, dass es diesmal beträchtlich ernster werden dürfte.

Weit biblischer im Maßstab.

Und keine Maschine von der Größe Atlantis' konnte es aufhalten.

Alle an Bord des Sea-Hawk-Hubschraubers wussten, dass es die Menschheit Zeit kosten würde, sich neu zu ordnen und wieder aufzurichten.

Hackett sah auf seine Armbanduhr. Inzwischen eine Gewohnheit, vermutete er. Sie war auch ein Kompass, den er kaum benutzte. Es bestand ja auch wenig Aussicht, sich auf dem Weg in die Kneipe zu verlaufen.

Etwas daran, was die Nadel jetzt anzeigte, ließ ihn jedoch schmunzeln.

Die Ingenieure an Bord des Hubschraubers hatten über das Versagen von Navigation und Technik der elektronischen Ausrüstung der Flotte geklagt. Sie hatten es auf den elektromagnetischen Impuls geschoben, den Atlantis zuletzt abgesondert hatte – was mit der Explosion eines Atomsprengkopfes verwandt war. Aber Hackett wusste es besser, wahrscheinlich weil er der Einzige war, der daran gedacht hatte nachzusehen.

Der Physiker schaute zum Fenster hinaus und sagte, Scott nachahmend: »Galaxie, vom griechischen ›galaxos‹, bedeutet Milch. Die Milchstraße …«

Pearce zog sich die dicke blaue Decke fest um die Schultern, ohne dabei seine heiße Schokolade zu verschütten, sah zu Matheson und November hinüber und wusste, dass sie dem Physiker zuhörten.

»Ich hab mal von diesem Burschen gelesen«, sagte Hackett, »William Tifft. Hat bis vor zwei Jahren an der Universität von Arizona gearbeitet. Untersuchte über ein Vierteljahrhundert lang die Rotverschiebung von Galaxien. Ihr wisst, was Rotverschiebung ist, ja?«

»Keinen blassen Schimmer«, gähnte Matheson.

»Bewegt sich ein heller Gegenstand von uns fort«, führte der Physiker aus, »wird er etwas rötlicher gefärbt erscheinen. Kommt er auf uns zu, färbt er sich etwas bläulicher. Blauverschiebung und Rotverschiebung. Tifft hat die Rotverschiebung von Sternen und Milchstraßen erforscht. Und wegen des Urknalls müsste das Ausmaß der Rotverschiebung eines Gegenstands, mit anderen Worten die Geschwindigkeit, mit der sich die Gegenstände von uns fortbewegen, zufällig sein.«

»Hier kommt das Aber«, seufzte November.

»Sind sie aber nicht«, bestätigte Hackett unbeirrt. »Tifft entdeckte, dass abhängig von der Art der Milchstraße unterschiedliche Werte von Rotverschiebung gemessen werden, selbst wenn es sich um denselben Himmelsabschnitt handelte. Spiralnebel schienen eine größere Rotverschiebung aufzuweisen als elliptische Milchstraßen. Und die Steigerung schien sich in Quantensprüngen zu vollziehen. Genau gesagt mit zweiundziebzig Sekundenkilometern. Galaktische Rotverschiebungen werden wie die Energiezustände eines Atoms gequantelt.«

Gant rieb sich das Gesicht und riss sich die Mütze herunter, unter der er etwas Schlaf zu finden versucht hatte. »Na und?«, blaffte er. »Wen kümmert das schon?«

Hackett wirkte ernstlich verletzt. »*Mich* schon. Wissen Sie, was diese Erkenntnis bedeutet? Sie bedeutet, dass sich das All *nicht* ausdehnt. Und es somit keinen Urknall gegeben hat. Sie bedeutet, dass der ganze kosmologische Schatz des zwanzigsten Jahrhunderts in die Abfalltonne gehört. Ist's kein Zufall, war's kein Knall. Es gibt Ordnung im Chaos. Komplex zwar, aber es gibt sie. Und wenn's keinen Urknall gab, wo ist dann dieser ganze Krempel im All hergekommen? Wollt ihr mir etwa sagen von Gott? Es gibt keinen Gott, haben wir doch gerade noch bewiesen, dachte ich. Das war ein Mythos, um uns allen den Arsch zu retten.«

»Was zum Henker soll das Ganze überhaupt?«, wollte Matheson wissen. »Wo liegt der springende Punkt?«

»Es gibt keinen springenden Punkt«, seufzte Hackett. »Nicht in deinem Sinne. Es ist bloß, was ich eigentlich nur sagen wollte … vielleicht sollten wir uns alle an den Gedanken gewöhnen, dass von jetzt an ein paar Sachen anders werden. Was immer wir unser ganzes Leben lang für selbstverständlich gehalten haben, wird jetzt anders sein. Es war schon immer anders – nur konnten wir das nicht sehen. Aber jetzt haben wir den Beweis …«

Er setzte sich auf, musterte seine Freunde im Hubschrauber. Klopfte auf seine Armbanduhr. »Dieses Ding ist auch ein Kompass«, sagte er. »Und gerade eben zeigt er genau nach Norden.«

»Und?«

»Und? Er zeigt genau nach Norden – *dorthin zurück, wo wir gerade herkommen*. Norden ist jetzt am Südpol!«

Die anderen waren überrascht, brachten aber nicht mehr als ein Lächeln zustande.

»Sarah meinte, dass sich die Pole immer mal wieder vertauschen – vollständig umdrehen. Zuletzt 10400 v. Chr. – vor ungefähr zwölftausend Jahren. Das ist eine geologische Tatsache«, steuerte November bei.

»Sarah hat viel gemeint«, sagte Matheson. »So war sie nun mal.«

Pearce hielt seinen Becher heißen Kakao für einen Trinkspruch hoch. »Auf Richard und Sarah«, sagte er.

Erschöpft und schweigend schauten die Überlebenden des Teams wieder aus dem Fenster.

Es war Ostersonntag, fiel Hackett ein. Das uralte Fest mit Wurzeln, die weit hinter die Zeit Christi zurückreichten, versinnbildlichte Tod, Opfer und Erneuerung.

Wäre doch schön, wenn ich hier ein Ei bekäme, dachte er.

•

Es hatte den längsten Teil des Tages gedauert, wieder nach McMurdo zurückzukehren. Und mehrere Stunden, um den Sea-Hawk zu betanken.

Während sie dann niedrig über McMurdo flogen und dem wartenden Flugzeugträger *Truman* entgegen, lief gerade ein kleiner roter Klecks, der Eisbrecher *Polar Star*, in die Bucht ein.

Er hatte sich verspätet. Wären sie an Bord dieses Schiffes geblieben, hätten sie es zweifellos niemals geschafft. Und trotzdem war es immer noch tröstlich, die Mühen seines hellroten, majestätischen Bugs zu sehen, ein Spiegel menschlichen Geistes, unaufhaltsam vor unüberwindlichen Hindernissen, unter denen er über das Packeis pflügte – und einen neuen Weg bahnte.

# Hochspannung vom Action-Spezialisten James Rollins

Die erste Sonnenfinsternis des neuen Jahrtausends wirft ihren Schatten auf die Erde. Plötzlich wird der gesamte Pazifik von einem gewaltigen Beben erschüttert und auf dem Weg von China nach Washington stürzt die Air Force One des amerikanischen Präsidenten vom Himmel – genau in der Mitte eines Gebiets, in dem seit Jahrhunderten Schiffe und Flugzeuge verschwinden: dem »Dreieck des Drachen«. Die Navy beauftragt den Tiefseespezialisten Jack Kirkland mit der Bergung der Black Box. Doch Kirkland macht auf dem Meeresgrund eine verstörende Entdeckung: eine Kristallsäule mit unheimlichen Eigenschaften und einer rätselhaften Inschrift ...

**Im Dreieck des Drachen**
Roman
Deutsche Erstausgabe
ISBN-13: 978-3-548-25713-6
ISBN-10: 3-548-25713-5